吕同六全集
第十卷·意大利中、短篇小说

吕同六 译
蔡蓉 吕晶 编

世界知识出版社

图书在版编目（CIP）数据

吕同六全集. 第10卷，意大利中、短篇小说 / 吕同六译；蔡蓉，吕晶编. —北京：世界知识出版社，2015.7
ISBN 978-7-5012-4959-6

Ⅰ. ① 吕… Ⅱ. ① 吕… ② 蔡… ③ 吕… Ⅲ. ① 吕同六（1938~2005）—全集 ② 中篇小说—小说集—意大利—现代 ③ 短篇小说—小说集—意大利—现代 Ⅳ. ① I546. 11

中国版本图书馆CIP数据核字（2015）第133800号

责任编辑	龚玲琳　张迎辉
责任出版	赵　玥
责任校对	陈可望
封面设计	小　月
书　　名	吕同六全集　第十卷·意大利中、短篇小说 Lütongliu Quanji　Dishijuan Yidali Zhong Duanpian Xiaoshuo
译　者	吕同六
编　者	蔡蓉　吕晶
出版发行	世界知识出版社
地址邮编	北京市东城区干面胡同51号（100010）
电　话	010-65265923（发行）　010-85119023（邮购）
网　址	www.wap1934.com
经　销	新华书店
印　刷	北京京科印刷有限公司
开本印张	720×1020毫米　1/16　33¾印张
字　数	694千字
版次印次	2015年7月第一版　2015年7月第一次印刷
标准书号	ISBN 978-7-5012-4959-6
定　价	96.00元

版权所有　侵权必究

吕同六先生作为中国意大利文学研究、评论、翻译的开拓者与领军人,先后向国人介绍了180多位意大利作家、诗人、剧作家、散文家、文论家,包括意大利六位诺贝尔文学奖得主的代表作品,被称为"中国最了解意大利文化的学者"、"中国意大利学界泰斗"。

意大利20世纪六位诺贝尔文学奖得主

戏剧大师　　女作家　　诗人　　　剧作家　　　诗人　　　诗人
皮兰德娄　　黛莱达　　卡尔杜齐　达里奥·福　蒙塔莱　　夸西莫多

编者说明

本卷收辑吕同六先生翻译的意大利中篇、短篇小说。意大利中、短篇小说具有悠久、辉煌的传统，呈现出纷繁多姿的风貌，从意大利中古时期、文艺复兴时期到近代、现当代时期，一直闪现出夺目的光辉，涌现出一大批优秀中、短篇小说家：薄伽丘、钦齐奥、萨凯蒂、班戴洛、马基雅维利、维尔加、卡普安纳、拉斯卡、邓南遮、黛莱达、斯维沃、奥尔黛塞、莱柯、帕隆波、莫拉维亚、卡尔维诺、夏侠、布扎蒂、普拉托利尼、索尔达蒂、贝尔托、马莱尔巴等一颗颗熠熠闪耀的群星，打造出一片意大利中、短篇小说无比美丽、灿烂的星空。

同六先生认为，意大利繁富多姿的中、短篇小说，对我国读者来说，还相当陌生，对这个领域的介绍和研究基础薄弱，空白很多。为使我国读者得以一窥历史悠久、绚烂而又丰富多彩的意大利中、短篇小说的全貌，他在大量、广泛阅读的基础上，深入研究、遴选意大利80多位优秀中、短篇小说作家的一百余篇作品，分别收入由他主编的《意大利近代短篇小说选》、《意大利当代短篇小说选》、《意大利文艺复兴时期短篇小说选》、《世界中篇小说经典·意大利卷》和《世界短篇小说精品文库·意大利卷》中。为了便于读者阅读，同六先生撰写了每位作者的介绍和有关作品的思想及艺术特点的扼要分析。绝大多数所选的作家和作品，系首次在国内推出。

《莫拉维亚短篇小说选》是吕同六先生从莫拉维亚1944年以来的七部短篇小说集中，采英撷芳，挑选了其中30篇并亲自翻译的一部译作。同六先生对著名意大利作家莫拉维亚心仪已久，早在他就读列宁格勒大学三年级的时候，文学作品精读课的教授就选了莫拉维亚《罗马故事》里的几个短篇，从语法和语言风格上进行解读，同六先生一下子就被吸引住了。莫拉维亚奇妙无比的构思、在咫尺篇幅里轻松自如的叙事、敏捷地把戏剧冲突推向高潮的本领，以及流畅的语言、惟妙惟肖的心理描写，让同六先生深深折服。他挑选了莫氏的短篇小说《橱窗里的幸福》，利用暑假翻译出来，邮寄给《世界文学》。翌年的1962年，这篇小说在该杂志第一、二期合刊中发表。随后，中央人民广播电台播出了这篇小说，成为同六先生一炮打响的文学翻译处女作。同六先生认为，在莫拉维亚的整个创作中，短篇小说占有非常重要的地位。在作家的全部作品中，应该说，短篇小说集中地反映出莫拉维亚创作的思想及其演变的轨迹，更鲜明地体现出他独树一帜的艺术特色。

1999年夏，四川人民出版社推出四卷本《爱情鸟译丛》，其中一卷请吕同六先生翻译。同六先生欣然精选了亲自译出的自意大利文艺复兴运动至20世纪的10位名作家的11篇爱情题材的佳作，自成一卷。同六先生在他撰写的序言中这样介绍意大利爱情题材的文学："意大利文学，从文艺复兴到20世纪，在漫长的发展进程中，爱情题材文学始终独具风韵，始终是激发意大利文学家们创作灵感的源泉，因为爱情是真善美的体现，代表着纯洁、神奇，是对假恶丑的解脱。爱情是永恒的。"

本卷向读者提供了一把钥匙，凭借它可以打开一个繁富多姿而于国人又较为陌生的文学宝库的大门，可以从意大利中、短篇小说历史发展的轨迹中去探索意大利文学车轮转动的方向。

目 录

意大利中篇小说

罗密欧与朱丽叶..................马泰奥·班戴洛（MATTEO BANDELLO） 3
蒙扎修女的故事..................阿·曼佐尼（ALESSADRO MANZONI） 30
卡尔美拉..........................德·亚米契斯（De AMICIS） 58
各得其所..........................莱昂那多·夏侠（LEONARDO SCIASCIA） 85

意大利短篇小说

橱窗里的幸福..................莫拉维亚（ALBELTO MORAVIA） 157
 月球特派记者发自地球的第一个报告..................160
 抢 劫..................163
 别了，乡村..................169
 红雨衣..................173
 小酒窝..................179
 结婚礼物..................184
 艾丽维拉的眼泪..................190
 中国瓷瓶..................195
 不由自主..................200
 房间与街道..................204

账　单..208

梦　幻..212

蜜月旅行..217

贵妇人..221

出于嫉妒的玩笑..................................226

流浪者..230

陷　阱..234

中国盒子..237

机　器..241

穷　汉..245

阴差阳错..248

比你更漂亮......................................252

想　象..256

梦游症患者......................................259

女明星..263

平　衡..267

生活的压迫......................................269

生活中最可怕的东西..............................273

发　现..276

梦中听到楼梯上的脚步声..........................280

雷霆的启示......................................284

海关稽查员家里的女人............................288

一副眼镜..................安娜·玛丽亚·奥尔泰塞（ANNA MARIA ORTESE）　293

蝙　蝠....................路易吉·皮兰德娄（LUIGI PIRANDELLO）　306

一个梦者的日记（选译）....路易吉·马莱尔巴（LUIGI MALERBA）　314

弄错了的车站..............依泰洛·卡尔维诺（ITALO CALVINO）　321

心想事成..............拉斯卡，原名安东·弗朗齐斯科·格拉齐尼（LASCA）　326

殉　情....................马泰奥·班戴洛（MATTEO BANDELLO）　335

目 录

西西里柠檬	路易吉·皮兰德娄（LUIGI PIRANDELLO）	338
乡村骑士	乔万尼·维尔加（GIOVANNI VENGA）	348
阿明达	乔万尼·科米索（GIOVANNI COMISO）	354
老处女	朱塞佩·贝尔托（GIUSEPPE BENTO）	359
恐 惧	阿尔多·德·雅科（ALDO DE JACO）	368
抢红袍	弗·萨凯蒂（FRANCO SACCHETTI）	373
花匠代替修道院长		375
朋友们	迪诺·布扎蒂（DINO BUGATT）	379
两名司机		384
渴望健康的人		387
魔 服		391
新 闻		395
多余的请求		397
电话罢工		399
花园里的鼓包		405
银 鞋	乔万尼·杰尔马内托（GIOVANNI GERMANETTO）	409
幸福与法规	朱塞佩·托马西·迪·兰佩杜萨（GIUSEPPE TOMASI DI LAMPEDUSA）	413
墓 碑	尼诺·帕隆波（NINO PALUMBO）	418
弗洛里昂咖啡馆的椅子	马里奥·索尔达蒂（MARIO SOLTATI）	427
一个火星人在罗马	埃尼奥·弗拉雅诺（ENNIO FLAJANO）	436
芳 姐	瓦斯科·普拉托利尼（VASCO PRATOLINI）	447
成熟的考试	朱塞佩·贝尔托（GIUSEPPE BERTO）	452
月 夜	卡斯泰拉涅塔（CARLO CASTEL1ANETA）	459
船 夫	加百列·邓南遮（GABRIELE D'ANNUNZIO）	467
没有归还的一天	乔万尼·帕皮尼（GIOVANNI PAPINI）	482
小偷卢卡	马西莫·邦藤佩利（MASSIMO BONTEMPELLI）	489
社会游戏	莱昂那多·夏侠（LEONARDO SCIASCIA）	494

黑　象..阿里哥·博伊托（ARRIGO BOITO） 503
小野猪..................................格拉齐娅·黛莱达（GRAZIA DELEDDA） 517
　　撒丁岛的血..523

意大利中篇小说

  中篇小说是一个很特殊的文学样式，介于长篇、短篇小说之间，既具有短篇的优势，又蕴含长篇的长处。它不似潋潋流动的小溪、也不像纵横奔腾的江川，而如一条汩汩流淌的河流，既潺潺溲溲，波光迷离，又汹涌、参差跌宕。这兴许就是中篇小说在国内外颇为流行的缘故。

——吕同六

意大利杰出小说家班戴洛的《罗密欧与朱丽叶》

罗密欧与朱丽叶

[意大利]马泰奥·班戴洛（MATTEO BANDELLO, 1485—1561），文艺复兴时期继薄伽丘之后的杰出小说家。《罗密欧与朱丽叶》是班戴洛的名作。莎士比亚的同名悲剧就是从这个故事中汲取创作素材的。

高贵的先生们，倘使我对于自己的故乡所怀有的真挚感情并不欺骗我的话，那么恕我大胆直言，在美丽的意大利，几乎没有什么城市能够比维洛那所处的环境更为美妙的了。瑰丽的阿迪杰河，以它那清澈碧透的流水，把维洛那城一分为二，并且从德意志源源不绝地运来商品；幽雅而膏腴的丘陵、赏心悦目的溪谷和阳光充沛的田野，环绕着维洛那，使它真个成了物产丰盛的地方。此外，又有无数清泉，日日夜夜给城市输送洁净甘醇的泉水；阿迪杰河上巍然耸立的四座大桥，千百种令人神往的名胜古迹，都把城市装点得分外秀美。不过，我讲这一番话，实在丝毫没有夸耀我家乡的意思，因为它自己就足以把这般神采风韵显示出来了；我只是想对你们叙述一件这座城市里的一对高贵的恋人所遭遇的催人泪下的悲惨故事。

在德拉·斯卡拉①统治的时代，维洛那有两大望族，以门第高贵和家资豪富远近驰名；一家叫蒙德奇奥，另一家叫卡佩莱托。不晓得为了什么缘故，这两大家族早就结下了一种可怕的、常常导致流血事件的世仇，双方都自恃人多势众，力量雄厚，所以每发生一起冲突的时候，常常有许多人要断送性命，不仅蒙德奇奥和卡佩莱托两家的成员要蒙受死亡，而且连他们的党徒、亲友也要无端地跟着丧生。天长日久，这两大

---

① 意大利威涅托地区的封建贵族，1277年在维洛那建立君主政权，嗣后又统治帕多瓦、维琴察等城市。

家族的仇恨便愈结愈深。

当时，正是巴尔托罗梅奥·斯卡拉亲王在维洛那执政，他费了很大的气力去调解这两大家族的纷争，可是他们的仇恨已经如此根深蒂固，因此他始终无法帮助他们实现和解。不过，双方虽然还不曾达到和睦相处的地步，但也至少暂时停止了他们之间不断发生的流血冲突，倘使他们狭路相逢，碰到了一起，那些年纪轻的人总还能向对方年纪稍长一点的作些让步。

话说有一年冬天，人们刚刚欢度了圣诞节，又开始纷纷举行假面舞会，吸引了许许多多的客人。卡佩莱托家族的族长安东尼奥·卡佩莱托，举办了一个极其豪华的盛大晚会，邀请许多贵人名媛参加。城里的青年人都云集在这里，其中就有一个名叫罗密欧·蒙德奇奥的后生。

罗密欧的年纪大约在二十岁上下，他举止优雅，风度翩翩，可说是维洛那城中最俊美的青年。夜幕降临的时候，他戴上假面具，和几个朋友一起来到卡佩莱托的府邸。罗密欧当时已经热烈地爱上了一个贵族少女，不管那女子上教堂或者上别的什么地方去，他总是悄悄地跟随着她，每天都是如此，可那少女竟不理睬他，甚至不屑于正面瞧他一眼。他不只一次地给她写信，请人去说情，但她却是冷若冰霜，从来不愿给这个倾心于她的后生一个笑脸。

这种情形使罗密欧伤心透了，他再也无法忍受下去。他整日长吁短叹，末了，他毅然决定从维洛那出走，到外面流浪一两年，漫游意大利，这样或许就可以压制他心头缭乱的情思。谁知过了不多久，他又被那炽烈的感情所征服了。他责备自己不应当有这等荒谬的念头，他其实是完全舍不得抛弃维洛那的。有的时候，他暗自思忖："我确实不会再爱她了，因为千百种试验结果使我清楚地知道，她对我的爱情极其冷淡。既然我对她的苦苦相思得不到任何报答，我又何必到处跟随着她呢？我最好再也不到她经常去的教堂或者别的什么地方去；或许，只要我不再见到她，那末，她的美丽的眼睛在我心灵里点燃的爱的火焰，自然会慢慢地熄灭。"

说来也奇怪，罗密欧的这些想法竟全然是行不通的。她愈是冷若冰霜，让他的热望化为泡影，他对她的爱情反倒愈加强烈，以致只要有一天没有见到她，他便会心神不宁，坐立不安。眼看着他的相思病一天天严重起来，到了不可自拔的地步，他的朋友们都担心他弄坏了身子，便不止一次地用好言好语劝告他，又请求他彻底摆脱这样的烦恼。可是他对这些语重心长的警告和有益于健康的建议并不放在心上，正像那个女子对他的爱情毫不理会一样。

罗密欧有一位朋友，不忍心再让他这样毫无希望地追求一个女人，听凭风华正茂的青春岁月一再蹉跎，因此时常对他进行开导。有一次，这位朋友对他说道：

"罗密欧，我像你的亲兄弟一样爱你，看见你这样一天天消瘦下去，好像白雪在阳光下融化一样，我非常伤心。你想一想，你尽心竭力去做的一切，你慷慨解囊花掉的一切，既不能获得荣誉，又享受不到利益，你的种种努力都无法博得她对你的爱，反而使她更加傲慢狂妄，你何苦再这样白费心机呢？有些事情看起来似乎不难获得，但实际上却可望不可即，如果去苦苦追求，那就是极其荒唐的了。你很清楚知道，对于你和你的心意，她始终不屑一顾。或许她已经有了一位称心如意而又十分亲密的未婚夫，即便皇帝去向她求爱，她也不肯抛弃。你很年轻，或许可以称得上维洛那的第一号美男子，开诚布公地说，你温文尔雅，才华出众，精通文学的优点更使你的青春锦上添花，因此你是很能够赢得人们欢心的。你是你父亲膝下的独子，谁都知道他拥有万贯家财。难道他曾限制你行动的自由？你如此慷慨大度地花费钱财，他曾训斥过你么？他替你创造财富，为你辛勤操劳，让你做你喜欢做的一切。如今你该猛醒了，认清使你沉湎于其中的错误，赶快摘下那块蒙住你的双眼，叫你看不见你应当走的道路的面布，解救你的心灵吧，去物色一个跟你相称的女子做你的妻子。城里的节日庆祝活动和假面舞会快要开始了，你去参加这些活动吧，如果你又碰巧遇到那位你陡然爱慕了这么长时间的女子，你根本不用去瞧她一眼，而是去照照爱情的镜子，看看你为了她竟作出了多大的牺牲，你以前蒙受的痛苦也就自然会得到报偿。这样，愤怒便合情合理地在你心中诞生，把你的难以驾驭的欲望压制下去，使你重新获得自由。"

罗密欧的忠实朋友还列举了许多别的理由，鼓励他彻底抛弃这种毫无裨益的行动，恕我在这里不再一一赘述了。罗密欧耐心地听完了这番金玉良言，决心要把朋友的明智劝告付诸实践。

从此，在所有的节日庆典活动里，都可以看到罗密欧的身影。每当遇到那位高傲的女子，他都不屑于瞧她一眼，而是把目光投向其他的女性，细心地打量，希望挑选一个他称心如意的姑娘，好像他上市场去购买马匹或者衣服一样。

有一天，我们在故事开头已经交代，罗密欧戴上假面具去参加卡佩莱托家举办的晚会。虽说那儿熟识的朋友很少，他倒也没有放在心上。戴了一阵子假面具之后，他索性把它摘下来，走到大厅的一个角落里坐下，悠闲自在地观察每一个客人。无数支点燃的火炬，把大厅照耀得如同白昼一般明亮。罗密欧引起了所有的人尤其是妇女的注意，大家都很惊奇，他竟如此逍遥自在地出现在这个大厅里。好在他不仅是风度翩翩的美男子，而且富有教养，彬彬有礼，因此赢得了在场所有人的欢心。他的仇敌也没有过分留意他，仿佛他是一位长者似的。于是，罗密欧俨然成了一名鉴赏家，按照他的标准，对参加晚会的女子的容貌作出裁判，赞美这个或那个女子的美丽，他宁肯不去跳舞，而愿意待在那儿进行评论。

一名异常秀丽的陌生女子突然出现在罗密欧的眼前，这使他欣喜无比。他觉得，这个绝顶美丽、丰姿楚楚的少女是他生平见到的任何一个女子所不能比拟的。他愈是细细地察看她，她的美貌便愈显得娇媚可人，他简直无法把目光从她的身上移开，不由得温情脉脉地向她传送起秋波来，一种异样的欣悦的感觉在罗密欧的心里荡漾，他暗暗鼓励自己，务必要竭尽一切努力，去博得她的欢心和爱情。于是，新的爱情战胜了他原先给予另一个女子的爱情。这新的爱情的火焰，从此以后一直放射出光辉，再也不会熄灭，直到他献出自己的生命。

罗密欧陷入了这张美丽的情网，只顾用目光从她的神采风韵上尽情地吮吸爱的蜜，竟不敢打听一下这位少女是什么人。他目不转睛地凝视着她，赞美着她的每一个细微的动作，畅饮着甜蜜的爱的美酒。

我前面已经谈到，罗密欧坐在大厅的一个角落里，所有跳舞的人都从他的面前飘然而过。那位使罗密欧如此倾心不已的少女名叫朱丽叶，是晚会主人的女儿。她并不认识罗密欧，但她觉得，他是她生平见到过的最俊美的后生，一看到他，她便油然产生一种奇妙的欢悦的感觉。有几次，她满怀深情而又悄悄地看了他一眼，即刻产生一种莫可名状的甜蜜的感觉，陶醉在无比的愉快和幸福之中。朱丽叶多么希望罗密欧来请她跳舞，这样，她能够距离他更近一点，好细细地看着他，听听他的谈话。她觉得，他的谈吐肯定会和他的目光一样惹人喜爱，她注视着他，不停地玩味着这幸福的滋味。

罗密欧依旧独自坐在角落里，似乎并不想跳舞。他全神贯注地看着美丽的少女，而朱丽叶除了这个后生，脑子里什么也不想。他们互相递送着眼波，充满火一样热情的目光有时交织在一起，他们立即敏锐地意识到其中蕴藏的柔爱，于是都发出温情的叹息。看得出来，他们这时什么也不希冀，唯一的愿望只是能有机会在一起交谈，互相倾诉炽热的爱情。

正当他们心神迷乱的时候，舞会接近尾声了。人们开始跳起了火炬舞，或者叫作礼帽舞。有一名女子来请罗密欧，他走进了舞池，跳了一支舞以后，把火炬交给了另一名女郎，很有礼貌地走到朱丽叶的跟前，朱丽叶握住了他的手，两个人都感到一种难以形容的愉快。朱丽叶站在罗密欧和一个名叫马尔库里奥的绅士中间。这位斜眼的绅士，经常出入于宫廷，性情开朗，言谈幽默，非常风趣，所以十分讨人喜欢。他常常乐于讲些令人捧腹的故事，但又不得罪任何人。他的一双手，无论是冬天还是夏天，总是比阿尔卑斯山上的积雪还要冰冷，即使在炉火上烘许多时辰，两只手仍然凉冰冰的。此刻，朱丽叶的左边是罗密欧，右边正好是马尔库里奥。她觉得罗密欧抓住了她的手，越发热切希望听到他的谈话，便兴奋地微微侧转身来，声音颤抖地对他说道：

"您来到了我的身边，愿上帝祝福您！"她这样一面说着，一面温存地紧握住他的手。

罗密欧是个绝顶聪颖、机敏的人，随即多情地反握了她的纤手，回答道：

"小姐，您打算祝福我什么呢？"他用乞求爱怜的目光凝视着她，又微微低垂脑袋，渴望听到她的答复。

朱丽叶娇嗔地一笑，回答道：

"请您不要惊奇，尊贵的年轻朋友，我祝福您来到我的身边，因为方才马尔库里奥绅士用他的冰冷刺骨的手把我着实冰了好一阵子，现在，您的可爱的手使我感到了温暖，我非常感激您。"

罗密欧立即接着她的话说道：

"小姐，不管用什么方式替您服务，我都感到极其荣幸；在这个世界上，我没有任何别的愿望，除了忠实地为您效劳。如果承蒙您的恩典，让我成为您的最卑贱的仆人，来尽心伺候您，我将感到无上的光荣。我还想对您说，若是我的手给予了您温暖，那么，您那美丽的眼睛里灼热的火焰把我整个身体和心灵都燃烧起来了；我敢确信无疑地对您说，如果您不向我伸出援救的手，使我能够忍受住这热焰腾腾的烈火的煎熬，那过不了多久，您就会看到我整个地焚烧成为灰烬了。"

罗密欧刚刚说完这最后几句话，火炬舞便结束了。朱丽叶全身热血充盈，温情地握住他的手，但来不及给他别的回答，只是叹息了一声，对他说道：

"啊！我怎么对您说才好呢，我已经是属于您的，而不是我的了。"

来宾们各自告辞回家。罗密欧没有立即离开，他想看看朱丽叶朝什么地方走去，但很快他便明白，她是晚会主人的女儿；他的一名亲密的朋友替他向许多夫人打听以后，也向他证实了这一点。罗密欧的情绪顿时低落下来，闷闷不乐，他清楚地意识到，要达到他的爱情的目的，这是一件极端艰难而又充满危险的事情。不过，创伤已经揭开，并且被爱情的汁液浸透了。

另一方面，朱丽叶也迫切希望知道这个使她不由自主地倾倒的后生究竟是什么人。她把上了年纪的乳母叫来，然后走进一间屋子里，站到窗口，望着被许多支火炬照耀得通明的街道。她开始询问乳母，这一个身穿长袍的是什么人，那一个手执佩剑的，还有另外一个人是谁，末了，她又问那个英俊的后生是谁。善良的老乳母对这些人差不多都很熟悉，便一一讲出了他们的名字，她非常了解罗密欧，又把他的姓名也告诉了朱丽叶。一听到蒙德奇奥这几个字，少女猛然打了个寒噤，惊呆了。她明白，他们两家结下了这样不解的冤仇，她和她的罗密欧结成美满姻缘的希望化为泡影了，不过她装出若无其事的样子，一点儿也没有把她的悲伤流露出来。

那一天夜里，朱丽叶躺在床上，万千缭乱的思绪使她辗转反侧，不能入眠。忍痛割舍对罗密欧的爱吧，但这是她绝对做不到又不愿意做的事，因为她现在已经如此狂热地爱上了他！恋人的超群出众的俊美在她的心里不停地激起波澜，她分明知道这是一件极端艰难而危险的事情，但希望愈是渺茫，她的愿望反倒愈加强烈。两种思想发生了激烈的冲突，一种思想鼓励她奋力去达到自己的目的，另一种却硬是切断她前进的一切道路。她一边胡思乱想，一边暗暗对自己说：

"我的感情已经不受我的管束，它会把我带到什么地方去呢？我真傻，难道我能保证罗密欧当真爱我吗？也许这个狡猾的青年说的那番甜言蜜语只不过是为了让我陷入陷阱，以便从我这里获取不光彩的东西，一旦把我诓骗到手，让我沦落为下贱的女人，他就可以用这种方式来为他的家族和我的亲人之间变得愈来愈残忍的怨仇进行报复。不过，欺骗一个爱他和崇拜他的人，恐怕也是他的正直豪爽的心地所不能容忍的。这也和他的轩昂仪表格格不入，因为容貌是心灵的镜子，在他的美妙的躯壳里，岂能容得冷酷无情的铁石心肠。相反地，我倒是相信，从这样一个丰姿美妙、举止优雅的青年那里，只能够希望得到爱情、温存和仁慈。那就让我们像我所希望的那样假设吧：他确实是爱我的，一心要名正言顺地娶我做他的妻子，我怎么能不理所当然地想到，我的父亲必定会反对呢？不过，天晓得，通过这门亲事，也许可以指望在我们两家之间确立永久的和睦与牢固的和平？我也曾不只一次地听人说过，联姻不只可以促成市民们和绅士们之间的和平，而且常常能够帮助王侯公卿们缔造和平；大凡在残酷无情的战争以后，伴随而来的时常是使所有的人皆大欢喜的真正的和平与友谊。也许，我倒可以借此机会替这两个家族缔造和平与安宁。"

自从这样打定主意以后，每次罗密欧从街上走过的时候，朱丽叶总是对他喜笑盈盈，这叫罗密欧高兴得心花怒放。但他也像朱丽叶一样，脑子里两种思想不停地斗争着，时而满怀希望，时而悲观失望；可是，不论是白天还是黑夜，他都依旧从他心爱的姑娘家门前走过，虽然这要冒极大的危险。朱丽叶亲切的微笑更加增添了他的热情，像磁石一般吸引着他，使他不由自主地朝她的宅邸走去。

朱丽叶绣房的窗户朝着一条狭窄的小路，对面是一座普通的屋子。罗密欧经过一条大道，走到小路的尽头，每一次都看到姑娘倚在窗前，对他颔首微笑，表露出十分乐意见到他的样子。他常常夜里到那儿去，走到小路的尽头，便止住脚步；这条小路上几乎没有过往行人，而且站在朱丽叶窗户的对面，有时候竟可以听得见她那温柔的说话声。

有一天夜里，罗密欧正站在那个地方，朱丽叶也许听到了他的脚步声，或许因为别的什么缘故，她打开了窗子。罗密欧赶忙要躲避到那座屋子里去，但明朗的月光把小路照耀得清清楚楚，朱丽叶早已看见了他。她正好独自一人在房间里，便细声地叫唤他：

"罗密欧，已经深夜了，您独自一个人到这儿来做什么？如果您被他们抓住了，那就大祸临头了！您还能保全住自己的性命么？您难道不晓得，您的家族和我的家族结下了不共戴天的仇恨，无数的人沦为纷争的牺牲品？真的，他们会下毒手，把您杀死；您的一切将被葬送，而我呢，将要蒙受莫大的耻辱。"

"我的小姐，"罗密欧回答，"我对您怀有的真挚的爱，驱使我在这夜半时分来到您这里。我一点儿也不怀疑，如果你们家的人发现了我，他们必然会想法杀死我；但是，我也一定以我的全部微薄的力量，去履行我的责任。要是来抓我者人多势众，我也就拼死一搏，决不会独自一个人死去。如果我在争取爱情的斗争中牺牲，倒在您的身边，难道还有比这更加光荣的牺牲吗？我绝对不会用我的行为来使您的荣誉蒙上哪怕一丁点儿污点,我确信这是永远不会发生的。我将用我的鲜血来维护您的荣誉,使它像现在一般光明和纯洁。如果您心中的爱像我心中的爱一般强烈,您像我珍视您的生命一样珍视我的生命,那么您就能够排除这一切障碍,使我成为最幸福的人。"

"那您希望我为您做些什么呢?"朱丽叶问道。

"我唯一的心愿,"罗密欧回答道,"是要您像我爱您那样爱我,允许我到您的房间去,让我从从容容、不冒风险地向您表示我的伟大的爱情,向您倾诉我为了您而长期忍受的巨大痛苦。"

朱丽叶听了这番话,既有点恼怒,又感到心乱神迷,她对他说:

"罗密欧,您知道您的爱情,我也知道我的爱情;我极其清楚地晓得,我对您的爱超过了任何一个人能够达到的深度,或许,甚至超过了我的荣誉所能够允许的限度。我可以坦率地告诉您,如果您对神圣的婚礼不感兴趣,而想打别的什么算盘,那您就大错特错了,我也绝对不会委身相从。我晓得,您时常在这附近停留,这样很容易落入那些恶棍的魔掌,那时候我便要永远地失去快乐了。我的意思很明确,如果您想成为我的人,正像我永远要成为您的人一样,您就娶我做合法的妻子。要是您名正言顺地娶我做您的妻子,那么即使您到天涯海角,我也情愿永远伴随着您。如果您脑子里装满了胡思乱想的东西,那就请做您自己的事情去吧,让我安安静静地生活。"

罗密欧听了这番言语,觉得正合自己的心愿,于是愉快地回答说,这也正是他梦寐以求的,他一定在她愿意的时候,按照她吩咐的方式,和她举行婚礼。

"这太好了。"朱丽叶接着说,"为了让我们的事情办得符合规矩,我希望我们的婚礼请我的教父洛伦佐·达·雷吉奥神甫来主持。"

他们把一切事情商量停当,并且决定第二天罗密欧去找神甫,提出他们的请求,因为他和神甫的关系也很融洽。

洛伦佐神甫是圣芳济谷派的教士,他熟读神学,精通哲学,在许多方面有着渊博的学识,而且是一位出色的化学家和幻术家。这位神甫心地善良,做任何事情都谨慎稳重,因此在百姓中享有很好的声誉。为了避免可能出现的麻烦,他常常请一些富有威信的贵族来支持他。在维洛那城里,他结交了不少朋友,其中便有罗密欧的父亲,一个很有名望并受到当地人尊敬的绅士。罗密欧的父亲确信,洛伦佐神甫是位最虔诚、最神圣不过的人,罗密欧对他也极其敬重。另一方面,神甫也觉得罗密欧是个聪明睿智、疾恶如仇的青年,所以分外喜爱他。他不但和蒙德奇奥家族过从甚密,而且和卡佩莱托家族也保持着良好的友谊;维洛那的许多贵族,无论缙绅,还是贵妇人,都乐意上他那儿行忏悔礼。

罗密欧辞别朱丽叶后,回到家里。第二天早晨,他急忙赶到圣芳济谷教堂,向洛伦佐神甫原原本本地叙述了他的幸运的恋爱以及他和朱丽叶商量好的决定。神甫听罢他的叙述,答应尽一切努力来满足罗密欧的愿望,他不能拒绝这个青年人的要求,何况他也很想借此机会来调解卡佩莱托和蒙德奇奥两家的宿仇，使他们和睦相处，从而让巴尔托罗梅奥亲王更加器重他，因为总督无数次地表示，只要这两个家族化干戈为玉帛，城里的一切动乱便会得到平息。于是这一对恋人便等待着行忏悔礼的机会，以便实现他们的美好计划。

四月斋来临了。朱丽叶为了让事情进行更加顺利，便决意依靠和她在一个房间里睡觉的老乳母。她找到一个合适的机会，把自己的恋情向善良的老乳母和盘托出。不管老乳母如何严厉责备她，也无论怎样奉劝她趁早死了那条心，都没有任何效果；末了，老乳母也只得顺从她的意愿。朱丽叶又一再请求，终于说服老乳母替她送一封书信给罗密欧。那恋人读完这封书信后，顿时觉得自己是世界上最幸福的人了，因为朱丽叶在信中邀请他凌晨五点钟的时候，到她房间的窗户跟前来谈话，并且要他随身带一副软梯。

罗密欧有一个名叫彼特罗的忠心耿耿的仆人，他曾经不只一次把很重要的事情托付给他，彼特罗都诚心诚意而干净利落地办成了。罗密欧把自己的计划告诉了他，并且让他去弄一副软梯来。一切准备停当之后，他在约定的时间，带着彼特罗出发了。到了那个地方，罗密欧瞧见朱丽叶早已在等候他。姑娘看见他来了，便把准备好的绳子放将下来，拉起那副软梯，又让老乳母帮助她把梯子牢牢地系在铁格窗上，等候她的恋人上来。

罗密欧鼓起勇气，顺着软梯爬了上去，彼特罗便退避到对面的那座房子里去。罗密欧站在窗口，那铁格子异常严密和坚实，连一双手也伸不进去；他用充满柔情蜜意的话语问候了心爱的姑娘之后，朱丽叶对他说道：

"我的先生，比我的生命还要珍贵的人，我请您到这儿来，因为我已经和我的母亲约定，下星期五讲道的时候去行忏悔礼，您得赶快去告诉洛伦佐神甫，请他把一切都准备妥当。"

罗密欧回答说，他已经和神甫商量好了，神甫也很乐意做他们希望做的事情。他们又站在那儿絮絮私语了一会儿，互相倾诉着衷肠，然后罗密欧便从软梯上下来，和彼特罗一起走了。

朱丽叶欣喜若狂，她期待着罗密欧快快和她举行婚礼，每一个钟点于她都像一千年那样漫长。至于罗密欧，他和仆人谈话的时候，也同样地无比欣悦，在甜蜜和幸福中飘飘欲仙。

星期五那天，按照预先的安排，朱丽叶和她的母亲乔万娜夫人，带了几名使女，前往位于城堡里面的圣芳济谷教堂。一进教堂，朱丽叶就打发人去通知洛伦佐神甫。那神甫早已把罗密欧带进了他的忏悔室，把他锁在里面，得到朱丽叶一行来到的消息，他便去会见乔万娜夫人。夫人对他说道：

"我的神父，我一早来到这里行忏悔礼，而且把朱丽叶也带来了，因为我知道您是极忙的人,每天要听您的许多教子的忏悔。"

神甫回答说,愿上帝恩典她们。替她们祝福以后,神甫走进了罗密欧藏身的那间忏悔室,朱丽叶第一个跟着他走进去。进了忏悔室,她把门关上,向神甫做了个暗号,表示她已经在那里了。神甫打开了小窗格,说了几句例行的问候的话,然后对朱丽叶说道:

"我的女儿,罗密欧告诉我,你已经答应要他做你的丈夫,而且他也想要娶你做他的妻子。你们两人果真有这个心愿吗?"

这一对情人齐声回答,这正是他们唯一的希望。神甫听了,便说了一段赞美词,祝福他们的神圣的婚姻,又讲了一些按照教会的规矩在婚礼上应当说的吉利话。罗密欧把戒指送给了他亲爱的朱丽叶,这对新婚夫妇的快乐达到了顶点。他们约定当天夜里聚会,罗密欧随即小心翼翼地离开了忏悔室和教堂,高高兴兴地去做他的事了。

神甫关上了小窗格,以免留下任何能引起怀疑的蛛丝马迹,又继续听那幸福的朱丽叶的忏悔,然后又听她的母亲和使女们的忏悔。

夜幕降临的时候,罗密欧带着彼特罗,在约定的时间来到朱丽叶家的花园边。在彼特罗的帮助下,罗密欧翻过围墙,跳进了花园,他的妻子和老乳母早已在这里等候他了。他一见到朱丽叶,便迫不及待地向她奔去。他们久久地尽情欢乐。尔后,他们商定了第二次相聚的时间,并敦请巴尔托罗梅奥亲王为这两个家族缔造和平。罗密欧不只一千次地亲吻了他的妻子,这才兴高采烈地离开了花园,一面自言自语:

"如今世界上还有谁生活得比我更快乐呢?我享受到这般甜蜜的爱情,难道还有谁能够跟我相比吗?我娶了如此美丽温雅,如此柔媚情巧的妻子,还有第二个人享有这等的福气吗?"

朱丽叶也和罗密欧一样神驰八极,她分明觉得,世界上无论如何也寻找不到一个青年,在容貌、举止、礼仪、恩爱和千百种其他珍贵而优秀的品质上,能够和她的罗密欧相媲美。她日夜盼望着,但愿诸事进展顺利,她也就可抛弃一切疑虑,和罗密欧长相厮守。打这以后,这对新婚夫妇有时候悄悄欢聚,有时候却不能见面,只有徒自相思。

这时,洛伦佐神甫正想方设法要促成蒙德奇奥和卡佩莱托两大家族的和解。多亏他的努力,事情快要得到圆满地解决了;他也真诚希望借助这一对恋人的结合,来取得使双方都很满意的结果。

不料,复活节的时候,却意外地发生了一起惨案。卡佩莱托家族的一伙人,沿着靠近博尔萨里城门的大街,朝旧城堡走去,迎面撞见了几个蒙德奇奥家族的人,不由分说,他们挥舞刀剑,向对方猛烈地冲杀过去。卡佩莱托族的那一伙人当中,有一个叫台巴尔多的青年,是朱丽叶的大堂兄,他英武剽悍,竭力鼓励他的同伙们狠狠地打击蒙德奇奥人,绝不要手下留情。械斗愈来愈激烈,双方都又增添了武器,并且不断有人投入这场鏖战。这两伙人厮杀得红了眼,也不顾忌什么后果,终于使双方都有许多人受了伤。

碰巧罗密欧从那儿经过,他身边除了几名仆从,还有一些朋友做伴,正在城里散步。他看见同族的亲友在和卡佩莱托人厮杀,心里委实焦急,因为他知道洛伦佐神甫正在执行的媾和计划,极不希望再发生新的麻烦。他想赶快平息这场动乱,便向他的仆从和朋友们大声喊叫,连四周围观的人都听见了他的呼吁:

"兄弟们,冲到他们的中间去,用一切办法叫他们放下武器,这场争斗绝不能再继续下去了。"

他尽力把交战双方的人分隔开来,希望用语言和行动来制止这场屠杀,他的朋友和仆从们也尽量协助他这样做。然而,这两个家族的人怒气冲天,已经达到了发狂的地步,罗密欧的一切努力都无济于事。

有两三个人栽倒在地下。眼看自己的行动只是白费气力,罗密欧便招呼他的朋友和仆从们赶快退出来。突然,台巴尔多斜刺里杀将过来,朝罗密欧的腰部狠命地砍了一刀。幸好罗密欧穿了一件胸甲,战刀未能刺透,才免于受伤。他转过身来,非常友好地对台巴尔多说道:

"台巴尔多,如果你以为我是来和你或者你的同伴寻衅滋事的,那你就大错特错了。我只不过碰巧路过这儿,想叫我们的人赶快退出争斗。我希望我们现在和睦地生活在一起,成为受人尊敬的市民。所以我奉劝和请求你也这样做,请你和你的朋友们结束这场厮杀,因为鲜血已经流得太多了!"

周围的人几乎都听到了这番话,但台巴尔多也许因为没有听见,或者佯装没有听明白,他回答道:

"好一个无耻之徒,你送死来了!"

随即恶狠狠地冲杀过来,朝罗密欧的脑袋砍了一刀。罗密欧平常总是带着护臂的铠甲,他把外衣裹在左臂上,用铠甲护住自己的脑袋,把自己的佩剑指向对手,正好刺中了台巴尔多的喉咙,又顺势刺了几剑,台巴尔多顿时栽倒在地上,一命呜呼了。

众人齐声惊呼,总督的卫队也赶来了。那些参加争斗的人立即东窜西奔,作鸟兽散。罗密欧眼看台巴尔多死在自己手中,心里悔恨莫及,便由他的同伴们护送,到了圣芳济谷教堂,躲藏在洛伦佐神甫的房间里。善良的神甫听说台巴尔多被杀死的噩耗,失望极了。他觉得,如今再也没有任何法子能够消除这两个家族之间的累世夙仇了。

卡佩莱托族的人集合起来,到巴尔托罗梅奥总督那儿去控告,而罗密欧的父亲和蒙德奇奥族的一帮人却向总督证明,罗密欧和他的朋友们原在城里散步,偶然地看见蒙德奇奥族人遭到卡佩莱托族人的围攻,他急忙去把他们分开,希望平息这场械斗,不料台巴尔多向他发动袭击,他虽然再三请求对方放下武器,喝退自己的人马,但台巴尔多一心要加害于他,这才酿成了一场惨剧。两方面的人在巴尔托罗梅奥亲王面前激烈争辩，互相遣责；不过，卡佩莱托发难的事实彰明昭著，又有许多正直的市民出来作证，罗密欧曾经大声呼吁，企图阻止这场械斗。于是巴尔托罗梅奥亲王命令大家都放下武器，并且下令把罗密欧驱逐出境。

在卡佩莱托家里，到处一片哭声，哀悼台巴尔多的丧生。朱丽叶止不住落下泪来，涕泣呜咽，但她不是痛惜死去的堂兄，而是悲叹她和罗密欧的结合将化为泡影。她伤心极了，不知道这件事情以后将导致何种结局。她从洛伦佐神甫那儿得悉罗密欧藏身的地方，便给他写了一封异常悲切的书信，派老乳母亲手交给神甫。她晓得，罗密欧已经被判放逐，他必须马上离开维洛那，因此她满怀热情地请求罗密欧把她也一起带走。罗密欧回了一封信，好言宽慰她，说过一段时间一切都会自然得到妥善解决，眼下他还没有决定去向，但他将设法在维洛那附近找个地方落脚，并且在启程之前，尽力争取在她方便的地方，和她再见一次面。

朱丽叶觉得欢度新婚之夜的花园还比较安全，便选定了那个地方。到了两人约定的夜晚，罗密欧携带着武器，由他的最忠实的仆人彼特罗陪伴，在洛伦佐神甫的帮助下，离开了教堂，去见爱妻。他刚走进了花园，朱丽叶不禁热泪如注地投进了他的怀抱。他们默默地偎依着，许久也说不出一句话来，只是互相啜饮着心上人如泉水一般不停地从脸上淌下来的泪水，悲叹横逆多乖的命运破坏了他们的爱情，迫使他们如此突然地分离。离别的时间临近了，朱丽叶炽情如焚，恳切地请求丈夫把她一起带走。

"我亲爱的丈夫，"她说道，"我要把我美丽的长发剪去，女扮男装，无论你走到哪里，我将始终形影不离地伴随着你，以我充满柔爱的心来伺候你。你难道还能找到一个比我更忠贞不渝的仆人吗？啊，我亲爱的丈夫，请你给予我这种恩典吧，让我和你共同分担痛苦的命运吧，这样你的遭遇也将就是我的遭遇。"

罗密欧尽量用最温柔的话语来慰藉她，并且满怀信心地对她说，他确信对他的放逐令很快将会取消，因为亲王已经向他的父亲暗示了这样的希望；如果他有一天想把她带在身边，那自然不会让她穿一身仆人的衣裳，而是作为他的妻子和高贵的夫人，由他和跟她的身份相适应的仆人陪同。他还告诉朱丽叶，他的放逐时间绝不会超过一年，如果在这期间他们的亲人仍然不能缔结和平，那么亲王一定会亲自出面干预，不管两个家族愿不愿意，也要强迫双方释嫌修好；如果纷争旷日持久地拖延下去，他就索性投到对方去，因为长期地离开朱丽叶，他委实是无法生活下去的。随后，他们又约定经常互相写信，报告新的情况。罗密欧又说了许多别的话来抚慰自己的妻子，但伤心的朱丽叶只哭得哽咽难言，再也说不出一句话来。

熹微的曙色在东方出现了。这一对嘤嘤而泣、不断叹息的恋人，凄苦地离别了。

罗密欧又躲进圣芳济谷教堂，朱丽叶回到了自己的闺房。两三天以后，罗密欧做好了各种准备，化装成一个外乡客商，带了几名十分可靠的随从，悄悄地离开了维洛那，平安地到达了曼图瓦城。他在这儿找到了一座寓所，好在他的父亲不时地供给他钱，他便体面地、安稳地住了下来。

朱丽叶仍然整日独自啜泣，不思饮食，夜里也像白天一样孤凄，无法入眠。母亲见到女儿这等伤心的样子，不只一次地问她悲愁的缘故，并且对她说，如今也应该节哀，保重自己了，因为她为堂兄不幸的死亡已经流了过多的眼泪。朱丽叶回答说，她自己也不晓得为什么这样伤怀。她总是尽可能地避开人群，躲进自己的闺房里，任凭热泪簌簌地涌流，沉浸在心如刀绞的悲哀之中，朱丽叶抑郁寡欢，一天天消瘦和憔悴下去，差不多一点儿也不像从前娇艳美丽的朱丽叶了。

罗密欧时常给她写信，总是安慰她，说很快他们就将有重新欢聚的希望。他用热情洋溢的语言恳求妻子要精神愉快，用欢乐来排遣心头的万端悲愁，因为事情已经日见转机，一切都会有圆满结局的。可是这些宽慰全然无济于事，因为罗密欧被放逐以后，任何良药再也不能治疗她的痛苦。

朱丽叶的母亲看见女儿闷闷不乐，心里暗暗揣摩，朱丽叶的几个女友都陆续出嫁了，或许她也想找一个丈夫。于是，她把自己的想法告诉了丈夫，对他说道：

"我的丈夫，咱们的女儿整天愁眉苦脸，除了哭泣和叹息，不晓得还有别的事情要做，她见了什么人都尽量躲得远远的，跟谁也不愿意讲一句话。我曾经不只一次地问她究竟是什么缘故惹得她心绪烦乱，我也从各个方面细心观察她，想发现其中的奥秘，但是我却什么也没有弄明白。她每次都回答说，她自己也不晓得是怎么一回事；她周围的人也一个个耸耸肩膀，说他们都一无所知。不过看得出来，一定是有某种极其强烈的感情在折磨着她。她已经非常明显地消瘦下去了，好像点了火的蜡一样。我设想了上千种的原因，唯独其中的一个原因始终在我的脑子里萦绕，我很怀疑这就是她的哀愁的根源——上次狂欢节的时候，她所有的女友都当了新娘，结婚了，可是没有人跟她提起替她物色一个丈夫的事儿。到今年圣埃乌菲尼亚^①节，她就满十八岁了；所以，我的丈夫，我想提醒你一句，你现在应该替她寻找一个善良而高贵的丈夫，再也不要让她孤孤单单地生活下去了，因为像她这样长大的闺女，终究不是那种能够永远保存在家里的家具。"

安东尼奥老爷觉得妻子说的这番话正合他的心意，便回答道：

"太太，既然你也没有法子知道我们的女儿伤心落泪的原因，以为应当给她找一个丈夫，那好吧，我就尽心竭力去替她物色一个跟我们的家族门当户对的丈夫；不过，你也最好去试探一下，她是不是爱上了什么人，向她打听明白，她愿意什么人做她的丈夫。"

乔万娜夫人说她一定努力去试一试。她果然又去询问她的女儿和家里的其他人，但一点儿结果也没有得到。

---

① 基督教圣徒，每年六月四日为纪念其殉教的节日。

这时，帕利斯·迪·洛德罗内伯爵来到安东尼奥府上求婚。这是一个年纪约莫二十四五岁，风流潇洒而且家道富有的青年，很可以指望这门亲事获得成功。安东尼奥把这件事告诉了妻子。在她看来，这是一桩再美满不过的婚姻，于是兴冲冲地去告诉朱丽叶。朱丽叶一听到这个消息，竟哭丧着脸儿，十分憎厌。乔万娜夫人见到这副情景，猜不透这是什么缘故，心中着实恼火。费了好一番口舌之后，母亲对她说道：

"这么说来，我的女儿，我看你并不想结婚。"

"是的，我一点儿也不想结婚，"朱丽叶回答说，"如果您当真爱护我，关心我，那就绝不要在我的面前再谈起这样的事。"

母亲未曾料到女儿会这样回答她，便又问道：

"既然你不打算结婚，那你想要什么呢？莫非你要独身到老？或者去做尼姑？把你的心事如实告诉我吧，我的心肝。"

朱丽叶坦然地说，她既不想独身到老，也不愿去做尼姑，除了去死，她再也没有别的愿望。母亲听到这样的话，简直惊呆了，而且很不高兴，但她不知道该说些什么才好，更不知道应该做些什么。家里所有的人也都丈二和尚摸不着头脑，他们只记得，一听到她的堂兄死去的噩耗，朱丽叶就惊骇无比，从此一直闷闷怏怏的，终日以泪洗面，而且总是伫立在窗前，痴痴地眺望着远处。

乔万娜夫人把这些情况一五一十都告诉了安东尼奥老爷。父亲把女儿叫来，交谈了几句，便对她说道：

"我的女儿，你如今也已到了了却终身大事的时候了，我替你物色了一个既高贵富有又年轻漂亮的未婚夫，他就是洛德罗内伯爵。你就准备和他结婚吧，也好了却我的一桩心愿，何况这样叫人羡慕的体面的婚姻也确实是不容易办到的。"

听父亲这么一说，朱丽叶竟以一种和少女不相适应的巨大勇气，毫无顾忌地回答说，她根本不想结婚。父亲愣住了，禁不住怒火中烧，几乎恼怒得想揍她一顿。

不过，父亲只用极其粗暴的话语来责骂她，威胁她，末了，断然对她说道，不管她愿意不愿意，再过三四天，她必须下定决心，跟她的妈妈和其他亲戚一起上维拉弗兰卡去，因为帕利斯伯爵和他的亲友打算在那儿和她见见面。父亲还严厉吩咐她，不准再对这门亲事表示丝毫的反对和抗拒，否则定要打破她的脑袋，让她落得个世界上最悲惨女子的下场。

朱丽叶的心情和想法，凡是体验过热恋滋味的人大抵都是不难想象出来的。她好像受了雷霆的轰击，震悚失措了。等到清醒过来以后，她赶忙请洛伦佐神甫捎一封信给罗密欧，把事情的经过都告诉了他。罗密欧写了一封回信，希望朱丽叶振作起精神，他很快就会来把她从父亲的牢笼中解救出来，带她到曼图瓦去。

在父亲的胁迫下，朱丽叶到了维拉弗兰卡；在那个地方，她的父亲有一座很阔气的庄院。她的神情显得出奇的平静，甚至有点儿快慰，如同一个被判处死刑的囚犯走向绞架一样。帕利斯伯爵特地去教堂看朱丽叶做弥撒,虽然她的脸色苍白,笼罩着愁云惨雾,比从前憔悴多了,但伯爵还是很喜欢她。于是他又来到维洛那,谒见安东尼奥老爷,订下了这门婚事。

朱丽叶也回到了维洛那。父亲对她说,她已正式许配给帕利斯伯爵,并且劝她赶快抛弃烦恼,心境愉快起来。她硬是咬紧牙关,强行克制住自己,不让满眶的热泪滚落下来,连一句话也没有回答父亲。她后来打听到,婚礼预定在九月中旬举行。在这危难的时刻,她竟找不到一个人愿意向她伸出援助的手;于是,她决定去见洛伦佐神甫,请他指教怎样才能摆脱这桩婚事。

我们救世主的母亲,永远被祝福的圣母升天节①临近了。朱丽叶借这个机会去见母亲,说道:

"我亲爱的妈妈,忧伤顽固地折磨着我,使我整天愁眉苦脸,但我一点儿也不晓得,同时也无法想象出来,这究竟是什么缘故;自从台巴尔多堂兄的死讯传来,我就永远失去了欢乐,而且,看来我的情绪愈来愈糟糕,再也没有一样事情能让我觉得快活。所以,我想趁光荣的圣母升天节的机会,去作一次忏悔,也许用这个法子倒可以使我痛苦的心多少得到一点安慰。我亲爱的母亲,你看我这个想法可好?如果你以为应该采用别的方法,那就请你告诉我吧,因为我已经乱了方寸,拿不定主意。"

乔万娜夫人是个心地善良的妇女和极其虔诚的教徒,她听到女儿的这番话,不禁喜形于色,便竭力鼓励她按照自己的计划去行事。

她们一起来到圣芳济谷教堂。乔万娜夫人派人去请洛伦佐神甫。当他进入忏悔室以后,朱丽叶便从另一边走了进去,跪在他的跟前,说道:

"我的神甫,世界上再也没有人比您更清楚地知道我和我的罗密欧之间发生的事情了,所以我想无须再向您重复这一切。您自然还回想得起,我曾经写了一封信,请你阅读并转给罗密欧,在那封信里我告诉他,我的父亲已经把我许配给帕利斯·迪·洛德罗内伯爵。罗密欧在回信里对我说,他很快就要回到维洛那,并且要把我带走。可是他究竟什么时候才能回来,恐怕只有上帝知道了。如今事情已经发展到这等地步,他们决定九月就要举行婚礼,要我乖乖地听命于他们。眼看着这一天越来越近了,我却想不出任何法子,使我摆脱帕利斯·迪·洛德罗内伯爵。我恨这个洛德罗内,他简直是个窃贼②和刽子手,因为他妄想窃取别人的珍宝。我特地上这儿来,请您指点我,救救我。罗密欧在信里说他很快要回来,并且要把我带走。父亲的许诺只能捆住我的手脚,听任他们宰割,这是我绝对不愿意的。我是罗密欧的妻子,我再也不能属于别的人;即便可以,我也绝不愿意,因为我只希望永远做罗密欧的妻子。我

---

① 按基督教传统,每年八月十五日为圣母升天节。
② 在意大利语中,洛德罗内(lodrone)与窃贼(ladrone)两词相近。

渴望得到您的指示和帮助，不过请您先听听我脑子里想好的一个计划。我的神父，请您替我找一套男孩子的外衣、长袜和其他衣服，我将女扮男装，趁深更半夜或者拂晓的时候，悄悄离开维洛那。这样谁也不会认出我来，我可以直接到曼图瓦去，到我的罗密欧那儿去。"

洛伦佐神甫听到这个显然没有经过周密考虑的计划，心里不以为然，便对朱丽叶说道：

"我的女儿，你的打算是不可能实现的，因为你要为它冒极大的风险。你年纪轻轻，从小过着娇生惯养的生活，你是决计忍受不了旅途辛劳的；你从来就没有长途步行过，何况你又不认识道路，你走不了多远便会迷失方向，分不清东南西北。你的父亲一旦发现你从家里出走，他会立刻派人到各个城门和城外各条大路上把守；他们可以毫不费力地抓住你。你被押送回家以后，你的父亲一定会对你严加审问，逼你招出女扮男装逃跑的原因。我很难想象，你怎么能经受得了对你的威吓和拷打；他们将会不择手段地迫使你交代出事情的真相来。你本想用这个法子去见罗密欧，结果却将永远失去见到他的希望。"

经洛伦佐神甫这样一番剖析，朱丽叶心里倒觉得平静了一点儿，她回答说：

"神父，既然您以为我的主意毫不足取，我相信您是对的，那么请您点化我，明白地指出怎样才能割断这捆缚我的罪恶的绳索，使我获得解救，并冒尽可能小的风险去和我的罗密欧团圆；要知道，没有罗密欧，我是万万不能生活下去的。如果您想不出别的法子来搭救我，那我虽然不能做罗密欧的妻子，您至少也要援助我免去做别人妻子的痛苦。罗密欧曾经告诉我，您是一位炼制草药和别的东西的能手，那就请您替我炼制一种只需一两小时便可毫无痛苦地毒死人的药水，并赐给我足够的分量，这样我也就不会遭到那个奸贼的毒手，因为您纵然想帮助我去见罗密欧，但已经无能为力了。他深深地爱我，我晓得，他与其眼看我活着落入别人的魔掌，倒宁愿看见我死去的好。我请求您帮助我和我的家族免于蒙受如此巨大的耻辱。我如今好比一只失去了舵手的破船，在暴风雨呼啸的海上颠簸漂流，快要沉没了。您如果再不救我一命，我向您起誓，我一定会在某天夜里，操起一柄锋利的匕首，毫不犹豫地割断我的喉管；我已经下定了决心，只有用死亡来表示我对罗密欧的忠贞不渝。"

洛伦佐神甫是一位享有盛名的实验家，当年曾周游许多国家，寻求知识，博闻强记；他尤其精通各种植物和矿石的特性，擅长炼制奇丹妙药；其中有一种药似乎很普通，只不过是一块药面，把它碾成极细的粉末，便具有异常奇特的效力。无论是谁，只消用一点儿水把药粉服下，不过一两刻钟的光景，便会安然入眠。这样，人的生命安息了，即使由最富有经验、最高明的大夫来诊断，也会断言吃了这药的人已经死了。此种甜蜜的、与死无异的状态至少可以持续四十个钟点，或者更长一点时间，这取决于服药者的身体状况。药性消失以后，服药的男子或者女子仿佛从一场漫长的酣睡中苏醒过来，安眠药并不会给他们造成任何伤害。

现在，神甫清楚地意识到，满怀绝望的朱丽叶已打定了主意，视死如归；他很怜悯姑娘，感动得几乎控制不住自己的眼泪。他用充满同情的声音对她说：

"我的女儿，不要再提到死亡这个字眼了。请相信我的话，你如果执意寻求一死，那你就断然不能再回到人间来了，除非等到世界末日，所有的死者一起得到复生。我希望你按照上帝的意愿活下去。生命是上帝赋予我们的，他维护我们的生命；当上帝觉得合适的时候，他就把生命收回去。所以你必须抛开这些悲观轻生的念头。你正当豆蔻年华，你有权利生活下去，和你的罗密欧共享欢乐。我们会找到一个万全之计，来解决这一切难题，你千万不要担心。你是知道的，在这个高贵的城市中，我得到所有人的敬重，享有极高的声誉；倘使他们发现我是你们的主婚人，那么我将大难临头，无法避免一场可怕的耻辱。倘使要我给你毒药，那该给你什么样的毒药呢？我压根儿没有，即使确实是有的，我也不愿意给你，因为对上帝的亵渎无异于犯下弥天大罪，我也会因此威信扫地。你或许很清楚，对于一个神甫来说，没有多少重要的事情需要操劳的，我也尽量避免干预。仅仅将近半个月以前，维洛那总督在处理重大事务时才请我予以协助。我的孩子，我是乐意为你和罗密欧尽心竭力的，为了拯救你，我一定使你依旧做罗密欧的妻子，而不会去嫁给那个洛德罗内。你也千万别寻短见。不过，事情必须绝对保守秘密，任何时候也不可让外人知道内情。你眼下需要鼓起勇气和信心，严格按照我的吩咐去行动，这件事对于你绝没有一丝一毫的损害。你且细听我的计划。"

于是，神甫把安眠药粉拿给朱丽叶看，把它的性能作了详细的介绍，并且说他曾经不只一次地作过试验，都取得了极为满意的效果。

"我的女儿，"神甫接着说道，"我炼制的这种药粉异常珍贵，具有上佳的功能，它可以使你像我所说的那样安然无恙地入眠。在你平静地酣睡的时候，即便是依波克里特①、加莱纳②、梅苏埃③、阿维切纳④和所有古往今来的名医来检查，来摸你的脉搏，他们都会异口同声地说，你已经死了。等到药性消失的时候，你就会苏醒过来，仿佛每天清晨你从睡梦中醒来起床一样，你仍然将是那么健康，那么美丽。记住，你在天快要亮的时候把这药喝了，很快你就昏昏入睡；等到你家里的人起来的时候，他们会来催你起床，但却不能把你叫醒了。你的脉搏完全停止了跳动，你的身子像冰一样寒冷。医生和亲友也请来了，他们将众口一词地说你已经死了。傍晚的时候，他们将举行葬礼，把你安葬在卡佩莱托家族的陵墓里。你可以舒舒服服地在那儿休息一天一夜。第

---

① 公元前5—4世纪古希腊名医，著有医学论文六十三篇，奠定了西方古典医学的基础。
② 公元2世纪意大利名医，解剖学家，著有《医学方法》、《医药术》等论著。
③ 古代名医，生平不详。
④ 公元10—11世纪波斯哲学家、医学家，所著《医学法典》一书，对欧洲医学界影响很大。

二天夜里，罗密欧和我将帮助你离开陵墓，因为我要专门派人把我们的计划告诉罗密欧，这样他可以秘密地把你带到曼图瓦去。在他那儿，你可以避开众人的耳目，安心生活，直到你们两家消除世仇，缔结和平。我是极愿意促成这样一种结局的。倘使你不肯采纳这个计划，我也就想不出别的法子来搭救你了。你千万要注意，我已经说过，这件事你务必守口如瓶，否则，你和我都将大难临头。"

朱丽叶为了找到罗密欧，哪怕上刀山下火海也心甘情愿，进坟墓自然更不待说了。神甫的一席话使她茅塞顿开，她毫不迟疑地表示完全赞同这个计划，说道：

"神父，我一定按照您的吩咐去办，一切都由您来作主，您尽可放心，我会严格保守秘密，绝对不向任何人泄露。"

洛伦佐神甫立即回到自己的房间里，拿来一匙药粉，朱丽叶用纸把药粉包好，放进她随身携带的皮包里，连声向神甫道谢。神甫真有点难以置信，一个年轻女子竟然这等果断，这等大胆，不怕把自己幽禁在阴森黑暗的坟墓里，去与死人为伍。于是他对朱丽叶说道：

"我的女儿，实话对我说，你害怕你的堂兄台巴尔多吗？他不久以前才死去，就葬在你将要去的那个陵墓里，说不定已散发出熏人的腐臭气味了。"

"我的神父，"朱丽叶坚定地说，"请您放心，为了找到罗密欧，即使要经历地狱的种种酷刑折磨，我也断然不会在地狱之火面前退缩一步。"

"但愿我主上帝保佑你。"神甫说。

朱丽叶高高兴兴地回到一直在等待她的母亲的身边。在回家的路上，她说道：

"妈妈，我敢大胆地说，洛伦佐神甫是世上最圣洁不过的人了。他用充满慈爱和虔诚的话语来安慰我，几乎把一直残酷地折磨我的悲痛驱除得干干净净了；对于我心灵的痛楚，他这样诚恳地对我进行开导，外人实在是难以想象的。"

乔万娜夫人看见女儿心情愉快，跟平时比较，简直判若两人，听她这么一说，也不由得随之高兴起来，回答说：

"我亲爱的女儿，愿上帝保佑你！你现在快乐起来了，我也说不出来的高兴；对于这位高尚的神甫，我们实在感恩不尽。应当多给他点布施和周济，他那个教堂是很清贫的，何况他每天还替我们祈祷上帝。你要时时记住他的恩情，常常派人送些祭品去。"

朱丽叶快活的表情使乔万娜夫人信以为真，果真以为女儿已经驱散了笼罩在心头的愁云惨雾。她把这件事告诉了丈夫，两个人都深表满意，也就不再疑心女儿是悄悄地和什么后生相好，而认定她的悲伤完全是出于她堂兄的惨死和别的什么古怪的缘故。其实，她的年纪毕竟还太轻了，他们倒很想过两三年才替她操办终身大事，只要这样做无碍于家庭的荣誉。可是朱丽叶和伯爵的婚约早已一言为定，要推翻既定的事实，势必引起一场风波。他们选定了举行婚礼的黄道吉日，给朱丽叶准备了许多华丽的衣服和珍贵的首饰。她仍然做出一副高高兴兴的样子，喜吟吟地和别人谈笑风生；然而，她心里却觉得，在服下那安眠药之前，每一个钟点都像一千年那样漫长。

婚礼预定星期日举行。星期六晚上，朱丽叶悄悄地倒了一杯水，拿进自己的闺房，趁老乳母不注意的时候，把它放在床头。那天夜里，她心头涌起缕缕哀愁，差不多睁着眼睛送走了黑夜。

晨曦初临的时候，她应该吃药了，但她眼前竟然显出了台巴尔多的幻影，他的喉咙给割断了，浑身血肉模糊。她一想到她要葬身于台巴尔多的身边，甚至会压在他的上面，还要和陵墓里那么多腐朽的僵尸和白骨做伴，她本能地打了个寒噤，浑身起了鸡皮疙瘩，一根根头发都竖了起来；她害怕极了，好像被呼啸的寒风席卷而去的一片枯叶，瑟瑟颤抖。她的身上一阵阵地流淌着冷汗，她忽然觉得自己仿佛被陵墓里的那些僵尸活活撕成了碎片似的。她心慌意乱地站了一会儿，不晓得该怎么办才好。然后，她稍稍鼓起了勇气，自言自语道：

"啊，我想做的竟是一件什么样的事？我要去的又是什么样的地方？如果命运之神唤醒我的时候，神甫和罗密欧还没有赶到，那便如何是好？在家里，任何一点儿怪气味都足以使我恶心，我怎么能受得了台巴尔多腐烂的尸体恶臭呢？天晓得那陵墓里可有我最害怕和憎厌的毒蛇和其他千百种爬虫？平时我连看它们一眼的胆量都没有，现在它们竟要在我的身边蠕动，甚至爬到我的身上来，我怎么能够忍受呢？我不是无数次地听说过，每逢夜间，不只教堂和坟场，而且陵墓里也常常发生许多令人毛骨悚然的事情吗？"

她愈想愈害怕，形形色色令人厌恶的幻象在她的脑子里翻滚着，各种各样稀奇古怪的念头发生了冲突，她几乎想把药粉撒在地板上，但一会儿又想赶快把它吃了。这样惶惶悚悚地过了好一阵子，当黎明的灿烂光辉透过东方式的阳台投进来的时候，对罗密欧不可遏制的火热爱情赋予了她力量。处境愈是艰险，这种爱情愈是强烈。于是，她毅然驱除了一切杂念，果敢地把水和那药粉一口灌了下去。她重新在床上躺下，过了片刻工夫，便沉沉熟睡了。

同朱丽叶睡在一个房间的老乳母察觉到，姑娘几乎整整一夜没有合眼，但是并没有发现她吃药。乳母起身以后，像平常那样去忙于料理各种杂事。朱丽叶起床的时候到了，乳母回到房间里，喊道：

"起来吧，孩子！是起床的时候了。"

她打开了窗子，却不见朱丽叶动弹，一点儿也没有想要起来的样子。她走到朱丽叶身边，摇动姑娘的身子，说道：

"起来吧，好睡的懒虫，快起来！"

但善良的老乳母仿佛是在和聋子说话。于是她使劲地摇动朱丽叶的身子，捏她的鼻子，搔她的胳肢窝，但是这一切全无半点效果。她的生命已经失去了活力，哪怕世界上最令人心惊胆战的霹雳,也无法用它们震耳欲聋的吼叫把她唤醒了。可怜的老乳母眼看朱丽叶活像一具僵尸,毫无知觉了,这才大吃一惊,知道姑娘已经死了。她悲痛万分,禁不住伤心地放声大哭,随即又赶快跑去报告乔万娜夫人。她一面抽噎,一面断断续续地说道:

"太太……小姐死了。"

母亲的心陡然揪紧了,她哭泣着,跟跄着,朝女儿的闺房奔去。当她看见惨死的女儿的尸体,不用说,她简直悲痛欲绝了。她那撕人肺腑的哭声直冲云霄,几乎可以使冷酷的顽石受到感动,连由于失去小老虎而兽性大发的猛虎也会平息怒气,软下心来。

母亲和乳母的哭泣和惨叫惊动了全家,大家都纷纷跑出来。朱丽叶的父亲看见女儿已经没有一丝儿气息,冷得像冰一样,差一点悲痛得昏死过去。这消息马上传播开来,很快闹得满城风雨。亲朋好友纷纷赶到他家里来,客人来得愈多,呼天抢地的哭泣便愈发不可收拾。城里最著名的医生很快都被请来了,他们用了各种最有效的理想药品,但他们的高明医术也全然无济于事。

当医生们得知姑娘许多天来一直愁眉苦脸,整天哀伤地叹息,啼泣不止,别的什么事也不做,他们便异口同声地断定,她是悲痛过度而死的。这番结论更使众人心如刀绞,整个维洛那城里的人无不为朱丽叶悲惨的、出人意料的死亡而伤心。她母亲的痛苦更是任何人所不能比拟的,无论别人怎样安慰,她都听不进去;她紧紧搂抱着女儿,昏死过去三次,简直要跟女儿一样也一命呜呼了。周围的许多妇女眼看着她的悲痛有增无减,都尽可能地劝慰她;但是她已经完全放松了缰绳,听任悲哀像匹不受羁束的野马狂奔乱窜,她失去了自制力,陷入了绝望,无论别人对她说什么都听不进去,只是一味地涕泣,像个疯子似地大喊大叫,狠命地揪自己的头发。安东尼奥老爷虽然跟妻子一样伤心,但却不像她那样用泪水来洗涤心中的凄酸;他疼爱女儿,但他毕竟是个异常稳重的人,所以也善于克制自己的巨大痛苦。

那天上午,洛伦佐神甫给罗密欧写了一封长信,把朱丽叶服用安眠药假死的计划告诉了他,要他第二天夜里去把姑娘从坟墓中解救出来,把她带到自己的家里去。神甫在信中还叮嘱罗密欧务必乔装打扮到维洛那来,他将一直等他到第二天的午夜,然后他们按照最妥善的方式行事。信写好和封好之后,神甫把它交给他最信赖的一名教士,郑重其事地要求他当天便启程赶往曼图瓦,找到罗密欧·蒙德奇奥,亲手把信交给他,断不可交给任何别的人。

教士立即动身,不消多少时辰,当天就早早地赶到了曼图瓦,在圣芳济谷教堂前下了马。他把马匹安置好,向教堂值班的神甫提出请求,指派一个人陪他去城里办事。但他忽然知道,就在他到达这里之前,教堂里刚刚死了一个教士。大家都疑心他受了瘟疫的传染。当地负责卫生的官员明确地宣布,这个教士是死于瘟疫,而且他们还在他的小肚子上发现一个比鸡蛋还大的肿瘤,这自然是他身患那种可怕瘟疫的最确凿的证据。

正当从维洛那来的那个教士请求给他派一名向导的时候,卫生检疫官员又来了,通知值班的神甫说,根据曼图瓦总督的命令,教堂里的任何一个人都不得离开大门一步,倘有违抗,定然严惩不贷。那教士赶忙申明,他是刚刚从维洛那来,并不曾和这儿教堂里的任何人有过接触,但不管他如何分辩,全都徒然,他仍然被迫和其他教士一起隔离在教堂里,没有法子把那封美好的信交给罗密欧,也不能把消息递送出去。这一意外的情况竟酿成了悲惨无比的灾难,你们慢慢就可明白的。

这时,维洛那城里正在为朱丽叶准备极其隆重的葬礼。他们既然已经认定她死了,便决定当天晚上安葬她。罗密欧的仆人彼特罗听到朱丽叶去世的噩耗,心里惊诧不已,恨不得立刻就上曼图瓦去报告,但他很快又改变了主意,决定等到举行葬礼的时刻,以便亲眼看到朱丽叶被安葬在陵墓里,这样才可以把确凿无疑的消息告诉他的主人。他暗自打定主意,葬礼一结束,就连夜骑马出发,第二天拂晓,城门刚刚打开的时候,他正好到达曼图瓦。

当天晚上,整个维洛那城沉浸在深沉的悲哀之中。朱丽叶被安放在灵柩里,由城里高贵的绅士和神职人员庄严地护卫,送往圣芳济谷教堂。彼特罗深知他的主人热烈地爱着这位姑娘,现在这一悲惨事件使他如此震栗失措,他竟一点儿也没想到去跟洛伦佐神甫商量一下,而他平常遇事总要这样做的;倘使他上神甫那儿去一趟,他便可以了解到那姑娘服用安眠药的底细,而一旦把这真相报告了罗密欧,那不幸的结局自然就不会发生了。现在,他亲眼看见躺在灵柩里的正是他非常熟悉的朱丽叶,于是立刻跳上了马,飞快地骑到了维拉弗兰卡,在那里让他的马休息了一会儿,他也打了一个盹儿。大约在天亮以前两个钟点,他又匆匆上了路。太阳刚射出第一线光明的时候,他进了曼图瓦城,径直朝主人的家里奔去。

话分两头,却说朱丽叶被护送到教堂里,众人唱过了在葬礼上照例要唱的哀悼死者的挽诗,将近午夜时分,她便被安放到墓穴里去。墓穴是用大理石打成的,体积很大,有许多通气孔,它位于教堂外面的陵园里,贴着一面墙,邻近是一块带围墙的三四英尺大小的地方;每当要把新的尸体安放到墓穴里去,原先放在里面的尸体便被抬出来,扔在一边。墓穴打开了,洛伦佐神甫立刻把台巴尔多的尸首从里面弄出来;台巴尔多本来身躯就非常瘦小,格斗中受伤死去的时候差不多流尽了血,所以倒也没有怎么腐烂,闻不到什么恶臭的气味。他又把那块地方好生清扫了一番,轻轻地把朱丽叶放进去,尽可能地让她舒服地躺着,又在她的脑袋下面放了一个枕头,然后把墓穴重新关上了。

彼特罗到了主人的家里,罗密欧还正躺在床上睡觉。他走到床跟前,热泪止不住滚落下来,抽抽噎噎,半响开不了口。这副模样使罗密欧大吃一惊,他丝毫没有料到朱丽叶发生的不幸,却以为出了别的什么事儿,赶忙问道:

"彼特罗，你怎么啦，出了什么事情？你从维洛那给我带来了什么消息？我的父亲，还有我家里其他的人，最近怎么样？赶快告诉我，别让我这样心神不宁。究竟什么了不起的事会叫你如此伤心落泪？赶快告诉我！"

彼特罗终于勉强克制住了自己的痛苦，用哽咽的声音，断断续续地把朱丽叶猝然身亡，他如何亲眼看见她被安葬的情况统统告诉了罗密欧，并且补充道，据医生说，她是悲恸过度而死的。罗密欧听到这个惊人的噩耗，痴痴发怔了好一阵子，仿佛失去了知觉；尔后，他像个疯人似地从床上跳下来，愤怒地嚷道：

"啊，罗密欧，你这个忘恩负义、卑鄙失信的东西，一切人中最没有心肝的小人！杀死你心爱的姑娘的绝不是悲哀，她决计不会因为悲哀而离开人世的；而是你，这个冷酷无情的歹徒，才是残害她的凶手，真正的杀人犯！她在走上绝路之前，曾经写信给你，表示不管什么人都绝计不能强迫她委身相从，只请求你无论如何把她从她父亲的家里解救出来。可是你这个没有心肝的家伙，竟对爱情抱着那么浅薄的态度，吞吞吐吐，你这个狗东西信誓旦旦地对她说，你会把一切都好生安排停当的，要她心情快活地等待，可是时间一天天地过去了，你却迟迟不采取行动，竟不能实践自己的诺言，来满足她的心愿。如今，你在这里好不逍遥自在，而朱丽叶却离开了人间！朱丽叶已经死了，而你竟还有脸面活着？啊，你这个狼心狗肺的东西！你曾经多少次在信中对她说，而且还亲口对她说过，没有她，你是活不下去的！可是现在你居然还活着。你说，现在她在什么地方了？她现在正独自在墓地徘徊，等待着你，希望你追随她而去，并且在愤愤地自言自语：'啊，这个不知羞耻的骗子手，这个虚情假意的恋人，这个毫无心肝的丈夫，他听到我死去的消息，居然无动于衷，照样在人世活下去！'请原谅我吧，请宽恕我吧，我最亲爱的妻子，我愿意承担我犯下的弥天大罪。倘使我的万分悲痛还不足以使我的生命消失，那我也一定要自己来做悲痛理应完成的这件差使；不管悲痛和死亡如何怜悯我，我将亲手结果我的生命。"

说罢，罗密欧立即伸手去拿悬挂在床头的佩剑，从剑鞘中猛地拔出剑来，把它对准自己的胸膛刺去。

说时迟，那时快，站在旁边的善良的仆人彼特罗反应异常敏捷，他一把从主人手中夺下佩剑，阻止了他的行动，又对他说了一番任何一个忠实的仆人在这种场合都应当说的话。彼特罗诚恳地责备他不该如此鲁莽，并尽力宽慰他，劝他鼓起勇气活下去、因为朱丽叶已经死了，这绝对不是人力所能挽回的。

受到这突如其来的可怕消息的重重一击，罗密欧简直痴痴发呆了，他肢体僵硬，仿佛变成了一块顽石；他想痛哭一场，但从眼眶里竟流不出一滴泪水来；不管谁瞧上他一眼，都会觉得他更像是一尊大理石像，而不是一个活人。但是过了不大一会儿工夫，他的眼泪开始成串地流淌下来，好像从喷泉里汩汩地涌流出来的泉水。他一边哭泣，一边悲叹地诉说，即便是心肠像金刚石一般坚硬，比野蛮人还要冷酷的人听了，也免不了要被打动，产生怜悯之情。

当悲哀稍稍平息以后，罗密欧开始暗暗筹思，凄楚的心绪驱使他想出各种阴暗、绝望的念头。既然他心爱的朱丽叶已经永远离开了他，他决计了结自己的一生，无论如何也不能再苟活于人世。但是他的表情，他的言语，一点儿也没有把这个恐怖的念头泄露出来，他下定决心不让他的仆人和其他任何人来阻挠他去做按照心灵的指示应当做的事情。于是，他对彼特罗说，现在让我独自留在房间里，并且特意关照，不得把朱丽叶去世的消息和他差一点儿要自杀的事儿告诉任何人，又吩咐他赶快去准备两匹健壮的快马，因为他打算返回维洛那去。

"我希望你悄悄地先离开这里，"罗密欧说道，"不要惊动任何人；你到了维洛那以后，也不必去禀告我的父亲，说我要回来了。但你得替我准备好打开墓穴和撑住它的顶盖所需要的铁器和支架，因为今天深夜的时候，我回到维洛那，就直接上我们菜园后面你的那间屋子去；大约在半夜三四点钟的时候，我们一起到陵墓去。我多么想再见一见我的安息在那里的、不幸的妻子。天刚蒙蒙亮的时候，我就离开维洛那，不让任何人发现；你跟随着我，但保持一定的距离，我们仍然回到这儿来。"

彼特罗在曼图瓦稍事停留，便又出发了。罗密欧立即给他的父亲写了一封信，请求他原谅自己没有得到他的许可就结了婚，又把他对朱丽叶的爱情和他们结婚的经过一五一十统统讲了。他还热烈地请求父亲把朱丽叶当作儿媳妇，在她的陵墓前为死者隆重地举行一次追思弥撒，并且使这样的祈祷永远继续下去，费用可以从他的收入中扣除。罗密欧拥有好几份产业，他的一位姑妈临终的时候，曾经立下一纸遗嘱，确认他为自己的继承人。他也给彼特罗做好了安排，使他将来不必依赖任何人，能够安安稳稳地生活下去。他异常殷切地恳求父亲替他办好这两件事，说这是他最终的心愿了。鉴于他的姑妈刚刚去世不久，所以他又请求父亲把从他的产业上获得的头几笔收益，统统分送给穷人们，以表示他对上帝的敬意。

写完了这封书信，把它封好，罗密欧把它揣进了自己的怀里。尔后，他又随身带了一小瓶剧毒的药水，打扮成一个德国人的样子，便骑上了彼特罗替他准备好了的马。他不要任何人护送，临行前还特地叮嘱手下的人都留在家里，说他第二天一早就要回来的。

罗密欧一路上快马加鞭，在人们做晚祷，唱"阿维·玛利亚"圣母经的时候，就进了维洛那城。他径直去菜园后面的那间屋子，找到了彼特罗，他吩咐要办的事情彼特罗已经都安排停当了。

约莫夜里四点钟的时候，他们带上了各种必要的工具，朝城堡出发了。一路上没有遇到什么阻碍，来到了圣芳济谷教堂的陵墓。他们找到了朱丽叶的墓穴，用随身携带的器具把它打开，又用支架把顶盖牢牢地撑住。彼特罗还按照罗密欧的吩咐带来了一盏提灯，虽然灯光暗淡，但是帮了他们不少的忙。罗密欧走进墓穴，看见了他心爱的妻子的尸首，心里陡然感到一阵悲哀，当即栽倒在朱丽叶旁边，失去了知觉。他被巨大的痛苦压垮了，几乎咽了气，身子比朱丽叶还要冰冷。过了一阵子，他苏醒了过来，便紧紧抱住爱妻，不断地吻她，用簌簌地滚落下来的热泪洗涤她的脸容；他剧烈地抽噎，连一句话也讲不出来了。他哭泣了许久，才终于能够说出许多足以叩动世界上最冷酷无情的心灵的话。

末了，他觉得活在世上再也没有什么意思了，便掏出身边的小瓶子，举到自己的嘴边，一口气把剧毒的药水喝了下去。

彼特罗一直在陵墓的角落里望风，罗密欧叫了一声，他立即奔过来搀住主人；从墓穴里站起来以后，罗密欧把身子靠着顶盖，对他说道：

"啊，彼特罗，你听我说，我过去是怎样地对我的妻子倾心相爱，现在依然热烈地爱着她，这一点你是多少清楚的。我晓得，失去了她，我是决计不能生活下去的，犹如一个躯壳失去了灵魂，便无法生存一样。因此，我随身带了一瓶浸透了毒蛇汁液的药水，你大概晓得，不需一个钟点，这种药水就可以置人于死地；可是，我心甘情愿地把它喝了下去，这样也好在我最爱的人身边死去；倘使在人世间我不能和她长相厮守，那至少在坟墓里我们可以永远在一起。你瞧，这个装了药水的瓶子，你也许还记得吧，是我们在曼图瓦时斯波莱蒂诺送的，他养了许多毒蛇和各种爬虫。愿上帝以他无比的美善和仁慈宽恕我，因为我决意一死了之并不是为了冒犯天意，而是没有我亲爱的朱丽叶我是万万没法生活下去的。倘使你现在瞧见我的一双眼睛里热泪不停地涌流，亲爱的摩尔人，你别以为我是为自己的死在悲伤，而是为了朱丽叶不幸的死而痛哭——她是应该享受幸福而又快活地生活的。

"你把这封信交给我的父亲，在信里我已经说明了请求把我埋葬在这里的愿望；我死了以后需要办理的事情，怎样安置在曼图瓦侍候我的仆人，我也在信里作了交代。至于你，彼特罗，你始终忠心耿耿地为我尽力效劳，我也给你准备了一笔财产，从此以后你就不用再去侍候别的人了。我深信，我的父亲会按照我信里提出的一切去办理的。现在，你离开这儿吧，我感到死亡已经逐渐临近了；致命的毒药已经渗透到我身躯的每一个部位，我的四肢开始麻木了。你把坟墓的顶盖合上吧，让我静静地躺在这儿，躺在我最亲爱的人身边。"

彼特罗听了这一席话，伤心极了，一阵阵剧烈的痛苦把他的心都要撕碎了。无论他用什么话语恳求主人回心转意，但都是徒劳的，因为这种药水的毒性是没有任何法子可解救的，何况它已经浸入了人体的全身。

罗密欧把朱丽叶抱在怀里，不停地亲吻她，等待着不可抗拒的、愈来愈临近的死亡，并且又一次关照彼特罗把墓穴的顶盖合上。

正在这时候，因为安眠药的药性已经过去了的缘故，朱丽叶苏醒了。她觉得有人在亲吻她，心中不免猜疑起来，以为是神甫在搀扶她起来，或者已经把她救回他的房间里，忽然起了邪念，乘机拥抱她。于是，她说道："唉，洛伦佐神父，罗密欧这般信赖您，您却如此行事吗？请赶快放开我！"

朱丽叶挣扎着，竭力想从对她的拥抱中解脱出来。她睁开了眼睛，陡然发现眼前亲吻她的人正是罗密欧；虽然他是一身德国人的装扮，她还是清清楚楚地辨认了出来。她不由得叫出声来：

"啊，是你来了，我的心肝！洛伦佐神甫在哪儿？你为什么不把我从坟墓里救出去？感谢上帝，我们赶紧走吧。"

罗密欧看到朱丽叶睁开了眼睛，又听见她开口说话，便恍然明白她并没有死去，而是好生生地活着；一缕无法表述的幸福和悲痛蓦然涌上心头。他把心爱的人紧紧地搂在自己的怀抱里，灼热的泪水禁不住夺眶而出，凄然说道：

"啊，我生命中的生命，我最亲爱的心肝，世上没有一个人，能够像我现在这般体味到无比的幸福！原先，我确信你已经猝然死亡，但如今你在我的怀抱里，却是活生生的、平平安安的。可是，人间再也没有什么悲哀能跟我现在的悲哀相比拟的了，再残酷的痛苦也不及我现在忍受的痛苦了，因为我晓得，我的不幸的一生就要结束了；当我比以往任何时候都更加觉得应当生活下去的时候，生命却要永远地离我而去！倘使我能够再活半个钟点，那将是我的残生中留下的最后一点时光了。普天下哪有第二个人，像我一般，在同一时间里感到这样极端的欣悦和无限的凄酸？我太幸福了，我的欢欣和喜悦简直无法用语言来表述，因为你，我最温柔多情的妻子，突然起死回生了；是的，我的爱妻，我们本应当快活地分享这幸福，可是当我一想到再过片刻工夫，我就再也不能见到你，再也不能听到你的声音，再也不能和你在一起，从最亲爱的伴侣那里获得我多么渴望的生活的甜蜜，我就感到心如刀绞。不过，你的再生带给我的快乐，远远甚于折磨我的悲哀。使我们永远分离的时辰快要到了，我真挚地祈求上帝，把他收去的我那不幸的青春年华，赠送给你，愿你有比我更加长久的生命，愿你有比我更加幸福的命运。现在，我感觉到我的生命快要结束了。"

朱丽叶听到罗密欧的这番话，略略坐起身子，对他说道：

"啊，我的丈夫，我简直不明白，你方才说的都是些什么话？莫非这就是你想给我的安慰吗？你从曼图瓦赶到这儿，莫非是想带给我这样的消息？你究竟出了什么事儿？"

于是，可怜的罗密欧把他喝了剧毒药水的事儿告诉了她。朱丽叶听了，悲怆万分。

"唉，我是多么的不幸！你对我讲的是何等可怕的事情啊！难道洛伦佐神甫没有把他和我一起商量的计划写信通知你吗？他曾经保证把这一切都告诉你的。"

朱丽叶满怀绝望的伤感，不由得放声痛哭，几乎重新失去了知觉；她热泪涔涔，把她不愿意嫁给父亲强行许配给她的男人，她和神甫商定的应变计划，都详详细细地告诉了罗密欧。

当她正为他们横逆多乖的命运而向苍天和群星哭诉的时候，罗密欧突然瞧见了不久以前他在格斗中失手杀死的台巴尔多的尸体，便转身对他说：

"台巴尔多，无论你在哪儿，你都应当明白，我绝没有加害于你的图谋。相反，我本是想尽力平息那场屠杀的，我劝你把你手下的人撤走，同时又要我的人放下武器；但当时忿怒和世仇主宰了你，你一点儿也听不进我的话，还恶狠狠地咒骂我，向我杀将过来。在你的逼迫下，我失去了耐心，不甘心在你面前示弱，只好拿起武器来自卫，不料邪恶的命运竟驱使我杀害了你。现在，我请求你宽恕我使你丧生的罪过，我已经和你的堂妹结为夫妻，是你的亲戚了，更要向你请罪。倘使你要向我复仇，那你的愿望现在已经实现了。你若晓得，杀死你的人，如今在你的面前服了毒药，心甘情愿地自杀在你的跟前，甚至还要埋葬在你的旁边，你还会要求什么样的复仇呢？倘若我们生前兵戎相见，是冤家对头，那死后一定会和睦地安葬在同一块墓地里。"

彼特罗听到罗密欧令人心酸的言语和朱丽叶的哭泣，竟像一尊大理石雕像一般站在那里，不知道他的所见所闻可是真实可信的，或者竟是梦中的幻觉；他不知道该说些什么，也不知道该做些什么，径自在那里呆呆地发愣。

朱丽叶这个世界上最不幸的女子，此刻柔肠寸断，她对罗密欧说道：

"既然上帝不喜欢我们生活在一起，那至少他会愿意我死后和你同葬在一个坟墓；请你相信吧，这个心愿定要实现的，所以我决不会抛弃你，独自离开这里。"

罗密欧又拥抱朱丽叶，亲切地安慰她，恳求她勇敢地活下去，这样，当他确信心爱的人仍然活着，他在九泉之下也就可以瞑目了。他还说了一些别的安慰她的话。他渐渐地迷糊了，眼光差不多完全暗淡下去了，身上的最后一点气力也快衰竭了；他还想挣扎着挺起身子，可肢体已经僵直，再也做不到了。他沉重地倒在地上，望着他的悲哀的妻子，说道：

"啊，我的心肝，我要死了。"

洛伦佐神甫出于某种原因，没有在朱丽叶被埋葬的那天夜里把她带到他的房间里去。第二天夜里，他左盼右等，却不见罗密欧到来，就和他的一个忠实的教士，随身携带了打开墓穴用的工具，上陵墓去。正当罗密欧垂死挣扎的时候，神甫来到了那儿；他发现墓穴的顶盖打开，又瞧见彼特罗站在那儿，急忙问道：

"你们好，罗密欧在哪里？"

朱丽叶听到这声音，认出了神甫，于是抬起头来，说道：

"愿上帝宽恕您！您曾经许诺给罗密欧写信，可您干了这样的好事！"

"我写了一封信，"洛伦佐神甫回答，"托安塞尔姆教士送到曼图瓦的，你也认识他。你为什么这样对我说呢？"

朱丽叶一面凄酸地哭泣，一面说：

"请进来，您就明白了。"

神甫走进墓穴，蓦地瞧见了罗密欧躺在那儿，已经奄奄一息了。他俯身说道：
"罗密欧，我的孩子，出了什么事儿？"
罗密欧勉强睁开极度虚弱的眼睛，看见了洛伦佐神甫，便吃力地请求神甫好好照顾朱丽叶，而现在一切帮助和劝慰于他都是徒然的了。他忏悔了自己的罪过，请求神甫，请求至善的上帝，宽恕他的一切。这个可怜的人断断续续地说完这些话，用手轻轻地拍着胸脯，慢慢地合上眼睛；他死去了。
朱丽叶的心像被一柄锋利的尖刀剜割着，连我也不忍心再向你们叙述了；但只要谁个真正地恋爱过，自然不难想象这一惨不忍睹的场面。她失声咽气地哭泣，不停地叫喊着爱人的名字，过度的悲哀使她昏迷了过去，扑倒在罗密欧的身上。
洛伦佐神甫和彼特罗也伤心极了，他们慌忙七手八脚地把姑娘救醒。朱丽叶苏醒过来的时候，成串的泪水从眼眶里涌溢出来，世上没有一个女子像她一样流了那么多的眼泪。她亲吻着罗密欧的尸体，一边喊道：
"啊，我唯一的亲爱的丈夫，你是我一切思想的最甜蜜的源泉；可是这甜蜜又包含了你的多少痛楚！你在最美丽、最快活的青春年华撒手离开了尘世，竟毫不怜惜人人无比珍视的生命。在别人最乐意生活的时候，你却情愿死去。你如此急促地奔向了任何人或迟或早都要到达的终点。你特意来到你无限地爱着的，并且又最爱你的人的身边，把生命奉献给了她。你以为她死了，被埋葬了，所以你自觉地来到她的墓前，要安息在她的身旁。啊，我亲爱的人，你怎么也不曾料到，我的凄酸的热泪竟会洒落到你的身上；你也不曾想到，到了另一个世界，你竟然也不能和我重逢。我晓得，倘使你在那个世界找不到我，你会回到这里来，看看我是不是随你而去。我已经感觉到了，你的英灵在我的身边徘徊，它正在惊讶，甚至痛苦了，因为我的行动过于迟缓。啊，我的丈夫，我现在见到了你的英灵，听到了你的叹息，我晓得，你唯一期待的，是我追随你前去另一个世界。请相信吧，我的爱，没有你作为我的伴侣，我绝不会再在人间逗留；失去了你，我的生活便和残酷无情的、永无尽头的死亡毫无二致，它比最可怕的死亡还要可怕。啊，请等一等，亲爱的丈夫，我要跟你走了，我将永远不再和你分离。倘使随你而去是我最大的幸福，那么，还有谁能够促使我告别这充满苦难的悲惨世界呢？没有，绝对没有了。"
洛伦佐神甫和彼特罗站在旁边见到这幕凄凉的情景，也禁不住勾起无限的酸楚，潸然泪下。他们尽力地安慰她，但是没有一点儿效果。于是，神甫开口说道：
"我的女儿，事情既然已经到了这种地步，也就不是人力所能挽回的了。倘使眼泪能够把罗密欧救活过来，那我们都甘愿化作泪水，使他起死回生。但现在毫无补救的法子了。你还是要珍重自己，继续生活下去。倘使你不愿意回到你的家里，那请允许我在圣洁的修道院里替你物色一个安身之处，你可以在那里侍奉上帝，为你的罗密欧的灵魂祈祷。"

朱丽叶一点儿也听不进神甫的劝慰，她只是为无法用自己的生命来换回罗密欧的生命而感到痛心，她已经横下了一条心，决意一死了之。她躺在罗密欧的身边，灵魂翩飞，咽了最后一口气。

洛伦佐神甫、彼特罗和另一位教士以为朱丽叶只是昏死了过去，急忙七手八脚地进行抢救。正在这当儿，总督府的卫队巡逻经过此地，发现陵墓里透出一片亮光，随即跑了进来。卫队抓住了彼特罗和两位教士，听他们诉说了这一对青年恋人的不幸遭遇，便把两位教士留下，严加看守，另外把彼特罗押往总督府，向巴尔托罗梅奥亲王禀告了他们捉拿到这几个人的情形。巴尔托罗梅奥亲王命令彼特罗把这对情人的故事详详细细地叙述给他听。曙光初临的时候，总督便起来亲自去察看现场。

这对恋人生生死死相爱，凄惨地陨灭的故事，立刻传遍了整个维洛那。城里的男女老幼纷纷拥到圣芳济谷教堂的陵墓，表示他们的哀悼。彼特罗和两位教士被免罪释放。全城居民，尤其是蒙德奇奥和卡佩莱托两个家族，怀着巨大的悲痛，为罗密欧和朱丽叶举行了极其隆重的葬礼。总督下令，把这一对恋人安葬在同一个墓穴里。

这个哀怨辛酸的悲剧，打动了蒙德奇奥和卡佩莱托两个家族。他们终于捐弃前嫌，重新修好；虽然他们之间的和平并没有持续很久。

罗密欧的父亲读了儿子的遗书，悲切万分，慨然满足了他提出的所有要求。

在这对生死相恋的青年安息的地方，立着一块碑石，上面镌刻着用一首十四行诗写的墓志铭：

> 罗密欧相信美丽的妻子
> 不愿忍辱含垢，被死神吞噬了；
> 他躺在爱人的怀抱，
> 坚毅地喝下了致命的毒汁。
> 她苏醒过来，明白了可怕的误会，
> 向丈夫发出辛酸的呼喊，
> 向苍穹，向星辰，悲凉地哭诉
> 她的凶残多舛的命运。
> 他奉献出了似火的青春年华，
> 她心碎肠裂，发出痛楚的祈求：
> "啊，上帝，请准许我随他而去。
> 我再也没有别的奢望，
> 惟求作他生死相依的伴侣。"
> 于是，一朵鲜嫩的娇花凋零了。

蒙扎修女的故事

[意大利] 阿·曼佐尼（ALESSADRO MANZONI, 1785—1873）。

《蒙扎修女的故事》从露琪亚和母亲来到蒙扎修道院避难写起，作者的笔锋随即一转，叙述了一位修女的曲折动人的身世。这位千金小姐，原本应当安享贵族家庭的荣华富贵和世俗生活的欢乐幸福，但当她还在娘胎里的时候，冷酷贪婪、暴戾恣睢的父亲却已替她安排好了一辈子当修女的命运；不管她以后曾经如何苦苦哀求，曾经怎样奋力挣扎，终究未能逃脱在清冷的修道院里虚度终生的厄运。她所渴求的爱情、所憧憬的幸福，被活生生地埋葬了。一个稚嫩的生命，遭到了冰刀霜剑的无情摧残。蒙扎修女的悲剧，是对封建贵族阶级及其礼教的有力控诉。

蒙扎修女是一个复杂、矛盾的形象。她受到封建势力的伤害、践踏，她挣扎、抗争。渐渐地，她的性格，她的品性，她的心理，也严重地扭曲了，畸形了。冷漠、虚荣和忌恨，侵蚀了她的心灵。她时时有一种侮辱、损害和虐待他人的冲动。她犹如受到病毒严重侵害而身心变态的病人，又反过来去传播这些可恶的病菌，去腐蚀他人的肌体。不妨说，蒙扎修女是那个社会的双重意义上的牺牲品。曼佐尼以深厚的艺术功力，塑造了一个具有丰富内涵的典型形象。这或许就是这篇故事向我们提供的思想认识价值和审美价值的所在，也是它一百多年来在意大利广泛流传、家喻户晓的缘故吧。

走进小镇城门的时候，修道院长止住了脚步，转过身来，看看其他几个人是否跟随在他后面。在那个年代，这里一边是一座年代久远的塔楼，一半已经倒塌了，另一边是一座古堡，也只留下了断垣残壁，俯视着入口；兴许，只有为数不多的读者才回忆得起来，他们曾经亲眼见过这些建筑的完整的样子。他进了小镇，径直朝修道院走去。到了目的地，他又在大门口停住，等候随行的那几个人。他吩咐车夫，过两个钟点左右再来修道院听回音。车夫满口答应，便向两位妇人告别。她们再三道谢，又请车夫向克里司多福罗神甫转达她们的敬意。

　　修道院长带领安妮丝和露琪亚走进修道院的第一进院子，先把她们安置在女管事的房间里，然后独自去找那位小姐商量。过了不多一会儿，他回来了，脸上流露出喜悦，请她们和他一起进去。他来得正是时候，因为女管事正喋喋不休地盘问安妮丝和露琪亚，她们不晓得怎么才能摆脱她的死乞白赖的纠缠。他们走过内院的时候，修道院长趁机指点她们，在那位小姐面前应当保持怎样的举止行动。

　　"她对你们很有好感，"他说道，"假若她乐意的话，一定会竭力帮助你们的。你们要谦恭温顺，彬彬有礼，很诚恳地回答她对你们提出的问题；当她不再询问的时候，就让我来应付。"

　　他们穿过楼下的一间屋子，朝客厅走去。院长指着那客厅的门，轻声地说："她就在这里。"好像是提醒她们记住他方才叮嘱的一番话。

　　露琪亚从来没有见过修道院，一走进客厅，她就紧张地四处打量，寻找那位小姐，准备向她施礼。可是，她在客厅里没有发现要找的人，心里正觉得慌乱，呆呆地站着的时候，瞧见院长和安妮丝正向一个角落走去。她朝那个方向定睛一看，这才瞧见那儿有一扇样子很特别的窗户，装着两排又粗又密的铁棂，中间隔着将近一掌宽的距离。在那铁棂后面，站着一位修女。

　　从她的面容判断，这位修女的年龄约莫25岁上下。头一眼看去，就让人觉得丰姿楚楚，美丽动人。但是这种美丽恰如凋谢、枯萎的花朵，神采风韵中依稀可见被蹂躏的痕迹。她头上蒙着一方黑纱，整齐地披在双肩上，黑纱上挂下的一条雪白的亚麻带子，系住白皙莹润的前额上部；另外一条宽的白色带子，鼓起皱褶，裹住她的脸颊，在颔下成为一块围巾，遮住她的黑长袍松开的衣领，一直垂到胸口。她的前额不时像掠过痛苦的痉挛似的，漾出一些皱纹，两条黑黑的眉毛也随着迅速地牵动，眉梢紧锁。一双亮晶晶的大眼睛，漆黑的瞳仁常常一动不动，冷冷地审视对方的脸孔；有时，她又匆匆地垂下眼帘，仿佛要寻找一个什么地方隐蔽起来似的。细心观察她的人，一定会以为，她的盈盈秋波在乞求爱怜、关心和同情；而在别的时候，又可以发现她的一双光闪闪的眼睛，忽然显露出某种残酷无情的、令人生畏的怨恨。看得出来，这种怨恨是根深蒂固而又强行压抑着的。当她的一对眸子呆呆地停留在眼眶里，似乎心不在焉的时候，有人觉得这是她的傲慢的冷漠，有人揣摸她陷入了不可告人的思虑的痛苦，或是沉湎于萦怀的愁绪。这些，都远比周围的万般事物更强烈地抓住了她的心。她的脸蛋儿异常苍白，整齐的线条描画出清秀而妩媚的轮廓，但长期的疲惫使脸颊明显地瘦了。嘴唇好像两瓣红玫瑰，虽然已失去了鲜艳的色泽，但在白净的皮肤的映衬下，娇艳动人，别具情致。她的嘴唇如同她的眼睛一样，都显得特别的轻盈、灵活，有着丰富的、神秘的表情。她的身材很美，刚健中透着娟秀，不过她的举止多少有点儿漫不经心，或者常常是急促的、毫无顾忌的。对于一位女子来说，更不用说对于一位修女，这显得过分的粗犷，以致破坏了她美妙体态的风韵。她的衣着，给人一种既似精心打扮过，又似不着意修饰的印象。这表明她是一个非同寻常的修女。她的装束很注重世俗的雅致，从系住前额的带子下面，露出鬓角的一缕黑油油的软发。这大约是她已经遗忘或者故意蔑视修道院的戒律，因为从举行入院仪式、把头发剪短以后，修女就再也不得蓄留长发了。

这些特殊的情形倒也没有引起露琪亚和安妮丝的注意，她们也不晓得如何去分辨这个修女同其他修女之间的区别；而院长已不是头一次跟这位小姐见面，他和其他许多人一样，对她独特的穿着打扮、举止行动早就习以为常了。

此时，正像我们前面说过的，小姐站在窗棂后边，一只手软软地扶着铁窗棂，丰润白净的手指握着横格。她凝眸注视着怯生生朝她走来的露琪亚。

"高贵而尊敬的嬷嬷，"院长略微垂下脑袋，把手放在胸口，说道，"她就是那个可怜的落难女子，你曾慷慨大度地向我允诺，愿意向她提供可靠的庇护。这位是她的母亲。"

两名被介绍的女人一连深深鞠了几躬，小姐摆了摆手，示意她们不必多礼，又转过身子对神甫说道：

"能够为我们的良友、慈善的神甫效劳，我真觉得是莫大的荣幸。不过，……"她停顿了一下，接着说，"请您把这位姑娘的遭遇再详细点儿告诉我，也好让我考虑怎样更好地帮助她。"

露琪亚的脸孔泛起一层红晕，赶紧低下头去。

"尊敬的嬷嬷，您当晓得……"安妮丝急切地抢着说道。但院长瞪了她一眼，打断了她的话头，接着回答说：

"尊敬的嬷嬷，这位姑娘，正如我告诉您的，由一位师兄托付给我。她为了躲避飞来的灾祸，被迫偷偷地离开了她的家乡。她如今需要一个避难的去处，在那里，她可以太太平平地生活一段时光，谁也不会认出她来，谁也不敢来伤害她，甚至……"

"究竟是什么灾祸呢？"小姐插话道，"我的神甫，请您不要像让人猜谜语似的跟我谈这样的事情。您自然晓得，我们这些作修女的最喜欢追根究底，把听到的事情弄得清清楚楚。"

"那些不幸的事情只能点到为止，以免玷污尊贵的嬷嬷的纯洁的耳朵。"院长回答说。

"哦，您说得很对。"小姐匆匆地说道，她的脸孔有点发烧。这是羞怯的表现吗？谁若是察觉到她脸红的时候禁不住流露出来的轻蔑的神情，自然会疑惑的，尤其要是把那红晕跟露琪亚脸颊上泛起的红晕作番比较的话。

"只消向您说明这样一点就足够了。"院长接着说道,"一位有权有势的人物——在这个世道上,并不是所有的大人物都是靠着上帝恩赐的权力去为上帝的荣耀、为他人的幸福效劳,像您这样——这位有权有势的贵人,先是用一些花言巧语来诱惑这个姑娘,后来眼看这些全无济于事,便干脆露出了凶相,采用暴力的手段,想胁迫这可怜的姑娘就范。她被逼得走投无路,只得离乡背井,逃出来避难。"

"你过来,姑娘。"小姐打手势招呼露琪亚,对她说,"我晓得,院长说的话是真实可信的;但是没有一个人能比你更清楚这件事情的内情。现在你就对我说说,那个贵人可当真是个迫害你的可恶的家伙?"

露琪亚立即听从女士的吩咐,走到她的跟前,但要回答她的问话,却着实为难了。询问那种事情,即便出自一个与她身份相同的女子,也会叫她窘迫得不知从何说起,何况现在是由一位高贵的女子提了出来,而且又明显地流露出并非善意的猜疑。她回答问题的勇气也就烟消云散了。

"尊贵的……小姐……嬷嬷……"露琪亚喃喃低语,好像再也不知道有别的什么话要说。

此时,安妮丝暗自思量,除了露琪亚以外,唯有她最清楚这件事情的来龙去脉,现在她自然应当义不容辞地来帮助女儿摆脱困境了。

"高贵的嬷嬷,"她开口说道,"我敢作证,我的女儿确实是痛恨那个可恶的贵人,正像魔鬼讨厌圣水……噢,我这是说,那个家伙是魔鬼。请您不要见怪,如果我说话颠三倒四,因为我们原是无知的百姓。事情是这样的:我的可怜的女儿本与一个青年订了婚,他的境况跟我们家相当,靠手艺也混得不错,又是个敬畏上帝的人。如果替他们主婚的那个神甫敢作敢为——我原先以为他是有点胆量的人——我知道,这么议论一位僧侣是不合适的。但克里司多福罗神甫,也就是我们这位院长的朋友,他也同样是位僧侣,却有一副仁义心肠。如果他在场,一定乐意证明……"

"我没有问你话,你过于能说会道了。"小姐厉声喝断了安妮丝的话,脸上露出傲慢与愤懑的神色,这几乎使她的模样变得丑陋了。

安妮丝讨了个没趣,委屈地向露琪亚瞟了一眼,好像是说:你瞧,就因为你不好意思开口,才叫我受了这番叱责。院长也微微地摇头,用眼色向露琪亚暗示:现在她该大着胆子出来说话,不要让可怜的母亲为难了。

"尊贵的嬷嬷,"露琪亚说道,"我母亲方才对您说的完全是实话。那个青年爱上了我,"说到这点,她的脸色刷地红了,一直红到耳根,"我也是真心喜欢他。请您原谅,假如我竟这般放肆直言,我只是希望不要错怪了我的母亲。至于说到那位贵人,但愿上帝宽恕他!我宁可一死了之,也绝不愿意落入他的魔掌。我们如今走投无路,也只好厚着脸皮来打扰善良的人们,但求有一块安身之地。您素来慈悲为怀,假如您能开恩收留我们，请您相信，嬷嬷，再也没有人会比我们这两个可怜的女人更真心实意地日夜为您祈祷和祝福了。"

"您说的话我信得过，"小姐的声音变得温柔多了，"不过我以后还想和你单独聊聊。为我们热心的院长效劳，自然不再需要别的什么解释，也无须别的什么理由。"她随即彬彬有礼地转身对院长说，"其实，我早已思量过这件事，而且已经想出了一个眼下我觉得万全的办法。我们修道院女管事有一个最小的女儿，前几天刚好出嫁了。这母女俩不妨住到那女子腾出来的房间去，顺便也就把那女子原先的差事接下来，干些轻微的活儿。说真的……"她做了个手势，请院长走近窗棂，然后轻声地说，"说真的，眼看着又是歉收的年景，我们原本也不想找什么人来顶替那女孩子；不过，我可以再去找女院长谈谈，只要我说一句话……而且又是为您效劳……好吧，事情就这样定下来了。"

院长赶忙向她致谢，但是小姐阻止了他，说道：

"请不必多礼。说不定什么时候我也会遇上为难的事情，也得向你们恳求帮助。归根到底……"她的嘴角露出一丝微笑，但这微笑中隐含着一种捉摸不透的痛苦的讥讽，"归根到底，难道我们不是兄弟姐妹吗？"

说罢，小姐唤来一名女仆（修道院鉴于她的特殊地位，专门拨了两名女仆供她使唤），吩咐她把自己的决定去向女院长报告，然后又通知女管事去妥善安顿露琪亚的住处。最后送走了院长和安妮丝，把露琪亚单独留下来。院长陪安妮丝走到门口，又把需要注意的事情细细叮嘱了一番，便离开那儿回去给克里司多福罗神甫写信，详细汇报事情的经过。

"真是一个古怪的女人！"院长一路上暗自思忖，"一位奇妙的尤物！不过，谁若是能摸透她的性子，倒也不难打动她，请她成全别人。我的克里司多福罗神甫自然不曾料到，我会如此干净利索地把一切都安排停当。这个心肠善良的大好人！对他简直一点儿法子也没有，他时时刻刻都在为别人奔波，行善积德。这一回他倒真幸运，找到了一个朋友，不动声色，神不知鬼不觉，不费吹灰之力就把事情顺顺当当地办妥了。善良的克里司多福罗神甫一定会满心欢喜，他想必也会看得出来，我们这儿的人也是能干的。"

却说那位小姐方才在一个精明练达的托钵僧面前，言语举止都很小心在意；现在她跟一个不曾见过世面的乡村姑娘单独在一起，也就不再约束自己，谈话竟渐渐地变得稀奇古怪起来。我们觉得对这个谈话还是按下不表为好，先把这位不幸小姐的身世际遇略微叙述一番，也便于读者明白她的种种不同寻常的、令人纳闷的举止的根源，并且理解她的脾性与她日后的种种行为之间的关系。

她原本是一位亲王的幼女。她的父亲是米兰的贵族，在当地的名门望族当中也称得上是屈指可数的巨富。但是他受虚荣心的驱策，过于看重自家的声名地位，总是觉得他的万贯家赀只够勉勉强强甚至难以维持奢华的排场。因此，他一门心思只想着如何守住他的万贯家产，永远不让它们有一星半点的散失。他膝下有几多子女，史书上对此并无明确的记载，只说他单单把长子留在身边，而把其余的儿女统统送进了修道院。他决意让长子一人继承他的全部家业，这样才好保持高贵门阀的传统。他并且规定，他的长子生男育女以后，也必须遵照这个折磨自己也折磨子女的法子办理。

  当我们这位不幸的小姐还在娘胎，尚未降临人世的时候，她的命运就被无可挽救地判决了。只有一样事情还有待决定：生下来的究竟是一个修士，还是一个修女。这个决定自然也不用征得未来的当事人的同意，而仅仅需要当事人问世就是了。她呱呱坠地以后，那位亲王，她的父亲，一心想给她取个名字，使人能够马上联想到以一个出身名门贵族的圣女芳名命名的修道院，所以就把她叫作吉特罗黛①。在她的孩提时代，家里人送给她的头一批玩具，是一身修女打扮的布娃娃；之后，就是女圣人的雕像。赠送这些东西的时候，常常伴随着喋喋不休的叮嘱，要她好生爱护这些珍宝似的玩意儿，并且用赞美的语气问道："漂亮极了，是吗？"每当亲王，或者亲王夫人，或者男孩中唯一在家里抚养的长子，夸奖小吉特罗黛花朵般娇艳的容貌时，都喜欢说："瞧，多像一位女修道院长！"仿佛再也寻找不到别的言辞来表达他们的赞赏了。不过，没有一个人直截了当地告诉她说，你长大了要去当修女。虽说如此，这个意思是不言自明的，并且在涉及她的未来命运的任何谈话中，也时常要顺便地提到。倘若小吉特罗黛有了什么放肆的举动，显得桀骜不驯——这原是很符合她的本性的——家里人就会告诫她："你现在是个小女孩，千万不可有这样的举动。等你长大了，当了女修道院长，你尽可去发号施令，把一切都翻个底朝天也无妨。"有的时候，亲王见她的行动完全由着自己的性子，过于随意、自由，便教训她说："呃，呃，这样的举动跟你的贵族小姐的身份太不相符了。如果你希望将来别人都对你表示应有的尊敬，从现在起，你就得学会约束自己。你千万记住，你将来是要作修道院里头一号人物的，因为无论在什么地方，高贵的血液始终是高贵的。"

  所有这样的言辞都在小姑娘的头脑里烙下了很深的印记：她命中注定要当一名修女。出自父亲口中的这些话语，比起别人所说的一切，有着更沉重的分量。亲王平时的一举一动无不带着一家之主的威严，而一旦谈到儿女们的未来，他脸上的表情，他说的每一句话，都显露出一种不可动摇的决心，一种铁石心肠般的意志，让周围的人强烈地感觉到，这是命运的冷酷无情的安排。

  六岁那年，吉特罗黛被送进了方才我们已经知道的那座修道院。她在那里接受教育，其实，家里人更主要的目的是为了让她熟悉替她选择的未来的生活。亲王相中这儿的修道院，不是无缘无故的。那个驾车把安妮丝和露琪亚送来的好心肠的车夫就说

---

① 据传，吉特罗黛是布拉班台地方一位贵族的女儿，任尼维利修道院长。

过，吉特罗黛的父亲是蒙扎地方首屈一指的权贵。把这个说法和无名氏在别的几处地方留下的若干材料综合起来考察，我们可以证实，他是蒙扎的大地主。不管怎么说，他在这个地区是个极有权势的大人物。他深思熟虑以后认定，蒙扎比任何地方都更容易让他的女儿享受非同寻常的优待，这样也好促使女儿把这座修道院作为自己永远的安身立命之所。亲王的算盘一点儿也没有打错。女修道院长和另外几个在修道院里很有点地位的修女兴高采烈。在她们看来，亲王的女儿在她们那儿落户，这是亲王赐予她们的一件信物，表明他会充当这座修道院的保护人。这于她们自然是莫大的荣誉，也极有利于她们同别的修道院竞争。她们接受了亲王的要求，以抑制不住的喜悦心情，但又很有分寸地表示了她们的感激。亲王在言语中暗示了要让女儿终身修行的意愿，这正跟她们的心愿不谋而合。

　　吉特罗黛进入修道院以后，上上下下的人都避免叫她的名字，而尊敬地称她作小姐，对她的饮食起居也自有特殊的照顾。她的举止行为被誉作榜样，时时受到夸奖。除了精美的甜食，她常常享受到温柔的抚爱。这抚爱包含着一种既多少带点儿逢迎，又十分亲昵的情感，对孩子最有诱惑力，使得她养成以傲慢的态度对待别的女孩子的习惯。自然，并不是所有的修女都有意让可怜的女孩落入陷阱。许多心地纯朴的善女，竭力远远地躲开女院长的诡计。她们一想到那些人出于利欲熏心的卑鄙动机，竟要葬送一个女孩子的幸福，心里不免非常憎恶。不过，她们都有各自的事情需要料理，一些人不了解或者并不透彻地了解这个计谋的底细，或者不很明白其中的种种花样；另外一些人不愿意去追根究底，或者觉得还是少开口为妙，免得徒然惹出无谓的麻烦。有一个修女，不禁辛酸地回忆起来，当年也是被人用同样的手段蒙骗，而终于落到了后来使她追悔莫及的地步。所以她非常同情这个清白无辜的小女孩，时常向吉特罗黛表示充满柔情和伤感的爱怜，来寄托自己的一腔凄楚的哀愁。吉特罗黛倒丝毫没有觉察有什么蹊跷。一切都依照原来的样子继续下去。

　　兴许，修道院里的生活将这样平平静静地走到它的尽头，倘使那里只有吉特罗黛一个女孩子的话。可是她的同伴中却着实有好几个人知道自己将来是要结婚的。吉特罗黛从小就被灌了满脑子的虚荣心，自以为高人一等，洋洋自得地向别人炫耀，她将来定会当上女院长，成为修道院的头号人物。她千方百计想要引起别的女孩子对她的艳羡。但是她惊奇和恼怒地发现，她们当中的一些人对此竟全然无动于衷。她沉浸在当女修道院长的幻想之中，面前展示的是威严、辉煌，但天地狭小、气氛冰冷的图景；而那些女孩子用来与之对抗的，却是一个多姿多彩，令人目眩神迷的世界，一个充满婚嫁喜庆、觥筹交错、狂欢行乐以及游春赏景、盛装丽服、车水马龙的豪华世界。这些诱人的景象在吉特罗黛的脑海里激起了巨大的波澜，使她思绪起伏，好像把刚刚采摘下来的一篮娇艳的花朵，置于蜂房前面，引得无数的蜜蜂不断嗡嗡一样。她的父母和师长一心只希望她对修道院发生好感，竭力在她的心田里培植自负倨傲的优越感，任其滋蔓；但是自从一种更加符合她的本性的理想在她的内心中萌发以后，她便身不由己地以火一般炽烈的激情去追求它。

吉特罗黛深深被新的欲望吸引住了，她绝不甘心在她的女伴们面前表现出低人一头的样子。所以她明确地对她们说，到了将来，除非她自己愿意，谁也没有权力叫她头戴黑纱，一辈子当修女；她不仅能够结婚，能够在王室中生活，享受人世间的荣华富贵，而且她所得到的幸福会远远超过她们任何一个人。她还说，只要她乐意，她就一定能如愿以偿。实际上，她现在确实渴望着世俗的生活。要当修女必须征得她的同意这一想法，在此以前一直悄悄地潜伏在她头脑的一个角落里，竟然连她自己也不曾察觉，如今却日甚一日地膨胀起来，显露出它的全部重要价值。她不时用这个想法来安慰自己，以便平平静静地沉浸在对未来的令人神往的幻想之中，体味它醉人的甘甜。可是，她的美丽的想象，总是不可避免地伴随着另外一个阴暗的念头，就是她必须先改变父亲的想法，才能摆脱当修女的命运。而她的父亲却早就抱定了要她在修道院中生活一辈子的主意，或者至少说，父亲已经认为她是同意了这一点。每当想到这里，她的一颗心就沉下去，言语中流露出来的自信也黯然消失了。于是她把自己和那些有着别一样自信的女友们比较，心头不由泛起一阵阵痛楚的忌意，而当初她原以为她的一切是足以引起别人的歆羡的。她由忌妒而恼恨她们，便故意对她们表现出鄙夷不屑的神气，有了些粗暴无礼的举动，说些尖酸刻薄的话语，来发泄她的满腔怨恨。由于她的兴趣、对未来的希望，毕竟是和她们一致的，所以她的心境有时也会暂时平静下来，又对女友们表示出亲昵的友好。有的时候，为着享受一些眼前的、实在的乐趣，吉特罗黛又在女友们面前炫耀自己的高贵，想叫她们慑服；有的时候，在恐惧和希望的频繁折磨下，她再也忍耐不住孤独的煎熬，便一反常态，主动去找女友们，显出异常温柔和顺的样子，几乎是向她们乞求怜悯、友爱和生活的勇气。

就在这种对自己和对别人不断进行的痛苦的内心搏斗中，吉特罗黛度过了她的少年时代，迎来了潜伏着危机的豆蔻年华。在青春时期，她的灵魂似乎完全被一种神秘莫测的力量占有了。这力量使她原先的种种欲望和理想的幼苗得到滋润、美化，获得蓬勃昂扬的生气。有时甚至改变那种种欲望和理想的面貌，把它们引上以前完全不曾料想到的方向。在此以前，吉特罗黛在对未来的梦想中，最执着追求的，只是世俗生活的流光溢彩的荣华富贵；而现在，一种难以形容的情感，充满着令人激动的柔爱，在她的心里躁动着。它起初犹如一层淡淡的云丝雾缕在她的心灵里飘浮，如今渐渐地扩展，已经完全包围了她的心灵。在她头脑的最隐秘之处，吉特罗黛建筑了一座光华、美丽的宫殿，她乐陶陶地隐居其间，躲开周围的现实生活。她依据少年时代混乱的回忆，自己对外部世界极其有限的了解，以及从自己和女友们的谈话中所获得的认识，用奇特的方式虚构出某些人物。于是，她就和这些人物侃侃交谈，向他们请教，然后代替他们回答自己的问题；她又在这座缥缈、华美的宫殿里向那些人发号施令，接受他们对自己诚惶诚恐的顶礼膜拜。但是宗教的意识不时闯进这座宫殿，搅乱了她的那些光彩夺目，同时又把她弄得精疲力竭的美梦。人们向这个可怜的女孩子灌输的宗教意识，她从小接受的宗教信念，丝毫没有把傲慢当作异端加以非议，反倒给她的骄傲披上了一件神圣的外衣，使它成为获取尘世幸福的手段。这样，宗教失去了它的本性，不复是宗教，而成为和其他虚幻的东西毫无二致的幽灵。在吉特罗黛的幻想中，这个幽灵有时会分外活跃，占有举足轻重的地位。于是，这位不幸的女子便被种种纷乱、扰攘的恐惧和一种模糊不清的责任感所压倒。她恍惚觉得，她厌恶修道院的生活，在选择未来的道路时，违抗她长辈的意旨，这确实是她的罪过。因此，她又暗暗许下誓愿，决心自愿遁迹于修道院，以此来洗刷自己的过错。

依照当时的宗教规矩，一个年轻女子倘若要出家当修女，就必须先由一位充当修女代理人的教士，或者一位教会的代表，对她进行考核，以求查实当修女可是她自觉自愿的选择；而且，她首先应当正式递呈一份申请书，向教会的代表申明自己的意愿，一年以后，考核方能进行。几个修女接受了一项奸诈的任务，趁着我们方才叙述的那个当儿，引诱吉特罗黛抄写了一份早已替她起草好了的申请书，让她签上了自己的名字，而且使她丝毫不去怀疑这一举动是作茧自缚。她们为了顺利地让她就范，还三番五次地开导她，说这纯粹不过是一种形式（事实上的确如此），它本身并没有任何的约束力，事情完完全全取决于以后考核的时候，她将采取怎样的态度。但是，她的申请书或许还没有递到教士的手里，吉特罗黛已经痛悔了，她责怪自己干了一件蠢事。然后，她又自责自己的这种懊悔。她就在这样两种矛盾思想的纠缠下，度过了无数个日日夜夜。在很长的一段时间里，她把这件事情瞒过了女友们。有时她生怕同伴们不赞成她的善良的意愿，有时她又觉着羞愧，不愿承认自己的软弱。末了，卸掉沉沉地压在心头的重负，请求女友们给予帮助和支持的愿望，终于占了上风。

当时还有另外一条规矩，一个女子若是志愿终身事奉宗教，必须离开她接受教育的那座修道院，回到家里或者去别的什么地方，至少生活一个月的时间，才能获得参加考核的资格。吉特罗黛呈递申请书一年以后，她得到了通知，说过不了多久她就可以离开修道院，回到父亲的身边，安度那一个月的时光，履行为了完成她已经开始的事业所必不可少的手续。亲王和家里的人都以为这件事已经顺利解决，一切都已安排停当了似的。但是吉特罗黛却另有打算，她不但拒绝再向前迈出一步，而且正暗自思虑从现在这个地步倒退回去的办法。她左思右想，陷入了彷徨窘迫的境地。于是她决定向同伴中平素最坦率、最能给别人出好主意的一位女友吐露她隐秘的心愿。那位女友劝她，既然她缺乏勇气当着父亲的面理直气壮地说一声"我不愿意"，那就不妨写一封信给父亲，详细申述她现在所取的态度。在这个世界上，无须偿付代价的帮助是极为罕见的，吉特罗黛也就不得不忍受同伴对她的懦弱的种种尖刻的嘲笑。她和四五个知己女友秘密地商量了一番，悄悄地写了封信，通过细心研究出来的途径投送了出去。吉特罗黛怀着一颗七上八下的心，等待着父亲的答复，但是没有得到他的任何回音。几天以后，女修道院长派人把她叫到自己的房间，用含着责备、怜悯意味的脸色和异常神秘的口气，隐隐约约地向她暗示亲王的雷霆之怒和她所犯的过失，同时又让她明白，只要她今后检点自己的行为，仍然可以指望得到亲王的宽恕。她登时明白了院长的意思，惶惶地失去了进一步打听的勇气。

吉特罗黛热切盼望而又如此害怕的一天终于来到了。她虽然晓得此去犹如奔赴战场，前途未卜，然而，离开修道院，从把她禁锢了整整八年的围墙里走出来，乘坐马车奔驰在广阔的田野上，重返城市和家园，这一切都使她无比振奋，心头感到一阵阵激动的战栗。至于说到面临的战斗，可怜的姑娘准备采取女友们替她想好的计策，早已打定了主意，或者按照现在的说法，已经制定了计划。"假使他们想逼迫我，"她暗自思忖，"那我一定不要动摇自己的决心，我对他们要温顺、尊敬，但决不屈从于他们的意志。他们休想再从我嘴里掏出'愿意'两字，我无论如何是不会说的。假使他们对我确实是一片慈善心肠，那我会以加倍的善心对待他们，会在他们面前痛哭流涕，苦苦哀求，打动他们的同情心。归根到底，我并没有什么过分的要求，只恳请他们别让我在修道院里葬送终身。"

但是，正像类似的预见常常会落空一样，吉特罗黛假设的两种情况都没有发生。日子一天天过去了，她的父亲，家里的其他人，都闭口不谈她递呈的那份申请书，也绝不提起她改变主意以后写给父亲的那封信，而且也不向她提出任何的建议，既不用柔爱来安抚她，也不声色俱厉地申斥她。父母亲整天价摆出一副严肃、忧愁和阴沉的脸色，却并不对她说明这是什么缘故。但是看得出来，在他们的眼里，她是一个有罪的人，一个干下了极不体面的事情的人。她隐隐约约地感觉到，父母亲似乎已经实际上把她从家里革除了出去，仅仅为着让她知道她的命运仍然掌握在他们的手里，才继续和她维持着联系。吉特罗黛只有很少的机会，而且是在规定的时间里，才能和她的父母亲、长兄相聚。他们三个人显得分外的亲昵、融洽，这使孤零的吉特罗黛愈加觉着凄恻难忍。没有一个人和她说话，当她偶尔壮起胆子，怯生生地插上一两句无关紧要的话时，他们要末干脆不予理睬，要末做出漫不经心的样子，非常轻蔑地瞟她一眼，或者向她投去严厉的一瞥，作为对她的回答。倘若她再也不堪忍受如此痛楚的、令人屈辱的冷漠，执拗地要求得到一点天伦之乐，希冀获得少许的怜爱，他们顿时就会转弯抹角但又异常明确地触动她的痛处，让她清楚地意识到，事情正在于她是否遵守当修女的誓愿。她若是想要重新赢得他们的爱，就应忠于誓言，舍此没有别的法子。吉特罗黛自然不愿接受这样的条件，她不得不忍痛摒弃他们流露出来的、她如饥似渴地祈求的一丁点儿怜爱，重新落进被视为异端而遭到排斥的境地，而且依旧蒙受着她似乎犯下了罪过的耻辱。

周围的种种情景，跟曾使吉特罗黛激动不已，而且至今仍在她的内心深处活跃着的甜蜜的幻想，形成了令人痛苦的对照。她原先曾指望，在父亲的豪华富丽、宾客如云的宅邸里，她至少可以领略到些许她久已向往的欢乐。然而，她完全失望了。她如今与世隔绝，仍过着像修道院一般严格、彻底的隐居生活。出外散步从来没有人提起过。从宫室到邻近的教堂，有一条不长的过道相连，这样使她离开家门，上街走走的唯一机会也被剥夺了。平时她所接触的人，比起在修道院里的那些同伴，不只愈加少了，而且更加枯燥乏味，令人讨厌。每当仆人禀报有客人来访，吉特罗黛就得赶紧回避，登上顶楼去跟几个老妈子做伴；倘若客人们还没有散去，她就留在那儿用膳。那班仆人全看主人的眼色行事，一言一行都秉承亲王的意旨。吉特罗黛很想以一种落落大方，亲切随和的态度对待他们。她如今落到这般可悲的处境，他们若是能够平等待她，对她怀有哪怕一星半点的情感，她也就感激不尽了。她有时不得不委屈自己，象乞求施舍似的讨好他们，但回报她的始终是毫不掩饰的冷淡，诚然伴随着某种做作的恭敬。这种对她的明显羞辱使她的心都凉了。

　　这时候，吉特罗黛渐渐地察觉，在仆人当中，有一个青年显得与众不同，对她表露出特殊的尊敬和同情。青年的举止行为中蕴涵的某种东西，使她仿佛觉得，这正是长期以来她在自己的幻想中所强烈追求的，也符合她理想中的人的品格。渐渐地，这少女的态度发生了一种非常微妙的变化。她一反常态，变得文静了，同时又格外的心慌意乱，好像她意外地寻得了一件于她极其珍贵的宝物。一种无法遏止的愿望时时刻刻驱使她去玩赏它，但又唯恐众目睽睽之下被别人识破。对她的监视比以前愈发严密了。有一天早晨，吉特罗黛正在匆忙地折叠一张信笺，上面写了其实最好不要去写的字句，不晓得怎么被一个女仆发现了。经过一番争夺，这封信落到了女仆的手里，随即被呈送给了亲王。

　　吉特罗黛听见了父亲的脚步声，一阵强烈的恐惧震撼着她，任何语言都无法表达她此刻的惊骇心理，因为他毕竟是父亲，狂怒的父亲。她觉得自己真地成了一个罪人。当她看见父亲满脸怒容地站在她的跟前，手里捏着那张信笺，她真恨不得找个地缝钻进去，更不必说进那座修道院了。父亲寥寥数语，却足以令人震惊恐惧：他吩咐把她禁闭在那间屋子里，由那个告发的女仆看守；他扬言这只是小小的惩戒，暗示还有另外一种更阴森可怕的刑罚。

　　那个年轻仆人自然立即被驱逐了。对他也进行了威胁，倘若他随便什么时候胆敢把这件事情泄露出去一星半点，一定会受到更严厉的惩罚。亲王对他这么警告之后，伸手又赏了他两记响亮的耳光，给他胆大妄为的举动留下一个纪念，也免得他以后到外面去招摇撞骗。驱逐仆人的借口是很容易找到的；至于吉特罗黛，他们便散布说，她身体欠佳。

　　羞愧、追悔以及对未来的恐惧，一齐折磨着吉特罗黛，使她的一颗心怦怦地狂跳不已。那个女仆成了她的唯一的伴侣，她痛恨这个告密者，她的罪过的揭发人，使她横遭灾祸的罪魁。女仆也痛恨吉特罗黛，因为她的缘故，才落了个看守犯人的倒霉的差使，天晓得要到哪一天才能脱身，而且还要一辈子保守这件令人胆战心惊的秘密。

最初涌现的纷乱的思绪渐渐地平静下来。但是随后这些念头又交替地在吉特罗黛的心头泛起，它们不断地滋长，向外膨胀，痛苦地扰攘着她。

父亲那么凶狠地威胁她，可他暗示的惩罚究竟是什么呢？在吉特罗黛天真幼稚、像一盆火似的燃烧着的思想里，幻化出千百种奇奇怪怪的惩罚方式。她觉得最可能的惩罚是把她重新送回蒙扎的修道院，并不再以一位高贵小姐的身份受到尊崇，而是作为一名罪人被幽禁起来。唯有上帝晓得要在那里度过怎样漫长的岁月，忍受何等屈辱的待遇！在这种种令人不寒而栗的痛苦的念头之中，最令她恐惧的、致命的痛楚，或许就是她害怕将蒙受各种耻辱。

那封使她招致厄运的书信的每一个字，每一句话，甚至每一个标点符号，都不断地在她的脑子里萦回。她悲哀地想到，这封信尚没有来得及送给收信人，就落到了另外一些始料未及的人的手里；他们细细地读了信，反复推敲它的字句，很可能她的母亲，或者她的长兄，或者天晓得还有别的什么人，已窥见了其中的隐情。跟这件事情相比较，她觉得其余的一切都是微不足道的了。

那个使她蒙受奇耻大辱的年轻人的形象，也时常悄悄地来骚扰她的心。这个形象的突然出现，使她的心里起了奇特的应和，它同周围那些死板的、冷冰冰的、令人望而生畏的形象比较，是何等的不同啊！然而，她无论是想起他的超群的人品，还是回味那稍纵即逝的欢乐的时刻，眼前凄怆的情景立即牵动她的心肠，阵阵作痛。因此她竭力克制自己，渐渐地放弃了对那个形象的思念，放弃了对往事的回忆。她也不愿意再久久地怀着欢欣的心情，去沉浸在从前那些五色缤纷的、充满甜美奇趣的幻想之中，因为这与她的现实的遭遇，与她的未来的命运，相距实在太遥远了。对于吉特罗黛来说，如今能够庇护她的唯一堡垒，能够使她平安地、体面地隐居的唯一场所再也不是那种虚幻的空中楼阁，终究还是修道院。只要她下定决心，在那里终身伺奉天主就是了。她毫不怀疑，一旦作出这样的抉择，一切问题都将迎刃而解，一切过错都将一笔勾销，她的处境顷刻之间便将根本改观。诚然，她多少年来孜孜以求的理想是与这个意思势不两立的。但情势毕竟大不相同了，她现在已经坠入了黑暗的深渊，她把时时害怕落到她头上的惩罚，与那绕着高贵、荣耀的光环，令人敬重的修女生活比较，于是在她的眼里，那修道院似乎变成了甜蜜的人间乐园。

这时候，又有另外两种不同的心情促使她缓和了对修道院根深蒂固的厌恶心理：一忽儿，她悔恨着自己所犯的过失，从而产生一种索性去献身宗教的柔弱的、奇异的心情；一忽儿，在那个监护她的女仆的恶劣态度的刺激下，一种混合着凄怆和傲慢的心情充溢着她的全身。说实在的，女仆的恶劣态度经常是吉特罗黛引起的。为着报复，女仆便不断用残酷的刑罚来恫吓她，或者故意提起她的过错来数落她。有时，女仆忽然心血来潮，做出一副格外善良的样子，以保护人的口气对她表示体贴，这比羞辱更加引起吉特罗黛的憎恨。在这种种情况下，吉特罗黛多么希望挣脱看守人的魔爪，重新占据一个足以蔑视那个女人，对她的势利冷酷和假惺惺的怜悯嗤之以鼻的高贵地位。这种愿望愈来愈强烈，愈来愈急切，以致吉特罗黛觉得，凡是能帮助她达到这一目的的一切，全是美妙可爱的了。

吉特罗黛就这样像囚徒似的度过了四五天的漫长日子。一天上午，女仆又放肆地对她做出无礼的举动，吉特罗黛突然受到了一种极度憎恶和愤怒感情的控制。她走到房间的一个角落，用双手捂住脸孔，久久地默默无语，把分明就要爆发的满腔怒火硬是吞咽了下去。她觉得从来没有像现在这样急不可待地需要见到另一种脸孔，需要听到另一种声音，需要领受另一种待遇。她不由得想起了父亲，想起了家里的亲人们，想到这里，她的思想惊骇地退缩了。可是，她同时恍然大悟，要与他们言归于好，归根结蒂，全取决于她的意愿。于是一股强烈的喜悦的激流，突然在全身奔涌起来，欢跃沸腾。接着，对自己的过失无比懊悔和羞愧，因而要用自己的行动来赎罪的愿望，也在她的心里翻滚起来。这并不是说她已作出了最终的抉择，而是说，这些念头还从来不曾在她的内心深处点燃起如此炽烈的火焰。她站起身来，走到书桌跟前，拿起那支给她带来灾祸的笔，给父亲写了一封信。这封信充满了热情与沮丧，悲痛与希望，恳求父亲宽大为怀，饶恕她的罪过。她在信中还隐隐约约地表示，她心甘情愿去做父亲要她做的任何事情，因为只有父亲才能给她这样的恩惠。

常常有这样的时候，人的心灵，尤其是青年人的心灵，只消意外地受到小小的爱抚，便会轻易地和盘托出通常被称作善良和自我牺牲的东西，正像一朵刚刚绽放的花儿，悠悠地摇晃着它的纤弱的花茎，总是准备把它的温馨与芬芳，奉献给那最先吹拂它的和风。这种向善的倾向原本应当赢得人们的尊重与敬服，可是偏偏有些居心不良的势利人，虎视眈眈地守着这样的时机，乘势来实现自己的卑劣的图谋。

亲王读着吉特罗黛的信，心里立刻明白，通向他多年来梦寐以求的目标的道路已经打通。他想，必须趁热打铁，于是派人去叫吉特罗黛来见他。吉特罗黛怯生生地走了进来，连抬头看父亲一眼的勇气也没有，径自在他的跟前双膝跪下，用异常微弱的声音说道：

"请宽恕我！"

亲王做了个手势，要她站起来，但是用一种使吉特罗黛感觉不到一点安慰的声音回答说，单单希望和请求得到宽恕是无济于事的，因为一个犯了过失而害怕遭到惩罚的人最乐意、也最容易这样去做；归根到底，她必须用行动来表明，她是可以得到宽恕的。

吉特罗黛用颤抖的声音温顺地问道，她应当做些什么事情才好。亲王（我们觉得他此刻实在当不起父亲这个称呼）没有直接回答，却开始不厌其烦地历数吉特罗黛的过错。这些话蜇得可怜的姑娘的心痛得慌，就像一只粗鲁的手硬是去揭一处伤疤。亲王接着说，当初……虽然……他也曾想给她物色一个体面的丈夫，去过世俗的生活；但如今她自己在这条道路上设置了一道不可逾越的障碍，因为像他这样一个受人尊敬的贵族，说什么也不愿把品行上留下了污点的女儿嫁给别的高贵人家。

可怜的姑娘精神完全颓丧了，于是亲王说话的口气和言语渐渐地显得温和了。他继续说道，犯了任何过失都会有拯救的法子，都可以获得同情的宽恕。而对于她来说，拯救的法子是再清楚不过了：她应当明白，这次可悲的事件就是给她敲响的警钟，尘世的生活对于她实在是太危险了……

"啊，是的！"吉特罗黛喊道。她因为恐惧而不禁浑身一颤，羞愧和此时突然涌上心头的温顺的情感，痛苦地煎熬着她。

"啊，你也终于明白了。"亲王随即继续说下去，"好吧，过去的事情也不必再谈了，一切全都了结了。你已经作出了唯一正确而体面的决定。既然你这样自觉，这样诚恳地选择了这条道路，那末就由我来圆满地结束这件事，使大家都称心满意，你从此也可有个异常美好的前程。这也是我要尽的一份责任。"

他这么说着，拿起桌上的铃摇了几下，吩咐进来的男仆道：

"请太太和公子马上来见我。"随后，他又继续对吉特罗黛说：

"我想尽快地让他们分享我的喜悦；另外我要所有的人从现在起都按照应有的礼节来对待你。以前你一定觉得我这个做父亲的过于冷酷无情，但从今以后，你会感到我是一个温柔慈爱的父亲。"

听到这一番话语，吉特罗黛心中猛然一惊，几乎昏厥了过去。她想弄个明白，从她嘴中勉强吐露出来的"是的"这两个字怎么会具有如此沉重的分量，现在她苦苦寻思一个收回她的许诺的借口，或者把它的意义缩小到微不足道的地步。但是亲王的自信显得那样不可动摇，他是那样喜不自胜，那样仁慈和善，吉特罗黛反倒不敢再吐出哪怕会稍稍损害这一局面的片言只语。

过了片刻工夫，亲王夫人和公子进来了。他们瞧见吉特罗黛站在那里，不免用一种疑惑惊奇的目光打量她。但是亲王喜气洋洋、笑容可掬的神气似乎暗示他们采取同样的态度。只听亲王说道：

"啊，迷途的羔羊，但愿这个字眼意味着那段令人伤心的历史的结束。你们瞧，吉特罗黛给我们家庭带来了安慰。她再也不需要别人帮她拿主意了。我们为了她的幸福对她寄予的希望，如今成了她的志愿。她毅然下定了决心，而且已经让我明白，她决意……"

吉特罗黛这时用惊慌和央求的目光凝视着父亲，分明是请求他别再说下去，但亲王很得意地接着说：

"她决意要出家作修女。"

"好极了！真是好样的！"亲王夫人和公子同时喊出声来，争着拥抱她，亲吻她。

受到这样的祝贺，吉特罗黛一阵心酸，眼泪止不住簌簌地滚落下来，而他们却以为这是她过于喜悦而流下的泪水。亲王乘机说明他将如何使女儿未来的生活充满欢乐和光彩。他还谈到她在修道院和当地定可享有的特殊的荣誉，她在那里将是这个高贵的家族的代表，是一位真正的郡主；一旦到了成熟的年龄，她自然会登上修道院院长的位置，而在这之前，她不过名义上是院长的下属而已。亲王和公子又不断向她表示庆贺，着实把她夸奖了一番。吉特罗黛恍如置身梦中，痴痴地站在那里。

"看来我们该选定一个日子，去蒙扎跟院长谈谈。"亲王说道，"她一定会无比的欣喜。我敢向你们保证，整个修道院都将感谢吉特罗黛给她们带来的荣誉。不过……我们今天就去不更好吗？吉特罗黛一定也很乐意去城外呼吸点新鲜空气。"

"是啊，我们今天去吧。"公爵夫人应声道。

"我马上就去安排。"公子说。

"可是……"吉特罗黛怯生生地说。

"慢着，别着急！"亲王接过话茬，"我们还是让吉特罗黛自己决定吧，或许今天她觉得身子不太适意，宁愿等到明天再去。吉特罗黛，你愿意今天去还是明天去？"

"明天。"吉特罗黛懒懒地回答。她觉得只要多拖延一点时光，就有可能再做点什么事。

"明天。"亲王庄严地宣布，"她已经决定明天去了。现在我该去见那位教区神甫，跟他谈妥考核的日子。"

说罢，亲王离开了府邸，果真去见那位神甫——这于他确实是一个绝顶谦卑的举动。他们约定，神甫两天以后来主持考核。

这一天余下的时间里，吉特罗黛怀着忐忑的心情，没有片刻的安宁。她多么想让她那颗如此激动、慌乱的心平静下来，清理一下犹如一团乱麻的思绪，细细反省自己已经做过的事情，精心筹划今后应当去做的事情，弄清楚自己的意愿和决心，把那一经发动起来便势不可挡地急速运转的机器停顿下来，哪怕停顿片刻工夫也好。然而，这显然是不可能的。各式各样的事情就像链条上连锁的小环，没完没了地来打扰她。亲王走了以后，母亲把她带到自己的房间，让伺候自己的女仆给她好生梳洗了一番，又替她更换衣装。这件事情尚未完结，仆人进来禀报，午宴已经准备停当。吉特罗黛朝餐厅走去，恭候两旁的仆人们忙不迭地向她鞠躬致意，好像是向她祝贺恢复健康。她见到了好几位亲朋至友，他们是亲王匆忙中特地邀请来和她共庆两件大喜事的：她的病体的痊愈以及她选择了美好的志愿。

当时，人们按照惯例，都称呼矢志当修女的女子为新娘，取其开始终身侍奉基督之意。所以吉特罗黛一露面的时候，大家都这么称呼她，从四面八方向她道喜。吉特罗黛不断感谢他们的祝贺，但她心里异常清楚，她的每一次感谢都意味着接受和确认既成的事实。但是，她又怎能用另一种方式来表示呢？宴席刚散，又该乘车游玩去了。她和母亲，还有两名共进午餐的舅舅，乘坐一辆马车。兜了一圈以后，马车拐入马利纳大道，朝如今被一座公园占据的广场驶去，那儿是贵族们闲得发慌的时候，乘坐马车去散心解闷的场所。受着当天气氛的感染，两位舅舅也亲切地和吉特罗黛交谈。其中的一位好像更加熟悉这儿的情况，对街上的每一个人物，每一辆马车，每一种服饰，无不了如指掌，不时地对这位绅士或者那位贵妇人指指点点。突然，他朝吉特罗黛转过身子，说道：

"啊，你这个小机灵鬼！你把人世间的一切烦恼统统抛掉了，却把我们这班可怜的庸人留在了空虚无谓的尘世。你这个乖巧的人躲到一边去安享清静的生活，简直是要坐着马车进入天国。"

薄暮时分，他们回到了府邸。仆人们赶忙手持火炬出来迎接，而且禀告说，许多来访的客人都在恭候他们。有关吉特罗黛的消息早已不胫而走，亲朋族党纷纷赶来表示自己的心意。他们走进了客厅，吉特罗黛登时被包围了。她是众人心目中一尊受到崇拜的偶像，一件供人娱乐的玩具，一个不幸的牺牲品。每一个人都出于自己的需要，竭力和她拉关系：有人表示以后要常常去修道院看望她，有人说那修道院长是他的亲戚，有人声称和院长是至交，有人称赞蒙扎气候温和宜人，有人眉飞色舞地预言，她将来在那里定是个了不起的人物，也有人请求她以后常常送他甜食。还有几个未能接近被团团围住的吉特罗黛，心中着实觉得懊丧，便拼命寻找机会朝她身边挤去，直到如愿以偿。热闹了好一阵子，客人们才逐渐告辞，心满意足地离去，只留下吉特罗黛和她的双亲、兄长。

"终究盼到了这一天，"亲王说道，"我亲眼瞧见了我的女儿怎样受到了符合她的身份的礼遇。但是也应当承认，吉特罗黛今天的表现非常得体。她的举止行动表明，她将来登上修道院长的尊位，荣耀我们的家族，也不是一件难事。"

他们匆匆地用了晚餐，准备早些就寝，也好第二天一早就起程。

吉特罗黛心底突然涌起剧烈的憎恶和愤怒，同时众人对她的种种恭维又使她多少感觉到快意。她回想起监护她的老妈子对她的虐待，她清楚地晓得，除去那一件事情，父亲如今乐意满足她的一切愿望。她决定利用自己现在受到宠爱的有利条件，至少让这痛苦地折磨着她的怨恨的感情痛痛快快地宣泄一下。于是她流露出一种异常嫌恶的情绪，表示绝不再愿和老妈子住在一起，又慷慨激昂地诉说老妈子的各种恶劣行径。

"岂有此理！"亲王发怒了，"她竟敢对你这般放肆！明天，明天我要好好地教训她。你放心吧，这件事由我替你做主了，我会叫她懂得，你是什么样的人，她是什么样的人。不管怎么说，我所疼爱的女儿绝不应当在自己的身边见到一个令人讨厌的家伙。"

他随即唤来另一个女仆，叫她去好生伺候吉特罗黛。

吉特罗黛体味着这成功的报复给她带来的愉快，但她惊奇地发觉，跟原先所希望的比较，她得到的满足是微乎其微的。一种她无法排解的不祥的念头笼罩在她的心头。这一天她在通向修道院的道路上走得够远的了。她清醒地意识到，假如现在想要反悔，倒退回来，那一定要有比几天前更大的勇气和决心，而如今她已丧失了。

陪伴她回到卧室的女仆，在亲王府生活了许多年，是公子小时的保姆，并一直照料他长大成人。她把自己的全部希望、欢乐和荣誉都寄托在公子的身上。亲王这一天作出的决定使她兴奋不已，她似乎觉得自己又成了一个有福的人。吉特罗黛不得不硬着头皮领受她的祝贺、夸奖和劝说，听她唠唠叨叨地叙述亲王的姐妹和姑妈也当了修女，而且生活得很愉快。因为她们出身高贵门第，始终受到极大的尊敬；她们也一直善于同外界的世俗生活保持联系，而在修道院里享受的东西，就连沙龙里那些最高贵的太太们也没有福气消受。老婆子又向吉特罗黛预言，一定会有许多人上修道院去拜访她，有朝一日她的兄长结婚了，自然也会带着雍容华贵的新娘去看望她。那时候，不只是修道院，恐怕整个小城都会轰动起来。老婆子一面给吉特罗黛宽衣，一面喋喋不休地说着。吉特罗黛躺到了床上，迷迷糊糊地入睡了，她依然在饶舌。困倦压倒了吉特罗黛，她沉入了梦乡。但她的梦境也是叫人惶惑不安的，像飘飘忽忽的迷雾，充斥着各种各样悲伤的形象，整夜都如此，直到第二天清晨老婆子尖利的声音叫醒她，催促她赶快起身准备到蒙扎去为止。

"快起来吧，新娘小姐！天已经亮了，您得先更衣、梳洗，至少要一个钟点。佣人们比平常早四个钟头喊醒了亲王夫人，她正在梳妆打扮呢。公子早上就去了厩房，已经回来了。他一切都准备停当，只等和你一起上路。这年轻人简直像野兔子一样敏捷，是个机灵鬼。唉，打小时候起他就显得这么伶俐。我一手把他领大的，所以才敢这么肯定地说。不过他既然准备停当，就不该让他久等，因为他虽说是世上性情最温和的人，但今天让他久等也容易失去耐心、大动肝火的。可怜的公子，生来就养成了这样的脾气，我们也只好将就他算了。再说，这一回他真是没有什么可指责的，为了您的事忙碌到这种地步。如果谁这个时候去冒犯他，那真是活该倒霉！除了亲王，任何人他都不放在眼里。他只听命于亲王，而且有朝一日他自己也要当亲王的。不过，这一天最好尽量来得晚点。啊，快起来吧，小姐！你为什么中了魔似的瞧着我？……"

吉特罗黛刚刚苏醒的意识里一旦显出暴躁不安的兄长的形象，万千缭乱的思绪，仿佛一群麻雀突然遇见一只大鸢，顷刻间狼狈地逃窜了。她听从了女仆的劝告，匆匆穿上衣服，又让那老婆子给她梳洗一番，赶快来到父母亲和兄长正在等候着她的客厅里。他们让她在一只安乐椅上落座，给她倒了一杯巧克力茶，这个举动在当时隐含的意思，如同古罗马给男孩子穿上长袍一样。①

仆人进来禀报车马已经备好的时候，亲王把女儿叫到一边，对她说道：

"打起精神，吉特罗黛！你昨天是个好样儿的，今天你应当表现得更出色。你这是到你将来要出人头地的修道院和小城去亮相，事关重大。他们在那里等候你……"前一天亲王已经派人去通报女修道院长，这自然是不消说的。"他们在那里等候你，千百双眼睛都盯着你！你要显得既庄重文雅，又从容不迫。女院长定会询问你的志向，这当然纯粹是一种形式。你就回答她，你恳求接受你到修道院伺奉天主；在这座修道院里，你受到了充满慈爱的教育和特别的关注，实际的情形也确实如此。这几句话算不上长篇大论，但你必须说得十分自然，免得人家说闲话，以为这都是别人硬塞到你嘴巴里去的，并不是你自己的意思。修道院的人对发生在你身上的那件事一无所知。这是我们家庭的秘密，应当埋葬在我们家里。你千万记住，不可露出一副懊悔、犹豫的模样，否则会惹起别人的怀疑。要让众人明白，你的血统是多么高贵。你既要保持尊严的仪态，又要落落大方。一旦出了家门，到了修道院，再也没有什么人比你更高贵的了。"

亲王匆匆走了，并不想等待她的回答。吉特罗黛、亲王夫人和公子跟随在他后面。他们走下台阶，登上马车。人世间的苦恼与忧愁，修道院怡然安乐的生活，尤其是贵族家庭出身的女子将会饱尝的辛酸与欢乐，成了他们一路上谈论的话题。快到达目的地的时候，亲王又重新向女儿作了一番指示，不止一次地提醒她如何回答可能遇到的问题。

马车驶进了蒙扎城，吉特罗黛的心紧缩了。幸好有几个她素不相识的绅士喊住了马车，用她听不真切的话语，向亲王表示祝贺。这暂时缓和了她的紧张心理。他们继续赶路，车子用近乎步行的速度向修道院缓缓进发，道路两旁站满了从四面八方拥来看热闹的人群，一齐向他们投来好奇的目光。车子在修道院的高墙和大门外停住了，吉特罗黛的心又愈加慌乱地跳动起来。他们下了车，仆人们在前面开道，竭力驱赶四周围观的群众。在众目睽睽之下，可怜的吉特罗黛小心翼翼地注意着自己的举动。最叫她心慌意乱的是父亲那双眼睛，她极其害怕瞧见它们射出来的威严逼人的目光，但又禁不住时时紧张地睃上一眼。那双眼睛好像一副看不见的缰绳，控制着她的每一个动作，束缚着她的每一种表情。

他们穿过修道院的第一进院子，来到第二进，只见内院的大门洞开，修女们都站在那里迎候。女院长由一群上了年岁的修女簇拥着，站在最前面；其他修女排成凌乱的队形，站在后面，有几个年青的还踮起脚尖，仰着脖子张望；那最后边是辅理修女

---

① 在17、18世纪，巧克力茶系珍贵的饮料，孩子们在成年之前不得饮用。按古罗马的习俗，男子年满17岁，便可着长袍，表示他已成人。

们，全站在长凳上。在身穿黑袍的修女中间，有着莹亮眼睛和稚嫩脸孔的，那是修道院里最机灵、大胆的学生，她们在修女队伍里钻来钻去，硬是挤出一个洞或者一条缝来，也好瞧上一眼这难得的热闹景象。人群中不时发出欢呼的声音，许多修女双手挥舞着，表示欢迎和喜悦。

走到大门口，吉特罗黛在女院长面前止住脚步。女院长和她寒暄几句，便以欣慰而庄重的神色询问，她是抱着怎样的愿望来修道院的；并且说，在这块圣洁的地方，没有一个人能够阻挠她的愿望的实现。

"我到修道院来……"吉特罗黛回答道，但当她正要说出那几乎会无可挽回地决定她命运的话时，忽然犹豫不决了。她的一双眼睛呆呆地看着面前的人群。这当儿，她瞥见了她原来的一个亲密的女友，女友正用一种怜悯而又融合着狡黠的神情瞧着她，仿佛是说：啊，这大胆的女子竟也落得这样的下场！那讥刺的目光登时唤醒了她心头沉寂的种种情愫，使她重新获得了一些已经失去的勇气。她正想随意编造一个跟父亲给她的指示很不一样的回答，可是她抬头瞧见了父亲的脸孔，那脸孔分明敦促她赶快按她已作出的决定回答。她感受到了那脸色中隐含的如此阴森可怖的严峻，如此令人胆战心惊的焦躁。她张皇失措了，仿佛是为着逃脱恶魔的追逐，于是横下心来，慌忙接着说：

"我到修道院来是请求恩准我穿上神圣的黑袍，出家修行。在这座修道院里，我曾接受了完美的爱的教育。"

女院长随即回答说，她十分抱憾，因为在这种情况下，规章不允许她立刻作出答复，这件事必须先获得上司的认可，然后由院里的姐妹们表决，一致同意才行；不过这里的人都很清楚地晓得吉特罗黛的虔诚的感情，所以她尽可安心，确信很快会得到佳音。眼下却并没有什么规章可以阻止女院长和修女们对她的请求表示感奋，于是爆发了一阵夹杂着赞扬与欢呼的聒噪。当即有人捧来装满蛋糕、糖果的大盘子，首先奉献给吉特罗黛，随后又递给她的双亲。一些修女享用着甜食，另外一些便纷纷向吉特罗黛的母亲、兄长表示祝贺。女院长叫人告诉亲王，请他去客厅相见，她将在那里等候。她由两名上岁数的修女陪同前往，当她见到亲王到来，便对他说道：

"亲王大人，遵照我们这里的规章……还有一项不可或缺的手续。虽说在这件事情上……但我不能不告诉您……在任何情况下，一个女孩子请求出家修行……作为一个院长——我承担这个重任自然是很不相称的——有责任提请做家长的注意……他们即便出于无意……胁迫女儿采取违心的举动，将受到革除教门的惩处。请您原谅我……"

"那是当然的，当然的，高贵的嬷嬷，我钦佩您办事的认真。您说得太好了……可是请您不要怀疑……"

"噢，请别误会，亲王大人……我这么对您说完全是出于我必须履行的职责……况且……"

"是的，是的，尊敬的院长。"

两人作了这样简短的交谈之后，便互相恭敬地施礼，似乎他们都不乐意继续这种微妙的单独谈话。他们各自回到自己的随从队伍里，一个朝修道院外边走去，另一个留在门槛里边。

"喏，我们该走了。"又闲话了几句，亲王说道，"吉特罗黛很快就要享受到和这些善良的姐妹们做伴的莫大快乐。但今天我们过于打扰她们了。"

说毕，他鞠了一躬。他们又彼此祝愿了一番，亲王带着一家人上路了。

在回家的路上，吉特罗黛一点儿也提不起谈话的兴致。她对自己迈出的这一步感到吃惊，又为自己的怯懦无能觉得惭愧。她痛恨别人，也痛恨自己。她悲伤地暗暗思量，以后可还有什么机会让她说出一个"不"字？她朦胧而又羞怯地向自己许诺，以后遇上这个机会，或者那个机会，也许别的什么机会，她一定要表现得坚定和果断。她这么胡思乱想着，却不敢抬起头来，生怕见到父亲那威严逼人的目光。可是当她小心翼翼地打眼角瞟了父亲一眼，这才终于明白，父亲的脸上并没有一丝怒意，倒是分明显露出异常满意的神情，她似乎觉得这是一个极好的征兆，因此刹那间竟体味到一种特别的喜悦。

回到王府，他们忙着更换衣着，重新梳洗，然后又是午餐，走访几处亲友，乘马车兜风、叙谈、晚餐。用过晚餐以后，亲王便谈起了一个新的问题：替吉特罗黛物色一位教母。所谓教母，就是由父母亲聘请一位妇人，在女儿提出申请和正式出家的期间，充当她的保护人和伴侣，陪她游览教堂、宫殿、神庙、公园，参加社交活动。总之，光顾城里和附近各个最有名气的场所，消磨时光，也好让年轻的女子在立下不可更改的誓言之前，再见识一下她将永远摒弃的东西。

"该请一位教母了，"亲王说道，"因为修道院委托的神甫明天就要来举行考试，接着，修道院很快会召集会议，正式批准吉特罗黛作修女。"

他说话的时候，身子转向夫人。她以为亲王请她发表意见，便开口说道：

"也许，最好是请……"

但亲王断然打断了她的话：

"不！不！夫人，最要紧的是那教母应当是将要出家的女孩所中意的。虽说按照惯例都是由父母来选择，不过吉特罗黛如今已是个事理通达、思虑周详的孩子，这一回完全可以为她破例行事。"他一面说，一面转身向着吉特罗黛，仿佛要表示一种特殊的恩赐，继续说："今天晚上在这里聚会的每一位妇人，全有资格来做我们这样家庭的教母。我并且相信，她们当中找不出一个人，会不把中选引以为极大的荣幸。现在，你就自己挑选吧。"

吉特罗黛心里明白，由她自己物色一位教母，意味着又一次表明自己的承诺。但是父亲的提议是如此郑重其事，以致她若是拒绝，哪怕是很委婉的，也会被视为一种轻慢无礼的举动，或者至少是任性、放纵的行为。于是她又迈出了这一步，从那些晚上聚会的妇人中挑选了一名她最中意的。那位妇人对她比任何人都显得更加温存，不断夸奖她，用异常亲切、热情和关心的态度和她交谈，虽然是和她初次见面，却仿佛有很深的交情似的。

"啊，你真有眼光！"亲王高兴地说道，他看中并希望她选择的正是这位妇人。不晓得这是有意的安排，还是事出偶然，反正这很像一个变戏法的人，把许多张纸牌在你眼前晃了一下，请你随意抽出一张来；可是因为他的动作出奇的巧妙，致使你只能抽出一张他做了手脚的牌，从而他能准确地猜出它。那位妇人整个晚上都和吉特罗黛待在一起，形影不离，想方设法赢得她的好感。这样一来，挑选教母的时候，她就很难再想到别的候选人了。那妇人对她表示如此特别的关心，并不是无缘无故的。她早已看上了亲王的长子，想让公子做她的乘龙快婿；所以亲王家里的事情简直同她家里的一般，不消说她很自然地对亲爱的吉特罗黛发生了兴趣，对她就像亲骨肉一样。

第二天，吉特罗黛醒来以后想到的头一件事情，是神甫要来举行的考试。她正在暗自思量：是不是能够在这决定命运的关头，鼓足勇气，推翻既成的事实？而且用什么样的方式才能做到这一点？这时，亲王忽然差人来唤她。

"喏，鼓起勇气来，我的孩子！"亲王对她鼓励道，"直到目前你的表现是非常好的，今天就要圆满地完结这件事。在此以前所做的一切，全是出于你自己的意愿。倘使在这期间你曾经有过什么疑虑，起过什么翻悔的念头，以及年轻人常有的心血来潮的想法，你应当早就说个明白。现在事情已经到了这样的地步，也就决然容不得再耍一点儿小孩的脾气。那善良的神甫今天上午就要来了，他会对你的志愿提出上百个问题，你可是自愿要去当修女啦，出于什么动机啦，还有我现在也说不上来的各种各样的问题。倘使你回答他的时候稍稍流露出来一点三心二意的神情，他会揪住你无休止地问下去，天晓得什么时候才有个完结。这也一定会叫你觉得讨厌和痛苦，还会由此引来另一种更加严重的后果。你伺奉天主的愿望已在大庭广众之间作了种种的表示，你的任何微小的动摇，都必定会大大损害我的荣誉，叫众人发生误会，以为我错把你的轻率行为当作矢志不移的信念，责怪我唐突行事，说我……谁晓得还会怎么非难我！在这种情况下，我只得横下一条心来，在两个一样叫人痛心的办法中选择一个：要末听任公众对我的行为进行恶毒的诽谤（我自然绝对不允许这样来糟蹋我）；要末把你决意出家的真相和盘托出，那末……"

亲王说到这里，看见吉特罗黛的脸孔涨得通红，眼睛噙着泪水，脸上的肌肉痉挛地牵动着，犹如一朵鲜花，因为忍受不了暴风雨来临前叫人喘不过气来的闷热，叶子都不由得卷缩起来了似的。他立即改换了话题，和颜悦色地继续说道：

"喏，别这样，一切全取决于你，全靠你自己的理智来安排。我晓得，你是个明白人，也不是一个小孩子，不会有心去弄坏一件好端端的、眼看着就要大功告成的事情；

不过我要预防各种可能发生的意外情况。好吧，不必在这件事情上再多费口舌了，就这么说定了，你要从容不迫地回答那位善良的神甫的问题，以免他产生疑窦，这样你也可尽早通过规定的考试。"

他又向吉特罗黛提示怎样回答几个最可能提出的问题，然后就像往常一样谈起修道院的生活如何快活有趣。他津津有味地说着，直到仆人进来禀报神甫的来到。亲王匆匆地重复了那些最重要的指示，就按照当时的规矩，留下吉特罗黛和神甫单独谈话。

好心肠的神甫是多少抱着先入之见来执行任务的。亲王去请他的时候，曾经告诉他，吉特罗黛热切地渴望修道院生活。尽管这样，这位可尊敬的人懂得，用怀疑的眼光来审察别人的态度，是他履行自己的使命时一种不可或缺的品德。他已经习惯于不轻信信誓旦旦的声明，并且竭力排除可能进入他的头脑的成见。不过在这世道上，一个权威人士斩钉截铁的表白，竟对他的听众不发生一点儿作用，这种情形好像也是颇为罕见的。

寒暄一番以后，神甫对吉特罗黛说道：

"小姐，我今天是来充当魔鬼这个角色的。对于你在申请书上坚定地表示的意愿，我想提出一些疑问，并且明白地向你指出，在你选择的道路上会遇到的种种艰难。我还想确切地知道，你可曾对此作过细致的考虑。小姐，请允许我现在提出几个问题。"

"请说吧。"吉特罗黛回答。

善良的神甫于是按照例行的方式开始向她询问：

"你可觉得你的心里确实有一种自由不羁的意愿促使你去当修女？可曾有人用不正派的手段来威逼你，或者诱惑你？可曾有什么人利用权势来强制你作出这样的抉择？小姐，你不要有任何顾虑，请你以诚实的态度对一个以了解你的真实意愿为使命的人直说，以便阻止用任何方式来胁迫你的事件发生。"

吉特罗黛的心中猛然闪过诚实地回答这些问题的念头，和盘托出凄惨可怕的真相。但是，若要坦白地直说，她势必要细细解释她曾受到的威胁，讲述那件发生的事情……当可怜的姑娘这么思忖的时候，一阵猛烈的恐惧不由得涌上她的心头。她无比惊骇，匆忙抛开了这个念头。她想出了一个足以使她平安无事地、快快地摆脱神甫盘问的回答，虽然它是全然违背事情真相的。

"我愿意作修女，"她回答说，努力掩饰她内心的痛楚，"我愿意作修女。这是按照我自己的愿望，自由地作出的选择。"

"你什么时候有了这样的想法？"好心的神甫又问道。

"这样的想法我一直是有的。"吉特罗黛回答。违心地迈出了第一步以后，她有点心安理得地继续编造谎言。

"不过，促使你下定决心去当修女的主要原因究竟是什么呢？"

善良的神甫并不晓得，他的话正好触到了吉特罗黛可怕的痛处。她勉强按压住这句话在她心头激起的感情波动，不让在脸上流露出来。

"主要的原因，"她回答道，"是我决心伺奉天主，躲开尘世的危险。"

"请告诉我，这可和什么不称心的事有着关系？或者……请原谅……某种感情的冲动？常常有这样的情形，一时的冲动会使人产生错觉，似乎这种虔诚的念头会始终如一地持续下去；但是，一旦事过境迁，人的心情全然变了，于是……"

"不，不！"吉特罗黛慌忙回答，"那原因确实是我方才对您说的。"

神甫并未察觉吉特罗黛回话的破绽，只是纯粹为着履行自己的职责，又继续询问下去，而吉特罗黛已决意把谎话编造到底。她一想到，如要向这位严肃的、心肠善良而丝毫不怀疑她的忠诚的神甫坦白自己的三心二意，心中就顿时紧张万分，浑身颤抖。可怜的姑娘又想到，神甫诚然完全可以搭救她，不让她去当修女，但他的权力，也就仅止于此了。神甫离开以后，就留下她一个孤苦伶仃的女子，依旧受着亲王的摆布。她以后会遭遇怎样的苦痛，善良的神甫是一概不晓得的，即便他晓得了，而且又怀着一腔助人为乐的热忱，可是除去向她表示同情，给予她一种冷静的、很有节制的怜悯外，他就再也无能为力了；何况这种怜悯通常是出于礼貌，施予那些因为自己失于检点而被人揪住，吃了苦头的人。

不幸的女子仍在说着谎话，那神甫却先自觉得疲困，懒得再发问了。他听到的回答都合乎实情，前后一致，其坦白和真诚是不容置疑的。于是他变换了讲话的语气，向她道喜，并且委婉地表示歉意：为了履行自己的职责而耽误了她这么多的时间。他又说了一些自己以为有助于坚定她的信念的话语。随后，他起身告辞。

神甫走过客厅的时候，遇见了好像偶然来到那里的亲王。神甫赶忙向他祝贺，夸奖他的女儿有着崇高的意向。亲王方才一直忐忑不安，待到听得神甫这么一说，不觉长长地出了一口气，再也顾不得保持平日里骄矜的架势，急急地跑到吉特罗黛的房间，用最美好的言词称赞她，温存地抚爱她，向她作了各种各样的许诺。他再也掩饰不住自己狂喜的心情和差不多出自内心的慈爱。啊，人心竟是这等奇特，这等复杂！

我们不必再追随吉特罗黛去经历那些连续不断的游玩和娱乐，也无须详详细细地叙述她在那些日子里内心的感受，那只不过是一部充满哀伤与波动，过于枯燥无味的历史，而且与我们上面讲述的情形大同小异。吉特罗黛离开闺房，走进大千世界，亲眼见到了种种叫人赏心悦目的场面，千姿百态的自然景象，体验到了各种游玩给心灵带来的欢欣。这使她一想到自己将最后一次乘坐马车前往她永世不得再来的地方，心中便起了一阵憎恶的感觉。从聚会和交谈所受到的触动，更是深深刺伤了她的心。每当她瞧见那些名副其实的新娘，心中都不由得酸溜溜的，感觉到一种难以忍受的凄楚。有的时候，她见到别的什么男子，她仿佛觉得，倘若她也有幸被称作某个男子的新娘，那真可谓她的天大的造化了。富丽豪华的宫殿，金碧辉煌的装饰，饮宴时众多的宾客和欢快的喧嚣，常常令她体验到一种甜蜜的醉意，激发起她对尘世幸福生活的不可遏制的追求。她恨不得推翻她以前许下的一切诺言，甘心情愿地去承受任何磨难，强似去修道院过那种清冷、死寂的生活。但当她略微平静下来，把她要遇到的各种难处思量一番，或者只要偷偷地瞥上亲王一眼，她的全部勇气就消失得无影无踪。有的时候，她想到今世再也没有福气消受这尘世的欢乐了。这个念头竟会使她觉着眼前这短暂的享受也是异常痛苦和沉重的，仿佛一个干渴得舌敝唇焦的病人，看到医生勉勉强强地只给她一小匙清水，心里顿时涌起剧烈的憎恶，几乎带着鄙夷不屑的神气拒绝这小小的恩赐。

这期间，那受委托的神甫已经开具了必需的证明，修道院也接到通知，可以开会讨论吉特罗黛入修会的申请。修道院召集了全体会议，正像预先期待的那样，三分之二的修女在秘密投票中表示赞同，达到了规章要求的多数。于是，吉特罗黛被接受入院。而吉特罗黛因为遭受了这么长时间的折磨，已经心力交瘁，所以只求早早地进入修道院。她这种急切的要求自然不会有人出来反对。在一番隆重的仪式之后，她进了修道院，穿上了修女的道袍，终于实现了自己的愿望。在修炼期间，懊丧的心情时时煎熬着她，就是在这种热病似的悔恨中，她度过了整整十二个月，终于到了发愿的时刻。就是说，她必须当众表白，要末奇怪而出人意料地说一声"我不愿意"，从而引起一场轩然大波；要末再重复一遍她已无数次说过的"我愿意"。她选择了后者。于是，吉特罗黛永远成了一名修女。①

基督教有一种异常特殊的、不可传授的性能，无论何种人，无论在何种情况下，也无论出于何种动机，只消向它求援，它必然会予以引导与慰藉。倘使对于已经发生的事情尚有疗救的法子，那么它定会给予指示，加以援助，赋予你信心和力量，务求圆满地实现这样的疗救。倘使事情已经到了无法补救的地步，它自会启发人脚踏实地行事，恰如俗话所说：听天由命。对于因一时孟浪而轻率采取的举动，它教导人们如何运用智慧予以矫正；它感化人的心灵，使之怀着仁爱的精神去献身于扶助受暴力威胁的弱者的事业；至于对那些胆大妄为而又不可挽回的行为，它会倾力使它完全变得神圣、明智，或者直截了当地说，使它成为一种令人喜欢的宗教使命。基督教指引的竟是这样一条光明的道路，无论人们困于怎样的迷途，陷于怎样的绝境，只要踏上这条道路，哪怕仅仅迈上一小步，从此就会满怀热忱和信心，沿着这条道路继续前进，一直达到美妙的终点。

借助基督教的力量，吉特罗黛原可以成为一名圣洁的自在的修女，虽说她起初是出于无奈才走进修道院的。但是这可怜的女子却竭力想挣脱羁勒她的重轭，因而愈加感受着这轭具压迫她的沉重分量。她时时刻刻为失去了的自由而忧伤，现在的处境更

---

① 按照宗教规矩，凡女人出家当修女，必须历经三次宗教仪式：领取道袍，修炼，发愿。发愿为最终的仪式。

令她的头脑里泛起一种厌恶的感觉，她既痛楚而又永不停歇地幻想着实现那些永远无法得到满足的愿望。她的一颗心就被这些错杂的感情占有了。她咀嚼着往昔的悲哀，在自己的记忆中重新回顾那最终导致她沦落到这里的每一件事，千百次地暗暗下定决心，要推翻已经铸成的事实。她责备自己过于懦弱和畏葸，谴责周围的人横暴和狠毒，她悲愤到了极点。她因自己如花似玉的容貌而睥睨他人，同时又为自己的天生丽质而伤心落泪；她哀叹青春年华竟注定要在这漫无尽头的受难中遭受无情的摧残，直至萎谢。有的时候，她对任何一个女人都歆羡不已，心中酸溜溜的，不管那女人处于怎样的地位，为人又怎样，只要能够自由地享受人世间的各种乐趣。

有那么几个修女，曾经参与把她推进修道院的图谋，每当遇见她们，她登时感到切齿般的痛恨。她不由想起她们当初设计的圈套和采用的狡诈手段，作为报复，她现在就用粗暴蛮横的行为对待她们，放肆地嘲弄，甚至当面辱骂她们。那班修女也只得忍气吞声，不敢声张开去。因为亲王原先为了逼迫女儿进入修道院，那时尽可以对她采取不近人情的专横态度，但是一旦他的心愿得以实现，便绝对不能容忍别人来伤害他的女儿的一根毫毛。只要她们对吉特罗黛略微表示一点无礼，而且风声传到亲王的耳朵里，那么修道院势必会失去他的有力的保护，甚至会惹下使他从一个庇护者变成冤家对头的大祸。

另外一些修女，并未参与那个计划，她们也不希冀吉特罗黛来作伴侣；于今她当了修女，她们对她倒也颇为体贴。她们全是虔诚的修女，整日价忙忙碌碌，而且总是显出一副快活的样子。她们仿佛向她现身说法，在修道院中不只可以生活下去，甚至能够得到不小的乐趣。对于这班修女，吉特罗黛似乎应当表示出一些好感，但她却依然厌恶她们，这自然是出于其他的原因。在她看来，她们流露出来的怜悯和自足的神气，很像是对她忧郁凄切的心境，对她怪僻任性的举止的一种责备；因此，她不放过任何一个机会，在背后奚落她们，讽刺她们是一群假仁假义、口是心非的货色。也许她会改变对她们反感的情绪，倘若她晓得或者至少揣测到，在决定是否接受她作修女的表决中，那筒子里为数不多的表示反对的几颗黑子，恰恰是她们投进去的①。

有的时候，一种惬意、兴奋的情绪渗进她的心里，因为她终于获得了机会向别人发号施令，领受修道院里人的恭维，受到来访宾客的祝贺或者在某件事中得以一显身手，充当别人的庇护者，或者听到别人尊敬地称她作小姐。然而，这竟是怎样的安慰啊！她的一颗空虚的心仅仅能得到如此微小的满足，时时渴求着更多的尊荣，也盼望从宗教那里获得安慰。但是唯有先摒弃了别样的虚荣，才有可能接受宗教惠赐的雨露之恩，正像一个遇险落水的人，倘若想抓住一块足以搭救他的性命，把他安全地护送到岸上的木板，必须先扔掉手中那根他落水时本能地死命攥住的海草。

---

① 当时投票方法是向筒子里投入黑白两色骰子，白子表示赞成，黑子表示反对。

发愿仪式举行以后不久，吉特罗黛就在修道院的寄宿学校当了教员。不妨想象一下，在她的管教之下，那帮女孩子该会遭到怎样的对待。她往日的女友早已离开了修道院，但是当年激起的欲念依然顽强地萦绕在她的心头，她的那些学生便不得不时时承受它的后果。当她想到许多学生以后是要回到尘世间去的，而她却已永远被逐出了那美好的世界，她的思绪混乱了，她强烈地忌妒憎恨着这些女学生，几乎渴望着在她们身上实现无情的复仇。她欺侮她们，凌辱她们，让她们为有朝一日所要享受的快乐提早偿付代价。学生们稍有不慎，犯下小小的过失，她立即大发雷霆，气冲冲地叱责她们。谁若是在这种时候瞧见她狂怒的面容，准定会以为她是一个蛮横无理的泼妇。而在另外的时候，对修道院的厌恶，对修道院的清规戒律和唯命是从的风气的厌恶，突然爆发为截然不同的另一种情绪。于是，她不只容忍她的学生们不成体统的吵闹，而且竭力怂恿她们，甚至加入她们的游戏，鼓动她们更加放肆；她也乐意参加她们的谈话，引诱她们把话题超出原先的范围。倘使有一个学生说句讥讽女修道院长的俏皮话，吉特罗黛便反复地模仿女院长的动作，她们活像是在演一出闹剧。她还得意地做鬼脸，讥笑某个修女的面貌，或者另外一个修女走路的姿态。这时候，她会肆无忌惮地哈哈大笑起来。然而，这样的狂笑却丝毫不能叫她变得比原先更加快活一点。

她就这样度过了好几年的时光，既没有办法，也没有机会改变自己的处境。但是，一个于她不幸的事件终于发生了。

吉特罗黛在修道院中享受着种种优待和特权，她虽然还不能当修道院长，[①]作为补偿，修道院又特地拨给她一座单独的院落供她起居。修道院的一边紧挨着一座宅邸，那里住着一个年轻人，他是不务正业的浪子，平日里专门结交一群和他一样行为不轨的酒肉朋友，干些当局奈何不得的违法营生。此种人在当时为数相当可观。我们手头的那卷手稿，说他的名字叫埃吉迪奥，但并不曾提及他的家族。他的住宅有一扇小窗子，正好对着吉特罗黛居住的天井。他有时看见她匆匆走过那里，或者空闲时在那里散步，他心中燃起了去干一桩邪恶的勾当的欲望。这愿望并不使他觉着危险，反倒驱策他在某一天大胆地用言语挑逗吉特罗黛。可怜的女子竟慨然答应了他。

在起初的时刻，吉特罗黛体味到一种快乐，这种快感诚然不是纯洁的，却是富于魅力的。一种强劲的、坚定的外力，甚至不妨说，一种活泼泼的、势不可挡的生命力，于今闯入了她的阴暗、空虚的心灵。但是那快乐恰似聪明而残酷的古人给[①]囚徒炮制的一剂强健身体的补药，好让他服用之后恢复元气，再来接受酷烈的刑罚。同时，她的举止行为也发生了极大的变化，她突然间成了一个善于约束自己而且非常斯文的女子，再也不发出讥刺别人的风凉话或者怨天尤人的牢骚，相反地，她显得温柔可爱和彬彬有礼了。那些修女们都欣欣然有喜色，互相庆贺这样美妙的变化。她们自然猜不透其

[①] 按照规定，年满40岁的修女才有资格任修道院长。

中的奥妙，也不晓得这种变化其实只是包藏着旧日恶习的虚伪。这种表露如同刷白的墙皮，很难保持长久的时间，不久，她为难别人和刚愎任性的毛病又故态复萌了。人们又听到她用一些在那个地方和从她口中都很少听到的粗鲁字眼，挖苦和诅咒修道院是座暗无天日的牢狱。不过，每当她这样发作一番，立即又感到懊悔，便想方设法用各种讨人喜欢的甜言蜜语，让修女们忘记她的过错。那些修女们没有别的法子可想，也只好迁就她喜怒无常的性子，把它全看作是小姐轻浮、怪僻的脾气。

有一段时间，修女中似乎没有一个人疑心这件事会有什么名堂。但是有一天，小姐不知道为了一件什么鸡毛蒜皮的小事跟一名修女拌起嘴来，她竟放纵自己，恶狠狠地把那修女臭骂了一通，没完没了地羞辱人家。那修女原是强压着性子，忍气吞声，但后来终究失去了耐心，脱口说了一句，她晓得某件事情，以后在适当的时机和场合会公之于世的。从此以后，小姐如坐针毡，再也没有片刻的安宁。可是，过不了几天，一天早晨，那修女却没有在例行的日课上露面，几个姐妹到她的居室去寻找，却不见了她。她们又高声呼叫，也听不到她的回答。慌忙分头到各处寻找，里里外外，上上下下，从阁楼到地下室，全都搜查了几遍，仍然见不到她的人影。谁晓得大家将会作出怎样的种种猜测，倘若不是在寻找的时候发现花园的围墙上凿开了一个圆洞。这个意外的发现使大家不约而同地认为，那修女是从这洞口逃了出去。修道院随即兴师动众，派人到蒙扎城及其周围的地区，特别是那姐妹的家乡梅达用心寻找，又向各个地方投送了许多书束，但是竟连一点儿信息或线索也不曾得到。兴许她们能更加明了这件事情的奥秘，倘若她们不是上远处去搜寻，而是在附近的地方挖掘一番的话。①她们一致得出结论，她一定是逃到很远很远的地方去了。有一位修女随口说了一句："她敢情是逃往荷兰藏了起来。"大家马上觉得这个说法言之有理。于是，在颇长的一段时间里，修道院内外的人都断定她逃到了荷兰。

但是看得出来，小姐一直没有随声附和众人的意见。她既不想流露出不予置信的表情，也不愿陈述自己特殊的看法，来反对别人的见解。她想必从来不曾像现在这样严严实实地掩饰过自己的看法，也从来不曾像现在这样乐意闭口不谈这件事情，避免去触动它的奥秘。但她愈是闭紧嘴巴，她的头脑里愈是乱哄哄地想起这件事。一天之中，那修女的形象不知有多少次会突然闯入她的脑袋，呆呆的一动也不动。不知有多少回了，她宁愿看见那女子活生生的站立在自己的面前，也不愿像现在这样时时刻刻地遭受那影子侵扰的苦楚！但她不得不日日夜夜地和一个虚幻的、冷冰冰的、叫人毛

---

① 据曼佐尼在《菲尔莫与露琪亚》中描写，埃吉迪奥与吉特罗黛合谋，由埃吉迪奥下手，杀害了那修女，把尸体掩埋在埃吉迪奥的地窖里，又故意在修道院花园围墙上凿开一个洞，制造那修女逃跑的假象。在《约婚夫妇》中，曼佐尼把这一谋杀案改为暗线处理，用极其含蓄的笔墨，描写吉特罗黛事发后的举止表情，予以暗示。

骨悚然的幽灵作伴！也不知有多少回，她渴望再听见那女子真个开口说话的声音，宁可承受她的任何诅咒和恫吓，而不愿那个神秘的、如泣如诉的声音，任何一个活人都没有的、缠绵不止的声音，永不停歇地敲打自己的耳鼓！约莫在这件事情发生以后一年，露琪亚被介绍给了小姐、她们之间进行了前面我们叙述的一番谈话。

卡尔美拉

[意大利] 德·亚米契斯（De AMICIS, 1846—1908），以一部《爱的教育》享誉世界。《卡尔美拉》以充满的人情与亲情，叙述了一个令人情怀激荡的爱情故事，是德·亚米契斯的成名作。

一

我准备叙述的故事，发生在距离西西里约莫七十海里的一座小岛。

当这个故事发生的时候，在这个孤岛上，仅仅有一个小市镇，居民还不到两千人，其中包括三四百名流放的犯人。为了这些人的缘故，岛上驻扎了由一名中尉率领的一支小分队，四十来名士兵；他们每三个月换防一次。士兵们在岛上的生活极其惬意舒适，除了警卫军营和监狱，偶尔需要执行巡逻任务和操练一番以外，实在清闲得很；而这里的酒却是那么醇美诱人，一瓶才不过四个索尔多。① 更不用说那中尉，他享受着最充分的自由，悠闲逍遥，难怪他踌躇满志地说："我是全岛武装力量的总司令。"

司令部设在市镇广场，两名宪兵在司令部当差，任军官驱遣。市中心一座漂亮的公寓，供他免费居住。上午，他上山打猎消磨时光；午饭以后，他跟当地的那些要人在书房里聚会；傍晚，他驾一叶扁舟，在海上遨游。他吸的烟是两百铜元一支的高级雪茄；他的穿着完全凭他的爱好，无所顾忌。总之，他生活美好，称心如意，仿佛每天都是喜庆节日似的。惟一的美中不足，是他觉得这等幸福的生活顶多只能持续三个月。

---

① 意大利旧货币，一个索尔多为一枚硬币。

市镇坐落在海边,有一个小小的港口;每隔十五天,行驶于突尼斯和特拉帕尼①之间的邮轮在港口停泊,间或也有别的轮船停靠。大概是过往船只罕见的缘故,因此每当他们驶进港口的时候,小镇钟楼的大钟就喤喤地敲响了,居民们纷纷涌向海边,仿佛是去观看节日的戏剧演出。

小镇的外表很是简单朴素,但惹人喜爱。特别是它的中心广场,像所有乡村的广场一样,对于习惯城市生活的人来说,其实不过是一个庭院。一条笔直、狭窄、长不过一箭之遥的大街,把广场跟海滨联结起来。所有的商店、公共机关都集中在广场上。当时,镇上共有两家,或者说至少有两家咖啡馆;一家是镇长和其他官员、绅士光顾的场所,另外一家的顾客是平民百姓。中尉下榻的那座公寓,坐落在广场的近旁,面向大海;从海滨到小镇中心,地势明显地逐渐升高,因此,从他的房间的两扇窗子极目远眺,可以清晰地瞧见港口、大海、长长的一段海滩和遥远的西西里岛上碧森森的山峦。

岛上的其他地方都是火山,以及一望无际茂密的橡胶树林。

三年以前,一个明丽的四月里的早晨,开往突尼斯的一艘邮轮驶进了这个小镇的港口。它刚一出现,钟声就喤喤不停地敲响起来,岛上的人都一窝蜂朝码头奔去,其中有分队的士兵、军官、镇长、法官、教区神甫、警察局长、税务局长、港务局长、宪兵队长,以及在小分队服役、替犯人看病的年轻的大夫。两只驳船驶近邮轮,把三十二名士兵和一名军官接到岸上。军官年纪很轻,神情洒脱,白皙的脸庞,金色的头发,温雅和平;他跟前来迎接的军官紧紧地握手,彬彬有礼地回答官员们热情的欢迎。然后,走在他的士兵队列的前头,在两旁好奇的人群的注视下,进入市镇。

把士兵们安置完毕,他立即返回广场;一群官员正在那里等候他。镇长显得异常热情、亲昵,而又略微带点庄重的神气,半严肃半快活地逐一向他介绍欢迎者。客套的仪式结束以后,官员们各自散去,军官独自留下,由他的前任陪同,去他下榻的寓所。即将离开的军官开始收拾自己的行装,新到的军官想尽快安置下来,也帮助他检点。一个小时以后,一切全安排好了。

当天晚上八点钟左右,原先的那支驻防部队,由刚到的分队陪送到港口,离开了小岛。年轻的军官跟他的前任告别以后,立即返回寓所。长途旅行的疲劳,整整一天的奔波忙碌,累得他眼皮发沉,懒懒地睁不开来,他赶紧上床躺下。不多一会儿工夫,他便进入了甜蜜的梦乡。

---

① 意大利西西里西部的海港城市。

二

　　第二天早晨，太阳刚刚升起，军官走出了寓所。在广场上还没有走上十来步路，他忽然觉得他的军服的下摆被人轻轻地拉扯了一下。他倏地转过身来，只见距离他两步远的地方，一个身材苗条，仪容娟秀美丽的姑娘，衣着破烂，头发凌乱，像一个立正的士兵似的，笔直地、一动不动地站着，向他敬礼。她的一双大眼睛泛出明亮的光彩，漆黑的瞳仁凝视着他的脸孔，向他嫣然微笑。

　　"你有什么事吗？"军官以惊愕而好奇的神色打量她，问道。

　　姑娘并不答话，只是痴痴地瞧着他，继续把手举在前额，保持行军礼的姿势。

　　军官只得耸耸肩膀，继续朝前走去。才走得十来步路，忽然觉得他的军服又被轻轻地拉扯了一下，他于是再次转过身来。姑娘仍然像立正的士兵笔直地站着。他环视了一下周围，瞧见附近有人在观看这有趣的场面，发出哧哧的笑声。

　　"你要干吗？"他又一次问道。

　　姑娘伸出手来，用食指指着军官，笑吟吟地说：

　　"我要你。"

　　"她大概有点儿怪毛病。"军官暗自思忖。于是从衣兜里掏出几枚索尔多，伸手递给她，准备转身离开。可是，那姑娘却抬起一只手臂，弯在胸前，仿佛想用胳膊阻挡向她递过钱来的手掌，又大声重复一遍：

　　"我要你。"

　　她开始使劲地跺脚，用双手乱揪自己的头发，涕泣呜咽起来，发出喑哑、单调的声音，像佯装哭泣的小孩似的。围观的人群哄然大笑。军官瞧瞧人群，又端详一番姑娘，然后又瞧瞧人群，终于又迈步继续朝前走。

　　他几乎自由地穿过了整个广场，可是，当他刚走到通向港口的那条大街的时候，突然听到身后传来急促而轻微的脚步声，一个带着某种奇怪音调的柔和的声音，在他的耳边款款地说：

　　"我的宝贝！"

　　他蓦地打了个寒噤，一阵战栗掠过他的全身。他不敢回转身子，赶忙加快了脚步，急急朝前走去。那甜蜜的声音又叫了一遍：

　　"我的宝贝！"

　　"够了！"他终于遏制不住愤怒，猛然转过身来，大声对姑娘喝道，"别再纠缠我了。去干自己的事儿。明白了吗？"

　　姑娘显露出受到委屈的痛苦神色，随后又微笑着向前移动一步，伸出手来，仿佛要亲昵地抚摸那急速闪过身子的军官，轻声地说：

"别生气，亲爱的中尉。"

"走开，我命令你。"

"……你是我的宝贝。"

"走开，要不，我把士兵叫来，把你关到监牢里去。"他指着站在街角的几个士兵说。

姑娘踩着缓慢的步子走开了，可是一双眼睛依然痴痴地斜睨着军官，嘴唇不断地翕动，发出微弱的喃喃自语：

"我的宝贝！"

"真可惜！"中尉走在通往港口的大街上，自言自语地说，"挺可爱的一个姑娘。"

姑娘确实美丽可爱。她是西西里女子特有的大胆、热情的美的代表。她们蕴含的爱，与其说能启开人的情窦，毋宁说能对人具有一种强制的力量，往往只消她们那满含深情的、凝视的眼神的一瞥，仿佛就足以洞穿人的心灵深处的奥秘，使对方的全部勇气冰消瓦解。这姑娘的眼睛和头发乌溜溜的，前额宽阔，显出沉思的神态；眼睫毛和嘴唇不时急促地颤动，洋溢出生气和活力。她的声音约略显得倦乏、沙哑，甜蜜的笑容混合着些微痉挛。每次微笑以后，她的嘴唇和眼睛都要继续呆呆地张开一会儿。

三

"为什么不把她关起来呢？"那天晚上，军官跟大夫在那家高级咖啡馆聚会，向他叙述了早晨遇到的怪事，然后问道。

"您想把她关到什么地方去呢？"大夫回答，"市镇政府曾经提供经费，把她送到西西里一家医院，治疗了一年多；后来，眼看这不过是白白花费时间和钞票，就又把她接了回来。那里的大夫断言，要治好她的病几乎没有希望，或者说希望甚微。在这里，她至少还可以像空气一样逍遥自在；人们都情愿宽恕她，可怜的姑娘，让她自由行动，因为除了军人以外，她并不惹人厌恶。"

军官很惊奇，忙问这姑娘何以偏偏只找军人的麻烦。

"唉，您晓得，要讲清楚这段历史也颇有点难处。众说纷纭，莫衷一是；特别是老百姓，他们不满足于单纯的事实，总喜欢添上一点自己的想象。不过，比较真实可信而又得到本地某些官员证实的情形是这样：

"三年以前，像您一样担任驻岛部队的军官，是个极其风流俊俏的青年，他弹得一手好吉他，唱歌犹如天使一般优美。军官对这个女孩子产生了爱慕之情；当时，甚至可以说时至今日，她都是岛上最美丽动人的姑娘……"

"确实美丽动人。"军官脱口插了一句。

"或许多少由于军官的优美歌喉的魅力——这里的人喜爱唱歌和音乐，简直像是着了魔；或许多少由于他担任全岛武装力量总司令的权威职务的影响；而最主要的原因在于，军官是一位英俊潇洒的青年，这个姑娘，出于人之常情，也爱上了他。想必您也可以理解，这一对情人的相恋，是怎样的一种爱情啊！跟他们炽热的爱情比较，火山的熔岩简直也相形见绌；其间还交织着嫉妒、冲动、狂热和悲剧。

"姑娘的家里只留下了母亲，一个可怜的女人，她无意多管闲事，完全听任女儿自行其是。因此，您不难想象，她享有何等充分的自由——小镇的人不断窃窃私语。自然，姑娘的举止引起了人们的猜疑，这是很容易理解的；不过，事实证明了这些怀疑是站不住脚的，何况，所有的人现在都确信和异口同声地说，姑娘和军官之间不曾发生任何见不得人的事情。说实在的，这很奇怪，甚至有点令人难以置信，因为曾经传说他们有整整半天时间单独厮混在一起。不过，应当考虑到这个地方的特点，姑娘们热情得像一团火，奔放不羁，整天跟恋人们待在一起；表面上看，她们压根儿不晓得什么是谨慎、端庄，实际情形却正好相反，她们像贞女一样坚强刚毅，绝不轻易委身相从。

"算了，不必再扯远了。事情的真相是这样，军官曾经向姑娘许诺要娶她为妻，她自然对这个诺言深信不疑，禁不住心花怒放，不知不觉飘飘然起来。您晓得，确实是这样。据说有好些日子，人们确实很担心她因为头脑发热而惹下乱子。有谁能够预料，赋有这种气质的女子，她的爱情之火究竟会燃烧到什么程度呢？有时，她出于一种莫名其妙的原因，对另一个姑娘产生了嫉妒之心，假使你不曾小心地避开这个姑娘，她就会找上门去拚命，或者给人家一番颜色看看。就在这家咖啡馆的对面，我曾经瞧见她，当着许多人的面，着实大闹了一场。这不是惟一的例子。假使别的女子从她心爱的军官的公寓面前经过，朝窗子张望了一下，或者，在路上遇见军官的时候，转过身子来朝他看了一眼，她一定会跳将起来，扬言要做出些不明智的事情来。

"终于，部队换防的一天来到了。军官信誓旦旦地保证，过三两个月就回来接她。姑娘也信以为真。军官离开了小岛，从此，一去不复返，杳无音讯。可怜的姑娘病倒了。或许，随着余下的一线希望的逐渐消失，她后来也慢慢地恢复了健康，强让自己忘记过去的一切。不料，正当她的病即将彻底治愈的时候，不晓得她怎么得知了她的恋人结婚的消息。这真是突如其来而又致命的一击。于是，她发疯了。这就是事情的始末。"

"那么后来呢？"

"后来，正像我对您说的，她被送到西西里的一家医院；最后又回到这个小岛，到现在已一年多了。"

这时，一个士兵出现在咖啡馆门口，招呼大夫。

"其余的事容我以后再跟您细谈，再见。"大夫说完，便起身离开咖啡馆。

军官站起来跟大夫告别，腰间悬挂的佩剑猛地碰击了桌子。过了片刻工夫，只听得从广场传来一个声音：

"我听见了，我听见了！他在里面呢！"

几乎是同时，失去理智的姑娘在咖啡馆门槛上出现了。

"把她撵走！"军官仿佛受到弹簧的推动，霍地从椅子上蹦起来，大声命令。

姑娘被赶出了咖啡馆。

"我上公寓去等他！"逐渐远去的声音清晰地传来，"我上公寓去等他，我亲爱的军官！"

四

卡尔美拉和妈妈住的一间茅屋，在小镇的尽头；邻近有两三家农户。妈妈靠着缝缝补补的活儿，勉强维持生计。女儿最初发疯的时候，家里还不时获得小镇一些富裕人家的周济；如今，这种布施已经断绝许久了。那些施主们终于明白，他们的援助确实没有产生什么应有的效果，因为卡尔美拉整天在外游荡，连吃饭、睡觉都不愿意呆在家里，也没有法子叫她把穿上了的新衣服哪怕完整地保持一个星期。不用说，母亲是多么悲酸凄苦，她曾经顽强不屈地努力，希望女儿的病情每天都能有点好转；可是，这一切都是竹篮打水一场空。有时，在母亲的一再恳求下，可怜的女儿温顺地让母亲给她穿上一件新衣服，但一眨眼的工夫，忽然发起性子，把衣服撕破、扯碎，一件好端端的衣服糟蹋成了破布条。也有的时候，妈妈刚刚把她的头发梳理得整整齐齐，光滑乌亮，她却把两只手叉到头发里去，顷刻之间把美丽的秀发弄成乱糟糟的一团，成为披头散发的疯子。

白天，卡尔美拉大部分时间在荒芜的悬崖峻岭间流浪，独自用手势比画着，喃喃地自言自语，放声地狂笑。从那里经过的宪兵，常常远远地见到她全神贯注地用碎石垒起一座座小塔，或者毫不动弹地坐在峭拔的礁石上，呆呆地眺望大海，或者仰面躺在地上，昏昏入睡。假使她发现这些宪兵，不管他们怎样向她打招呼，她全不理会，既不说一句话，不做一个动作，也没有一丝笑容，只把目光定定停留在他们的身上，直到他们的踪影远远地消失。

事情还不止于此。有时，当宪兵们走得很远的时候，她忽然抬起双手，做出举枪瞄准，向他们射击的样子，而且总带着很严肃的表情。她对驻守小岛的士兵们也是这样，从来不曾有人见到她在士兵的队伍前面停留下来，跟他们谈话，向他们微笑。她从士兵的队伍前面经过，或者夹在他们的队伍里行走，丝毫不理睬士兵们寻她开心的戏语，也不扭头来朝他们瞧瞧。没有一个人胆敢触动她，哪怕是碰她的手指头或者拉扯一下她的衣服，因为据说她曾经给如此胆大妄为的人重重地赏了几记耳光，在他的脸颊上留下了五个指印。

卡尔美拉不管在哪里，只要一听到军鼓声，立即闻声跑去。士兵们从小镇开到海边去演习，她一路紧紧尾随。几名中士喊着口令，指挥操练，中尉站在不远的地方监督；她悄悄地站在一边，极其严肃地模仿士兵们的动作，还用一根拣来的棍子当步枪，做出扛枪、射击的种种姿势，并且低声地重复中士喊的口令。随后，她突然扔掉棍子，走到中尉身边打转儿，痴痴地打量他，满含深情地对他微笑，用最温柔的称呼，轻声细气地喊他，还用手掌遮掩嘴唇。不让士兵们听见。

当她留在镇里的时候，她几乎总是到广场去，站在军官寓所的大门前，做出各种各样滑稽可笑的动作，逗得围聚在她身边的孩子们哈哈大笑。她忽而把一顶纸糊的圆柱形的宽边高帽子，歪斜地戴在自己的头上，手里拄一根粗木棍，用浓重的鼻音嘟嘟囔囔地说话，扮演镇长走路的怪样子。忽儿，她把几片长长的纸条披挂在头发上，目光低垂，嘴唇抿得紧紧的，一只手在胸前晃来晃去，仿佛摇扇子似的，轻柔地扭动腰肢，模仿镇里几户有钱人家的夫人节日里上教堂去的姿态。也有的时候，她在兵营外面拣到一顶被士兵扔掉的破军帽，戴在头上，把头发统统塞进帽子里，帽檐压得低低的，一直遮到眉梢，然后伸出细嫩的胳膊，叉在腰间，嘴里哼着军鼓的声音，像一个刚入伍的循规蹈矩的士兵，跨着缓慢、有节奏的步伐，板着脸孔，神色极其严肃地围绕广场转溜两三圈儿。

不过，时至今日，无论卡尔美拉做什么，或者说什么，人们已经不再感兴趣了。孩子们，特别是那调皮捣蛋的小鬼，是她的仅有的忠实观众，但是母亲们都让他们站得远远的。因为卡尔美拉有一天突然一反常态，不晓得受到什么古怪念头的驱使，冷不防地拽住一个约莫八岁的小家伙，她的观众中最漂亮的一个小男孩，发狂似的不断亲吻他的脸颊、脖子，以致小男孩认为卡尔美拉要把他掐死，大声惊呼和号啕大哭起来。

偶尔，卡尔美拉也上教堂去，像其他信徒一样虔诚地下跪，双手合十，喃喃地不晓得念叨什么词句。不过片刻工夫，她便嬉笑盈盈，恢复了疯疯癫癫的样子，做出一些古里古怪的、不敬神明的动作。于是，教堂的圣器看管人不得不上前攥住她的胳膊，硬是把她推出教堂去。

她曾经有一副甜润的歌喉，在丧失理智之前，她的歌声委实清丽动人。自从遭遇那不幸之后，她便只会含糊不清地、翻来覆去地哼哼小曲。她喜欢倚在她的茅屋的门槛上，或者在中尉公寓的楼梯口席地而坐，胡乱地吃些无花果，这或许是她的惟一的营养品。

愁闷有时也侵扰卡尔美拉。于是，她收敛起笑容，沉默寡言，对任何人都板起面孔，甚至连那些小孩儿也不理睬。她像狗儿一般地蹲在家门口，把脑袋埋进衣服，或者用头巾把脸蒙上，任凭周围有什么声音轰响，也不管任何人甚至她的妈妈不断地叫唤她的名字，她都纹丝不动，毫无反应。不过，这种情况极其罕见；卡尔美拉几乎任何时候都是非常快活的。

正如我前面叙述的,她并不把士兵们放在心上,甚至不正眼瞧他们一下;她的全部温情都倾注在军官们身上。自然,她也绝非对所有的军官都一样地温情脉脉。自她从医院回来以后,驻守岛上的小分队已经调换了六批到八批,带队军官的年纪、相貌、气质互有差异,各不相同。可以看得出来,卡尔美拉对那些比较年轻的军官,怀有更深的感情。诚然,她把这些军官统统称作她的"宝贝"和她的"爱人",其实她都有极其明白的比较,晓得区别对待品貌堂堂的同长相丑陋的军官。

一个较早地来到岛上的中尉,约莫四十来岁,长着一个大鼻子,一双凶神恶煞似的眼睛,挺着滴溜溜圆的大肚子,说话的声音仿佛打雷,此人就从来不曾得到卡尔美拉的青睐。他们第一次遇见的时候,卡尔美拉曾经对他说了几句温柔的话;不料,这个军官大为恼火,用很难堪的话回答她,还挥手做了个威胁的动作,让她明白,最好就此罢休,不再打扰他。她果然不再纠缠,不过,每当在街上遇见他的时候,仍然尾随不舍;晚上,倚坐在他公寓的楼梯口,默默地度过许多小时。卡尔美拉进进出出军官的公寓,一句话也不对他说,但又痴呆地坐在那里不愿走开。这个军官离开小岛之后,又来过另外两三个相貌、性格、作风都跟他相近的军官,卡尔美拉都是如此对待他们的。

自然,也有仪表轩昂,温文尔雅而极其年轻的军官来到岛上。对于这些军官,不妨说卡尔美拉简直是要发疯了,假使她原来不是疯子的话。他们当中有人曾经异想天开地想治愈好她的疯病,因此佯装迷恋于她,真心地爱她;然而,他们考虑事情过于轻率,两三天以后便厌恶了这样的游戏,终于洗手不干了。

还有个别的较少慈悲心肠、但更富有现实精神的军官,曾经暗暗自问:"难道一个漂亮的姑娘,必须有清醒的头脑吗?"他认为大可不必,因而努力想说服卡尔美拉,对于爱情来说,理智不过是多余之物。但说来奇怪到极点,他遇到了意想不到的顽强的抵抗。她并不清清楚楚地说出个"不"字,因为她或许并没有明确意识到,别人在她身上打的是什么主意。不过,几乎出于一种本能,她断然摆脱掉任何一个……(谁能提示我一个恰如其分的形容词呢?)看来是无法抵御的强力的行为和动作;她慢慢地把手和胳膊解脱出来,用肘弯在胸前交叉叠起,全身蜷缩,吃吃地发出一种奇怪的笑声,仿佛那些晓得有人拿自己寻开心,但又不很明白是什么恶作剧的孩子,常常用笑声来表示自己已经晓得对方的意思,表示自己心中想说的话。大凡在这种时候,卡尔美拉的脸蛋洋溢出激奋的生气,那双大眼睛灼灼闪烁,完全不像一个疯姑娘,显得异常娇媚可爱。她的谨慎节制的态度,那种顽强执拗的神情,赋予她的举止以一种特别的雍容大方和端庄温雅,极其鲜明地衬托出她那令人倾倒的温柔俏丽的丰姿。

简单地说,那些曾经在她身上打主意的几个军官,最终都恍然彻悟,那不过是枉费心机。许多人告诉我,这几个军官当中的一个,有一天向大夫诉说他的徒劳无益的尝试，禁不住叹息道："真是活见鬼！聪明伶俐，又有一副柔爱心肠的女人，我不晓得见过多少了；可是像这个女人，她的全部美德都化在血液里了，是的，都化在血液里了，坦白地对您说，我有生以来还从不曾遇见过。"

另外一些人告诉我，卡尔美拉把每一个她喜欢的军官，都当作她心爱的人，就是那个曾经爱她，尔后又抛弃了她的青年军官。事情其实并不是这样；因为果真是那样的话，她有时自然免不了会唠叨她的遭遇，事实上她却从来不曾流露出片言只语。人们时常向卡尔美拉打听或者谈起这件事，可她总是表露出迷惑不解或者痴呆发愣地回忆不起任何事情的神情；她静静地、屏息凝神地听着别人对她的谈话。接着淡淡地一笑。每当驻守小岛的队伍离开的时候，卡尔美拉总是伴送他们到港口；轮船渐渐地驶远了，她举起手帕，高高地挥舞，但并不哭泣，也从不显示出任何痛苦的表情。很快，她又向新来的军官显示她的脉脉温情。不过看得出来，对新近到任的这位军官，卡尔美拉表现出来的深情，是对所有其他军官的态度所不能比拟的。

五

不多一会儿工夫，大夫回到咖啡馆，向军官一五一十地叙述方才我们讲的整个故事。军官听罢，站起身来告辞，又一次感叹地说：

"真可惜，她确实是一个美丽动人的姑娘！"

"我觉得，她颇有一种孤高任性的品格和玉洁冰清的气质！"大夫补充说。

大夫走出了咖啡馆。夜已经很深了。广场上静悄悄的，阒无一人。军官居住的公寓正好在咖啡馆的对面。他几乎是怀着悒郁的心境，慢悠悠地朝着公寓走去。

"她或许在那边等我吧。"他暗自思忖，一面把眼睛眯缝得细细的，伸长颈脖，把头扭向左边，又扭向右边，想瞧个分明，公寓大门口有没有人。可这是徒然的。黑沉沉的夜幕笼罩着广场，伸手不见五指。他愈来愈放慢了脚步，不时地停下来，警觉地环视周围，接着又踽踽而行……他忽然又独自寻思，"假使我清楚地知道，前面有一个歹徒手握匕首，企图暗算我，我想我的步子反倒会比现在迈得更坚定、轻快。"于是，他果断地朝前走了十来步。

"啊，她在那儿！"军官蓦地发现了卡尔美拉。

卡尔美拉坐在军官公寓大门外面的一级石阶上；但是在黑暗中，军官无法瞧清楚她的脸。

"你在这儿干吗？"军官走上前去，问道。

卡尔美拉并不马上回答，却站起身来，走到军官跟前，面对面地站定，把两只手搭到他的肩上，用极其温柔的声音和某种让人觉得她是以世界上最清醒的理智在谈话的语调，对他说：

"我在等你……我在这儿睡了一会儿。"

"你为什么要等我呢？"军官问道，一面从肩膀上把她的两只手拿下来；可是，那两只手随即又搂住了他的胳膊。

"因为我想跟你在一起。"她回答说。

"多好听的声音！"军官默默思量，"确实，谁听到都会认为她像是一个头脑清醒的人在谈话。"

军官从军装兜里掏出火柴盒，点亮一根火柴，把它凑近卡尔美拉的脸颊，想好好地瞧一瞧她的眼睛。整整一天在街头流浪带来的疲倦，尤其是她刚刚摆脱的短暂的梦，使她的脸庞多少失去了平素常有的过度放纵和痉挛般的活跃表情，却增添了一种慵困而哀愁的淡淡的美。此时，她确实显得那样地娇媚可爱，完全不像一个疯子。

"啊，我的亲爱的，亲爱的！"卡尔美拉瞧见被火柴光照亮的中尉的脸，立即激动地呼喊起来，抬起一只手，用大拇指和食指来抚摸他的下颏。军官攥住她的手腕；她却伸出另一只手，反提着军官攥住她的手腕的那只胳膊，把嘴唇紧紧贴到他的手背上，吻他的手，突然用力咬了一口。军官猛地使劲，摆脱了她，急忙奔进公寓，关上了大门。

"我的宝贝！"卡尔美拉又叫了一声。接着，默默地重新坐在台阶上，胳膊肘交叉地支在膝盖上，低垂的脑袋歪倒在一边。过了片刻工夫，她便睡着了。

军官回到房间里，点亮了灯，赶忙察看他的右手背，上面八个细小的牙齿印儿清晰可见，那狂热的嘴唇在周围遗留下湿漉漉的一圈，闪闪发亮。

"这是一种什么样的爱情！"军官大声地自言自语。他点燃了一支雪茄，在屋子里踱来踱去，考虑给他的那支小分队制定作息时间。"明天再想吧。"他无法压抑脑子里泛现的其他思绪，突然对自己说。他坐下来，打开一本书，翻阅了几页，又信手扔下，在屋子里踱起步来。后来，他重新坐下来看书；末了，他终于决定上床睡觉。他几乎已经脱掉了外衣，脑子里蓦地闪现出一个念头。他原地站住，思索了片刻工夫，便奔向窗口，伸手去打开窗子……忽然，他又把手抽回来，耸了耸肩膀，上床睡觉去了。

第二天清晨，像往常那样，勤务兵踮着脚尖走进房间，却惊奇地发现军官已经醒来了，而他平时的习惯是需要人叫醒他的。士兵笑嘻嘻地对他说：

"下边，那个疯姑娘在门口……"

"她在干什么？"

"没什么；她只是说，她在等中尉先生。"

军官露出不自然的苦笑，接着打量着正在刷衣服的勤务兵，自言自语地说："看来话里有话啊！"士兵替他穿好衣服，军官吩咐说：

"你瞧一下，她可还在那儿。"

勤务兵打开窗子，朝下面张望了一下，回答道：

"是的,还在那儿等着。"

"在干什么?"

"玩石子儿呢?"

"她朝上面瞧吗?"

"不。"

"是正好站在大门口,还是站在大门旁边。"

"站在大门旁边。"

"这样我就容易摆脱她了。"

军官走下楼去。可是,腰间佩带的剑发出的丁丁当当的声音把他暴露了。

"早上好!早上好!"卡尔美拉登上楼梯,迎面走来,一面向他打招呼。

当她走到军官跟前的时候,突然双膝跪了下来,掏出一块手绢,另一只手握住军官一只脚的踝关节,动作利索地替他擦拭起皮靴上的尘土来,嘴里发出喃喃的轻声细语:

"等一等,等一等……再稍等一会儿,耐心点儿,亲爱的;再稍等一会儿,好了,现在一切都好了。……"

"卡尔美拉!"军官急不可耐地大喊一声,猛地一蹬腿,从她的娇嫩的手心里抽出了那只脚,神色异常激动而又惶惶悚悚,几乎是以奔跑的速度摆脱了她。

六

仅仅一个月的时间,大夫和中尉便结为推心置腹的契友。他们的秉性和年龄如此相近,尤其是在这样一个小岛上,具有他们这种气质的年轻人简直可以说是凤毛麟角,加上朝夕相处,在短短的时间里便相互取得了深切的了解,如对故人,彼此和睦相亲。

可是到了第二个月,他们当中的一个,青年军官,突然用颇为奇特的方式改变了自己的生活习惯。起先,他让朋友从那不勒斯邮寄来好几卷厚厚的书籍,接连两个星期,每天晚上,他把一切事情抛诸脑后,只是全神贯注地阅读,做笔记,并且跟大夫进行长时间的、深奥难解的讨论。他几乎总是用这样的话来结束讨论:

"够了,我认为,对于这样的病例,医学专家们是几乎或者完全无能为力的。"

"等着瞧吧,看你能有多大作为。"大夫回答说。

他们用这些话互相道别,以便第二天开始一场新的辩论。

一天,军官去登门拜访镇长,提出了一些求教的问题;接着又把镇上惟一的裁缝请来。他又到小镇上独一无二的帽店和仅有的一家服饰用品商店去了一趟。四天以后,他穿了一身俄罗斯呢绒制的军装,头戴一顶大草帽,系了一条天蓝色的领带,到海滩散步。

当天晚上,大夫遇见了他,问道:

"事情顺利吗？"

"一无所获。"

"没有一丁点儿迹象？"

"丝毫没有。"

"不打紧的；要有恒心。"

"请放心吧。"军官果断地回答。

小镇的税务局长曾经当过多年的歌手，擅长拨弄各种乐器。一天，军官特意去找他，直截了当地对他说：

"请您帮我做一件事，教会我弹吉他吧。"

从此，中尉拜税务局长为师，每天清晨和晚上学习弹奏吉他。他以令人惊叹的聪明和速度掌握了这门艺术，用不了多久时间，当税务局长歌唱的时候，他已经能够用吉他伴奏了。

"您肯定也有一副好嗓子。"一天，吉他老师对他说。

确实，军官有一副甜润的嗓子。于是他又开始练习歌唱。不久，他便能够随着吉他的伴奏，唱起许多西西里民歌。他的歌声柔和沉静，宛转悦耳，叫人听来心旷神怡。

"从前这里住过另外一位军官，他也弹得一手好吉他。"有一次税务局长对军官说。"有一首抒情曲，"一天，税务局长又补充说，"那位军官总是唱它……啊，他唱得美极了……您知道，是他自己作的曲子。请等一等，这首抒情曲是这样唱的：

"卡尔美拉，我默默无言
坐在你的身旁，
注视你秋水盈盈的双眼，
亲吻你美丽的脸庞，
啊，岁月流水般消逝。
告别的时刻来临了，
我把苍白的脸孔，
藏进你的怀抱，
像一个安然入睡的儿童，
静静地告别我的一生。"

"请您再唱一遍。"军官请求道。

税务局长又把这首抒情曲重新唱了一遍，然后对军官说：

"请您唱给我听听吧。"

于是，军官唱出了一曲优美动人的情歌。

过了几天，军官跟在他的公寓旁边开了一爿卷烟店的老板作了长时间的交谈以后，去拜访宪兵队长，对他说：

"队长先生，听说您是一位出色的击剑手。"

"我？噢，善良的上帝，已经整整两年我的手没有摸过那把佩剑了。"

"空闲的时候，您有兴致跟我比试几招吗？"

"乐意奉陪。"

"那我们约定一个时间吧。"

他们约定了时间。从此，每天清晨，所有经过广场的行人都能听到从中尉的公寓里传出来军剑碰击的丁当乱响，脚步的急速移动和人声喧嚷、喘气的嘈杂声音。这是军官和宪兵队长在练习击剑。

"这个试验你就免了吧。"一天，大夫对军官说道，"她可有什么反应？"

"丝毫没有。不过，这种试验很有好处。这里的人告诉我，他以前每天早晨跟宪兵队长击剑，就是在这个时间；她不喜欢看这样的场面，所以总是离开公寓到广场去……"

"噢，是的，"大夫打断他的话说，"还需要办另外一件事，我的亲爱的，另外一件事！"

七

军官率领的小分队驻守小岛已经快两个月了。一天夜里，军官跟大夫面对面地坐在他房间里的书桌前；军官随意拿起一支笔，用笔尖缓缓地拨动面前点燃的那支蜡烛的烛芯，对大夫说道：

"你说，这件事该怎么收场？我已经快要成为疯子了；或许当真会落到这样的结局。你晓得，现在连我自己都觉得害臊；有的时候我似乎觉得，所有的人都在背地里耻笑我。"

"耻笑什么呢？"大夫问道。

"耻笑什么呢？"军官机械地重复一遍，脑子里思考他的回答，"他们在耻笑我的……热忱，我对那不幸姑娘的同情，还耻笑我做的种种徒劳无益的试验。"

"热忱！同情！要知道，这些品德是不应当受到嘲笑的。"大夫的炯炯目光逼视着军官，然后问道："对我说老实话：你是不是已经堕入情网，爱上了卡尔美拉？"

"我？"军官激动得喊起来，话刚说完却又呆呆地坐在那里发怔，一阵燥热烘烧着他的脸，两颊直到耳梢涨得绯红。

"你，"大夫接着说，"最好对我说老实话；你应当跟我开诚布公。我难道不是你在这个小岛上的惟一的知心朋友吗？"

"是的，你是我唯一的知心朋友。不过，正因为我愿意跟你赤诚相见，所以我不应对你无中生有地瞎说。"军官回答道。

他沉默了半晌，尔后，以急迫迅泻的情绪侃侃而谈。他时而脸色亢奋苍白，时而脸上闪出火一样炽热的红光，神情惶悚而谦卑，嗫嗫嚅嚅地说话，显得有点语无伦次，仿佛一个调皮捣蛋的小鬼在干什么勾当，当场被人逮住，迫不得已地诉说自己的过失似的。

"我，堕入了情网？爱上了卡尔美拉？钟情于一个疯姑娘？……难道你果真这样认为吗，我的朋友，你的头脑里怎么会产生这等荒诞不经的念头呢？假使果真有这样的一天……从现在起，我授权你随时可以报告我的上校，说我的神经已经错乱，应当把我关进疯人院。堕入了情网！……你简直让我觉得滑稽可笑。

"是的，我对这个可怜的姑娘满怀同情；这是一腔深沉的同情心。我不晓得，为了能够亲眼见到她恢复失去的理智，我将作出多大的努力；为着拯救她，我甘愿作出一切牺牲。有朝一日，她一旦恢复了健康，我将像家里身患重病的亲人霍然痊愈一般体味到莫大的喜悦……这是真实的。可是，从同情到相爱，那有多大的距离啊！

"我喜欢卡尔美拉，这也是真实的。我想，你也同样喜欢她，因为同情总是跟感情携手并进的。……何况，我喜欢她还由于听说，她从来是一位天真未泯、柔顺多情的姑娘。她把纯洁的爱情奉献给了她最初的那个恋人，真挚地爱着他，希望成为他的妻子，而且，在没有正式结合的时候，从来不希冀分享他的荣誉。……这是美德，我亲爱的，正是我们谈论的这个少女的美德。

"我对卡尔美拉很敬佩，你是可以理解的。那可怜的姑娘蒙受不幸，这在我的心灵激起的共鸣，远远胜过我可能遇见一个生活幸运的姑娘时所产生的共鸣。对待她，怎么能不捧献一颗满怀同情的心，怎能不产生由衷喜爱的情感呢？她的疯狂的品格，难道不正是她美丽的灵魂的裸露吗？

"除了温柔亲切、谦逊朴实的话语，我从来不曾听到她讲过另一类的字眼。她用双手搂住我的肩膀，以脉脉温情抚摸我，亲吻我的双手，这些自然全是疯狂的举动；可是，它们却丝毫不曾失去端庄体面的分寸。你可曾见到过她做出哪怕一个浅薄轻贱的动作？正因为如此，我再重复一遍，我才对她怀有真挚赤诚的情感。这个惹人怜爱的姑娘，被世人所抛弃……沦落到像狗一般苟且生活……我不妨坦白地对你说，我打心眼里喜欢她。

"至于说她的美丽……她的的确确是美丽的……像天使一般美丽，这是不容否定的。你不妨细细地端详她的眼睛，她的嘴唇……她的双手；你从来不曾瞧见她的双手，她的头发？她整天披头散发，仿佛一个原始部落的野姑娘似的，但那是怎样秀美的头发啊！……还有，她在衣着打扮方面也失去了人的风貌……可是，她那先天禀赋的美丽，越发使我深深怜爱她。

"每当我打量她，我总是免不了暗自思忖：多可惜啊，人们竟然不能爱这太阳一般的眼睛！你自然知道，假使卡尔美拉像其他所有的姑娘一样神志清醒，那末，她站在那里，她娇美的脸容足以使任何一个男子不能自持而拜倒在她的裙下。即令是现在，也时常有这样的情况，假使有人不晓得她是疯子，便很可能做出不明智的事情来。

"还是拿我来说吧。当她痴痴地瞧着我的眼睛，对我莞尔而笑，呼唤我'亲爱的'的时候；或者，在夜晚的黝暗中，我无法看清楚她的脸孔，只听见她说话的声音，她告诉我说，她一直在等我，说我是她的天使……那我该怎么办呢？在这样的时刻，我竟然会觉得她并没有失去理智。我凝视着她，倾听她的谈话，仿佛她是一个神志正常的人，她真的能听到自己对我讲的絮絮私语。

"当我受到幻觉侵扰的时候，我的心头扑扑地跳个不停。……是的，我向你承认，我心头的悸动是如此剧烈，仿佛我果真爱上了她似的。我开始呼喊她的名字，其实我也不晓得为什么……或许是出于某种希望……某种固执的妄想，但愿她能够回答我的话，刹那间霍然而愈，活泼泼地出现在我的眼前。

"'卡尔美拉！'我呼唤她。

"'唔，什么？'她说道。

"'你不是疯子，对吗？'我问她。

"'我是疯子？'她带着某种惊奇的神色打量我，反问道；这种表情越发使我认定，她的的确确不是一个疯姑娘。

"'卡尔美拉！'希望突然使我昂扬激动，于是，我提高嗓门大声地喊她，'你再对我说一遍，你不是疯子'……

"约莫有片刻的工夫，她只是惊愕莫名地审视着我，尔后，突然放声狂笑起来。啊，我的朋友，请相信我，在那一瞬间，我真恨不得一头撞到墙上去！

"你晓得，为着能够亲眼看见她恢复理智，我曾经作出了多少努力。可是，你并不知道事情的全部。

"几乎每个晚上，我都要把她带到我的公寓里，我跟她亲切交谈，一个又一个钟点。我给她弹奏吉他，唱她的恋人过去对她唱的抒情曲。我还曾尝试告诉她，我已经爱上了她。我温存地抚摸她，希望以此充实她的心灵。我佯装哭泣，佯装满怀绝望的伤感。我听任她做想做的一切事，任她亲吻我，拥抱我，像对待小孩一样亲切地抚慰我……我对她也同样如此。

"请你想一想，我是怀着怎样的一颗心在做这一切的啊。我说不清楚，我感觉到究竟是战栗，还是惶恐；是羞耻，还是懊悔；或许，是所有这一切错综交织的感情对我的总侵袭。我不妨告诉你，当我亲吻她的时候，我感到浑身一阵阵的颤抖，脸色惨白，仿佛是在跟一具活尸接吻似的。

"有的时候，我自信是在作出高贵的自我牺牲，因而体味到一种近乎自豪的情感；而在另一些时候，我又恍惚觉得是在干着罪孽的勾当，由此对我自身也害怕起来……

"我忍受了可以忍受的一切痛苦，亲爱的朋友；可是，一切全然是徒劳无益的。奇怪的是，那绝望的情绪越是压迫我的心灵，我心灵充盈的这该诅咒的热情，却越是狂暴激奋。

"……夜间，我简直无法入睡，因为我晓得，此时她正瑟瑟蜷缩在我的公寓门前，这一思念像是擂鼓，一阵阵地捶击我的脑门，我不时地恍惚听见她在敲我房间玻璃窗的声音，隐约看见窗台上方闪现出她慌乱失神的脸孔，那双呆滞的眼睛直勾勾地凝视着我！有的时候，我又产生幻觉，似乎她噔噔地奔上楼梯，迅速地一跳，坐到了我床上；或者，我的耳边仿佛响起她在下边的广场上发出一串串狂笑的声音。这狂笑声犹如一瓢冰水浇进了我的心田，我竟至没有勇气走到窗户前去看一看。

"于是，我强迫自己全神贯注读书，写字，然而我的脑海里始终萦绕着她的形象，她永远是那么怨艾凄恻、惶惶不安，甚至栗栗恐惧的神情，我也说不清楚她出于对什么的恐惧。

"我终于心底里产生了疑问，这种抑郁寡欢的生活，究竟要到什么时候才能了结？它又将怎样了结？我没有勇气回答自己提出的问题，我害怕自己的回答……

"我好像一个伤心绝望的人，常常用两只手狠命地揪自己的头发……啊，朋友！请你告诉我，莫非我也要变成疯子么？因为我觉得，我已经头晕目眩，这样的生活实在无法再忍受了……我受不了，支撑不住了。"

军官说罢，猛地攥住了大夫的手。大夫把自己坐的椅子挪到军官跟前，异乎寻常的激动使他半晌说不出一句话来。大夫把手搭在军官的肩膀上，亲切地谛视了他片刻，紧紧地跟他拥抱在一起。

军官仰起脸，凝望着他的契友，眼睛里闪耀出了微笑的光彩。

"那怎么办呢？"大夫问道。

"假使她恢复了健康？"军官惊呼起来，脸上的愁云惨雾突然完全消失了，"假使她恢复了以前的常态，重新获得了失去的理智和当年的一颗心灵，她的一双眼睛永远不再闪现出那异样的光芒和令人生畏的呆滞的神色，她的那张小嘴从今不再发出那恐怖的狂笑；假使有朝一日，她像一个神志清醒的人对我说：'多谢你，你给了我第二次生命，我为你祝福，我喜欢你，我爱你……'并且失声痛哭！假使我能够看见她掩面涕泣，听到她懂得人情事理地跟人交谈，瞧见她总是像其他姑娘一般衣着清洁，梳妆整齐；看见她重新上教堂去祈祷，会像从前一样脸红羞赧，能够像获得第二个童年似的逐一地重新体味到丧失殆尽的各种情感！……假使我能够说，是我使她脱胎换骨，开始了新的生活，是我重新赋予她青春年华的希望，让她重新投入家庭和爱情的怀抱……啊，我的朋友！"

军官用力握住大夫的双手，湿润闪亮的眼睛紧紧盯着他的朋友。他亢奋激动地继续说：

"那时，我会觉得自己就是造物主，我也能创造出什么东西，我仿佛享有两个灵魂，拥抱着两个生命，我的生命和她的生命；我会觉得，我那造物是命运之神把她派遣到我身边来的，我要把她像天使一般引见给我的母亲……啊，我相信，那时候我会欣喜得真正发狂。唉，假使这一切将是真实无疑的！假使这一切都是真实无疑的！"

他双手掩面，失声呜咽起来。

"啊哟，我的爱啊！"正在这时，从下边的广场传来了一声呼喊。

军官蓦地站起身来，恳切地对大夫说：

"你让我下去吧！"

大夫紧紧握住他的双手，劝慰他："振作起精神！"说罢，独自走了。

军官呆呆地站在屋子中间伫立了好几分钟，然后走近窗子，打开它，又后退一步，默默地眺望他眼前展现的极其美妙的景色。

微微的清风停歇了，夜色是那样的明净、清朗，沁人肺腑。远处是小镇地势最低的地区；一轮明月当空，把皎洁的银光，洒满鳞次栉比的屋顶、寂寥的街巷、港口、海滩，简直能像白昼似地映照出夜行人的身影。大海平静宁谧，像丝绸一样柔和。西西里岛上很远很远的青山，犹如浮雕似的，显得如此清晰，仿佛就矗立在眼前似的。那么深沉、寂静的夜啊。

"我也可以享受这甜蜜的宁静！"军官的目光投向茫茫无垠的大海，独自寻思。他把身子探出窗外，朝下边张望，一颗心怦怦地跳动不息。

公寓的大门前面，正坐着卡尔美拉。

"卡尔美拉！"军官喊道。

"亲爱的！"

"你在那里干吗？"

"干吗……我在等你；你晓得的，我等你叫我上楼呢。今天晚上你不让我来了吗？"

"我下来给你开门。"

卡尔美拉高兴得直拍巴掌，像鸟儿一样欢欣跳跃。

公寓的门打开了，军官手里拿着一支点亮的蜡烛，走了出来。卡尔美拉进得门里，从军官手里抢过蜡烛，走到他的前面，急匆匆地登上楼梯，嘴里喃喃地说：

"来吧，来吧，我可怜的……"随后，她转过身子，来拉军官的手，"把手伸给你的姑娘，漂亮的青年人。"说完，牵着他的手，领他走进房间。

军官让她坐在自己的跟前，以圣人般的耐心，开始对她重复以往的日子里曾经无数次表白过的言词，做过的所有试验，又设想出一些新的办法，满怀炽热的激情，聚精会神地一遍又一遍地试验，做出求爱、怨恨、愤怒、悲伤、失望的种种表情。然而，这一切全是一厢情愿，白费力气。

卡尔美拉细细地打量着他，用心地听他的谈话，当他说完的时候，就放声大笑起来，问道：

"你这是干什么呀？"或者对他说："可怜的宝贝，你真叫我心疼死了！"她饱含凄恻的感情，抓住军官的手，热烈地吻着。

"卡尔美拉！"军官终于又呼喊了一声，希望再作最后一次的尝试。

"你想什么呢？"

军官给她做了一个手势，希望她静静地听他说话，卡尔美拉姗姗地走到他的跟前，温柔多情地凝望着他的眼睛，然后猛地扑进他的怀抱里，双手勾住他的颈脖，把嘴唇紧紧地贴着，呼吸急促地说：

"亲爱的！亲爱的！亲爱的！……"

可怜的军官现在失去了自制力，他一只手搂住卡尔美拉的腰肢，撑托住她的身子，慢慢地弯下身来，把她抱到桌子旁边的沙发上。原来几乎没有察觉军官举动的卡尔美拉，蓦地一跃而起，神情顿时显得异常严肃，她仿佛思量着什么事情，随后，略略带着厌恶的口气说：

"你想干什么？"

军官隐约见到一丝希望的曙光，默默无言地站定在那里，注视着她，急切地等待着。

约莫有一分钟的光景，卡尔美拉陷入了深思。过后以从来不曾见到过的神态浅浅一笑：

"……我们两个，算结婚了吗？"

军官惊奇得失声叫喊，但随即用手捂住了嘴唇，脸容苍白，两颊掠过一阵痉挛，呆呆地瞧着窗外的天空，忖度半响，考虑怎样回答她。

卡尔美拉把目光投向墙壁，瞧见钉子上挂着一顶圆锥形的军帽；她发出一串狂笑的声音，摘下帽子，戴到自己的头上，一边叫喊、冷笑，一边在房间里手舞足蹈。

"卡尔美拉！"军官痛苦地喊道。

她越发疯癫起来。

"卡尔美拉！"军官又叫了一声，向她扑去。卡尔美拉张皇失措，一阵风似地急急冲下楼梯；过了片刻，她已在广场中央，毫无忌惮地跳呀舞呀，哈哈大笑。

军官把身子探出窗外。"卡尔美拉！"他用嘶哑的声音又叫了一声，过后双手紧紧捂住脸孔，颓然跌坐在椅子上。

八

第二天早晨，军官起床以后，立即来到大夫的家里，大夫一看到他布满血丝的眼睛和怅惘失神的脸色，便明白他是来寻求安慰和帮助的。他让军官坐在他的跟前，开始滔滔不绝地讲起道理来。可是，军官毫不理会他的谈话，似乎沉浸在另外的思绪之中。突然，他的神情平静了下来，用手掌背连连敲打自己的前额。

"嗨！"他叹息说，"起先我怎么不曾想到这一点呢！"

"想到什么？"大夫忙问

军官并不答话。他拿出纸和笔，开始挥笔疾书。写完以后，他从头念了一遍：

中尉先生：

按照我们军人的习惯，我直率地给您写这封信。

三年前的七月至九月，您曾经指挥过××小分队；现在，我接任该分队长官，已将近两个月了。我在此认识了一个二十岁左右的姑娘，名叫卡尔美拉。两年来，她一直精神失常；据说，她是出于对您的爱而致疯的。她在您离开这个小岛以后的境况，想必您是知道的；您自然也同样知道她疯病的症状，因为人们告诉我，这里有人曾经写信跟您谈及此事。

当我头一次遇见这个姑娘的时候，她的极端悲惨的身世，唤起了我的巨大同情心。我竭尽我所能做的一切努力，试图帮助她恢复失去的理智。我开始像您一样穿着打扮，学会像您一样弹吉他和唱抒情曲，我模仿从认识您的朋友那里了解到您的各种习惯，我向她倾诉爱情，诱发她对您的记忆，我甚至冒名顶替您。可是，这一切全都徒劳无益。眼看我的全部希望一个个地破灭，我痛苦到了极点——或许，您是很难理解这一点的。

眼下，还有另外一个办法需要试验一下，但它掌握在您的手里。不要拒绝我的设想，朋友。我请求您满足我的要求，促成一件高尚的行动。

现在且听我细说。有人讲，医治精神失常的病人最有效的方法之一，是以最大限度的精确性，并借助真实的细节，重演他们行将失去理智时发生的严重事件，而不管它是不是致疯的直接原因。我想，把您离别小岛的情景在卡尔美拉面前如实地再现出来，或许能产生某种效果。

我向许多人作了调查。他们只记得，您是在夜里离开的；启程之前，您跟卡尔美拉、镇长、宪兵队长和其他人在您的家里共进晚餐；至于那次晚宴和您离别的细节，他们都不记得了，或者记忆十分模糊。我怀着一颗祈求仁爱的赤诚之心，请您把这些细节告诉我。这对于您而言，只须付出极微小的代价，甚至无须偿付代价，但它却能赋予一个亟待拯救的人以生命和幸福。

请您写信给我，谈谈您所记得的一切，告诉我出席晚宴的人员，他们的言谈、举止行动，尤其请您费心告诉我那些比较重要的事情发生的准确时间。叙述的时候务求明白无误，条理清楚。

替我做这样一件大功大德的事吧，我再次恳求您，我将终生铭记您的恩情。

我不想再说别的什么了。我寄希望于您的高贵的心灵。

作为您的战友，紧紧地握您的手。

再见。

"你觉得怎么样？"军官问道。

大夫聚精会神地听他念完了信，沉吟了半响，说：

"知道他的姓名、部队番号和驻地吗？"

"镇长全知道。"

"你以为，他会给你回信吗？"

"我相信会的。"

军官果然收到了回信。信足足有八页，叙述出席晚餐和到码头送行的人员，他们的谈话，以及与之有关的时间和细节。但是，信中没有任何评论，没有对旧日的爱情的任何暗示；除了晚宴和他的离别，没有一字一句提及旁的事情；信的全部内容丝毫不超越提出的问题的范围，更没有片言只语表示对卡尔美拉的同情。然而，透过冷漠无情的书信仍然可以看出，写信人的良心受到了不小的冲击，如若不然，他多少会假惺惺地表示他的内疚和懊丧，或许至少会这样结束他的信："但愿……"可是，事情完全不是这样。"一小时以后，夜半时分，汽轮离了港口。敬礼。"后面是他的署名。

九

"我明白了！"军官刚念完收到的信，大夫顿时惊呼起来，"我现在总算明白了，为什么这么多参加晚宴的人当中，竟然没有一个人能够跟我们谈谈细节。我敢打赌，准是都喝得酩酊大醉了。"

从这一天起，军官和大夫全力以赴，为筹划一个重大的试验而奔波忙碌。他们一起拜访了镇长、法官、税务局长、宪兵队长和有关的人员；如今，他们跟当地的各界人士已经建立了颇为亲密的私交。他们中的一个以科学为依据，另一个诉诸心灵的力量，密切合作，充满激情地跟这些人交谈，进行解释、论证，让所有的人都明白事情的原委，请他们慷慨地助一臂之力，又给每一个人指派了应当扮演的角色。

"多谢上帝！"离开最后一个被访者税务局长的宅邸，军官禁不住感叹道，"事情已进行了多半。"

他们又把卡尔美拉的母亲请来。让她参与筹划中的事情毫不困难，要比说服镇长和其他官员少费许多口舌。毫无疑问，这些善良的人们是正直而完全可以信赖的，诚然，他们对于这些事情的理解力多少欠缺一些。

卡尔美拉已经有好几天身体不太舒服，几乎一直呆在家里。

军官和大夫登门去看她。她坐在茅屋外面的泥地上，身子倚着墙壁。刚一瞧见他们，卡尔美拉赶忙站起身来，比平常稍稍从容地朝军官迎去，像往常一样，要拥抱他，用微弱的声音喃喃地重复以前每次见面都要说的话。

"卡尔美拉"，军官对他说，"我们想告诉你一个消息"。

"一个消息，一个消息，一个消息！"卡尔美拉声音柔和地重复着，用手背在军官的脸颊上亲昵地摩挲了三次。

"明天我就要走了。"

"明天我就要走了？"

"是我，我要走了。离开这里。离开这个小岛。跟我的士兵们一起走。我想乘轮船走，轮船将把我带到很远很远的地方去。"

他高高地扬起手，仿佛为了表示那漫长的距离。

"很远，很远……"卡尔美拉轻声细语地说，目光随着军官手指的遥远的地方望去。她仿佛暗自思忖，半晌沉吟不语，接着，神情异常淡漠地说："轮船……冒烟儿……"

她又一次试图拥抱军官，像平素那样喊他。

"不！"军官想了一下，摇头说。

"需要对她重复许多遍。"大夫轻声地提醒军官，"再等别的机会吧。"

军官用故意显得严厉的声音吩咐卡尔美拉不要尾随他们，然后跟大夫走了。

告别宴会预定第二天晚上举行。军官登门访问的当天晚上，卡尔美拉依然按照她的习惯，来到军官的公寓前，蜷缩在大门口。军官刚回到寓所，就带她上了楼。

勤务兵根据军官的指示，早已把房间里的东西翻弄了个底朝天，仿佛军官果真马上要离开小岛似的。桌子、椅子、沙发上堆满了衣服、被褥、杂物、书籍和胡乱扔掉的纸片，房间正中摆着三个敞开口的大皮箱，勤务兵正把收拾好的东西放进去。

卡尔美拉一眼瞥见这乱糟糟的景象，略略显露出了惊讶的神色，微笑地端详着军官。

"我正收拾行李，准备走了。"军官对他说。

卡尔美拉突然蹙紧眉梢，又用目光把房间扫了一遍。这是她从来不曾做过的动作。军官观察她的表情，目不斜视。

"我就要走了。离开这个小岛。到很远很远的地方去。我想乘轮船……"

"你乘轮船走吗？"

"是的……明天晚上启程。"

"明天晚上。"卡尔美拉机械地重复说，她的目光遇见了放在椅子上的吉他，便用手指尖轻轻拨弄了一下琴弦，吉他发出了铮铮的乐声。

"我要走了，你不高兴，是吗？从此你再也见不到我了，难受吗？"

卡尔美拉呆呆地凝视着军官的眼睛，接着低头，垂下眼帘，仿佛正在想心事似的。军官不再跟她说什么，只是悄声地跟勤务兵谈话，帮助他整理衣物。

姑娘默默地打量着他们，不说一句话。过了片刻工夫，军官走到她的跟前，对她说：

"现在，你该回家了，卡尔美拉。你在这里呆了不少时间了，该回家了，走吧。"

军官搀着她的胳膊，温存地把她带到房门口。卡尔美拉转过身来，伸出双臂，想要搂住军官的脖子……

"我不喜欢！"军官说。

卡尔美拉发急了，用脚在地板上连连跺了几下，忍不住簌簌泪下，啜泣起来；她重新伸出双臂，搂住了军官的颈脖，用嘴唇轻轻舔他的脸颊，却不吻他，好像脑子里在想着别的什么似的。随后，她屏住涕泣，缄默不语，脸容茫然失神，慢步地走了。她既没有露出往日的微笑，也不回转身子，仿佛一个心神迷乱的人，脑子里有万千缭乱的思绪，同时却又是白茫茫的一片空白。

"这是怎么回事？"军官暗暗思忖，"或许是一个吉利的征兆？……上帝保佑，但愿如此！"

第二天，军官一整天闭门不出，也不想见卡尔美拉，虽然明明晓得，她像往常一样，正坐在大门口。午饭以后，他忙于张罗晚上的试验。他住的套房有一间卧室、一间客厅和一个厨房；客厅在卧室跟厨房的门之间，是最大的一间屋子，它和卧室的窗户都朝着广场。他盼咐在客厅里举行告别晚宴。住在附近的房主人借给他一张大餐桌，又亲自下厨房替他烹调了几道必不可少的佳肴，想方设法准备了一桌丰盛的晚宴，并且亲自把菜一道道端到餐桌上，像三年以前替另外一位军官帮忙的那样。

将近晚上九点钟，大夫第一个来了。

"卡尔美拉对我抱怨，说今天一整天都没有瞧见你呢。我问她身体可好一点儿，她紧紧盯住我的眼睛，却回答说：'轮船……'没有一丝儿笑容。哎，谁能够猜得出她那脑子里闪过了什么念头？只有上帝晓得。噢，让我们来品尝一下这丰盛的晚宴吧。"

他们打量了一番餐桌，开始商量怎样以最完美的方式来演出这场喜剧，或者说得更贴切些：这场严肃的戏剧。商量完毕之后，大夫问道：

"每个客人都能够熟练地演出自己的角色吧？"

"但愿如此。"军官回答。

将近十点钟的时候，只听得楼下公寓大门外纷至沓来的脚步声和熙熙攘攘的人语声。

"客人们来了！"大夫探身向窗外观察，"正是他们。"

勤务兵下楼去开门。大夫点燃了立在餐桌四个角上的四支蜡烛。

"我的心都快跳出来了。"军官说道。

"不用害怕，鼓起勇气来！"朋友紧紧攥住他的一只臂膀，激励他。

忽然传来卡尔美拉兴奋的声音：

"我也要乘轮船走了。"接着，她就拍起巴掌来。

"鼓起勇气！"大夫又在军官的耳边匆匆地重复了一遍，"你听见了吗？那个念头已经开始在她的脑子里牢牢树立了；这是很好的征兆。振作起来！你瞧，客人们都到了。"

门开了，镇长、法官和其他经常在咖啡馆聚会的朋友，一个个笑容可掬地行了礼，进入了客厅。军官周旋在他们之间，向他们问候，不时跟这一位或那一位客人寒暄。大夫乘机对站在房间角落里听命的勤务兵附耳低语了一阵，勤务兵随即走开了。

一分钟以后，谁也不曾注意到，勤务兵带着卡尔美拉进入客厅，两个人贴着墙壁，蹑手蹑脚地走进了另一间屋子。

"请诸位就座。"军官招呼大家。

客人们纷纷入席。移动桌椅的叽叽嘎嘎的声响，食客们入席时失声喊出的那悠长而洋溢欣喜之情的"啊"声，淹没了隔壁房间里勤务兵阻止卡尔美拉讲话的轻微的叱责声。

"我已经整整一天没有瞧见他了！"卡尔美拉喊道。

她想打开房门，扑到军官跟前去。勤务兵一把攥住她，拿过一把椅子，摆在挨近房门的地方，让她坐下。他把门略略打开一条小缝，卡尔美拉把脸孔紧紧贴在门缝上，屏声静息，注视着客厅。没有一个客人朝这边转过身来，也始终没有一个人朝这边投以一瞥。卡尔美拉坐在那里，纹丝不动。

客厅里响起了刀叉杯盘丁当相碰的声音和乱哄哄的欢声笑语，客人们兴致勃勃，嗓门一个赛过一个，掀起一股喧嚣嘈杂的声浪。除了大夫和军官，所有的人都胃口大开，狼吞虎咽，开怀畅饮。他们用种种溢美之词夸奖这支小分队的士兵、下士和中士的纪律、品德、勇敢和热忱，对美味可口的酒菜赞不绝口，接着，他们又谈论起天气、旅行——这是一个令人陶醉的美丽的夜晚，中尉的旅行自然是十分愉快的；议论了一会儿政治，话题又转回到士兵、旅行，等等。笑声喧语越发热烈、嘈杂，酒杯的碰击越发清脆、急促。

终于，所有人的脸孔都泛出了绯红的异彩，一双双眼睛像火星似地闪闪发光，嘴唇开始吃力地翕动着，吐出的话语断断续续，前言不搭后语。几乎谁也不曾意识到，每个人都不知不觉地进入了自己的角色，出色地扮演着。

可是，其他的人愈是忘记了前来参加晚宴的目的，沉浸在欣喜欢乐之中，而军官便愈发感觉到自己的心灵在剧烈颤抖；他的心底里犹如风雨交加的激情，在脸上毫不掩饰地表露了出来。不过谁也不曾留神注意他，惟有大夫不时地对他低声耳语，激发他振作精神，同时密切注视卡尔美拉的动静。

卡尔美拉依然一动也不动，脸孔贴在门缝上，凝眸注视着客厅。勤务兵瞅准一个空儿，悄悄地离开了房间。

过了片刻工夫，三个士兵走进客厅，拿起早已放在墙角的三只箱子，每人肩上扛了一只，走出了客厅。

卡尔美拉睁大一双眼睛，紧紧盯着士兵们的每一个动作，直到他们的踪影从客厅消失；然后，又继续把目光投向餐桌。

大夫对镇长附耳嘀咕了一句。

"干一杯！"镇长悠悠晃晃地站立起来，手里擎着一只酒杯，大声提议，"我建议为指挥这支优秀小分队的英勇无双的中尉先生，干一杯！这支队伍虽然就要离开小镇了，但他们永远留在我们心里，因为我们对英勇无双的中尉先生指挥的这支优秀小分队怀着永远的、最美好的纪念……"他思索了一会儿，然后果断地喊道：

"远行的中尉先生——万岁！"

客人们纷纷举杯欢呼，酒杯碰击发出一片丁丁当当的声音，从酒杯里洒出来的酒在餐桌上四处溢流——"万岁！"

镇长粗大肥胖的身躯，重新沉沉地跌落在椅子上。

其他的人也用类似的言词提议干了几杯，又继续高谈阔论起士兵、政治、美酒和旅行。

"税务局长先生，请您唱一支歌吧！"大夫建议。

其他的人随声附和，税务局长做个鬼脸，谦让了一番，经不住大家的执意要求，于是微微一笑，干咳了几声清清嗓子，取过吉他，唱了两三支曲子。客人们又鼓噪起来，打断了他的歌声。

"该我唱了！"军官终于高声说。

刹那间，客厅里寂静无声。军官取过吉他，调了调琴弦，站起身来，装出悠悠晃晃的样子，放声唱了起来……他感到一阵阵炙热烘烧他的身子，脸色惨白，双手索索颤抖；可是，他唱的那支心爱的抒情曲，声音依然是那么柔和甜美，叫人心醉神迷。

> 卡尔美拉，我默默无言
> 坐在你的身旁，
> 注视你秋水盈盈的双眼，
> 亲吻你美丽的脸庞，
> 啊，岁月流水般消逝。

卡尔美拉屏息凝神地倾听，不时地蹙紧双眉，表露出一个沉浸在遐想之中的人独有的神情。

"好极了！好极了！简直是天使的歌声！"客人们异口同声地喝彩。

军官继续唱道：

> 告别的时刻来临了，
> 我把苍白的脸孔藏进你的怀抱，
> 像一个安然入睡的儿童，
> 静静地告别我的一生。

依然是那熟悉的歌词，那熟悉的音乐，周围的一切都跟那个夜晚毫无二致。

"妙极了！妙极了！"又是一阵喝彩。

军官精疲力竭，全身瘫软，在椅子上坐下。客人们又开始鼓噪起来。卡尔美拉犹如一尊雕像，纹丝不动，端坐在那里，把一双眼睛睁得大大的，目光吃力而又牢牢地停在军官的脸上。大夫时时留心斜睨着她的表情。

"安静！"中尉喊道。

客人们的欢声笑语戛然而止。窗子打开了，下边广场上传来了提琴、风笛协奏的欢乐音乐和围观人群的喧嚣声。这是小镇的十来名乐师在演奏，吸引来了岛上的大部分居民，他们当真以为小分队要离开了。

卡尔美拉全身猛然地抽搐了一下，朝窗子转过身去，她的脸上浮现出一丝兴奋的神情，那双明眸大眼扑闪扑闪地转动，目光依次地扫视着窗子、军官和客人们，然后又投向窗子，仿佛是要细细地谛听那音乐，同时又不想放过客厅里的人们的每一个动作。

音乐声停止了。广场上围聚的人群热烈地鼓掌，就像三年前的情景一样。

这时，勤务兵急匆匆地跑进客厅，大声报告：

"中尉先生，轮船就要启航了。"

军官站起身来，说道：

"该走了。"

卡尔美拉悠悠地跟着站立起来，眼睛直勾勾地瞅着军官，随手慢慢地挪开椅子。

客人们也都纷纷起立，把军官团团围住。突然间，卡尔美拉的妈妈出现了，她悄悄地走进里屋，伸开双臂，把卡尔美拉抱在怀里，温存热情地说：

"别难过，过两个月他就回来了。"

卡尔美拉端详着妈妈的脸孔，两只胳膊徐徐从她的拥抱中解脱出来，默默地不吱一声，慢慢地转过脸，灼灼闪烁的目光对准了军官。

客人们争相同军官握手，客厅里升腾起感谢、祝福和道别的喧嚣的人语声。军官把佩剑束在腰间，戴上军帽，把旅行包挎在肩上……

卡尔美拉打开了房门，向前跨了一步，熠亮的大眼睛滴溜溜地转动，忽儿打量军官，忽儿望着客人，忽儿打量勤务兵，忽儿望着站在她身边的妈妈，两只手使劲地搓揉着前额，把头发搅得乱蓬蓬的，鼻子异常急促地喘息，一阵阵激动的颤抖震动全身。

广场上又回响了音乐，传来了另一阵热烈的掌声……

"走吧！"军官果断地说，迈步朝门口走去……

刹那间，一声极其尖厉、悲切而撕人肺腑的惨叫，忽地从卡尔美拉的胸腔里迸发出来。她风一般冲到军官跟前，用一种超乎常人的力量狠命搂抱住他的腰，开始狂热地吻他的脸颊、脖子、前胸和她能吻到的地方。她的热泪簌簌地滚落下来，剧烈地抽咽，失声悲号；她的手痉挛地抚摸他的肩膀、手臂、脑袋，仿佛母亲搂抱着儿子，这儿子好像被洪水的浪涛淹没、眼睁睁见他在水中挣扎，呼喊救命，而今终于得救、重新回到了她身边。不多一会儿，可怜的姑娘便失去了知觉，跌倒在地板上，脑袋枕在军官的两只脚上。

卡尔美拉得救了。

军官感到一阵激动的战栗，跟早已张开双臂等候的大夫紧紧拥抱。卡尔美拉的妈妈弯腰俯身，热烈的吻雨点般落在女儿的脸上，成串的泪珠濡湿了女儿的脸颊。在场的人都抬头扬臂，向上帝表示感谢。

乐队继续奏着音乐。

四个月以后，九月的一个美丽夜晚。

月亮的银辉把地面的景物照耀得像白昼一样明净。一艘傍晚从突尼斯开出的轮船，在小岛的港口照例停泊以后，正朝西西里海岸急速驶去。大海是这样地静穆宁谧，轮船仿佛也已停止了航行似的。旅客们都涌到甲板上，静静地欣赏清朗、皎洁的夜空和月光下潋滟闪烁的海水。

离开人群的僻静之处，一对青年男女站在甲板的栏杆前面，手挽着手，肩靠着肩，偎依在一起，朝轮船驶离的方向眺望。那遥远的地方，他们告别了的小岛，影影绰绰，已沉入朦胧的夜色。许久许久，他们就这样亲昵地、默默地伫立在那里，直到女子仰起脸孔，轻声细语地说：

"一旦离别我的家乡，我觉得我的心在一阵阵颤抖。要知道，正是在那里，我经受了这么多的痛苦；在那里，我第一次见到了你，你重新给了我生命！……"

她把前额倚靠在她的同伴的肩膀上。

"会有这么一天，我们将回到那里去！"青年回答说，轻轻地把她的头转过来，仔细地谛视她的眼睛。

"回到你的公寓？"

"是的。"

"晚上，我们站在你曾经不止一次地叫唤我的窗子跟前，美美地谈心？"

"是的。"

"重新弹奏你的吉他,再唱起那支抒情曲,是吗?"

"是的,正是这样。"

"那你现在唱给我听吧!"卡尔美拉激动地请求,"轻轻地唱一支。"

军官把嘴凑近她的耳朵,轻轻地唱道:

> 卡尔美拉,我默默无言
> 坐在你的身旁,
> ……

卡尔美拉突然用双手紧紧抱住她未婚夫的脖子,止不住嘤嘤而泣。

"可怜而纯洁的姑娘……"军官把她搂在怀里,"在这里,在我的心里,永远在我的心里!"

卡尔美拉止住哭泣,朝四周瞧了瞧,瞧瞧大海,瞧瞧遥远的小岛,又瞧了瞧她的未婚夫,感叹道:

"啊,这简直是一场梦!"

军官打断她的话:

"不,我的天使,这是梦的苏醒!"

轮船仿佛受到海风的推动,朝前方急速行驶。

各得其所

[意大利] 莱昂那多·夏侠（LEONARDO SCIASCIA, 1921—1989），著名文学家，以写意大利南方黑手党和政治题材小说而跻身文学大家之列。夏侠在《各得其所》这部小说中着重揭示变革同旧势力之间的巨大反差和不可调和的矛盾。

请别以为，我的旨趣是揭露一件秘密，或者，是写一部小说。
爱伦·坡:《莫尔格街的谋杀案》

一

下午，药剂师收到一封信。像往常那样，邮递员先把一捆五颜六色的印刷品放在柜台上，尔后，小心翼翼地，仿佛是怕它会突然爆炸似的，递过信件：杏黄色的信封，上面贴了一张印着收信人地址的长方条白纸。

"我挺讨嫌这封信。"邮递员说。

正在阅读报纸的药剂师抬起头来，摘下眼镜，冷淡而又好奇地问道：

"什么事儿？"

"我是说，我挺讨嫌这封信。"邮递员伸出食指，把放在大理石面柜台上的信朝药剂师轻轻地推过去。

药剂师俯身打量来信，却不去触动它，随后，他站起身来，戴上眼镜，继续审视它。

"你干吗讨嫌这封信？"

"这封信是昨儿晚上或者今天清晨在本地投寄的,信封上的地址,看得出来,是从印着您药店字号的印刷品上剪下来的。"

"不错。"药剂师证实。他眯起眼睛,审视着迷惘不安的,似乎正期待着某种解释或者决定的邮递员。

"这是一封匿名信。"邮递员说。

"一封匿名信。"药剂师机械地应声。他仍然没有触动它,可这封不吉祥的信件显然扰乱了他安宁的星期天生活。妻子在厨房里烤羊肉,预备晚餐,她说不上美丽,而且失去了青春年华的风韵,匿名信使她像受了电击一般,痴痴地站着发怔。

"这个地方历来有写匿名信的恶习。"邮递员说。他把邮袋搁到一张椅子上,胳膊肘支着柜台,等待药剂师拆开信封。他极其谨慎地把信送到这里,事先不曾开封,因为他对收信人的诚意和率直寄予希望:"如果信的内容是不足挂齿的区区小事,他自然啥也不会对我说,假如是一封恫吓信,或者别的什么,那他肯定会让我知道的。"不弄个水落石出,看来邮递员无论如何是不打算离开的了。反正他的时间绰绰有余。

"给我的匿名信?"沉吟了半晌,药剂师才开口。他的语气是惊愕、愤懑的,苍白的面孔透露出张皇恐惧的神情,目光呆滞,涔涔汗水顺着脸颊流淌到嘴唇边。充满好奇心的邮递员,也被他的惊愕和愤懑所感染了。这是个心地善良、平易近人的老实汉子,他开的药店给所有的人赊账;他用妻予的嫁妆在乡间购置的地产给耕作的农民提供种种方便。邮递员也从来不曾听到关于他妻子的任何流言蜚语。

药剂师终于下了决心;他伸手一攫,抓过信件,拆开信封,把信纸摊开。情况果然不出邮递员所料:信是用从报纸上剪下来的印刷字剪贴而成的。

药剂师一口气饮下苦酒。整封信只不过两行。

"你瞧,你瞧。"他几乎自我安慰地松了一口气。

"平安无事。"邮递员暗自思忖,问道:"怎么说?是恐吓吗?"

"恐吓。"药剂师把信递给他。邮递员急忙取过信来,大声念道:

鉴于你的败行劣迹,谨以此信郑重宣布,你将被处以死刑。

他把信塞回到信封里,放在柜台上。"这不过是一场恶作剧。"他说,心里也确实这么想。

"你当真以为是恶作剧吗?"药剂师有点疑惧地问。

"那还能是什么呢?恶作剧。有人无聊得发慌,便制造这种玩意儿。不是啥新鲜事了。还常常有人打恐吓电话呢。"

"噢,是的,"药剂师说,"我也曾经遇到过。半夜三更,电话铃响了,我拿起听筒,却听到一个女人的声音向我打听,我的看家狗可曾丢失,因为她遇上一条半是天蓝色、半是玫瑰色的巴儿狗,别人告诉她,这是我的。恶作剧。不过,这一回是用死亡来恐吓我啊。"

"反正是一样。"邮递员权威地断言,"您大可不必介意。"他拿起邮袋,说了这句仿佛是道别的话,朝店门口走去。

"我不会放在心上的。"药剂师回答的时候,邮递员已经跨出了门槛。但他的心仍在胸中怦怦乱跳。这个恶作剧可非同寻常啊。假若是开玩笑的话……不过,那又能是什么呢?他一生不曾遇到过麻烦,对政治素来漠不关心,遇到政治争论,总是退避三舍。他在大选中投谁的票,是对任何人都守口如瓶的秘密。在全国公民投票中,他把选票献给社会党,这是继承家庭的传统,也是对青年时代的纪念;在地方选举中,挚爱家乡的情感促使他站在天主教民主党一边,因为天民党在当地执政的时候,他的家乡获得了若干好处,还保住了受到左派政党威胁的家庭收益。他始终避免介入政治斗争,左派视他为右翼政党的信徒,右派则把他当作左翼分子。何况卷入政治的旋涡不啻是虚掷光阴,只有蝇营狗苟之徒,或天生的愚昧无知者,才意识不到这一点。总而言之,他跟所有的人都和衷共济。或许,这正是招来匿名信的缘故。分明是要让这样一个眷恋于太平生活、八面玲珑、逍遥自在的人虚惊一场,破坏他宁静闲适的生活。

他是个狩猎迷。兴许应当从他这唯一的癖好中探寻他接得匿名信的另一个原因。狩猎者往往忌惮别人,这是尽人皆知的。倘若你得到一头剽悍的猎狗,一头上好的鼠狼,周围的猎狩者便都视你为冤家仇敌,即便是那些时常跟你做伴儿打猎,每天晚上到药店里来聊天的朋友也不例外。在这个小城,毒死猎狗的事件迭有发生。那些最出色的猎狗,只消主人略一疏忽,把它们放到外面去溜达溜达,便有误食马钱子做的药饵,倒毙街头的危险。谁晓得,很可能有人把马钱子跟药店联系了起来。这自然是冤枉的。在药剂师曼诺的心目中,狗如同至圣的天主一般被尊为圣物,尤其是那些威武地驰骋于狩猎场的猎狗,不管是他的还是他的朋友们的。至于说他的猎狗,全都在不受毒药威胁的环境里生活着。他豢养了十一头猎狗,多半是齐涅依卡①种,个个健壮剽悍,享受贵宾般的待遇,有一座小花园专供它们起居和玩耍。看它们游戏,听它们吠叫,简直是一种莫大的乐趣。它们汪汪的吼叫,有时不免招来邻居的非议,可在药剂师听来,却比那优美的音乐更加悦耳动听。他能够辨别出每一头猎狗的声音,由此判断它心情愉快,还是闷闷不乐,或者得了鼻疽病。

是的,确实别无其他原因了。这么说来,是恶作剧,但只是在某种程度上如此。有人想吓唬他,要他在照例休假的星期三放弃打猎。他是谦谦君子,不过,骁勇的猎狗,他的弹无虚发的射击,使得每个星期三都成为猎获野兔的节日。罗西奥大夫可以作为见证人。他的这位契友也练得一手好枪法,有两头上好的猎狗。于今,这封匿名

---

① 西西里猎狗,四肢短粗,勇猛,敏捷。

信反倒成为他是个出众的猎手的证明，挑逗起他爱好虚荣的自负心。不错，狩猎季节即将开始了。不管狩猎季节开始的那天可恰好是星期三，药剂师历来像庆祝一年中最盛大的节日似的度过这一天，现在，竟然有人企图剥夺他享受这份欢乐的权利。

匿名信的缘由和作者的身份已经昭然若揭，可药剂师仍然细细琢磨着；他把柳条安乐椅搬到药店外面，选了一处背阴的地方坐下。对面是梅尔库齐奥·斯帕诺的青铜雕像，这位多次出任邮电部副部长的法学家，在夕阳深沉的余晖中，把严峻的影子投照到地面，也仿佛坠入了沉思，正以法学权威和邮电部副部长的双重资格，推敲这封匿名信的奥秘。药剂师浮躁地凝视着青铜雕像，可是，一缕悲酸随即在心头涌起，淹没了浮躁的感觉；他蒙受了不公正的侮辱。如今他在别人奸诈的计谋中发现了自己高尚的仁慈心肠，他暗暗悔恨和责备自己，他对这种阴谋诡计竟然一窍不通。

梅尔库齐奥·斯帕诺的影子已经移到街心广场对面的基雅拉蒙特古堡的围墙上。药剂师陷入了如此凝神默思的状态，以致路易吉·科尔瓦亚以为他沉沉入睡了。

"醒一醒！"科尔瓦亚大声喊道。

药剂师蓦地打了个寒噤，站起身来，忙给科尔瓦亚端椅子。

"好热的天气。"科尔瓦亚吁了一口气，身子重重地落到椅子上。

"气温表上已经四十四度了。"药剂师说。

"现在稍稍风凉点了。你瞧，夜里睡觉准要盖毯子。"

"连这鬼天气也叫人摸不着头脑。"药剂师怏怏地说。他打算把这件事立即告诉科尔瓦亚，因为他已经决定让每一个上他家里来的朋友都知道。"我收到了一封匿名信。"他说。

"匿名信？"

"想吓唬我。"他站起身来去拿信。

"我的天主！"读完令人毛骨悚然的两行字，科尔瓦亚禁不住喊道。他停顿了片刻，说道；"想必这只是开玩笑罢了。"

药剂师同意他的判断，"不过，它也许暗藏着某种动机吧。"

"什么动机？"

"迫使我这个猎手洗手不干。"

"噢，是的，很可能。你们这些猎手是什么事情都干得出来的。"科尔瓦亚向来责备打猎是种徒然耗费钱财和精力的不明智的游戏，虽然鲜美的鹧鸪汤和糖醋兔肉是令他垂涎的佳肴。

"并非所有的狩猎者都是这样。"药剂师纠正说。

"当然，当然，任何规则都有例外，不过你可晓得，有的人竟会干出什么样的勾当：用掺和了马钱子的肉丸子喂猎狗；子弹射向朋友的猎狗，而不瞄准猎狗正在追逐的野兔……一群混账货。猎狗犯了什么罪呢？不管怎么说，狗总是狗嘛。假如有胆量，把火气向主人发泄好了。"

"这是两码子事。"药剂师争辩说。某种歆羡别人猎狗的心情,他虽然也时常体味到,可是,谁都明白,这绝不至于达到平白无故地置它们于死地的程度。

"在我看来,却是一回事。天主曾说,谁胆敢冷酷无情地杀死一条狗,那么他就会毫不犹豫地杀死一个基督徒。"科尔瓦亚又补充道,"我这么说,也许因为狩猎不是我的嗜好。"

围绕狩猎者的心理状态的争论,几乎持续了整整一个晚上。随着每一位客人的光临,谈话又重新从匿名信开始,而以那些从事这一古老而高尚活动的狩猎者嫉妒、仇恨的阴暗心理告终。在场的客人自然不属于嫌疑者之列,可是路易吉·科尔瓦亚却暗自怀疑药剂师的客人们跟毒死猎狗和匿名信有着牵连。事实上,在他那双布满鱼尾纹的眼皮底下,锐利的目光正巡扫着每一张面孔:罗西奥大夫、公证师佩科利拉、律师卢塞洛、中学教员拉乌腊纳,直至药剂师本人。这有什么奇怪的呢?药剂师为了使自己成为令人敬畏的狩猎者,他不仅可能毒死自己的猎狗,而且可能是匿名信的作者。科尔瓦亚用他那训练有素,惯于跟欺骗、猜忌、奸诈打交道的头脑默默地思索着,随时准备认定他们当中的一个是这险恶计谋的制作者。

所有的人终于都一致同意,匿名信其实是一场恶作剧,不管怎么说都是很狠毒的,假如它想迫使药剂师放弃参加狩猎季节开始日的盛大活动,那就更其卑鄙。当宪兵队长像往常那样照例前来聚会的时候,药剂师摆出了一副完全准备开玩笑的架势,他佯装垂头丧气和恐惧不安的样子,戏谑地抱怨,在队长大人管辖的地区,像他这样诚实、善良的公民,竟这般轻易地遭到死亡的威胁。

"出了什么事儿?"宪兵队长嬉皮笑脸地问道,等待宣布什么滑稽有趣的事情。可当他读到那封信,脸色顿时变得非常严肃起来。这很可能是个恶作剧,兴许确确实实是恶作剧,但毕竟已构成恐吓罪,自然需要报案。

"报什么案呀?"心情已经显得很轻松的药剂师问道。

"噢,不行,必须报案,按照法律办事。不过我可以免去你上宪兵队去的麻烦。我们就在这里写份材料,反正只是一分钟的事儿。"

他们走进店堂,药剂师扭亮柜台上的台灯,开始笔录宪兵队长的口述。

宪兵队长手里拿着摊开的匿名信,口述报告,台灯的光线投射在信纸上。中学教员拉乌腊纳尾随进来,他对报告的格式和语言发生了兴趣,从匿名信的反面,他清晰地瞧见信纸上显出大写的UNICUIQUE,然后是一行歪歪斜斜的小字:ordine naturale, menti obversantur, ternpo, sede。他想揭开谜底，又走上前去，大声念道：umano……①

宪兵队长不愿意泄露现在仍然属于他的职权范围内的机密，不耐烦地说道：

"对不起，您没有瞧见，我正在口述一份报告吗？"

"我不过是从反面瞧瞧罢了。"拉乌腊纳抱歉地说。

队长索性把信折起来。

"或许，您最好也像我这样瞧一瞧。"中学教员有点儿不悦，怏怏地说。

"我们会做应当做的事情，请您放心。"宪兵队长一本正经地说，然后继续他的口述。

二

1964年8月21日，是药剂师曼诺在人世间度过的最后一个幸福日子。按照法医的检验，这幸福的时光一直持续到黄昏；另外，药剂师和罗西奥大夫两只行猎袋里塞得鼓鼓囊囊的战利品，十四只野兔，六只鹧鸪，足资证实法医论断的正确。据行家们说，鉴于当地不是得到保护的狩猎场，野禽资源并不丰富，这些战利品恰好是猎手一天能够得到的收获。

药剂师和医生每次打猎非要弄到精疲力竭的地步方肯罢休，好像只有这样，方能领略个中乐趣，考验自己和猎狗的本领。他们俩总是形影相随，从来不要第三者为伴，这已是多年的习惯了。他们一起结束了幸福的最后一天，药剂师背部中弹，医生胸口受到致命的袭击，双双栽倒在地，彼此相距大约十一米远。药剂师出发前留下一条害红眼睛的猎狗看守家门，随身带了十条猎狗；其中的一条，兴许因为勇猛地扑向凶手，也许由于凶手的狂热或残忍，遭到了杀害，陪伴它的主人去了永恒的虚无世界，或者追随他去了极乐世界狩猎。

药剂师的其他九条猎狗和医生的两条猎狗顿时明白了发生的一切。据当地人叙述，将及晚上九点钟，它们排成密集的队形，一路上没命地迅跑，发出神秘的嗥叫，窜回了小城。目睹这一情景和听到它们吠声的人，都不禁打了个寒战，产生了不祥的预感。猎狗们簇拥着，猎猎地吠着，朝药剂师改作狗窝的仓库急急奔去，在仓库紧紧关闭的大门前，它们引颈长嗥，无疑是要把方才发生的惨剧告诉因害红眼睛而留家看守的同伙。猎犬们的行动轰动了整个小城，不止一天，甚至以后每当谈到狗的品格时，

---

① 作案者为避免暴露，把报纸上的印刷字剪下来，拼贴成匿名信，拉乌腊纳从信的反面见到的字眼，实际是被剪贴的报纸的反面，UNICUIQUESUUM，拉丁文，为梵蒂冈机关报《罗马观察家》报头每天必登的一句话，意为"各得其所"，这是一条重要的线索；其他词语既有拉丁文，也有意大利文，也是报纸文字的剪贴，没有内容上的联系。

人物都对天主造物的方式提出了异议；不让狗赋有言语的能力，是不完全公正的。不过，人们责怪造物主的时候却不曾想到，在那种情势下，要在宪兵队长跟前讲清楚凶杀的情况，猎狗即便能够言语，也实在是无能为力的。

将近午夜时分，已经上床就寝的宪兵队长接到了猎犬表现异常的报告。他和宪兵们，还有几名游手好闲者，用喷香的肉饼、温柔的抚摸和语言，在广场上诱导猎狗们领他去寻找它们的主人。天色破晓，猎狗们仍然没有领会他的意图。太阳升高了，宪兵队长无奈去见药剂师妻子，打听得到那两个狩猎者可能去的地点，便立即出发侦查了。

经过一整天苦苦的搜索，直到晚祷钟敲响的时候，他才发现了尸体。他丝毫没有觉着意外，当他闻讯从床上一跃而起的时候，他已经料定，那封匿名信发出的威胁付诸实现了，诚然他和所有的人都曾以为那不过是恶作剧。

这是件涉及两条人命的老大难案子，两位正直的、受人尊敬和爱戴，颇有地位的人士在一次谋杀中丧生，宪兵队长在小城就任三年来还是头一回碰上这等棘手的案子。死者的亲属在当地都孚有声望，药剂师的妻子斯帕诺是青铜纪念碑上雕塑的那位斯帕诺的后裔，罗西奥大夫的父亲是眼科专家、大学教授，他的妻子出身于高贵的卢塞洛门第，是总司铎的侄女，卢塞洛律师的堂妹。

从大区首府火速赶来一位上校和警察局特派员兼刑警队长。据报界透露，特派员被授权在宪兵队长密切配合下指挥侦缉工作。那班吃过官司的人这回又灾难临头，特派员采取的第一个行动便是下令把他们悉数拘留，为数不少的破产的商人和高利贷者除外。但二十四小时以后，所有被拘留者又统统释放回家了。这是一个绝密的计划，暗中为宪兵队效劳的当地特务也参与其事。治丧的筹备工作在积极进行，死者和他们亲属的重要地位，案件激起的强烈反响，居民们的悲痛，注定葬礼将是空前规模的。警察局也有意把葬礼搞得格外隆重，并且暗中决定把它拍成电影，让那场面永远保留下来。拍摄电影是秘密进行的，每一个参加葬礼的人以后都将在银幕上逐一亮相，他们走到镜头跟前，仿佛向摄影师和审判官提出抗议：我知道你们是何许人，你们徒然浪费时光，请好生瞧瞧我吧；我是一个正人君子，无辜者，死难者的朋友。

死者的灵柩由他们最忠实、最健壮的顾主抬着，用坚实的胡桃木打就，镶了青铜的棺材像铅制的一般沉重。药剂师曼诺的生前友好在送殡的行列里谈论着匿名信，从药剂师的既往经历中搜索着疑点，他们对可怜的罗西奥大夫流露出满腔的同情，他是完全平白无故的，匿名信事件后，他仍然轻率地陪同药剂师去打猎，为此付出了生命的代价。此时此刻，恐吓已无情地转化为事实，除去对药剂师表示深深的敬意，应该承认，凶手们手里大约掌握了什么把柄，纵然这把柄可能是荒唐无稽的，甚至是基于死者早年的某一微不足道的、不为人们注意的行为或过错。而且，匿名信里明明白白地写着：鉴于你的败行劣迹，……你将被处以死刑。这么说来，药剂师可能犯了某种过错,毫无疑义,是某种轻微的、遥远岁月里的过错。从另一方面说,世上没有无缘无故的行为,谁也不会无缘无故地杀人——而这一回,加上无辜的罗西奥大夫,竟杀了两个人。不错,在头脑发热的时候,片言只语,区区小事,都可能导致行凶杀人的。但这一谋杀却分明是深思熟虑地筹划的结果,是对蒙受的某种无法轻易忘却的凌辱的报复,流逝的岁月没有荡涤这一凌辱,反倒使它愈发伤害对方的尊严。是的,世上不乏丧失理智的疯人,他们的眼睛直勾勾地盯着某个人,认定此人时时刻刻秘密地迫害他们。然而,这一次的谋杀难道能说是一个疯人的罪孽吗?首先,必须要有两名疯人;请再设想一下,两名疯人若要达成协议该是多么的困难。凶手必须是两个人,道理是不言而喻的,谁也不敢冒险对两名全副武装,手执子弹上膛的枪支,反应敏捷,枪法精良,警惕地注视周围的人发动袭击的。说实在的,为什么要事先警告呢?倘若药剂师意识到自己的过错——假如他确有过错的话——,或者仅仅因为慑于匿名信的威胁,放弃打猎呢?谋杀的计划不就全盘告吹了吗?

"在情杀案件中,"公证人培科利拉说,"这类匿名信是屡见不鲜的。不管要冒多大风险,写信人一心雪耻复仇,决意要让药剂师从受到警告之日起便为自己的过错而偿付代价,去叩死亡的大门。"

"可药剂师丝毫没有末日来临的感觉。"中学教员拉乌腊纳说,"收到匿名信的那个晚上,他或许有点儿激动不安,但后来心情一直很平静,还跟人开玩笑哩。"

"不过,您怎能猜透别人竭力掩饰的心事呢?"公证人反问道。

"干吗要掩饰?相反,他还对匿名信的由来多少表示过怀疑,最明智的做法是……"

"……是向朋友们,甚至向宪兵队长报告这件事。"公证人讥刺地打断他。

"为什么不可以这样做?"

"我亲爱的朋友!"公证人流露出惊奇和责怪的神情,但仍然充满热情地说,"请您设想一下,我亲爱的朋友,药剂师曼诺,自然是位令人怀念的好人,但他也有软弱、轻率的时刻……我们都是男子汉,不是吗?"他巡视四周,寻找支持者,人们点头表示赞同。"光临药店的顾主,女人多于男子,人们又几乎把药剂师尊为医生……总而言之,机会能使人变成贼。一名少女,一个妙龄女郎……请注意,我倒不是说,我们这位死者一定有这样的弱点,可是谁敢替他打保票呢?"

"谁也不敢。"路易吉·科尔瓦亚应声说。

"哎,听见了吗?"公证人继续说,"不妨再补充一点,假如这种怀疑是有某种事实作依据……还是打开天窗说亮话吧,我们这位已故者当年是出于利害关系才结婚的,只要瞧一瞧他那位可怜的夫人,就足以证明这一点。不错,她是个善良的女人,品德极其高尚,可是,这可怜的女人像个丑八怪似的,太难看了……"

"他出身清贫,"路易吉接过话茬,"像所有的穷光蛋那样,起先他很贪婪,吝啬,尤其是在青年时代……后来，结了婚，药店的生意很兴隆，他也就变了个样儿。当然仅仅表面上如此。"

"一点儿不错，只是表面上如此。因为骨子里他是个冷漠无情、铁石心肠的人……好吧，还是言归正传：请想一想，当人们谈论女人的时候，他的态度是怎样的呢？"

"活像个哑巴似的，默默地听着，一言不发。"路易吉敏捷地回答公证人提出的问题。

"应当坦率地说，我们沾染了谈论女人的恶习，但仅仅止于谈论而已，这是我们的态度。而他呢？你们可记得，有的时候，他的脸上泛出一丝笑容，仿佛说：'你们尽磨嘴皮，我可是实干派。'话又说回来，应当承认，他是个相貌英俊的美男子。"

"你讲的这一切，亲爱的公证人，不能说明任何问题。"拉乌腊纳反驳道，"即便确有其事吧，借用陈旧的通俗小说里的套话，譬如说，药剂师勾引了某个少女，或者对一位有夫之妇采取了非礼的行动……假若事情确实如此，那就有待揭开这样一个疑点：他接到匿名信以后，为什么不把他关于匿名信作者的猜疑告诉宪兵队长。"

"因为在丧失家庭的宁静和获得永世的宁静这两者之间，一个人往往会选择后者，他自然就守口如瓶了。"泽里洛爵士接腔道，他脸上显露出因迄今未能作出同样的抉择而深感遗憾的表情。

"可是，宪兵队长很审慎地……"拉乌腊纳争辩说。

"别说蠢话了。"公证人打断他的话，尔后说，"请原谅，我过一会儿向您解释。"

送殡的队列到达了目的地，在公墓教堂前面将举行吊唁仪式，发表赞颂亡者的演讲，公证人受委托宣读哀悼药剂师的悼词。

中学教员拉乌腊纳并不需要公证人的解释。他确实说了一通蠢话。

前一天晚上，特派员找到药剂师的遗孀谈话，用委婉的暗示和微妙的诱导，请她回忆和考虑一下，像这人世上时时处处发生的那样，她可曾对丈夫——哪怕极其偶然地——产生过一丁点儿疑窦，当然，千万别以为丈夫跟别的女人发生了什么有伤风化的关系，也别误会丈夫曾在什么场合背弃她，看在天主份上！而是说，她是否隐隐约约记得，可曾有过什么女人，过于频繁地光顾药店，挑逗她的丈夫，迷惑她的丈夫；特派员踌躇满志地等待她的回答。曼诺太太却一迭声地坚决否认有这等事情。特派员毫不气馁，他派人把药剂师的女仆招来，以慈父般的温柔盘问她。六个小时以后，女仆终于开口说，是的，有一回，主人的家里确实发生过一起小小的纠纷，曼诺太太嚷道，有个女子不断地上药店来——药店在居室的楼下，只要曼诺太太乐意，她随时可以监视出入药店的人。

"那么，药剂师呢？"特派员追问。

"他不承认。"女仆回答。

"您怎样认为？"

"我？跟我有啥关系？"

"您跟曼诺太太一样怀疑吗？"

"太太并不怀疑，她只是觉得，那女子过分活泼，男人终究是男人。"

"唔，很活泼，而且很漂亮，不是吗？"

"依我看，算不上美人儿，不过，她确实是个活泼的女子。"

"很活泼，就是说，这是一个风流俊俏的女人，甚至卖弄风骚……您是这个意思吗？"

"是的。"

"这个女子叫什么名字？"

"我不知道。"

女仆的说法不断改变。"我不认识她。""我从来不曾见过她。""我只见过她一回。""我一点儿也想不起来了。"询问从下午两点半持续到晚上七点一刻，女佣人的记忆霍然清晰起来，不仅回想起来了那女子的名字，而且讲出了她的年龄、住址、户籍号、祖宗三代以及种种别的情况。

晚上七点三十分，那姑娘出现在特派员面前，陪她来的父亲在大门外等候。九点钟，未来的婆婆在两名女人陪同下，闯进姑娘的家里，把一块手表、一串钥匙圈、一条领带、十二封信掷还给她，并要求马上把一只戒指、一对手镯、一条上教堂做弥撒时戴的纱巾和另外十二封信归还原主。她原本很快要当婆婆，现在也顾不得礼节，毫不客气地解除了儿子的婚约，并且恶狠狠地教训说："您去找别的白痴吧。"她冷冷地说，她的儿子太不聪明，竟冒失地把自己的荣誉跟一个跟药剂师勾搭的女人联系在一起。老婆子的教谕激起姑娘的妈妈和闻讯赶来的亲友们的羞愧、愤怒和痛苦。不等她们清醒过来向她反扑，她便在两名女人陪同下扬长而去了。刚走到大街上，她用故意让左邻右舍都听得见的声音嚷道：

"并非一切不幸都带来祸害，他们不是在我的儿子跟这个人家结亲以前把他宰了吗？"

老婆子显然是含沙射影地指药剂师；他一天当中第二次受到可悲的赞美。

三

特派员检查了医生开的一大堆处方和证明，终于弄清了事情的原委。那姑娘有个十一岁的弟弟，得了脑膜炎，至今仍留下了痴痴发呆、记忆模糊和语无伦次的后遗症；她频繁地出入药店，几乎完全是为着弟弟的治疗。她的父亲在乡村劳动，母亲从来深居简出，向医生请教治疗上的问题、上药店购买药品的任务，于是落到了她的头上，何况家庭里就数她最有文化教养，性格最开朗。特派员自然也传讯了她的父亲和原来的未婚夫，但这条破案线索终究就这样完结了。

特派员明白，姑娘还需要向整个小城，向它的七千名居民，向她的亲戚朋友，证明自己是清白无辜的。可她刚被特派员放出来，亲友们一拥而上，硬是揪住了她，默默无语而又小心谨慎地揍了她一顿。

曼诺的遗孀黛莱莎·斯帕诺翻箱倒柜，把丈夫的全部照片找了出来，她想从中挑选一张作为制作镶嵌在墓碑上的青瓷肖像的样子。在每一张照片上，她都仿佛瞧见丈夫那张俊秀、宁静的脸庞具有了活力，嘴角流露出隐约可以觉察的冷笑，一双淡漠的、讥诮的眼睛熠熠放光。药剂师在这个家庭生活了十五年，向来以忠实的丈夫和模范的父亲著称，而今，他的模样变形了。黛莱莎在睡梦中也被猜忌所深深折磨，她眼前忽隐忽现地闪烁着无数面镜子，药剂师忽儿赤身裸体，像条蠕虫，忽儿缺腿断胳膊，像个木头模特儿，在镜子里显现。她猛然打了个寒战，从睡梦中惊醒，赶忙下得床来，重新拿起照片，以疑惑的目光审视着丈夫的模样。有时，她恍若听见凄然丧生的丈夫从死亡的国度回答她的问题，于是一切虚寂幻灭，失去了意义；但更多的时候，她却朦胧觉着，丈夫仍然健在人间，沉湎于寡廉鲜耻的生活。她的至亲好友，当初都谴责她跟药剂师相好，想方设法阻挠他们的婚事，如今自然是义愤填膺；相反，药剂师的亲朋故友对奢华的葬礼采取鄙夷不屑的态度，就像过去对他们这位朋友豪华富裕，怡然自得的生活敬而远之一样。他们喜欢用命运的观点来看待这场惨剧：你不是要改变地位，攫取财富和幸福吗？请看，痛苦、耻辱、死亡却迅雷闪电般先攫取了你。

眼下虽然没有得到任何线索，除去在谋杀现场寻觅到的一截香烟头——警方人士推测，这是凶手当中的一个，埋伏在那里久久地等候狩猎者时吸的卷烟，——但小城没有一个人不自以为已经用自己的方式暗暗地揭开了或几乎揭开了谜底，或者自信掌握了解决这一疑案的钥匙。中学教员拉乌腊纳也掌握了一把钥匙：UNICUIQUE 和他已经忘记的其他几个字；在曼诺的药店里，他借着侧面射来的台灯光，从匿名信的反面偶然地瞧见了这几个字。拉乌腊纳提醒宪兵队长也从反面念一念，但不知道他可曾这样做，或者，在侦查过程中，在警察局的实验室里，是否从各个方面好生研究了这封匿名信；在这一案件中，UNICUIQUE 不能不是调研的关键。但他内心里并不相信他们会按照他提出的方式去研究匿名信，他们一旦研究以后也不会承认这一线索的重要性。某种虚荣心发生了作用，他几乎不希望别人去揭开如此显而易见的秘密；由于揭开这一秘密的道路上布满障碍，因此需要敏捷的，富有想象的思维。

这样，受虚荣心驱使，拉乌腊纳几乎违心地、不由自主地迈出了第一步。像每个晚上那样打报亭前经过的时候，他对卖报人说他要一份《罗马观察家》。卖报人不禁觉得奇怪，因为这位中学教员是个远近驰名的——虽然未必名符其实——狂热的反教会主义者，另外，至少有二十年光景，从来不曾有人向他买这种报纸。他的回答不免使拉乌腊纳感到一阵窃喜：

"少说也有二十年了,我没有听说谁买《罗马观察家》。战争年代,有几个人读它,总共才来五份。后来,法西斯党支部书记上报亭来,威胁说,如果我不退掉《罗马观察家》,就要没收我的营业执照……谁发号施令,谁的话就是法律。您要处在这种地步,会怎么办呢?"

"像您所做的那样。"中学教员回答。

他暗自思忖,这么说来,压根儿不会有任何人上报亭来买《罗马观察家》,不过,宪兵队长也许已经掌握这一情况。需要向邮政局长或者邮递员打听。

邮政局长是个夸夸其谈、跟谁都乐意交朋友的人。从他嘴里探听消息实在不要花费什么气力。

"我眼下在写一篇关于曼佐尼①的小东西。有人向我推荐半个月或许二十天以前《罗马观察家》上发表的一篇文章。这儿可有什么人订阅《罗马观察家》吗?"

当地人都知道中学教员常常写些评论文章,在杂志上发表,所以邮政局长不假思索,爽快地说——假若警察局已经派人来调查过此事,邮政局长肯定会吞吞吐吐或者满腹狐疑地回答问题——:

"总共才两家订户,一份是总司铎的,另外一份是圣安娜堂区神甫的。"

"天主教民主党支部订了吗?"

"没有。"

"它的书记呢?"

"也没有。总共才两份,您可放心。"邮政局长暗暗思量,这位教员如此追根究底,大概是缺乏跟神甫打交道的热情,便建议道,"您不妨上圣安娜堂区神甫那儿去,如果他有您需要的那期报纸,肯定会借给您的。"

拉乌腊纳欣然接受了邮政局长的指点。圣安娜教堂近在咫尺,教堂旁边是堂区神甫的宅邸。况且,他多少还算得上是神甫的知交,这位平日倜傥不羁的神甫,虽然不见容于他的上司,却深得民众的好感。

教员受到神甫的热情欢迎,向他说明了来访的用意,神甫很遗憾地表示,他的前任堂区神甫确实订了一份《罗马观察家》,他由于怠惰,也为了避免流言蜚语,一直没有退掉它,不过,至于说阅读这份报纸……

"我从来不读它,甚至从来不屑于翻一翻,我想,我的司铎每次都是原封不动地拿走的。您认识他吗?这是个年轻的司铎,长得骨瘦如柴,从来不正面瞧人一眼。一个白痴。而且是一名密探,他们安插在我身边,专门监视我的行动。他也许会读《罗马观察家》,甚至还可能保存着。如果您愿意,我给他挂个电话。"

---

① 亚历山德罗·曼佐尼(1785—1873),意大利浪漫主义诗人、剧作家、小说家,著名历史小说《约婚夫妇》的作者。

"那太感谢您了。"

"请稍候片刻。"

堂区神甫随即拿起电话耳机,拨了号码。才交谈了几句,他忽然严厉地问道:

"你每天都给总司铎打小报告吗?"他向教员挤挤眼睛,傲慢地拨弄着听筒,从电话的另一头传来显然是表示否认的声音。"可是,我都……不过,我现在不是为这件事打电话给你。你听着,你把我的《罗马观察家》偷去,派什么用场了?"电话里又传来一阵激烈的辩解的声音。教堂神甫猛然打断对方,"不,这一次我是跟你开玩笑……告诉我,你怎么处理了?……都保存着吗?……太好了,太好了……稍等一下,我马上告诉你,我需要哪些天的,当然,我不需要,是我的一位朋友,中学教员……您需要哪几天的?"

"我很难准确地说出日期,只能说,我需要的文章在7月1日至8月15日之间的报纸上肯定可以找到。"

"好极了……你听着,7月1日至8月15日的报纸都保存着吗?……你需要查一查?好生检查一下,同时你留神注意在这些报纸当中可有关于曼佐尼的文章……仔细检查一遍,把结果打电话告诉我。"他放下电话筒,解释说,"让他去搜寻,如果他找到那篇文章,我会叫他明天上午送来。这样你可以避免跟他见面的不愉快。这家伙长得獐头鼠目,讨厌透了。"

"是吗?"

"请相信我,当你瞧见他站在你跟前的时候,需要一副强健的肠胃,才不至于呕吐。依我看来,他还是个奸淫狗盗之辈,您当然明白我的意思……我总是故意让他有机会到女孩子当中去厮混,从而得到嘲弄的乐趣……这可怜的家伙很不自在。他想报复。您晓得,我素来以恰如其分的方式对待生活……您听说过关于大主教调查司铎的年轻女佣人的笑话吗?没有?我这就叙述给您听,这一回,您可是从一个神甫那里听到关于别的神甫的笑话……好吧,言归正传:有一次,有人向大主教禀告,说小城有一个神甫不仅雇了一个比教区会议规定的年龄要年轻得多的女佣人——像曼佐尼所说,lupus in fabula[①]——而且跟她在同一张床上睡觉。大主教听了当然勃然大怒,立即去找那神甫,先闯进他的住宅,果然瞧见了一个娇艳动人的年轻女佣人,又进入他的卧室,瞧见一张比双人床还略大点的绣榻。他把神甫狠狠地教训了一番。神甫却若无其事地说:

"'是的,大人,她睡在床的外侧,我瞧在床的里侧,可是,正如您现在亲眼见到的,在这张床正中,我做了两个枢轴,每个晚上睡觉以前,我就把这块又大又粗的木板安在枢轴上,好似筑起一道墙壁。'他把那厚木板指给大主教看。

---

① 拉丁语:意为童话里的狼。

"大主教顿时怒气全消，心中不觉对神甫纤尘不染的纯洁啧啧称赏。他回忆起中世纪的圣徒们，他们跟女人一起睡觉的时候，在床当中摆上一个十字架或者一柄佩剑。于是他和颜悦色地说：

"'我的孩子，木板我是瞧见了，一点儿不假，这是谨慎的预防措施；不过，假如欲念，我是说罪恶的欲念，像狂风暴雨般侵袭你，像凶狠的恶魔俘虏了你呢？在这种情况下，你如何对待呢？'

"'啊，大人'神甫回答道，'那也不用费什么事，只消把木板掀掉就是了。'"

堂区神甫又讲了另外两个笑话，他的司铎这才打电话来，说他已经查了《罗马观察家》，从7月1日到8月15日都完整无缺，但没有找到关于曼佐尼的文章。

"很遗憾。"堂区神甫说，"很可能他没有仔细检查。我方才对您说过，这是个白痴。为了保险起见，或许还是您亲自走一趟。要不，我告诉他，让他把所有的报纸都送到这儿来？"

"不，谢谢，那太打扰您了。另外，这篇文章对于我也不是必要的。"

"我确信这一点，好几个世纪以来，必要的这个观念我们已经丧失殆尽……另外，关于曼佐尼，不难想象一个基督教徒关于曼佐尼会写些什么？今天只有一个自由主义者，名副其实的，按这个字眼的本来意义的自由主义者，方能理解和热爱曼佐尼。"

"但是，就曼佐尼而言，基督教徒写的某些文章，倒也不乏启发价值。"

"我很熟悉这类文章，什么神明显示奇迹，赐福于人啦，什么小说的风景描写啦，把曼佐尼与维吉尔比较啦……嗨，提到这些，恕我直言，整个曼佐尼批评全被基督教徒垄断了。除去个别的批评家例外，说实话也不是什么才华过人的……您知道，当他们触及事情的本质，触及爱情问题，触及最棘手的问题时，就……算了，不谈这些……现在我想请您欣赏一件东西，因为我晓得，您是一位行家。"

他走到壁橱跟前，打开橱门，从里面取出一件约莫手掌那样高的圣洛科①雕像。

"您瞧，栩栩如生的神态，精巧细致的镂刻……您可知道我怎么弄到手的吗？我的一个朋友，附近市镇的堂区神甫，把它当作一件废品扔在圣器室的墙旮旯里。我给他买了个崭新漂亮的圣洛科像，比这个大得多，是用硬板纸、树脂制作的。他把我当作见了古玩就头脑发热的狂人，以致在交换的时候他反倒犹豫不决了，生怕占了这么大的便宜。"

堂区神甫是个艺术品鉴赏家，一向以眼光敏锐、贪婪势利闻名；他时常同来自巴勒莫的某个古董商做着有利可图的交易，这也已不是一个秘密。他让拉乌腊纳从不同的侧面欣赏他的圣洛科像，说道：

"我已经给人看了，有人愿意出三十万里拉的高价，不过，眼下我想放在手头再稍

---

① 意大利人免除瘟疫的庇护神。

许欣赏一番，反正它迟早要落入不知道哪一个国库的窃贼家里……您的看法呢？十六世纪上半叶的珍品，不是吗？"

"我看是的。"

"德·伦兹斯教授也是这么认为的，他是研究十五、十六世纪西西里雕塑的权威……只是他的意见，"堂区神甫忽然捧腹大笑，"总是跟我的意见一致，因为我付给他报酬。"

"您似乎对一切都不信赖。"拉乌腊纳说。

"噢，是的，但也信赖某些东西。韶华流逝，或许我寄予过多的信赖了。"

当地流传着一个也许确有其事的笑话，说堂区神甫有一次做弥撒，他正要打开圣体盒，偏偏钥匙卡在盒子的锁孔里了；他气急败坏地转动着钥匙，禁不住对圣体盒咒骂起来："什么恶魔在里面捣鬼？"说实在的，他对于教会的事务总是临时抱佛脚，敷衍了事，而把时间都消耗在做买卖和走私上。

"请原谅，可是我不明白……"中学教员说道。

"为什么我要穿上这件黑长袍？……可以对您直说，我穿上它完全是违背我的本意。也许您已经知道我的身世：我的叔父，原先也是这里的堂区神甫，他靠着放高利贷，聚敛了一笔可观的财产；他把全部家产遗留给了我，但有一个条件，我长大了也必须当神甫。他离开人世的时候，我才年满三岁。十岁那年，我进了神学校，俨然觉得自己就是圣路易吉；到二十二岁离开神学校的时候，我已经成了撒旦的化身。我当时真恨不得把一切统统抛到九霄云外，可是那份遗产，还有我的母亲，捆住了我的手脚。如今叔父遗留给我的家业已无法打动我的心，我的母亲也已与世长辞；我可以飘然而去……"

"但宗教教规不允许。"

"就我的情况而言，手里有一份我叔父的遗嘱，宗教教规也奈何我不得：我完全是被迫当神甫的，他们会让我远走高飞，而不褫夺我的公民权利……不过问题在于，穿上这件黑长袍现在我倒觉得十分怡然自得，我在安乐与憎恶之间获得了平衡和至善，获得了生活的全部价值……"

"那您会遇上什么风险吗？"

"不，绝对不会。假若他们胆敢动我一根毫毛，我便制造一起事端，闹他个不可开交，甚至连《真理报》特派记者也会闻风而来，至少呆在这里采访个把月。我说什么来了，一起事端？不，一连串事端，像烟火那样叫人头晕目眩……"

愉快的谈话几乎持续到深夜，拉乌腊纳这才起身告辞。他离开圣安娜堂区神甫宅邸的时候，心里油然产生了对神甫的好感。"西西里，或许整个意大利，有多少这等可爱的人啊，"他自言自语道，"可他们都注定要遭逢凶险。"

至于说UNICUIQUE，拉乌腊纳心里有了底，它不是来自圣安娜堂区神甫的那份报纸。事情已经多少有了眉目。

四

  隆重的葬礼已经过去了三天，拉乌腊纳觉得现在去拜访总司铎卢塞洛，不再是失礼的行为，他需要向总司铎求借7月1日至8月15日间登载了评论曼佐尼文章的那份《罗马观察家》，这是进行下一步工作必不可少的。总司铎是罗西奥太太的伯父，他有过一个依靠庞大的不动产维持的大家庭，二十年以前，他的两个结了婚的弟弟带着他们的家眷跟他生活在一起，十二口人和衷共济，相敬如宾，外加总司铎，他们的家长和精神上的导师；罗西奥太太从小在这个家庭里长大，直到结婚方才离开，所以被总司铎视为掌上明珠。后来，死亡和婚嫁使大家庭成员减少了九名，只留下了四个人：总司铎、两位弟媳，一直过着独身生活的侄子——卢塞洛律师。

  总司铎正在圣器室里脱下做弥撒穿的祭衣。他异常高兴地接待了这位不速之客。他们寒暄了十来分钟，便谈起那桩残暴的凶杀案，已故的罗西奥大夫温顺、高尚的品格，他的遗孀的无可慰藉的痛苦。

  "可怕的凶杀。而且是如此诡秘，如此不可思议。"拉乌腊纳说道。

  "倒也不尽然。"总司铎回答。他沉吟片刻，接着说，"您想一想，那可怜的药剂师有他不可告人的隐私，不错，别人都被蒙在鼓里。可他受到警告在先，遭到暗杀于后，这是复仇行动的典型做法。我的侄女婿成了无辜的牺牲品。"

  "您这样认为吗？"

  "岂能有别的缘故呢？业已调查证实，那个药剂师从来不曾出于私利跟谁闹翻过。除去风流韵事，实在没有别的什么原因了。某个父亲，某个兄弟，某个未婚夫，突然蒙受耻辱，自然怒火中烧，必欲置他于死地而后快。不过，他们的愤怒是多么狂暴，竟然没有瞧见，这中间还夹了一个无辜者……"

  "很可能是如此，但这未必是真实。"

  "真实？亲爱的教师，天主才是唯一的真实，还有死亡。很清楚，毫无什么真实可言。不过接近真实的因素还是存在的。首先，匿名信警告，药剂师将因恶德败行而付出自己的生命；信中没有提及什么样的恶德败行，但写信人推想，尽管那已经是遥远的往事了，但它立即会在当事人的脑海里浮现出来，或者当事人会由远及近，把它跟眼下自己的所作所为联系起来。其次，正像您很清楚地知道的，因为有人告诉我，您当时也在场，假若药剂师不愿意向当局报案，那至少会让人产生这样的怀疑，告发会把对于他不很光彩的某些事情也一股脑儿抖搂出来，至少怀疑他还有别的隐私。再说，在药剂师家里，夫妻生活并不完全是和睦安宁的。"

  "我不晓得……但我想表示一点儿不同看法。首先，药剂师接到的是直言不讳、明目张胆的威胁，他怎么反应的呢？仅仅过了一个星期，他出门去打猎，从而为他的敌人提供了把威胁变为事实的最好机缘。他没有认真看待匿名信的威胁，误以为它是一个恶作剧。这是真实的情况，显而易见，他的恶德败行，无论是过去的或者现在的，都无从谈起。或者更准确点儿说，鉴于威胁是用如此残忍的方式实现的，所以不妨认为，我们所说的过错是药剂师很久很久以前犯下的，它已经那么模糊，以至这一突如其来的、迟到的报复竟令人难以置信。还不妨认为，药剂师无意之中犯下了这一过失，某些言语、举止，总而言之，某些他未曾予以重视的事情，却在一个病态的、忧伤的心灵里留下了不可泯灭的创伤。其次，大凡看到这封匿名信的人，谁都不曾觉得需要认真对待它。没有一个人。这是一个小城，任何私通，不管是多么秘密；任何恶行，不管是何等隐蔽，都很难逃过人们的耳目……至于说他不愿意告发，这是确实的，但这正是他和朋友们把匿名信视为恶作剧的结果。"

"您也许言之有理。"总司铎说。但他坚定的目光却让人明白，他仍然固执己见。尔后，他祈求道，"我的主，愿你的光辉昭示真理，赐予正义，免除复仇。"

"但愿如此。"拉乌腊纳用这句话代替"阿门"。他随后说明了登门打扰的原因。

"《罗马观察家》嘛，"总司铎欣喜地说，一个不信教的人居然需要这份报纸，他感到高兴。"是的，我有，也时常读它；至于说保存……通常我只保存《基督教文明》、《生活与思想》①，报纸随意处理了……圣器看管人按时去取邮件，给我送到这儿来，然后我把私人信件和报纸带到家里。报纸经我读过之后，可以说便成了生活用品：《罗马观察家》、《人民报》②……你瞧，"他从一堆邮件中拣出一份《罗马观察家》，"我现在带回家去，午饭以后读报，我的侄女们或者女仆晚上就把它拿走，去包什么东西或者点炉子。当然，教皇的通牒、讲话和通谕属于例外。"

"我明白了。"

"如果这一份，前天的，您需要的话……"总司铎把一张对折成八叠的报纸递过来，"我只要在这里浏览一下就够了……说实在的，我现在报纸也顾不上读，最近一个星期我忙得简直喘不过气来……"

拉乌腊纳打开报纸，顿时被报头迷惑住了。那熟悉的 UNICUIQUE 几个大字赫然在目，跟他透过匿名信背面看见的一模一样。UNICUIQUE SUUM，各得其所。异常精致的印刷体，字母 Q 拖着一条优雅的新月形尾巴。还有两把交叉的钥匙、教皇三重冠和一行同样的字体。NON PRAEVALEBUNT③。各得其所，莫非药剂师曼诺和罗西奥大夫就是各得其所。在 UNICUIQUE 后边，那双残害了两条生命的手，又剪取了什么字，贴

---

① 宗教杂志。
② 意大利天主教民主党机关报。
③ 拉丁语，意为不可超越。

在信纸上的呢？"处以"？"死亡"？很遗憾，他当时未能多瞧上一眼匿名信，如今它已收入法院的卷宗，成为秘密了。

"不必客气，"总司铎说，"如果这份报纸您用得着，就拿去吧。"

"您说？……啊，是的，谢谢。可是，不麻烦您了，我也用不着。"拉乌腊纳把报纸放在桌子上，站起身来。他神色激动不安，圣器室里破烂的木料，凋零的花朵和点燃的蜡烛散发出来的气味，蓦然使他心里起了一阵无法忍受的憎厌的感觉。"非常感谢您。"他说，一面伸出手来。

"再见。欢迎您时常光临。"总司铎以一种对待迷途者的慈爱紧握他的手。

"非常乐意。"拉乌腊纳回答。

他走出圣器室，穿过阒无声息的教堂。他慢吞吞地在没有一丝绿荫的广场上行走，不禁暗暗叹赏，呆在教堂和圣器室里是何等地舒适自在，他想起圣安娜堂区神甫和总司铎，歆羡又转化为讥诮。是的，他们的生活确实舒适自在，各得其所。从表面上看，他们的生活是大相径庭，其实骨子里却是一个样儿。他的思绪在脑子里翻滚，某种微妙的自尊心不自觉地支配着他的意识，阻止他去想失望和挫折。但失望和挫折是明摆着的：粘在匿名信上的UNICUIQUE这个字究竟是从哪份《罗马观察家》上剪下来的，它从总司铎家又落到了什么人的手里，看来是无法调查清楚了；因为，他不假思索地认定，总司铎、他的两个弟媳、侄儿、女仆，是压根儿不可能卷入这件事的。从这个家庭对总司铎读过的报纸的使用情况看，只有极少的几个人，就像圣安娜教堂的司铎一样，会去搜集它；很可能作为什么包装纸，那一期报纸，或它的一部分，落入了匿名信的作者即凶手手中。更不用说，在西西里首府，各个报亭和其他地方到处都有《罗马观察家》出售，匿名信作者出于明确的图谋或者偶然的机会，都可以买到。

这么说来，警方对UNICUIQUE这个字未予理会，是明智的做法了。经验发挥了作用，这是没什么可说的。大海捞针，而且是一枚没有针眼的针，它无法穿起调查的线索，这岂不是徒然耗费时间？而他却被这一细节迷住了心窍。整个小城只有两家订户的一份报纸，分明是一个确凿无疑的线索，通向调查破案的康庄大道，不料却把他引到了一条死胡同。

不过，此时正为在现场捡到的一根香烟头忙得团团转的警方，也没有碰到更好的运气。业已查明，这是一支布朗卡牌香烟；但小城只有市长秘书吸它，他自然是被排除一切嫌疑的，何况他是外地人，六个月以前才定居本地。

"《罗马观察家》跟布朗卡牌香烟一样棘手。"拉乌腊纳自言自语道，"让警察局去为那根香烟头绞尽脑汁吧，你就休再过问《罗马观察家》了。"回到家里，乘母亲给他准备午饭的时候，他在一张纸片上作了简单的笔记：

"匿名信作者从《罗马观察家》上剪下了他需要的字句：

a. 他出于深谋远虑，在巴勒莫购买了报纸，以求把调查引入歧途；

b. 报纸是他极其偶然地获得的,他甚至没有注意这是一份什么报纸;

C. 经常跟这份报纸打交道,以致把它视为一份普通的报纸,没有考虑到它的印刷特征和有限的、几乎是限于特定范围的发行。"

他放下笔,把笔记从头读了一遍,然后,他小心翼翼地把纸片撕碎。

五

保罗·拉乌腊纳是巴勒莫一家高级中学的历史兼意大利语文教员。学生们一致公认,他举止怪僻,但精明能干,家长们却觉得,他精明能干,但举止怪僻。学生和家长们所说的举止怪僻,是指他阴沉、恬淡,几乎是清心寡欲的一种古怪性格,但尚未达到性子乖戾的地步。他的这种怪僻,大大减轻了他的才华在学生心目中的分量,妨碍家长们以恰当的方式发现他的公正无私,而不是为人宽厚的品格——他培养出来的学生,没有一个考试落第的。他温文尔雅,甚至谦卑羞怯,说起话来几乎结结巴巴。当别人向他陈述意见的时候,他全神贯注,仿佛十分重视。如今人们才明白,他的温文尔雅掩盖着不可动摇的决心,顽固的主见;别人的意见从他的一只耳朵进去,随即从另一只耳朵出来。

整整一个学年,他的生活就是在首府和小城之间奔波:早晨七点钟,搭乘公共汽车离开,中午两点,搭乘另一班车返回。下午,是他读书和研究的时间;俱乐部和药店是他晚上光顾的场所,一直呆到将近八点钟回家。他不愿开设私人补习班,即使夏天也不例外,因为暑假里他更乐意埋头写作文学批评文章,然后在当地人谁也不阅读的什么杂志上发表。

他为人正派,但学究气十足,心情抑郁;很难说他才华过人,相反,他有时还显露出值得称许的愚钝;他晓得自己有焦躁不安和官能失调的毛病,并且暗暗责备自己;在学校里,他的良好教养和仁慈心肠使他觉得跟同事们处处难以合拍,文化人在这种环境里很容易洁身自好,离群索居,这就铸成了隐藏在他内心深处的傲慢与自负,对于这一点,他是不乏自知之明的。在政治上,大家都把他当作共产党员,其实他并不是。至于他的个人生活,人们众口一词地说,他是母亲过分的宠爱和关心的牺牲品,这是千真万确的。快四十岁的男人了,他对某些女学生或女同事的好感和爱慕还只是闷在心底里,胡乱折腾自己,他钟爱的对象对此毫无察觉或者仅有极细微的察觉;只消某个姑娘或女同事对他的热望投之青睐,他立即惊慌失措起来,心头发凉。他一想到母亲,想到她可能说些什么,会对他选择的女人采取什么态度,想到她们两个人可能要生活在一起,其中的一个可能拒绝跟另外一个共处,他那情感的火焰瞬息之间也就熄灭了,于是他远远地躲开他追求的对象,仿佛经历了一场痛苦的灾难之后,终于得到了解脱,心安理得了。假若他的母亲替他物色一个女子,他或许会闭上眼睛,驯服地跟她结婚，但他是如此天真未泯，对人世间的阴谋诡计如此不加防范，因此，在他母亲看来，时至今日，他还不可能迈出人生道路上如此危险的一步。

这种性格，这种生活环境，自然使拉乌腊纳孤身只影。他有许多熟人，但没有一个知交。譬如说，他和罗西奥大夫是初中和高中时代的同学，大学毕业以后又都在这个小城工作，但不能说他们是知心朋友。他们在药店、俱乐部相遇，聊天，一起追忆中学时代的某个同窗或某件轶事。有时，他母亲偶染微恙或抑郁不舒，他便请大夫上家里来，罗西奥细心诊断老太太的病情，开好药方，尔后留下来喝一杯咖啡，回忆某些昔日的老师或同学，自从中学分手以后，这些老师与同学就杳无音信，如今身在何处，做什么工作，他们全不知道。罗西奥大夫替他母亲看病从来不取分文；但每年圣诞节拉乌腊纳都赠送他一本精致的书，因为罗西奥是多少读点书的人。不过，他们之间谈不上深情厚谊，仅仅有对往事的共同回忆，谈论起文学或政治事件来虽然观点不尽相同，却没有令人不愉快的分歧；在当地，跟其他人是无法建立这种关系的，几乎所有的人都是法西斯主义者，包括那些自诩为社会主义者或共产党员的人。因此，罗西奥大夫猝然身亡，使他特别感到震惊，尤其是瞧见他的尸体以后，一阵痛苦与落寞的感觉，不由涌上了心头。

死亡把硫黄似的惨淡的面具罩在罗西奥的脸上，在鲜花的芬芳、蜡烛的氤氲和蒸郁的汗味混杂的沉闷、污浊的空气中，这副面具慢慢地僵硬了。他似乎缓慢地化作了一具顽石，在石块的底下，人们依然可以感受到他的满怀凄怆的惊愕，他要挣脱这坚实的表层的悲愤的挣扎。相反，死亡赋予药剂师一种沉思的庄重的威严，这是任何人在他生前都未曾见到过的。死亡也会嘲弄人。

这些外界因素——一位相识者的猝然身亡，虽然他们更多地由于习惯而非友谊联系在一起；头一回目睹令人毛骨悚然的凶杀现场，虽然他曾经见过许多尸体和其他形式的死亡；药店大门上举哀的黑色条幅，俨然是药店永远封闭的标记——压迫着他，使他体验到一种几乎是孤寂凄凉的心境，他不时地感觉到他的心一阵阵剧烈悸动或停止跳动的绞痛。但他不理会这种心境，或者至少自信没有理会，他的纯系理智范围、并且被吹毛求疵的习性推动的窥探事物的好奇心，驱使他全神贯注于探索制造这起惨案的缘由和手段。他现在仿佛置身于一座客厅或一家俱乐部里，听到有人提出一道只有白痴才会提出——更糟糕的是，——才会去解决的难题，对于这班平庸的，无所事事的人来说，这是毫无意义的游戏，是虚掷光阴，然而，他觉得他有义务去解决它，他硬是发奋要去揭开这个谜底。

他压根儿没有想到，解决这一难题，必然意味着向警方提供罪犯的确凿材料，这是毫无疑义的。他是一个颇有才智、富有教养的人，秉性善良，遵法守纪，假若他有自知之明，晓得他这样行事实在是掠人之美，侵犯警察局的职责，或者晓得他的所作所为是同警方的侦查工作进行竞争，那他会感到厌恶，从而心甘情愿地认输的。

这样,平时胆小羞怯,喜欢沉思默想,也许谈不上果敢坚强的拉乌腊纳,开始玩起了他的危险的牌。晚上,俱乐部里几乎座无虚席。人们像每个晚上一样,谈论着那件凶杀案。向来罕言寡语的拉乌腊纳突然开口说:

"那匿名信是把从《罗马观察家》上剪下来的字,粘在信纸上,拼凑起来的。"

七嘴八舌的争论停止了,众人面面相觑,鸦雀无声。

"你听我讲!"稍停片刻,路易吉·科尔瓦亚说。他大吃一惊,倒不是由于受到方才揭露的线索的震动,而是因为揭发者过于天真无邪,竟自个儿去充当警方和凶手两面夹攻的目标。这实在是咄咄怪事。

"是真的吗?……可你,对不起,怎么会知道的呢?"罗西奥太太的堂兄卢塞洛律师问道。

"宪兵队长向药剂师口述报告的时候,我发现了这一点;你们兴许记得,我跟他们一起走进药店的。"

"您把这一发现告诉宪兵队长了吗?"公证人佩科利拉发问。

"是的,我对他说,请他仔细地研究一下信件……他回答说,他会这样做的。"

"不妨这样推测,他们并没有仔细研究,"路易吉接过话茬,他稍稍松了一口气,又有点儿扫兴,这一揭发还不至于构成对拉乌腊纳十分严重的危险。

"很奇怪,宪兵队长一点儿也没有向我透露。"卢塞洛说道。

"也许这是毫无价值的线索。"邮政局长插话。尔后,他脸上透出兴奋的光彩,对拉乌腊纳说,"莫非你就是为此目的向我打听……?"

"不!"拉乌腊纳打断他的话。

退休上校萨尔瓦乔神色庄重地站起身来,朝卢塞洛走去,每当有人胆敢以某种方式对军队、宪兵、警察表示怀疑、批评,或者产生误解,他便立即气冲冲地跳起来。

"劳驾您给我解释一下,宪兵队长为什么应该把有关这个或其他线索的情况告诉您?"

"我是受害者之一的亲属,我的天哪!仅仅是亲属。"卢塞洛慌忙回答。

"嘿!"上校得意地哼了一声,他起先认为,卢塞洛是自恃具有某种身份而要求知道宪兵队长的报告。但他又不完全满足,随即展开了新的攻势:"不过,我应该提请您注意,即便是对于被害者的亲属,宪兵队长也不得泄露正在进行的侦查工作的秘密。他不能够也无权这样做,假若他如此行事了,那就是严重地,我说是严重地背弃他的基本职责……"

"我明白,"卢塞洛说,"我明白……我这么说,只是出于友情……"

"军人不讲友情。"上校几乎吼了起来。

"但宪兵队长是懂得友情的。"卢塞洛恼火了。

"宪兵队长是军人,上校们是军人,士兵们是军人……"上校像神经错乱似的说着呓语，他的脑袋开始颤动起来，俱乐部成员都很熟悉，这是他的老毛病发作的征兆。

卢塞洛站立起来，向拉乌腊纳做了个手势，表示有话要跟他说，两个人一起走了。

"老不死的疯子！"刚走出俱乐部，卢塞洛律师便愤愤骂道。稍停片刻，他说："请告诉我，关于《罗马观察家》的那个发现，到底是怎么回事？"

六

自从拉乌腊纳在俱乐部吐露了他发现的线索以后，一切都很平静。他并没有期待什么事情发生，他本来只希望观察一下在座的每一个人的反应，不料杀出了个上校，把他的计划全都搅乱了。卢塞洛律师对他的调查活动表示出热情的关切，这是他此举的唯一收获。萨尔瓦乔上校假若知道这件事，肯定会大动肝火的；好在他的调查还没有什么了不起的进展，人们仍然怀疑药剂师暗地里搞的风流勾当是凶杀案的起因。

拉乌腊纳虽然没有获得预期的结果，但他揣悟到，他需要从俱乐部的成员，尤其是那些经常光顾药店的人那里，揭开某些事情的底蕴。有一个事实是确凿无疑的：狩猎季节开始的那一天，猎人们为了捷足先登，垄断某片野禽资源丰富的狩猎地，通常无不对他们将要去的地点严加保密。这是当地的传统。唯有结伴去打猎的人才知道这个秘密；这么说来，在这一案件中，唯有药剂师曼诺和罗西奥大夫是这一秘密的知情者。只在极其稀罕的情况下，才会把打猎的地点秘密地告诉第三者。而且常常发生这样的情形，狩猎人故意把假情报透露出去。因此，即便有人从曼诺或罗西奥那里得到消息，也不敢肯定这不是通常使用的声东击西之计。心腹之交，而且不以狩猎为嗜好的朋友，也许是例外；或许，只有对一位正派、可靠、甘苦与共、对狩猎兴趣索然的朋友，他们两个人当中的一个才会告诉狩猎季节开始日他们去打猎的地点。

拉乌腊纳陪伴他的母亲登门拜访了药剂师和医生的遗孀，想借此机会作一番小小的调查。他向两位寡妇分别提出了同样的问题：

"您的丈夫可曾告诉您，狩猎季节开始那天他决定上哪儿去打猎？"

"临到出门的时候，他才告诉我，可能上卡纳泰洛去。"曼诺的妻子回答说。

"可能"两个字立即印入了拉乌腊纳的脑子，他觉得，直到出发的时候，药剂师还不愿意向妻子泄露秘密。

"他跟您谈及匿名信了吗？"

"没有。他在我面前避免谈这些事。"

"他不愿意您为此受惊。"

"是的。"寡妇以自我解嘲的沉思，生硬地说。

"另外，他认为这是个恶作剧，我们也是这么想的。"

"一个恶作剧！"寡妇长长地叹息了一声，"这个恶作剧叫他丢掉了性命，让我丢尽了脸面。"

"是的,使他丢掉了性命,很遗憾……可您,跟您有什么相干?"

"跟我有什么相干?您没有听说街头巷尾都纷纷议论的那些见不得人的事情吗?"

"流言蜚语。"拉乌腊纳老太太说,"只要是有点仁慈心肠和理智的人,都不会理睬这些流言蜚语的。"可她也不是有着过分慈悲心肠的人。"不过,您可曾发现过您丈夫的形迹可疑之处?"

"没有,太太,从来没有……他们让我的女佣人编造了一通仿佛我跟一个女子争风吃醋,因此忌恨我的丈夫的鬼话,……其实那可怜的女子上药店来完全是为她的弟弟……,您知道,我的女佣人是个愚昧无知的糊涂虫,只要听到人家谈起宪兵,便浑身直打哆嗦……他们根据自己的需要对她逼供……罗西奥、卢塞洛家的那些人……还有那位圣人总司铎,他也……他们马上传播流言,说罗西奥大夫——愿他的灵魂得到安息——是我丈夫的罪过的牺牲品。仿佛这里的人都互不相识,都不清楚每个人的底细似的,其实,每个人的所作所为,他是否囤积居奇,是否巧取豪夺,是否……"她忽然用手掌捂住嘴唇,不让自己讲出更加尖锐的言词来。沉吟了片刻,她方叹了一口气,狡黠而审慎地说:"可怜的罗西奥大夫,他竟钻进了什么样的一个窝啊!"

"我倒没有觉得……"拉乌腊纳说。

"请相信我,我们彼此都很了解。"曼诺太太打断了他的话,"您,谁都知道,是个埋头钻研书本和学问的人。"她几乎表露了鄙视的神气,"您没有时间去过问某些事情,去了解某些事情,但我们,"她转向拉乌腊纳的母亲,好像征求同意似的,"我们是很清楚的……"

"是的,我们很清楚。"老太太表示赞同。

"而且,我跟罗西奥大夫的妻子露依莎还是寄宿学校的同学……真是个人物!"

眼下,这个人物——曼诺太太追忆了她在寄宿学校里的矫揉造作——就站在拉乌腊纳的面前,好似他敬重的一个修女。光线透过守孝的屋子里厚厚的窗幔,把昏暗的阴影投照到她的身上。处处都是服丧的标记,连穿衣镜也披上了黑纱,一幅跟人一般大的罗西奥遗像,愈发加重了室内的悲哀气氛。这幅遗像是由巴勒莫的一位摄影师放大的,又经他用阴暗的色彩加以修整,衣饰和领带都描成了黑色,因为依照摄影师的社会观和审美感,他放大的照片上的人物既然已经死去,就必须具有令人悲悯的特征,于是罗西奥的嘴角增添了凄苦的皱纹,眼睛里流露出倦乏的、哀求的神情,在遗像前面一盏小灯发出的幽光里,他好像是一个勾画了脸谱、扮演幽灵角色的小丑。

"不知道,他从来不告诉我。"当拉乌腊纳询问她是否知道丈夫去打猎的地点时,露依莎·罗西奥回答说,"因为我,说实在话,我对他打猎的嗜好是很不以为然的,他挑选的同伴也不称我的心意……我并非一无所知,我的主!或许有一种预感,一种印象……不幸的是,厄运证实了我的敏感是正确的。"她满怀伤感地叹息,几乎像发出低低的呻吟，用手绢拭擦泪水。

"这是命运。人有什么办法来反抗命运呢？"拉乌腊纳老太太安慰说。

"噢，是的，命运……可您叫我怎么办呢？每当我思念起过去如此安宁、幸福的日子，无忧无虑，事事如意……我就，请主原谅我，我就悲痛欲绝……"她默默地掩面涕泣，几乎哽咽起来。

"不，不，不……"老太太忙不迭地连声劝慰她，"不要失望，您要奉行天主的意愿，把您的痛苦向天主倾诉……"

"事奉圣心，我的伯父总司铎也这么对我说的……您瞧，他给我带来了多好的圣心像！"她指着拉乌腊纳母亲身后的一幅画说。

老太太转过身来，赶紧挪开椅子，仿佛她刚才失礼了，又向圣像送去一个飞吻，嘴里念念有词地低语"耶稣圣心"，尔后说道：

"好，确实是极好的圣心像。您瞧他的眼神！"

"它给予我安慰。"

"所以说，天主给予了您安慰，不是吗？"老太太以温柔而得意的声调说，"另外，您现在和将来都会得到别的安慰，别的希望：您有一个女孩，您应该也念着孩子……"

"是的。请相信我，如果我不念着孩子，我不晓得我会变成什么样的疯子。"

"孩子都知道了吗？"老太太迟疑了片刻，问道。

"她什么也不知道，可怜的女儿，什么也不知道。我告诉她，爸爸出门旅行去了，很快要回来的……"

"可她看到您穿着一身黑衣服，没有问起什么缘故，也不想知道吗？"

"什么也没有问。相反，她对我说，我穿一身黑衣服反倒比平时漂亮了，最好我永远这样穿着……"她用右手攥着的一方镶了黑边的素白手绢掩住面颊，几乎号啕大哭起来，她的左手赶紧把裙子的褶边往下拉扯，但拉乌腊纳瞟见，裙子又马上缩到了大腿的上边。"是的，是这样，我只能永远穿一身黑衣服，永远……"她抽抽噎噎地说。

"那孩子说得有道理。"拉乌腊纳暗暗思忖。这是一个俏丽的女人，一身黑装使她出脱得愈发娇媚可人。她的身材很美，丰腴而不失苗条，她愈是做出一副正襟危坐的样子，便愈显出婀娜倩巧的慵懒之美。她的脸圆圆的，但与其说具有一个三十来岁女人的丰满，倒不如说透露着少女般的润泽，一双栗褐色的眼睛，泛出几乎金闪闪的光亮，宽宽的嘴唇里是两排洁白明亮的牙齿。"我真想瞧见她微笑的神态。"在那样的气氛里，他的母亲又挑起了那样的话题，要期待这样的奇迹，看来是要失望的。可是当话题转到药剂师身上，谈及人们关于他的风流韵事的流言时，奇迹竟然出现了。

"您的看法不是没有道理：可怜的曼诺夫人从来不是一个美人儿。我们一起在寄宿学校念过书，她当时也是貌不惊人，也许比现在还要难看。"她嫣然一笑，尔后，立即沉下脸色，说道，"可我的丈夫跟这有什么相干呢？"她又用手绢掩面涕泣起来。

七

　　许多人如饥似渴地阅读的那些侦探小说，全都一致断言，一件谋杀案犹如一幅图画，假若对它的具体的、或者说所谓艺术的因素，进行细致入微的发掘和分析，调查人员便可从中获得追根究底的可靠保证。然而，在实际生活中，事情完全是另一种样子，侦查工作的失误和罪犯逍遥法外的情况屡见不鲜，这倒不是由于，或者说不仅仅由于或并非始终由于侦查人员智能低下的缘故，而是因为谋杀案件提供的因素，通常是绝对不充分的。不妨说，谋杀案的凶手或组织者处心积虑要把侦查工作引向失败的歧途。

　　导致案件侦破的种种因素，往往带有神秘的色彩，或者是不费吹灰之力的意外收获，譬如暗中活动的所谓职业探子，匿名者的告密，偶然的机缘。仅仅在很微小的程度上归功于侦查者的敏捷才智。

　　对于拉乌腊纳来说，这偶然的机缘，终于在9月里，在巴勒莫突然出现了。

　　几天以前，拉乌腊纳到巴勒莫一所高级中学当监考员。在一家他经常光顾的餐厅里，他跟同窗多年的一位学友邂逅。他们很久没有见面了，但拉乌腊纳一直远远地注视着他政治上的飞黄腾达；这位同窗是共产党员，起先担任马多尼亚市镇的支部书记，后来当上了西西里大区议员，现在是国会议员。他们自然一起回忆了大学时代的生活，当话题转到可怜的罗西奥的时候，议员轻声叹息，说道：

　　"他逝世的消息使我大为震惊，因为就在半个月或二十天以前他还来看过我呢。至少有十年光景我没有见到他了。他到罗马，上众议院找我。他的样子没有一丁点儿的变化，我立刻认出了他……是的，我们或许多少……后来，我揣测，他的死可能跟他上罗马找我有关系；可我听说，调查的结果证实，他遇害的真正原因是跟一个勾引少女的人厮混在一起。我也闹糊涂了……您可晓得，他为什么来找我吗？他想当面问问我，我可愿意在议会，在我们的党报上，在公众集会上，揭发你们小城的一个权势人物；他说，此人把偌大的一个省玩弄于股掌之上，讹诈敲索，收赃纳贿，经营走私，无所不为……"

　　"我们小城的人？当真？"

　　"我仔细回忆了一下，我觉得他并没有明确地对我说，此人是你们小城的，也许是他给我这样的暗示，也许这是我的印象……"

　　"一个权势人物，操纵着全省命运的要人？"

　　"是的，这一点我记得很确切，他正是这么告诉我的……我理所当然地回答他说，我将很乐意把此类寡廉鲜耻的事公之于世，揭露这样一桩丑闻；不过，正如人们所知道的，对于这等事情，我需要某种证据，需要确凿的材料……他告诉我，他掌握了全部必要的文字材料,准备给我送来……可他却从此离开了人世。"

"这是很自然的。"

"是的,很自然的,因为他就此断送了性命。"

"我很难说什么,但我想,你对他的罗马之行与他的遇害之间关系的怀疑……我记得,当时约莫有两天的时间没有见到他,过后他告诉我说,他上巴勒莫去找他的父亲了……罗西奥打算揭发什么人,而且还掌握了文字材料,我以为这几乎是不可能的……不过,你确信他是罗西奥吗?"

"我的天哪!"议员慨然说道,"我方才跟你讲了,我立刻认出了他,他的样子没有一丁点儿的变化……"

"是的,他确实没有变……不过,他可曾把他打算揭发的那个要人的名字告诉了你?"

"没有,绝对没有。"

"连一点儿含蓄的提示或某些细节也没有对你说吗?"

"丝毫没有。相反,我曾经坚持要知道更多的情况,他回答说,这是一件极其微妙的事情,牵涉到私人的……"

"私人的?"

"牵涉到私人的……他要么把文字材料带来,向我和盘托出,要么就此收场……坦白地告诉你,当我听到他说,他还没有拿定主意,是把全部真情告诉我呢,还是什么都不说,我真有点儿不痛快……我有这样的印象,他的罗马之行,他掌握的那些文件,都是正在玩弄的讹诈手段:假若事情进展顺利,那一切就此了结;假若遇到了麻烦,他便会携带全部材料,再来找我……"

"不对,他这个人不会搞讹诈的,绝对不会。"

"那你如何解释他的这种行为呢?"

"我说不上来,这件事蹊跷得很,几乎令人难以置信。"

"请原谅,同样蹊跷的是,你竟然不晓得他在筹划对某个人的控告,你不晓得他要指控谁,出于什么原因;你跟他过往很密切,对他也颇了解……你不觉得这里面包含着什么暧昧的东西吗?"

"我和他过往也不算密切。他是个性格内向的人,和朋友的关系从来不曾达到亲密无间的地步,所以我们从来不谈涉及私人的、秘密的事情;我们只谈论书籍、政治……"

"对于政治他的看法如何?"

"在他看来,从事政治即意味着背弃道德原则……"

"对政治采取鄙夷的态度。"议员吃吃地笑着。

"正是这样,我多少也是个鄙夷政治的人。"

"果真?"

"这倒不影响我投共产党的票。"

"很好。"议员赞赏地说。

"但我这样做的时候,是非常苦恼,非常不安的。"

"为什么?"议员问道,他的目光闪耀着戏谑、宽容的光彩,勾销了拉乌腊纳打算说明的理由。

"我们不谈这些吧,反正你无法说服我去投反对票。"

"反对谁?"

"反对共产党。"

"那敢情好啊。"议员格格地笑道。

"未必如此。"拉乌腊纳神色严肃地说。他又谈起罗西奥,这位大夫大约也投共产党的票,虽然他小心翼翼地避免公开宣布。"他需要尊重他的亲属,实际是尊重他妻子的亲属,他们都是政治活动的积极分子,以总司铎为首……"

"总司铎?"

"是的,总司铎卢塞洛,他妻子的伯父……因此,罗西奥为了尊重亲属,也许为了避免家里的冲突,他竭力回避采取明确的立场。应当说,最近一个时期,他对政界——我是指政府——的人与事发表意见的时候,变得更加尖刻了。"

"也许减少了薪俸,撤销了他的某些职务?"

"我不这样认为……他跟他不大相同,现在你不妨想象一下……他热爱自己的职业,热爱他的家乡;晚间上俱乐部或药店;打猎,猎狗。我觉得,他也非常爱他的妻子,宠爱他的女儿……"

"这意味着什么呢?他也蛮可以爱财如命,还有某种野心……"

"他有足够多的金钱,但没有野心。况且,对于一个深思熟虑之后决意一辈子定居家乡的人来说,还谈得上什么野心呢?"

"这么说来,他倒颇像一个旧时代的乡村医生:自食其力,给病人治病分文不取,甚至还向没有钱买药的穷苦病人布施散财……"

"大致上是这么回事。不过他的收入蛮不错的,他的医术高明,在附近市镇也享有盛誉,许多病人专程从外地赶来请他治疗。另外,罗西奥的名字是很响亮的,老罗西奥是个名教授……顺便说一下,我打算去拜访这老头儿。"

"那么,在你看来,罗西奥之死跟他反对那位神秘的权势人物的立场是密切相关的吗?"

"不,毫不相干。相反,种种迹象表明,这种怀疑是站不住脚的。罗西奥事先已经知道匿名信提出的威胁,可他仍然冒失地陪同药剂师曼诺去打猎,这就是迹象,是他丧生的原因。"

"可怜的罗西奥。"议员轻声地说。

八

  罗西奥老教授大约二十年以前便从学术界引退，也不再行医，但他这个眼科医生的声誉至今在西西里西部仍然不减当年，甚至还蒙上了一层神秘的光彩。他已年逾九旬，由于命运的嘲弄，或者按照某种无稽之谈，因为当初他向造化挑战，让盲人重见光明，而今他满怀悲怆之情接受了造化的报复，他的双目差不多完全失明了。他跟另外一个儿子生活在巴勒莫，儿子继承了他的衣钵，兴许跟他一样是位出色的眼科医生，不过许多带有偏见的人断言，他是坐享父亲的名气。

  拉乌腊纳挂了个电话，表示他想在教授方便的日子和时间登门拜访。教授听了女佣人的报告，亲自来接电话，回答说，请他立即就去。教授这么爽快地答应，并不是因为他从拉乌腊纳讲话的口气中回想起了儿子的这个老朋友，而是他如今生活于万般孤寂之中，渴望有人来做伴儿，以排遣他悒郁的情怀。

  下午五点钟，教授在阳台上，坐在一张安乐椅里，旁边是一台电唱机，扬声器里传出一位著名演员朗诵《地狱》①第三十歌的声音，忽儿高亢激越，忽而索索颤抖，忽而长吁短叹。

  "您可瞧见我落到了什么地步？"教授向拉乌腊纳伸出手来。"听此人朗诵《神曲》，倒不如让我十二岁的小孙子，要不让女佣人或者门房，来给我念上几段，可惜他们都在忙自己的事儿。"教授直率地抱怨说，即便当着演员的面，看来他也会有足够的理由来表示轻蔑。

  倚着阳台的栏杆放目远眺，东南风轻轻地吹拂着，巴勒莫城在淡淡的雾霭中闪烁。

  "多美的景色，"教授说，他很有把握地向客人一一指点，"那是圣约翰隐士教堂，奥尔良宫、王宫。"他淡淡一笑，"十年以前，我们刚搬到这儿来住的时候，我的视力要稍许好些，可现在我至多只能模糊地看到太阳光了，就像远远的一团白色火光。幸运的是，巴勒莫的阳光充足极了……不过，我们还是撇开不谈个人的不幸遭遇……这么说来，您是我那可怜的儿子的朋友罗。"

  "起先我们一起在初中和高中念书，后来他考上了医学院，我进了文学院。"

  "文学，您现在当教员，是吗？"

  "是的，教意大利语言、文学和历史。"

  "您可晓得，我很后悔当初没有去当语文教员？我现在至少还能背诵《神曲》。"

  "真是偏执的妄想。"拉乌腊纳暗自思忖，然后说道，"您一生的经历跟朗诵和诠释

---

  ① 意大利文艺复兴运动先驱但丁的长诗《神曲》的第一部。

《神曲》可是大相径庭啊。"

"依您看来，我从事的职业比您的工作更有价值吗？"

"不，我只是想说，我所做的工作，成千上万的人都能去做，而您的工作，却只有极少数的人，全世界也不过一二十人能够胜任。"

"夸大其词。"老教授说道。他仿佛昏昏欲睡，过了一会儿，突然发问，"出事前的最后几天，我儿子的情况怎样？"

"您是说？……"

"我想说，那几天他似乎心绪烦乱，闷闷不乐，有点儿神经过敏，是吗？"

"最初我不曾介意。不过，昨天我跟一个在罗马见到您儿子的人谈话的时候，我倒回想起来，那几天他的表现确实有点儿异样，至少对待有些事情是如此。可您为什么向我提出这个问题呢？"

"因为我也觉得他跟平常有点儿异样……您方才说，有位先生在罗马跟他见过面？"

"是的，在罗马，那惨案发生前十五天或二十天。"

"奇怪……这位先生不会张冠李戴吧？"

"他不会认错人的。他是我们的朋友，中学里的同学。后来加入了共产党，又当了议员。您的儿子上罗马就是去见他的。"

"去见他？奇怪，真奇怪……我不相信我的儿子有什么事情需要去求他；虽说共产党在某种程度上也是执政党，可是请那些人帮忙总要更方便些。"他的手指向西西里大区政府的官邸奥尔良宫方向，"那些人还常上我儿子家里做客呢；据说，他们都是些很有势力的人物。"

"准确地说，您的儿子不是去央求人家帮忙。他想请我们那位朋友出面，在议会里公开揭露一个有权有势的人物贪赃枉法的行为。"

"我的儿子？"老头儿吃了一惊。

"是的，我也觉得很奇怪。"

"他确实变了。"老头儿喃喃自语，"确实变了。我说不清楚，这是打什么时候开始的，也记不清楚是什么时候，我头一次发现他的举动有点儿古怪，对周围的一切抱着厌恶的态度；而且，发表议论的时候是那么刻薄，这一点使人想起他的母亲……我的妻子出身于征税人家庭，这种人大抵到了二十五六岁或三十岁便能摆脱命运之网，走上自食其力之路……不，我的妻子不爱她的亲人……也许更准确地说，她不理解她的亲人；没有一个人能够帮助她去理解，我比任何人都更加无能为力……噢，我们方才说什么来啦？"

"谈您的儿子。"

"是的，谈我的儿子……他聪明过人，但又文质彬彬，性格温和。他为人极其诚实……对乡村，对土地特别眷恋，这或许是继承了我妻子的特点。仅仅继承了这一点，要知道他的外公，我妻子的父亲，在乡村就像个野蛮人一样如鱼得水，我的妻子也是这样；相反，我的儿子却要斯文得多，我觉得……他属于人们常常称之为天性纯朴的那种人，或者说那种青年，其实他却复杂得要命……他结婚以后便成了基督徒家庭的成员，这是我很不喜欢的……我称他们基督徒，只是借用一个习惯的称呼，我快要九十二岁了，但在这里，我一辈子从来不曾遇见过一个货真价实的基督徒……有的人也许一辈子不知美餐了多少做祭饼的面包，可仍然时时刻刻想把手伸进别人的口袋里去，朝奄奄一息的病人脸上踹一脚，给健康的人拦腰狠狠一拳……您认识我的儿媳妇和她家里的人吗？"

"交往不深。"

"我和他们几乎没有交往。跟我的儿媳妇只见过几面，她的那个当司铎的伯父，也许是总司铎，天晓得他是什么鬼东西，我只见过一次。"

"总司铎。"

"此人甜言蜜语，可亲极了。他一心要我皈依宗教。幸运的是他那次只是路过此地，否则他会来个突然袭击，把圣体都抬来的……他压根儿不知道，我已经是个教徒……噢，听说我的儿媳妇是个美人儿，是吗？"

"很漂亮。"

"也许是个迷人的娘儿，我年轻的时候，人们谈起风流韵事常常这样称呼漂亮的女人。"他俨然是个行家，但又显露出一种超脱的态度，他几乎不想再让人提及他惨死的儿子的妻子，挥动双手，画了个直挺挺躺着的人的样子。"我想，如今大伙儿也不再使用这个字眼了，女人已经从笼罩着绣床和灵魂的神秘之雾中解放出来。您知道，我在想些什么吗？天主教会今天正在庆贺它有史以来获得的最重大的胜利：男人终于仇恨女人了。即使在最野蛮、最黑暗的世纪里，教会也没能做到这一点，今天竟如愿以偿了。神学家或许会说，这是天命的绝妙计谋：男人自信在性解放的大道上迅跑，其实却钻进了死胡同。"

"是的，也许是这样……虽说我觉得，即便在天主教世界，女人的肉体从来没有像今天这样受到赞美，这样当众展览；它吸引人的魅力，简直跟商业广告赋予女人的作用如出一辙……"

"您方才讲的这句话：女人的肉体当众展览，这句话总算点到了问题的实质。它们暴露在光天化日之下，活像当年上绞刑架的囚犯示众一般……这就是报应吧……我大约谈得过多了，该休息一会儿罗。"

拉乌腊纳以为他应当告辞了，立即站起身来。

"别走。"老教授说，他生怕这稀罕而极好的交谈机会如此迅速地结束。他似乎又昏昏欲睡，陷入了梦境，他的清癯的侧影跟一代又一代的学生在大学回廊里见到他的半身青铜雕像毫无二致，雕像下面刻着人们从来不予理会，却喜欢加以嘲笑的题词。

"他会这样悄悄死去的。"拉乌腊纳默默地思忖。他有点儿心绪烦乱，凝视着教授，直到纹丝不动的老头儿好像继续方才中断的谈话，突然开口说：

"有些事情，最好不去触动，宁可让它们永远是个谜……俗话说，死者无法复活，还是救救生者吧。假如发生一件惨案，一人死亡，一人受伤，您把这件事告诉一个北方人，又告诉他这句谚语，他很自然地会撇下死者不管，急忙去救护受伤的生者。相反，西西里人却认为，一个是被谋杀者，一个是凶手，那需要抢救的生者便是凶手，对于西西里人而言，死者意味着什么，劳伦斯①或许明白了这一点，他把爱神驱赶进了死巷：死者只不过是炼狱里的一个可怜的幽灵，一条徒具人形的小虫，在被烈火炙烤的砖地上挣扎……当然，假若死者脉管里曾经流着跟我们一样的血液，那就必须千方百计打发那生者，也就是凶手，到炼狱里接受火刑……我还不是一个这样彻底的西西里人，从来没有兴趣去抢救生者即凶手，我一向觉得，监狱其实倒是更实在的炼狱……不过，我儿子的不幸中，包含了某种因素，它迫使我想到生者，去注意那些生者……"

"莫非那些生者也是杀人凶手？"

"不，我不是说那些在肉体上直接杀害他的生者，而是指引导他去观察生活的某些现象，去做另外一些事情，引导他抛弃爱的情感的那些生者……有幸活到我这等年纪的人，乐于相信，死亡是心甘情愿的行为，对于我来说，它不啻是一桩无足轻重的、心甘情愿的行为，耳朵里光听到它的声音——他用手指着电唱机——和城市的噪声，实在叫我腻烦。眼看我落到这种地步，女佣人六个月来天天在我跟前假惺惺地洒下几滴眼泪，背地里却高兴得一个劲儿地唱歌，我的这位儿媳妇十年来每天早晨都让人来打听我的身体可好，其实心里却巴不得听到我一命呜呼的消息。我决意要离开人世了，就像一个打电话的人听到另一头是个令人生厌的俗物或者白痴，只得撂下听筒一样……我仅仅想说明，人生在世，会体味到这样一种经验、痛苦、思想、情绪，以致死亡对于他来说，已不过纯粹是形式而已。好吧，假如罪人确实是有的，那就应当在最亲近的人当中寻找，拿我儿子的死来说，可以从我开始，因为做父亲的任何时候都应当承担责担，任何时候。"他的黯然失色的目光似乎消失在对遥远的年月的回忆中。"您瞧，我也是需要别人来挽救我的生者之一。"

拉乌腊纳猜度，老教授似乎话中有话，包含某种双关的涵义；或者，仅仅是某种痛苦的、难以捉摸的直觉。于是，他问道：

"您在思量某件更具体的事情吧？"

"噢，不！谈不上什么具体的事情。我只是思量那些生者。您呢？"

"我说不上来。"拉乌腊纳回答。

---

① 戴·赫·劳伦斯（1885—1930），英国小说家、诗人，散文家，他的某些作品以性爱为题材。

他们陷入了沉寂,拉乌腊纳起身告辞。老头儿向他伸出手来,说:

"真是个难解的谜啊。"

他兴许是指谋杀儿子的凶手,也许,是指生活。

九

九月底,拉乌腊纳回到了小城。在俱乐部里,卢塞洛律师立即把他悄悄地拉到一个角落里,以免令人生畏的上校听见,告诉他,这里没有发生任何新情况。倒是拉乌腊纳向卢塞洛叙述了重要新闻:他跟共产党员的会面,罗西奥大夫准备提供材料,请议员把丑闻公之于世的传说。

卢塞洛惊诧不已。他一面细听,一面不停地啧啧称奇:"您瞧!"尔后,他神色激动地提出许多疑问,又在记忆中搜索着罗西奥大夫生前说过的片言只语和某些举止行动,试图从中寻找能够跟这难以令人置信的事件联系起来的蛛丝马迹。

"我想,你会知道若干内情的。"拉乌腊纳说。

"内情?可我听到你方才讲的消息简直惊呆了。"

"他打算揭发你那个党的某位成员,但又想避免你站出来居中调解,劝说他放弃原来的计划,从这一事实中也许能够找到某种解释。他顽固执拗,但又有着异常温顺的一面。假如你知道了他的打算,你无疑会向他施加压力,促使他软下心来,因为当你面临着有人要攻击你那个党的成员,从而攻击你的党的威胁时,你无疑是不会袖手旁观的……"

"事情一旦关系到家庭,关系到家庭成员,党派是无足轻重的。当初他若是找到我,他的全部愿望都会得到满足的。"

"他可能恰恰不愿意这样行事,让一个仅仅跟他有关的问题损害你在党内的地位,他确实说过,这是一桩微妙的、纯系私人的事情。"

"异常微妙的和纯系私人的……可你能否肯定,他确实没有提到任何人的名字,没有提供某些有助于确定,哪怕是大概的,这个要人的线索?"

"没有。"

"你知道我想干什么吗?我给我的堂妹挂个电话,然后我们一起上她那儿去。罗西奥总会向妻子透露点什么的……走吧。"

他们去打电话,卢塞洛告诉堂妹,这里有一位叫拉乌腊纳的老师,他掌握了一些不可思议的情况,看来唯独她才能解释其中的奥秘;他是否可以在这很不适宜的时候陪这位老师登门造访,打扰她片刻。

"我们走吧。"卢塞洛放下听筒,说道。

罗西奥太太双手叠在胸前,怀着忐忑不安的心情等待拉乌腊纳准备告诉她的消息。丈夫的罗马之行使她吃了一惊，她不由得凝眸注视着堂兄，说道：

"也许是那一次，出事以前约两三个星期，他告诉我说，要上巴勒莫去一趟。"

至于其他情况，她什么也没有说。不错，遇害以前的一段时间，她的丈夫心绪烦乱，很少开口，偏头痛又常常发作。

"他的父亲，罗西奥老教授也对我这么说，他觉得那些日子里儿子好像完全变了样。"

"您见到了我的公公？"

"那个叫人望而生畏的老头儿。"卢塞洛插了一句。

"是的，我去访问了他……他脾气古怪，但头脑挺清楚，甚至有点冷酷无情……"

"一个没有信仰的人，"罗西奥太太说，"可不信仰宗教怎么能做人呢？"

"我想说，他在理性上是冷酷无情的……至于说信仰，我想他是有的。"

"毫无信仰可言，"卢塞洛说，"他是个无神论者，属于至死都不肯改悔的顽固派。"

"我也不认为他是个无神论者。"拉乌腊纳说。

"他是反对教会的。"罗西奥太太接腔，"有一回，我跟我的丈夫和当总司铎的伯父一道去看望他……他竟然说些什么呀！请相信我，当时我听了浑身直打哆嗦。"她双手交叉，抱紧了一双裸露的美丽的臂膀，仿佛她现在仍然感到一阵阵憎厌的寒战。

"他说了些什么呢？"

"他的话我简直害怕再重复一遍，我一生中从来不曾听见过……可怜的总司铎伯父紧握手中小小的银十字架，不停地劝他以仁爱为怀……"

"其实，他曾告诉我，总司铎是个极其温柔可爱的人。"

"一点儿不错。"罗西奥夫人说。

"总司铎伯父是位圣人。"卢塞洛连忙补充。

"不，不能这么说，也不应当这么说，"罗西奥太太纠正他，"我们是没有缘分成为圣人的……当然，可以这么说，总司铎伯父有着宏大的胸怀，德高望重。"

"您的丈夫，"拉乌腊纳说，"长得活脱像他父亲，连思想方式也有几分相近。"

"像那个注定要下地狱的老头儿？上帝多慈悲吧！……我的丈夫非常敬重当总司铎的伯父，敬重教会。每个星期天，他陪伴我上教堂做弥撒。他信守耶稣受难日的规矩。对于跟宗教有关的事情，他从来没有流露出半句亵渎或疑惑的话语……而我，是很爱他的，假若我猜疑，哪怕是一丁点儿，他的思想方式跟他父亲一样，您想，我会跟他结婚吗？"

"不过，"卢塞洛说道，"你的丈夫也确实叫人捉摸不透。他对宗教，对政治，究竟抱着怎样的看法，连你，他的妻子，也未必能够讲个清楚……"

"很清楚，对于宗教、政治，他是敬重的。"罗西奥太太后退了。

"是的，在这方面他是持敬重的态度……但从拉乌腊纳方才讲的情况来看，他显然

117

不是个开诚布公的人,他的思想,他头脑里正在酝酿的计划,甚至对你都滴水不漏?"

"是这样。"罗西奥太太叹了口气,转向拉乌腊纳,"可是对他的父亲,难道他对自己的父亲也是滴水不漏吗?"

"他什么也没有说。"

"他对议员说过,这是件非常微妙、纯系私人的事情吗?"

"是的。"

"他答应向议员提供文件?"

"全部调查材料。"

"听我说,"卢塞洛向堂妹建议,"我可以瞧一眼他的抽屉和文稿吗?"

"我想让一切都原封不动地保持他在时的样子,眼下我实在没有心思去触动它们。"

"这可是为了消除疑团,揭开一个令人不安的谜……而且,我知道什么呢?假若有人让他受了冤屈,我出于对他的情谊,对他的纪念,愿意竭尽全力把事情弄个水落石出……"

"你说得倒也在理。"罗西奥太太站起身来。细挑的身材,丰满的胸脯,直到腋下浓密的黑毛处都裸露的臂膊,身上舒散着一股清幽的香气,嗅觉灵敏、缺乏热情的人能够辨别出巴莱查加香水跟汗味的区别,她打拉乌腊纳面前飘然而过,像登入卢浮宫的萨莫特拉齐亚的维多利亚[①]。

他们被引进了书房;室内显得有几分昏暗,也许因为是光线投照到写字桌上,把塞满书籍的书架抹上了一层深沉的色彩的缘故。写字桌上放着一本摊开的书。

"这是他当时读的书。"罗西奥太太说。

卢塞洛用两只手指头夹住摊开的一页,把书合上,读着书名:《致E夫人的书简》。

"这是啥玩意儿?"他向拉乌腊纳请教。

"很有趣的作品,一个波兰人写的。"

"他特别喜欢读书。"罗西奥夫人说。

像拿起来时那样小心翼翼,卢塞洛把书摊开,放回到写字桌上。

"先瞧瞧抽屉吧。"他建议。于是,他打开了第一个抽屉。

拉乌腊纳俯身浏览摊开的书,一行文字映入他的眼帘:"唯有触犯制度的秩序的行为,才导致人接受法律的严峻处置。"他的目光向书上扫视了一下,虽然没有逐行阅读,却仿佛排除了某个障碍,立即明白了上下文,这是作者评论加缪的《局外人》[②]的一段

---

① 公元前四世纪古希腊艺术珍品,1863年发掘出土,现藏巴黎卢浮宫。萨莫特拉齐亚为希腊一海岛。

② 阿尔贝·加缪(1913—1960),法国存在主义作家,长篇小说《局外人》(1940年写成)是其成名作。

文字。"制度的秩序！试问制度又在哪里？它从来不曾存在，莫非将来会出现吗？当一个局外人，真实的或犯罪的局外人，或者同时是真实的和犯罪的，那不过是当制度的秩序存在的时候才允许享有的一种奢侈。至少说，不应当把罗西奥大夫消失于其中的制度视为制度。因此，刽子手远比罪犯更配称作局外人，如果断头台还派用场，那刽子手远比逍遥的时候更称得上真实的局外人。"

罗西奥太太也动手翻寻文稿，她半蹲在写字桌最低的一个抽屉跟前，如同披了一层阳光和昏黯交织的网纱；她袒胸裸肩，浓密的棕褐色的鬈发神秘地遮掩了她的面容。拉乌腊纳的思路也在阳光与昏黯交织的愿望之网里消失了。

她关上抽屉，做了个跳跃式的舞蹈动作，轻盈地站起身来。

"什么也没有。"她说，但丝毫没有流露出厌烦的情绪，好像这番搜索完全是为着满足堂兄的要求。

"什么也没有。"卢塞洛以同样的声调应声说，把最后一卷手稿整理好。

"我说不清楚，但可能有个箱子存在银行里。"拉乌腊纳说道。

"我也这么想的，"卢塞洛接腔，"明天我想办法打听一下。"

"不可能。他知道，这儿没有任何人会动他的东西；他的书籍，他的手稿，我也从来不去碰它们……他是很细心的人。"罗西奥太太说，陷入了沉思，好像让人明白，她是不拘小节的。

"可以肯定，事情非常蹊跷。"卢塞洛说。

"在你看来，这个共产党议员还有什么文件？都跟他的遇害有关系吗？"表妹向他询问。

"无稽之谈。"他转向拉乌腊纳，说，"你看呢？"

"谁敢打保票呢？"

"噢！"罗西奥太太几乎嚷了起来，"这么说，您认为……？"

"不，我并不认为……我想，自从警察局毫无根据地去追查药剂师的所谓风流韵事，一头扎进了死胡同之后，人们自然要走到这一步；一切假设都是可取的。"

"那匿名信呢？药剂师收到的那封信，你把它置于何地呢？"卢塞洛问道。

"不错，那匿名信呢？"罗西奥太太紧跟着追问。

"我觉得，它不过是凶手玩弄的一个花招，"拉乌腊纳说道，"药剂师其实是虚设的靶子，借以掩护……"

"您当真这么认为？"罗西奥太太惊愕莫名，急迫不耐地问道。

"不，我并不这么认为。"

罗西奥太太似乎卸掉了沉重的包袱。

"她坚信不疑丈夫是受药剂师的牵连而死的，任何其他假设她都无法接受，以为会损害她对丈夫的印象和崇拜。"拉乌腊纳暗自思忖。他责备自己不该用他的假设去搅乱她的心绪，虽然，说句实在话，他并不觉得他的假设完全是捕风捉影。

十

"一个有权有势的人，他收赃纳贿，经营走私，巧取豪夺……依你看，他可能是谁？"

"本地人？"

"也许是本地人，也许在大区，或者在省里。"

"您给我出了个大难题。"圣安娜堂区神甫说道，"因为如果把范围限在这个小城，那么连在娘胎里尚未出世的婴儿都能回答这个问题……假若把范围扩大到大区，到省，那就像一团乱麻，很难清理出头绪来了。"

"那就局限在这个小城吧。"拉乌腊纳说道。

"卢塞洛，卢塞洛律师。"

"不可能。"

"什么不可能？"

"他不是这种人。"

"他不会收赃纳贿，不会经营走私，不会巧取豪夺？……那么，请原谅，我应当对您说，您是个糊涂虫。"

"不，不……我想说，这个人，我方才跟他交谈的这个人，竟然就是……不可能。"

"谁？您方才跟哪个人交谈了？"

"我不能讲出他的名字。"他的脸红了，竭力避开神甫那双立即变得锐利无情的目光。

"我亲爱的老师，跟您谈话的这个人，没有告诉您那有权势者的名字，也没有告诉您他在什么地方；他大约告诉了您某些特征，请相信我，除去已经被揭露出来，吃了官司的人以外，这些特征可以安到成千上万的人身上……从这汪洋大海般的人群中，您想把您那个有权势的人揪出来？"神甫满怀同情地、宽厚的微笑。

"说实在的，我起先还以为我不能讲出姓名的那位是本地人呢……可您对我说，小城只有卢塞洛……"

"卢塞洛是天字第一号，不用思考就会想到他，严格地讲，唯独他才是名符其实的有权有势者。还有许多小号的，也有人会把我归到这一伙人当中去……"

"瞎胡闹。"拉乌腊纳以并不坚定的声音抗议。

"不，也许他们是对的……不过，我重复一遍，卢塞洛是天字第一号……您对此人可有透彻的了解吗？我是指他的欺诈走私的营生，他的不义之财，他的公开的和秘密的势力。因为要了解他的声名品行实在是很容易的，这是个不乏聪明才智的白痴，为了猎取或者保持高官厚禄，他会毫不犹豫地踩着别人的尸体前进……自然，除了当总司铎的伯父……"

"我晓得他是怎样的一个人，可对于他的权势却不甚了然。您当然比我更清楚他的底细。"

"他的底细我倒是清楚！……您听我细说：卢塞洛是福拉利斯公司董事会成员，每月薪金五十万里拉，这个公司的技术顾问，每年二百万；特里纳克里亚银行参事，又是二百万；维谢里斯公司理事会理事，每月五十万里拉，福拉利斯公司和特里纳克里亚银行资助的大理石开采公司董事长，这家公司设在荒丘沙砾地方，压根儿见不到一块大理石，即便特地从外地运来，转眼间也就不翼而飞了；省议会议员，这个职务在经济上固然得不偿失，车马费只能勉强维持给侍者的小费，可抬高了他的身价……您知道，正是他促使他那个党的议员改变立场，从跟新法西斯党联盟转向跟社会党合作，当时这样的行动在意大利还很罕见……他由此赢得了社会党人的好感：当然，他假若能促成他的党再向左翼靠拢一步，那他这一回就将走在时代的前面，并会赢得共产党的好感……不妨对您直说，省里的共产党已经跟他眉来眼去，暗暗地希望……现在，还是谈他私人的家当吧，其实我也只了解一部分：在省的首府，他拥有大片地皮，据说在巴勒莫也有；手里掌握着两家建筑公司、一间为公共机关和企业服务的印刷厂、一家运输公司……此外，尚经营着某些见不得人的买卖；假若您想伸出鼻子去嗅一嗅这些玩意儿，哪怕是出于纯粹的、毫无利害关系的好奇心，那也会大难临头……我只想再说一点，假若有人递给我一张他开的空头支票，无须任何保证，我会接受的。"

"简直不可思议。"拉乌腊纳说道。

"当然罗……不过，您可懂得这是怎么回事吗？有一次，我在一本关于相对论的著作中读到这样一段话：我们的肉眼瞧不见奶酪里蠕虫的脚爪，但不能据此断言，蠕虫瞧不见自己的脚爪……我便是一条奶酪里的蠕虫，而且清楚地瞧见其他蠕虫的脚爪。"

"你真会讲笑话。"

"不全是笑话。"神甫蹙紧双眉，表露出一丝愠色。"我们时时刻刻都是跟蠕虫为伍。"

这番尖刻的话语几乎使拉乌腊纳产生了跟神甫推心置腹地交谈的愿望。把他了解到的关于罗西奥大夫凶杀案的全部情况，向神甫和盘托出吗？这是一位不受任何偏见约束，阅历深厚，绝顶聪明，恃才傲物的人，天晓得，也许正是他有能力寻得解决问题的钥匙。但他转念一想，神甫谈吐过于放纵，喜欢把自己打扮成公正无私、玩世不恭的自由人。另外，神甫对总司铎满怀敌意，这也是尽人皆知的；假若他得知那些在某种程度上给总司铎的家庭蒙上阴影的事情，他会情不自禁地给它添油加醋，四处张扬。拉乌腊纳对放荡的神甫讨嫌，也无意之中导致他采取不信任的态度，虽然他分明知道，世上原本没有善良的神甫；他的母亲就从来不掩饰对圣安娜堂区神甫的这种讨嫌情绪，常说他的不体面举止是跟神职人员的高洁行为水火不容的。

"除了卢塞洛，省里还有哪些人，比方说，称得上有权势的人物？"

"让我想一想。"堂区神甫说。尔后又问道，"把众议员、参议员排除在外吗？"

"排除在外。"

"费德利爵士，拉维纳律师，雅科皮托博士，安福索律师，埃瓦杰利斯塔律师，博雅诺律师，卡梅拉托教授，马科梅尔律师……"

"看来，这是一个无法解决的难题。"

"唉，是的，我早就对您这么说过……此类蠕虫之多，实在是不计其数，不在同一块奶酪里是难以置信的。可您，请原谅，何以有这等兴趣去解此难题？"

"好奇，纯粹是好奇心……我在火车里遇见一位老兄，他对我讲述了我们这里一个人用不法手段发迹的情形……"自从他对谋杀案发生兴趣以来，拉乌腊纳已经习惯于以某种轻松自如的态度撒谎，他又有点儿不安，仿佛这么一来暴露了他隐秘的倾向。

"那么……"堂区神甫打算发问，但随即做了个手势，打消了追根究底的念头。看来他并不完全信服教员的解释。

"我很抱歉，耽误了您的宝贵时间。"拉乌腊纳说。

"我正在读卡萨诺瓦①的回忆录，经过校勘的真本……法文的。"神甫自得地说。

"我还没有读过。"

"它同我们熟悉的流行版本并无很大差别，也许文字不那么华丽……我在思考，把这类回忆录当作某种爱情教科书，那么其中最饶有兴味之处该是：同时勾引两个或三个女人，要比引诱一个容易得多。"

"真的吗？"拉乌腊纳很惊奇。

"我对此深信不疑。"堂区神甫右手扪胸，说道。

十一

拉乌腊纳记得很清楚，直到凶案发生的前一天，罗西奥和卢洛塞见面的时候还互相问候，寒暄一番的。他们之间的关系缺乏至朋亲友之间应当有的亲昵和热忱，这要怪罗西奥大夫，他跟所有的人，甚至包括长年跟他一起行猎的药剂师曼诺，都保持一种让人觉得他冷漠无情、睥睨一世的距离。他的拘谨的言谈，几乎仅仅止于回答对方的问题，而且，聚会的客人愈是众多，他愈是罕言寡语，沉浸于悠远的遐想中。唯有跟老朋友拉乌腊纳单独相遇的时候，或者避开大庭广众，找个僻静的角落，他才有点

---

① 乔万尼·贾科莫·卡萨诺瓦（1725—1798），威尼斯冒险家，以才华出众，私生活放荡闻名。著有用法文写的《回忆录》。

儿侃侃而谈的兴致。人们推想,他跟药剂师结伴,在林子里行猎一整天,大约也会多少交谈一番的。

遇难前的一段时间里,罗西奥跟他妻子的堂兄的关系似乎没有发生任何变化,何况他沉默寡言的脾气也很难叫人发现什么变化。在人们心目中,这一事实足以排除罗西奥制造阴谋,陷亲戚于罗网的可能性。至少说,他不会悄悄做出什么奸诈的不义行为;在当地,这类事情并不罕见,一方面不动声色地竭力掩饰对朋友的阴恶用心,一面伺机用各种最卑劣的手段,企图置朋友于死地。但拉乌腊纳压根儿不想考虑这一假设。

他眼下走到了这一地步,除去洗手不干,听其自然,他已经再也无能为力了。起先,他只不过是为了排遣假期的时光,坦白地说,这实在是很不明智的行为。如今学校又开学了,他得重新开始每天在小城与首府之间疲于奔命的生活;他的母亲眷恋乡土和家庭,硬是拒绝了他提出的迁居首府的建议。虽然他多少觉得自己是母亲顽固态度的牺牲品,但他从学校返回小城,踏进他诞生的那座古朴而宽敞的宅第,他便体味到一种他所不甘愿丧失的生活乐趣。

不过,公共汽车的班次对于他是极不便利的。每天清晨七点钟,他搭车离开小城,半个钟点以后到达首府,离上课还有半个钟点,他便在大街上溜达,或者在教员休息室里坐等,或者去喝杯咖啡;然后,他要呆到中午一点半钟才能搭上班车,两点钟回到家里……多少年来,这种单调的生活周而复始地循环着,随着岁月的流逝,现在他越来越感到它是不堪忍受的负担。

邻间亲朋都不止一次劝他买辆小汽车,学会开车子;当然,母亲是反对的。他始终没有采纳这一建议,除了不愿让母亲担惊受怕,他总觉得,他的年纪,他的神经,他的散漫的注意力,都不适宜驾驶车子。如今,新的学期开始了,他比以往任何时候都感到疲倦的怠惰,终于下定决心试一试了。他暗自盘算,假如头几次驾驶练习后,教员认定他反应迟钝,那他就立即罢休,乖乖地重新开始传统的、诚然是沉重的生活。

这一小小的决定,很可能在他一生中产生无可挽回的后果。这跟他并未真正地迫使自己忘记这一惨案毫无关系,而应当归咎于他上司法局大楼去办理领取驾驶执照必须具备的法律证明时跟卢塞洛的不期而遇——罗西奥大夫和药剂师惨案的另一面,出人意料地在他眼前闪现了出来。这样的发现已是第二回了,可这一回,对于他却是性命攸关的。

他惶惑不安地登上了司法局大楼的楼梯,大凡一个普通的意大利人跨进政府机关,尤其是政法机关的迷宫,都难免有这种心情。突然,他瞧见卢塞洛陪着两个人从楼梯上迎面下来,其中一个,他立即认了出来,是参议员阿贝洛,党内公认的品行端方、学识渊博的头面人物。为了有力地显示自己博大精深的学问,此人不止一次地证明,圣奥古斯丁[①]、圣托马斯[②]、圣依纳爵[③]，以及所有著书立说，向现代人传播思想的圣人，都比马克思主义高出一筹。这是他到处炫耀的法宝。

卢塞洛好像对这一巧遇很高兴，他想借此机会让知书明理的拉乌腊纳结识文化界的泰斗阿贝洛参议员。他把双方一一作了介绍，参议员向拉乌腊纳伸出手来，漫不经心地说了声："很荣幸，亲爱的朋友。"当卢塞洛说，拉乌腊纳执教于高级中学，平常喜欢写些文学批评文章时，他顿时变得彬彬有礼起来。

"文学批评？"参议员问道，凝神注视着对方，"您写了哪些文学批评文章呢？"

"微不足道的东西，论康帕纳[④]、夸西莫多[⑤]……"

"唔，唔，论夸西莫多。"参议员失望了。

"您不喜欢他吗？"

"不。西西里今天只有一位伟大诗人：卢齐亚诺·德·马蒂亚……您读过他的诗作吗？"

"没有。"

"请你细听，腓特烈，
掠着微风飞翔的海鸥
把我的歌声带给了你……！"

您熟悉这首诗吗？美极了，德·马蒂亚写的，献给腓特烈二世[⑥]。你找来读一读吧。"

拉乌腊纳显得局促不安，他被参议员的博学多识镇住了；卢塞洛莞尔一笑，仿佛要表示自己的友谊和同情似的，忙给他解围，问道：

"你干吗上这儿来呢？有什么事吗？"

拉乌腊纳解释说，他是来办理法律证明书的，准备申请驾驶执照；他好奇地随意瞟了站在一旁，陪着卢塞洛和参议员的那个汉子一眼。显然，此人是乡间来的，参议员的随从，或者卢塞洛的顾主。他的外表怪有趣的，一副轻巧的金丝眼镜，大约是杜鲁门时代美国人戴的，架在一张宽阔、粗糙、被太阳晒得黝黑的脸上。他兴许察觉到了有人好奇地打量他，虽然这种好奇心是无意的，缺乏明确的目的，他很不自在，便

---

① 圣奥古斯丁（354—430），基督教神学家、哲学家，主要著作有《忏悔录》、《三位一体论》等。
② 托马斯·阿奎那（约1225—1274），基督教神学家、经院哲学家，著有《神学大全》、《反异教大全》。
③ 依纳爵·罗耀拉（约1491—1556），天主教耶稣会创始人。
④ 迪诺·康帕纳（1885—1932），意大利现代诗人。
⑤ 萨瓦多尔·夸西莫多（1901—1968），西西里著名抒情诗人，1959年获诺贝尔文学奖。
⑥ 腓特烈二世（1194—1250），西西里王国国王。

从衣兜里掏出一盒烟,又从中取出一支香烟。

参议员向拉乌腊纳伸出手来:

"再见,亲爱的朋友。"鄙薄不屑的神气取代了漫不经心的态度。

拉乌腊纳跟他握手的时候,瞥见了那汉子放回到衣兜里去的烟盒是红黄两色的。他跟卢塞洛告别,又匆匆向站在一边的汉子打了个招呼。

二十分钟以后,他一溜小跑离开了司法局大楼,因为学校里还有一小时的课等他去上。打烟草店门口经过的时候,那盒烟,那红的、黄的颜色,蓦然像火花一样在他脑子里闪亮了。一股不可遏止的冲动,促使他走进了烟草店,要了一盒布朗卡牌香烟。

烟草店老板伸手到货架上去取布朗卡牌香烟的一瞬间,他全身脉管充盈,心跳加剧,一阵炙热的旋风烧烘着他的脸,犹如一个赌徒屏息敛气地注视着赌桌上的圆球转轮里缓缓滚动。一盒布朗卡牌香烟摆在他面前的柜台上——红黄两色的烟盒。他强烈地感到一阵冒险和胜利带来的兴奋的晕眩,他模仿着赌场里管台子的唱报"红门"、"黑门"的声调,默默地——或许是大声地——说着:"红的","黄的"。他很可能不由自主地喊出了声,以致烟草店老板愣了一会儿,奇怪地盯视着他。他付了钱,走出了烟草店。

他用瑟瑟地颤抖的两只手拆开烟盒,取出一支烟,点上火,吸了起来,不由得琢磨起方才意外发现的令人吃惊的线索,把它跟以前掌握的情况联系起来。他的思绪缭乱,忽然想起,轮盘赌里是没有"黄门"的;眼前又浮现出蒙特卡罗赌厅的场面,他曾经去过那儿一回,像马蒂·帕斯卡尔①和依凡·梅思金②一样,被弄得心神迷乱,眼花缭乱。

拉乌腊纳来到学校的时候,校长已经在走道上等候,一面监视着教室里乱哄哄地喧哗的学生。

"拉乌腊纳老师……"校长温和地责备。

"请原谅。"拉乌腊纳说,一面急匆匆走进教室,手里夹着一支点燃的香烟。满意、惶惑和恐惧,一起在心头蟠曲。学生们瞧见老师头一次吸烟,禁不住发出一阵欢快的大笑。

十二

从最初的印象看,吸布朗卡牌香烟的人,可能是个刺客,但也许是达拉斯大学某个博学的教授,专程来跟参议员阿贝洛探讨学问的。不过,像每个西西里人一样,拉

---

① 意大利现代著名作家皮兰德娄长篇小说《已故的马蒂·帕斯卡尔》的主人公,弃家出走后,在蒙特卡罗赌场厮混,赢得一大笔钱。

② 陀思妥耶夫斯基长篇小说《白痴》的主人公。

乌腊纳的直觉早已被生活的阅历和恐惧感磨炼得异常敏锐,警告他提防眼前的危险;这好比猎狗搜捕一头豪猪,尚未来得及发现猎物,反倒被猪刺伤了自己,悲哀地吠叫起来。

当天晚上跟卢塞洛的会面,证明他的预感是有根据的。

卢塞洛顾不得跟他寒暄一番,笑吟吟地问他道。

"参议员给你的印象如何?"骄傲和得意的神情溢于言表。

拉乌腊纳略加思索,模棱两可地回答:

"是个令人钦佩的人物。"

"你这样评价,我很高兴,确实很高兴。这是个闪耀着思想火花的人,了不起的天才……你瞧着吧,迟早会任命他当部长的。"

"内政部长。"拉乌腊纳不无讥刺地说。

"为什么是内政部长?"卢塞洛猜疑地问道。

"像他这样的人,你想把他往哪里摆呢?当旅游部长吗?"

"自然,需要让罗马的那些人明白,分配给他一个重要的部,关键的位置。"

"他们会明白的。"

"但愿如此……很遗憾,像他这么个人,在我们的政治生活,我们的历史上如此微妙的时刻,竟然无法人尽其才。"

"不过,假若我没有记错的话,他是站在右翼立场上的,在这向左转折的时刻,也许……"

"如果你真想知道的话,我不妨说,参议员的右派立场比中国人奉行的政策还要左……请问,什么是右,什么又是左呢?对于他来说,这些区别是毫无意义的。"

"真有意思。"拉乌腊纳说,随即又装出若无其事的样子问道,"那位陪着参议员的人是谁?"

"打蒙塔莫镇来的,非常能干的一个人。"但他忽地收敛了脸上的笑容,他的目光闪射出严峻、冰冷的光芒,"你干吗要问这?"

"随便问问,出于好奇心……我觉得他是个有趣的人物。"

"是的,他的确是个有趣的人物。"声音里隐约透露出嘲弄和威胁。

拉乌腊纳本能地打了个寒噤。他赶紧把话题重新转到参议员身上。

"可阿贝洛先生完全接受贵党眼下奉行的路线吗?"

"为什么不接受?二十年来,我们一直向右摆动,眼下是开始向左摆动的时候了。这样,其实是什么也没有改变。"

"那跟中国人有什么相干?"

"中国人?"

"我想知道,何以参议员的右派立场比中国人奉行的政策还要左……"

"瞧,你倒真像共产党似的,喜欢咬文嚼字,抓住普普通通的一句话不放,把它变成一根绳子,简直可以绞死一个人……我说他比中国人还要左,只不过是个譬喻……假若你乐意,我也尽可对你说,他比佛朗哥还要右……这是一个出类拔萃的人物,他有着宏伟的抱负,什么右派呀左派呀,我已经跟你讲了,对于他毫无意义……噢,请原谅,我们以后再谈这些吧,我有点儿事,得先走一步。"他的脸上掠过一阵阴影,顾不上打招呼,匆匆走了。

半个钟点以后,卢塞洛又返回了俱乐部,完全换了一副模样,他充满热情,轻松愉快地跟众人周旋,谈笑风生。但拉乌腊纳起了一阵惶悚不安甚至恐惧的感觉,他的心紧皱了起来。"简直是个娅特萝波①。"

卢塞洛竭力把话题重新引到拉乌腊纳向他打听的那个汉子身上,解释说,方才细细回想了一番,此人兴许并不是蒙塔莫镇上的人,大约住在首府,他们总共才见过两面,有一回是在蒙塔莫镇相遇的,所以产生他是蒙塔莫镇人的错觉;这汉子非常能干,因为参议员一直这么夸奖他,说他忠实、可靠……卢塞洛的表白反倒使拉乌腊纳满腹狐疑。

第二天晌午,拉乌腊纳乘公共汽车去蒙塔莫。镇上有一个大学时代的同窗,曾经多次邀请他上那儿去,参观新近发掘出来的几件很有价值的古西西里的文物。

错落有致的建筑,静谧和谐的风光,使蒙塔莫显得很美。镇中心一座巴洛克式的广场,一条条笔直的马路,从广场向四周辐射。他的朋友住在广场的一座大楼里,楼外阳光灿烂,里面却一片灰暗,阴森森的,阳光仿佛在巨大的砂石砌成的墙壁上僵凝了。

朋友不在家,他是名誉督察员,上文物发掘的现场去了,上年纪的女佣人从勉强打开一条缝的大门里这么告诉他,便匆忙要当着他的面关上大门。从里面忽然传来一个严厉的声音:

"是谁?"

女佣人挡住还没有关闭的大门,朝里面喊道:

"没什么,有个人要见教授。"

"让他进来。"那声音命令。

"他要见教授,可教授不在家。"

"我告诉你,让他进来。"

"基督保佑。"女佣人低声叹息,好像眼前要发生什么灾难似的。她打开大门,请拉乌腊纳进去。

从房门打开的屋子里走出来一个中年男子,背微微驼着,身披一件苏格兰呢外套。

---

① 据希腊神话,娅特萝波为命运三女神之一,负责切断生命之线。

"您找我的兄弟？"

"是的……我是他的老朋友，念大学时候的同学……他好几次邀请我上这儿来，参观刚出土的文物，新的博物馆……今天……"

"请里面坐，他快要回来了。"他转过身去，在前面引路。

那男子刚转过身去，女佣人立即对拉乌腊纳做了一个警告的动作：把右手伸到额头前面，绕一个圆圈儿。这一莫名其妙的手势使拉乌腊纳止住了脚步。男子并没有回转过身子来，说道：

"孔契塔在警告您，说我是疯子。"

拉乌腊纳大吃一惊，但同时心里不免觉得踏实了，便尾随男子走了进去。

穿过客厅，来到一间书房，各种书籍、雕塑、古董琳琅满目。男子在一张写字桌后边坐下，示意拉乌腊纳跟他面对面地在桌子另一边就座。他把桌子上的一堆书挪了一挪，说道：

"孔契塔以为我是疯子；说老实话，其实何止是她一个人这么想呢。"

拉乌腊纳做了一个模棱两可的手势，仿佛表示不可置信。

"不幸的是，在某些方面，我倒确实是个疯子……我不晓得，我的兄弟有时候是否跟您谈起过我；至少有这样一个根据吧，他念大学的时候，便认定我是爱财如命到了发狂地步的吝啬鬼……我叫贝尼托，是他的哥哥……我的名字，自然不是来源于您马上会联想到的那个人：我们几乎是同龄人①……民族统一以后，我们家庭里革命的、共和的思想很浓厚；我叫贝尼托，就因为我诞生的那年，有位叔叔去世了，而他出生时正逢贝尼托·华雷斯打倒马克西米利亚诺②；推翻和处决一个国王，这件事使我祖父欢欣鼓舞。不过，他倒没有因此而改变给家庭成员起名时袭用波拿巴名字的传统；打1820年革命以来，在我们这个家庭里，大凡男姓，都取拿破仑的第二个或第三个名字，假若是女性，则叫蕾提齐娅③。您瞧，我的兄弟叫杰罗拉莫·拿破仑，我的妹妹取名蕾提齐娅，而我，除了贝尼托·华雷斯，还有个无人知晓的姓名朱塞培·拿破仑。朱塞培这个名字极可能跟波拿巴和马志尼④都有关系……一语双关，当然是很妙的……法西斯当权的年代，我的名字颇引人注目，居然跟掌握国家命运的那个人有一样的名字——贝尼托，一样的年龄，那些喜欢胡思乱想的人说不定还以为我们当年一起参加过进军

---

① 指同名的法西斯头子贝尼托·墨索里尼。
② 贝尼托·华雷斯（1806—1872），墨西哥政治家，1861年任共和国总统，1864年，马克西米利亚诺复辟称帝，1867年，华雷斯率领民众推翻马克西米利亚诺统治，把他枪决。
③ 拿破仑一世母亲的名字。
④ 朱塞培·波拿巴（1768—1844），波拿巴家族成员，先后任那不勒斯王和西班牙王；朱塞培·马志尼（1805—1872），意大利民族复兴运动时期的英雄。

罗马①的壮举哩……您是法西斯主义者吗？"

"不，根本不是。"

"请别见怪；我们每个人或多或少都是法西斯主义者。"

"当真？"拉乌腊纳觉得荒唐可笑，又感到愤慨。

"是这样……我这就给您举个例子，这是近来最叫我伤心落泪的一件事……我有个老朋友，叫佩皮诺·台斯塔夸德拉，从二十七岁直到四十三岁，他一生中最美好的岁月全在牢狱和流放中打发了，这样的一个人你若是把他叫做法西斯分子，他决然会跳出来跟你拼命，或者当众把你臭骂一通……而事实上，他完全是个法西斯分子。"

"法西斯分子，您这么称他？台斯塔夸德拉是法西斯分子？"

"您认识他吗？"

"我听过他的演说，读过他的文章。"

"当然，根据他既往的表现和他的演讲、文章，您会作出这样的判断：把他当作法西斯分子一定是出于十足的恶意或者疯癫……也许确实是出于疯癫，假若我们把疯癫视为真理的某种避风港，但无论如何谈不上恶意……我方才对您说到，他是我的朋友，我的老朋友。但那又有什么法子呢？他就是一个法西斯分子！他终于跻身于统治阶层，谋取到了一个小小的，或许并不舒适的位置，一旦身居高位，他便把国家的利益跟公众的利益，他的追随者的利益跟他的对手的利益，把私利跟正义，截然分割开来……难道您不觉得，我们完全可以请问他，究竟是谁让他吃尽了阶下囚和流放犯的苦头？我们甚至不妨别有用心地假设：当时，掌权的党闹了一个误会，墨索里尼本想请他……"

"别有用心？"拉乌腊纳追问。

"我这么说，您会失望、困惑，正如佩皮诺的言行叫我失望、困惑一般，要知道，我不但是他的老朋友，而且是投他票的选民。"

"您在大选中投票支持台斯塔夸德拉的党吗？"

"并不支持他的党……说得准确点儿，支持他的党，仅仅是因为有求于他的缘故……这儿的人无一不是这样的行事……有人为了补助金，有人为了混口饭吃，有人为了弄到自备武器许可证，有人为了签证，所以才巴结某个政治家，而我，则是出于对台斯塔夸德拉个人的尊敬，出于友谊……请您想一想，对于我来说，走出家门去投他的票，需要怎样的自我牺牲精神。"

"您从来不出家门？"

"闭门谢客，不知几多年了……在活了一大把年纪之后我精确地算了一笔账：假使我出门去找一个正直可靠、明白事理的朋友做伴，那我就要冒这样的风险，在那里至

---

① 指1922年以墨索里尼为首的法西斯分子进军罗马，攫取政权的事件。

少会碰上一打窃贼，七个傻瓜，他们随时准备向我滔滔不绝地侈谈对人类、对政府、对市镇当局、对莫拉维亚的看法，您认为划得来吗？"

"不值得，确实不值得。"

"何况，我在家里日子过得蛮好，尤其是在这样的环境里。"他伸出双手，摸摸他周围堆积的书。

"您的藏书真丰富。"拉乌腊纳说。

"这倒不是说，我这里便遇不上窃贼、白痴……您当然明白我是指作家，不是指人……但我很容易摆脱，把他们打发给书商，或者送给来看望我的头一个白痴就是了。"

"看来，您即使深居简出，也无法躲开所有的白痴。"

"很难做到这一点……不过，书房里全然是另一样感觉，我获得了一种更加安全、距离世界更加遥远的感觉……多少有点儿跟戏院相似，我实在是自得其乐……不妨对您说，从我这个小天地眺望外界，世上发生的一切都犹如戏院里的演出一般可笑：婚礼、殡葬、争吵、远航、归来……因为这一切我都看得分明，听得清楚；传到我这儿的任何事情，其形象和音量全是成倍地放大了的……"

"我认识一位蒙塔莫镇上的人，"拉乌腊纳打断他的话头，"可惜我记不得他的名字了。高高的个子，宽阔的面孔，棕褐色的皮肤，戴一副美国样式的眼镜，他是参议员阿贝洛的忠实追随者……"

"您是教员吗？"

"是的。"拉乌腊纳回答，对方突然表露出冷冰冰的、猜疑的神情，他的面孔刷地一下红了，一直红到了脖颈，仿佛隐瞒了自己的真实身份。

"您忘了姓名的那个蒙塔莫人，在哪儿认识的？"

"几天以前，在司法局大楼。"

"他身边跟着两名宪兵吧？"

"没有，他陪着参议员阿贝洛和我的一个当律师的朋友。"

"您想跟我打听他的姓名？"

"倒也不见得非知道他的姓名不可……"

"可您到底想不想知道？"

"自然想知道。"

"为什么？"

"怎么说呢？受好奇心的驱使……此人给我留下了颇深的印象。"

"真有趣！"贝尼托突然纵声大笑，笑得呃呃连声，泪水簌簌地滚落下来。而后，他平静下来，用一块紫红色的大手帕擦干眼泪。

"他是个疯子，"拉乌腊纳暗自思忖，"地地道道的疯子。"

"您知道我为什么笑吗?"贝尼托说道,"我笑我自己,笑我方才胆小如鼠……坦白地说,我方才害怕了。我平常以镇上的自由不羁的人自居,但其实难副,我犹豫了一下,因为我害怕受到罪犯和密探的夹攻……不过,即便您果真是密探的话……"

"我不是密探……方才我对您讲过,我是教员,您兄弟的同窗。"

"谁指使您干这件事,去跟拉加纳较量?"他又哈哈大笑起来,尔后解释说,"我提这个问题,是出于谨慎,而不是因为害怕……好啦,我已经把您想知道的事情告诉您啦。"

"这么说,他叫拉加纳,是个罪犯。"

"正是这样,一个受到尊敬,没有人胆敢动他一根毫毛的罪犯。"

"您以为,眼下他仍然是不可侵犯的吗?"

"我说不上来,也许有朝一日也会触动他的……不过,我亲爱的朋友,应当正视这样的事实:意大利是个惹人喜爱的安乐窝,当有人信誓旦旦地表示要跟土生土长的黑手党作斗争时,其实就意味着,正宗的黑手党早已安安稳稳地在窝里扎下了根……类似的情况,我四十年以前就领教过了。不错,无论重大的事件或者平庸的琐事,大凡头一回出现,总是悲剧,一旦重复出现,便带上滑稽剧的色彩了。总而言之,我心里是很不安的。"

"那有什么相干呢?"拉乌腊纳跳了起来,"假若是四十年以前,我也会觉得您言之有理的,何况那时黑手党之间大鱼吃小鱼……可今天,不大相同了……您以为一切都是原来的样子吗?"

"当然不是……不过,您听我说,我想讲一件很有意思的事情,想必您也是晓得的:一家大企业打算在靠近某个居民区的山上建设大水坝。十来名议员听取了专家们的意见后,考虑到水坝将严重威胁居民区的安全,便建议停止该项工程。政府却我行我素,让工程继续进行。后来,大坝竣工,并投入了使用,但很快出现了危险的征兆。政府仍然无动于衷。专家们预见的惨剧终于发生了。代价——两千人死亡……两千人啊!那些在这里滋生的拉加纳之流用十年的光景也未必能害死这么多条人命……这等事情我还能给您讲许许多多,不过您也了如指掌。"

"这件事不足以证明……坦率地说,我觉得,您讲的这件很有意思的事情倒像是一份辩护词……您没有想到恐怖……"

"您认为,隆迦罗涅地区的居民对水坝事件就会善罢甘休吗?"

"这是另一码子事。我同意您的观点,这是极其严重的事件……"

"当事人将逍遥法外,就像那班身手不凡的、典型的意大利罪犯一样。"

"可话又说回来,假使这个拉加纳,还有那些我们认识和不相识的拉加纳们,虽然有人包庇,但终于被摸了老虎的屁股,依我看就是前进了一步,很重要的一步……"

"您当真相信吗?在我们生活的这种环境里?"

"什么样的环境?"

"五十万西西里人离井背乡,迁居国外;农业整个地荒废了;硫矿纷纷倒闭,盐井奄奄一息,吹得天花乱坠的油田,不过是一场闹剧;大区行政机构昏昏然,无所事事;罗马的政府对这里的一切又放任自流……我们正陷于灭顶之灾,亲爱的朋友,灭顶之灾……西西里岛如同一艘海盗船,船首张牙舞爪地蹲着它的斑斓的豹子①高悬于桅杆的大纛上,还有古图索②的画作,还有政治家们献祭的九十面小彩旗;这艘海盗船的船舱里,有孜孜探索的作家,有马拉沃里亚一家③,有钻牛角尖的逻辑家,还有狂人、恶魔,挤作一团;柑橘、硫黄、尸体堆积如山。船只正在沉没,我的朋友,正在沉没……我——一个疯子,您——兴许是个有志者,正遭水淹,海水已没及我们的膝盖,而我们还在侈谈什么拉加纳,争论他究竟是躲藏在参议员的身后,还是混在那些垂死的人当中。"

"我不敢苟同您的高见。"拉乌腊纳说道。

"打开天窗说亮话,连我自己都不同意。"贝尼托喟然叹息。

十三

"什么动物把 becco④ 藏在泥土里?"阿图洛·佩科利拉刚跨进俱乐部的门,便大声提出了这个问题。

几乎每个晚上,阿图洛都要在俱乐部里讲几个妙趣横生的笑话、双关语,或者说一段俏皮话,这些全是他平日阅读报刊、书籍或者在首府观看说唱节目时积铢累寸的收获。不过,要是他的父亲,公证人佩科利拉也在场,阿图洛就得强行克制自己,闷闷不乐了。阿图洛喜欢借口他的脑子过于疲劳,来为他在大学里经常逃课的行为辩解,公证人佩科利拉倒也不反对,只是说,儿子的确需要一批快活的朋友,但不该在朋友中锋芒毕露。医生们不同意这样的看法,但公证人父子着眼于他们那个需要赢得社会尊重的职业,还是坚持这一点。

这个晚上公证人没有上俱乐部去,所以阿图洛一进门就抛出了这个有趣的问题:什么动物把 becco 藏在泥土里?

常常跟动物世界打交道的人说,准保是山鹬或食蚁虫,另外一些缺乏专业知识的人想得更远些,举出了天鹅、鹳鸟、鸵鸟和兀鹰。

阿图洛任他们去争论了一阵子,然后得意扬扬地宣布答案:

---

① 西西里大贵族世家的纹章,上画一只大豹。
② 雷纳托·古图索(1912—),意大利当代著名画家。
③ 意大利近代现实主义作家维尔加(1840—1922)所著长篇小说《马拉沃里亚一家》,描写西西里渔民生活,此处泛指西西里下层劳动人民。
④ 意大利语,意为鸟喙,又可指戴绿帽子的丈夫,此处为双关语。

"寡妇！"

一阵哄堂大笑，随即产生了三种不同的反应。萨尔瓦乔上校按捺不住了，从椅子上霍地跳起来，愤愤然地大声责问：

"您把战争中阵亡者的遗孀也包括在内吗？"

"当然排除在外。"

"您提的问题犯了一个语法错误，"会计师皮拉尼奥指出，"'藏'这个动词应当用avere，而不是tenere，您显然受了西班牙语和那不勒斯方言的影响。"

"接受您的意见。"阿图洛讲新的笑话的时候，不喜欢匆忙地跟别人争论。

路易吉·科尔瓦亚的反应完全是表面的，也许是鲁莽、漫不经心的，他好像若有所思地问道："谁晓得，罗西奥大夫的寡妇会不会再嫁。"

"莫非她也把becco埋藏在泥土里？"阿图洛失去了素来擅长的机智，冒失地问道。

"你尽胡搅蛮缠。"路易吉面孔涨得通红，大声嚷嚷。他意识到了自己方才的失言，因而更加愤怒。这个游手好闲的阿图洛又无情地夸大他的错误，把它暴露在光天化日之下，竟拿这等微妙、这等危险的事来开玩笑。

"我讲的那句话的意思很清楚，"路易吉冷静下来，解释道，"我听到寡妇这个字眼，脑子里闪过了那个想法……可你，既不晓得尊重生者，也不懂得尊重死者……"

"我不过开个玩笑罢了。"阿图洛解释，"大伙儿都没有听出来我是开玩笑吗？早知如此，我也不会……"

"有些事情就是开不得玩笑……假若我在这里问诸位，我们可怜的朋友罗西奥的寡妇以后该怎么办，你尽可相信，我是抱着绝对敬重的态度来谈论的……何况，我们在座的诸位都了解罗西奥太太的人品……"四周响起了一片"千真万确"！"那还用说！"的附和声。路易吉继续说，"罗西奥太太是如此年轻，甚至不妨说，如此美丽，无论什么人，只要想到她将永远沉浸在痛苦和悲哀之中，都会油然而生某种恻隐之心。"

"唉，"萨尔瓦乔上校叹了口气，"真是个美妙的女人！"

"而您，现在……"阿图洛有点儿挑衅地接腔，他后悔适才放过了关于战争阵亡者遗孀的话题，因此想挑逗起上校的大男子主义，再刺激他一下。

"现在，怎么啦？"坐在安乐椅上的上校虎视眈眈，仿佛一头准备随时扑上去的金钱豹。

"现在……"阿图洛重复，语气和举止流露出不快活的情绪。

"您想作弄我，"上校猛地站起身来，"我，凭我这七十二岁的年纪，假使每天至少有一次……"

"上校！我简直认不出您来啦！"会计师皮拉尼奥严肃地打断了他，"你的声望，您的地位！"

皮拉尼奥确信，作为一名上校，举止理应端庄，言行得体，因此他的提醒即刻产生了明显的效果。

"您说得有道理，"上校回答，"有道理……可我竟遇到如此卑鄙的挑衅……"

"不必介意。"皮拉尼奥打断他的话。

这样的场面几乎每天都要在俱乐部里发生，若是皮拉尼奥不在场，人们便可尽情地欣赏上校暴跳如雷的表演。

上校重新在安乐椅上坐下。倒是皮拉尼奥接过了关于罗西奥太太的话茬：

"她年轻、漂亮，这我都同意……但是请注意，她身边有个女儿，也许她要把全副心血倾注在孩子身上。"

"把全副心血倾注在孩子身上，这意味着什么呢？"邮政局长插进来说，"只要有钱，有个好朋友，这类事情是不用犯愁的。女儿凭她父亲留下来的遗产，足可妥善安排；只要给她找个条件好的寄宿学校，问题就迎刃而解了。"

"言之有理。"路易吉表示赞同。

"不过，"皮拉尼奥说道，"需要考虑事情的另一面，一个寡妇，带着一个女儿，虽说经济上相当富裕，可是谁若真心想要她，倒也要反复斟酌哩。"

"您果真这么想吗？在座的诸位，除了您，谁个会去反复斟酌？……一个像她这样丰姿楚楚的女人？谁个不争先恐后，拜倒在她的石榴裙下？"泽里洛爵士反驳。

"活见鬼！"上校大声吼道。

对罗西奥太太的尊重由此急转直下，从推崇她的品行端庄转到赞美她的风流俊俏。她的人品好像早已有了定论，被撇在了一边，而她袒露的肉体，她的肉体的某些部位，被滔滔不绝地谈论着，被放大着，如同在摄影师勃兰特的作品里富有魅力地展示的那样。谈话越来越不成体统，以致上校不得不充当罗西奥太太的庇护神，站出来干预。幸亏皮拉尼奥运用自己的威信，又把上校既往的功劳恭维了一番，才平息了他的怒气。

拉乌腊纳始终缄默不语。俱乐部里的常客每次热火朝天地对女人品头论足的时候，他几乎总是开心地倾听着。对于他来说，在俱乐部里度过一个晚上，不啻阅读一部小说；随着谈话的题目和气氛的变化，他好像是打开皮兰德娄①的小说，或者欣赏布朗卡蒂②的作品，当然，更大程度上接近于阅读后者的小说。所以，他也是俱乐部里的一名座上客，何况这里又是他辛劳一天之后休憩的去处。

然而，关于罗西奥太太的谈话却使他抑郁不舒，心绪烦乱，体味到一种自相矛盾的感情冲动。他厌恶这样的谈话，同时又被它深深吸引。不止一次，他几乎要拂袖而去，或者当众发泄他的愤慨；恶意的、不体面的言论，尤其是一种隐隐约约、近乎

---

① 路易吉·皮兰德娄（1867—1936），意大利小说家剧作家，西西里人。
② 维塔里亚诺·布朗卡蒂（1907—1954），意大利作家，西西里人。

嫉妒的痛苦，又令他动弹不得，终于未能起座告辞。

不堪入耳的序幕收场了，谈话又转到泽里洛爵士称之为遴选候选人的问题上来：在那班三十至四十岁，受过高等教育，品貌堂堂，性情温和，将来很可能做一番事业的单身汉中，谁个可能指望赢得罗西奥遗孀的垂爱和财产。不知是谁，或许仅仅出于恭维，言不由衷地提到了拉乌腊纳的名字。拉乌腊纳的面孔霎时间红了，这仿佛是他自卫的手段。

路易吉·科尔瓦亚出来给他解了围：

"你们干吗胡乱寻找呢？罗西奥太太如果想再嫁，她家里就有一个现成的、漂亮的丈夫。"

"此人是谁？"上校威严地问道，他的剑拔弩张的架势好像要向候选人发动闪电般的攻击。

"还可能是谁呢？她的堂兄，我们的朋友卢塞洛。"路易吉狡黠地回答，但又不掩饰对被他点名的人的友情。

"那个在圣器室里胡作非为的耗子？"上校愤愤地嚷道，以鄙夷不屑的神情，准确无误地把一个小纸团掷进三米开外的白瓷痰盂里。

"正是，"路易吉吃吃地笑着，对自己的小聪明很是得意，"正是……"

好几天以前，拉乌腊纳已经得出了这个结论，并且认定它是凶杀的唯一可能的动机；这使他深感不安。如今，喜欢嚼舌头、散布闲言碎语的路易吉·科尔瓦亚竟也涌出了这样的想法，跟他的观点不谋而合。只有一点他还没有考虑清楚，或者说，在他的脑子里依然是个模糊的、矛盾的和难以捉摸的疑点：罗西奥何以要秘密地求教那位共产党议员助一臂之力，向卢塞洛发动突然袭击。存在两种可能性：要么是他妻子跟堂兄幽会的时候，借用警方的行话来说，被罗西奥当场捉拿了；要么是罗西奥虽说掌握了证据，但仅仅怀疑他们的私通。在第一种情况下，罗西奥的态度不能不说是稀奇古怪的，他分明目睹了一切，却背转身子去。冷漠地向妻子的情夫宣布他誓要报仇雪耻，而在他筹划报复的过程中，却又一如既往地跟他的仇敌交往。在第二种情况下，则有一个疑点需要澄清，卢塞洛可能洞悉罗西奥正在酝酿的报复计划。自然，也不排斥第三种假设：罗西奥太太是无辜的，她被堂兄欺弄，差点儿陷入圈套；她把这一切告诉了丈夫，或者，丈夫发现了这一切。然而，在这种情况下，罗西奥既然深信妻子的忠贞，他顶多也只会跟第三者绝交或改变关系。他对人的七情六欲向来采取通情达理的、宽容的态度，因此，他一旦遭到并未使他身败名裂，而且又没有得逞的侮辱，他断然不会诉诸会使对方身败名裂的报复手段。

不过，需要考虑到，罗西奥去求教那位议员，仅仅是为着探索把事情公之于世的可能性，他并未下定报仇雪耻的决心，而且，他明确地告诉议员，他将在把情况和盘托出或把事情悄悄了结两者之间作出抉择，这将取决于……取决于什么呢？取决于卢塞洛在他的威胁之下是否改变态度吗？这么说来，他公开警告卢塞洛的同时，莫非提出了什么条件？那又得回到第一种假设上来，罗西奥的古怪态度颇像大陆上流社会或者电影里的那种戴绿帽子的丈夫，对妻子情意缠绵，苦苦地要把她挽留在身边。虽说对于被情欲、爱情和名誉主宰的生活方式，拉乌腊纳是个严峻的批判者，但他现在不能不察觉到，在他的这一假设中，对于亡友罗西奥敬重的情感丧失殆尽了，因此他又竭力想否定和推倒这一假设。他翻来覆去地思量，感到案情中依然有着某种异常暧昧、捉摸不透的一面，事情的因果关系、各个当事人之间的关系，罪恶阴谋的各种因素，并不是完全清晰的。但他清楚地意识到，在道义上和情感上，他已经深深陷入这异常暧昧和捉摸不透的纠葛。

十四

倘使说，在通常情况下，单凭三条价值有限的线索，仅仅透过众说纷纭的迷雾勉强抓住案情的脉络，便开庭审判，了结一桩案子，那拉乌腊纳就会觉得，他对司法部门及其遵循的原则的厌恶情绪和批判态度，是无可指摘的。可是，这一回，那三条自相矛盾的线索，那模棱两可的证据，在他看来却足以毫不含糊地确认卢塞洛的罪责。

正像圣安娜堂区神甫所说，卢塞洛是个不折不扣的老奸巨猾的蠢货。他以残忍而狡诈、在犯罪史上毫无新颖之处的方式作了案。他随意拣了一张报纸，从上面裁下需要的词语，剪贴成匿名信；他以为，《罗马观察家》跟其他报纸没有两样，在他出入的场所每次都可见到。这是第一个失误。其次，他发出匿名信之后，在相当长的时间内，让罗西奥大夫自由自在地活动，跟人交谈，这第二个失误恐怕是难以避免的，作案的计划自然无法在一个早晨付诸实现。第三个失误在于，当侦察工作和报纸新闻的注意力仍然集中于布朗卡香烟的时候，他却公然陪着雇用的刺客招摇过市。

众所周知，内心里确认某个人为罪魁祸首是一回事，拿出令人信服的罪证，诉诸法律，又是另一回事。拉乌腊纳暗自思忖，看来，警察和法官平常都是把嫌疑犯或者罪犯的外在表现，即举止、谈吐、眼神、惶恐、犹豫这些新闻报道中难以表达的征兆，当作他们的认识和判断的主要根据。而这些，归根结底也是导致他现在对卢塞洛的罪责坚信不疑的因素。自然，也不乏这样的情形，平白无故者的行为举止很像犯罪分子，从而把侦察者引入迷途；但在警方、海关、宪兵和法官的眼里，意大利人的一举一动，差不多从来都像个犯罪分子。而他，拉乌腊纳，距离法律，距离以法律的权威自诩者，比火星距离地球还要遥远；对于他来说，警察和法官好似往往以癫狂、痛苦的形象出现的火星人，只存在于遥远的想象中。

自从拉乌腊纳向卢塞洛打听在司法局大楼陪同他的汉子是谁以后，卢塞洛心情一直很坏。他常常躲着拉乌腊纳，实在来不及躲开或者没法子假装视而不见，便勉强打个招呼了事。可有的时候又缠住拉乌腊纳,显得格外的热情,声称愿意为他效劳,为他在他的上司、副部长和部长面前美言几句。拉乌腊纳受宠若惊,但对卢塞洛的热情表示十分冷淡,回答说他没有什么需要向教育界的官僚们央求的;卢塞洛满腹狐疑,脸色顿时阴沉下来。他暗暗揣摩,拉乌腊纳对他的热情竟然无动于衷,对他准备提供的帮助也断然拒绝,兴许这是一个正人君子对一个犯罪分子采取的如今已很罕见的恶意揶揄的态度,说不定拉乌腊纳还想把他的怀疑直接或间接地向宪兵队长、向特派员、向某个检察官报告哩。其实,这样的念头在拉乌腊纳的脑子里压根儿没有出现过;他的忧虑,他的不安,恰恰是担心卢塞洛认为他会有这样的念头。有时,他回想起罗西奥大夫和药剂师的悲惨下场,一阵恐慌不由得微颤过心头,提醒他小心为妙,避免落得个同样的结局;不过,与其说是恐惧,倒不如说某种模糊的仁慈心,驱使他断然放弃因为他的努力而使罪犯落入法网的念头。他的行动全然出于一个普通人爱管闲事,喜欢追根究底的怪癖,不可能也不应当跟那些领取社会和国家的俸给,以打击和法办恣意违犯和玷污法律者为己任的官吏混为一谈。多少个世纪以来,拉乌腊纳这种模糊的仁慈心是受欺凌和受压迫的民众奉行的原则,它给法律和执法者带来了麻烦,以至产生这样的舆论:假如重视最公正的权与法,但又不愿把它们的实现诉诸命运和上帝,那就只能求助于暴力了。

不过,拉乌腊纳心里同时又感到一阵苦恼,他似乎违心地成了卢塞洛和那汉子的同谋者,默默地、不恰当地包庇他们。这种感觉诚然包含着对他们道义上的厌恶和愤慨,却又不由得起到了帮助他们逍遥法外的作用,甚至使他们重新获得了安全感;毫无疑问,由于他的好奇心,前一个时期这种安全感他们一度丧失了。可另一方面,逍遥法外的卢塞洛是否已足可毫无顾忌取代他的牺牲品,占有那个在拉乌腊纳的脑海里和爱与死的迷宫里以娆媚迷人的姿态出现的女人?拉乌腊纳的感情和愿望在这里变得十分暧昧了,一种莫可名状的、饱含着他人生的全部苦涩、抑郁的嫉妒心,跟他目睹自己扮演了中间人的角色而体味到的辛酸的快乐交织在一起。所有这一切,全都异常混乱地在他的脑子里忽隐忽现,令他心神迷乱,浑身直感到一阵阵激动的战栗。

就这样,他度过了十月。

十一月初,正逢亡人节和胜利节,放假四天。拉乌腊纳终于明悟,各种灾祸总是降临到在家里坐不住的人的头上,而深居简出反倒得以细细地考虑一番未来的工作,享受到阅读书籍的愉快。十一月二日上午,他陪母亲去扫墓。亲人们的墓前供奉着鲜花,点着长明灯,这是他们事先雇人准备的。像往年一样,母亲喜欢沿着陵园的甬道兜一圈儿,在每一位亲人和朋友的墓前停下来,念一遍安魂弥撒。在庄严肃穆的卢塞洛家族墓前,他们遇见了露依莎,一身风雅的打扮,跪在一只天鹅绒垫子上,喃喃讷讷,默默祈祷;大理石的墓碑上,镌刻着不幸被死神召去的丈夫的名字,墓碑中央镶嵌着可怜的罗西奥的一幅瓷肖像,看上去比去世时约莫年轻二十岁,流露出介于快活与痛苦的表情。罗西奥太太赶紧起来，上前施礼，解释说，这幅丈夫年轻时候的肖像是她特意选择的，因为跟他们最初相识时他的模样最相近。她介绍沿着礼拜堂的围墙安葬的所有亡人的家谱、辈分和跟她——一个不幸罹难、苟且偷生的女人，她补充说——的亲缘关系。她凄苦地叹了一口气，用手绢拭擦看不见的眼泪。拉乌腊纳的母亲默诵着她的安魂弥撒。握手告别的时候，拉乌腊纳觉得露依莎故意不愿放开他的手，在她的目光里，闪烁着一种哀求的、渴望谅解的神情。他暗自忖量，她肯定从她那个既是堂兄，又是情人的卢塞洛那里得悉了一切，现在，她恳切地希望他保持沉默。他心慌意乱，因为这意味着，她直接卷进了这个案子。

其实，完全用不着恳求拉乌腊纳保持沉默。他已经毅然下定了决心，要安安稳稳地在家里消磨每个晚上，深居简出，强使自己忘记这一切，让卢塞洛重新获得近来丧失了的安全感和自由。他想让露依莎也重新获得安全感和自由，这个女人想必内心里异常恐慌，所以才一个又一个小时地跪在丈夫的墓前，那么虔诚地祈祷，等待有什么人来给予她重新站立起来的勇气。拉乌腊纳发现，一伙浪荡青年正贪婪地偷偷地注视着她的一举一动；她身穿一件黑色衣衫，把胸脯紧紧箍着，她全神贯注于祈祷，纹丝不动，身子袒露的部分以一种丰满而慵怠的美展现出来，犹如德拉克鲁瓦①笔端描绘的美女；她站起身来的时候，露出了长筒袜子套着的洁白的大腿。

"西西里人真是怪啊！"拉乌腊纳鄙夷不屑而又妒羡地寻思：在世界上任何一块地方，只消有个女人的裙子撩到膝盖上面几厘米，那么，不出三十米远，准会有西西里人，至少一个，在呆瞪瞪地偷看。他扪心自问，可以说，他没有故意向那黑色孝服下闪现出来的雪白的肌体投以贪婪的一瞥，他注意到了那群浪荡青年的表演，事情很简单，他们也是西西里人。

母亲挽着他的胳膊，缓缓地行走，悄声地对他预言，用不了多久，罗西奥太太便会改嫁的。

"为什么？"拉乌腊纳问道。

"因为生活就是这样。何况她又如此年轻，如此漂亮。"

"那你当初怎么不再嫁？"

"当时我的青春年华已经消逝了，而且，我从来不是一个漂亮的女人。"老太太叹息。

拉乌腊纳感到一种近于厌恶的不愉快的感觉。"咄咄怪事，"他暗自思量，"在陵园里散步，怎么竟会觉着洋溢着盎然生气；也许是天气的缘故吧。"这一天确实分外的风和日丽，暖洋洋的，泥土和草木舒散着腐朽的、但令人神气清爽的气息，野薄荷、迷迭香、石竹花的芬芳，在陵园里飘荡，富贵人家墓地里的玫瑰吐出沁人的花香。

"依你看，她会嫁给谁呢？"他有点恼怒地问。

---

① 厄盖讷·德拉克鲁瓦（1798—1863），法国浪漫主义绘画主要代表。

"他的堂兄,卢塞洛律师。"老太太止住脚步,细细地打量儿子。

"何以见得一定是他?"

"他们是打小时候就在一个家庭里长大的,彼此很了解,而且,他们结婚以后,家产又可以合并到一块儿。"

"你以为这理由很充分吗?我倒觉得,正因为他们是在一个家庭里长大的,所以这件事颇有点伤风败俗。"

"你知道有句俗语吗?三个C是最危险的:表兄弟、堂兄弟、教父①。最可怕的私通差不多总是离不开这样的亲戚、教父关系。"

"他们之间发生过这等事情吗?"

"谁能说得清楚?有一个时期,他们都还未长大成人,生活在一起,据说互相钟情了⋯⋯可以理解,那是年幼无知⋯⋯听说总司铎对此很不高兴,从中加以阻拦⋯⋯现在我也记不得了。可当时的确有过流言蜚语。"

"为什么要加以阻拦呢?假若两人互相爱慕,让他们结婚就是了。"

"你方才说,你觉得这件事伤风败俗,当时总司铎也是这么想的。"

"我说它伤风败俗,因为你方才没有提到他们互相爱慕这一点,只是说从小生活在一起,还有什么家产⋯⋯假若是恋爱,那就自当别论了。"

"堂兄妹之间联姻,需要得到教会的宽免,所以说,这里面总包含着某种罪孽⋯⋯你想想看,总司铎能容忍自己的家庭里发生这种不体面的恋爱吗?总司铎是个心胸气度极其狭隘的人,这对于他无疑将是个奇耻大辱。"

"而现在呢?"

"什么现在?"

"我想说,假若他们现在结婚,岂不还是一回事吗?许多人都跟你一样认为,他们远在总司铎家里生活的时候,便彼此爱上了。"

"可不是一回事,现在不妨说是出于仁爱精神⋯⋯娶一个带女孩的寡妇,把财产合到⋯⋯"

"仁爱跟财产有什么相干呢?"

"怎么没有?对财产也要有仁爱精神。"

"耶稣,多奇特的信仰啊。"拉乌腊纳暗自惊叹。确实,他的母亲每日每时都表现出对财物的热忱,她从来不允许扔掉硬面包、烂水果和盘子里剩余的菜肴。她常常吃着如石头一般硬的面包和快烂透了的苹果,自言自语说:"这是对我的惩罚。"她对残羹剩饭的热忱几乎叫人觉得,世上的珍物不如统统化作粪土更好。而她也将很快枯萎、衰竭。

"假若他俩打在总司铎家里生活时便已相爱,那她出嫁之后,他们是否仍然暗中相

---

① 在意大利文中,表兄弟(cugino),堂兄弟(cognato),教父(compare)三个词均以字母C开头。

139

好呢？是否可能某一天他们终于决定除掉罗西奥这个眼中钉？"

"不可能，"老太太说，"谁都知道，可怜的罗西奥大夫是药剂师的牺牲品。"

"假若事情的真相恰好相反，药剂师是罗西奥的牺牲品呢？"

"不可能。"老太太坚持自己的看法。

"好吧，不可能。不过，我们暂且这么假设……你说，这也是仁爱的举动吗？"

"比这严重的事情我也见过多了。"老太太冷静地回答，回避跟儿子发生争论。

他们不知不觉间来到了药剂师曼诺的墓前。在天使翅翼的庇护下，从圆形的釉瓷浮雕里，沉浸在狩猎的欢乐中的曼诺，笑吟吟地欢迎他们。

十五

拉乌腊纳把他讲授的意大利文学和历史的笔记拿出来，进行整理和补充；四天假日不知不觉过去了。他对待自己的工作极其认真，简直像着了迷似的，所以当他埋头做这件事的时候，他差不多忘掉了他无意之中卷进去的那个案件。他偶尔想起它，竟至觉得这是遥远的、跟他毫无关系的事情，仿佛是格林①以其智慧、技巧和形式构思出来的故事。他跟露依莎在陵墓的邂逅，以及由此引起的遐想，也变幻为文学作品里的情节，具有基督教的：黑色浪漫主义的格调。

休息四天之后，他又重新开始了单调的、更加阴暗的教学生活。在开往首府的公共汽车上，他突然遇见了露依莎，不禁大吃一惊。

露依莎坐在第一排，黑纱裙裹着的大腿靠着敞开的窗子。她点头回答拉乌腊纳的问候，露出羞涩的笑容，做了个请他在她身边的空位子坐下的手势。拉乌腊纳踌躇了片刻，心里感到一阵惭愧，跟露依莎肩并肩地坐在第一排，不啻是把他内心的欲念、他的嫌恶、他的感情，统统暴露于众目睽睽之下，他很想找个什么借口，谢绝她的邀请。他把目光投向后面的几排位置，寻找他的一个朋友，有些事情想跟他谈谈，但那些乘客都是农民和大学生，而且没有一个空位子。于是，他向露依莎道谢，接受了她的邀请。

露依莎跟他攀谈起来，说她很幸运，这个空位子能一直保留到他来，这样她就有个伴儿聊聊，因为只有交谈才能帮助她克服坐公共汽车时她常有的晕车的毛病，而她坐火车和坐小汽车却从来是感觉良好的。尔后，她谈起了晴朗的天气，在圣马丁诺的愉快的避暑生活，橄榄的丰收，她的伯父总司铎近来身体欠佳……她滔滔不绝而又漫不经心地谈着这些枯燥乏味的事儿，像是在人耳边擂鼓，叫人烦躁。拉乌腊纳头上血脉急涌，仿佛从高山之巅訇地跌落到万丈深渊。说得准确点儿，他并非从高山上，而

---

① 格雷厄姆·格林（1904—），英国小说家，著有惊险小说、严肃小说、宗教小说。

是犹如从梦幻中，从苏醒以后的悒郁，从喝了母亲给他冲的一杯淡咖啡以后的迷茫状态，径直跌进了深渊。坐在她的身边，也更使他觉得一阵阵耳热，浑身火辣辣的，他对她的评价愈是尖锐、无情，愈是察觉她品格上的瑕疵、反常，她的丰腴、俊雅的体态，两瓣显示出执拗而诱人的光彩的嘴唇，浓密的头发，混合着锦衾绣榻气息的温馨，便愈是激发起他的异常痛楚的欲望。

有趣的是，罗西奥去世以前，拉乌腊纳曾经有过无数次机会遇见露依莎，跟她交谈，她是个美人儿，这是没什么可挑剔的，但这样漂亮的女人又何止成千上万呢，尤其是今天，由于对各式各样电影女明星的崇拜，女性美的标准也是各式各样的，变化无常的——苗条娟秀、丰腴绰约、阿蕾杜莎①式的身材、清瘦的神态，无不是理想的美。可现在他却觉得，只有铁石心肠的人才会对她毫不动情。当她着了一身黑色的丧服，站在丈夫放大的遗像面前，他终于恍然发觉，她如今是分外的凄艳可人，分外的惹人怜爱；客厅里半开半闭的百叶窗，幽暗的灯光，披着黑纱的镜子，强烈地衬托出她的娇美的存在，她的充满肉感和青春活力的身子，给罗西奥的逝世蒙上了一层含有嘲讽意味的、惨淡的光晕。随着凶杀案的暴露，她的情感和不轨的行迹的暴露，他的激荡不安的情绪愈发厉害了，是的，祸根就在于她的或明或暗的放浪的媚态。拉乌腊纳暗暗承认，他这个颇有教养的人，素来对七情六欲之类的东西都是十分恐惧的，如今却越来越深地陷入罪过的旋涡。这正是横在他面前的危险的障碍；因此，这些欲念愈是对他发动侵袭，他的心灵便愈是努力规规矩矩地遵循理智指引的轨道行事。尤其是现在，她的柔软的身子，在颠簸之中贴紧了他的身子，使他昏昏沉沉，恍惚觉得灵魂飘飞出了躯壳；文学作品中描绘的这种令他神往的感觉，如今竟在他的身上应验了。

下了公共汽车以后，拉乌腊纳不晓得该做什么才好：是向她告别，抑或送她到她该去的地方。约有片刻工夫，他们呆呆地站在广场上，尔后，露依莎倏地收敛了一路上谈笑风生的表情，甚至她的柔软身子的线条仿佛也变得坚硬起来，告诉他，她想跟他谈谈这回上首府来的原因。

"我发现，"她说道，"我的丈夫确实到罗马去找过他那位当议员的朋友，想拜托他办件事儿。那天晚上您和我堂兄上我家里来，您曾经跟我谈起过它，您还记得吗？"说到堂兄这个字眼，她流露出了嫌恶的神情。

"当真吗？"拉乌腊纳毫无思想准备，他惊慌失措了，想赶快弄清楚她出人意料地对他表示信赖的原因。

"是的，当我不再抱任何希望的时候，我几乎偶然地发现了这一点……您那时对我讲的一番话，后来促使我回忆起许多事情，许多细枝末节，把它们汇拢到一块儿，您无意中发现的情况便显得是真实可信的了……于是我开始搜索，寻找，终于找到了我

---

① 阿蕾杜莎，希腊神话中的山林水泽女神。

丈夫的一本日记，这是他瞒着我，悄悄地藏匿在书架上一排书后面的……当时我已经绝望了，心情暴躁，可是在从书架上随意取下一本我想阅读的书的时候，却……"

"哦，他写的日记……"

"是制药厂送给医生们的一本大记事簿……从元旦那天记起，每天三行或四行，笔迹几乎难以辨认，是医生们惯用的草书，上面记载着他觉得需要备忘的事情，大部分跟我们的女儿有关。约莫从四月初起，他在日记里开始记载有关一个他没有提到姓名的人……"

"他没有提到此人的姓名？"拉乌腊纳以怀疑和嘲讽的口气询问。

"是的，他没有提到此人的姓名，但非常容易理会，他指的是谁。"

"噢，非常容易理会……"拉乌腊纳说，从他的语调能够察觉，他本想温和地嘲弄一番，但终又克制了自己。

"清清楚楚，没有一点儿含糊的地方——是指我的堂兄。"

拉乌腊纳完全没有料到这一点，直感到心胸阻塞，几乎停止了呼吸。

"我很信赖您，"露依莎继续说，"因为我晓得，您跟我的丈夫有着很深厚的友谊和感情；这件事谁都不知道，在我把确凿的证据拿到手以前，谁也不应当知道……今天我上这儿来就是为着查找证据，我掌握了几条线索。"

"那就是说……"

"什么那就是说？"

他本想告诉她，那就是说，她跟案件毫无牵连，是清白无辜的，他一度怀疑她形迹可疑，其实是冤枉了她，他的脸唰地红到了耳根，赶忙改口道：

"那就是说，您不再相信，您的丈夫是因为跟药剂师一起打猎而遇害的？"

"平心而论，我还不能下这个结论，但这是可能的……您说呢？"

"我？"

"您深信不疑吗？"

"深信不疑什么？"

"深信不疑这样的事实：我的堂兄罪责难逃，可怜的药剂师是无辜的牺牲品。"

"的确……"

"我请求您，什么也别对我隐瞒；我多么需要您的帮助啊。"露依莎忧伤地说，一双满怀哀求的、伤感的、光闪闪的眼睛凝视着他。

"我也说不上深信不疑。不妨说，我仅仅有点儿猜疑，说句老实话，这些猜疑容易勾起不愉快的感觉……可您……你果真打算把矛头对准您的堂兄吗？"

"为什么不？假如我的丈夫之死……请听我说，我需要您的帮助。"

"我甘愿为您效劳。"拉乌腊纳喃喃地说。

"首先，请您向我保证，我现在将要对您讲的事情，您不向任何人泄露，包括您的母亲……"

"我一定做到。"

"其次，我们把您知道的情况和我今天打算弄清楚的情况，在一起谈谈，讨论一下，然后确定我们的行动计划。"

"不过，需要小心谨慎，最好三思而行，因为怀疑是一回事……"

"我希望今天就把事情弄个水落石出。"

"怎么着手呢？"

"这不是三言两语可以说清楚的，而且现在谈还为时过早……我在这儿逗留到明天晚上；假如您不反对的话，明天晚上，我们再见一次面……在哪儿会面比较合适呢？"

"我也说不上来，……说不上来，我想，假使您想回避跟我在公众场合见面的话……"

"我不想回避。"

"那在咖啡馆行吗？"

"在咖啡馆，太好了。"

"罗梅利斯咖啡馆，那儿顾客不多，还有雅座……"

"将近七点钟？或者七点整？"

"对于您是否过于晚了点？"

"不。另外，七点钟以前我大约很难脱身，这两天中我要完成的任务很艰巨……好在明天晚上您就会知道一切的……那么，一言为定，七点整，在罗梅利斯咖啡馆……假如您不反对的话，我们然后搭乘最后一班火车，一起回小城去。"

"我将感到荣幸。"拉乌腊纳由于幸福而脸红了。

"那您怎么对您母亲说呢？"

"我就说，学校里有些事情要处理，所以回家晚了，其实这也不是头一回了。"

"您不会对我食言吧？"

"我会履行诺言的。"拉乌腊纳喜不自胜。

"那么，明儿晚上见。"露依莎向他伸出手来。

拉乌腊纳感到一阵爱怜和悔恨的激动，朝她的手掌弯下腰来，几乎要吻到了它。然后，他呆呆地伫立着，凝眸注视她娉婷的身影在清新碧净的棕榈树荫夹道的广场上渐渐远去。一个纯洁、坚毅、绝色的尤物！拉乌腊纳的热泪几乎滚落下来。

十六

罗梅利斯咖啡馆是一座年代悠久的建筑，室内的全部摆设都用一色镂空的花叶装饰，几面镶着雄狮铜饰的大镜子，熠熠闪光，柜台上雕镂着一幅蛇的图案，那大蛇仿佛从柜台上蹿了下来，餐桌、椅子的腿上，吊灯的支架上，杯具的把手上，到处都依稀可见蛇影。三十多年前去世的一位当地作家，在自己的作品里把这家咖啡馆着实赞美了一番，使它声誉蜚然，随着岁月的流逝，如今，市民们已经渐渐地把它淡忘，它的名气已只存在于文学作品中了。平日，这里顾客稀稀落落，大多是那些怀念着它的光荣历史的外地人，或者像拉乌腊纳这样喜爱安静和文学的人士，才乐意光临。罗梅利斯先生出身于以制作点心而远近驰名的家庭，不知道什么缘故，他今天仍然热心掌管着这家咖啡馆，兴许也是出于对文学的爱好，为着纪念曾经光顾和歌颂过这家咖啡馆的作家。

七点差一刻，拉乌腊纳来到那里。他是很少在这样的时刻上罗梅利斯咖啡馆的。只有几位早晨或中午必到的常客。罗梅利斯先生坐在收款处的计算器后面，阿科泽男爵坐在餐桌边打瞌睡，莫斯卡和卢米亚是两位曾经身居要职的法官，几年以前告老退休，正在下跳棋，嘴上叼着托斯堪纳雪茄①，旁边放着两杯玛撒拿酒②。

拉乌腊纳认识他们。他向他们点头致意，在座的人，甚至连平素最懒得理睬人的男爵，都认出了他。莫斯卡法官问他，今天何以一反常态，在这种时候来咖啡馆。拉乌腊纳解释说，他误了公共汽车，只好等着乘晚上的火车。他拣了靠近角落的一张桌子坐下，向罗梅利斯先生要了一杯白兰地。罗梅利斯舍不得雇一个侍者，他的笨重的身躯从用铜雕的花叶装饰着的柜台后面站立起来，慢慢吞吞地斟了一杯白兰地，把它端到拉乌腊纳的桌子上。拉乌腊纳从皮包里取出一本书来，罗梅利斯问他是什么书。

"伏尔泰的情书集。"拉乌腊纳回答。

"嘿嘿！伏尔泰的情书。"男爵吃吃地笑道。

"您读过吗？"拉乌腊纳忙问。

"我的朋友，"男爵说道，"伏尔泰的东西我再熟悉不过了。"

"今天谁还会读伏尔泰呢？"卢米亚法官感慨。

"我就常读伏尔泰的作品。"莫斯卡法官说道。

"噢，是的，我们当中不乏伏尔泰的读者；我不晓得，拉乌腊纳老师是怎样阅读的……不过，从周围的实际情况看，绝不能说伏尔泰是当今拥有大量读者的作家，或者，至少不能说今天人们能够正确地理解他。"

"言之有理。"男爵叹了一口气。

拉乌腊纳不理会他们的谈话。罗梅利斯咖啡馆的这些老主顾之间总是这样争论不休的。沉默了好一会儿，每个人都默默地咀嚼方才谈话的内容，偶尔迸出两三句话语。约莫过了一刻钟，莫斯卡愤愤地说：

---

① 意大利托斯堪纳大区出产的烈性卷烟。
② 西西里岛玛撒拿地方生产的名酒。

"那些巴儿狗是从来不屑于读伏尔泰作品的。"在罗梅利斯咖啡馆的词典里,巴儿狗是指那些政治家。

"伏尔泰?他们连报纸也不读的。"男爵接腔。

"就像某些马克思主义者,从来没有读过一页马克思的作品。"罗梅利斯先生说道。

"那班人民党,"男爵迄今仍把天主教民主党称作人民党,"也从来没有读过一页斯图佐①的著作。"

"哼,斯图佐!"莫斯卡法官打了个嗝。

又是一阵沉默。时针指向七点一刻。拉乌腊纳匆匆浏览着伏尔泰一封颇为放荡的书简,顾不得理会它的意思,只管打眼梢瞟着咖啡馆的大门。谁都知道,迟到一刻钟或者半个钟头,对于一个女人来说是很正常的事情,所以他并不急躁,只是感到惶恐。这两天来,惶恐的感觉始终盘曲在他的心头。这是充溢着喜悦,但同时又混合着不安的惶恐,他恍惚觉得,露依莎(他现在内心里这么称呼她)正在他的身边,面对着他的母亲,等待着某种最终裁决。

八点差一刻的时候,阿科泽男爵又打开了话盒子,用明显挑衅的口吻对罗梅利斯先生说:

"话又说回来,您那位路易吉阁下可是不喜欢读伏尔泰的作品的。"他是指给罗梅利斯咖啡馆带来不朽的声誉、受到罗梅利斯先生最热忱、最狂热崇拜的那位作家。

罗梅利斯从收款处的计算器后面把脑袋和胸脯探出来:

"跟路易吉先生有什么相干?他读破万卷书,无所不知……如果他的视野里没有伏尔泰的位置,那是另一回事。"

"亲爱的罗梅利斯爵士,"莫斯卡法官插话,"我同意,是的,路易吉阁下的眼光跟伏尔泰的观点毫无共同之处,可是,向墨索里尼致贺电,戴上钢盔……"

"请原谅,阁下,您也许没有向法西斯宣过誓?"罗梅利斯的眼睛里闪烁着一股怒火,他勉强控制住了自己的情感。

"我没有宣过誓。"卢米亚法官举起一只手,说道。

"我倒记不得了。"莫斯卡法官回答。

"哼,你记不得了?"卢米亚快快不乐地说。

"噢,想起来了,是有这么回事,不过,那纯粹是偶然的;法西斯分子一时疏忽,让你滑了过去。"

"压根儿不是偶然的,是我设法抵制了宣誓。"

"唉,宣不宣誓当时对于我们确实是个生死攸关的问题,"莫斯卡感叹说,"要么咽下这口苦水,要么自取灭亡。"

---

① 路易吉·斯图佐(1871—1959),天主教政治家,1919年创立天主教民主党前身意大利人民党。

"而路易吉先生却……"男爵冷笑了一声。

"在我们这鬼地方,"罗梅利斯先生反唇相讥,"嫉妒把人的心肝都吞噬了。路易吉先生写的作品受到全世界的崇敬,但在这里却被人形容成一个向墨索里尼致贺电,头戴钢盔的小人……神经病……"

谁也不理会他的愤怒和影射,因为这三个老头儿专以激怒他们的朋友为乐趣。

假若在别的场合,这一番唇枪舌剑会使拉乌腊纳很开心的,眼下他却几乎把露依莎迟迟不露面的原因怪罪于他们,因而显得焦躁不安。他站起身来,走到咖啡馆门口,打开门,向大街右边和左边依依张望。街上阒无一人。他又回到原处坐下。

"您等什么人吗?"罗梅利斯问道。

"不。"他干巴巴地回答。"她不会来了,"他暗暗思忖,"已经八点钟了。"

他又要了一杯白兰地,这使罗梅利斯先生吃了一惊。

八点一刻的时候,莫斯卡法官跟他搭讪:

"拉乌腊纳老师,近来学校里的情况怎样?"

"很糟糕。"

"怎么能好得起来呢?"男爵接腔说,"到处都呈现一片衰败的景象,学校自然也无法幸免。"

"言之有理。"卢米亚法官应声。

九点差一刻,心神不安的拉乌腊纳迷糊地觉着他的眼前出现了露依莎遭逢凶险的幻影。他很想把自己遇到的事情,把自己眼下的感觉,向这四个老头儿谈谈,他们的人生阅历自然更丰富,对人情世态的了解自然更深切。可阿科泽男爵指着拉乌腊纳合上的书,说道:

"阅读伏尔泰的这些书信,很容易让人回忆起一句关于忘恩负义的亲戚的意大利谚语,要知道,在一定的条件下,亲戚其实就是我们血肉之躯的一部分。"他还特地说明,伏尔泰的书信是写给侄女的。

卢米亚法官心直口快地道出了那句谚语。男爵又补充说,伏尔泰正好用了谚语里表示亲缘的那个字眼,而且是意大利原文;他向拉乌腊纳要了书信集,找到了那处地方,给朋友们朗读起来。

他们开心地放声大笑,一阵憎恶的感觉掠过拉乌腊纳的心头。"向这群玩世不恭、无聊至极的老头儿,怎么能吐露我的忧虑、我的痛苦?"干脆上警察局去吧,找一个严肃的、通情达理的警官,向他报告……然而,向他报告什么呢?莫非向警官报告说,有位女士跟他约会,在罗梅利斯咖啡馆相见,可她没有露面?简直会叫人笑掉大牙。报告自己心神不安的原因?这势必导致那架可怕的机器运转起来,不可收拾。再说,露依莎这两天里调查的情况他又知道些什么呢?倘使她获得了跟起先的推测截然相反的证据?或者,倘使她压根儿没有弄到任何证据?倘使她的女儿突然患病,或由于别的始料未及的原因，匆匆把她叫了回去？还有，倘使她一心一意忙于调查，竟把约会忘记了呢？

不过，透过这种种假设，他眼前又一次隐隐约约闪现出露依莎遭逢凶险、血肉模糊的幻影。

他怀着急迫不耐的心情，在柜台和大门之间来回踱步。

"您有什么心事吗？"男爵停止朗读，问道。

"没有，我在这里呆了两个钟点了。"

"我们在这里呆了好多年了。"男爵合上书信集，递还给他。

拉乌腊纳接过书来，放进皮包里。他瞧了瞧表：九点三十分。

"我不如慢慢地朝火车站走去。"他说。

"您搭的那趟火车，离开车还有三刻钟。"罗梅利斯先生提醒他。

"我稍许散散步，今天的夜色很美。"拉乌腊纳付了两杯白兰地的钱，向众人点头告别，走出了咖啡馆。他随手把大门关上的时候，只听得卢米亚说：

"他好像跟什么女人有约会，等得不耐烦了。"

大街上行人稀落。夜色沉静而美丽，但习习寒风，锋利得砭人肌骨。他忖量着那些叫人悒闷的假设，一面踽踽独步，朝火车站走去。

他折到火车站广场，一辆小轿车从他身旁掠过，发出一声刺耳的尖叫，在他前面十来米的地方戛然停住，然后朝着他慢慢地倒车。车门打开了，司机探出身子招呼道：

"拉乌腊纳老师，拉乌腊纳老师！"

拉乌腊纳走近车子，认出他是小城的一个熟人，但一时想不起他的名字。

"上车站去吗？乘火车回小城去？"

"是的。"

"请上车吧。"司机热情地说。

"真碰得巧，"拉乌腊纳暗想，"这样可以早点回家，或许还来得及给露依莎家里挂个电话，打听一下情况。"

"谢谢。"

他上了车，在司机旁边坐下。风驰电掣的小轿车，在茫茫夜色中消失了。

十七

"他是一个孤高自许、沉默寡言的人，有时显得心情压抑，喜怒无常；像他这种人，是的，彬彬有礼，做事认真，兴许还很富于激情，可是，往往因为对一句话、一件事的误会，他会莫名其妙地大发脾气，做出令人意想不到的反应和冒昧的举动来……作为教员，他是无可指摘的：谨严，自觉，是位极出色的教员。他的学识很渊博，教学方法得当……从这方面看，我再重复一遍，他是无可指摘的……至于他的私生活……我不想草率地下结论，但作为一个男人而言，他的情感世界，我始终觉得——怎么说才好呢？充满了复杂的因素，叫人捉摸不透……"

"叫人捉摸不透？"

"也许这句话说重了，而且跟大多数人对他和他的生活形成的看法不相吻合；在大多数人的心目中，他是个心平气和，言行富有条理，作风极其严肃的人，他发表意见的时候喜欢开诚布公，直言不讳……不过，有的时候，即便很了解他的人，也会发觉他变成了另一副模样，怒气冲天，叫人望而生畏……在女教员、女学生面前，他简直像个厌恶女性的怪物，其实我倒觉得他只是胆小而害臊罢了……"

"这么说来，就他对待女人、对待情欲的态度而言，他叫人捉摸不透……"特派员追问道。

"情况大抵上就是这样。"校长肯定地回答。

"那么，昨天，他昨天的表现怎样？"

"我想说，很正常：上完课之后，他跟我，跟同事们闲谈了一会儿。我记得，我们谈到了博尔杰塞①……"

特派员的铅笔在备忘录上急速地记下了这个名字。

"为什么？"

"我们为什么谈论博尔杰塞？那只是因为拉乌腊纳近来接触这个问题，他认为，人们对博尔杰塞过于贬抑；应当给予公正的评价。"

"您也持这种观点吗？"特派员猜疑地问道。

"说实在话，我很难表态；需要把他的作品重新读一遍……他的《卢贝》曾给我留下极深刻的印象，不过那是三十年以前的事了，亲爱的特派员，三十年了。"

"唔……"特派员哼了一声，他用铅笔神经质地把方才记下的博尔杰塞的名字划掉。

"不过，"校长接着说，"也许我们是前天谈论博尔杰塞的。昨天……反正我觉得他昨天跟平常丝毫没有什么两样。"

"这么说，您是肯定他昨天没有留在学校里参加个什么会议罗。"

"一点儿不错。"

"那他为什么对他的母亲这样说呢？"

"天晓得。毫无疑问，他试图隐瞒什么；不妨认为，他试图隐瞒的唯一事情，是跟某个女人发生的关系，或者说，假如不是暧昧的关系……"

"那就是约会，会晤，我们也作了这样的设想……但直到目前为止，我们还没有弄

---

① 朱塞培·安东尼·博尔杰塞（1882—1952），意大利小说家、诗人、文艺批评家，西西里人，著有《意大利浪漫主义批评史》、《邓南遮评传》和长篇小说《卢贝》（1921）等。

清楚，打他离开附近的餐厅以后，也就是下午两点半钟以后，他的行踪。"

"他班级的一个男孩子上午告诉我，"校长说道，"昨天晚上他瞧见拉乌腊纳先生在罗梅利斯咖啡馆闲坐。"

"我能跟这个孩子谈谈吗？"

校长立即派人把孩子叫来。那男孩子证实，头一天晚上，他打罗梅利斯咖啡馆前面经过时，向里面瞟了一眼，瞧见拉乌腊纳坐在一张桌子后面，正在读本什么书，当时将近七点三刻，也许是八点钟。

孩子打发走以后，特派员把铅笔和备忘录放回口袋里，站起身来，叹了一口气：

"好吧，那就上罗梅利斯咖啡馆走一趟，我得赶紧办完这件事，他的母亲早上六点钟就来警察局报案，正等着呢。"

"可怜的老太太……他对母亲是极其孝敬的。"

"谁知道呢！"特派员说道。

他脑子里闪现出一个想法，在罗梅利斯咖啡馆里，这个想法得到了证实。

"依我看，"卢米亚法官说，"他跟什么女人有个约会，情绪很激动，坐立不安。"

"他等待约会的时刻到来，一副丧魂落魄的样子，活像个头一回跟女人相会的小伙子。"男爵说道。

"您说错了，亲爱的男爵，在我看来，他的约会是定在这里，可那女人没有露面。"罗梅利斯先生纠正道。

"很难说，"莫斯卡法官喃喃地说，"很难说……事情跟一个女人有关系，这是毫无疑问的……两个小时以后，当他离开咖啡馆的时候，我们当中不知谁说了一句：他急着去跟女人约会了……"

"那是我说的。"卢米亚接腔。

"通常，赴约会的人总是乐意花费点时间等待的，可他的举止，说实在的，与众不同，却打开一本书来阅读，又不时地抬起头来，一双眼睛紧张地瞟着大门，在大门和柜台之间踱来踱去，有一次，他甚至打开门，朝大街右边和左边张望了一会儿。"莫斯卡补充说。

"这么说来，"特派员立即抓住了这个细节，"他并不知道那女人打哪个方向来，该打右边还是左边来。由此不妨推断，他不知道那女人居住在城里的什么地方。"

"我们无法作出任何推断，"男爵不以为然，"现实从来远比我们的各种推测来得丰富，不可预料。要是您一定想作出什么推断，我愿意提醒您，假如他确实在这个咖啡馆等待什么女人，那么，这个女人应当是从外地来的……您想想看，此地的女人会在晚间七八点钟的时光，离开家门，到咖啡馆来赴约会吗？"。

"除非她是娼妓。"卢米亚插话。

"他可不是跟娼妓厮混的男子。"罗梅利斯说道。

149

"亲爱的罗梅利斯爵士,您可不知道,有多少男人,富有教养、傲世离群、一本正经的男人,火辣辣地贪求跟娼妓厮混哩。"卢米亚反驳道,"当然,要是一个娼妓跟他幽会,地点宁可选择在自己的家里或者旅馆里,而这咖啡馆,是恋人们相会的场所。"

"问题在于,"男爵侃侃而谈,"他究竟是在这儿有个约会,等待了两个钟点,因为女人失约,他便离开了咖啡馆,声称去火车站,结果失踪了;还是他不过是在这儿消磨辰光,约会时间到了,他便去赴约,失踪了。假如他在这儿等待那女人,后来发现自己受骗了,丢了脸面,或者女人因为鬼知道什么原因失约了,他焦虑不安,那他会如何行动呢?存在三种可能性:要么回家,躺在自己的床上发泄怨恨或者忧愁;要么打上女人家的门去,要求对方作出解释,却不料遇到第三者,使他一命呜呼;再不,他自个儿跳楼或卧轨自杀。他既然没有回家,那就只剩下两种可能性。假如他在咖啡馆仅仅为了消磨辰光,后来便去赴约,可能性就只有一个:在约会的地点,他遇上了女人的丈夫,或父亲,或兄弟,要了他的命。"

"不过,细细追究起来,还不妨作出另外一个不够罗曼蒂克味的,却更自然、更实在的假设:他去赴约会,跟他喜欢的女人相见,他忘乎所以,竟把自己的母亲、家庭和学校,抛到了九霄云外……这难道不可能吗?"莫斯卡说道。

"我不相信,须知他是个禀性恬淡、举止行为极其稳重的人。"罗梅利斯摇头。

"言之有理。"卢米亚附和说。

"我的脑袋都快炸了。"特派员站起来。

男爵的推理自然没什么可说的,条理清晰,精确可信,但也给他出了个极大的难题。他对那些可能跟拉乌腊纳萍水相逢,发生偶然的关系,或者可能跟他一直勾勾搭搭的所有女人,逐一进行了调查。首先打全体女学生开始,十五岁到十八岁之间的女孩子今天是什么事情都做得出来的。然后是女同事。男女学生的母亲们,至少是那些风韵犹存、讨人喜欢的母亲们。作风轻佻的女人和娼妓,或者说多少还懂得廉耻的女人和以卖身为营生的女人。这项工作看来无法收场,除非有朝一日拉乌腊纳像一只在别人家屋顶上度了几个良宵之后的猫儿忽然再现。

而此时,拉乌腊纳的尸体,正横卧在一座报废的硫矿渣滓堆上;硫矿位于省府和他的家乡的中途。

十八

9月8日,小城庆祝童贞玛利亚节①。人们抬着金塑玉装的圣像游行,放烟火,喧嚣的音乐在城市上空回荡;先是宰猪杀鸡,开怀畅饮,最后是品尝冰淇淋。总司铎卢塞

---

① 相传九月八日是圣母玛利亚诞生的日子。

洛平素最崇拜圣母，教堂里供奉玛利亚圣像的祭坛也最受他的敬重，为了庆贺节日，他又恢复了在家里款待亲朋邻间的传统。这一传统已有许多年的历史，去年因为要对罗西奥大夫的身亡表示哀悼而被迫中断了。8月刚纪念过惨案一周年，如今他的宅邸终于又在节日里敞开了大门；何况，他还要宣布他的侄子卢塞洛律师跟他的侄女露依莎订婚的喜讯。他表示，尽管世人对这件婚事抱着恶意的态度，但它出于天主奥秘莫测的意旨，他只得委身于天主的圣意。

"您瞧，我唯天主之命是从……"总司铎向路易吉·科尔瓦亚解释，"唯有天主知道我是不是赞成这桩婚姻的，他们两个像亲兄妹一般在我的家里长大成人；不过，自从发生那件惨案以后，这又成了一件修行积德的事情……自然，出于家庭成员之间的同情……我可怜的侄女，这等年轻，身边又有一个孩子的牵累，能够忍心看着她孑然一身生活一辈子吗？再说，随着时间的流逝，要给她物色一个好丈夫，不贪图她的钱财，却有一副温柔的心肠，跟她相亲相爱，视她的孩子如亲生女儿，那是可能的吗？很困难，亲爱的路易吉诺，太困难了……我的侄儿，说实在的，本不该娶这门亲，但终于下定了决心，我不敢说这是自我牺牲，但他迈出了堪称充满仁爱精神的、正确的一步。"

"活见鬼！"站在总司铎背后的萨尔瓦乔上校听到最后这句话，愤愤然嚷道。

总司铎愣住了，陡地转过身来，但一瞧见是上校，脸上的怒气立即化作了微笑，温和地提醒他：

"上校，上校，您总是……"

"请原谅，"上校打断他的话，"您是位伺奉天主的神甫，以仁爱为本，当然是天经地义；可我是个老不死的罪人，看问题跟您大不相同。露依莎女士是位绝色超群的女人；您的侄子卢塞洛律师，神圣的天主在上，是个男人。我现在只是想说，男人嘛，终究是男人，何况是面对这样一位如花似玉、温雅风流的……"

总司铎戏谑地向他挥拳示威，悻悻地离开了他。上校转向科尔瓦亚，更加放肆地继续说：

"这个昏庸的神甫，竟跟我侈谈起仁爱精神来。我要是想追求一个女人，什么发狂的事情都干得出来的，像那个女人……"

他朝露依莎指了指；露依莎一身雅淡梳妆，虽还有几分服丧的意思，却愈发显得丰姿楚楚，站在未婚夫的旁边；她瞧见了上校，对他彬彬有礼地颔首，莞尔一笑。上校好像觉得身子一阵发麻，凑到路易吉的跟前，附耳低声说：

"您可瞧见那动人的笑容？她微笑的时候，似乎是要袒露身子，卖弄风骚，叫我都动心了……"他蓦地扬起胳膊，仿佛要拔出佩剑似的，大声吼道："子弹上膛，为了天主，子弹上膛！"

看他张牙舞爪的样子，路易吉以为他要朝露依莎扑去；谁知上校却冲向放点心的餐桌，那里开始分发冰淇淋了。路易吉也朝餐桌走去，遇见了圣安娜堂区神甫、公证人佩科利拉夫妇、泽里洛爵士夫人，他们絮絮私语，津津有味地对来宾们品头论足。路易吉没有那份兴致，离开了客厅。

公证人狼吞虎咽地吃下了冰淇淋，追上了他。他们倚着阳台；街上，人声鼎沸，节日庆祝活动又出现了高潮。路易吉闷闷不乐，发泄他的全部怨恨，从玛利亚节诅咒起，直到南方基金会、菲亚特、政府、梵蒂冈、联合国，他都一一骂遍了。

"我们全是受人凌辱的玩物。"他愤愤地说。

"有什么不称心的事吗？"公证人问道。

"一切都不称心。"

"我们俩谈谈心吧。"公证人说。

"有什么意思呢？"路易吉懒懒地回答，"我知道的事儿，你也知道，人人都知道。何必谈它呢？"

"我好管闲事。另外，我有满腹牢骚事要发泄；我们是有六十年交情的朋友了，要是不跟你推心置腹地谈谈，我还能跟谁深谈呢？这些事儿，甚至对我的妻子我都守口如瓶的。"

"我们出去走走吧。"路易吉提议。

"上我的办公室去。"

公证处距离总司铎的寓所只有几步远，坐落在第一层。他们进到里面，公证人扭亮了电灯，关上门；他们面对面地坐下，各自细细地谛视对方，默不作声。过了片刻功夫，路易吉开口道：

"你把我带到这儿来谈心，你就谈吧。"

公证人沉吟半晌，尔后，像揭开身上的一块疮疤，痛楚而果断地说：

"可怜的药剂师死得好冤——他是清白无辜的。"

"多新鲜！"路易吉说，"他死后不出三天，我便明白了事情的真相。"

"你自个儿明白的，还是旁人告诉你的？"

"旁人告诉我一件事，它帮助我弄明白了事情的内幕。"

"什么事儿？"

"罗西奥大夫发现了妻子跟堂兄私通；有一回，他当场捉住了他们。"

"不错。我也听说了，或许比你晚些时候。"

"事情发生后我便知道了，因为罗西奥雇用的女仆，恰好是我姨妈克罗蒂苔家女仆的母亲。"

"噢……但我不清楚，罗西奥发现妻子跟另外一个汉子亲密地厮守在一起，他是如何反应的呢？"

"他毫无反应，扭头就走了。"

"我的天主！怎么能便宜了他们？要是我，非宰了他们才解恨。"

"是的，咄咄怪事……如今，世人既受嫉妒心支配，又被虚荣心所捆缚，所以才不乏戴绿帽子的模范丈夫……再说，可怜的罗西奥大夫狂热地爱着妻子。"

"我可以给你作番补充，因为这是我得来的第一手材料，玛特丽齐教堂圣器看管人亲自告诉我的，不过我请你……"

"你还不了解我吗？即使把我吊在十字架上，我也不会泄露的。"

"事情是这样：约莫有一个月的光景，罗西奥始终守口如瓶，后来，有一天，他去见总司铎，原原本本地揭发了他发现的那件丑事，并且向总司铎提出了最后通牒，要么把堂兄撵出小城，永远不再露面，要么他将向他的一位朋友，共产党议员，提供若干文件，足以叫他妻子的情人戴上镣铐，去服苦役。"

"可打哪儿弄来的这些文件？"

"看样子，罗西奥乘卢塞洛外出的机会，上他的办公室去了，那里一名年轻的实习生接待了他，对他说，律师出门去了，一时间难以返回；但罗西奥声称卢塞洛跟他约定此时会面的。中午的时候，实习生该就餐去了，他只晓得大夫和律师一向亲密无间，并不清楚近来两人的关系恶化了……于是，他让大夫独自留在办公室里，罗西奥乘机把有关的材料统统拍摄下来……卢塞洛一直蒙在鼓里，直到罗西奥向总司铎告了他的状，他方恍然大悟。总司铎告诉他罗西奥手里掌握的材料，卢塞洛气急败坏，把年轻的助手好生盘问了一番。实习生这才回忆起罗西奥那次突然的拜访，坦白说，他让大夫独自呆在办公室里了。卢塞洛惊骇无比，给了他一记耳光，把他解雇了。事情发生之后，卢塞洛重新细细琢磨了一阵子，终于又去把那年轻人找来，解释说，他当时感情过于激动，因为罗西奥大夫责备他失约，而他们原先约定的这次会面实在是太重要了；他送给实习生一万里拉，让年轻人继续留在身边当助手……"

"这些都是圣器看管人给你透露的吗？"

"不，我是从那年轻实习生的父亲那儿打听到的。"

"不过，卢塞洛会把这等重要的文件随意放在外人唾手可得的地方吗？"

"这我可说不清楚，罗西奥也许事先配了一把保险柜的钥匙。另外，许多年来，卢塞洛为所欲为，踌躇满志，所以当时他毫无顾忌，自信没有人敢触动他的一根毫毛……当他的伯父把罗西奥发出的最后通牒一五一十告诉他的时候，他惊慌失措，顿时觉得一切都完蛋了。"

"情况正是如此，"路易吉表示同感，"可我姨妈克罗蒂苔的看法却相反，她认为，罗西奥遭到暗算，是由于那对情人无法再掩盖他们不可告人的勾当，无法再伪装成正人君子的缘故……一句话，是情欲作祟。"

"情欲……"公证人说，"那些人早已习以为常了，打他们在寄宿学校念书，回家休假的时候，就发生了暧昧的关系；起先瞒着总司铎，后来只隐瞒着丈夫；他们觉得其乐无穷，体味到一种去干被禁止的勾当，去冒险的乐趣……"

谈话突然中断了，因为传来了轻微的、连续的叩门声。

"可能是谁呢？"公证人不安地自言自语。

"你去开门吧。"路易吉说。

公证人把门打开。泽里洛爵士一进门便说：

"你们干吗逃避节庆活动，却藏在这里说私房话？"

"嗯。"公证人冷冷地回答。

"你们谈论些什么呀？"

"天气。"路易吉回道。

"还是撇开天气不谈吧，幸运得很，现在天气很好，不值得一谈……坦白地说，我要是不跟人谈谈，我简直受不了啦；你们方才谈的事儿，正是我想说的。"他突然用手掌捂住心窝儿，咬紧牙关，好像忍受着一阵剧痛。

"如果您果真受不了啦，那就请吧，我们洗耳恭听。"路易吉说。

"你们不乐意一起谈谈吗？"

"我们能谈些什么呢？"公证人故作天真地问。

"打开天窗说亮话，你们方才在议论这件婚事，议论罗西奥，药剂师……"

"做梦也没有想到这些。"公证人说

"还谈到可怜的拉乌腊纳，"爵士继续说道，"他就像《基督的苦难》里的帕多一般失踪了。"

五十年以前，《殡葬》即《基督的苦难》一剧公演时，安东尼奥·帕多饰演犹大，按照剧情的要求，这个角色应当从舞台进入地道，像上百次排练和演出中发生的那样，地道的入口准时打开了，但人们从此再也没有见到帕多活着出来，这却不是剧本规定的。这一事件后来成了一句谚语，形容那些神秘地失踪的人和物。提到帕多，路易吉和公证人不禁快活起来，但他们马上显得很镇静，做出一副严肃、天真、忧愁的面容；他们避开泽里洛的目光，问道：

"这跟拉乌腊纳有何关系？"

"可怜的善人们，"爵士亲昵而又讥剌地说，"你们真个是天真无邪，竟然什么都不知道，什么都不明白……你们抓住这个小指头，咬它一口吧。"

他摊开手掌，竖起小拇指，先伸到公证人的嘴边，然后伸到路易吉的嘴边，就像过去不讲究消毒的年代，母亲用这样的方式去磨炼婴儿刚长出的乳牙。

三个人纵声大笑。然后，泽里洛说：

"我知道一件秘密，我请求你们，除了我和你们，切勿泄露给外人……这件事跟拉乌腊纳有关……"

"拉乌腊纳，是个糊涂虫。"路易吉打断他，说道。

意大利短篇小说

  意大利短篇小说繁富多姿；但对于中国读者来说，又相当陌生。著名作家莫拉维亚在短篇小说的创作上独树一帜，具有独特、新颖的艺术风格。作家在许多短篇中，让我们看到了一个充满深刻矛盾和精神危机的资本主义社会，对我们也具有借鉴的作用。

——吕同六

罗马斗兽场

橱窗里的幸福

［意大利］莫拉维亚（ALBELTO MORAVIA，1907—1990）是当代文学名家之一，发表了各种体裁的作品50部，被译成40多种文字。在莫拉维亚的全部作品中，短篇小说占有非常重要的地位。作家继承了历史悠久的意大利短篇小说的传统，基本上采用写实的艺术手法，少则一千字，多不过五六千字，短小精悍。内容既有描写下层社会小人物的痛苦生活，又有反映西方社会资产者精神空虚和异化的作品。莫拉维亚的语言简洁朴素，不事雕饰，具有民间口头语言的生动性和文学语言的精确性，栩栩如生，引人入胜。

每天，傍晚时分，退休的老公务员米隆内就带上体态肥胖的老伴儿埃尔米妮，以及已是青春年华，但心情忧郁、脸色苍白的女儿乔万娜，走出家门，到大街上去溜达。

一家三口，顺着埃尔米妮笨重、蹒跚的步子，从他们居住的自由广场出发，沿着长长的科拉·迪·里安佐大街的人行道，慢慢悠悠地逛去，认真地欣赏着每一家商店的橱窗。踱到复兴广场，便转向对面的人行道，仍然是那么仔细地观赏着商店的橱窗，折回到自由广场。

这样的散步每次大约持续两个小时，回到家里恰好是晚餐的时间。对于经济拮据、久已未有福分进电影院和咖啡店的米隆内一家来说，这种散步委实是他们生活中唯一的乐趣。

一天，像往常那样，他们沿着科拉·迪·里安佐大街溜达。快要走到复兴广场的时候，突然三个人的注意力不约而同地被一家新开张的商店吸引住了。嗨，奇怪！这儿昨天分明还是一片尘土飞扬的破木栅。橱窗里射出来的炫眼的光辉，使人难以瞧清楚陈列的商品。父女三人忙走几步，一言不发，在这家商店橱窗前摆下了半圆形的阵势。

现在可以清清楚楚地看到出售的商品了：幸福。

米隆内一家，和世上所有的人一样，对这种货物闻名已久，却至今未有缘分真正见到过。可不是，早就听人传说，这玩意儿极为罕见，如同神话中的奇珍异宝，难怪许多人怀疑它是否确确实实存在。不错，那些畅销全球的明星画报不时发表大块的文章、照片，并且断言说，在美利坚合众国，幸福虽未达到比比皆是的地步，但至少也是谁都能够买得起的商品。不过，谁都知道，美利坚远在天边；况且，新闻记者们常常以造谣惑众为能事。又听人传说，在上古时代，幸福倒是一种谁都不稀罕、甚至过剩的货物。然而，凭米隆内活到这大把年纪，却从来不曾亲眼见到过。

万万没有想到，踏破铁鞋无觅处，如今，在这家商店里，人人都可随意买到幸福了，好像是购买皮鞋、锅碗一样平常、方便。米隆内一家三人在橱窗前伫立时流露出了痴痴发呆的神情，这确实是不难理解的。

还得补充一点，这家商店的装潢万分讲究：宽敞的玻璃橱窗，四周用华丽的大理石镶边，闪烁出异样的光彩；招牌、柜台是最摩登的式样，所有的内部装饰都镀上了一层漂亮的镍。两三个装束华美、年轻机灵的店员在招徕顾客；他们的诱人的仪表迫使那些犹豫不决的顾客也打消了顾虑。在橱窗里边，幸福犹如无数复活节的鸡蛋，按大小一一陈列，真是花色繁多，品种齐全；有小型的，有中等的，有大号的。有一种最大的，看来是摆在那儿做广告的样品，并非真货。每一只幸福的样品都附着精致的标签，上面用优雅的笔迹标明售价。

终于，米隆内老头用长辈的口气，说出了共同的感想：

"唉，我……无论如何没有想到……"

"为什么，爸爸？"女儿幼稚地问道。

"嗨，你问为什么？"老头儿有点儿生气了，说道："多少年了，我们听人说，意大利没有幸福，幸福在我们这儿供不应求，从国外进口又贵得要命……说也奇怪，现在却突然开了一爿专门出售幸福的商店。"

"也许是发现了新的幸福产地，"女儿说道。

"什么新的产地？在哪里？"这会儿老头儿光火了。"不是一直向我们宣传什么意大利地下资源贫乏吗？……没有石油，没有铁砂，没有煤炭，没有幸福……不，这样的事情是瞒不了人的。你想一想，要真是那样，报纸不早就吹开了：诸如昨日某君漫步卡多雷山①，无意中发现一优质幸福蕴藏地，长若干，深若干，储藏量若干，等等……这完全可以料想到的。不，不……这一定是外国货。"

---

① 意大利东北部的山脉。

"不过,"母亲温和地说,"这有什么不好呢?他们那里幸福太多,而我们一点儿没有,所以向我们输出……不是很平常的事情吗?"

老头子愤怒地耸了耸肩膀:

"女人家的浅薄之见……可你知道什么是进口?这意味着要用宝贵的外汇去交换……这些外汇应当用来购买粮食……如今大家在饿肚子……粮食乃是最急需的东西……不,太太,不能这样,才积累了这么一星半点的美元,却糟蹋掉去换这种商品:幸福!"

"可是幸福我们也需要啊。"女儿从旁提醒。

"奢侈品!"老头儿回答道,"最要紧的是考虑吃饭糊口……先面包,后幸福……在这个国家里却本末倒置,先幸福,后面包。"

"不值得这么动肝火,"妻子善意地劝解,"好吧,就算你不需要幸福……但也并不是所有的人都像你一样呀。"

"譬如说我……"女儿大胆地插了进来。

"譬如说你……"父亲用威胁的声调狠狠打断了她的话。

"正是,譬如说我吧,"女儿几乎绝望地硬是说了下去,"真想亲眼看一看,幸福这东西究竟是用什么做成的。我多么想买这样一只小小的幸福呀。"

"走啦!"老头儿阴沉而又坚决地说道,"走啦!"

埃尔米妮和乔万娜驯服地迈动了脚步。

老头儿的怒气还很旺盛:

"乔万娜,我实在没有料到,你竟会这样放肆。"

"为什么?爸爸。"

"你也知道,象幸福这类货色只有投机商人、大亨、百万富翁才购买得起……一个小小的公务员无力也不该贪图幸福……你说你想买它一只,这证明你至少是太无知无识了……再说,我们的房子是花钱租的,退休金死活不管总是到月初才能领到。而你……唉!你一点儿也不知道体贴我,丝毫不懂人情世故。"

女儿的眼睛慢慢润湿起来,灌满了泪水。

母亲开始为女儿打抱不平:

"你瞧,你这是干什么?你老是伤她的心。她年纪轻轻的,什么世面都没有见过,想买只幸福又有什么可大惊小怪的?"

"自然没有什么大惊小怪的,可她的爸爸没有幸福也对付着过了一辈子,她没有幸福也照样能活下去。"

他们走到了复兴广场。老头子一反惯例,硬要顺着原来的人行道走回去。再一次踱到幸福商店跟前的时候,他停了下来,久久地盯视着橱窗,然后断然说道:

"你们可知道,我在想什么?——这是假造的商品!"

"什么？"

"嗨！我昨天刚在报上看到一条消息，说是最小号的一只幸福在美国，是的，正是在美国，价值数百美元……在这儿用这样低贱的价格出售，那怎么可能呢？光运费也比这贵好几倍……这是假的幸福，人造货……一点儿也不错。"

"可是许多人都在购买。"母亲怯生生地说。

"世上有什么东西人不拿来做买卖的？……买到家里过几天，他们就会后悔的……骗子手！"

散步在继续。乔万娜在悲伤地哽咽，可是她心里仍然坚持着：她需要幸福，纵然它是假的。

月球特派记者发自地球的第一个报告

这是一个奇怪的国家。

这儿居住着两个种族，他们不论在精神方面，或者就某种意义来说，在肉体方面，都是截然不同的：一个种族叫富人，另一个种族叫穷人。"富人"和"穷人"这两个字眼的涵义颇为含糊，由于记者不太精通这个国家的语言，因而无法加以考证。我们的情报绝大部分是从富人那里获得的，因为跟穷人比较起来，富人更善于交际，喜欢闲谈，并且以殷勤著称。

据富人说，谁也不清楚，穷人这个种族究竟是打什么地方来的，至于他们定居在这里的年代，或许可以追溯到上古时期。从此，他们不干别的什么事情，只是一个劲儿地繁衍生殖，而且始终不肯改变他们那种不讨人喜欢的习惯。凡是了解穷人这种习惯的人，或许都会加以责备，并且认为富人是有道理的。

首先，穷人不喜欢整洁和美观。他们身穿的衣服总是打满了补丁，龌龊不堪。他们的住房阴暗简陋，家具不但十分破旧，而且式样难看得很。可是，由于一种古怪的毛病作祟，他们似乎都宁愿身穿破烂的衣服，却不肯穿戴时新的服装，宁愿住在破旧的平房里，却不肯搬进别墅和华屋大厦；宁愿使用价格便宜的家具，不肯要富丽堂皇的陈设。

事情确实如此。富人说，事实上，谁敢断言自己曾经见过一个打扮漂亮、身居豪华的府邸和过着奢侈生活的穷人呢？

事情不止于此。穷人还不喜爱文化。很难看到有什么穷人阅读书籍、参观博物馆或者去音乐厅欣赏音乐。至于说艺术，穷人更是茫然无知，他们可以毫不在意地把石印油画当作艺术大师的作品，把卢卡①的半身雕像跟普剌克斯忒利②的雕像混为一谈，把庸俗的小调当成巴赫的前奏曲。如果按照穷人的看法，那末缪斯——她们是人类的安慰——早就应该从人世间逃之夭夭了。富人告诉我们，穷人的娱乐是最粗俗低级不过的：酗酒、跳不堪入目的舞蹈，玩木球或者踢足球、拳斗以及其它同样庸俗的消遣。富人异口同声地说，可以肯定，穷人是更喜欢愚昧，而不要文明的。

还有，穷人讨厌大自然。每当美好的季节来临的时候，富人总是离开城市，到海边、乡村，或者到山区去度假，在碧蓝的大海洗海水澡，呼吸新鲜的空气，欣赏阿尔卑斯山幽静的风光，以休养生息。然而，穷人却说什么也舍不得离开他们那个散发着难闻的臭气的住宅区。他们对季节的变更漠然处之，压根儿不感到有夏天避暑、冬天取暖的需要。他们对海滨浴场毫无兴趣，却喜欢城里的澡堂；他们不去享受田野风光，却宁愿去令人生厌的郊区草场；他们甘愿呆在自家的阳台上，也不去欣赏山区的美丽景色。富人不禁问道，在我们这个时代，怎么能够不喜爱大自然呢？

那末，穷人留在城市里，至少是为了进行社交活动吧。情况完全不是这样。除了那些叫做工厂的地方以外，他们似乎不晓得其它的交际场所。简直难以想象这些工厂的景象是多么令人可悲：在用混凝土和玻璃造成的房子里，阴森森的，到处污秽不堪，烟雾弥漫，机器发出震耳欲聋的声响；冬天，室内冷得滴水成冰，夏天炎热炙人。

坦率地说，有些穷人不肯住在城市里，却极愿在荒僻的乡村落户。他们只热中于一件事，请相信，这也是他们唯一的嗜好，就是用一把不知什么笨重的铁家伙，整天翻弄土地。一年四季，日日夜夜，不管是骄阳似火，还是大雨倾盆，都是如此。富人说，请你们想想看，这个世界上还有多少比这更需要智慧、更富有乐趣的事情要做啊！

另外还有一些更为古怪的穷人，他们喜欢深深的黑暗，而不要明媚的阳光，宁愿呆在伸手不见五指的洞穴里，也不喜欢明朗的蓝天。他们蜷曲在深邃、漆黑的地道里，埋头开采一种什么石头，仿佛从中获得无穷的乐趣。据说，这种地方叫做矿井。不过，从来没有一个富人异想天开，想下矿井去的。

穷人用一个很特别的字眼来称呼这一切：劳动。这个字眼的涵义，对于我们来说，实在是难以捉摸和神秘莫测的。穷人极其喜爱他们的这种劳动，由于某些我们无法弄清的原因，当工厂关门、矿井瘫痪的时候，穷人就提出抗议，高声呼喊什么口号，并且以骚乱和暴动相威胁。富人说，他们对此实在感到莫名其妙，因为，在他们看来，在某个舒适的大厅里，或者在某个颇为体面的俱乐部里集会，不是轻松得多，更能赏

---

① 位于托斯坎纳大区，系意大利文化古城。
② 希腊雕刻家，生于公元前四世纪，善作大理石像及铜像，现存作品有赫美斯与代奥奈萨斯像。

心乐意些吗?

至于穷人的饮食,那就不用提了。他们从来不知道世上还有什么精美的馔肴、陈年的醇酒、可口的甜食。倘若能够吃上粗茶淡饭,诸如扁豆、洋葱、萝卜、土豆、大蒜、干面包,他们也就心满意足了。穷人吃肉和鱼的次数屈指可数,可以肯定地说,他们专门买那些硬得嚼不动的鱼和肉;散发着酸味的和掺水的酒,他们喝得津津有味,却不喜欢新鲜的蔬菜。刚上市的豌豆他们不吃,却等着买象面糊似的廉价豌豆。鲜嫩的百叶菜和龙须菜跟他们毫无缘分,他们专爱吃像木头样的龙须菜和麻屑似的百叶菜。总而言之,他们是没有福气品尝山珍海味的。

对于穷人平常抽的烟,又能说些什么呢? 这些愚蠢的家伙讨厌东方的上等货或者美洲的最佳卷烟,他们平素抽的烟是一种黑色的劣等货,带着浓烈的辛辣味,丝毫没有令人愉快的滋味,稍许抽一会儿就叫人发呛。抽一支精致的哈瓦那雪茄和一支清淡的土耳其香烟,对穷人来说,那就更是异想天开了。

穷人还有一种令人奇怪的表现:他们对健康漠不关心。事实上,当人们看到他们对待恶劣气候的那种漫不经心的神情,他们生病时那种满不在乎的态度,还有什么好说的呢? 他们从来不进药铺买药,不去疗养院休养,甚至在必须卧床休息几天或者几周或者几个月的时候,他们也根本不愿意躺在家里。

富人解释说,穷人之所以对健康持满不在乎的态度,是由于这样一种荒唐的癖好在作祟的缘故:他们无论在工厂、矿山或者是田间,都不愿意旷一天工。这真是难以理解的咄咄怪事,然而事情确实如此,原因就在这里。

关于穷人,关于他们留恋那些有害的、粗野的和古怪的癖好的情形,那是永远也讲不完的。不过,探讨这种反常行为的根源,倒是更有趣的事儿。

富人告诉我们说,自古以来,人们就对穷人这个种族进行了深入的研究。学者们大致可以分为两派。一派学者认为,穷人的反常行为不妨说是由于性格乖戾造成的,是自觉自愿的,因此可以帮助他们纠正恶习,把他们改造过来。相反,另一派学者却断言,穷人的性格是从娘胎里带来的,所以无可救药。前一种学者主张对穷人采取积极开导和说服教育的办法。后一种学者颇为悲观,认为采取镇压手段是唯一可行的办法。看来,后者是有道理的,因为,迄今为止,一切关于整洁、美观、华贵、娱乐、文化修养的教育,都是枉费心机,徒劳无益。

此外,尽管富人对穷人关怀备至,穷人却一点儿也不领情,不喜欢富人。但是应当承认的是,对于穷人的生活方式,富人也从来不掩盖自己厌恶的情绪的。

如同过去的访问那样,我们也想听听另一方面的声音。为此,我们向穷人作了调查。这实在不是一件容易的事情,因为穷人除了本国语言之外,对其他语言一概不懂。然而,我们最终得到了异乎寻常的答案。原来,造成穷人和富人之间的鸿沟的唯一根源在于,富人拥有一种称作什么"金钱"的东西,而穷人恰恰相反,几乎一无所有。

我们很想看看，这种能造成如此巨大隔阂的金钱，究竟是一种什么样的东西。我们发现，这不过是一些印花的纸张，或者是金属的圆片而已。

由于穷人喜欢掩盖真像的特点是众所周知的，所以我们怀疑这种所谓的金钱竟是导致如此奇怪现象的决定性因素。

因此，我们再重复一遍：这真是一个奇怪的国家啊！

抢　劫

我跟斯基雅维多沿着台伯河畔散步。斯基雅维多①是大伙儿给我的朋友取的外号，因为他身材瘦小，长着一张酷似黑人的脸孔，皮肤黝黑闪亮，头发似波浪般的卷曲。

像往常一样，我开始诉起苦来，说我找不到工作，口袋里空空如也，连一分钱也没有。斯基雅维多马上接过话茬说道：

"你听我说，只要你拿定主意，我准保给你找到一个合适的工作。"

显然，那天晚上我喝酒过量了，那空空如也的口袋那天晚上比以往任何时候都使我觉得心情沮丧。于是，我异常快活地说：

"这一次，我听你的吩咐。"

你们瞧见斯基雅维多的神态了吗？他顿时热情地紧紧握住我的手，做出一副要签订什么协议的架势，并且马上约我第二天跟他会面。末了，他对我说：

"现在，你该放开手脚大干一番了。一切由我给你安排。明天上第一课。四天以后我们开始行动。"

唉，打开天窗说亮话，斯基雅维多的职业，就是做拦路抢劫的盗贼。他对于自己干这一行，是很引以为骄傲的，就好像别人为自己精通的职业而感到自豪一样。

于是，我就跟斯基雅维多在靠近罗马郊外码头的地方练习起来。

这里有一条很宽阔的柏油马路，人行道和街灯齐全，三百米开外是一片堆满垃圾的空地。这是极其偏僻荒凉，连狗都不愿意光临的地方，只是在每天曙光微明的时候，才有几名清洁工人把他们的车子开到这里卸垃圾。

下午两点钟，就在这条荒凉的马路上，斯基雅维多开始向我传授抢劫钱包的复杂而又高超的本领。他骑着一辆摩托车，在马路当中停下，让他的一个模样怪难看的朋

---

① 在意大利语中是"小奴隶"之意。

友站在人行道上，手腕挎着一只女人用的皮包，然后，让我跳上摩托车，坐在他的后面。他驱车到马路尽头那块堆满垃圾的荒地，再按原路返回。他驾驶摩托车，我的任务是在车子行驶的时候，把他那个朋友手腕上挎着的那只皮包抢到手。

坦白地说，起初我以为干这勾当好比探囊取物，不费吹灰之力。不过，我很快就明白，事情并不这么简单：需要打量好距离，瞅准合适的时机，一把攥住皮包的带子，自上而下、干净利落地猛一使劲，冷不防地把皮包抢到手；然后，应当赶紧挺直身子，以免从疾驶的摩托车上摔个倒栽葱。

而我呢，要末下手太早，要末动作迟缓，或者用力不当，说什么也无法把皮包抢到手，或者干脆摔个倒栽葱。不过，斯基雅维多是个耐心的教员，我每次失误的时候，他都和颜悦色地说：

"再试一次。"

可是，过了不多一会儿，他竟吩咐那个像木头桩子似地站在人行道上的令人生厌的小伙子来向我做示范，这可使我大为恼火，终于刺激我去掌握这门本事了。他叫我挎着皮包站在人行道上，却让那个已经长了胡髭但还穿着短裤衩的小伙子坐在摩托车后座上。车子开到马路尽头，随即掉转头来，打我身边驶过。我眼睁睁地看着皮包不翼而飞，载着那两个贼骨头的摩托车飞驶而去，一直开到阳光照耀的很远的地方。

那小伙子把皮包还给我，象呆鹅似地朝我傻笑，仿佛说："嘿，你尽是白费力气，你反正学不会的。"

我满腔怒火，把牙齿咬得格格作响，跳上摩托车，说道：

"不管怎么说，这次准能成功。"

这样，我终于学会了准确无误地抢劫皮包的本领。斯基雅维多又给我上了两天或许是三天的课，然后对我说，现在我的技术已经相当熟练，该去见见世面了。

起先，我以为一切将会像在马路上练习时那样简单，唯一的区别只是，某个漂亮的女人或者上了年纪的太太，将取代人行道上的那个傻小子。可是，当我跟斯基雅维多在古物路相遇的时候，我顿时感觉到，我心里着实恐慌不安，但我又怕让人耻笑，所以没有勇气坦白出来，只是怯生生地问道：

"必须今天开始吗？今天是星期二①。"

"当然必须今天开始。所有的日子都是吉利的。上车吧。"他精神抖擞地说。

我又提出要求，让我有机会再适应一下，最好先由我驾驶摩托车，他动手干。斯基雅维多答应了。于是，我们驱车朝马耳他骑士路驶去。

时值黄昏，斯基雅维多的心情显得轻松愉快。我驾驶摩托车登上小山坡的时候，听得他不断轻声地吹口哨、哼歌儿。我几乎产生了一种错觉，仿佛我们是在兜风，去

---

① 据意大利民间习俗，星期二、星期五是不吉利的日子，不宜出门远行和举行婚礼。

寻找女朋友似的。唉，真是活见鬼，哪有什么女朋友呢。

当我们顺着修道院的外墙，从一条僻静的马路下坡的时候，突然瞧见前面有一名上年纪的妇女，体态粗大肥胖，穿着一身黑衣裳，手腕上挎着一个黑色的大皮包，步履艰难地行走。

斯基雅维多吩咐说：

"向这个女人下手：加快速度，靠近她！"

他讲话的声调显得很古怪，仿佛一个猎人在草丛中发现了一只美丽而肥嫩的鹌鹑。我服从他的命令，闭上眼睛，把脸孔贴近车把手；我蓦地感觉到一下猛烈的震动，随即听到了呼救的声音：

"来人哪，抓贼骨头！"

我俯身弯腰，狠命地往坡下冲刺。车子一直开到卡拉卡拉浴场附近的公园，才停得下来。我们把摩托车停放在一棵大树背后，赶忙打开皮包。这是一只最普通不过的老式皮包，而且还有好几处已经开绽了，里面除了几卷花花绿绿的棉线和丝带，一无所有，全部价值最多不过五百多里拉。这女人兴许是刺绣工人，或者是个裁缝。

斯基雅维多信手把皮包扔到草地上，说道：

"这好比大河里钓鱼，有人走运能钓到一条梭鱼，有人晦气只能钓到一只破鞋……我们钓到了破鞋。再来一次。现在该由你来动手了。"

听到他的吩咐，我的心不由得七上八下地狂跳起来。我害怕得简直喘不过气；不过，我二话未说，跳上了摩托车，坐在斯基雅维多后边。车子开到胜利路，然后从威尼斯广场穿过海洋路。快接近真理路那个十字路口的时候，他对我嚷道：

"注意，那边有两个女人，做好准备！"

我早已吓得半死不活，勉强抬头一看，果然瞧见那古老教堂的对面有两个美国女人；一个年轻的金发姑娘，一只膝盖跪在地上，正在用照相机对准教堂摄影；另外一个中年女人，站在旁边等她的女伴，手里拎着一只鳄鱼皮制的漂亮提包。

斯基雅维多又下命令说：

"留神瞄准：向那个母亲下手。"

他加快了车速。我呆呆地向自己重复："向那个母亲下手。"可是，我立刻觉察到，我的两条胳膊仿佛灌了铅一样，沉甸甸的，压根儿不听我使唤。斯基雅维多放慢了车速，我乘机面对面地打量了一番那个中年妇女，只见她长得满脸雀斑，头发是棕红色的，鼻梁上架了一副黑边眼镜。这样，摩托车带着我从她身边一闪而过，我却连一个手指头也没有伸出来。

车子朝台伯河畔的栏杆驶去，斯基雅维多没有扭过身子，大声斥责说：

"你干的好事！不过，能不能告诉我，究竟发生了什么事儿？"

我怯生生地回答说，我害怕那金发姑娘用照相机把我的模样照下来。自然，这是

难以自圆其说的遁词。斯基雅维多耸耸肩膀,哼哼唧唧地说:

"不必吞吞吐吐,你干脆承认你是个胆小鬼。再来一次。"

这一次,他驱车兜了个大圈子,用他的话来说,其用意是让我有时间振作起精神。车子返回威尼斯广场,折入维多里奥大街,经过大桥,急速地朝通向贾尼科洛①的山冈飞驶。到了半山腰的广场,他叫我下车,把我带到一个售货亭前,请我喝了杯咖啡,给我壮壮胆子。重新骑上摩托车以后,他对我说:

"我觉得,你现在可以动手干了。我们从圣潘克拉齐奥门穿过去,那边一条大街的住户全是上等人、外国人和高级知识分子。一句话,在那里随便找个什么地方下手,都会有油水的。"

果然,穿过圣潘克拉齐奥门不远,眼前出现一条下坡的街道,清静幽雅;人行道上,粉红、雪白的夹竹桃花盛开;墨绿的常春藤、青翠的树丛,掩映着一座座式样古老的花园和外壁幽暗的别墅。

街上静悄悄的,只有半山坡上一对恋人,在黄昏的甜蜜朦胧的余晖中,悠闲自在地散步。他们大概是外国人,男子身材颀长纤弱,棕褐色的皮肤,鬃毛似的浓密的头发;相反,女郎的身材矮小丰腴,淡黄色的鬈发,身穿一套素白的衣裳,健壮的臂膊和大腿被太阳晒得乌黑乌黑的。他们互相紧紧搂着腰肢,女郎把脑袋斜倚在男子的肩膀上,走路的时候整个身子扭曲着;她的一只漂亮的皮包,是用深绿色皮革和细竹编织的,没有挎在臂腕上,却是用手指尖轻轻地拎着。

"注意坡下那一对儿!"斯基雅维多用严峻的声调命令。"瞧,他们多么相亲相爱,压根儿不会发觉……那简直不是一只钱包,而是熟透了的梨子,自个儿会掉到你的手心里;是朵只消伸出两个指头就能摘下来的鲜花……注意!"

他一面说,一面加大油门。我的肢体已经瘫软,但仍然做好了抢劫的准备。不料,驶近那对情人身边的时候,突然出现一个金发小女孩,滚动一只铁环,在人行道上蹦蹦跳跳地迎面奔来。这个出乎意料的情况足以成为我拒绝抢劫的理由。摩托车一直开到大街的尽头,然后在拐弯的角落停下来。

斯基雅维多火冒三丈,又气又恼:

"好哇,你究竟是白痴,还是打算干下去。这只钱包他们简直已经送到了你的手掌心里。我的朋友,你应当牢牢记住,做一个拦路抢劫的盗贼,需要胆量、果断和冷静。否则,你最好趁早洗手不干,我们就此分道扬镳。"

总而言之,他把我奚落得脸上红一阵白一阵的;他讲话的时候是那么伤心,语气里混合着尊严和厌恶。打个譬喻吧,他一本正经的神态,活像一个打铁的老师傅在责备粗心大意的学徒。

---

① 罗马的最高点,由此可以鸟瞰城市全景。

我内心里明白，我不能怪罪于他。现在，我只有一个愿望：尽快地摆脱这一切，在开始拦路抢劫以前就跟盗贼这门职业一刀两断；因为我发现，我不是干这一勾当的材料。只是我羞愧于立即吐露我的心思，何况这又是我主动找上门去的；而他，可怜的家伙，为了把干这一行的本事传授给我，冒着六月的骄阳，在那公路上整整晒了四天，出了一身又一身的臭汗。一句话，我需要寻找一个借口。

暂且，我仍然违心地向他发誓，说下一次保证不会再失误，准定马到成功。他嘟嘟囔囔地哼了几声，跨上了摩托车，带着我飞快地穿过丹多洛大街，来到台伯河彼岸。

这里，树上缀满了彩色灯泡，正在举行什么节日活动，游人熙熙攘攘，出售西瓜、烤猪肉的摊棚跟前，拥挤得水泄不通。斯基雅维多机伶地在往来如梭的小汽车之间穿来穿去，往左拐到台伯河大街。我想向他表示我的胆量，便开玩笑地对他说：

"嘿，咱们就在科埃丽宫前面动手，怎么样？这是个好机会，抢了以后我们还可以进去逛一逛。"

"好极了。瞧那个女人！现在我把她缠住，向她打听路。你准备动手。"他从牙缝里吐出了这几句话。

我朝他指明的方向睃了一眼，在几乎已近黑夜的昏暗中，一个年轻女子着急地在踱来踱去，好像等待着什么人，手里拎着一只高级的皮包。她身材细高，肌肤丰满，头发染成金色，一件花衬衣紧紧地裹着高高隆起的胸脯，腰身显得很粗，看样子是个外国人。正当她朝我们转过身子来，显露出某种轻蔑的神情的时候，斯基雅维多的车子在她的跟前戛然一声停住。我定睛一看，她的脸孔肥胖，浓密的金发下面，闪耀着一双小眼睛；她的模样儿有点像仔猪，可是挺讨人喜欢。

斯基雅维多问道：

"小姐，您能告诉我，西斯多桥在哪儿吗？"

她用带着生硬的外国口音的意大利语回答。

"我也说不上来。我是德国人。"

斯基雅维多赶紧拉扯了一下我的衣袖，暗示我该向那皮包下手了。而我呢，却忽然心血来潮，对她说。

"小姐，您独个儿在这里干什么呢？您乐意我们跟您做个伴吗？"

她把我们端详了一番，看得出来，她正在心里暗暗盘算。尔后，她回答说：

"我正在等一个朋友，可他没有来。我跟你们走走，不过最好到台伯河对岸举行节日活动的地方去，他很可能在那里。如果我找到他，就不能跟你们作伴了。同意吗？"

"一言为定。"我说。

她毫不迟疑地跳上了摩托车，说：

"我叫特鲁苔，你们两位叫什么名字？"

斯基雅维多把车子转了个圈儿，朝台伯河对岸驶去。他脑子里在想些什么，我说不上来，因为他沉默不语，不过我能够猜想得出来。他是个严肃的、喜爱自己的职业的人。我恰恰在他认为最严肃的问题上惹得他生气了。

我们来到台伯河对岸，他在那川流不息的汽车、围在摊棚前又吃又喝的行人和无数的彩灯之间穿行，不时用很不自然的声调问：

"喂，告诉我，你们打算上哪儿去？"

我明白他的嘲讽，可特鲁苔却以为这是友好的表示。特鲁苔肚子饿了，而且还口渴；我身上没有带零花的钱，于是只好由斯基雅维多来付钞。她是个名符其实的德国女人，起先，她想尝尝烤猪肉，觉得味道很美，便吃了整整两份。然后是西瓜，她足足吃了四块，足以让任何一个饕餮者瞠目结舌。

她开始快活起来，提议到旧金山路的一家餐馆去坐坐，喝它一公升。这样，我们就在那些正在吃喝作乐的人群中间找个桌子坐下，要了一公升酒。特鲁苔的提议看来正中我们下怀，于是我们很快又要了一公升酒。她厚着脸皮，谈笑风生，忽儿说她跟我们在一起准定没有好运气，忽儿嘲笑斯基雅维多闷闷不乐的样子。她喝得略有几分醉意，举起一只酒杯，对他说：

"你准不是台伯河边的人；生长在台伯河边的人全都是无忧无虑的，吃啊，喝啊，追求女人啊。你倒像个德国人。"

斯基雅维多板着阴沉的脸孔，回答说：

"或许我是个德国人。我甘拜下风，特鲁苔，甘拜下风。"

不知道什么缘故，也许是我为没有沦为盗贼而暗暗庆幸，我的情绪也明显地活跃起来：

"特鲁苔说得对。告诉我，你怎么啦？"

我和特鲁苔就这样一唱一和，拿斯基雅维多的阴暗情绪开心。

突然间，特鲁苔大声呼喊起来：

"埃多雷！"

我刚刚转过身来，特鲁苔已经挤到人群中间，紧紧攥住一名身穿衬衣，皮肤褐色的小伙子的胳膊，一副温情脉脉的样子。斯基雅维多霍地站起身来，说：

"够了！走，我有话要跟你说。"

我们上了摩托车，来到贾尼科洛山冈的围墙外面，在荒凉、漆黑、垃圾遍地的十字路口停下。斯基雅维多下得车来，把车子小心翼翼地倚靠在围墙上；尔后，一声不吭，猛地扑到我的身上，揪住我的双手。我的体格很健壮，可是他的肌肉像钢筋一般坚硬，又有着职业拳击手那样灵敏的反应；因此，经过一番挣扎以后，他终于把我贴在墙壁上，紧紧按住，象擂鼓似地揍我的胃部。

一阵纷至杂沓的脚步声和欢声笑语从附近传来。斯基雅维多慌忙放开我，跳上摩托车，一溜烟地逃走了。

从此，我再也没有遇见过他。

别了，乡村

  我们乔尔迪亚尼村来了一群电影制片厂的人，说是打算在这里拍一部影片。说来叫人纳闷，不知道什么缘故，他们不喜欢村子里真正的平房，却偏偏要按照什么艺术的规矩，在草场的中间，另外造一座漂亮的新平房。不过，电影究竟应当说真话，还是可以不必说真话呢？如果需要说真话，那么他们造的那间平房，就应当跟许多年以前我们乔尔迪亚尼村盖的那些平房一个样儿：房子里的地跟街道一般高，下雨的时候，雨水连同泥巴，还有各色各样的小虫子，不断地流进来；没有卫生间，只是在村子空地上有一个公共厕所；没有厨房，因为只消一只煤油桶改制的炉子就足够做饭了；有时还要糟糕，只有糅和了稻草的土坯砖，到了夏天，到处是嗡嗡营营的飞虫。

  可是，拍电影的人别出心裁地盖了一座现代化的平房。如果乔尔迪亚尼的所有平房都像它那样阔气，那么，这个村子今天也就不至于像是一个劳役犯住的地方了。在我们村子里，每间平房前面都圈了一小块地，围着木栅栏。在这小小的天地里，你可以随意做你想做的事情：洗衣服，做饭，搞个人卫生，干家务活，聊天。

  拍电影用的平房也围了一道栅栏。不过，那里既没有汩汩流淌的泛着污浊泡沫的肥皂水，成堆的破衣烂衫，蒙着一层绿霉早已腐烂的旧鞋，也看不到斑驳陈旧沾着厚厚的尿垢的夜壶，晾在铁丝上晒太阳的尿布，在泥地上到处白花花地冒出来的杯盘瓶罐的碎片，以及许许多多这一类的东西。在生活中存在的事物，在电影里却看不到它们的影儿，那怎么行呢？那怎么能再现那些当年用红的、黑的墨水写在墙上，经过风雨剥蚀，如今已斑驳黯淡，仿佛吸墨纸上的一道道墨水痕迹似的标语"打倒战争！""斯大林万岁！""打倒德国鬼子！"呢？

  当然，在他们的那间讲究的小房子里，摆满了我们的平房才有的东西：双人床，孩子们的小床，粘满各种圣像的柜子，两张草编的凳子，等等。不过，这些东西摆在那里，仿佛信托商店里寄卖的家具，没有一丝一毫的生气。从老远的地方就可以看得出来，从来不曾有人在这些床上睡过；那只大柜子是空的，谁也不曾在那些圣像面前祈祷过。平房特有的气味，我是说每天仅有的一顿正餐，西红柿汁的面条或菜汤的气味，跟龌龊的衣服、抽烟和睡觉在屋子里散发出来的蒸腾的气味，怎么能在这间阔气的小房子里再现呢？哦，我倒忘了，电影里是无法表现出气味来的。

为了使电影更加真实,他们在乔尔迪亚尼村雇了几个小伙子和一个姑娘当临时演员。这些挑选出来的小伙子,是村里最健壮、最听话的,虽然,说句老实话,因为营养不良的缘故,村里面黄肌瘦的青年,远远多于具有运动员身材的小伙子;他们从姑娘中挑选出来的朱丽娅,是我的未婚妻,我自然不便评头品足,不过,毫无疑问,她是村里所有的姑娘中唯一的例外,长相是最美的。这并不是说,村子里没有相貌美丽的姑娘。要知道,她们整天劳作,不注意打扮自己,所以她们的美,不妨说,容易感觉得到,然而很难一眼看出来。

朱丽娅却不一样。她是独生闺女,妈妈早年守寡,靠洗衣服为生,把朱丽娅当作心头肉一样疼爱,从来对她百依百顺。所以,朱丽娅长大了简直就像个富贵人家的小姐。窈窕的身材,细嫩的脸蛋,保养得很好的双手,跟其他女孩子比较,最惹人注意的要数她的头发,不仅因为她的头发是棕红色的,这在乔尔迪亚尼村非常稀罕,而且她柔软的头发总是梳得整整齐齐,高高地蓬起来,熠熠闪亮,不像她的同伴们那样披头散发,肮脏得很。我常常在朱丽娅梳头的时候打她家的平房前面走过;我瞧见她站立在窗子前的侧影,她是那么全神贯注于梳妆,仿佛猫儿用舌头在舔身上的柔毛似的。

现在,我想重复说一遍,为什么他们选中朱丽娅,认定她是平房人家的典型姑娘呢?还是举个例子吧,这就好比朱丽娅家平房前面有一棵杨梅树,春风送暖的时候,乳白色的花朵缀满枝头,摄影师就把它当作乔尔迪亚尼村的风光拍摄下来。而其实呢,谁都知道,除了这棵杨梅树,乔尔迪亚尼村再也看不到别的树木。几个当过战俘的乔尔迪亚尼人说,这个村子跟集中营挺相似,区别不过在于,集中营还要更加干净点儿。

我不愿意去拍电影,因为我在卡西里那的一家车行当机械工,不那么方便。而且,打一开始我就不乐意朱丽娅去当临时演员,道理很简单,这部片子原应当反映我们乔尔迪亚尼人的生活,可是我看了他们拍的几场戏,就恍然大悟,这部电影不说真话,他们造了跟我们的平房完全不同的房子,而且在其他方面也弄虚作假。且不说扮演女主角的演员来到我们村里的时候,在花格子布衣服外面披了一件貂皮毛大衣;那个扮演男主角的演员,年纪轻轻的,挺着大肚子,腰身滚瓜溜圆,好像一头公牛,打老远就可以看得出来,他从来没有干过活儿。这一对青年起先在我们村里谈恋爱,后来赢得了足球彩票,于是迁居罗马城里帕利奥里区①的一幢楼房。我压根儿就不相信这样的故事。是的,赢得足球彩票,是够诱惑人的,可是,最好还是描写一下,乔尔迪亚尼的某个人是如何依靠自己的劳动进入帕利奥里区的吧。

可是,我后来改变了主意。那是在一个晚上。我跟电影摄影师闲谈,东拉西扯,从他那里知道,他们在草场中间造的那间漂亮的平房,拍完电影之后准备拍卖掉,价钱是四万里拉。只要拿出我的储蓄,再加上朱丽娅的储蓄,就足够支付这笔钱了。我

---

① 罗马市的豪华住宅区。

们已经购置了家具，存放在一个朋友的店里。那是四月，再过一个月，最多两个月，我们就可以结婚了。

我跟朱丽娅谈了我的打算。她听完以后，从紧闭的嘴唇里吐出几个字，表示同意。她从来就是这样，缺乏热情，不知道什么叫激动，总是那么冷静，仿佛心不在焉。不过，她又补充说：

"希望我们也能像电影里的主人公那样，赢得足球彩票，像他们那样搬出你的平房，迁到罗马帕利奥里区去。"

我没有再去理会这些话；当然，这样做是失策的。朱丽娅把我介绍给制片主任。电影才拍了一半，我就预付了定金，那新盖的平房就是我的了。

人是很有趣的。他缺乏推动自个儿前进的能力，总是洋洋自得，做一天和尚撞一天钟。可是，当他觉得需要给别的人，譬如说，给他的未婚妻，做点什么事的时候，他立即变得活跃起来，精力充沛，脑子也聪明了。我也是这样。我预付了定金之后，马上劲头十足地忙碌起来，脑子里只想着一件事：我快要结婚了，应当积攒点儿钱。我放弃了汽车行的工作，找到一个朋友合伙，就在这条卡西里那大街上，开了一爿虽然规模很小但终究是我们自己的工厂。

很久以前我就有了这个计划，可是因为怠惰和缺乏自信，一直没有认真地去办。这次我下了冒风险的决心。说来真是奇迹，小工厂的买卖从一开始就非常兴旺。我仿佛着了魔似的拼命干活，下班以后居然还有精力到村子的广场上去瞧热闹。那里，灯火通明，制片厂的人拍片子一直忙碌到深夜。还是那老一套，那间跟乔尔迪亚尼村的住宅毫无共同之处的平房，那个在乔尔迪亚尼村压根儿不可能发生的故事，那些跟乔尔迪亚尼人毫不相干的人物。不过，现在情形不一样了。我知道，很快就将是我的乔迁之喜，我跟朱丽娅将要在那间漂亮的新房里共同生活；我几乎产生了这样的感觉，这部电影也并不全是弄虚作假。

导演大喊一声："注意，开拍！"这时，我的朱丽娅出现了，她站在被水银灯光照耀得如同白昼的平房的门口，美丽的棕红色的头发披在肩上，涂抹了化妆油彩的脸蛋显得格外娇艳美丽。我恍然觉得我已经是那间房子的主人，我看见朱丽娅迎面朝我走来，迎接我下班回家。

现在，影片的拍摄已进入尾声，两名主角向乔尔迪亚尼告别，迁居罗马帕利奥里区。为了庆贺影片拍制完毕和平房移交给我这一双重喜事，我们决定在朱丽娅家里举行一个颇为特别的晚宴。这天是星期六。演员们一直忙碌到晚上，等他们离开以后，我们就坐下来欢宴，为我们的喜事干杯；然后，至少我乐意这样想象，我跟朱丽娅手牵着手，踏着融融的月光，去欣赏坐落在草场中间的那间平房，崭新的，终于属于我们自己的新房。

八点半钟，我胳肢窝里挟了一瓶上等好酒，准时来到了朱丽娅的家。朱丽娅的妈妈不在家，不过她肯定没有走出很远，因为房门还开着呢。我叫了好几声，又特地在门上敲了几下，然后鼓起勇气，走了进去。

朱丽娅家的平房跟村里其他的平房没有什么两样，可是你一旦走进去，就会发现某种区别。房间里一切都井井有条，非常清洁干净，一尘不染，这是那些很能干的女人才有的癖好。朱丽娅跟她妈妈睡的床上，叠着两个雪白的枕头，一条漂亮的红毛毯；床头铁栏杆上插了吉利的橄榄树枝。五斗柜上铺着绣花的桌布，上面整整齐齐地摆着朱丽娅的发刷、梳子。地上铺着地毯，窗子上挂了两幅印有蓝色的小球的窗帘，窗台上摆着许多花盆。平房外面搭了一间木棚，当作厨房，所以房间里闻不到什么气味，或者说，只有朱丽娅留下的一缕幽幽的香气。

我看到摆在窗台前面的餐桌一点没有收拾，顿时愣住了，我几乎以为是我搞错了日子，或许晚宴应当是第二天举行。我胳肢窝里挟着一瓶酒，呆呆地在房间里来回踱步。我在镜子面前站住，打量自己的模样；尔后，从朱丽娅用的发刷上将下几丝棕红色的软发，紧紧地绕在我的中指上，仿佛一个铜戒指。那张大床吸引了我的注意，那是朱丽娅睡觉的床呀！我拿开枕头，轻轻地抚摸着折叠得整整齐齐的衬衣。我的手触到了什么硬东西，伸进去一摸，摸到一个小盒子。不知道为什么，我满以为这是朱丽娅今儿晚上送给我的礼物。打开一看，却不是送给我的礼物，而是两只带蓝宝石的耳环。我还没有来得及感到奇怪，就突然听到了朱丽娅在木棚厨房里讲话的声音。我急忙把耳环放进小盒子里，塞到枕头底下。

朱丽娅进来了。她站在门槛那儿，一口气不歇地说：

"路易吉，我很遗憾，今天晚上我不能跟你在一起；为了庆祝电影拍摄成功，他们在罗马举行庆祝晚宴，邀请我参加，我不能缺席。我本来想跟你打个招呼，可是你在工厂里，所以没法子告诉你。"

我一声不吭，不过，我的面孔肯定是吐露了我的情绪，因为朱丽娅忽然变得神经质起来，用几乎是恼怒的嗓门，高声说：

"另外，现在我还想告诉你，我们之间的那出戏该收场了。我们是配不到一块儿的。最好从今天起分手就算了。大约有一个月的光景，我一直在考虑这件事，你知道，我本来应当马上告诉你，不让你买那间新房的。"

我做了一个手势，打断了她的话，想表示："那新房跟我有什么相干？"

可是，她误会了我的意思，急忙说："你不用担心，我已经跟制片主任谈了，如果你愿意，可以把定金取回去。不过，要是我在你的位置，我就把新房买下来了，其实这是一件挺好的买卖，将来你反正要搬进去住的。"

现在，她俨然是电影里女主角的神气，仿佛就要迁居罗马帕利奥里区，居然给我出起主意来了；她建议我把新造的平房买下来，真是莫名其妙。我的眼睛泪水汪汪，正要回答："是的，我打算把它改成啤酒店。"突然，我发现，她的惶惶悚悚的目光越过我，投在她的床上。我恍然大悟，走到床头，拿出装耳环的小盒子，递给她，说：

"你是找这盒子吗？拿去吧。"

她手里拿着首饰盒，窘困地打量了我一会儿。然后，高跟鞋掉转了个头，款款地走出了房间。

我也随着走出了房间。一条柏油马路把乔尔迪亚尼村劈成两半；马路上停着助理导演的一辆半是红色半是黄色的轿车。村子里的路灯极少，四周一片昏黑，不过那轿车在幽暗的夜色中仍然熠熠闪亮，仿佛鬼鬼祟祟地闪烁的磷光。轿车里挺明亮，坐满了人。我瞧见朱丽娅不慌不忙地朝轿车走去，脑袋斜歪在肩膀上，先戴上一只耳环，然后戴上另外一只。我恍然听到，那些人以欣喜的声音在迎接她。

红黄色的轿车发动了马达，急速地朝前驶去；车灯射出的光柱，把沿路隐藏在黑暗中的矮小的平房和木栅栏照耀得清晰可见。

眼看轿车在马路的尽头消失，我也离开了村子，不过是去乘上罗马的公共汽车。至于那新造的平房，预付的定金，跟朋友们告别，统统到明天再说吧。现在，我急于尽快地离开村子，仿佛按照朱丽娅的愿望，为了彻底摆脱这些平房、穷困和孤独在我心里烙下的印记。朱丽娅以她并非有意识的蔑视，扼杀了我的爱，同时却又唤醒了我的爱。我不想在乔尔迪亚尼度过这一个夜晚，宁愿到公园的长凳上睡一觉。蓬台①有我的一个表兄，我决定上他那儿去。

公共汽车照例挤满了人，售票员不耐烦地对我说：

"上来，快一点儿，小伙子，朝前走。"

我顿时觉得，这句话蕴含着良好的祝愿。正像他所说的，我还是一个小伙子，应当朝前走；在远离这乡村的地方，我还将生活许许多多岁月。

红雨衣

当你没有固定职业的时候，就会有许多职业摆在你的面前。老实说，我就或多或少干过各种各样的职业。哪一行我没有干过呢？串街走巷的货郎、掮客、校役、门房、听差、招待员、清洁工、骑三轮车卖冷饮的小贩，以及我也说不清楚的种种其他职业。唉，没有一样东西，能够像失业那样妨碍你成为一个人，一个有家庭、固定工资

---

① 意大利南方康帕尼亚大区的一个小市镇。

和可靠的职业的人。

像经常发生的那样,我又失业了。我信步走到科隆那广场,这里行人摩肩接踵,三教九流,无所不有;我眼观六路,耳听八方,在人群中漫游。有人悄悄对我附耳说:"有美元吗?有英镑吗?"有人向朋友传播新闻:"法官判了他四个月徒刑,缓期执行。"有人打量咖啡馆里的顾客,惊呼:"噢,你瞧那个金发女郎!"也有人神气十足地嚷嚷:"罗马不会对拉齐奥①客气的。"一句话,他们全都是跟我一样的可怜虫,实在没有什么高兴的事儿。

为了消磨时间,我跟其他人一样站在那里看电视。突然,我觉得有人碰了一下我的胳膊肘,我扭头一看,嗨,你们说我遇见了谁?纳尔冬,一个绝顶能干的人,不知道为什么,他从来不曾失业过。

"在干什么呢?"他问我。

"你现在不瞧见了嘛。"

"不,我是问你,你现在干什么工作?"

"正在找工作。"

"跟我走吧,我有个想法要跟你谈谈。"

我们走进咖啡馆,纳尔冬要了两杯咖啡,然后跟我谈起他想说的事儿。他现在是一家私人侦探公司的职员,专门干盯梢的差事。从这一天起,他受一名上年纪的男人的委托,开始钉一个女人的梢。那老头儿怀疑他的这个女朋友另有所欢。事情真不凑巧,纳尔冬的未婚妻偏偏这一天从纳尔尼②来了,他想陪她玩一个下午。所以,纳尔冬希望我顶替他干一天。他会把我带到那个女人住的地方,在她出门的时候,指给我看,尔后,剩下就是我的任务,钉她的梢。报酬是三千里拉,外加必要的花费。

"这是个挺年轻漂亮的女人。而她的情人已经六十五岁了。对于年过六旬的老头儿来说,盯梢有什么意义呢?还不就是那么回事。"纳尔冬补充说。

我对纳尔冬说,我接受他的建议,不过他还应当再增加点什么报酬。我们达成了协议,他另外给我三包香烟,然后就分手了。

第二天,将近两点钟,我挟着一把雨伞,按时到了阿基梅德大街;天空布满乌云,看来要下雨了。纳尔冬早已在那里等候,他指着马路对面的一扇大门,对我说:

"她很快要从那里出来。每天都睡懒觉,总是一点钟才起床,这个时候出门;真是个游手好闲的女人。她对自己的情人忽儿这么说,忽儿那么说,老头儿起了疑心;依我看,老头儿的怀疑是有根据的。"

我们在那里大约等了半个小时,东拉西扯地闲谈。纳尔冬向我讲述侦探公司的许

---

① 罗马和拉齐奥是意大利的两支甲级足球队。
② 意大利中部翁布里亚大区的城市。

多故事，逗我发笑；常常有许多男男女女找到侦探公司，一口咬定自己戴了绿帽子，不惜拿出大把大把钞票，以求弄得个水落石出。忽然，他用胳膊肘碰我一下，说：

"你瞧，就是她。"

不料，正在这个节骨眼上，我却因为受了寒气，打了个喷嚏；等到我抬头细瞧，只看见一个女子身穿火一般鲜红的雨衣，匆匆忙忙地朝公共汽车站走去。纳尔冬把三包香烟塞在我手里，对我说：

"夜里十二点见；如果钉梢还没有完，给我打个电话，我来替你。"

"一言为定。"我一面回答，一面急忙去追赶那女人。

可是，这一次我又没有能够看清楚她的脸，因为公共汽车突然开进了站，她上了车，许多乘客跟着拥了上去，我是最后一个，刚踏上踏脚板，车就开动了。

车里挤满了乘客。还在赶汽车的时候，我就暗暗盘算好了，我可不能挤到人群里去，否则，她该下车了，我兴许还没有挤到她跟前呢；最好站在踏脚板上，这样我可以跟她同时下车。公共汽车在疾驶，过了一站又一站，我始终站在踏脚板上。汽车跑完了整个弗拉米尼亚大街，到了弗拉米尼亚广场。我一只脚踩在地上，一面细细打量。下来了大约四、五名乘客，尔后，我瞥见了穿红雨衣的女子。我立即跳下车，紧紧跟了上去。

现在，她在我前面，正朝台伯河走去，我有机会非常从容地打量她。红雨衣紧紧裹住的身躯颇为丰腴，她每走动一步，腰肢丰满的肌肉就清晰可见地在红雨衣里映现出来。她的个子比我还高一点儿，走路的步子急促、坚定、有力。我紧走几步赶上了她，几乎跟她并肩而行。她是一个金发女子，几绺金黄色的卷发耷拉在火红的雨帽外面；她的脸庞俊秀，但很严肃，几乎带着男人的神气，一张僵硬的大嘴，笔直的鼻梁，一双碧蓝的眼睛，眉头微微蹙紧。雨衣在她的胸脯前面鼓起来，更使她的身影像个雕塑像。总而言之，她是一个刚健绰约，生气勃勃的女子，一个六十五岁的老头儿，怎么能满足她的要求呢？

她仍然踏着急促而有力的步子，折入台伯河大街，沿着面朝台伯河的一排公寓走去。前面是一座现代式样，完全大理石建筑的小公寓，她径直走了进去；我也尾随而入。她朝电梯走去；过了片刻工夫，电梯降下来了，这是一个极其现代化的玻璃盒子。她登上电梯；我紧跟着跨了进去。

"您上几楼？"她问我。声音温柔悦耳，带着童声的稚气，跟她严肃的外表形成对照。

我随意说："上最高一层楼。"

她按了一下上第四层的电钮。现在，我们彼此距离很近，但是她固执地低垂着脑袋。她在四层下了电梯；我赶快按了上第五层的电钮。电梯一停，我急忙冲了出去，顺楼梯奔向四层，正好瞧见八号房间的门砰地一声关上，她的背影消失了。我走近八号房间,只见门口的铜牌上写着:"伊诺钦蒂"。我又回到底层,找了许久,没瞧见看门人的影子,只好走到公寓对面,倚靠着台伯河畔的栏杆,耐心等待。

下起了濛濛细雨。我打开雨伞,点燃了第一支香烟。我知道,需要等老半天,这使我快快不乐,心想,盯梢可真是苦活儿,这三千里拉实在不好赚。我眺望着台伯河,可是眼睛却总是斜睨着公寓的大门。一汪河水,掀起浑黄汹涌的波浪,使人目眩;翻滚的旋涡,不时把洒落水面的些许发黑的树枝、碎片,席卷而去。天空也是阴沉沉的,台伯河对岸的树木,虽然已披上浅绿油亮的新装,可是笼罩在迷蒙暗淡的天色下,显得格外的不协调。

我大约等了三刻钟,抽了三支烟。忽然我瞥见了看门人,一个细瘦干瘪的男子,身穿一件带铜纽扣的灰制服,戴一顶消防队头盔式样的帽子。他走到大门口,抬头瞧瞧天空。

我赶紧离开河边,走到他跟前,问道:

"这里可住着一位伊诺钦蒂律师,六十来岁,秃头,戴眼镜,鼻子尖上长着一个小肉瘤?"

他几乎用一种怜悯的神色打量了我一番,然后回答说:

"是的,这里有一位伊诺钦蒂,住在四层八号。不过,这是一位三十来岁的年轻人,身体棒极了的运动员。他着魔似的迷上了汽车比赛。瞧,那就是他的汽车。"

随着他手指的方向望去,果然,前面不远的地方,停着一辆矮小而细长的赛车,闪烁如火,恰跟我盯梢的女子身上的雨衣一个颜色。于是,我对他说:

"谢谢您,是我弄错了。"

我匆匆地走开,回到台伯河边的栏杆前站定,但比原先的地方稍稍远些,免得让看门人瞧见。

"这么说,"我暗暗思忖,"她的情人是一个三十来岁的年轻人,运动员。她可真有两下子。怪不得她每天中午两点钟来幽会。真不简单。"

我掏出记事簿,记下了他的姓名、地址和他们幽会的时间。尔后,继续等待。

细雨淅淅沥沥地下个不停。我撑着雨伞,目不转睛地盯着公寓的大门;我的一双眼睛是这样直勾勾地瞧着那大门,以致我不时恍然觉得,眼前幻现出不止一个,而至少是两个,甚至三个大门。

我等了多长时间?将近五个小时,从两点半钟几乎等到七点半钟。我一支接一支地抽烟。我没有带报纸,而在这滨河大街上,除了风驰电掣一般疾驶而过的汽车,没有什么可看的,我不由得羡慕起对面那公寓四层八号房间里现在正发生的事儿。我自言自语地说:"我像傻瓜似的像站在这里,风吹雨打,而那楼上……那楼上却美滋滋的:温柔的抚摸,热烈的亲吻,甜言蜜语,调笑,拥抱,美酒,应有尽有。在这样糟糕的天气谈情说爱,放下百叶窗,在昏黑的幽暗中,躺卧在绣床上,紧紧地搂着,絮絮细语，倾听淅淅飒飒的雨声，汽车在湿漉漉的柏油路上急驶的滋滋声，真是人世间最大的乐趣。他们是幸运儿，可我呢，却在干这该诅咒的工作！"

一包烟抽完了。为了排遣闷闷不乐的情绪，我开始在大约一百米长的一段距离内来回踱步。我的思绪老是摆脱不了那一对男女；或许出于愤懑，我又掏出记事簿，在上面写下这样的评论："无须继续盯梢那女子；现已证明，她在此运动员的房里待了整整一个下午：事情不言而明。"

仿佛上帝安排好了似的，将近七点半钟，那红雨衣终于又出现了。我松了一口气，跟了上去。她走的步子仍然是那么急促、有力，仿佛跟那男子的幽会一点儿都没有使她疲劳。她走到弗拉米尼亚广场，登上了开往市中心的公共汽车；我尾随她上了车。

车子里挤满了乘客。我正好站在她的身后。大概是我挨得她太近，她转过身来，面带愠色，用那充满稚气的声音，说道：

"对不起，请您稍离远一点。"

我尽可能地往旁边挪了挪，心里却思忖："真会假装正经。跟伊诺钦蒂打得火热，却不准我挨近她。走着瞧吧，会有不相识的人把你拐去的。"

公共汽车飞快地行驶。她在科隆那广场下了车。我依然紧紧钉着她。她折入通往少女喷泉的一条街，走进了一座古老的建筑物。

我站在大门口，打量门上挂着的各种招牌。这里有芭蕾舞学校，有出租公寓，有裁缝店，还有一家按摩所。可以毫不怀疑地说，这座建筑物是极其可疑的。事实上，不时有许多妙龄女郎，或者单个地，或者成双地走进大门，随即消失了踪影。大门内侧有一间陋室，透过玻璃门散发出一股刺鼻的气味，里面坐着一个长了胡子、双腿浮肿的老太婆。我走上前去，向她打听这里是否住着如此这般的一个金发女子。

老太婆连身子也不动弹一下，说道：

"我的孩子，这里有无数的姑娘进进出出，谁能把她们统统记在脑子里呢？"

我只好耐着性子继续等候。幸好我买了一份报纸，一面读报，一面掏出中午我匆匆忙忙塞在衣兜里的两个面包来干啃。这条街上行人川流不息，总是可以看到新鲜东西解闷，不像在台伯河畔那样无聊。大约等了一个小时，或许稍多一点；我不时想起穿红雨衣的女子，不禁自言自语："看来大有文章。她除了跟伊诺钦蒂打得火热，还另外偷了个鬼知道什么样的汉子。"

终于，她又出现了，仍然穿着那件红雨衣。我快步跟了上去。

她回到科隆那广场，坐上中午乘的那路公共汽车，不过是朝相反的方向。二十分钟以后，她在台伯河畔下了车；我亦步亦趋地跟着她。到了伊诺钦蒂公寓，她果断地走了进去，我留在外面等候。

快到九点钟了。雨噼噼啪啪地下大了，而且还刮起了风，雨点不停地抽在我的脸上。我不由得把纳尔冬、可恶的盯梢、穿红雨衣的女子诅咒了一通，自然，我又情不自禁地想道:"我在这里,风吹雨淋,吃足苦头,可那一对谈情说爱的幸福男女,却在舒适的房间里,吃着美味的晚餐:你尝尝这个,我的心肝;你吃点儿那个,我的宝贝;你喝一口这酒,我亲爱的。晚餐以后,又是百般温柔,说不尽的恩爱。唉,真是毫无公道可言啊!"

算了,简单地说,我又接连等了三个小时。深夜十二点整,我走到附近一家汽车行,从那里可以监视伊诺钦蒂公寓的大门;我给纳尔冬打电话:

"噢,那一对正在吃啊,喝啊,寻欢作乐,打得火热呢。你快来替换我吧,要不,我撒手不干,回家去了。"

纳尔冬说,他马上就来。果然,大约过了二十分钟,纳尔冬来了。我简单地把盯梢的情况向他作了汇报,把我记事簿上的那两页或许三页纸交给他,还说了几句俏皮锋利的评论,尔后,我终于脱身,回家睡觉去了。

大约有两天时间,我没有见到纳尔冬,虽然心里巴不得他来找我。可是,眼看浸透了我的汗水的那三千里拉还没有着落,我只好给纳尔冬打了个电话。他约我在科隆那广场会面。

他一瞧见我,马上怒气冲冲地向我迎来,几乎把我撞倒:

"你干的好事,差一点儿毁了我。"

"怎么啦?"

"你盯梢的女人,压根儿不是我指给你的那个,搞乱了套。"

"这不可能。"

"你跟的那个女人,是一个护士。"

"是护士?"

"是的,而且是挺有名气的护士。"

"那么,伊诺钦蒂呢?"

"告诉你吧,你钉上的那个女子她昨天一直在照料身患重病的伊诺钦蒂的老妈妈。根本没有什么美味的晚餐,谈情说爱之类的玩意儿。将近三点钟,老太太去世了,那可怜的姑娘累得筋疲力尽,便到伊诺钦蒂的公寓去休息了。你知道她平时住在哪儿吗?就是少女喷泉附近那座古老的建筑,你以为极其可疑的地方,她租了一间带家具的房子,可以随意出入。好极了,我应当向你贺喜,你真是个了不起的侦探。"

仿佛被木棒当头敲了一记,我痴痴地站在那里发愣。不过,我又产生了好奇心,想弄明白我怎么会出了这样的差错。不过,我很快便恍然大悟:我没有看清楚我盯梢的那个女子的面孔,她就上了公共汽车;汽车上有一个女护士,穿着跟她一样的红雨衣。我蠢得像头牛,不分青红皂白就钉上了她,而放过了真正的目标。纳尔冬又对我说:

"这些事情我从她那儿打听来的。当我发现她不是我要跟踪的女子,便走到她的跟前,把我的来历和任务一五一十对她说了,这可怜的女人很客气地把事情都告诉我了。你知道，最后她说了什么吗？她说：'我记得钉我梢的那个年轻人。在公共汽车里，他的举动可实在不体面，我不得不叫他放老实点儿。'塞拉费诺，我真没有料到你还有这一手。我要提醒你，盯梢，可以说是极其严肃的工作，是重要的任务。"

"我敢发誓，那不是事实。"我大声抗议。

纳尔冬冷冷地说：

"得了，男人嘛，都是追逐女子的猎人。你头脑发热，以为这是一个轻浮的女人。好吧，给你一千里拉和一包香烟。我不想跟你多啰嗦了。"

小酒窝

两年以前，我跟皮娅就订了婚。订婚期拖得这么长的原因是这样的：尽管我在父亲的五金店里干活，但是手头拮据；而皮娅呢，正在读书，打算像她的母亲那样，将来成为一名护士，而眼下，除了身上穿的衣服，她一无所有。

这两年的光景，与其说是一对订婚的恋人相爱的两年，不如干脆说是无休无止的争论和吵嘴的两年。我们之间争吵的一个主要问题，就是房子。说真的，本来我们可以住在我的家里，跟我那很容易和睦相处的父母亲生活在一起。可是，皮娅压根儿不愿意听到别人提起他们；她在认识我的母亲之前就讨厌她了。皮娅的母亲也有一套相当大的房子，够我们两个住的，皮娅跟我都不反对这个方案；可是，她的母亲却不愿意，因为她还是一个年轻的寡妇，她希望按照自己的意愿生活，不想受过门女婿一家的拖累。

一天，在波尔凯塞公园，我对皮娅提出我认为是一个合情合理的建议："听我说吧，我知道你不喜欢我的母亲，但我并不要求你跟她生活一辈子。仅仅几个月的时间，这期间我再想别的法子安置我们的小家庭。我们结婚吧，先住到我的家里。总而言之，象俗话说的，只要播下种子，就会结出甜果。"

皮娅不由分说，跳将起来嚷道：

"好一个只要播下种子，就会结出甜果！实际的情况是，你提出这个建议，分明是让我尝苦果的滋味。"

她从我挽着她腰的臂膀中挣脱出来，朝着宾契奥宫的台阶跑去。我在后面一边追赶一边叫喊：

"皮娅，等一等，你这是干什么？"

眼看我就要追上她了,而她却像蛇一样敏捷地窜到一个警察面前,喊道:

"请您让后边那个家伙放开我,整整一个上午他都纠缠住我不放。"

我没有料到她这一着,不免吃了一惊。这时,警察走到我的跟前:

"年轻人,拿出证件来。"

我从兜里掏出身份证,眼睁睁地看着皮娅一溜烟地跑远了。我呆若木鸡,茫然不知所措。

那天,我试着上她家里去找她,但扑了个空。于是又给她打电话,她毫不理会。我只得给她写了封本市快信,但三天过去了,还得不到她的回音。

就这样,我失去了皮娅。我突然感到,我的生命的一部分,恰恰是使我呼吸、吃饭、睡觉、工作的那一部分生命,丧失了。我不知道忍受了多少痛苦。我不仅在心灵深处体味到这种痛苦,说什么也无法克制精神上的悒郁愁闷,而且,我的整个肉体,我的身躯的每一块肌肉,每一根神经,都使我感到痛楚难言。

每当我独自在我的房间里的时候,我便呆呆地坐在书桌前,两手捧着脑袋,莫名其妙地啜泣起来。如果我出门去,痛苦和伤感竟然会让我觉得,灿烂的太阳失去了光辉,湛蓝的天空惨淡昏暗,奶黄和乳白色的房屋,春天青翠多姿的树木,统统都变成了一片漆黑。过去,我吃饭从来都是很香的;现在呢,第一口吃下去,就好似吞下了一个木塞,堵住了嗓子眼。睡觉也不得安宁,我常常仿佛受到猛烈的摇撼,从梦中突然惊醒,于是便彻夜不眠,两只眼睛睁得大大的,一门心思只想着皮娅。

在那些日子里,有一天,我比往常更加感到闷闷恹恹,身体的每块肌肉都像小提琴上的弦一样,绷得紧紧的。我走进一家酒吧间,这家酒吧间坐落在奥斯蒂恩赛大街,就在皮娅家的楼下。

那是个清晨,酒吧间里只有一名女子在喝咖啡,她的背朝着门,胳膊肘倚着柜台。我一瞧见她,禁不住暗自叫了一声:皮娅。是的,是她;我认出了她剪得短短的、乌黑发亮的头发,几小缕鬈发整齐地抹在脖颈后面。说真的,当我一发觉是皮娅,我顿时觉得整个身体像松开了大绑似的;原先,我的肺腔窒闷阻塞,仿佛有一头受了惊吓的野兽憋在那里,呼吸困难,现在,突然感觉平静和畅通起来。我叫道:

"皮娅!"

女子转过身来,我这才发现认错了人。原来不是皮娅,而是她的母亲,她的头发式样剪得跟女儿一模一样。但是,我出乎意外地发现,把她当成皮娅而产生的欣慰感觉仍然继续着:我的肌肉不再那么疼痛了,呼吸也仍然是轻快和舒畅的。她马上认出了我,说道:

"错了,可怜的朱斯蒂诺,我不是皮娅,是她的妈妈。"

于是我向她表示问候,当我们寒暄的时候,我仔细地打量了她一番。在她身上,我看到了以前我没有发现的东西:她跟女儿长得惟妙维肖,剪得短短的乌黑闪亮的头发，圆圆的眼睛，细腻润泽的皮肤，修长的朝上翻起的眼睫毛，小巧的像钩子似的鼻子，弯弯的嘴角微微向上翘的嘴唇，都好像是一个模子里做出来的。唯一的区别是：皮娅年方二十岁，她的母亲已经年逾四十。总而言之，皮娅的脸完全消融在她母亲的脸容里了。但由于年龄的缘故，看起来，皮娅妈妈的脸要胖一些，更加丰满但又松弛而衰老。不过，不管怎么说，我现在瞧着她，就好像遇见了皮娅，因为自从她离开我以后，我非常热切地希望见到她。如今，仿佛皮娅就站在我的面前，我心情愉快，似乎真的如愿以偿了。

她的母亲，具有女人对这类事情的那种敏感，她发觉我打量她，就对我浅浅地笑着，这微笑也跟皮娅的微笑一模一样，我也喜吟吟地笑了。她问我：

"你在干什么呀？朱斯蒂诺。"

于是我发现了一件我方才未曾注意到的东西：她的声音也跟皮娅一样，只是音调略微低沉些。我回答说：

"没什么，没什么。"

她显露出一种怜悯的神情：

"你可知道，你已经消瘦多了？"

她喝完了咖啡，跟我一起走出酒吧间，说道：

"朱斯蒂诺，我跟你说正经的，你跟皮娅之间的关系，最好吹了吧；她需要一套房子，可是你又无法满足她的要求。再说，她也不愿意上你家里去住。我呢，又没有条件让你们住到我的家里。当然，这仅仅是我建议你跟她断绝关系的许多理由之一。"

我回答说：

"事实上，我跟她已经吹了。"尔后，我腼腆而惶乱地说，因为我觉得我现在要提出的建议可能使她感到突然，"你看，为什么今天晚上咱们不在一起吃顿晚饭呢？"

她惊诧不置地瞧着我，然后说道：

"好吧，但我要提醒你，最好不再向我提起关于皮娅的事儿，那是徒劳无益的。我是一个女人，她是另一个女人，我们每个人都有自己的生活。"

我诚恳地回答：

"我只是为了跟你在一起，并不打算再谈关于皮娅的事儿。"

她再次惊诧不置地瞟了我一眼，便跟我约定那天晚上九点钟，在奥斯蒂恩赛大街，她家对面的一家饭店见面。随后我们就分手了。

晚上九点，她准时来了。我注意到她用心修饰了一番。我已经说过，她还算一个年轻的女人，风流乖觉；她喜欢男人，也喜欢讨男人的喜欢。她身上穿一件色彩艳丽的红毛衣，腰间束着一根带银白色金属扣的乌黑闪亮的漂亮的皮带。下身着一条黑裙子，把腰身裹得紧紧的，说真的，真叫人担心她的臀部会把已经绷得紧紧的呢子炸开来。

我们走进饭店。这家饭店坐落在奥斯蒂恩赛大街地势较高的地段，进口朝着大街，一座带凉棚的花园面对台伯河。我们在凉棚下拣了一张桌子坐下。正是五月的时光，天气煦暖，台伯河隐没在沉沉的夜色中；对岸，沿着台伯河栏杆，闪烁着莹莹灯火，远处隐约可见一座大煤气炉，高大的烟囱在黑夜中吐着红色的火焰。

我点了两份野味鸡，在等菜的时候，我又要了一瓶酒；我给她斟了满满的一杯，因为我从前就知道她有豪饮的嗜好。她喝干了第一杯，接着又是第二杯。她瞧见我既不喝酒，又不讲话，只是细细地谛视她，便用矫揉造作的声调对我说：

"能不能告诉我，你这样呆呆地瞧着我是什么缘故呢？"

"我瞧你，因为我喜欢你。"坦白地说，当时我脑子里其实是这样想的："我瞧你，因为我喜欢你身上许多跟皮娅相像的地方。"

这时，她有点轻飘飘了，以一种卖弄风情的神态问道：

"你最喜欢我身上的什么呢？"

于是，我一五一十地列举她身上我最喜欢的东西，也就是她跟皮娅共同的地方。

在我跟她谈话的时候，我觉得我的心情越来越舒畅，我的整个身子好像得到了休息，轻松异常，呼吸平静。而她呢，可怜的女人，她不可能了解我，最后说：

"不妨告诉你，朱斯蒂诺，如果你不是比我年轻得多，而且也不是皮娅的未婚夫的话，我会喜欢你的；过去，我就一直喜欢你。遗憾得很，情况竟然是这样，毫无别的法子可想。"

当她这样故作端庄谦逊，希望听到恭维话的时候，她的表情竟跟皮娅一模一样，我情不自禁地把手从桌子上伸过去，一把握住她的手，说：

"那有什么关系，年龄并不重要，要紧的是我们喜欢一个人。"

我紧紧握住她的手；她的手完全跟皮娅的手相似，洁白细腻，多少有点儿坚硬，但又很滑溜，弯弯的手指涂了一层红色指甲油。她让我这样握着她的手，神色激动不安，似乎呼吸也很吃力。幸好这时侍者端来了野味鸡，于是我放开了她的手，我们开始进餐。

我的胃口非常好，这使我自己也感到奇怪，因此我为自从皮娅离开我以后，还是第一次出现这样的情况。现在，她反倒不吃什么，只管用她那双饮了几杯酒之后闪闪熠熠的眼睛望着我出神。这个时候，我也不知道什么缘故，发生了一件奇怪的事情，或许有人不会相信，但这是千真万确的。我不知道我开玩笑地说了些什么，她便吃吃地笑起来；出于对皮娅的爱和对她脸上跟皮娅相似的地方的好感，我对她说："我喜欢你的微笑，你微笑的时候，左脸颊就出现一个小酒窝，特别讨人喜欢。"

我们的座位是在灯火辉煌的地方，因此我实在无法把说错话的原因归咎于光线昏暗。实际上，话音刚落，我就发现，在皮娅母亲那微笑的脸颊上，压根儿没有什么小酒窝。皮娅是有小酒窝的；可是，由于我对皮娅的怀念，竟然使我产生了幻觉，仿佛在皮娅母亲的脸颊上瞧见了小酒窝。当时我希望皮娅的母亲没有发现我的疏忽，但是我的想法错了。女人对这类事情似乎有着第六个感官,是异常敏感的。再说,我说话的声音是那样热情洋溢,这就暴露了我的真实情感。我看见她脸上的笑容渐渐消失了,表情也变得越来越尴尬。她终于开口道:

"你说什么?我笑的时候,根本没有小酒窝,至少到现在为止,我一点儿也没有发觉。"

我觉得我的脸火辣辣的,困窘极了。她看出了我内心的惶乱,脸色顿时严峻起来;她打开皮包,掏出一面小镜子,强装出一副笑容,对着镜子端详自己,让人心里怪不好受的。她这样强作笑脸看了一阵子,然后收敛起笑容,表情严肃地把小镜子放进皮包里,拖着有气无力的声调,慢悠悠地说:

"不过,皮娅是有小酒窝的,对吗?"

我现在已经心慌意乱,连忙点头称是。她用眼睛直勾勾地盯着我,说道:

"哦,你方才……你方才那么出神地注视我,是因为……是因为我跟皮娅长得很像……是的,我们两个的相貌确实非常相像。别人常常错把我们当作姐妹俩……你说实话,今天晚上,你邀请我上这儿来,是为了从我的脸上看到皮娅的脸上才有的东西,不是吗?"

我再一次点头称是。我明白,我已经无法否认眼前的事实。

随后是一阵沉默。她似乎感到失望,胳膊肘撑在桌子上,双手托住脸颊,眼睛低垂。过了片刻工夫,她抬起眼睛,我看见她的眼眶中滚动着亮晶晶的泪花,我不清楚这是受了委屈还是其他原因所致。她叹了一口气,然后问我:

"你非常爱皮娅,是吗?"

我提高嗓门,几乎是粗暴地回答:

"我爱她胜过我的生命。"

"失去她,你就不能生活下去吗?"

"是的,失去她就是失去生命。"

她把两只手叉在头发里,似乎显得踌躇不决和痛苦难言的样子。她又叹了一口气,然后,突然站起身来,说。

"你在这里稍等一会儿,我很快就回来。"

她几乎以小跑的步子离开了饭馆;我惊愕莫名,独自留在那里。

我等了好一阵子。餐桌上杯盘狼藉,我的盘子里全是些鸡骨头,但皮娅母亲的盘子里野味鸡几乎是完整的。约莫过了半小时,传来了一阵脚步声,我瞧见皮娅的母亲在凉棚尽头出现了,她的后面是皮娅。皮娅由她母亲用手拉着,来到餐桌跟前。皮娅的母亲细细地凝视我的脸;皮娅头发蓬乱,眼睛低垂,木然不动地站立着。皮娅的母亲说:

"好了,我已经跟皮娅说了,在你挣的钱还不够弄一套房子以前,我让你们住在我的家里，我已经是一个上年纪的女人了。你们年轻人有你们的生活，我有我的生活，这是千真万确的。起先皮娅还不同意，我说服了她，并把她带来了。现在，你可以不通过我，而直接瞧她了。"

说完这一番话，她泰然自若地径直穿过凉棚，朝奥斯蒂恩赛大街走去。

现在，皮娅面对着我，坐在她母亲方才坐的位置上。我谛视着，望着她活泼泼地坐在我的面前，就像在阳光灿烂的海滨浴场或者空气清新的山区度了一个月的假期似的，一阵舒畅的感奋颤过全身。对于我来说，海边的灿烂阳光，山区的清新空气，就是皮娅。现在，她千真万确地坐在我的面前，我再也不须要从她母亲的脸上去寻找她的脸了。我伸出手去握住她放在桌子上的手，说：

"你知道，看见你，我是多么高兴吗？"

"我也是这样。"她细声细气地回答。

酒早已喝完了。我转过身去，吩咐侍者再拿一公升好酒来。

结婚礼物

我的祖父是种菜的，我的父亲也是种菜的，而我却是第一个抛弃了这个世代相传的职业。

唉，这都是罗马的过错。可不是，人们眼睁睁地看着罗马不断发展，它每年都要吞噬掉郊区农村的一大片土地，在那里大兴土木，修建高楼大厦和宽阔的马路。三四十年以前，我们家的菜园子是在台伯河边的芦苇丛中。后来，罗马又向周围扩展，一排新的房子在菜园子前边出现了。挨紧菜园子的左边，一个名叫德·桑蒂斯的人开了一家饭店；这家渡口饭店面对台伯河，还带一个花园。菜园子的右边，修建了一家迪奥泰莱维汽车行，它附有加油设备，门口挂着霓虹灯招牌。

可是，我的父亲对菜园子的感情深极了，每天一大早就骑上自行车到那里去干活。我呢，暂且在奥斯廷塞大街开了一爿小商店，出售各种汽车零件。后来我的父亲去世了，我便打主意想把菜园子出租给人家，可是竟然找不到一个乐意租它的人。于是我也对它失去了兴趣，我脑子里需要盘算的事情很多，那里还顾得上照顾什么莴苣和卷心菜呢。时间一长，菜园子荒废了，草丛芜蔓，垃圾遍地，差不多整个街区和所有住家都上这儿来倒垃圾。一句话，这块长满了野生灌木，垃圾堆积如山的菜园子，变成了一块可以盖房子用的地皮。

汽车行的主人，名叫普拉契多，是我的朋友，甚至不妨说，我们几乎像骨肉兄弟一般亲密。二十来岁的时候，我们的相貌和个性非常相似：两个人的身材都很细瘦，火辣辣地急躁的性格，眼睛炯炯有光，一绺鬈发覆盖着前额。我们酷爱运动，都是球迷，还喜欢喝酒，豪饮成癖。现在，我或多或少还跟过去一样；不过，普拉契多却不再是原来的样子了，他变得一年比一年更加势利，越来越老谋深算，最后竟变成名符其实的"普拉契多"①，叫人一点儿也认不出他来了。这是金钱让他发生了这个变化——他靠汽车行的生意，又充当中人，还转手倒卖汽车，赚了不少钞票。他的性格也变了样，不过我对于这一点还没有感觉；要知道，一个人外表的变化只要用肉眼观察一番，就一目了然，而要知道精神品格的变化，唯一的办法是要看他待人接物的行为。就这样，我继续把普拉契多当作我最要好的朋友，他也确实是我的好朋友，因为我只希望跟他保持友好的交往关系，别无他求，这自然是不需要花费他的钱财的。而普拉契多呢，正像我以后恍然明白的那样，现在一门心思只想着值钱的东西和能够赚钱的东西。

普拉契多的眼睛盯着我那块原先是菜园子的地皮，想打它的主意。有一天，他终于向我提出了他的计划：由我提供地皮，他负责承包全部建筑费用，我们合伙修建一个跟他原先那个一样大的汽车行，以后合伙经营。这就是说，我们需要开家公司，普拉契多还说，假如将来这家公司的买卖赔本，他就付给我一笔地皮费，作为给我的补偿。当时，我的手头相当拮据，不只因为我开的汽车零件商店生意清淡，更要紧的是我快要结婚了，结婚以后我的开销还要增加。

我的未婚妻名叫孔索琳娜，也住在我们这个街区，是渡口饭店老板德·桑蒂斯的闺女。她像普拉契多一样，是我童年时候的朋友，当年我们三个人还曾在台伯河岸边的草丛里玩过捉迷藏的游戏呢。孔索琳娜可以算得上人们所说的漂亮姑娘，她或许略微矮小点儿，可是热情、健康，身材异常苗条，圆圆的小脸蛋儿，结实的脖子，乌黑的头发梳成一条辫子盘在头顶上。孔索琳娜在她爸爸开的饭店里当厨师，人们都称赞她是烹调能手。

有一年夏天，我和几个朋友坐在饭店的花园里，在葡萄藤架下进餐。我不时地从椅子上转过身去，斜睨着厨房，这样我便能够瞧见孔索琳娜。她站在厨房里的炉灶跟前，腰上系了一条长长的遮到脚背的围裙；她那丰腴、袒露的手臂，在熊熊的炉火上面忙碌地操作，一忽儿在平锅里炒什锦，一忽儿转动烤野味鸡的铁钎子。坦率地说，孔索琳娜很快察觉到了我的温情脉脉的眼风，因为她也开始不时地用眼睛瞟我，结果常常把什锦和野味鸡都烧煳，像一团云雾的浓烟包围了她和父亲，她的父亲便忍不住对她大吼起来。我就是这样爱上了她的。我们很快订了婚。可是，她的父亲对我们的婚姻大事很不乐意。这也难怪，孔索琳娜对于他可以说是一株摇钱树；他知道，将来

---

① 意大利语，意为温和的、平静的。

打破灯笼也未必能找到这等能干的厨师,更何况孔索琳娜又是他的独生女儿,他珍爱的掌上明珠。

言归正传,星期一那天,我在合同上签了字。普拉契多是个办事特别认真的人,他把合同摊开,放在我的面前,对我说:

"世上任何事情都难以预料,我们是老朋友了,不过最好还是订个合同。"

星期三那天,孔索琳娜的父亲为我们的婚事又发了一通牢骚。末了,他忽然想出了一个办法:由我提供那块地皮,他花钱为我和孔索琳娜盖一幢小房子,另外再把他饭店里的那个花园扩充一番,作为交换,孔索琳娜仍然在他的饭店里当厨师。将来,他年老退休了,她就取代他的位置;这样,我和我的孩子们都可以坐享其成。

我很喜欢这个办法:简单易行,公平合理,又体现了孔索琳娜父亲的一片心意。不过,我提出了异议,因为跟普拉契多签订的合同使我很为难。孔索琳娜的父亲忙问我,新汽车行是否已经施工,当我告诉他一切都还只是纸上的计划时,他就大声嚷起来:

"嗨,那你尽管去找普拉契多好了,向他提出废除合同的要求。活见鬼,你们两个是好朋友,何况,他一点儿也不吃亏呀!"

我也是这样盘算的,其实,我提出这个异议,只不过是装装样子而已。我暗自思忖,普拉契多不至于会拒绝我这个合情合理的要求的。

于是,我便上车行去找普拉契多。我瞧见他穿着一身蓝工作服,正在用水龙冲洗汽车。他一见到我,便热情洋溢地跟我打招呼:"噢,塞拉菲诺,什么时候能吃你的喜糖啊?"

我连忙说:

"快了,不过,这件事完全取决于你呢。"

他莫名其妙地瞧瞧我,问道:

"跟我有什么关系?怎么回事?"

我告诉他,需要跟他单独谈一谈。于是,他把水龙头关掉,异常友好而殷勤地把我带到一间贮藏室去。这间用玻璃板隔开的小房间里,摆着一张写字桌,两张椅子。我们坐下来,他问道:

"好吧,告诉我,我该怎么为你效劳。"

我把事情的原委一五一十地讲给他听,然后说:

"请你原谅我,你或许会以为,我是个不守信用的人。不过,归根到底,你也不是外人,而是我的老朋友,你会理解我的心情的。正像你知道的,方才说的事情谈不上是投机取巧,而是关系到我的幸福的终身大事。"

在我谈话的时候,普拉契多脸上的表情渐渐地起了变化。友好、殷勤的笑容消失了,与此同时,紧张、隔膜的神态情不自禁地显露了出来;好像他拿着颠倒了的望远镜瞧我,在他的眼里,我变得越来越遥远,成为越来越渺小的侏儒。他不停地玩弄着手里的一支铅笔，末了，终于慢条斯理地开了口：

"这么说来，你是想要我废除前天跟你签订的合同？"

"不错。"

"这也不是件难事，"他把这些字眼从牙缝里慢慢地往外挤，仿佛自言自语地说，"合同可以取消，只是让我再想一想。"

他拿起铅笔，在一片纸头上急速地写了几个数目字，尔后把身子仰倒在椅背上，眯缝起眼睛，远远地端详这些数目字，好像是艺术爱好者在鉴赏一幅绘画杰作。最后他说道：

"行，合同可以取消。我把合同交还给你，不过你得付给我五万里拉。"

我吃了一惊，嘴巴张得大大的，合不拢来：

"五万里拉？为什么？你连一个铜板也没有从兜里掏出来，只不过是签了个名……"

他毫不含糊地说：

"你瞧，我们签订了一个修建汽车行的合同，由你提供地皮，我承担建筑费用。现在，这个计划被迫放弃了，我原来应当得到的一笔利润也就吹了。这五万里拉就是利润赔偿费。"

"赔偿……？"

"赔偿没有到手的利润。当然，假使认真履行合同的话，这笔数目字肯定还要大得多。不过，你是我的老朋友，我就看在朋友的情份上，打了个折扣。"

我赶忙追问：

"利润赔偿费，有这样的规矩吗？"

"当然有的。"

我再也控制不住自己，跳起来大声嚷道：

"利润赔偿费！难道这就是你吹嘘的友谊吗，普拉契多？"

可是他马上打断我的话：

"我们大可不必把生意跟感情混为一谈。我们是好朋友，这一点谁也不否认，可是现在我们谈论的究竟是合同啊。"

我仍然不信服他的理由：

"利润，请告诉我，到底什么叫利润？"

"注意，说得明白点，利润就是赚的钱。"

我也不知道什么缘故，在此之前我从来不曾听说过的"利润"这个字眼，这会儿竟引起了我的反感。那些投机取巧的家伙装出一副道貌岸然的样子的时候，常常从书本上拣来一些词儿糊弄人，"利润"就是他们最喜欢的字眼之一。这是个被人当幌子用的字眼。

我说:"嘿,赚的钱,不如干脆叫它敲诈勒索。"

普拉契多却不动声色,板着脸孔说:

"不,利润赔偿费是一回事,敲诈勒索是另外一回事。假使我借给你一笔钱,向你索取百分之五十的利息,那就是货真价实的敲诈勒索。现在我向你索取五万里拉,理由很清楚,因为我放弃了原来应当赚到手的一笔钱——这是利润赔偿费。噢,塞拉菲诺,每个字眼各自都有精确的意思,不可随随便便地张冠李戴。"

就这样信口开河,他竟然给我上起什么词汇课来了。我明白,事情弄到这个地步也没有别的法子可想,便站起身来,对他说:

"你真厉害,普拉契多。你当初让我签订这个合同,实在高明。好吧,改日我给你送五万里拉来,你把合同还给我。这样行吗?"

"一点儿不错。"

说来也奇怪,刚刚跨出贮藏室的门槛,他立即恢复了友好、殷勤的样子,对我说:

"那你到底什么时候举行婚礼呢?现在该是一切筹备就绪,不再存在任何难题了吧。"

我暗自吃惊,却又不得不回答说:

"婚礼的日期已经确定,下个月十五号。"

他热情地拍拍我的肩膀:

"恭喜你,塞拉菲诺,恭喜你。"

了结了这件事,我去找我未来的老丈人,把关于利润赔偿费的事一五一十地告诉了他。他是个做买卖的人,当然觉得普拉契多的做法无可非议,而且,在他看来,普拉契多虽说确实是我的老朋友,可是在谈生意经的时候,友情是无足轻重的;所以,他差一点还要表扬普拉契多呢。

孔索琳娜的反应刚好相反,她突然对普拉契多表现出异乎寻常的厌恶,这是出乎我的意料的。她乘此机会把自己对普拉契多的看法,甚至进而把对友谊的看法,都痛痛快快地发表了一通高论。她这样做,正有点像所有的女人都不喜欢自己的丈夫广泛交际,结婚以后都要把丈夫周围的朋友驱逐干净一样。我耷拉着脑袋,任她发泄,等她刚刚换一口气,因而使她没完没了的高论暂时中断的时候,我赶忙抓住时机,把话题重新转移到主要的问题上来:我是否应当付给普拉契多利润赔偿费?

我未来的老丈人仍然是无动于衷的样子,对于他来说,五万里拉就是五万里拉嘛。可是孔索琳娜却大动肝火,跑到自己的闺房里,从五屉柜里拿出一个储蓄存折,劈头朝我脸上扔过来,大声嚷道:

"五万里拉,拿去!看你们这一个个吝啬鬼,我用我的储蓄来付这笔赔偿费!"

这一来,我未来的老丈人眼看自己的掌上明珠脸孔涨得绯红,满怀绝望的怒火,也受了感动,便出来打圆场说,利润赔偿费眼下还是由他来垫付,将来等我情况好转的时候再还给他。

于是,我又去找普拉契多。他彬彬有礼地接待我,一面请我就座,一面就在他那本账簿里窸窸窣窣地翻起来,寻找那份合同。我早已打算好了,故意站在那里,等他把那份合同找出来,好把五万里拉的钞票朝他的脸上摔去。可是,当这个合适的时机刚刚出现的时候,他那严肃认真的神态立刻解除了我的武装。他拿出合同,重新读了一遍,又写上了一条声明,说我交付了利润赔偿费,已跟他结算清楚。尔后,他签了字,又把钢笔递给我,让我也签上自己的名字。我签了字,便懒洋洋地把厚厚的一捆每张五里拉的钞票交给他。他像往常一样认认真真地点了钱,抬起头来,喜笑颜开地说:

"五万里拉整,好极了。"

普拉契多把合同叠了又叠,尔后把它交给我。我们一起走出汽车行,他又跟上次一样拍拍我的肩膀,热情地跟我谈起我的婚礼。我轻轻地做了一个动作,摆脱了他搁在我肩膀上的手,他却竟然没有感觉到。这样,在他照例祝我幸福之后,我们便告别了。

我和孔索琳娜总算结婚了。幸运的是,我们的婚礼是在德·桑蒂斯的家乡纳尔尼举行的,这样我们就没有邀请普拉契多。这倒不是由于我真的对他深恶痛绝,象孔索琳娜对待他那样;事情显然还要糟糕得多:我内心的充满真挚情谊的一根弹簧断裂了。每当我看到普拉契多,我的心情就像你握住把手,想打开汽车的门,可是车门却紧紧关闭着,因为弹簧断裂了。我的心灵之门也永远关闭了,甚至我的嘴也永远紧紧闭上了。我站在他面前,竟然说不出一句话来,甚至不知道眼睛往什么地方瞧才是。举个例子来说吧,譬如他脸上长了一个大脓疮,我分明看得一清二楚,却又不想让他知道我瞧见了,我现在窘困不安的处境比这种情况还要坏得多。

不过,他却丝毫不明白这一点。我们结婚以后刚刚回到罗马,他就像以往一样不时来饭店的花园进餐,就是一个证明。当时是盛夏,顾客们要了半公升酒,便开始打起牌来。我不想跟普拉契多在一桌打牌,常常为此而煞费苦心;我承认他比我高明得多,我简直不敢正眼看他一眼;我常常感到羞愧,好像是我向他索取利润赔偿费,敲诈了他,而不是他敲诈了我。这样我只得连牌也不打了,只是在各个桌子之间来回游荡,忽儿站在这个顾客的后边瞧瞧,忽儿站在那位顾客的后面看看。末了,他好歹发现了事情的奥妙。一天晚上,我打他身边走过的时候,他正独自一个人在踱步,便喊了我一声,热情而轻松地对我说:

"塞拉菲诺,这些天来,你好像变成了另外一个人。我想,你是在生我的气,我知道,而且还知道是什么缘故。"

我很窘困,又多少有点恼火:

"假使你知道,那就尽管对我直说吧,让我看看你说得可对。"

他仍然做出嬉皮笑脸的样子,说道:

"我没有送给你结婚礼物。可是,你们是瞒了大伙儿悄悄地办喜事的呀,连一张请帖都没有送给我。对我说实话,是这个原因吗?"

于是,我失去了自我控制,回答说:

"你都说些什么呀,你不是已经给我送了结婚礼物了吗?你难道记不起来了?"

"我给你送了结婚礼物?"

"是的,难道你已经忘记了?——利润赔偿费。"

艾丽维拉的眼泪

事情是这样开始的:这个体格健美,身材宛如一尊雕像的女孩子,以她那一双饱含忧伤的眼睛深深地打动了我的心。每天上午,她都要上我的香烟店里来,不过,整包的烟她从来是不问津的,每次只是拣价钱最便宜的散装烟买几支。就像那些打短工的工人,她把一支香烟叼在嘴里,其它几支夹在帽檐的卷边里。

当她在皮包里塞塞窣窣地寻找零钱的时候,我仔细地打量了她一番。她总是穿着一件陈旧的大格子短大衣,原先的深绿色消褪了许多,里面是一件黑毛衣,一条半旧的布裙子,都略嫌肥大,跟她那丰满的身材很不相称。那只皮包由于长年累月的磨损和搽脸粉的污染,已经黯然失色了。皮包里空空的,既没有钞票,也没有口红和小镜子,只有一个瘪搭搭的小钱包。

她掏出少得可怜的几个里拉,放在柜台上面,用悲戚戚的眼神望着我。在这种眼光的逼视下,我不禁心慌意乱,竟然无法在抽屉里找出那包拆开的香烟。而她呢,倒也不着急,听任别人细细地去打量她;她忽儿佯装对蜷伏在肥皂箱上的小猫发生兴趣。忽儿把耳朵凑近那个我总是把声音开得很小的收音机。末了,她拿起柜台上的几支烟,不慌不忙地离去。目送她走到街上,我不免暗自思量:像她这等年轻漂亮的姑娘,竟然如此忧伤,这说明了什么呢?

她是那样的不慌不忙,有一天上午,我终于得到机会跟她搭讪。她立即神态自若地跟我攀谈起来。于是,打那时候起,我们一见面就常常谈上几句。不过,谈的都是些无关紧要的事情,譬如天气啦,小猫啦,收音机啦,因为她那一双忧伤的眼睛,丰满的身材,使我内心里感到胆怯。可是我终于至少知道了她的名字:艾丽维拉。

一天上午,我也不知道怎么搞的,没有像往常那样给她散装香烟,却从货架上取下一包英国烟，递给了她，惶惑不安地嗫嚅道：

"这是店里送你的，表示一点敬意。"

我从她的举止看出了她的性格；她先瞧瞧香烟，再端详我一番，然后说："假如你果真愿意让我感到满意，那请你送我一包美国烟。"

我递给她一包美国烟。她把它拆开，取出一支叼在嘴上；我从柜台上探出身子给她点火。她伸出手，紧紧攥住我的手，不让点燃的火柴晃动。在她抿嘴猛吸一口烟的时候，我注意到，她的上唇长有一根细细的暗黑色的茸毛，这赋予她抽烟的动作一种我也说不清楚的贪婪的神情。但她的一双眼睛仍然是忧伤的。她用凄凉的声音对我说：

"谢谢，朱斯蒂诺先生。"

那天，我精神恍惚，痴痴地回味着她的手跟我的手的接触，想念着她的眼睛和她的声音。我是如此想入非非，以致在接待顾客的时候，把邮票错当成香烟，又把食盐错当成了邮票。

第二天上午，艾丽维拉又来了。我二话没说，立即从货架上取下一包美国烟，塞到她的手中。她故作姿态地说：

"我不知道我是否该收下。"

我赶忙鼓动她：

"你收下吧，收下吧，这是店里表示的一点敬意。"

嗨，那个月，为了表示敬意，我的香烟店里可着实白送了许多烟，因为艾丽维拉虽然满怀忧愁的伤感，但吸起烟来，却像个土耳其人，我送给她的香烟越多，她也抽得越凶。现在，她的两个指头给尼古丁熏得蜡黄蜡黄的，真像那些穷凶极恶的烟鬼了。慢慢地，我送她的香烟已变成两包。总而言之，一个月之内，为了供她抽烟，我就花掉了好几千里拉。

我的店铺坐落在斯克罗伐大街，店的楼上有三间房子，我跟母亲就住在这里。她老人家已上了年岁，因为我都将近五十岁了。我是一个生活很有规律的男人，喜欢清静、整洁、心敛意宁。我的家也正是这样的，一切都有条不紊，一尘不染，宁静舒适。

一个星期天，我正在收听足球比赛实况广播，母亲神色紧张地从门口向我打招呼，悄声对我说，有位小姐来找我。我走到门口，瞧见艾丽维拉站在门槛上，用像往常一样饱含忧伤的眼睛瞅着我。她赶紧说：

"您的家太好了……您真幸福。"

她径直走进客厅。收音机旁边放着一张沙发和一张安乐椅。我在沙发上坐下，请她在安乐椅上就座。也许她出于无意，却在我身边的那张狭窄的小沙发上坐下来。现在，我们俩紧紧挨在一起，她的膝盖靠着我的膝盖。

一阵长时间的沉默。我凝望着她，她定睛看着我。然后，不知不觉的，我伸出一只手，握住她那只放在膝盖上的手，这是一只怪有趣的手，手背白皙、干瘦，手心红润、柔腴，形成鲜明的对照。她的眼睛像往常一样，悲戚戚的，充满哀伤。她非但不缩回她的手，反而紧紧握住我的手掌，并且慢慢地用她的手指钩住我的手指。我们就这样坐在那里，犹如一对未婚的恋人。她突然涕泣呜咽起来，眼睛睁得大大的，成串的泪水不停地顺着脸颊淌下来，好像下着瓢泼大雨的时候，雨点打在玻璃窗上一样。过了片刻工夫，艾丽维拉喃喃地说：

"朱斯蒂诺先生，您是这样一位心地善良的好人。您一定会猜到我上这儿来的原因吧。"

我回答说，我一点儿也猜不出来。于是，她抽抽噎噎地向我诉说了她的遭遇：她曾经想当一名电影演员，有几回，制片厂的人让她充当一名摆姿势、跑龙套的临时演员，但这不能满足她的要求。她是穷苦的人，饥饿威胁她的生存。她说她原先住在一家蹩脚的旅店里，因为房租付不起，旅店老板把她赶了出来，还扣留了她的行李，作为抵押品；现在，除了身上穿的一套衣服，其余就一无所有了。

我承认，听了她的诉苦，我心里怪难受的，我本希望从她那儿得到关于爱情的表白，不料听到的却是对金钱的乞求，而且是哭哭啼啼的。说实在的，这对于我来说，的确出乎意料之外。我多少有点冷冰冰地说：

"唉，你说的这些，跟我有什么关系呢？"

她似乎没有预料到我会作出这样的反应，顿时伤心地号啕大哭起来，同时泣不成声地说：

"朱斯蒂诺先生，难道您就是这样来对待我吗？"

我爽快地问她要多少钱。她立即止住啼哭，捂住抽搐的鼻子，透过掩面的手绢，轻声轻气地回答：

"三万里拉。"

我暗想，三万里拉是一笔相当可观的数目，但我还是站起身来去拿钱。但她做了一个手势，阻挡了我：

"再加上两万里拉，上个月的房租。"

我又感到一阵不悦。好像为了防止我拒绝她的请求，她马上再度号啕大哭起来；她哭得那么厉害，我不禁张皇失措，二话没说，赶快跑去拿钱。

我把五万里拉的钞票数了数，塞到她伸出来的一只手中。她用另外一只手擤了一下鼻子，然后擦干眼泪。我吻了吻她；我从来没有吻过她。她又泪如泉涌，说：

"我很伤心，我发现，所有的男人都是这样的……朱斯蒂诺先生，您也是这样的吗？"

"啊，小姐，是的，我也是这样的。"我叹了口气，回答说，"如果你愿意的话，我可以送你回到旅店去，帮你把行李取回来。"

她摇了摇头。她说，最好不要这样做，她不愿意让人家，即便是旅客里的那班人，借此制造流言蜚语；这是道德问题。她独自走了。我又打开收音机。

第二天，她又来到我的店铺，一双眼睛比任何时候都更加忧伤。我以略微显得庄重的态度跟她打招呼，递给她三支香烟。她离开店铺的时候，我尽量不去瞧她。这样的情形大约持续了五天或许六天。

一天上午，我终于沉不住气了，拿出一包美国烟，递给了她，又说了一句以前每天都要说的客气话：

"这是店里送你的，表示一点敬意。"

她收下香烟，压低声音说：

"朱斯蒂诺先生，明天是星期天，上午上我住的地方来找我，好吗？"

我的两只眼睛由于激动而显得模糊起来，结结巴巴地说：

"非常高兴，一定前来拜访。"

她用那双异常美丽的眼睛凝视着我，补充说：

"我住在狼街，就在卡洛塞大街的后面，15号，7号房间。"

心中蓦然一喜，我连忙把第二包烟递给了她。她对我淡淡地一笑，走开了。

狼街是一条龌龊得要命的小巷。而艾丽维拉的家，或许要算这条街上最肮脏不过的了。我登上楼梯，楼梯很高，阴暗、潮湿，拐角处特别窄小，使我起了一阵寒飕飕的感觉。

我在一扇看来涂过沥青的黑漆漆的房门前站住，按了门铃。我也不知道等了多久，正准备离开的时候，艾丽维拉打开了门。她穿着一件污秽而破烂的睡衣，一只手捂住胸口的衣边，另一只手梳理蓬松的头发。她的凌乱的衣着，特别是她房间里紊乱不堪的样子，使我感到难受。这是一间很小的寝室，从走廊直接进入房间，既没有前厅，也没有过道。式样很蹩脚，只有一扇窗户，室内温度很低，空气寒冷但不清爽，汗臭味、隔夜的霉蒸气和闷郁许久的烟草味混合在一起。

在昏暗中，我发现这间屋子里光秃秃的，好像动物蛰居的洞穴，没有大木箱，没有衣柜，没有一件家具，总之，除了一张床以外，一无所有。那张床，是的，与其说是一张床，不如说是个狗窝。薄薄的床垫，毛毯，还有几条油腻发黑的被单，大约已经好几个月没有洗了。

艾丽维拉走到床跟前，一步跳上床，身着睡衣钻进了被单，开口说：

"朱斯蒂诺先生，我感到不舒服。"她咳嗽了一阵，"我得了流感……不管怎么说，我要谢谢您的光临。"

我没有料到她会生病，怏怏地在靠近她膝盖的床边坐下。充满整个房间的那股刺鼻的污浊气味真令我无法忍受。她本人也是那样邋遢，乱蓬蓬的头发，脸上好像蒙了一层油垢，肮脏得很。我不知道该说些什么才好，于是从口袋里掏出两包美国烟，放在她的床上。

她伸出手来，一把攥住我的手，呆呆地望着我。我暗想："瞧她该哭鼻子了。"

果然，就在这当儿，她从被单里探出身来，摊开双臂，搂住我的脖子，悲凄地啜泣起来。她把涕泗交流的脸蛋紧紧贴着我的脸颊，她的头发丝儿嵌进了我的嘴巴和一只眼睛。她的整个身子沉重地压着我，以致我们两个几乎双双跌下床来。

我透过她哽咽的声音，听见她喃喃地说：

"朱斯蒂诺先生……您答应我……您不能不答应我。"

"什么事儿？"

"您不能不答应我，您是心地善良的大好人；我需要两万里拉。"

我从嘴巴里取出一小绺她方才涕泣的时候嵌进去的头发丝儿，回答说：

"这是命运，艾丽维拉小姐，每次我们见面，您都要哭泣一番，向我讨钱。"

她放声大哭：

"我向您提出请求，是因为您与众不同，是另外一种人。"

"更愚蠢吗？"

"请别这么说，我正在发烧，几乎一直在昏迷中说胡话，您却折磨我……请您走吧，您走吧。"

她把脑袋埋进毯子里，呜咽涕泣的声音和断断续续的话语透过毯子传出来。

我从钱包里抽出两张一万里拉的票子，放在她的枕头边，然后，蹑手蹑脚地走了出去。

说来也凑巧，那天晚上正好是狂欢节。我的朋友科斯坦蒂诺借口欢度节日，硬是要我陪他上米尔维奥桥那边的内河航运俱乐部去玩。我们顺着通向台伯河的阶梯走的时候，忽然听见从灯火辉煌的大桥那边传来一阵阵震耳欲聋的音乐和鼎沸的人声，惹得心里怪痒痒的，恨不得马上随着乐曲翩翩起舞，哪怕是在这布满狗屎的石级上。

科斯坦蒂诺对我说：

"他们正跳舞哩……看上去是艾丽维拉，一位精力充沛的姑娘，在跟她的男朋友表演一台节目。她的男朋友是个夸夸其谈的能手，但机智伶俐，讨人喜欢。"

一听到艾丽维拉的名字，我仿佛出于预感，蓦地心里一跳。可不是，走进了俱乐部，我果然立即认出了她，我的艾丽维拉，一个如此容易哭鼻子的姑娘，就在这个上午，她还发烧，几乎因为高烧而满口呓语呢。观众围成一个圆圈，拍着巴掌，艾丽维拉和她的男朋友俨然一对艺术大师，兴致勃勃地当众表演一支旋律发狂似的急速的桑巴舞。他们身手矫捷，动作出色，舞蹈的节奏异常欢快。他是一位身强力壮的金发小伙子，红润的脸孔，比他身上穿的毛衣的颜色还要鲜艳，他在艾丽维拉身边，忽前忽后，忽左忽右，来回跳跃，又用手搂着她的腰肢，把她头朝下，脚朝天，来个凌空倒立。艾丽维拉呢，像个陀螺似的，围绕着他旋转，忽儿投入他的怀抱，忽儿奔到一个角落，离他远远的，独自起舞。可怜的艾丽维拉，疯狂的跳跃使得她汗流浃背，胳肢窝下边的衣服也被汗水浸湿了。令人惊讶不已的是，她脸部的表情仍然是冷漠的，一双眼睛像往常一样充满忧伤。

我在那儿站立了片刻工夫，注视着那个富有弹性的身躯，发现她比以往任何时候都美丽动人。尔后，我对科斯坦蒂诺说：

"我有点儿不舒服，请原谅，我走了，再见。"

我黯然神伤，闷闷不乐地离开了俱乐部，朝着通向台伯河畔的台阶匆匆走去。

你们相信吗？第二天上午，仿佛什么事情也没有发生似的，艾丽维拉又上我的店里来讨香烟了。我把烟递给她，然后信手从放着化妆品的货架上拿了一瓶去汗味的香水，送给她，说道：

"这可以驱除汗味，特别是对那些跳节奏强烈的舞蹈的人来说，尤其必要。拿去吧，这是店里送给你的，表示一点敬意。"

她立即领悟了我的话。兴许，当我看她跳舞的时候，她已经瞧见了我。她拿起了香烟，用她那双悲戚戚的眼睛朝我投了最后的一瞥，然后，神情严肃地离去了。从此以后，我就再也没有遇见过她。

中国瓷瓶

俗话说，人活着一天，就有一份希望。可是我呢，在这个令人诅咒的阴暗的冬天，外面细雨霏霏，肚内饥肠辘辘。多半是因为我疲困不堪的缘故，或许多少是由于我干的这一行工作的性质的关系，我却完全听任命运之轮的驱使；唉，虽然我还没有满二十五岁，可是我却对一切都已失去了希望。

我的长相并不难看，相反，我身强力壮，棕褐色的皮肤，高高的个子，可以说是一个漂亮的男子。大概是对自己的仪表漫不经心的缘故，我已经渐渐变得相貌丑陋了。我留了大胡子，一个月好歹才理一次头发；身上穿一件陈旧得发绿的大衣，打满了补丁，里面一件黑毛衣，高高的领子一直遮住脖颈，一条破烂的长裤，好几处露出了窟窿；一双平跟的皮鞋，既失去了样子，也失去了颜色。这就使我的模样简直像个野人。

每当我推着手推车串街蹓巷，扯开令人毛骨悚然的嗓子叫喊："收破烂啰……收破烂啰……破衣旧鞋，废铜烂铁，全都收购啰……"总会碰到个把坐在大门口的女人，一把拽住她的调皮捣蛋的孩子，对他说："别再胡闹……要不我把收破烂的叫来，把你卖掉，让他把你和他的破烂一起带走。"

一句话，我让人觉得害怕。不过，我倒从别人的恐惧中体味到一种乐趣，因为我的人格已经受到了屈辱，于是我情愿自暴自弃，索性堕落到屈辱的深渊。而今年的冬天格外漫长，没完没了，天空从来不曾晴过，细雨从来不曾止过，我仿佛觉得自己推着装满这些破烂的小手推车，走进了一条既没有阳光，也没有出路的地下隧道。

不必再扯远了。我推着手推车，收购瓶瓶罐罐、破衣烂布、陈旧陶瓷，这样竟也找到了一个姑娘。不过，我既然已经自暴自弃，对任何东西都不再抱希望，所以我找了一个丑姑娘，或许是罗马城，甚至是整个意大利最丑的姑娘。她的名字叫玛丽埃塔，在一个年老的绅士家里当佣人。这位老绅士独个儿住在朱利亚大街的一座古老的住宅里。

玛丽埃塔的面孔一副丑相，活像北京巴儿狗。一双眼睛圆圆的，黑黑的，总是充满忧郁的表情，鼻子仿佛被什么东西压成了扁平的形状，嘴巴大得像一个炉口。她的脸孔虽然丑陋难看，幸好身材挺美，总算也是一个弥补吧：高高的身材，丰满的胸部，腰肢圆圆的，但细柔得用两只手就能够搂过来，一双长长的大脚，纤细的脚踝骨。所以，有一次我开玩笑地对她说：

"你平时最好带一个口罩……那准定会有许许多多人来追求你了。"

玛丽埃塔尽管长相这样难看，却是一个严肃，甚至非常严肃的姑娘，她想找个小伙子结婚。不知道什么缘故，或许是因为我方才说的我甘愿自暴自弃，她又是那么丑陋，所以在我们第二次见面的时候，我就向她提出了求婚。我现在的处境是一天天走下坡路，如果不是为了钱的问题，我会马上跟她结婚的。结婚自然不能万事大吉，还需要拉扯起一个家庭。你们尽可以试试看，靠着这些瓶瓶罐罐、破衣烂布、陈旧陶瓷，去建立起一个家庭，那时你们就会明白个中滋味。

像这样的事情通常发生的那样，玛丽埃塔在主人出门的时候，便邀请我上她那里去。那老头儿住在大楼的第三层一套房间里。我不知道哪间屋子是老头儿的卧室，只觉得他的住所简直像是一个博物馆，好多好多房间，一个紧挨一个。在这些房间里，除了人们常见的陈设，到处都摆着玻璃橱柜，里面陈列着各色各样的瓷瓶，因为老头儿有搜集瓷器的癖好。不妨说，那老头儿的爱好跟我多少有点相近，区别不过在于，我搜集那些瓶瓶罐罐、陶瓷器皿，是为了再转卖出去，而他却把这些瓶瓶罐罐、陶瓷器皿弄来，陈列在玻璃橱柜里。

起初，玛丽埃塔邀请我去陪她聊天，后来，有一天，我肚子饿得慌，她便给我切了一块面包，倒了一杯酒，填充我的饥肠。后来她终于鼓起勇气，给我做了一顿丰富的晚餐。她是一个非常出色的厨师，饭菜做得好极了。我吃得津津有味，一个劲地直咂舌头。平时只有她一个人在家，所以她可以做她想做的一切。只要主人出门，我们就不会有被人发现的危险。

每次，我把手推车停在院子里，登上楼梯，玛丽埃塔来给我开门，把我带到厨房去。我大衣也顾不得脱，便像饿狼似的吞咽起来，而她把那双奇丑的眼睛睁得大大的，细细地凝视我，活像一条巴儿狗注视着吃饭的主人，眼巴巴地希望得到一点美味的残羹。而她，正像巴儿狗一样，也在期待我给她点什么：温存的抚爱，甜蜜的话语，多情的一瞥。玛丽埃塔如饥似渴地企求爱情，只要我叫她一声"亲爱的"，她便对我充满感激之情。其实，我心里却常常想："这女人丑死了，难道我果真应当跟这等难看的女人结婚吗？"

可是，玛丽埃塔一面瞧着我吃饭，一面老是唉声叹气。我清楚地知道她这一声声叹息的含义，于是沉不住气了：

"你要我怎么办呢？你难道不知道，这些瓶瓶罐罐卖不了几个钱？需要有点儿耐心……等我慢慢地积攒起一点钱，我们就结婚。"

她默默地不吭一声，却给我再斟满一杯酒，然后又继续凝视着我。

不过，有一天，当她像往常一样叹气的时候，我慢条斯理地对她说：

"玛丽埃塔，你听着，最近，我跟我的朋友，那个在帕利奥内大街开店的杰苏阿多商量了一下……他对我说，如果我能够把这儿那些玻璃柜子里的瓷瓶弄一个给他，给古董商，他就付给我一笔数目不小的钱……你觉得这个主意怎么样？"

我看见她睁着那双发呆的大眼睛，打量着我，仿佛一条狗，听到主人吩咐它干某件事情，但它却不明白似的。过了一阵子，她才说：

"这可是盗窃行为啊！"

"嗨，何必如此大惊小怪……这个老头儿有那么多瓷瓶……他怎么会发现呢？譬如说，中间那个玻璃橱柜里单独放着一个瓷瓶，你想办法把它拿来，再从陈列着许多瓷瓶的柜子里拿一个差不多形状的放进去……他怎么会发现呢？"我这样向她解释，并且对她说，用转卖瓷瓶所得的钱，我们就可以在成家立业的道路上跨出一大步。

玛丽埃塔耷拉着脑袋，好像在沉思。最后，她抬起了脸，于是，我瞧见她泪水纵横，正在哭泣呢。她嗫嗫嚅嚅地说：

"我从来都是规规矩矩的，如果我拿了这个瓷瓶，从此我就不能再说自己是个诚实的人了……主人这样相信我，我却背着他干这种见不得人的勾当……以后还有什么脸面去见人，连照镜子都会觉得害臊。"

"那岂不更好，反正你在镜子里也从来照不到什么好看的模样。"我脱口而出地说。

她听了这番话，顿时哭得愈加厉害了。我有点感到后悔，赶忙怜爱地抚摸她，对她说。

"好，不要介意这些……别哭了；你在我的心目中是世界上最美的女人。"

于是，玛丽埃塔对我露出了笑容。这笑容使她愈加显得丑陋难看，正像太阳的一丝光辉，把布满阴霾的乌云的天空涂抹得愈加污浊丑恶一样。

不过，后来那些日子，我仍然坚持要她去拿那个瓷瓶。我也不清楚，我为什么要这样执意行事。打心眼里说，我根本不想跟玛丽埃塔结婚，或许是因为像我前面所说的，我的人格已经遭到屈辱；或许是因为我在对玛丽埃塔的冷酷无情中体味到一种乐趣；或许是出于我自己也没有意识到的某种别的原因。总而言之，我对她横加折磨，告诉她说，如果她不愿意偷那个瓷瓶，那就是她不爱我的证明。我这样坚持的结果，末了，她终于同意。但是，请注意女人们的特点：曾几何时，她一想到失去诚实的声誉，就放声痛哭；可是现在，她不但同意了我的要求，而且跃跃欲试，仿佛已经从中尝到了甜头似的。

一天上午，那老头儿应邀去朋友家赴午宴。玛丽埃塔拉着我的手，把我带到那个主要的房间门前，不知道她用什么钥匙在锁孔里转了一下，突然间，在一片昏暗之中，只见房间中央陈列着那独一的瓷瓶的玻璃橱柜，在我们面前闪闪发亮。我走近玻璃橱柜，细细打量：这是极其寻常的一只瓷瓶，既没有涂上锃亮的瓷釉，也没有绚丽的彩绘，而是显出幽暗斑斓的草绿色；瓶腹宽宽的，细长的脖颈，简直跟农村里撒尿用的夜壶一模一样。这个瓷瓶放在贵重木料做成的一个圆环形的座子上，座子下面铺着一层漂亮的紫红色天鹅绒。不管座子和天鹅绒怎么贵重，它终究还是一只毫不稀罕的旧瓶子。我对玛丽埃塔说：

"这样一只破旧的瓶子，凭我的眼力判断，顶多不过值三百里拉。"

"你说什么？这是中国瓷瓶，稀罕的古董，主人把它像鼻子尖上的玫瑰一样，当宝贝似的珍藏着……每当有客人来的时候，他就打开灯，像我现在做的这样。客人们欣赏着这老古董，一个个惊奇得目瞪口呆，于是主人就像开屏的孔雀似的洋洋得意起来。"

事情很简单，我从衣兜里掏出刀子，使劲用刀刃撬开玻璃橱柜，取出瓷瓶。然后，我们走到另一个玻璃橱柜子跟前，里面看样子陈列着上百只相似的瓷瓶，我们取出了一只远远看去外表跟那只古董几乎一模一样的瓷瓶，放到原先的那个橱柜里。然后，玛丽埃塔替我用报纸把中国瓷瓶包好，我吻了她一下，就离开了那里。

我刚跨出门槛，糟糕得很，就看见瓷瓶的主人正上楼梯来。我认识他，这是一个老头儿，下巴颏儿上挂着一绺微微飘动的胡须，嘴巴乌黑乌黑的，四周是一把银白的胡子，一双眼睛闪闪烁烁地发光，活像一只海豹。我顿时觉得他那双锐利、怀疑的眼睛在打量着我。我手里拿着那只瓷瓶，动作显得慌慌张张，这可就露出了马脚。他大声呼喊起来，一面急急跨上最后几级楼梯。

"您是谁？这纸包里是什么东西？……啊，一只瓷瓶，我的瓷瓶。"

老头子伸出瘦骨嶙峋的手，想一把攫住我，我敏捷地一跳，闪过身子，他跟跄失步，一下子栽倒了，鼻子径直撞在梯级上，直挺挺地倒在那里。我不敢再回过头来，三步并作两步下了楼梯，急急冲到院子里，把瓷瓶放在那些瓶瓶罐罐一起，盖好油布，推着手推车，一溜小跑地离开了那里。

大雨正唰唰地下着。这是一个好机会，因为朱利亚大街上见不到一个人影儿，谁也不会瞧见我离开那幢大楼。我冒着噼噼啪啪落下来的雨点，推着手推车急跑。我拐进了旁边的一个胡同，来到蒙塞拉多街，幸好下雨天这里也没有行人；我跑了一段路，又溜进佩雷格里诺街，然后折到维多里奥大街。我在这里放慢了脚步，免得引起人们的猜疑，从旧政府街我又拐到帕利奥内街，我的朋友杰苏阿多在那里开了一爿店。

可是，在帕利奥内街等待我的却是失望。我来晚了，已经一点多钟，杰苏阿多的店关门了。雨渐渐地小了，我仿佛受到习惯势力的驱使，推着手推车，在湿漉漉、亮晶晶地像镜子似的路上慢吞吞地朝前走，嘴里无意识地喊道："收破烂啰……"不过，我发现，我尽管这么喊着，我的嘴巴却仿佛被糨糊粘住了似的，声音干巴巴的，有气无力；我的心扑扑地跳个不停，两条腿直打哆嗦。看到前面有一个小酒店，于是我转念一想，不如进去吃点什么。也好振作一下精神，让头脑清醒清醒。说到做到，我把手推车放在一幢大楼的院子里，走进了小酒店。

小酒店几乎没有什么顾客，我挑了靠近角落的一个位子坐下，要了一盘嫩羊肉炒土豆，四分之一公升酒。吃了一口菜，又喝了一口酒，我突然觉得一种不堪忍受的烦恼攫住了我。"这可好了，"我暗自思忖，"我这下可果真满足了我的要求，堕落到了屈辱的深渊。现在我成了一个小偷，而且已经被人发现，正在追捕我；我又跟罗马最丑的一个女人订了婚，为了躲过风头，我得找个地方藏身，这样我又要成为一个失业者。"想到这里，我象灵魂出了窍似的，心神恍惚，失神的眼睛痴痴地瞧着空中，手里的叉子悬在半空，这样不知过了多久，我才勉强吃完，付了账，离开了小酒店。

雨完全停了。阳光投射到这些昏暗的大楼之间的空地上，在大理石、石子路、铁栅栏上折射出闪闪的光亮。我一眼瞧见前面几步远的地方停着我的手推车，一群小孩子围在四周，不知道在干什么。当我走近的时候，他们顿时像一群叽叽喳喳的小麻雀，一哄而散，统统跑掉了。这时，我才发现，车上的油布给掀掉了，那包着中国瓷瓶的报纸也不见了，瓶口塞了一个软木塞子。我还没有来得及弄清楚怎么一回事，忽然间听得一声震耳欲聋的响声，手推车里的什么东西爆炸了，飞出上百块碎片来。这爆炸品不是别的，正是那中国瓷瓶。淘气的小鬼们一面在街上跑，一面高兴得狂呼起来。我愣住了，站在那里，两只手垂着，呆呆地瞧着瓷瓶和瓶瓶罐罐的碎片。这是一个人人熟悉的恶作剧：把一块燃烧的煤炭放进瓶子里，用软木塞把瓶口塞住，过一会儿瓶子就爆炸了。是的，一个人人熟悉的恶作剧，可我的瓷瓶却完蛋了。

不过，我几乎立刻恍然大悟，不仅我的瓷瓶完蛋了，而且，我生活的那个阶段，我收购破烂，跟玛丽埃塔恋爱，盗窃瓷瓶的生活，也了结了。我觉得很奇怪，我的手臂竟然没有习惯地伸出去推那手推车。我让它停在原来那个地方，便去找我的朋友杰苏阿多；他家在附近的帕切广场。

杰苏阿多瞧见我垂头丧气的样子，便问我发生了什么事。我回答说：

"没什么，没什么，现在我只需要一盆热水，一块肥皂，一把刮胡子刀。另外，如果你能够帮忙的话，替我想办法弄一条长裤，一件干净的衬衣，一条领带……只要我手头一有钱，马上偿还给你。"

这样，我离开杰苏阿多家的时候，已经完全变成了另外一个人。这另外一个人不再失望，而是满怀希望；也不再回到原先住的加尔巴泰拉街，而是搬到了罗马的另外一个街区，在萨拉里亚街杰苏阿多一个朋友的家里安置下来。

几天以后，一个天气晴朗的日子，我穿了一身招待员的白工作服，浑身干干净净，满面春风，精神饱满，在离罗马二十公里的马拉格洛泰酒家招待顾客。从此我再也没有见到玛丽埃塔；但是我不想因这件事而让人说闲话，这既谈不上抛弃她，也不是恶意的戏弄，或者怯懦的行为。这件事情很简单，好比我翻开书的某一页，突然发现，这一章已经结束了。

不由自主

圭多穿好衣服，走到衣橱的穿衣镜跟前。

他端详着镜子里自己的模样，像往常一样产生一种讨厌的感觉。不错，他今天穿了一身崭新的、上等呢料的衣服，细条纹的新上衣，浅灰色法兰绒的新长裤，色彩鲜艳的新领带，紫红色的羊毛新袜子，羚羊软皮的新皮鞋；纵然说不上漂亮，却也跟大商店橱窗里的模特儿相差无几。

卧室里杂乱无章，这使他心烦意乱。他踱进客厅，这儿明亮整洁，有条不紊，他的心情渐渐地平静下来。不过，今天早上醒来以后，他总觉得有一件事儿忘掉了，这种怀疑的感觉始终在折磨着他。是去赴约会吗？应当给朋友打个电话？或者，需要偿付一笔到期的款子？要不，今天是什么节日纪念？

圭多无可奈何地摇了摇头，走近紧挨着壁炉的那个角落，打开了电唱机。这是美国出品的自动电唱机，只需轻轻一按电钮，唱针便会自动升起，移动，轻轻落到密纹唱片的最外圈。他从唱片架上信手取了一张轻音乐唱片，放在转盘上，按了一下电钮。突然，发生了一件意想不到的事情：唱针升起来以后，越过正常降落的位置，一个劲儿移动，径直掉在唱片的中央；蓦然响起一阵尖利刺耳的噪声，唱针又霍地弹了起来，咔嚓一声，回到原先的位置，静止不动了。

圭多取下唱片，迎着从窗口洒进来的阳光，细细察看：唱片上杂乱地刻画着几道深深的伤痕，完全毁了。自动装置居然失灵，这使圭多怏怏不乐。他换了一张唱片；唱针轻轻升起，准确地落在唱片的边缘。他一面漫不经心地听着音乐，一面暗自思量电唱机发生操作反常的原因。从技术上可能作出的解释，都无法消除他的疑问。

他正纳闷的当儿，妻子进来了。

妻子手里牵着两个孩子，彼埃罗和露琪娅。他们都不满五岁，脸蛋细嫩，逗人喜爱，特别是彼埃罗的神气，简直跟圭多在同样年龄时拍的一张照片毫无二致。

妻子对孩子们说道：

"去吧，去吻吻爸爸。"

她站在客厅的中央，孩子们顺从、热情地跑到圭多跟前，爬到他的膝盖上。圭多一面亲吻他们，一面透过他们刺猬似的卷发瞧着妻子。忽然间，他仿佛觉得他这时才初次见到妻子：细高的身材，孱弱的体态，平坦的胸脯，两次生育使她失去了丰满的线条和最后一点儿女性的魅力。他还发现，妻子戴着眼镜，鼻子微微发红，穿着一条肥大的蓝色裙子，略微发暗的深蓝色毛衣。他细细地琢磨着，所有这些细节都应当有着它们的涵义，正像那些只消用一个词汇便能点穿的谜语图画的细节一样。不过，妻子没有给他时间求得谜底。

"该动身啦，"她说，"时间不早，再过一会儿大街上就要拥挤得水泄不通，车子没法走了。"

"好，那就走吧。"圭多应声说道，跟随手里牵着孩子们的妻子走去。

圭多住在帕利奥内大街一幢新公寓的底层；大门口是小巧玲珑的花园，水泥甬道纵横其间，花坛栽种着郁金香花，一株株小树修剪成圆锥形和球形。圭多一家人穿过花园，来到狭窄的大街。街道两边，新近建筑的一幢幢高楼紧紧地互相偎依着；人行道两旁停放的小汽车像沙丁鱼似的拥挤在一起。

圭多现在又暗暗自问，今天早上他究竟忘记了什么事儿。他一面思忖，一面帮助妻子和孩子们上了车。随后他轻轻踩了踩油门，车子开走了。

小汽车急速地驶入弗拉米尼亚大街，经过大桥，沿着台伯河大街奔向郊外。

郊游的目的地是阿尔巴诺湖。这是一个星期天，春光宜人，刚刚下了一场雨，地皮还是湿漉漉的。跟女儿一起坐在后座上的妻子惋惜地说，看样子无法在郊外野餐了。圭多默默地一声不吭。妻子忽儿朝着丈夫，忽儿朝着孩子们，喋喋不休地继续唠叨着。圭多全神贯注地驾驶着汽车，大街上车如潮涌，去郊区欢度周末的人群熙熙攘攘，需要比平常格外小心留意。

汽车驶完安蒂大街的一段路程，转入皮尼德里大街，随后，又折入努奥瓦大街。

圭多保持中速行驶，虽然路上车辆逐渐稀少，他却不想加大油门。他注视着眼前掠过的种种物体，它们仿佛全能勾引起他的兴趣，然而，他无法理解它们的涵义。

在他前面行驶的一辆大型轿车，镀镍的车身外壳闪烁发亮；一辆圆筒形的油罐车，半掩在鲜花盛开的树荫下，反射出点点跳跃的光斑；两旁房屋的石灰墙壁，洁白晶莹；一架银灰色飞机在空中斜划了一条对角线，向齐亚皮诺机场徐徐降落；马路边高层大楼的一扇玻璃窗，折射出太阳的光辉；马路两旁，梧桐树的树干整齐地粉刷着白垩。所有这一切闪闪烁烁、令人目眩的白色，跟在天际刚刚显现、威胁着这明媚春光的一片乌黑的云翳，形成鲜明的对照。翠绿而柔和的田野，在阴暗的预示着一场暴风雨的背景里，显得很不协调。圭多又一次思索着这种强烈的对照的涵义，然而寻求不到答案，虽然他相信，涵义确确实实是存在的。

妻子跟女儿在愉快地谈笑。坐在圭多身边的彼埃罗转过身去，膝盖支在坐垫上，手扶着靠背，不时地打断妈妈和姐姐的谈话。孩子们提出问题时那清脆而带着稚气的童声，妈妈回答问题时那平静而自信的语调，自然也同样蕴含着意义；不过，正像他逐渐发现的其他东西一样，圭多也无法指出它们的涵义，虽然他同样相信，涵义确确实实是存在的。

孩子们中止了愉快的谈话。妻子仿佛察觉到圭多的沉默，问他说：

"你怎么啦？心情不好，是吗？"

"不，一点儿也不坏。"

"不过，看来你的情绪并不好。"

"像往常一样，我的情绪不好不坏，中不溜儿。"

"这种不好不坏，中不溜儿的意识，正是我在你身上最欣赏的东西；不过，我总觉得你好像有心事。"

"为什么你喜欢我的中不溜儿的意识？"

"它使我产生一种感觉，我是跟一个可以完全信赖的人生活在一起，心里踏实。"

"这个人是我吗？"

"是的，是你。"妻子像第三者一样冷静地客观地说。"我信赖你，因为我知道你是个好丈夫、好父亲。我知道，跟你生活在一起，不会遭遇意外变故的袭击；你为人做事总是恰到好处。这种信赖使我幸福。"

"跟我在一起，你的确感到幸福吗？"

"是的，"妻子似乎沉思了片刻，踌躇地说。"是的，我感到幸福。你给我带来了我希望的一切：家庭、孩子、优裕舒适的生活。我跟你在一起感到幸福，你喜欢吗？"妻子探身向前，充满温情地抚摸着他的头。

"是的，我喜欢。"圭多回答。

汽车从努奥瓦大街驶入阿尔巴诺湖滨大道，奔驰在葱绿的原野间。果树上玫瑰色、乳白色的花朵笑脸迎人。一幢天蓝色的寓所前面，相思树怒放着菊黄色的花儿；几株犹大树树叶茂盛，盛开着紫红色的花朵。

圭多接着说：

"我的情绪并不坏，只是在思索刚才发生的事儿。"

"什么事儿？"

圭多把唱片和电唱机自动装置失灵的事叙述了一遍，说道：

"唱片虽然毁了，不过，我始终没有弄明白电唱机发生故障的真正原因。"

妻子开玩笑地说：

"看来，机器有时也讨厌成为机器，喜欢表明它们不甘心于自己的地位。"

"事情或许就是这样。"

一直坐在圭多身旁的彼埃罗突然问妈妈，今天是不是要吃草莓。妈妈向他解释说，草莓是果子，而春天正像他四周看到的景色那样，只是开花的季节。

圭多默默地听着妻子的谈话，又作了最后一次微弱的努力，试图回想起早晨确信忘掉的事儿，但是毫无结果。或许是预定星期一举行的一次事务性约会吧；不管怎样，反正办公室里写字桌上的备忘录都记得分明，应该是很容易查清楚的。

车子沿着环绕阿尔巴诺湖的公路行驶；湖水被许多别墅花园遮掩着。汽车拐了一个弯，湖面渐渐地显露出来：陡峭的斜坡上，覆盖着毛茸茸的暗绿色草皮，在形状好似漏斗的底部，是一汪恬静而昏暗的湖水。高高的湖堤和布满乌云的天空，在水面上投下了杂乱的倒影。

圭多对湖面斜瞟了一眼，又一次觉得，这形形色色的细节包含着某种异常隐蔽的涵义。汽车在爬坡，圭多把车速从二档换成三档。坡顶的观景台就在眼前。他猜想，翻过坡顶，就将是几百米长的下坡路。

突然间，圭多体味到一种只有那些从阴森的令人窒息的地下室骤然来到明亮而空气清新的广场的人才有的感觉。伴随这种感觉，脑子里闪现出一个明确的念头：猛踩油门，冲上坡顶，从那里顺势开进阿尔巴诺湖，让自己和妻子、孩子们一起葬身湖底。汽车大概要从坡顶飞也似的行驶二百米或三百米，随后将直接坠进湖里，死亡只不过是瞬息间的事儿。圭多扪心自问，这样的念头是不是他仇恨家庭的结果，他发现并非如此。相反，在这打算毁灭他们的时刻，他觉得比以往任何时候都更加热爱他们。这仅仅是一个念头，或者是罪恶的诱惑？这是几乎无法抗拒的、罪恶的诱惑，是悲哀而甜蜜、顽固而久已渴望的诱惑；它仿佛是一种感召和怜悯，驱使他摆脱软弱无能的境遇。

车子贴着公路的边缘往右拐了个弯，急速地向坡顶的观景台冲去。越过观景台，出乎圭多的意料，展现在他面前的不是通到阿尔巴诺湖的斜坡，却是一片平坦的草地。

现在，时机已经错过。倘若径直冲进湖里，那是顺理成章，极其自然的事；倘若现在倒退回去，从头开始，却是罪过了。圭多刹住车子，呆呆地坐在车座上。他毫无别的感觉，只是恍惚觉着从明亮而空气清新的广场重新被关进了阴森的令人窒息的地下室。

妻子起身下车，对他说：

"圭多，你把车子停在这儿，真是好极了！我们去看看湖景吧。"

圭多牵着妻子和孩子们的手，走到观景台的尽头，欣赏眼前的湖光水色。

蓦地，圭多回想起了他今天早晨忘掉的事儿：这个星期天，正是他们夫妇的结婚纪念日。头天晚上，把孩子们安排入睡以后，他们曾经谈到这件事。这次郊游，正是他们为了表示庆祝而特地举行的。

房间与街道

将近天亮的时候，利加多做了一个噩梦。

他陷进了一个像矿井坑道似的地洞。地洞的拱顶很低，几乎压着脑袋，他只得匍匐在地上，朝着出口爬去。地洞里一片漆黑，窒闷得叫人透不过气来；他不清楚，洞口究竟是近在咫尺，还是离得很远。利加多蜷缩四肢，一步一步地向前爬行，希望找到开阔一点儿的地方，或者找到洞口。突然间，他觉得地洞的拱顶越来越压迫着他的脑门儿，他分明不是向洞口前进，而是爬进了盲肠似的死胡同；看来，那就是地洞的尽头。于是，他决定倒退回去，可是很快发现，他已经深深地钻进了这条绝路，被紧紧钳制着，失去了任何回旋的余地。他顿时心头一凉，浑身直冒冷汗，终于忍受不住，大喊一声，从梦中惊醒。

他睁开惺忪的眼睛，发觉自己正像噩梦中发生的那样，蜷缩成一团，趴在地上。他伸手向黑暗中摸索，触到一堵墙，滑溜滑溜的；他吃惊地意识到，这不是他的房间，而是不知道哪个不相干的陌生人的屋子。他弄不清楚自己怎么进了别人的房间，而且是这样一副狼狈相。沉重的陌生感使他产生一种无法抑制的恐惧。他发狂似的摸弄着墙壁，愈摸愈感到陌生。随后，他的手又触到一样比墙壁更陌生的东西：这东西耸立在地面上，平坦、高大、宽阔，稍稍向他倾斜，给人一种毛茸茸的、柔和的感觉。这是沙发。细细地抚摸着它的外形，他清楚地想起，他的房间里确实没有这种天鹅绒的沙发。

他又伸出手去，慌乱地在黑暗中摸索着；摸到了窗帘，它的轻微摆动的密密的褶纹。他用颤抖的手指掀起一角窗帘，顺势摸到了百叶窗的卷绳；他紧紧攥住，使劲一拉，黎明的阳光顿时洒满了屋子。

这是他的房间。

利加多患有某种梦游症。昨天夜里，他呼呼入睡以后，突然从床上起来，游荡到窗子和沙发之间的那个角落，蜷伏在地上。至于天鹅绒的沙发，他记得，家里的沙发平常总是罩着棕色的布外套；但是他很快又想起，前天晚上，妻子把脏沙发套子取下来换洗，所以露出了深绿色的天鹅绒。

现在把这一切细细地回想一番，那惊醒之后持续了约莫两三分钟之久的强烈的陌生感，使他特别震惊。他只不过离开了自己的床，呆在换下外套的沙发旁边，居然便产生了置身于陌生而恐怖的环境的幻觉。

利加多坐在杂乱无章的床上，感到全身异常沉重，思绪混乱。他蓦地心里一跳，想起该去上班了，于是匆忙地穿好衣服。

这一天，利加多的生活，他对生活的想法，就跟往常一样，全都是普普通通的。在机关里——这是他消磨三分之二白天的地方——他跟往常一样，对自己的工作觉得毫无兴味。不过，为了排遣愁闷，他偶尔也故意让自己对工作表示出某种热忱；虽然这只是短暂的事情，他却很快就感到悔恨，仿佛背叛了什么似的。他别无专长，缺乏任何天赋，能够背叛什么呢？利加多自己也说不上来。

他对同事们的看法也跟往常一样。这是一群庸庸碌碌、精神空虚的俗物，不只对自己卑贱的命运毫无自知之明，相反地，却在机关里卖弄风雅，沉溺于闲聊和夸夸其谈之中。利加多打心眼里厌恶他们，不过，偶尔也故作姿态，对他们表示好感，跟他们一起嘻嘻哈哈，东拉西扯，并且在无关紧要的问题上说几句心里话。然而，每一次，这种压抑自己感情的动作，就像他对工作故意表示的某种热忱一样，刚刚表演完毕，他便感到悔恨，仿佛背叛了什么似的。背叛了什么？背叛了谁？或许，是背叛他的社会吗？还有，他什么地方比他的同事们高明呢？对于这些问题，利加多都同样回答不上来。

至于那些上司，利加多极其鄙视他们，虽然归根到底说来，这是不公正的。他对待他们像对待他的工作和同事们一样，偶尔也把鄙视抛在一边，对他们表示亲密、尊重，甚至赞美，不过这也是短暂的事儿，而且自然是离不开那种似乎背叛了什么的悔恨。背叛了什么，背叛了谁，他同样说不上来。他们是他的上司，如此而已。

不管怎么说，这一天好歹过去了。

下班以后，利加多和同事们离开了机关，独自去搭乘平常坐的那班公共汽车；约莫需要二十分钟，可以回到家里。两年以前，他搬到了建筑在一片山冈上的新街区，寓所坐落在一条环山的街道上。街道的一头蜿蜒向下，通到山谷广场的公共汽车站，利加多每天早晨就在这里乘车上班；街道的另一头盘旋而上，通向山冈顶上的广场，那儿是公共汽车的终点站。说来也奇怪，利加多从来不曾到过山上，因为他的寓所非常靠近山谷的广场，没有机会沿着街道走到尽头。

这一天，利加多神思恍惚，公共汽车开到他往常下车的站头时，他忘记了下车。起初，他很生自己的气，继而一想，或许，在前面一站下车也好，因为这需要多走一点儿路，而这样的散步近来是愈来愈少了。

公共汽车没有很快靠站，等到他终于下了车的时候，这才发现自己来到了一个完全陌生的住宅区。他立刻觉察到，比起他住的街区，这儿空气格外清新，环境也漂亮而舒适得多。

两行长着茂密的细嫩叶子的树木，或许是胡椒树，向街道中心伸展过来，组成一片浓浓的林荫。透过茂盛的树木，在那些栅栏后面的花园深处，隐约可以看见豪华的别墅的外墙。

周围阒无一人，或者准确地说，只有一名女子，身穿雪白的衬衫，艳红的裙子，沿着栅栏轻盈地走着。这是一个金发女郎，头发依照时行的式样梳得高高的，像是戴着一顶头盔；美丽的脖颈细腻而洁白，一绺金色的卷发披垂在后颈上，像宝石一样熠熠闪光。宽宽的肩胛，显得十分丰腴，身材苗条，一条宽带束在非常纤细的腰肢上。从侧面看，她每走一步，红裙子的褶纹便像波浪似的飘荡起来。

这女子，还有这大街，对利加多产生了一种奇特的魅力。在他看来，像这街道一样，女郎显得那么新奇而纯洁，既出人意料，又令人神往。他暗自思忖，应该大胆走上前去，跟她谈谈；他又想，公共汽车上的差错，看来恰是天意巧合；是的，时常有这样的情形，无足轻重的一件小事，最终会造成整个生活的转折。这一念头像条件反射似的使他想起妻子和两个孩子；他至今仍然深深地爱着他们，但他惊诧地意识到，倘若这女子果真进入他的生活，那他会把家庭抛到九霄云外，毫不迟疑。

女子似乎察觉到有人盯着她。她突然停住脚步，弯下身子，捡起一朵不知道是从谁的手里掉在人行道上的夹竹桃花，把花瓣儿凑近鼻子，嗅着香气；又用手指捏着花儿，玩赏了片刻，然后垂下胳膊，让花儿重新落在地上。

利加多紧走几步，俯身捡起花儿，把它紧紧贴在嘴唇上。或许是有意让他追上，女子愈发放慢了步子，不时地用润泽的洁白的手摸摸脖颈，仿佛是检查卷发是否整齐，或者是要把后背上衬衣的褶纹弄平。看样子，她知道有人盯着她，因此很注意自己的仪容。

拐了个弯儿，树木消失了，街道显得更加宽阔，但几乎跟原先一样新颖、迷人。带栅栏的花园别墅也消失了；一些五六层高的楼房带着顶楼，十分漂亮，沿着斜坡上的人行道整齐地排列着。

利加多又几乎情不自禁地思忖，这条高贵优雅的大街比自己住的那条粗陋寒酸的街道好得多了，倘若居住在这儿，那该多好呵！更何况，这儿不乏接近那红裙女子的机缘；或许是出于这个原因，比起他跟妻子居住的那条街道，这条大街对他更加富有魅人的诱惑力。

女子又放慢了脚步；利加多揣摸，这是她发出的无声的邀请，于是甩开大步，赶上前去。恰恰在这当儿，她走进了一幢住宅的大门，倏然消失了，那艳红的裙子还在他眼前晃动了一下，仿佛是在向他召唤。

利加多迟疑了一忽儿，随即跟踪追了上去。

在通道的深处，他看见了那女子，没有乘电梯，却朝着楼梯走去。看样子她住在二楼，不过也可能别有原因，她朝着楼梯走去，或许是故意制造机会，让他追上她，好跟他攀谈。利加多发现，通道、电梯、楼梯，虽然全是崭新的，却给他一种奇特的感觉；或者说，它们好像游览时看到的某些景致，虽然陌生，可是在别的什么地方似曾见过。

女子拐了个弯儿，重新消失了。

利加多急忙奔向楼梯，两级阶梯并作一步，噔噔地直上二楼，气喘吁吁地追上了女子。

骤然间，女子一回首，用十分平静的声音对他说：

"啊，是你……怎么没有瞧见你？"

利加多惊呆了，喃喃地说：

"噢，是你，怎么……"

他本想补充一句："你怎么会上这儿来的，在这样的时候，这样陌生的公寓？"但他很快把话咽了回去，因为就在他们停住脚步的地方，他竟看见房门的铜牌上赫然刻着他的姓名。这就是说，方才走过的大街，是他寓所坐落的街道；那红裙女子，不是别人，正是他的妻子。

妻子把钥匙塞进房门的锁孔里，转过身来，笑吟吟地说：

"没有见过我的金色发卷，是吗？事情很简单，棕色的头发使我厌倦了。你说呢？"

利加多赶忙回答说，她的金发梳成这种样式，实在太美了。

走进了房间，妻子到厨房去准备晚餐，利加多走进自己的卧室，扑倒在床上，在黄昏的幽暗中，呆呆地仰面躺着。

现在他意识到，夜里的噩梦，白天的幻觉，这两者之间仿佛存在着某种联系，但他很难捉摸，究竟是什么联系。许多因素有着相似之处：脱了布外套的沙发，和妻子染过的金发；仿佛置身于陌生的房间时产生的恐惧，和似乎在陌生的大街跟踪陌生的女子所激发的欢乐。另外，一个特殊的、有意义的共同点贯串于这两种场合：房间、街道，全使他产生异常的感觉，因为他处于一种异常的位置。事实上，他不是在自己的床上，而是在房间的角落里惊醒；他不是从往常下车的地点，而是从山冈上某一不确切知道的地点走进街道。

利加多默默地思索着，越来越觉得困倦，终于昏昏沉沉地进入了睡乡。

账　单

克劳迪奥到达下榻的旅馆，安置好行李，立即被好奇心所驱使，到岛上去溜达溜达。

他是头一回来到这个小岛，在这里可以说是举目无亲。他顺着街道信步走去，迎面遇见的行人几乎都是成双成对，一对对的小伙子和姑娘，一对对的中年男女，一对对的老头儿老太婆，像他这样不带女伴的男子，极为少见，至于单身的女子，那更是绝无仅有；他们无不带着一种如果说不是幸福的，却至少是亲昵的神情。一种挺不自在的感觉，不禁在克劳迪奥心头油然而生。眼前的情景仿佛是对他的谴责，使他茫然：他这个孤家寡人，最近的一次恋爱经历已是两年以前的事，独自跑到这个小岛上来干什么？

他觉得，这成双成对的伴侣，从他身边走过的时候，仿佛都在对他说：我们是一对儿，你却是光棍一条；我们知道该上什么地方去，你却到处流浪；我们的生活有着明确的目的，你却稀里糊涂。现在，他的不自在的感觉已经变成了张皇失措。为了驱除心头的阴暗心情，他走进一家酒吧间，要了一杯咖啡，虽然他一点儿也不想喝它。

酒吧间里也有一对青年，男的是一个金发小伙子，身子细瘦，脸孔尖削，目光明朗而坚定；女的是一个棕褐色皮肤的姑娘，克劳迪奥觉得她颇为妩媚动人。小伙子微微俯着身子，一只脚踩在柜台的铜踏脚杆上，手里玩弄着一串钥匙或者别的什么金属玩意儿，正在跟姑娘谈心。

克劳迪奥喝完咖啡，走到收款处付钱。突然，地板上叮当一声响；克劳迪奥心想，大概是他兜里的一枚硬币落到地上，于是，他弯下腰，伸出手去捡：一枚五十里拉的银币，果然就在离他两步远的地方。不料，那金发小伙子冷冷地说：

"很遗憾，那枚硬币是我的。"

克劳迪奥意识到自己的失误已经为时太迟。糊涂可笑的行为引起的羞愧感，使他的脸一下子涨得通红。他匆匆地走出酒吧间，几乎用奔跑的步子，朝夹竹桃大街走去；根据游览指南的介绍，这是岛上景色最优美的去处之一。

夹竹桃大街上阗无一人；一棵棵大树葱郁茂盛，绿荫四覆的街道绕着小岛，迤逦到很远的地方。街道一边是倾斜的堤岸，透过密密层层的松树，不时可以瞧见深湛碧蓝、微波粼粼的大海，另一边是鳞次栉比的别墅和花园，一眼望不到尽头。街面是一色红砖铺砌的，洁白的和玫瑰色的夹竹桃花开得十分繁艳。在以这芬芳的花儿命名的林荫道上，没有一个游客的踪影。

克劳迪奥很快觉得心头平静了下来。转过一个弯儿以后，他远远地瞧见一幢乳白色的别墅。这座小楼只有两层，浅绿色的百叶窗，小巧玲珑的回廊，镂刻着凹纹的圆柱，倒也别具一番新古典主义的风格。他暗暗思忖，这兴许是一幢古旧的邸宅，它的建筑风格，那成簇成丛地开放着花朵，爬满了外墙的常春藤，那风雨剥蚀的砖壁，至少是给人这样的印象。

克劳迪奥刚刚打这幢乳白色的别墅前面走过，忽然听到一连声的叫唤：

"劳伦佐先生，劳伦佐先生！"

这声音叫唤的并不是他的名字，但又分明是在招呼他，因为他发现从围着小楼的铁杆栅栏后面伸出一只手来，对着他打手势。他走上前去，于是，瞧见一位上年纪的肥胖太太，她的脸上泛出绯红的色彩，浓密的汗毛使它显得有点浮肿，一双碧蓝的眼睛紧紧盯视着他。克劳迪奥的目光随着那太太的手移下低处，瞧见她攥着一条丹麦狗的颈圈，狗的毛色是淡红与灰白相间，显得极其漂亮，或许是出于兴奋，它正汪汪地叫着。

"劳伦佐先生，您近来好吗？您瞧，连蒂格尔也认出您来了……是啊，您在这里的时候，它还是条小狗呢……请进来坐一会儿……我很高兴再次见到您。"

克劳迪奥正要指出那太太的错误，可是，一刹那间产生的逢场作戏和冒险的冲动，制止了他。现在，他孤零零的一个人，举目无亲；或许，天晓得，感谢这位太太的误会，倒能使他走运，找到一位伴侣。太太已经转过身去，给他带路。她吃力地迈着蹒跚的步子，穿过回廊，走进摆着各式藤椅的前厅，然后，进入客厅。

客厅里光线暗淡，陈设简朴。两张安乐椅，一张坚硬的沙发，靠背上铺着绣花垫；墙上挂着几幅描写海景和花卉的油画，镂空灯罩装饰着细小的珍珠；此外，就是烟盒、烟灰缸、照片、灯架、桌子和柜子上随意摆着的各式小装饰品。

那太太如释重负，沉沉地在一张安乐椅上落下身子；丹麦狗走到她的脚边，蜷缩着趴下。她似乎还有点上气不接下气，说道：

"这里的一切，都跟您离开的时候一样……唉，多少年来，在我的家里，没有发生一丁点儿的变化……不过，您知道，您也是老样子，没有一点儿变化！"

"是的，我还是老样子，因为毕竟没有过去多少时间。"克劳迪奥说。其实，他是想从那太太嘴里探听出来，按照她的意思，他是什么时候在这里住过的。

"三年了，"那太太说，"对于我这老婆子来说，这时间是很长的罗。自然，对于您这样的年轻人，这算不了什么。不过，您可知道，埃莲娜每次见到我，都向我打听您的情况？"

克劳迪奥不由得心中欣喜，暗暗思量，这么说来，还有一个叫埃莲娜的女人。埃莲娜，这倒是个挺美的名字，她自然也会是个美丽、年轻、楚楚动人的女子罗。

"埃莲娜还记得我吗？"他问道。

老太太向他投过意味深长的一瞥：

"说'记得'还不确切。依我看，她很想念你呢。"

那就更妙了，克劳迪奥禁不住细细忖度：想念，这就意味着一种可能性，借助老太太的误会，他自然就可冒名顶替那个神秘的劳伦佐，去接近埃莲娜。

"我也是这样，"现在，克劳迪奥终于进入了自己的角色。他觉得，这并不完全是虚情假意。"我也很想念她呢。"

"与其现在想念她，"老太太说，"不如当初回到她的身边。您很难想象，您不辞而别使埃莲娜多么伤心。一连好多天，她关在自己的屋子里，白天黑夜地哭泣，寝食俱废，我真担心她病倒了。请问，您当时为什么这样狠心啊？"

"我不是狠心的人；她比我厉害得多。"克劳迪奥讪讪地说。

老太太深深叹了一口气，沉默了一会儿，仿佛坠入了回忆。

"谁晓得是怎么回事。那天晚上肯定发生了什么事。第二天埃莲娜的眼眶都是青一块紫一块的，看样子似乎挨人揍了。您可知道，劳伦佐先生，不应该向女人动拳头？"

克劳迪奥突然觉得惶乱不安了。这么说来，劳伦佐挥拳打了女朋友；而他，正冤枉，一生中从来不曾有过对女人动手动脚的事情。他多少有点狼狈地说：

"我想再说一遍，她比我厉害得多。"

老太太一双碧蓝的眼睛凝凝地盯视着空间，仿佛在沉思。尔后，突然变换了一种奇怪的声调，用不再是那么温和，而几乎是严厉的口气说：

"你应当明白，用那种方式逃之夭夭，可是不体面的行为。别以为埃莲娜是那种马上会到别的男子那里寻求安慰的水性杨花的女孩子。埃莲娜已经到了这种年龄，这可能就是一生中最后的一次爱情。何况她是寡妇，还有一个放荡的儿子，给她带来那么多的烦恼。不，您的行为确实很不体面。"

克劳迪奥局促不安地在安乐椅里挪了一下身子，把目光透过打开的窗户，投向花园里的树木。这么说来，埃莲娜并不是一个年轻的姑娘，相反，比劳伦佐的年纪还要大得多，而且有一个岁数不小，已经够得上称作放荡的儿子。他苦恼地说：

"或许，正是我们之间年龄上的差别，迫使我出走的。"

老太太现在摆弄起用带子系在腰上的一副眼镜。克劳迪奥发现，大约是肌肉松弛了的缘故，她的脸色突然变得严峻起来，充满了敌意。终于，她用完全失去了原先的热情的语调说：

"劳伦佐先生，年龄上的差别，在您跟埃莲娜交朋友以前就应当考虑到。实际上，我的印象是，您并不是出于爱情，而是为了谋取私利，才跟埃莲娜相好的。埃莲娜富有家财，您穷得可怜，正是知人知面不知心啊。"

克劳迪奥明白，他现在的任务是要充当那个卑鄙的劳伦佐的辩护士，因为替他辩护，就等于洗刷了自己蒙受的冤屈。他多少有点冲动地提出了抗议：

"我跟埃莲娜相好,压根儿没有想到要谋取私利。从一开始我就对她怀有很深的感情,这种感情一直保持到我们分手。"

"就是说,一直保持到您遇见那个跟埃莲娜一样上了年纪,但可能更加慷慨大方的美国女人;有人瞧见,您抛弃埃莲娜的那天,就跟那个美国女人远走高飞了。"老太太连连摇头。

"我没有跟任何美国女人一起离开这儿。"

"可是明明有人瞧见了。"

"那确实是偶然。她不过是我相识的一个朋友。"

"多奇怪的偶然。那末,请您给我解释一下另外一件偶然的事。"

老太太突然站起身来,迈动沉重的蹒跚的步子,走近靠窗子的写字桌。克劳迪奥瞧见她打开写字桌,在抽屉里的一叠纸中翻寻了一阵子,取出一张纸来,又回到安乐椅上坐下,把那张纸放在膝盖上:

"现在请您告诉我,您趁天色未明,神不知鬼不觉地离开了这里,连账也没有付,大概也是偶然的吧。埃莲娜不肯替您付,她说为您已经花费得够多的了;凭良心说,我不想责怪您。"老太太满脸愠色,接着说,"我没有控告您,那是看在埃莲娜的份上,我觉得,她仍然爱您。您欠下的这笔债,难道也是偶然的吗?"

老太太戴上眼镜,摊开那张纸,开始看起来。这时,克劳迪奥方才明白,或者说,至少是相信自己已经明白,老太太患有高度的近视,所以把他错认作另外一个人。有片刻工夫,克劳迪奥既希望同时又害怕老太太抬起头来,瞧瞧他,发现这是一场误会。可是老太太没有这样做,她取下眼镜,把它放在膝盖上。克劳迪奥暗暗思忖,他是否应当趁机向老太太澄清事实,消除误会,但他很快意识到,现在为时已晚。他本来应当在老太太把他当作劳伦佐的时候就这样做;如今,他既要偿付一笔落在他头上的欠账而蒙受损失,又要为他扮演的一出荒唐的喜剧而贻笑于人。纵然消除了误会,还有赖不掉的欠账。他能否拒绝偿付呢?如果他不肯认账,那老太太必定会火冒三丈,当真去告发他,那他扮演的这出喜剧将会以难以预料的方式公之于世,造成耸人听闻的结果。如果他认了这笔账,自然要花点冤枉钱,不过这也是对他的失算的惩罚,谁叫他去扮演劳伦佐这个角色的呢?

"这是最后一个星期的账单。数目倒不大,可是您知道,我和我的女儿就靠出租这几间屋子维持生计,纵然是小小的数目,对于我们也是重要的。"老太太又开口说。

"请把账单给我。现在就付给您。"克劳迪奥果断地回答。

"请拿去。"

克劳迪奥接过账单,浏览了一下,果然不是一笔大数字;惩罚是轻微的。他从兜里掏出皮夹,把钱递给老太太。

"当然,劳伦佐先生,我从来没有相信那些关于您的流言蜚语。不过,您那样悄悄地不辞而别总是不太好。"老太太拿到钱，赶忙说。

"这种事情是常常发生的。"克劳迪奥站起身来。

"我想顺便告诉您，劳伦佐先生，"老太太又显得热情多礼了，"您上次离开的时候，留下了一些东西。我一直替您保存着，您瞧。"她走进房间，打开衣柜，取出一个小包，递给克劳迪奥。"我记得，里面有一条短裤，两双袜子……您或许还用得着。"

克劳迪奥脸上掠过一阵阴影，接过包裹，尾随老太太穿过回廊。

"先生，我还想奉劝您一句话，"老太太不停地唠唠叨叨，"您应当去找埃莲娜。她住在索里佐旅馆。去吧，您会发现，她是多么欢迎您回来。"

克劳迪奥应声说，他会去找埃莲娜的。他告别了老太太，离开了别墅。

才走了几步路，包裹外面那张马马虎虎卷着的报纸突然散开，那几双显然没有洗过的胡乱地折叠着的短裤、袜子统统掉到了地上。克劳迪奥索性让报纸也掉在地上，径直朝前走去。

"喂，您瞧，您的什么东西掉了。"背后传来呼喊他的声音。

那是一位妇女，站在路旁的一座小楼的栅栏后面。克劳迪奥勉强压抑住自己的厌恶心情，弯下身来，用手指尖拾起了短裤和袜子，重新用报纸卷好，继续朝前走。

一对对的小伙子和姑娘，一对对的中年男女，一对对的老头子老太婆，迎面朝他走来，从他身边走过去。可是，他发现，他现在不再以羡慕的目光注视他们了，相反，他几乎体味到一种反感的情绪。方才经历的那场荒唐的喜剧，仿佛是他饱尝的一顿反胃的食物，使他产生厌恶的感觉。他又回想起，刚到这个小岛的时候，在酒吧间，他俯身去拣那枚不是他的硬币，遭到硬币的主人、那个金发小伙子的嘲弄。他暗暗寻思，在老太太的别墅里，同样的经历又重演了一次，区别只是在于，这一次，他想去拣的硬币却是假的。

前面木杆上钉着一只绿色的垃圾箱。他一下子掀开盖子，把包裹扔了进去。

梦　幻

叮铃铃……

电话铃声突然大作，惊醒了早已进入睡乡的西尔维奥。他把一只手从被窝里伸出来，扭亮了床头的台灯，瞧了瞧床头柜上的座钟：三点十五分。

电话铃声继续急促地响着。西尔维奥懒懒地摘下耳机，问道：

"是谁啊？"

一个女子的声音回答：

"是我——阿莉娜，你听不出我的声音了吗？"

西尔维奥欣喜异常，忙说：

"哪能听不出你的声音呢。什么时候到罗马的？"

"半个钟点以前。我坐汽车来的，从米兰一口气开到这里。我不能开得很快，因为这是辆新车，正在试车期。不过，这辆车子漂亮极了，天蓝色的。"

"你在哪里下榻？"

"在老朋友家里。就是我们第一次见面的菲德里科家，你记得吗？"

"这么说，我们又可以见面了？"

"当然啰，否则我干吗打电话给你呢？"

"你到罗马，我太高兴了。"

"你若是高兴，那我也很高兴。"

"打算逗留多长时间？"

"很遗憾，很短。后天，或者准确地说，明天，"他听得她咯咯地笑起来，"因为现在已经是明天了。不过很快我还要回来，那就可以多住几天了。"

"那么，我们什么时候见面呢？"

"我们在一起用午餐吧。"

他们在电话里详细地讨论，究竟上那家餐馆去好，西尔维奥报出了一连串餐馆的名字，阿莉娜都以这种或那种理由谢绝了。在温情脉脉的谈话当中，阿莉娜如此过于认真的态度，不由得使西尔维奥感到奇怪。

末了，阿莉娜说：

"不，你知道，归根到底我想上哪儿？我想上靠近你的公寓楼，你经常去的那家饭馆。这样，吃完午饭以后，就上你家里坐会儿，你可请我喝杯咖啡。"

西尔维奥暗自寻思，或许她早已胸有成竹，才提出这样惹人喜欢的建议，因此一切才显得那么轻松自然而又深思熟虑，但眼下他还无法对此作出判断。不过，他仍然满怀喜悦地回答，如果阿莉娜乐意上那家饭馆，他自然想不出更好的去处。

阿莉娜说：

"好吧，我不再打扰你了。我简直困死了。……等一等，你注意听着。"

西尔维奥细细谛听，一个轻微的响声从听筒传到他的耳鼓里。

"你明白了吗？"娇滴滴的声音问道。

"明白了，你的亲吻。"

"好极了，那么，明天也就是今天见。"

西尔维奥放下电话，熄灭了台灯。他没有马上入睡，又稍稍把阿莉娜和她打来的电话琢磨了一番。这位容貌漂亮而又有点儿难以捉摸的姑娘,他仅仅在一个月以前举行的某个招待会上有幸见过一面。像往常那样,阿莉娜当天夜里就要离开罗马去米兰;不过,在招待会结束到她启程的两个小时里,他们之间却产生了跟爱情极其相似的某种东西。阿莉娜向他许诺,一定给他写信,而且三天以后就返回罗马。但她没有回来,而且也没有给他写信。现在,西尔维奥想着她,终于发觉,他已经坠入爱慕她的情网。他们初次相会的情景,新的约会可能带来的希望,在他的脑子里甜蜜地搅成一团。西尔维奥终于又昏昏入睡。

第二天,他比预定约会的时间提早一刻钟离开公寓,朝饭馆走去。他住在城里一个古老的街区,一幢旧公寓楼的顶层。饭馆坐落在一条小胡同里,离他的住处不远。西尔维奥一面走一面想着他的好运气,禁不住自言自语,这一切果真能够实现,那就太美了,简直是完美无缺。他仔细思量:"世间万物,历来是难以完美无缺的,我的心愿也未尝不是如此,看来,在我们这罗曼蒂克的爱情之中,免不了也会有某种不圆满的东西,眼下我还说不上来,但它迟早是要表现出来的。"他又暗暗自问,鸿运降临到他头上,怎么会产生疑窦了呢?他终于明白,在他的鸿运当中存在着某种过分的、超凡脱俗的东西,它虽然没有超乎人之常情,但至少是某种表面的东西。阿莉娜对于他的态度确实显得过分的热情,他因此不得不担心,或许只是一具微笑的假面,遮掩着截然相反的事实。

西尔维奥这么胡思乱想着,来到了饭馆。他推门进去,在靠窗的角落里,在他平时常坐的一张桌子旁边坐了下来。

饭馆富有乡村风格,或者说模仿乡村风格;一串串的香肠,一扎扎的酒瓶,悬挂在低低的天花板上,四壁墙上张贴着男女电影明星的照片。餐厅里光线幽暗,静悄悄的没有一名顾客。

招待员扭亮了电灯,走到西尔维奥跟前,问道:

"您好,博士,就您一位吗?"

"不,还有一位朋友,请再摆一份餐具。"

"稍过会儿上菜吗,博士?"

"是的,稍过会儿。"

西尔维奥要了一瓶开胃酒,为了消磨时间,他开始打量墙壁上挂的那些电影明星的照片。饭馆不很大,明星照片倒不少。他才看完挂满照片的四面墙壁中的两面,便觉得困乏起来。他瞧了瞧手表,发现已经过了将近二十分钟。他忽然心里一跳,相信阿莉娜不会来了。他是这样深信不疑,以致竟霍地站起身来,朝餐厅里面的电话间走去。

他查询了阿莉娜借居的菲德里科家的电话号码。一个他不熟悉的女人的声音——至少不是女仆——回答道,阿莉娜小姐不在家,最好过一小时再打电话来,她要回来吃午饭的。

西尔维奥顿时心头一凉,赶紧轻声地问:

"小姐回来吃午饭吗?"

"当然罗。"

"会不会上外面去吃饭?"

"她什么也没有告诉我们。"

西尔维奥放下了听筒,回到餐桌边,吩咐招待员上菜。他一点儿也不饿,只是感到一阵异常痛苦的厌恶。不过,既然他已经确信阿莉娜不会来了,他就不愿意再等待下去,不愿意让认识他的招待员察觉他的尴尬处境和大失所望的情绪。不多一会儿,招待员端来一份他点的菜,他开始慢慢吞吞地吃起来。

他很不愉快地发现,像他平常体验到辛酸的悲痛时那样,他的食欲非但没有消失,现在反倒更旺盛了。他一面吃,一面默默地思考阿莉娜如此行事的缘故。他立即排除了这样的可能性,即某种非人力所及的原因,或某个外界因素妨碍她来赴约,甚至妨碍她预先打个招呼。是的,表面看来尽善尽美的事情出了毛病,自然源出于内因,而不是外因。他于是得出结论,在凌晨三点一刻到中午十二点钟之间,一定是冒出了某个东西,阿莉娜因此改变了主意。他又思忖,这某个东西,可能是出于循规蹈矩的考虑,或者,甚至是道学家的踌躇不决,因而试图用冷冰冰的客观审视的冰水,来熄灭灼热的爱情之火。或许,在最好的情况下,是对他毫无情意或者猜疑他并不深深爱她而引起的追悔;或许,只是她一时的疏忽或者仅仅是遗忘了这次约会;或许,是她精心安排的一次无情的捉弄,为了报复他自己也不晓得什么时候对她犯下的某个过失;或许,只是为了毫无必要的矫揉造作。

西尔维奥小心而又痛苦地吃着第二道菜,脑子里继续逐一地思索着这四种假设。末了,他不得不承认,所有这种种假设都是可能的;要知道,像阿莉娜这样的性格,是什么样的事情都做得出来的,既可能循规蹈矩,也可能追悔一时的冲动;既可能把约会忘记得干干净净,也可能捉弄他人。她的确是个相当活跃的女性,因此有充足的理由断言,她的言谈举止容易使人困惑不安,脾气常常捉摸不定。另一方面,这个家资豪富,从小受到溺爱,沾满了世俗气的姑娘的个性,也容易使人想到她是个轻浮或冷酷的女性。西尔维奥吃完了饭,从阿莉娜应当赴约的时间到现在,已经一个小时过去了。他付了钱,走出了饭馆。

他满怀失望的伤感,沿着原路回家。他方才走过的这些街道,如今在他眼里好像也黯然失色了。他登上他寓居的顶楼,刚走进屋子,连大衣也来不及脱掉,立即冲进他的昏暗的书房,摸索着给阿莉娜的朋友再打电话。还是原来那个女子的声音告诉他,阿莉娜回来以后,匆匆地用了午饭,又出去了。西尔维奥扭亮电灯,慢吞吞地脱大衣,怔怔发痴地瞧着写字桌。忽然,他蓦地站住,双手攥住一只袖筒已经脱掉,另一只袖筒还穿在身上的大衣；佣人替他作电话记录的簿子上，写着阿莉娜的女友菲德里科夫人的名字，后面写着几行字。原来，那位夫人给他留言，邀请他参加定于今天晚上举行的一个招待会。西尔维奥脱掉大衣，在沙发上躺下，熄灭了电灯。

现在，他开始盘算参加招待会的事儿，考虑如何迫使阿莉娜用某种方式来解释她的令人难以理解的行为。他设想了好几套大不相同的对待她的办法，例如小心翼翼地请她作出解释，或者冷冰冰而又咄咄逼人地加以责问，直至狠狠地给她两记响亮的耳光。他这么反复琢磨着，度过了下午。最后，他穿好衣服，前去参加招待会。

像他预先估计的那样，在那幢古老的邸宅的四层楼，他在高朋满座的一排小客厅的最后一间找到了阿莉娜。她戴着一顶高高的皮帽子，几乎让人认不出来了。今天晚上，她雍容华贵而又满身俗气，嘻笑吟吟而又漫不经心，使人觉得可望而不可及。阿莉娜向他伸过纤细的戴满戒指的手，问他近来一切可都好，然后便飘然转过身去，继续刚才中断的谈话。西尔维奥在各个客厅里稍微转了一圈，便回家去了。

他一面走，一面又思忖着这一天发生的种种事情；他忽然恍然大悟，他跟阿莉娜的关系是由互不相关的两个部分组成的，当这两部分各自独立的时候，一切显得合情合理；倘使这两部分联结在一块儿，便显得荒诞不经。一个月以前他跟阿莉娜的初次相会，她随后的沉默和杳无音讯，以及今天晚上的第二次相遇，是他们之间关系的第一部分。阿莉娜半夜三更打来的电话，她在电话里表现出来的温柔多情，属于第二部分。如果把深夜的电话一笔勾销，那一切都能自圆其说：一个月以前，阿莉娜一度对他动了感情，不久便后悔了，决定不再跟他发生关系，因此在招待会上以彬彬有礼但很有节制的态度对待他。可是，半夜里突如其来的电话却把一切都变得荒唐无稽。况且，半夜里的电话是千真万确，怎么能一笔勾销呢？

他又琢磨了一会儿，末了，自言自语地说，只有一个办法能够把它一笔抹杀，那就是认定，这是他梦中发生的事情。把它归结为梦幻，一切便能自圆其说。而且那打来的电话至少有三点具有梦幻的特点：它发生在夜深人静，两个梦境之间；像梦幻中通常发生的那样，它的细节极其精确（汽车是处于试车阶段，车子的颜色，时间，地点，关于在餐厅约会的讨论，轻轻地一吻）；最后，尽管一切细节是如此丰富和精确，但在现实生活中缺乏根据，或者说是荒唐可笑的。

看来，实际情况是，阿莉娜的确来到了罗马，他也的确在菲德里科家里见到了她——但正是在这里，梦幻和现实互相交织了。西尔维奥又思索了一番，他终于觉得他能够提出一种新的看法：不管是梦幻中遇见的事情，还是现实中发生的事情，它们都不过是梦幻，因为他无法用理智的方式来解释它们。另外，他也不企求去解释它们，它们既然具有梦幻的各种特征，那他就索性把梦幻，以至一切不值得解释的真实事件，都权作梦幻算了。

蜜月旅行

火车驶离站台以后，由缓渐快地开始奔驶起来。

妻子对乔万尼说，结婚仪式弄得她疲劳不堪，现在，两个人终于单独在一起了，她觉得异常轻松。

乔万尼开玩笑地回答：

"依我看，蜜月旅行的兴味，首先在于摆脱那些登门祝贺新郎新娘的人。"

话音刚落，乔万尼就发现，这些话出自像他这样结婚才两个小时的人之口，未免有些奇怪。他想以亲昵的动作向妻子表达歉意，但还没有来得及表示，妻子便微笑着反驳说：

"可是，只要真正相爱，我相信，不少新婚夫妇都愿意尽可能地延长婚礼的庆祝仪式，即使这要推迟单独相处的时间。"

乔万尼没有吭声，他站起身来，整理行李架子上的手提箱。正当他抬起胳膊，打算移动最大的箱子时，妻子的那句话已经在他的脑海中掠过，但忽然像从墙壁上弹回的球一样，又在沉默中反跳回来，重新闪现在脑际。乔万尼伸着胳膊，不由得站在那里愣了一会儿，眼睛出神地注视着墙上的一幅介绍科摩湖①的旅游广告。

"只要真正相爱。"妻子为什么要说这句话呢？她又是在暗示谁呢？

乔万尼整理完了行李，重新在妻子对面坐下。现在，她的脸正朝着窗外，似乎在欣赏乡村风光，光秃秃的棕褐色的田野，在冬日灿烂的阳光下闪闪发亮。

乔万尼悉心打量了一会儿妻子的形象，体验到一种几经惶乱的激动之后真正发现了什么似的感觉。他突然明白过来，他跟妻子之间并不存在任何关系，或者更准确些说，他们之间只不过是一个丧失好奇心的旅游者跟车厢中的一名没有特别诱惑力和迷人之处的女伴之间的关系。乔万尼注意到，妻子把金黄色的头发梳成高高挽起的新式发型，这种不同寻常的式样更加深了他的对面完全是一个陌生人的感觉。

另一方面，妻子的脸容苍白而漠然，表情异常敏锐而又难以捉摸，使他感到缺少一种柔情蜜意。她的脸庞犹如一颗已经熄灭的星星，徒然期待它发出光和热。可是，乔万尼很快地明白，他不过是把自己的冷漠无情归咎于妻子，她其实只是一面如实地

---

① 位于意大利北部，以风景优美著称。

反映他的冷漠的镜子。

乔万尼产生了一个念头，应当跟妻子讲讲话，或许，借助语言，这种隔膜的感觉会消失殆尽。可是讲些什么呢？乔万尼几乎不寒而栗地意识到，唯一要说的话却是宣布他没什么可谈的事。

他环顾四周，努力寻找话题；软卧车厢里满是熠熠闪光的木器、钢制品和丝绒。然后，他的视线转移到沐浴在阳光下的窗户上，赶紧说：

"多好的天气，是吗？"

"是的，天气很好。"

乔万尼暗自寻思，究竟是什么东西使得他这句话跟他在其它场合所说的同样一句话那末不一样呢。他明白过来，也许这是自从他跟妻子认识以来他第一次仅仅想说而说出来的话，一点儿不多，一点儿也不少，实际上等于什么也没有说。相反，在其他时候，关于天气好之类的话总是有着联络感情的意思，总而言之，是用来交流情感的。

他希望完全证实这样的想法，于是问道：

"你想看报纸吗？"

"不，谢谢，我喜欢欣赏风景。"

"很快要到契维塔韦基亚①车站了。"

"离罗马多远？"

"我想，五十公里多一点。"

"契维塔韦基亚有些什么呢？它是一个港口吗？"

"是的，从这个港口可以到撒丁岛去。"

"我从来也没有去过撒丁岛。"

"我去过，在那里度过了一个夏天。"

"什么时候？"

"四年前。"

妻子沉默不语，把头扭向窗子。乔万尼感到沮丧，暗自问道，或许出于疏忽，妻子尚未觉察到，他对她所说的干巴巴的话，没有一丁点儿感情，完全是人们能够在字典里信手拈来的词汇。他思索了一会儿，心想，看来有的迹象已经显露了出来。实际上，她以一种固执倔强的表情瞧着窗外的风景，反咬着下唇，紧蹙眉头，正是一种对立的情绪的表示。

乔万尼倒吸了一口气，顺手拿起一本画报随意地翻阅。他的目光停留在画页的填字游戏上，顿时脑中闪出一个想法，这久已不玩的游戏倒是一种跟他眼下的心境很适合的消遣。他把手伸进兜里取钢笔，却没有找到，于是对妻子说：

---

① 位于罗马西北部的海港城市。

"劳驾，你能给我用用你的笔吗？"

几乎是同时，妻子转过身来，对他说：

"对不起，你能给我用用你的小刀吗？"

这两句话正好交叠在一起。乔万尼心想，如果在别的时候，两个人一定会为这个滑稽的巧合而捧腹大笑起来；可是这一次，无论是他，还是妻子，谁也没有笑，就像知道这没有什么好笑似的。乔万尼暗暗思忖，事实上，他们俩结婚才几个小时，在教堂的祭台前面，按照有着几百年历史的传统，举行了老式的婚礼，这种仪式的宗旨是要把他们永远联结在一起，心心相印；而现在，他们之间的对话已经变得像学校教科书上的对话练习那样贫乏："妻子有一支笔，丈夫有一把小刀。"

乔万尼把小刀递给妻子，问道：

"你要小刀干吗？"

妻子伸手接过小刀，说：

"削橘子皮，我渴了。"

随后，她默不作声了。火车发出一声尖厉的嘶叫，沿着大海急驶，暴戾而湛蓝的海面炫射着光辉。乔万尼瞧着画报上的字谜，正在思考，那可以用五个字母来表示导致社会巨大变迁的科学发现，究竟是什么东西呢？他冥思苦想了好一阵子，但一点儿也想不起来。

妻子低头削橘子皮，保持一种不相信别人，也不要求别人信赖的谨慎的机敏的游客的神态。乔万尼终于找到了这五个字母组成的谜底：原子。他感到，这个字眼对于他来说，比"爱情"更有意思①。从理论上说，"爱情"这个字眼应当是他跟妻子之间关系的写照。他试图在默想中对自己说："我爱我的妻子。"但乔万尼发现，在他脑中回响的这句话，犹如一个无法验证的论断，既空空洞洞，又随心所欲。于是，他想："橘子在我的妻子手里。"他立即意识到，这句话倒更加真实可靠得多。

他抬起眼睛，朝妻子瞥了一眼；橘子确实在他的妻子手里，她正以一种忧郁的神情凝视着它。乔万尼困惑不安地说：

"明天早晨九点钟我们可以到巴黎了。"

妻子用勉强听得见的声音回答说：

"是的。"

她站起身来，没有用任何方式向他打招呼，径自匆匆地走出了车厢。

乔万尼惊奇地发现，一旦他独自一个人的时候，反倒觉得松了一口气。是的，这是确凿无疑的。他的妻子匆匆离去的事实，几乎使他产生她不再存在的幻觉，这种幻觉又使他体味到一种距离幸福并不太远的情感。这种幸福是消极的，犹如一个患偏头

---

① 在意大利语中，"原子"（ATOMO）和"爱情"（AMORE）都是由五个字母组成。

疼或其他肉体痛苦的人，在疼痛霍然消失的时候体会到的幸福。但它又是从他上了火车以后，感觉到的唯一的幸福。

随后，他以抑制不住的恐惧想到，一旦妻子回到车厢，他将重新体味到不幸福的苦果。很可能，他的整个一生都将如此，因为他们已经结婚，再也没有什么办法能够挽回这种局面了。

蓦地，他似乎意识到，妻子刚才匆匆地离去是意味深长的。显然，她已经觉察到他的心不在焉和闷闷怏怏的冷漠态度，因此，她也不能再忍受下去了。这有什么奇怪的呢？就是一个瞎子也会发现这一点的，更何况一个敏感而又聪明的女人，在蜜月旅行中欢度婚礼的第一天。

火车发出一声长长的嘶鸣，开始放慢速度。波光粼粼的蓝色大海，在一排排淡黄色的民房后面消失了。火车停靠在一个月台上。只听得一声响亮的吆喝：

"契维塔韦基亚到了。"

一扇扇车窗开始打开。乔万尼站起身来，把玻璃窗拉起，他想把脑袋伸进冰冷的空气中去清醒一下。这时，透过熙熙攘攘地上车下车的旅客，在一辆摆满杂志和书籍的两轮车那边，他一眼瞥见了妻子，认出了她的金黄色的头发，她的一身灰色和蓝色交织的衣服，她正急匆匆地朝出口走去。乔万尼马上揣想，她正在摆脱他，朝着车站广场走去，在那里，她将跳上一辆出租汽车回到罗马。只有这样才能解释她的缄默不语和适才离开车厢的行动。想到这里，一阵失望和凄恻的伤感不由得涌上心头。

他急忙离开座位，穿过走道，奔到车厢门口，跳下了火车。

可是，当他抬起眼睛的时候，却瞧见妻子喜吟吟地微笑着，迎面朝他走来。他们手牵着手，乔万尼不由自主地紧挽着妻子的手臂，重新登上已发出尖叫声，开始蠕动的火车。

刚走进车厢，妻子就急不可耐地用胳膊搂住他的脖子亲吻起来。乔万尼听见她喃喃细语说：

"你可知道，我刚才是多么害怕。我站在走道的尽头，从小窗户朝外张望，我似乎看见你跳下火车，朝着出口走去，想把我甩掉。于是我去追赶你，攥住你的胳膊。不料，那竟然不是你，而是不知道哪里冒出来的一个跟你的模样相像的人；当我用你的名字叫他，跟他讲话的时候，他惊愕不已。"

"为什么你要害怕我逃跑呢？"

"因为刚才我产生了一种可怕的感觉。我似乎觉得，对你来说，我已不再存在于你的心目中，我无法跟你交谈，我相信你已经觉察到了这一点；因此，你宁可逃跑，而不愿跟我待在一起。"

贵妇人

他们的车子上了高速公路以后，女子仿佛挑逗似的，以妩媚的神态漫不经心地对罗伦佐说：

"我疲倦了，为什么你不替我开一会儿车呢？"

话音未落，这辆阔气的美国汽车就放慢速度，驶近公路边停了下来。

罗伦佐大吃一惊：

"我来开车？可我对这辆车子一点儿也不熟悉。"

女子不耐烦地回答：

"简单极了……你要起动的时候，就踩一下加速器……这是刹车，只要轻轻一踩，车子就会立刻停下来。"

"试试看吧。"罗伦佐瞧着她，说道。

女子朝着他斜过身子来，把一条大腿弯曲地搁在座位上。她身材修长，俏丽动人；或许是因为她穿着特别紧身的长裤的缘故，她显露出某种木偶似的特征。她上身裹着一条代替衬衣的彩色头巾，在扁平的胸脯间打了一个结子；后脑勺戴着一顶拖着丝带的草帽，长长的神经质的脖子上面，长着一副干瘦的三角形的脸容，线条平淡无奇，甚至显得有点粗糙。

罗伦佐暗自思忖，她的形象跟这辆外壳乌黑，内里紫红的又长又扁的汽车一个样儿；或许说得更确切点儿，她其实不过是从属于汽车的一副异常得体的、有血有肉的配件，跟车子放行李的镀镍的后盖，或者固定在车子前头的漂亮的金属鹰相差无几。

"我们换个位子吧。"她微笑着说。

她没有从座位上下来，只是把弯曲的大腿搁在罗伦佐的身子上，似乎故意在他的膝盖上坐上一会儿，然后从前边跨过去。罗伦佐急忙移过身子，坐到驾驶盘前面，开始发动车子，加大油门。这辆车身长约七米，乌黑锃亮的豪华汽车，仿佛受到一下无声而有力的推动，立即轻巧似燕，向前飞驶。速度计上的指针从每小时一百公里指到一百二十公里，随即又指向一百五十公里。女子说道：

"驾驶这辆车子容易极了，甚至让人感到有点儿腻味，你不觉得吗？"

罗伦佐回答说：

"是的，非常容易。"

女子拖着心满意足而又异常娇嫩的声调说：

"如果我的丈夫知道我用了他这辆最心爱的汽车，而且还让你开车的话，我就要遭罪了。"

"为什么，他心疼吗？"

"这辆车是他的宝贝，珍爱至极。"

"对你呢？"

"对我就差远了。"

现在，罗伦佐发现，汽车跑得比他需要的还要快。的确，它异乎寻常地温顺；可是，在这温顺后面，却隐藏着某种狂怒，一头恣睢暴戾、张牙舞爪的野兽随时都可能发作的狂怒。只消轻轻地踩动一下加速器，车子就犹如一头饿狼，急不可耐地在公路上狂驶，仿佛要把面前的公路一口吞噬掉似的。罗伦佐还是习惯驾驶自己的那辆车子，它纵然不那么灵巧，外表也不惹人喜欢，开起来却得心应手。而这一辆豪华的汽车，稍一疏忽，似乎就会从手心里滑掉。

"请你告诉我，今天早晨你为什么要吵醒我，约我跟你一起到郊外去？"他问道。

女子耸了耸肩膀。

"无聊啊。我觉着愁闷得发慌。我睁开眼睛醒来的时候，从窗口瞧了瞧游泳池。天刚蒙蒙亮，一只很大的绿黄色的橡皮青蛙，正在游泳池里飘游，我立刻就想到了你，你是我唯一想见到的人，于是给你打了个电话。"

"你做得对。可遗憾的是，事情正像我们相识的第一天我对你说的那样：我们之间永远也不可能发生什么关系。"

"我对你毫无非分的企求，"女子回答，声调显得格外矜持，倒像是否认她正在讲的话，"我只是想让我们成为朋友。"

"你我之间是不可能建立友谊的，"罗伦佐慢吞吞地说，"也很难建立别的什么关系。请问，这是为什么？"

"为什么不可能？我可以回答你：因为你是有夫之妇。不过，这其实也无关紧要。我觉得，真正的原因在于，你是个贵妇人，太有钱了。"

"那有什么相干？"她迅即追问。

"关系重大。金钱从来是至关重要的东西。而你——家道过于豪富。我呢，却寒酸得够呛。"

"抛掉这样的想法吧。"

"事实上这是做不到的。你是百万富翁的夫人。你丈夫拥有多少家产？据说有几十亿里拉。而我的收入实在微不足道。你看不出这中间的差别吗？"

"我觉得毫无差别可言。"

罗伦佐继续说：

"这辆汽车价值多少!七百万里拉,据说每一米的价值是一百万。你手指上戴的这枚蓝宝石,又值几百万。卡西亚①的那座别墅呢?单是今天早晨引起你如此强烈的愁闷情绪的那个游泳池,造价约莫就要两百万里拉。另外,除了罗马,你在巴黎和伦敦都有住宅。你的小别墅遍布威尼斯、戛纳②、马约卡岛③。为了维持这样豪华的生活,需要多少家产呢?"

"很多。"她轻蔑地回答。

"多得惊人。为了永远跟你在一起,那我该怎么办呢?像影子一样到处伴随你?打哪儿弄钱来呢?"

"我可以住在罗马。"

"你要伴随你的丈夫。不过,这也无关紧要。要知道,金钱不只充斥你周围的一切,而且渗透了你的心灵。"

"我的心灵整个儿被腻死人的愁闷占据了。"女子诚恳地辩驳说。

"在你看来,这愁闷是什么东西呢?金钱,除了金钱,再也没有别的了。"

"我不明白你在说些什么。"

汽车驶到公路边,靠近一座小小的野松树林停下来。松树的树干,象芦苇一样纤细柔软,透出淡淡的红色,一簇簇浅绿油亮的树叶,在蓝澄澄的空间轻轻摇曳。这正是修长、扁矮、晶莹闪亮的汽车停放的好场所。那穿戴着最时髦衣饰的美丽女子在汽车里怡然自得。

罗伦佐暗自思忖,给车子和女子选择的这个地方过于美妙了,他几乎体味到一种憎恨这美妙的风景的情绪。他不由得想起,这一切简直跟美国的彩色画报里刊登的照片毫无二致。

女子现在带着恳求的神情瞧着他:

"别再谈什么金钱了,好吗?"

"那我们谈什么呢?"

"谈我们两个人的事儿。"

"我们已经谈过了。"

"我们两个,"她充满热情地说,"是名符其实的天生的一对儿。你知道,我是什么时候产生这样的想法的呢?昨天晚上,我们跳舞的时候。你谈了那么多东西,我简直一点儿也不懂,可你的谈吐仍然使我感到愉快。从来不曾有一个人象你这样跟我谈过。谢谢你。"

---

① 罗马近郊地名。
② 法国海滨城市,风景优美,每年一度的戛纳国际电影节在此举行。
③ 地中海上的西班牙岛屿,游览胜地。

罗伦佐的脸唰地红到了耳根。事实上,前一天晚上,在一家夜总会里,他喝得微带几分醉意,免不了在谈吐上失去了顾忌。他猛地大声说:

"忘了那些愚蠢的事情吧。"

"为什么?那可不是愚蠢的事情。"她一面说,一面伸过一只手来攥他的掌心。

罗伦佐急忙说:

"好吧,咱们该离开这儿了。"

车子仿佛冲出了空气的漩涡,急速地开动起来。车速不断加快,过了片刻工夫,女子兴奋地嚷道:

"不管怎么说,我现在是幸福的人,我一点儿也不觉得烦闷了。这还不够吗?"

汽车风驰电掣般开上一座小山坡,前边是广阔的原野。远处,在一条翠绿的松树林带后面,闪耀着大海的波光。车子几乎以发狂的速度朝坡下开去。

现在,罗伦佐瞧见,前边不远,一辆满载石块的卡车在疾驶。另外一辆陈旧的布满灰尘的小型客车,载着许多用绳子系住的家具,还有妇女和小孩,尾随着卡车行进。

突然间,卡车在驶近一幢正在施工的大楼的入口时,放慢了速度,几乎停了下来,准备开进工地。客车也随之减缓了速度。罗伦佐想起了女子对他的吩咐:"这是刹车,只要轻轻一踩,车子就会立刻停下来。"他立即用脚轻踩刹车。可是,那车子却没有戛然而止;相反,他惊恐地发现,这庞然大物的身子仿佛一头遭到追捕而拼命奔逃的野兽,不声不响地朝那辆小型客车扑去。眼看一场车祸即将发生,于是他狠命地把刹车踩到底,汽车发出了一阵震耳欲聋的轧轧声,停了下来。车子的前盖距离客车约莫只有半米远。

罗伦佐脸色煞白,仰倒在座位上。女子似乎什么也没有发现,问道:

"你怎么啦?"

"刹车不灵了,方才我差点儿撞死了前面那一家子人。"

卡车终于开进了工地。客车又继续前进。罗伦佐赶忙加大油门。但是,当他随即试一试刹车的时候,竟发现它毫无反应,完全失灵了。正在这时,他闻到了从车身后面传来的一股烧焦的气味。他重新试了试刹车,仍然毫无效果。汽车依靠惯性的力量在前面不远的地方停了下来。罗伦佐赶忙跳下车。

一段浓浓的青烟袅袅不绝地从车后一个轮胎里冒出来。罗伦佐用手一摸,轮胎炽热灼手。他抬起头,瞧见女子正把脑袋凑过来,以一种叫他感到不安的神情问道:

"发生了什么事儿?"

她紧蹙眉头,脸色恐慌而又愠怒:

"你怎么啦?轮胎烧坏了。车子都快着火了。"

"方才我迫不得已急刹车,否则……"

"车子快着火了。我的丈夫会怎么说呢?这究竟是怎么回事?你怎么能把车子弄成这个样子？"

"方才险些跟前面那辆车子相撞，我想避开它，猛地一刹车，就是这么回事。"

"倒不如干脆撞上它算了。你怎么搞的？过一会儿车子就要烧起来，瞧你干的。"

女子张皇失措，也顾不得理睬他，急忙跑到公路中央，向飞驰而过的每一辆汽车挥舞双手。

她站在宽阔的高速公路上，骄阳灼人，黑色的紧身长裤，衬映着她的身姿，显得比任何时候都更像一个美丽而怅惘的木偶。

罗伦佐低头端详轮胎，只见浓浓的青烟继续袅袅不绝地冒出来。一阵深深憎厌这庞大、乖戾的汽车的感觉不由得掠过他的心头。他又瞧瞧女子，她依然站在公路中央，不停地挥舞双手。

突然间，他恍然明白，由于某种他暂时还无法解释的原因，这场车祸分明意味着他们之间关系的终结。这个想法反倒使他的心情平静下来，他缓步走到离汽车稍远的公路边，在栏杆上坐下来。

女子还继续在公路上挥手求援。一辆辆过路的汽车降低速度，但驾驶人瞧见了从车轮往外喷吐的青烟，又开足马力，飞也似的驶走了。罗伦佐从兜里掏出一支香烟，点燃了它，耷拉着脑袋，闷闷不乐地吸着烟。

女子转过身来，见他在吸烟，便用异常恼怒的声调喊道：

"你也该做点什么事……瞧你的样子，好像幸灾乐祸似的。"

传来一声尖利刺耳的刹车声。罗伦佐抬头一看，瞧见一辆火红色的敞篷汽车停了下来。开车的人是个青年，光秃的脑瓜，一副绿色的大眼镜几乎遮没了苍白的脸，正笑嘻嘻地跟女子说话。罗伦佐听不明白青年在说些什么，但他的神情很清楚地说明，他和女人仿佛一见如故。

火红色的汽车开到公路边停下，青年下得车来。他转过身去，仿佛罗伦佐压根儿不在场似的。他走到冒烟的汽车跟前，细细地观察了一番轮胎，然后打开车后盖，取出千斤顶，把它支在车身下面，把千斤顶升起来。

女子站在秃脑瓜的青年身后，焦躁不安，不过，她显然已松了一口气，洋溢着感激之情。青年卸下轮胎，把它连滚带推送到公路外侧的沟渠里。轮胎仍然嗞嗞地吐着浓烟。罗伦佐瞧见青年打量了一会儿那袅袅不绝的青烟，便听得他用铿锵动听的声音说：

"你知道该怎么办吗？现在你坐上我的车子，我们到罗马去找车行。"

她不耐烦地回答：

"我想回家。让我的司机去通知车行来收拾残局好了。你把我送回家去。"

"随你的便，现在我就送你回家。"

罗伦佐从栏杆上站起身来，走上前去。女子匆匆地漫不经心地把他作了介绍，却

225

并不瞧他一眼。青年跟罗伦佐握了握手，说：

"很遗憾，我的车子里只有一个空位子。"

"没什么，没什么。"

他眼睁睁地瞧着他俩上了那辆火红色的汽车。车子在公路上转了半个圈儿，然后一阵嘶鸣，开回罗马去了。

罗伦佐走到汽车跟前，打量了一会儿那浓浓的青烟，又转身环视四周。现在，周围的景象完全改观了。豪华的汽车失去了一只车轮，歪歪斜斜地支撑在千斤顶上，仿佛成了一堆废铁。没有怡静幽雅的松树林来衬映这乌黑锃亮的庞然怪物，眼前只有宽阔的柏油公路，公路外侧，沿着沟渠，带刺的铁丝网高高耸立着；透过铁丝网，在枯黄的草地中间，可以清晰地见到一幢佃农旧房的废墟。

罗伦佐扔掉香烟，不慌不忙，信步朝海边走去。

出于嫉妒的玩笑

有那么一天，埃奈斯多站在他的客厅的门槛上，远远地监视他的妻子和他的朋友的举动。他的朋友名叫卢卡，埃奈斯多早就怀疑这个家伙在勾引他的妻子，是她的情人。

妻子和卢卡坐在客厅深处的一张沙发上，正在眉飞色舞但又悄声细语地交谈；可以看得出来，谈话的内容深深地吸引着他们。埃奈斯多怒气冲冲地吸着烟，一双眼睛紧紧地盯着他们。近来，嫉妒的感情使他心绪缭乱，夜间辗转不得入眠，白天却又心神恍惚，昏昏欲睡。眼下，他竟然不知道该怎么办才好，是去睡觉呢，还是摆脱妻子的行为在他的心中激发起来的不可遏制的悒郁情绪。

不过，他那一动不动的、执拗的和恶狠狠的目光，看来终于使妻子感到恼怒。她霍地站起身来，穿过客厅，径直走到他的跟前，问道：

"请告诉我，你干么这样发呆似的盯着我？"

"没什么，"埃奈斯多回答，脑子里忽然闪过一句著名的英国谚语，"我瞧你，也算不上一件罪过：猫也可以瞧皇后嘛！"

"是的，可惜我不是皇后。卢卡有事情要跟我谈谈。你到书房去等我们吧，过一会儿我们来叫你，一起上海滨浴场去。"妻子一边说，一边把手轻轻地放在他的胸口，把他推进了卧室并把门关上了。

埃奈斯多闷闷不乐，他没有按照妻子温存的吩咐到书房去，却坐在卧室的角落里，默默地等待。他的呆滞的目光停留在他的手表上；可是，表盘上的秒针刚刚转了五圈，卧室的门忽然打开了，妻子身穿一件衬裙，光裸着臂膊，打着赤脚，探进身来，把她的衣服扔在一张椅子上，又倏地消失了。

很明显，妻子没有瞧见蜷缩在卧室角落里的埃奈斯多；而他，埃奈斯多，却再清楚也不过地瞧见了妻子：她的身肢舒展，衬裙透明，充满诱人的媚态，举止那么急促紧张，脸上闪出激动的神采。他心里感到一阵剧烈的痛苦，同时，悲伤中又体会到一种胜利的滋味：现在，他手里终于掌握了很久以来就企求获得的确凿证据；妻子跟卢卡相好，打得火热，今天居然在他的家里，在他的眼皮底下，明目张胆地干起不知羞耻的勾当来。怎么办？冲进客厅去，这理所当然地是埃奈斯多第一个本能的反应。不过，他及时地克制住了自己感情的冲动，因为他的脑际忽然闪电般产生一个报复的念头：受到欺骗的他，现在反过来要设置一个欺骗的陷阱。他不想当场捉拿他们，而是跟他们玩一场猫捉老鼠的游戏。在此以前，他一直两眼墨黑，毫不知情，他们却一清二楚，为所欲为；从现在起，他将明察秋毫，而他们将要被蒙在鼓里。

可是，为了不引起他们的疑心，最好还是到书房去，妻子就是富有先见之明而又狡黠地这么盼咐他的。埃奈斯多想从他深深陷在里面的黑沙发上挣扎着站起来，身子猛一使劲，却蓦地从梦中惊醒了。

是的，现在他正在卧室里，但椅子上却没有一件妻子的衣服。恰恰在这个当儿，卧室的门应声启开，衣着整齐的妻子探进身来，问他可已准备好上海滨浴场去。

"这么说来，刚才我确确实实做了一场梦。"埃奈斯多跟随妻子走去，心中暗自思忖。

在此以前，尽管失眠的疲倦常常困扰他，他却始终能够清楚地辨别出梦幻和现实的差异。现在，他惊骇无比地意识到，他已不知不觉坠入了梦幻和现实互相交替的境地，梦幻具有现实的某种模样，而现实又具有梦幻的荒诞。他一面这么胡思乱想，一面和妻子、卢卡走到了街上。他们上了汽车。埃奈斯多驾驶车子，妻子在他身边坐下，卢卡坐在他们的后边。

有好一阵子，埃奈斯多默默地驾驶着，一声不吭。车子拐到了克利斯多夫·哥伦布大街，他终于开腔：

"你们可知道，刚才等你们的时候，我竟然睡着了。还做了一个确实滑稽可笑的梦。"

"什么梦？"

"我梦见你跟卢卡坐在客厅里，我远远地监视着你们，于是你把我推出客厅，把我关在书房里。可是，过一会儿，你却半裸着身子走进书房，把衣服扔在椅子上，又回到客厅，关上门。和卢卡在一起厮混。"

他看见妻子冷眼瞟着他，随后又纵声大笑起来，娇艳美丽的脸泛出了绯红的色彩。末了，她轻声地说道：

"我可怜的埃奈斯多……"

"这是怎么回事？"

"我可怜的埃奈斯多，要知道，这不是一场梦。"

"什么？难道你果真把我推出客厅，又果真半裸露着身子，跟他在一起厮混？"

"冷静一点儿。事情是这样的：卢卡跟我在客厅里谈话，你站在门槛上，一双眼睛死死地盯着我，活像一头要冲过来格斗的公牛，叫我感到讨厌。所以我请你离开片刻工夫。后来，女仆进来告诉我，女裁缝带着新做的服装来让我试穿，于是我请卢卡也离开客厅。试完以后，我把这件裁制非常合身的衣服脱下来，扔在卧室的椅子上，让女仆收拾。这都是确确实实发生的事情。就在这个当儿，你昏昏沉沉地睡着了，醒来以后却以为这是一场梦。"

"可是，我醒来的时候，椅子上的衣服不见了。"

"告诉你吧，你呼呼大睡的时候，自然没有瞧见女仆走进去，她把衣服收拾好，就离开了卧室。她还问我：埃奈斯多先生睡着了，我该叫醒他吗？我对她说：千万别叫醒他，他整整一夜没有睡觉。"

"谢谢你的关心。"

"你生我的气了？"

"不，我是跟自己生气呢。"

埃奈斯多驾车驶入卡斯忒福萨诺大街，两侧是尘土飞扬、枝叶凌乱的松树林带和闪耀着青冷光波的大海。车子开进海滨浴场的停车处。所有的汽车整齐地停在垛放干草的空地上，镍镀的车身在八月的阳光下发出令人目眩的光辉。

他们朝更衣室走去。周围的景象使人仿佛置于舞台上的芭蕾舞剧中：这边一排更衣室，一色素雅的淡绿，式样整齐，迤逦向大海伸去，仿佛绣在深蓝色天幕上的花边；那边一行男男女女交织的队列，鱼贯而行，踏着水泥甬道，朝海边走去。无数嫩黄色的大太阳伞，绽放在浴场的沙滩上。远处，地平线上，洗海水澡的游客的半裸露的身躯，仿佛一个个活动的皮影。两个穿红裤衩的男子在玩球儿，一只黑绿色相间的大皮球，在空中飞来飞去。

这一切，使埃奈斯多隐隐地起了一阵憎厌的感觉。随后，在更衣室里磨蹭了好久，终于穿着游泳衣走出来的妻子，越发使他感到恼怒。确实，整个海滨浴场就数妻子身上穿的游泳衣最奇形怪状，简直到了只是象征地遮羞的地步。她的丰满的乳房，约莫有三分之二裸露在只有腰带宽的奶罩外面；从乳房到腰部，一览无遗地展示出她的娇柔可爱、富有弹性和曲线美的金黄色的肉体；一条印花呢的三角裤是那么窄小，只消妻子侧身而立，两条丰满的大腿就会遮盖了它，妻子就仿佛完全赤身裸体了。埃奈斯多暗暗思忖，可不是嘛，妻子多少有点像安徒生童话里一丝不挂的皇帝，甚至可以说，她比真正赤身裸体时还要赤裸，因为她虽然实际上裸着身子，却自作聪明地以为穿着衣服，所以竟满不在乎，没有一丁点儿羞耻的感觉。

"你瞧瞧自己，我请求你，再遮盖一点儿吧，这样未免太过分了。"埃奈斯多怏怏不乐地对她说。

"这可是今年最时髦的式样。"

"简直让人受不了，披上一条毛巾吧；你没有发觉，你是光着身子吗？"

"如果我真的赤身裸体呢？"

"别说了，你到更衣室去，再穿上一件什么。"

"嗨，你真叫人讨厌。"

妻子转过身去，以一种不知不觉地流露出来的戏谑的神情向他表示，她的背部也是光裸的；然后，便朝更衣室走去。

可是，恰恰在这个当儿，一个更换了衣服的女子走出了更衣室，一直在外面等待的卢卡立即走了进去。妻子泰然自若地随他进了更衣室。门砰然一声关上了。埃奈斯多发现只留下了自己孤零零的一个人。

烈日炙晒着他的脊背，一阵阵愤怒的感情烧烤着他的脸颊。妻子又一次跟卢卡厮混在一起搞鬼名堂，而且这一次是那么千真万确，因此再也不能说他是在做梦了。使他特别感到惊奇的是这样一个极为冷酷的事实：正是他，批评妻子的游泳衣有失体面，从而亲自为她提供了借口，到更衣室里跟卢卡幽会。埃奈斯多不由得暗暗寻思，这一对情人如今这般放肆，已到了全然无所顾忌的地步；他们发生在光天化日之下的私通，可以说已经确凿无疑，彰明较著。

现在，从更衣室传来一阵阵纷乱的脚步声，软声款语的谈话声。在他仿佛觉得等了很长的时间以后，更衣室的门终于打开了。卢卡出现在门槛上，掩饰不住心满意足的神情，轻松愉快地系着游泳裤的腰带。埃奈斯多终于忍耐不住，大步冲上前去，一把扭住他的脖子，厉声喝道：

"现在，该结束这一切了。"

接着是一场混战。埃奈斯多和卢卡大打出手，一起滚倒在沙滩上，扭作一团。几个洗海水澡的游客，把这两个蓬头垢面、气喘吁吁的冤家拉开。妻子浑身湿淋淋的，从海边急急奔来；她挽着埃奈斯多和卢卡的胳臂，把他们带到海滨浴场的酒吧间。

他们找了一个僻静的角落坐下。卢卡情绪抑郁不舒，但又很平静，像一个平白无故遭到诬陷的人。埃奈斯多神色阴暗，满脸怒气。妻子像往常一样轻松愉快，在她看来，这一切全不过是一场有趣的误会。埃奈斯多讲述刚才他目睹的事情之后，妻子终于忍耐不住，扑哧一声笑起来。

"没什么好笑的。"埃奈斯多脸色阴沉地说。

"我忍不住发笑,"妻子说,"因为这一次,是的,这一次也完全是一场梦。"

"那是怎么回事?"

"我是第一个上更衣室的,我打更衣室出来的时候,你已经在回廊的藤椅上睡着了。我从你身边走过,去洗海水澡,你还继续在呼呼大睡。卢卡上更衣室的时候,你仍然在酣睡。你在梦中瞧见我穿了一件不体面的游泳衣,要我更换,你还梦见我跟卢卡躲在更衣室里干见不得人的勾当。所以,毫不奇怪,当卢卡打开更衣室的门,惊醒你的时候,你就挥拳朝他打去。"

"请原谅我,"埃奈斯多沉思了片刻,说道,"原先,我把现实当作梦幻,现在又把梦幻视为现实。好久以来,我心神异常恍惚,一切对于我都显得那么不可思议。"

"可是,你怎么能够想象,"妻子感叹说,"我会跟卢卡躲在更衣室里,而且是在你的眼皮底下,搞鬼名堂呢?"

"我这么想象,因为今天上午你确实曾避开我,单独跟卢卡待在客厅里。"

"是的,不过那是客厅,当时我也没有穿游泳衣。"

"但你只穿了一件衬裙。"

"我穿衬裙的时候,卢卡可不在客厅里呀。"

"那我怎么能够知道这些呢?反正,当我思量这是梦的时候,我觉得这一切像是个庞然大物在压迫我,或许正因为如此,梦中的事重复多次,我便以为它是现实。"

"少说闲话了,现在去洗海水澡吧。你跟我们一起去吗?"

"你们先去吧,"埃奈斯多面带愠色,说道,"我过会儿就去找你们。"

"海水真是美极了!"妻子高兴地喊道,她挽着卢卡的胳膊走了。

埃奈斯多目送他们踏着水泥甬道,渐渐地朝海边远去的背影。

邻桌一个游客高声赞美说:

"这真是幸福的一对儿。看来,他们正在谈情说爱呢。"

流浪者

我的脑袋挺奇怪的,它跟我外套的口袋极其相似:里面什么都有一点儿,但什么都残缺不全,而且,常常装满了令人迷惑不解的东西。

就拿我身上穿的这件外套来说吧,它已经褴褛不堪,颜色发青,从它的式样来判断,至少可以说,它原先大概是个什么军人穿过的。它的口袋里能够有些什么东西呢？请瞧吧：几个香烟头和雪茄头；随时用来代替纽扣使用的细麻绳，两三条不晓得用了多少年的手绢，早已褪了色；一把没有刀刃，却装着两片小剪子的小刀，是剪胡子用的；一只火柴盒，里面几片钝刀片，我用这些刀片把另外一只盒子里装的火柴削尖，当作牙签；一把缺齿的旧梳子；一小块从来没有用过的紫丁香皂，说老实话，它和一块面包、一块奶酪都是别人送给我的礼物，我把面包和奶酪吞到了肚子里，这块肥皂却完整无损地留了下来，所以它还像当初那样闪闪发亮；半面赛璐珞的圆镜子；一本有六年历史的小记事本，实在龌龊得要命，它对于我毫无用处，因为很可能我是个目不识丁的人（但是我不敢肯定，要知道，我从来没有试着写一个字）；一串钥匙，共有四把，其中一把是汽车的钥匙，它们对于我同样是毫无用处的，因为我住在一间没有门锁的木棚里，我也没有汽车；一块不锈钢手表，可能是名牌货，不过时针早就没有了；一卷用红绳子捆好的蓝色纸包，我不晓得纸包里究竟是什么东西，因为我虽然很早就把它放在口袋里，但从来没有打算打开来看一看……

　　我方才说什么来着？噢，是的，我说，我的脑袋跟我外套的口袋极其相似，我的脑袋里装满了令人迷惑不解和无法辨认的东西。

　　是的，先从我的名字说起吧。我叫什么名字？安东尼奥，安杰里尼，阿利吉诺，阿贝尔蒂诺，阿弗雷迪诺？我只晓得，我的名字的头一个字母是"A"，结尾是"ino"；可是，中间还有点儿什么，却确实想不起来了。

　　我的姓也是这样。我姓迪多纳托？或者迪多塔托？还是迪多拉托？不久以前，两个巡逻的哨兵要查看我的身份证，我告诉他们，我姓迪多萨托。

　　那末，我究竟是谁？或者说，我过去曾经是谁呢？我不晓得，因为，据人们说，我是个丧失记忆的人。这么说来，或许，我过去曾经是个什么东西，而现在却已经是个废物。

　　有的时候，我在城里流浪，从这个街区行乞到另一个街区，一些细事小节忽然会引起我的思考，或者说得正确些，引起我进行思考的愿望，这对于我来说，实在就是一件了不起的大事了。

　　举个例子吧。许多天以前，我坐在公园的一条长凳上，对面是一座纪念碑，两个战士的青铜雕像，或者说，反正是两个身穿军装的人的雕像，站在很高的乌黑发亮的大理石底座上。他们的姿势很不寻常，毫无疑问，这是不断发生的战争中的某一次战斗的英雄，他们英勇无畏的姿态，永世固定在公园大树的挑逗的阴影中而僵化了，但我却恍然从他们的姿态中认出了某种熟悉而亲切的东西。可是，这终究不过是猜疑，或者说得正确点，是猜疑的猜疑而已。

　　另外一次，我从一家照相馆前面经过，橱窗里展览着一个年轻美丽的女人的照片。这张照片同样使我产生某种并不完全陌生的感觉。年轻美丽的女人怀里，抱着一个女孩；对于我来说，这个身穿雪白的衣服的女孩子，也不像是陌生的人。

可是，正当我的思想从照片转到回忆的时候，或者至少说，转到回忆的回忆的时候，我突然瞥见人行道上有一截异乎寻常地长的香烟头，实际上跟一支完整的香烟差不多，于是我弯下腰去拣它。待我挺起身子来的时候，那个女人，还有那个女孩，统统从我的脑子里消失得无影无踪了。

这么说来，我难道是一名失踪的士兵，像纪念碑上的那两名士兵，失去了记忆，再也没有见到我的亲人——像照片上的那个女人和女孩，过了许多年之后，我终于沦落为一个行乞于街头的流浪者？也许，我是这样相信的。不过，一切全使我觉得，这个足以激起人们恻隐之心的故事，是很久以前我自个儿编造的，至于为了什么原因，现在已经淡忘了。

需要说明，从前我是什么人，这对于我已经无关紧要。我急切想弄明白，现在我究竟是个什么人。听说，人的目的就是认识自己，不过这话到底是谁说的，又是在什么时候、什么地方说的，我已经记不清楚了。确实，许多年以来，我在研究自己，力求认识自己；但时至今日，还只能说，一切仍然处于开始的阶段。很自然，这项工作是从脚开始的；约莫花了一年的时间，我仅仅研究了一只左脚。我翻来覆去地琢磨它，研究它穿着鞋子、穿着袜子、光着脚丫子时候的特点；脚后跟、脚掌、每个脚趾头和脚趾甲，我都摸了又摸，反复推敲；我又细心观察它在干燥和潮湿、冒汗和发冷、疲倦和静止时候的变化。最终，我明白，别说一年，即使用上一辈子的时间，我也未必能够从脚研究到头；这样，我只得暂时把注意力转移到右脚。眼下，我正在研究它，很难说需要多久，因为我发现，认识右脚要比认识左脚困难得多。通常，人们都以为，两只脚是一样的，其实这是错误的看法。可不是，左脚在左边，右脚在右边；而且，两只脚从来不做同一件事，如果一只脚运动，另一只脚就站着，一只脚在空中，另一只脚就着地。由此产生它们之间的千差万别，这就无法逐一列举了。

脚是人的身体明显地比较简单的部位，研究起来尚且如此困难，那么，如果研究到像脑袋这样复杂而奥妙的部分，那该出现什么样的情况呢？唉，认识自己确实不容易啊；即使对于我这样无所事事的人，也不例外。可是，不管要付出多大代价，必须认识自己。否则，就会变成自己的异己者，就像几年以前曾经发生过的那样：我睡在木棚的硬床上，周围漆黑一团，睡梦中蓦地一惊，我懵懵懂懂地醒来，我用右手使劲攥住在床头活动的一只手，心想，这准是个陌生人的手，我害怕极了，便狠命地扭那只手的手指，我几乎疼得失去了知觉，因为那只手就是我的。正是这个意外的事件，促使我下定决心认真地研究自己。是啊，如果我把自己的脑袋当成陌生人的脑袋，天晓得会发生什么事呢？会狠命挖出自己的眼睛或者掐断自己的脖子吗？

自然，我的身子也没有被忽略。当我对它漫不经心的时候，它便采用两种令人讨厌和不合时宜的方式，提醒我注意它的存在：饥饿和寒冷。它的活跃从来是跟不愉快结伴的。幸运的是，满足我的身子的要求倒并不是一件难事。不管什么东西，它都乐意狼吞虎咽：垃圾堆里的废物，市场上腐烂的瓜果菜蔬，屠宰场里的残羹冷饭；不管什么破烂不堪和臭气冲天的东西，它都乐意用来遮盖。唯一糟糕的事情是，我常常无法确定饥饿和食物、寒冷和衣服或者炉火之间的关系。所以，不晓得有多少次，我只好蜷缩在我的黑暗的木棚里，熬过一天又一天的时间，徒劳地问我自己，怎样才能驱除饥饿和寒冷的感觉。我久久地追问自己，可是毫无结果，末了，我头昏脑胀，迷迷糊糊地进入了梦乡。几个小时以后，我睁开眼睛，又是同样的问题在折磨我：怎样才能驱除饥饿？怎样才能驱除寒冷？

说来奇怪，有的时候，竟然是牲口、马、狗、猫向我提供了答案；它们也是我的木棚所在的荒僻的河岸边唯一的邻居。我记得，有一天，我瞧见一条狗用爪子在垃圾堆里扒来扒去，然后用嘴巴叼出一根肉骨头，津津有味地啃起来。我灵机一动，也学着它的样子行事，果然在那里扒出一些稻子豆，我用牙齿使劲地咬、嚼。我发现，随着这些稻子豆吞下去，肚子也就不再那么叽里咕噜地叫唤了。那一天，饥饿的问题总算解决了。可是，到了第二天，我竟然把这样一个好办法忘记得一干二净，只得一面饥肠辘辘，一面冥思苦想，怎样才能驱逐饥饿。

或许有人会说，我的神经乱了套。其实错了。我始终能够控制我自己的行动。要证据吗？请听我细细说。几天以前，我差一点儿发现了我从前是个什么人。通常，我瞧见某个对于我十分熟悉而亲切的东西，我便产生似曾相识，在从前那另外一种生活里经历过的感觉；于是，我想把我的想法告诉路易吉诺；他跟我一样，也是一个流浪者，区别只在于，他瘦得皮包骨头，蜡黄的脸刻满了皱纹，而我却肥胖臃肿，满脸红光。我们坐在河滩的砂石上晒太阳，我突然对他说：

"今天我瞧见了第一流的葬礼。"

"为什么是第一流的？"路易吉诺问。

我向他解释，如果灵车装饰着天使和金色圆柱，那就是第一流的葬礼。尔后，我又补充说：

"或许你不会相信，可是我总觉得，我以前见过这样的葬礼，它对于我一点儿也不陌生。"

"那么……"

"于是我明白了，不晓得什么时候，我已经死了，人们把我安放在跟这一模一样的灵车里，赶着它在城里出殡。"

路易吉诺没有反驳我的看法。他这个人不喜欢看事实，却热衷于咬文嚼字。譬方说，如果有人告诉他："路易吉诺，今天是星期二。"他丝毫不想纠正你："不，今天不是星期二，而是星期三。"却反问道："什么是星期二？"一句话把别人弄得哑口无言，因为单单就星期二这个字眼而论，很显然，它没有任何意思。同样，这一次，他毫不理会我提出的我已经死了的假设，只是轻描淡写地问道：

"死了？什么是死？"

我顿时瞠目结舌，不晓得说什么好。末了，我尽了最大的努力，回答说：

"死就是生的反面。"

"唉，生——什么是生？"

"生就是死的反面。"

路易吉诺并不满足于我的回答，仍然继续跟我争论，末了，我也不敢十分肯定自己已经死了，因为我也说不清楚，究竟什么是死。是的，因为我如果确实晓得自己已经死了，那末，或许我也应当晓得，我曾经是个活人。可是，我却无法回想起这一点，所以，没有别的法子，我只能怀疑自己曾经是个活人，怀疑自己曾经在人世间生活过存在过。

陷　阱

跟我的妻子吵了一架以后，我跑出房间，把门砰地一声关上，气冲冲地奔下楼梯。我这么气急败坏是有充分理由的，因为对于我来说，生活从来是某种混乱、庞杂、污秽、变幻无常而又模糊不清的东西，一句话，是某种"现实的"东西；我使用这个字眼，是想指出生活确实是一种捉摸不透、无法驾驭的玩意儿。而现在，我生平头一回体验到了一种纯洁的，真实的感觉。这是一种彻底绝望的感觉；我急急忙忙地奔跑，因为已经横下了一条心，决计去寻死。我住在台伯河畔，便很自然地想到去投台伯河。

我于是一溜小跑，穿过广场。尽管我已经绝望透顶，不过我很快就发现四周有许许多多微不足道的东西向我多情地迎来，它们都是生活力图重新吸引我，诱惑我、吞噬我的信息：一对年轻的恋人在滨河大街的长椅上亲昵地热吻；一位老太太在邻近的长椅上安详地阅读报纸，她的小孙女儿盘腿坐在她身边的地上，手里拿着小铲、小桶，正在用黄土制作一块块的蛋糕，自得其乐；一只肮脏得要命但讨人喜欢的卷毛犬，在花圃的草地上打滚。一阵不可抗拒的厌恶情绪涌上了我的心头。末了，我以同样厌恶的情绪发现，生活确实在向我挤眉弄眼地直送秋波。举个例子说吧，广场中央有一簇我很熟悉的丛生植物，一夜之间忽然开遍了淡蓝色、紫罗兰色的芳香娇艳的花朵。

算了，我丝毫没有动摇我的决心，而是果断地拒绝了生活诱惑我夹着尾巴回家的企图。我沿着通向台伯河的一条绿荫四覆的街道，坚定不移地朝前走去。

秋风初起，暖洋洋的，但风势很大，不免显得有点凄凉。我很惬意地感觉到，秋风推动着我的双肩,给我的双脚安上了翅膀,好像在鼓励我前进,要我紧紧抱住如此纯洁的真实的死亡念头,不要倒退。

可是,就在这条街道上,迎候在这里的生活使出了它最拿手的一招——习惯。是的,当烟草店的橱窗从我的身边一闪而过的时候,我的一只手不由自主地伸到了衣兜里,摸索着香烟。香烟盒里空空如也;我像个戏台上的木偶似的,陡地转了半个圈儿,走进了烟草店。

这个当儿,下午两点钟,烟草店的掌柜,一个粗大肥胖,脸色苍白,没有一丝笑容的汉子,像往常那样,正臃肿地坐在柜台和货架之间的桌子上吃午饭。柜台上陈列着排成扇形的圆珠笔、一扎扎的烟斗;肮脏不堪的邮票夹子上面,摆着他的盛满西红柿肉汁做浇头的面条;旁边,收音机开足了音量,播送着一首阴阳怪气的歌曲。

我走上前去。他一面大口大口地咀嚼着面条,一面圆睁双眼,朝我投来斜斜的一瞥,尔后伸出滚瓜溜圆的手来,走到货架前,取下三包香烟,冲着我摔到柜台上,让我像往常那样,挑选最柔和的一包。

我想,我已经是个马上就要投河寻死的人,就像一个判了死刑的囚犯,因此暗暗对自己说,索性一不做,二不休,干脆买一包最高级的香烟吧。同时,也不排除这样的可能,我想用如此不寻常的选择来让掌柜的吃一惊。他也确实吃了一惊,不过是用他特有的粗鲁的方式来表达的;他一面朝我扔过香烟,一面透过把大嘴巴塞得鼓鼓囊囊的面条哼哼叽叽地说了一句什么,意思大概是"噢,您居然也阔气起来了。"

这句话饱含了街区的商人们对我的极端藐视,因为我买东西的时候常常喜欢赊账。当然我不屑于理会他。我拿过香烟,准备付钱。可是,我把手伸进衣兜里,却什么也没有掏到。这时我才恍然想起,那天早晨我的妻子把我身上的钱统统没收了,只给我留下了点儿到机关上下班坐公共汽车的零钱。我温文尔雅地做了个手势,好像是说:"请您给我记在账上。"

掌柜的不吭一声,只是摇摇头,也许是嘴巴塞得鼓鼓囊囊的缘故。他让我瞧柜台上一只异常俗气的烟灰缸,上面写着那句人所共知的套话:"今日概不赊欠,明日请便。"我一气之下,离开了烟草店。

我愤然走到大街上,真想用拳头狠狠捶打自己的脑袋。恨自己经不住诱惑,又成了生活的俘虏。在方才烟草店发生的一场纠葛里,所有的一切,那面条,那香烟,那收音机里的音乐,那写着套话的烟灰缸,还有那烟草店掌柜的,都让我又一次瞧见了生活的污秽和欺诈。诚然,生活仅仅俘虏了我一会儿工夫,可这短暂的时间足以削弱和扰乱我如此纯洁、如此真实的寻死愿望。

算了,我强咽下这口怨气,继续快步朝台伯河走去。凄凉的秋风卷起枯黄的落叶、废纸片和各式各样的破烂,催动我前进。瞧,眼前就是台伯河大街。现在,我只消穿过马路,走到桥头就行了。

我穿过柏油马路的时候,自然免不了左顾右盼,留神有没有汽车朝我开过来。这一举动异常有力地证明,生活始终不渝在我前进的道路上设下陷阱,迫使我不知不觉地做出这等可笑的动作来:在准备投河寻死的时候,我竟然害怕被小汽车辗死。不管怎么说,我终于到了马路对面,沿着河边的石栏杆朝大桥走去,向荡漾着金黄色微波,汩汩畅流的台伯河投了一眼。现在可以断言,我马上就要纵身跳下,葬身鱼腹;我觉得,在我前面再也没有什么障碍物足以使我止步不前了。

刚这么想罢,我便瞧见了两名在河边闲游的女人,一个坐在石栏杆上,另一个站着。坐在栏杆上的是个中年妇女,长得身躯丰满,肥头大耳,脂粉擦了一脸,活像狂欢节戴的假面具,高高隆起的胸脯快要把少女才穿的短上衣崩破。她的两条粗壮的大腿悬吊着,活像布娃娃结结实实灌满了锯木屑的腿,如果戳一个窟窿,马上裤脚管里就空空荡荡的了。站在她旁边的却是个年轻的姑娘,棕褐色的皮肤,妩媚可人,在细皮白肉的脸上,一双乌黑的大眼睛流露出严肃的、甚至忧伤的神情。肥胖女人卖俏地穿着一件天蓝色的衣服,年轻姑娘身穿领子高到耳根的毛衣,外面套一件深褐色的上装。

我本应当留神提防,这显然是生活埋伏的绊马索,想让我跌入陷阱。而我呢,却像方才在烟草店里那样掉以轻心。我寻思,我既然已经决心一死,那就不妨让自己临死前随意做些什么,哪怕是跟这两名游手好闲的女人聊几句;要知道,跟闲人聊天也是我的旧习惯,何况,只是交谈几句,总不至于失去自我控制。于是我走上前去,说道:

"中午好!多美的天气,是吗?"不料这句话却引起了误会。我是撇开坐在石栏杆上的中年妇女,对那位年轻姑娘说话的。可是,不知道怎么回事,那中年妇女却以为我是在对她讲话,立即跳下地来,一把挽住我的胳膊,朝停在附近的一辆汽车走去,并且附着我的耳朵悄悄地说:

"快点儿,瞧,巡逻的大兵来了。"

果然,从台伯河大街走来几个巡逻的大兵。可现在已经太迟。肥胖女人打开车门,把我使劲往里面一推。现在,汽车开动了,急速地朝大桥方向驰去。

我明白,我又像在烟草店里那样,掉进了陷阱;生活的陷阱硬是不允许我享有如此纯洁的、引导我走向死亡的感情。我端详着坐在我身边的这个上了年纪的肥胖女人,她敷着浓厚的化妆品,一副怪模怪样,正在异常老练地驾着车。我蓦地产生了一个印象,她分明就是生活,是生活的化身,她劫持了我,把我带向平常我很熟悉的藏污纳垢之地,远离纯洁而实在的死亡。我顿时大声叫嚷起来:

"停车,停车!谁认得你?停车,我方才是跟你的女友谈话来啦,压根儿没有你的事。"

"哼,是的,"她阴阳怪气地回答,并不转过脸来,"不过你给我说句老实话,如果我的女友把你带走了,也许你又会对她说,你是跟我谈话来的,事情不是这样么?"

"绝对不是。我请你马上停车。"

"得了，我明白你的用心。千刀万剐的东西，你们这些男人都是一路货。"

"停车，听见没有？"

"不中用的孬种。不过，没什么。既然上了车，你就休想回去了。待会儿瞧吧。"

我气得目瞪口呆，无法克制自己。车子在大桥上行驶了一段；她冷漠无情地握着驾驶盘，随着流水似的小汽车队伍，天晓得朝什么地方开去。我突然意识到，的的确确，我是个缺乏胆量，遇到麻烦就临阵脱逃的人；至少是今天，我发觉，驱使我弃绝红尘的那种纯洁而实在的感情，已经丧失殆尽。我不由得怒火中烧，抡起拳头，雨点般朝肥胖女人打去，声嘶力竭地喊道：

"停车，停车。"

她急急刹住汽车，自然只是为了以牙还牙，用拳头回敬我。一群好奇的过路人顿时围拢来看热闹；交通堵塞了，过往的车辆一个劲地奏起喇叭声，好像是在给我上气不接下气地演出的这场闹剧助威。

在警察局里，我坐在板凳上，终于又辨认出了生活。那些忙忙碌碌地奔波于走廊、办公室的可怜的人们，那些声嘶力竭的或者尖声尖气的谈话声，那些办公室里斑驳黯淡的家具，那布满尘埃的地板，还有那个天晓得为什么在我的两条腿之间蹭来蹭去，咪咪地叫唤的黑白猫，不就是生活么？这一切是那么实实在在，我已无法因走投无路而希望逃遁于纯洁的、脱离现实的王国。唉，生活毕竟是无比狡猾的东西，它远比死亡狡猾得多啊！

中国盒子

用完午餐：拌了少许肉汁和一丁点儿黄油的面条，几片腊肠和土豆，一只苹果，我和妻子就离开这间既当作客厅、书房，又权充餐室的狭小的房间，回到我们睡觉的那间斗室。在这两间屋子之间，有一条过道，长不超过三米，旁边是卫生间和厨房，每间正好宽一米半。像我们这样的小资产阶级家庭，通常都是租用这样的一套房子住的。

一回到卧室，我就脱掉外衣和皮鞋；我的妻子也匆忙宽衣；一阵酸楚的羞愧的感觉不由得涌上心头，因为我瞧见，我的一双袜子的后跟打了补丁，我妻子的内衣靠近腋下的地方已经被汗渍染黄。刚在床上躺下以后，像平常那样，我开始向妻子倾诉我的苦衷，由于我经常触犯纪律，工作漫不经心，加上我的上司是个极端刚愎自用、喜怒无常和心胸褊狭的人，姑且不谈他的色情狂，所以我时时提心吊胆，害怕有朝一日遭到解雇。自然，妻子总是竭力宽慰我，向我证明，我的害怕的心情是毫无根据的。这样唠唠叨叨地谈着话，我们不知不觉地进入了睡乡。

我约莫睡了一个小时。醒来以后，我瞧了瞧表，离开出门去上班还有一刻钟，于是我陷入了幻想。

这是一个习惯，我的生活中各种各样的习惯之一。清早醒来以后幻想一刻钟，午休以后幻想一刻钟，晚上睡觉以前幻想半个小时。总共一个小时的幻想。这并不算多，如果考虑到，扣除睡眠的时间，我一天有整整十五个小时生活在抑郁寡欢和悲愁失望之中，全靠这仅有的一个小时来宣泄这萦怀的愁绪。在这一个钟点里，我幻想些什么呢？很清楚，幻想成为我现在还不是而又羡慕的那种人，做我现在没有做而又想做的事。

就拿这一次来说吧，我选择了我的上司的妻子，是的，正是她，作为我的幻想的对象。我很喜欢这个女人，为了跟她在一起共同度过一、两个小时，我甘愿付出任何代价。我认识她，因为有一天，我在上司的办公室里见到了她。我走进办公室的时候，她面对丈夫，坐在写字桌旁边的一张椅子上，嘴里叼着一支香烟。她的模样很别致：圆圆的面孔，宽阔的面颊和下巴，微微朝上翘。我先从正面，然后又从侧面端详她；她的大腿叠在二腿上，我发觉，她的裸露在外面的丰腴而结实的小腿，好像是故意在对我卖弄似的。我这么琢磨着，不由得走了神。上司猛然对我大喝一声，嚷道：

"你在胡思乱想些什么，贝里尼，告诉我，你在想什么？"

够了，还是言归正传，继续叙述我的幻想吧。是的，这一次我故意选择了上司的妻子作为我幻想的对象。为了珍惜这仅有十五分钟的光阴，自然容不得拐弯抹角，必须开门见山；于是，我在想象中立刻把上司的妻子置于一种对于我来说十分愉快，甚至有点刺激性的地位，我站在我的住宅所在的那条大街的街角，等候开往上班地点的公共汽车。突然，一辆豪华的汽车，车身乌黑锃亮，活像一条金光闪闪的鲸鱼，戛然一声停在我的面前。她，正是她，从车窗里探出脑袋来问道：

"您不是上班去吗？上车吧，我顺便送您去。"

我接受了她的邀请。她向我嫣然一笑，两排很宽的、充满稚气的牙齿，像耙子似的微微朝里弯，露了出来。她用小巧而有力的脚踩了一下油门，同时用戴手套的娇嫩的小手扳动排档。汽车发出一阵轰鸣，我还没有来得及从目迷神眩的状态苏醒过来，车子已经风驰电掣般开到了乡村，停在一个荒僻的谷地，两旁是树木葱茏的山冈。我瞧了一下方向盘前面的座钟，时针已经指向我上班的时间。将要遭到解雇的惊恐掠过我的心头。

"对不起，我迟到了，要赶紧去上班，请您把车子开回去……"

或许，在这个关头我本可以纵情幻想一番，细细玩味的，不过，我缺乏耐心。

听见我的请求,她转过身来,凝眸注视我,然后莞尔一笑,又露出那稀疏的、充满稚气的牙齿,慢悠悠地说:

"这么说,你一点儿也不喜欢我,所以你不敢为了我而冒迟到和被开除的风险?"

"那,那我们就留下来,我不去上班了。是的,是的,我们留下来。"我喃喃地回答,她的微笑,那亲昵的"你"的称谓,使我心神恍惚。

突然,我蓦地打了个寒战,从梦中醒了过来。我妻子的一只手搭在我的肩膀上,对我说:

"告诉我,你在胡思乱想些什么;我可实在没有法子跟一个同床异梦的人生活下去。"

"我在想你呢。"我迅速地回答。

"真的?"

"千真万确。"

她注视着我,露出跟上司的妻子正相反的一副可怜巴巴的丑陋样子,虽说我们还没有福气生男育女,她的脸却像做了母亲似的那样苍老,露出一丝苦笑。她给了我甜蜜的一吻,说:

"亲爱的,你可知道,你在梦中这么想我,却误了上班的时间,要迟到了。"

我的上帝啊。我霍地从床上跳下来,一手抄起衣服和大衣,另一只手拎起皮鞋,急匆匆地奔出房间。我在过道里穿上皮鞋,在电梯里套上了上衣,在大门口穿上了大衣。我冲出大门,朝着公共汽车大声嚷道:"停一停,停一停。"可是,公共汽车却继续朝前行驶,越来越远,越来越远……

这时,我的脑袋猛地朝前一栽,惊醒了。我深深吁了一口气,环视四周,终于明白,或许是妻子替我在办公室大玻璃窗前面摆的这张黑皮软垫的安乐椅太舒适了,所以我方才又陷入了昏昏沉沉的梦幻。请你们设身处地想一下吧,我,一个公司的老板,在梦中把自己假想成我手下的一个雇员,一个居住在简陋的斗室里,娶了丑八怪似的妻子,见了我浑身直打哆嗦的可怜虫;然后,我又幻想,这个雇员整天价提心吊胆,害怕我开除他,于是他就靠做梦来宣泄他的忧愁,梦想跟他上司的妻子发生风流韵事。不过,这位女人并不果真是我的妻子,而恰恰相反,正是贝里尼的妻子,我早就渴想成为她的情人。所有这一切使我感到迷茫,甚至在一定程度上叫我惊愕莫名。

我从安乐椅上站起来,走到窗子跟前,用手指轻轻地敲打着玻璃,默默地沉思。尔后,我回到办公桌前,拿起通话器下达命令,让成为我梦幻中主角的那个雇员来见我。

不多一会儿,他敲了敲我办公室的门,走了进来。这是一个身材不高、胖墩墩的年轻人,有一张形似鸟儿的快活的脸,脑袋已经开了顶,圆圆的眼睛,鼻子朝上翘着。他身穿一件蓝灰色的外衣,修饰得挺整齐,甚至显得风度优雅。他脸上多少显露出戏谑的神情，丝毫没有温顺谦卑的样子。我对他发起了突然袭击：

"贝里尼，您可知道，您经常，是的，经常上班迟到？"

他提出了抗议，但却表现出并不十分恼火的样子：

"这简直是做梦也不可能发生的事，谁都可以向您保证，我一向上班是最准时的。"

我思忖了一会儿，补充说：

"反正，您最近犯了好些过错。请您注意，现在我们这里正处于裁减人员的阶段。"

"可是，您可知道，本人已经向您提出申请，要求辞职？两天以前，我给您写了一封辞呈。"他神色愉快地迅速回答。

我突然回忆起来，一点儿不错，我确实收到过这样一封信；我又重新感到迷茫：

"噢，您就是为了继承遗产打算搬迁到外省去的那位？"

"正是，董事长先生。"

完全像个傻瓜似的，我禁不住发问：

"那末，您的妻子乐意到外省去生活吗？"

于是我们围绕到外省生活的利弊进行了一番简短的谈话，我越来越觉得惶惑不安，他越来越咄咄逼人。最后，我祝愿他前程美好，把他打发走了。

我独自留在办公室里，用双手抱住脑袋，以从未有过的清醒的神志，细细地反省我在梦中的胡思乱想。我终于恍然明白，究竟是什么东西把我搅糊涂了：在梦幻中，我用一种特殊的手段来使事实的真相受到歪曲。我希望我的雇员是个居住在简陋的斗室里，娶了个丑八怪似的妻子，见了我浑身直打哆嗦的可怜虫，而其实我异常清楚地知道，他并不是这样一个可怜巴巴的人，对我毫无畏惧之心；我也分明知道，他的妻子年轻而漂亮。另外，我假想他做梦要跟我的妻子发生风流韵事，而实际的情况正好相反，正是我梦想能跟他的妻子有浪漫的关系。所有这一切，都意味着什么呢？

蓦然，我觉得有一只手碰了一下我的手。我本能地张开手掌，抬头环视，瞧见我的妻子，真正的妻子，站在我的面前。一缕怅惘的感觉涌上心头，因为我发现她竟然就是我在梦中强加给贝里尼的那个丑八怪似的女人，她的脸像做了母亲似的那样苍老，虽说她还没有生男育女。她以令人感到痛苦的多情说：

"你这么专心地在想什么呢，竟然没有瞧见我进来，告诉我，你方才在想什么？"

"想你，亲爱的妻子。"

"你亲爱的妻子，她也在想你呢；她给你带来了一件礼物，你瞧，它真漂亮：一只中国盒子。"

我接过熠熠闪亮的金漆盒子，木然地打开它。盒子里面套了另一只盒子。我打开第二只盒子，里面又有第三只。尔后，第四只，第五只；尔后，第六只。最后，我打开了第七只盒子，再也没有发现另外的盒子。

机　器

叮铃铃……

电话响了，一次，两次，我急急忙忙奔下楼梯。可是当我拿起耳机听话的时候，电话里却只发出"呜——呜"的声音。这时我才想起，两天前电话就已经坏了。

房间里阴暗得很，我扭了一下电灯开关，可是四周仍然是一片昏暗。我又突然想起，昨天晚上发生了走电事故，断电了。

我蹑手蹑脚地摸索着行走，去开厨房的门，脚底下不时绊着凌乱地放在地板上的模糊不清的东西。不料这儿也遇到了意想不到的事情：每天上午来干活儿的女佣，却不见了踪影。

我走到大门口，打开了套房的门，在门槛上停立了一会儿；外面正刮着东南风，可是艳阳当空，花园里的鹅卵石在阳光下闪射出来的白光，使我一时睁不开眼睛，身上像蚂蚁爬过似的起了一阵鸡皮疙瘩。

这是我的简陋的乡村小别墅，样子怪难看的小花园里停放着我的汽车。我想索性驾车到玛里诺镇去用早餐，到那里不过五公里的路程，用完早餐回来，我就可以立即开始工作。

我朝栅栏走去，打开栅栏门，又朝汽车走去，上了车。我扭动发火器的钥匙，踩了油门。可是发动机却毫不理会我的这一系列动作：完全沉默，纹丝不动。我又重新试了一遍，回答我的仍然是沉默，是静止。我不由得怒火中烧，气得咬牙切齿。不过，我竭力控制住自己的感情，下了车，打开车子的前盖，细细观察。这时，一个极其明白的事实突然使我瞠目结舌，原来汽车不过是一台机器。说来也奇怪，在这以前我竟然从来不曾意识到这一点。它是机器，我驾驶它，它服从我，如此而已。另外一个事实同样使我感到惊讶，原来这台错综复杂的机器，它的用处只是帮助我做一件非常简单的事：走路。我又恍然明白，同样地，另一台异常灵巧的机器——电话，其用处是帮助我做另一件非常简单的事：讲话。电灯虽然是很奥妙的装置，但它的价值也只是帮助我做一件最简单不过的事：看。不过，现在我却既不能行走，也不能讲话，而且两眼墨黑，因为替我做这些简单的事情的复杂的机器，都出了毛病。

我打量了一会儿发动机，暗自纳闷，感到无计可施，看来非得请汽车行的工人来修理不可，正像需要电话公司和电灯公司的工人来修理电话和电灯一样。尔后，我不免想道，汽车行的工人、电话公司和电灯公司的工人，归根结蒂，也都是我要借用的工具，换句话说，只消细细琢磨一下，他们全是有着人的外形，而专事修理的机器。这样的想法多少使我得到了安慰。我离开了掀开前盖的车子，去关栅栏的门，一眼瞧见了信箱里有我的信。

关好栅栏的大门，我取了信件。拆开一看，是我在那里当记者的杂志编辑部送来的一份急件。信中说，鉴于截稿日期由星期三提前至星期二，为此，我务必于星期一上午八时把稿子送交编辑部，云云。我手里拿着这份急件，呆呆地站在那里发愣。我手头已经有两篇约稿需要在星期一上午交卷，为一家妇女杂志写的一篇小说，和为一家流行刊物写的戏剧评论；加上催稿的这篇，就是三篇了。这样，我的倒霉的运气一下子就达到了无以复加的地步：星期天上午，电话、电灯和汽车统统失灵，我一筹莫展；女佣人没有露面；离星期一上午只有二十四小时，我必须写出三篇文章。

回到屋子里，我一面慢吞吞地登楼梯，一面考虑我该怎么办。显然，我必须立即叫醒乔万娜，要她准备早餐，然后让她在打字机跟前坐下，由我向她口述文章，从现在到半夜，毫不停顿。我觉得，这是一个糟糕透顶的星期天，可是我找不到别的解决问题的办法。正当我苦思冥想的时候，突然我的后脑勺像挨了一刀子似的，感到一阵钻心刺骨的剧痛，于是我赶忙用双手紧紧攥住栏杆，以免一个倒栽葱，从楼梯上滚下来。疼痛过去了，但我的脖子、肩膀和胳膊的肌肉仍然一阵阵地发麻，动弹不得。我暗自思忖："是的，我累了，筋疲力尽了，今天就去找医生，请他给我治一下。"可是，我的脑子里立即闪现出第二个念头："不，今天你找不到医生，正像你无法请修理电话、电灯和汽车的工人一样，因为今天是星期天。"

我强打起精神，登上了楼梯，走进卧室，乱七八糟地扔在地板上的袜子、皮鞋，内衣和其他衣物不时绊住我的双脚；我走到窗子跟前，拉起百叶窗帘。外面依然刮着东南风，刺眼的阳光洒进了屋子。玫瑰色的绒毯在床中间蜷缩成畸形的一团，一束乌黑的头发飘散在毯子外面。我走上前去，把手放在那玫瑰色的包裹上，轻轻地摇动它，说道：

"乔万娜，起来吧，时间不早了。"

她懒洋洋地哼了几声。我又摇摇她，她又哼唧了一声，只是声音显得更加微弱了。于是，我弯下腰，用两只手攥住绒毯和床单的边，猛然一使劲，把毯子，床单和床上的东西都掀了开来。我采取这一手的时候，不知道什么缘故，脑子里闪现出了停在花园里的汽车的形象：我不得不打开车盖，瞧瞧它是否出了毛病，正像我现在掀开绒毯一样。现在，乔万娜完全暴露在我的面前，就像方才汽车的发动机一样；她蜷缩着身子，只穿了一件非常紧身和短小的睡衣，袒露出柔软丰满的身子。我打量了她一会儿，她或许自以为还在睡梦中，所以自然心甘情愿而又快快不乐地缩成一团；一个突如其来的联想，使我刹那间恍然觉得，床上躺着的并不是丰腴润泽的乔万娜，而是汽车的发动机和它的乌黑油腻的零件。我俯下身子细细端详它，暗暗问自己，它怎么也失灵了，什么地方出了故障。不过这只是一瞬间。我摇了摇头，自言自语："发动机需要机械师来修理。而不管怎么说，乔万娜是人；她会明白和帮助我的。"

又沉默了片刻，我开口说道：

"乔万娜，八点钟了，我明天早上八点钟要交出三篇文章。你该起床了，快去准备早餐。然后，你准备打字机，我向你口述；我们需要工作整整一天，争取把事情做完。"

她没有吭声，仿佛在思索我的话。然后，她带着十分不痛快的声音问：

"你说几点钟了？"

"八点。"

"女佣人不在吗？"

"不在，今天是星期天。"

又是一阵沉默，她仍然躺着纹丝不动。尔后，我瞧见她的整个身子像挣掉了锁链，放肆地抽动起来，可是却不睁开眼睛。她大声嚷道：

"这就是你甜言蜜语的许诺，就是你跟我订婚的时候说的那种生活！我在我父母亲的家里日子过得多好，你为什么偏偏要把我骗出来？为什么？"

"为了跟你结婚，为了娶你做我的妻子……"

"不，你在撒谎，你是要一个女人，整天伺候你，当你的佣人、厨师、秘书、速记员、打字员、通讯员。这就是你的用心。我真傻呀，是个傻瓜，傻瓜！现在我想安静地睡一会儿，你都不放过我。你明明知道，睡眠对于我是多么重要，我有失眠的毛病，从来不能在早晨四点以前入睡。你却偏要把我弄醒，叫我赶快去当你的佣人、厨师、秘书、速记员、打字员、通讯员。不是这样的吗，你说，是不是这样？"

我惊愕失色，后脑勺刺骨的疼痛又发作起来；她闭着眼睛，蜷缩在床上哭哭啼啼的时候，我一直呆呆地瞧着她。我的脑子里不由得不涌起一串想法："正像汽车的发动机、电话、电灯一样，乔万娜也无法帮我的忙了。可是，我却得好歹排除掉她身上的故障，至少未来的二十四小时里，让她正常地工作。修理电话、电灯和汽车，需要专门的技师，那末，乔万娜需要谁呢？"

妻子仍然闭着眼睛，一个劲儿地在诉苦：

"结婚以前，我跟父母亲住在一起的时候，我的生活多好啊。我可以随意睡觉，上女朋友家串门，散步，看电影，毫无拘束。可你硬是把我禁闭在这个沙漠似的鬼地方，让我给你干活，用打字机给你打那些混帐文章。现在，到了星期天，是的，星期天，我居然也得不到一点儿安宁。"

一阵近于发狂的愤怒攫住我的心头。就像面对一台瘫痪的发动机那样，我恨不得抡起一把锤子，又准又狠地给它几击，把它砸个稀巴烂。我不再理睬她，转过身去，走到窗子跟前，心想："干脆现在就杀死她，然后自杀，以此了结一切。"我难以抑制满腔怒火，把牙齿咬得格格响响，远眺着天空聚集的乌云；突然，我出乎意料地平静了下来。不错，乔万娜是一台不愿为我效劳的机器，毁灭它并不是解决问题的办法。相反，需要想尽办法修理好它的故障，把它发动起来，就像机械师面对一台失灵的机器，他们并不是毁灭它，而是耐心地寻找出它的毛病。可是，现在该怎么治好乔万娜身上的故障呢？很明显，需要依靠爱情。

我走到她的跟前，上了床，在她身边躺下，拥抱她。她稍稍挣扎了一番，但并不过分。我开始温存地抚摸她，吻她，在她的耳边絮絮细语：

"我的爱，你知道，我多么爱你，你是我的整个生命，如果没有你，我……"

这样的话语是我经常对她说的，但从来没有像今天这样冷漠、虚假。果然，不多一会儿，乔万娜不再抵抗我发起的攻势，接着就偎依着我，紧紧地拥抱我，把她的暴雨般的亲吻洒在我的脸颊上。一句话，我寻找到了症结，排除了故障，拧紧了螺丝，她就像一台曾经灭火的发动机，逐渐地运转起来。我又对她温存了一番，讲了些甜蜜的话语，末了，我掩饰不住内心的窃喜，瞧见她从床上起来，说道：

"好吧，我去替你准备早餐，你先开始工作吧。"

她穿上艳丽的睡衣，神情哀幽动人，走进了卫生间。这时，我终于轻松地叹了一口气，心想：一切都走上了正轨。

可是，过了一会儿，当我走进书房的时候，只感到一阵晕眩，我赶忙靠在柱子上，以免跌倒。那张堆满了书籍和纸张的写字桌，化出一个个幻影，忽儿变成两张桌子，忽儿放大，忽儿缩小，在四面雪白的墙壁之间悠悠地摇晃，先朝窗口飞去，后又朝房门飘游；它渐渐地远去，变得越来越渺小，一刹那间又变成庞然大物，向我直扑过来。于是，我的脑子里闪现出了最后一个真理：我也是一台机器，或许，在我的家庭所拥有的众多机器当中，我是故障最严重的机器。其实，我觉得这也不足为怪：我利用电话、电灯、汽车和乔万娜为我效劳，而我则是为杂志效劳；或许，杂志又是为某个什么人效劳的机器；而利用杂志为他效劳的此人，又为另外一个什么人效劳，如此，等等，不一而足。不过，至少在我目前的情况下，我很难说清楚，这一切的根源究竟是什么。

乔万娜的声音使我吃了一惊：

"你在干什么呢？开始工作吧，加紧干，我去准备早餐了。"

我不由自主想道，机器已经重新完好地运行起来，而且是异乎寻常的出色。现在，桌子不再在我的眼前晃动了，不再变化出种种幻影了。我在桌子跟前坐下，赶紧提起笔来写作。

穷 汉

　　十八岁那年，我就出嫁了。我的丈夫那时已经六十岁；不过，在我出世以前，我的母亲就给我物色好的这个男子，是个非常有钱的人，这也就算是对我的补偿。

　　应当承认，从外表上看，他倒不显得举止粗鲁、冷漠无情，像那些腰缠万贯的人常常表现的那样。相反，他的浓密的银白色头发，衬托出一张玫瑰色的、亲切可人的脸。可是，他身上最引人注意的东西，是他的一双眼睛，黑黑的，像灯火熄灭了似的黯然失神，特别是当他把目光凝定于使他特别感兴趣的某件东西或某个人的时候，便显露出一种呆滞的奇怪神情。这不禁使人觉得，在他的眼眶里，明亮的眸子被挖掉了，却嵌进了珠宝商用来检验宝石的一对放大镜片。确实，在他的眼睛深处，人们从来看不到愚昧、惊奇，也看不到满意、好奇的表情；相反，仅仅闪烁着一种极端精确地审视任何一件东西——可不是吗，甚至任何一个人——的价值的目光。自然，首先是金钱的价值，但也包括其他价值，如果它们最终能够转换成金钱的话。

　　说来也奇怪，这个想法的产生并不是在我们结婚以后，经常上珠宝店和古董店去的时候，而是在他向我求婚以前，向我献殷勤的阶段。他是个非常彬彬有礼的求爱者，至少从外表上看来如此。不过，他同时又是个非常放肆的人；至少说，那些不堪忍受被他当作准备购买的中国唐代瓷瓶或者玛雅雕塑一样打量的女人，是这样认为的。但是对于我来说，或许因为我过于年轻和不懂人情世故，他的放肆竟然使我觉得温柔，搅乱了我的芳心，于是，我终于也爱上了他。

　　他坐在我们寒酸的小客厅里——我和我的母亲是很贫苦的人，只有一套两小间的房子——几乎不开口说话，只是凝目注视我；就是这种目光，在我们结婚以后，我曾经许多次瞧见他用这种目光鉴赏商店里的货品。应当说，我是如花似玉的美女子，但他的目光里丝毫没有流露出羞怯和倾倒的表情——这是美通常产生的效果——相反，充满了那种自以为单凭一厢情愿就准能猎取他的意中物的人的骄矜之气。他往往一面打量他面前的商品，一面在心中极其精确地盘算它现在的价值和以后能够从它那里获得的乐趣。

　　我们终于结婚了。我的丈夫爱我，我也爱他。有两年的光景，我们的生活可以说是幸福的。不过，应当正确理解我所说的爱情和幸福的性质。还是让我重新用我丈夫的眼睛作例子，来解释清楚吧。

要知道，正是他的眼睛，而不是他的感情，构成了他跟现实之间的关系，也就是说他跟他不断获得的东西之间的关系。他的眼睛决定这种关系的产生、发展和终结。还不妨补充说，这种关系通常经历两个阶段，即鉴赏的阶段和享受的阶段。前者发生在商店里，跟商人打交道的时候。我的丈夫久久地、没完没了地盯视着他看中的东西，却不触动它；或者仅仅把它拿在手里，不断地转动它，以便用他那双偷东西的喜鹊似的一动不动的眼睛更好地观察它。

相反，第二个阶段，也就是享受的阶段，是在他的办公室里进行的。这是一间异常宽敞的房间，摆着一张巨大的桌子，四壁墙上钉了无数的搁板。桌子上、搁板上陈列着我丈夫新近获得的东西。只要这些东西仍然摆在办公室里，那就意味着我的丈夫还在继续享受它们提供的乐趣。

怎么享受呢？我想，归根到底，不妨说是一种蝙蝠吸血似的游戏吧。他用那双失去了光采，只是直勾勾地凝视的眼睛吮吸这些物品，仿佛是通过蛋壳上一个无法觉察的小孔，吮吸一个鸡蛋的蛋黄和蛋清；末了，鸡蛋仍然完整无损，里面却已空空如也了。于是他把这个完整的鸡蛋扔进了垃圾箱。至于那些东西，我丈夫一旦把它们吮吸过瘾了，自然不会扔掉的。它们只是从他的办公室里消失了，永远被打入了冷宫。我记得有一个极其精致的希腊瓷瓶，绛红的底色，淡墨色的人像。它在办公室里陈设了好久，后来不见了踪影，过了好长时间，我才在仓库里发现了它。

而现在，我丈夫对我的爱，也跟他享受那些东西一模一样。他细细地谛视我，没完没了地谛视我；在办公室里，在卧室的床上，在客厅里，在酒吧间，在戏院里，在花园里，在海滨浴场，在高山上，在人群当中，在旷野。现在，他这一刻也不停地注视我的目光，不再是冷冰冰的鉴赏，而是永不知足的享受的表示，也就是说，是他的爱情的表示。而我呢，也对他表现出混杂着感激、谦卑和自我炫耀之情的爱慕；如果那些冥顽不灵的东西能够生情，大概也会这样对待它们的夺人心魄、崇拜物神的主人吧。

后来，我的丈夫突然不再爱我了；说得直截了当点，他不再瞧我了。我们仍然像从前那样生活在一起，可是他把我排除出了他的视野，就像他平常不再欣赏那些东西，便把它们从办公室里拿走一样。不过需要指出，他的感情并未因此而消失；相反，它在某种程度上愈发强烈了。这跟占有感不再有关系，而是能够打动钟爱的女人的感情。总之，我不再是东西，而成了一个人。任何一个女人处在我的地位都能够察觉到这个变化，把它当作夫妻之爱的一种进步和深化。但是很糟糕，我却硬以为这是一种倒退和降级。是的，我很惋惜那段光阴，那时我跟其他东西一样，是被我丈夫获取和欣赏的一件漂亮而珍贵的东西。我恨我成了妻子，陷入温情脉脉、彬彬有礼的感情之网。

在我由东西转化成为人的痛苦的变形之后一年，我的丈夫去世了。我们的婚姻总共持续了三个年头；我们之间那种主人跟占有物之间的关系，大约占了两年的光景。

转瞬之间，我成了一个孤独的、极其富有的人，具有人的个性的女人。

我不打算细说我这些年来的生活。只要随便打开一本时装画报或者流行刊物，你们准能看到介绍我和我的生活的各种照片；在科尔蒂纳①白雪皑皑的山坡上滑雪；身穿最新款式的游泳衣，在海滨浴场洗海水澡；在肯尼亚大森林打猎；在意大利南方海滩垂钓；参加纽约的化装舞会；在肯特郡②高尔夫球场打球；西班牙斗牛场狂热的观众；迈阿密③赌场的座上客；观赏倍尔塞波里④遗迹的旅游者……以及其他这一类的千姿百态的照片。

天晓得，你们曾经瞧见过我多少次，或许，你们曾经对我艳羡万分。但是，我并不值得别人羡慕，因为我至今无法物色到一个能够按照我喜欢的方式爱我的男人。我渴求的那个方式，其实就是我的丈夫以前让我习惯了的方式。不妨说，过早的、不正常的两性生活，使我的一生蒙受了创伤。我喜欢人人像注视、欣赏、选购和享受一件稀罕的珍贵东西一样，注视、欣赏、选购和享受我。

不幸得很，当我跟我的母亲住在那两间寒酸的小屋子里的时候，前来欣赏、选购的人多极了，简直是门庭若市；如今，我的婚姻使我一步登天，进入另一种人的行列，他们能够购买一切，可是几乎谁也无力染指他们的这一切。我极其明白地意识到，现在，只有不仅能够占有我，而且足以占有我的巨额财富的人，才有资格仿效我的丈夫，向我报以他当年向贫寒的我投来的那冷冰冰的估量，从而撩乱我的芳心，使我产生爱慕之心的目光。此外，恐怕就只有比我更加富有，而且乐意娶我的人了。这样，选择的余地大大缩小了，甚至几乎降到了零。

我不晓得今后我该怎么办。为了证实方才我讲的这一切，我想简单地叙述一下我的一段几乎是爱情的浪漫史。我在友人的家里认识了一个青年知识分子。他那敏捷的才思，多少有点过分的严肃，尤其是他那对于我完全是新颖的称呼以及鉴定人和物的方式，不由自主打动了我的好奇心。我愈来愈频繁地跟他会面。多半是我约他在某个广场相见，他等待我，我驾车到约定的地点；他搭上我的车子，我们直奔郊外，有的时候到很远很远的地方去。

我们在一起交谈，除了交谈没有别的，或者说得更确切些，只是他一个人讲，我洗耳恭听。他谈话滔滔不绝，而且娓娓动听，以致我有的时候禁不住想道，如果语言就是金钱，那末，他准是那个能够选购我的人了。可惜得很，语言毕竟不是金钱，我的这位知识分子是分文不名的穷汉。很自然，他终于拜倒在我的石榴裙下；而我，正

---

① 意大利北方阿尔多·阿迪杰大区游览胜地。
② 英国风景区。
③ 美国佛罗里达州的游览胜地。
④ 古波斯城市，被马其顿所毁，以废墟闻名。

象在这种场合发生的那样,从他注视我的目光发觉了这一点。可是,他的目光使我的心凉了。这是坠入情网的人通常表现出来的火辣辣的目光。相反,我需要的是那种善于冷静地精确地估量东西价值的目光,需要那种蕴含足以轻而易举地攫取我的财富的巨大力量的目光。譬方说,我的价值是五十亿里拉;那末,这目光至少应当拥有相当五百亿的力量;要知道,当时我的贫困跟我丈夫的财富之间的关系就是这样惊人地不相称的。因此,当他第一次试图拥抱我的时候,我几乎毫不迟疑地不由自主地推开他,说:

"不,不,我请求您,我们之间只能保持单纯的友谊关系。要想成为一个情人,你太穷了。"

我们正在郊外的乡村;他一句话也没有说,打开了车门,下了车,徒步朝远处走去。

我没有叫唤他。他企图亲吻我的时候流露出来的目光,缺乏五百亿里拉的力量,而只具有他父亲微薄的月薪的渺小的价值。不错,我原可以像我的丈夫对待我那样来对待他:估量他,收买他,享受他。归根到底,我的万贯家产现在注定我扮演这个角色。可是,正如我已经指出的,我的丈夫使我蒙受了巨大的创伤。我担心,我将永远沦为期待主人来占有我的东西。

阴差阳错

人所共知,爱情常常使人失去理智。我们两个人当中,是谁心血来潮要把约会的地点定在这条名声不佳的马路上的呢?是朱利安诺。最初,我提出在离我的家不远的广场见面。可他反驳说,那很容易让我的父亲或我的母亲发现我们,还是在这条马路上为好,虽然它的名声颇为难听。何况,这里来来往往的姑娘很多,我不容易被发现,即使他们瞧见,也会把我当作别的女孩子的。这个显然很不得体的建议,我当时没有反对,却立即同意了。在我眼里,朱利安诺从来是万无一失的。所以,我眼下便在这条马路上等他。

说句老实话,现在我多少有点儿后悔。我站在离我那淡绿色的豪华汽车两步远的地方,身上披了件珍贵的水獭皮的大衣,朝马路上张望。马路很宽阔,幽黑阴暗。一辆辆汽车流水似的慢慢驶过这里,车子的前灯射出令人目眩的光柱,好像在寻找什么东西,或许正是这耀眼的汽车灯光造成了周围的黑暗。这些汽车的灯光像探照灯似的在马路边高耸的梧桐树干之间搜索。间或有一辆车子停下来，于是，从树干后面迅速闪现出早已等候在那里的几个女子的身影来。她们走上前去，把脑袋凑到汽车的车窗跟前，谈论着什么。然后，她们当中的一个，急急地从汽车前面绕过，在车灯的光束里倏地闪现一下，打开车门，钻进身去，在驾车人旁边坐下。汽车随即开走。也有的时候，没有一个女人上车——要价太高，或者女人没有被对方看中。汽车于是懒洋洋地开走，流露出大失所望的神态。

我很恼火，约会竟选择在这样的场所，而且，朱利安诺像平常一样，又迟到了。那些汽车瞧见我也站在梧桐树后面，便一辆辆在我跟前停下来。难道他们没有意识到我跟那些女人的区别吗？不错，我站在这条马路上的原因"几乎"跟她们一样：我也在等待一个男人。不过，全部区别也正包含在这个"几乎"里。其实，只须略微仔细地瞧瞧我，就可以避免这种荒谬的误会了。可汽车里的男人们并不仔细瞧我。也许，他们正因为见到我跟马路上的那些女人迥然不同，反倒使他们产生幻觉，认定我是甘心情愿或者生平头一回干这勾当。这样，一辆辆汽车好像飞蛾扑向灯光一样，从四面八方蜂拥到我的跟前或旁边，把车灯炫耀的光束投到我身上，打量着我，照得我睁不开眼睛。有人打开汽车门，叫我上车；有人用富有表情的手势召唤我；甚至还有人向我打个呼哨，像招呼他的巴儿狗一样。

我焦躁不安，点燃了一支香烟。后来，我终于明悟，在男人们的眼里，这不啻是待价而沽的表示。我于是扔掉香烟，在扫兴的汽车驾驶者们七嘴八舌很不文雅的评论声中，离开了马路。

倒霉的事儿远未到此了结。不知道从什么地方冒出来三四个姑娘，把我团团围住。看得出来，她们是隐身于暗处等待主顾的。她们的年龄差不多跟我相近，她们的穿着很特别，把身上可能展现的部位——甚至其他部位——统统公之于众。尽可能朝上的超短裙，尽可能往下的领口，裸露的胸脯和大腿。不过，倒确实没有什么矫揉造作的样子。打个譬方说，好像商店橱窗里陈列的商品，显得既讲究又实际。一个模样并不令人嫌恶的姑娘，矮矮的个子，乌黑的头发梳成刘海，垂在黑艳艳的眼睛上，一张涂了口红的大嘴巴，挑逗似地问我，为什么刮东南风的时候还穿上皮大衣。另外一个高挑的姑娘，卷发覆盖在前额上，对我说，她已经站了两个小时，但没有找到主顾。第三个姑娘长着一双老母鸡似的圆圆的眼睛，尖尖的嘴巴，满头的金色卷发，甚至告诉我，说我长得很像她的一个名叫阿加达的女朋友；前天，人们在离这儿不远的一个水沟里，发现了她的这个女友的尸体，活活地被扼死了。

或许是因为梳刘海的姑娘的话发生了作用，我现在果真觉得穿皮大衣很不自在。我把它脱下来，挽在臂膊上，朝我的汽车走去，想把大衣放到车子里。出乎意料的事发生了。某个陌生人竟然坐在我的汽车的驾驶盘前。她是这条马路上许多姑娘中的一个。红润而丰满的脸蛋，一双黑天鹅绒色的小眼睛，浅黄色的头发梳成高髻。我走上前去，对她喝道：

"听着，这是我的汽车。"

她并不动弹，好像生怕弄乱了她美丽的装束，回答说。

"现在我坐在这里。"

"你给我马上下来。"

"你是个疯女人；我坐定了。"

看得出来，在这条马路上呆了不多久，我的性格也改变了。平常我是个顶温柔和顺的姑娘，瞧，现在忽然变得粗暴野蛮了。我二话不说，伸出胳膊，一把揪住这脸孔红润得像布娃娃似的女子的头发，硬是要把她拽下车来。她发出一声尖利的呼叫，打开车门，随着我拽她的胳膊跟跄着下来。一下了车，她猫下身子，不知怎么一来就揪住了我的头发，过往的行人和一群流氓围拢过来，狂热地喝彩，用下流的语言给我们加油。我的对手越来越害怕糟蹋她的打扮；我穿着一条长裤，利落，灵活；她的短裙紧紧地绷在身上，妨碍了她的动作。

末了，我终于占了上风，把她按倒在地上。我打得性起，毫不留情地甩一只膝盖紧压着她的胸脯，又揪住她的两只耳朵，想扭转她的脑袋，把她那美丽的脸蛋浸到旁边的一个污水坑里去。

可是，我的胜利是短暂的。一只钩曲的爪子猛地攫住我的肩膀，一下子把我拎了起来，把我拨弄得原地打了个旋转。站在我面前的是一个面目可憎的汉子，刚刚从一辆红色的赛车上下来。他身材粗矮，脑袋光秃，留着大胡子，一只丑恶难看的鼻子。唰，唰，唰，一根不晓得是芦苇还是牛筋在空中呼啸，先是重重地落在我的腿股上，然后抽打着我的臀部。那汉子毫不客气地一把夺过我的钱包，把它打开，掏出所有的钞票，装进衣兜里，把钱包扔在地上，扬长而去。我俯身捡起钱包。可是，我怎么也找不到我的水獭皮大衣，它不翼而飞了。这时，我的腿股和臀部被芦苇或者牛筋抽打的部位火辣辣地刺疼。我的眼泪簌簌地滚落下来，透过泪水模糊的帘网，我终于瞧见朱利安诺的车子开了过来，在我跟前停下。

正在等待主顾的女孩子们，那个皮肤棕褐色、头发梳成刘海的姑娘，脸孔长得像老母鸡似的金发女郎，卷发覆盖在前额上的瘦高挑女子，顿时蜂拥而上，把脑袋凑到他的车窗跟前。而我呢，站在她们后面等着。我不愿意混迹于她们之中；何况，朱利安诺就是来跟我约会的，我用不着去跟她们竞争。可是，居然发生了又一件出乎我的意料的事情。朱利安诺向那皮肤棕褐色、头发梳成刘海的姑娘点点头，她立即从车子前边绕过去，打开车门。

我一步蹿上前去，大声喝道：

"喂，这是我的未婚夫。你想干什么？"

"你怎么啦？他请我上车。你想干什么呢？"

梳刘海的姑娘向我打了个手势，好像是说我是个疯女人。她钻进了汽车，在朱利安诺身边坐下。汽车随即开动，一溜烟地消失了。

我惊愕失色，痴痴发怔，本能地朝梧桐树退去。那卷发覆盖在前额上的瘦高挑女子好心地安慰我：

"没什么，他走了，再等另外一个。你瞧，我已经等了两个小时了。"

我没有理会她。我丢失了水獭皮大衣，丢失了汽车，丢失了钞票，而且，朱利安诺竟然跟一个贱骨头女人勾搭上，把我抛弃了。我身上沾满了污泥。很自然，当第一辆车子在我跟前停下来的时候，我连驾车人的脸都没有看清楚，便急匆匆跳上了车。

乘他驱车向郊外奔驶的时候，我朝他斜睨了几眼，马上后悔莫及。他是个丑八怪，模样丑陋得足以吓死人。稀稀拉拉的几根黑毛像沾了胶水似的贴在苍白的脑壳上，一双眼睛深深陷在眼眶里，大额头，塌鼻子，嘴唇发紫，尖尖的下巴朝上翘起，简直是个僵尸的脑袋。我暗自盘算，最好找个借口让他停下车来，我好乘机摆脱他。正在这当儿，那骷髅脑袋朝我转过来，说：

"你叫什么名字？"

"我叫克蕾莉娅。"

"多大年纪？"

"二十岁。"

"克蕾莉娅，我应当对你说件事。"

"请说吧。"

"我的车子在你跟前停下来的时候，我没有仔细瞧你。"

"那末？"

"现在我把你仔细瞧了。"

"请往下说。"

"应当坦率地告诉你，你不是我需要的那种姑娘。"

"你的意思是什么呢？"

"你不讨我的喜欢。"

我感到浑身的不自在。平常，人家都说我是个美人儿。一股我也弄不明白的愤怒掠过我的心头。我破口大骂，用最肮脏的字眼怒斥这个无辜的骷髅似的汉子。我粗鲁地，说来也奇怪，像个专门干这一行的女人似地逞凶，撒泼。那可怜虫害怕了，赶紧把钞票塞在我手里，要我平息怒气。我接过钞票，但仍然骂不绝口。然后，他把车子拐了个大弯儿，把我送回到原来的地方。

于是我在靠近那棵梧桐树的地方下了车。现在，我终于觉得，我已经完完全全沦为充斥这条马路的那些女子中的一个了。我挺着胸脯，高昂着脑袋，嘴里叼一支香烟，在马路上踱来踱去。我从容不迫，厚颜无耻而又充满了敌意。我朝那群女子走过去。

哎，奇怪，我瞧见谁了？那不是跟朱利安诺一起扬长而去的梳刘海的姑娘吗？我用同行的口气问她：

"喂，事情很顺手吗？"

"这个男人很怪，硬要把我叫作克蕾莉娅。"

一阵猛烈的震动，忽然把我从梦幻中惊醒。我睁眼四顾，发现我就在朱利安诺的汽车里，正坐在他的旁边。汽车停在乡村的一条卵石铺砌的小路上。从车窗外飘进一缕清爽而冰凉的寒意。透过深沉的夜幕，我看到了乳白色的农屋、绿树、田野。朱利安诺问我：

"告诉我，你不舒服吗？"

我不理会他。我打开钱包，钞票全在里面。我身上穿着水獭皮大衣。身上很干净，没有一丁点污泥。一切完整无损，我还是原先的温顺、柔和的克蕾莉娅。我嘟嘟囔囔地自言自语：

"牛筋……"

"什么牛筋？"

"你让我等了好久，后来…"

"请原谅，路上车子拥挤。可是你究竟发生了什么事？"

"没什么。片刻工夫的阴差阳错，现在一切都过去了。"

比你更漂亮

当我还是小女孩的时候，我的母亲，大概是为了不让我知道我们是穷人，不让我知道我的洋娃娃像一个穷女孩子一样寒酸，便教我唱一支歌谣，歌中唱道：

> 我的娃娃赛似美人，
> 几乎比我更漂亮！

这实在是叫人心里难受的谎言，因为我的美貌不知胜过我的洋娃娃多少倍。不错，我们是穷人，可是，我们家庭里一点儿也不缺少美啊。

我从小就容貌俊美，后来，我渐渐长大了，竟出落得越来越漂亮。十五岁的时候，我比十岁的时候漂亮；到了十八岁，又比十五岁增添几分美妙的丰姿。我是这样娇媚可人，所以有一年夏天，我们在海滨的乡间小住的时候，我荣幸地被遴选为美女皇后，受到加冕。

选美会的评判委员中间，有一名中年男子，据说是个工业家。以我看来，如果举行一次选丑会，准保他会获得冠军的。第二天，他到海滨浴场来向我表示祝贺。他的衣着打扮不伦不类，仿佛只加工了一半，使我感到吃惊：一件游泳用的衣服，既不像游泳裤，又不像短裤；脚上的一双袜子，只勉强遮住脚踝骨，把小腿也露在外面。

他唠唠叨叨地向我讲了一大堆恭维话；我一面细细打量着他，一面心里暗暗自问，他怎么会给人这等丑恶的印象呢？不错，他是个丑八怪，可同时又闹不清楚，他为什么是个丑八怪。末了，我终于明白，他相貌奇丑，因为他身上的一切，仿佛都是某件东西没有能够获得最终的形式，而只是笨拙的畸形的半成品。他的脑袋既没有秃顶，头发又不算多；眼睛既不明亮闪光，又不黯然失色，鼻梁既不是笔直的，又不是鹰钩形的；嘴唇既不算肥厚浮肿，又没有一丁点儿线条。他的肩膀很宽阔，像是一个身材魁梧的男子汉；两条腿又细又短，像个十足的侏儒。甚至他的谈吐，也是操着一口既像意大利语又非意大利语，既像方言又非方言的口音。总之，他处处显露出一副畸形的令人作呕的丑态。

见了几次面以后，这么一个丑八怪似的人，竟然神气十足地像我这样漂亮的人求婚了。我知道他是个腰缠万贯的人，不过这不足以迫使我接受他的要求。他的专横的态度，轻而易举地把我征服了。我禀性婉顺柔从，有点儿逆来顺受。他拉着我的手，对我说：

"我要你做我的妻子。"

请注意，他不是说"我希望"，而是说"我要"。我竟然无法抗拒，接受了他的要求。以后他总是说"我要"，而我则总是回答"是"。他要我爱他，于是我爱他。他要我住在离罗马五十公里，靠近他的工厂的一座别墅里，我没有拒绝。他要我跟他的祖父、祖母、父亲、母亲、两个没有出嫁的妹妹、兄弟以及其他亲戚，一句话，跟他那一大家子人住在一起，我也温顺地同意了。末了，他要孩子，我就给他生了两个孩子。

正像我方才说的，他是个腰缠万贯的人，或者说得确切些，他是一个亿万富翁。举个例子吧，我们住的别墅，是他亲自同意购置的，造价竟高达五亿多里拉。

不过，别以为这是一座式样古老的住宅，像从前外省的富翁们为了跟贵族比赛阔气而建造的行宫。我的丈夫有狂热追求时髦的癖好。整座别墅与其说像是一幢住宅，毋宁说是一台机器。别墅仅有一层楼，完全用玻璃、大理石和金属造就，掩映在一片碧绿的树丛中，使人联想到一只巨大的甲虫，正在展翅欲飞。室内的陈设也突出地给人以住宅机器的感觉。一切摆设富丽堂皇，但没有一件东西显出是能工巧匠的手艺活儿，全都是机器特有的精确而自动化操作的产品。地毯，窗帘的颜色是那样明洁、刺眼，仿佛是涂抹的一层工业釉彩，而不是艺术家设计的色调。

很自然，这座尽善尽美的住宅机器，包含了无数同样完美的日用机器，为主人的生活提供方便。我的丈夫酷爱一切具有机器特征的东西。整个别墅简直是座陈列机器的博物馆。拿娱乐的机器来说，就有电视机、收音机、电唱机、电影放映机；烹调的机器有：电炉、电冰箱、搅拌机、烘炉；搞卫生的机器有：洗衣机、浴室热水器、电动剃刀。还有一座地下体操房，里面锻炼身体的各种器械应有尽有。

不过，我丈夫最欣赏的地方，是花园尽头的大汽车库。那里一字排着我丈夫所有的汽车，一共九辆。三辆超级豪华轿车，三辆供家庭成员乘坐的轿车，三辆常用汽车。他不断地更换它们，用时髦的新车淘汰过时的旧车。我相信，他其实用不着这许多车子，这不过是为了满足他长时间入迷地欣赏它们的癖好，或许，他顶多只是在花园里转几圈儿，试试车。

我想在这里特别指出所有这些机器的"外形"。它们的形状都很明晰，或者说至少给人这样的印象。这些机器的功能与效率，注定它们不是笨拙的、粗糙的半成品，而不多不少，正是它们应当有的样子，因此都很漂亮。

在这座一切都光彩夺目、完美无缺、井然有序的豪华别墅里，跟我生活在一起的却是一个装腔作势，形象丑陋，连说话都笨嘴笨舌的家庭。我说的是我丈夫的亲人。请允许我这样说：他们都是一群丑八怪，但又不像我的丈夫那样难看得要命。他们都是些没有成型的人。当你端详他们的时候，禁不住会觉得，大自然曾试图把他们造就成人，可是没有完全成功；末了，大自然失望了，便让他们保持这副模样来到人世，等有朝一日再行加工处理。他们的言谈含糊不清，半是方言，半是意大利语，仿佛这种混杂的语言就是表达他们同样含糊、混乱的思想的一种方式。他们的穿着打扮也体现出这种特点，既不像乡巴佬，又不像城里人。

我还不得不伤心地说，我的两个孩子，一个男孩，一个女儿，统统继承了父亲的特点。他们奇形怪状的丑相，一眼就看得出来，他们是这个大家庭的地地道道的成员，丝毫不像我的孩子。

有一天，我的丈夫从罗马回到别墅，带来了他大学时代的一位朋友。

正如人们所说，我的丈夫是靠个人奋斗起家的，至少就豪富的家财而言，他的奋斗取得了成功。相反，他的这位朋友却没有这样奋发自强，因此一无成就。他至今仍然家境贫寒，一如二十年以前，只是在中学里当个教员。我并不以为，我的丈夫对这位朋友怀有真情实意；其实，在他的内心深处，是把这位朋友当作失败者看待的。很可能，丈夫会这样想的："他曾瞧见我在人生道路上的起步。我要向他显示一下我现在取得的成绩。"

这位中学教员是个什么样的人呢？我想，如果我在别的什么地方遇见他，简直会觉察不出他的存在，因为在我看来，他实在是个微不足道的人。可是，当他走进客厅，我瞧见他坐在我丈夫的这群没有成形的亲人当中，我竟情不自禁地在心里惊叹道："多漂亮的人啊！"然后，我走上前去，方才发现"漂亮"这个字眼并不确切。这位教员确实不漂亮，他只是简简单单的一个普通人。这种类型的人比比皆是，但他是完整的，成形的。

我的丈夫把他介绍给大家庭的成员，然后建议他参观别墅。

于是，我们到各处转了一圈。我们参观了卧室、客厅、厨房。我的丈夫打开一扇又一扇的门，这位教员连声称赞："漂亮，漂亮，漂亮！"可是，他的声调是那样的模棱两可，甚至很可能是含有讽刺意味的。

最后，我们走出别墅，来到我丈夫存放汽车的大车库。前几天他刚买了一辆英国的超级豪华轿车，我们三个人在轿车的前排紧挨着坐下，在花园里兜了一圈，尔后，又驾车到省级公路跑了一段。中学教员的嘴里只管念念有词地说："漂亮，漂亮，漂亮！"有一阵子，我几乎忍不住了，真想对他说："没什么可讽刺的，这辆轿车确实非常漂亮。"但我一眼瞥见了我的丈夫放在驾驶盘上的粗俗不堪的双手，于是我的思绪立即被引上了另外的渠道。我暗暗问自己："这双手的丑陋，跟汽车的华美可有什么联系吗？"

我们回到了别墅。大家庭的成员回到各自的房间里。我的丈夫说，他要到工厂去，就跟我道别了。教员、我，还有我的两个孩子，单独留了下来。教员显得有些局促不安的样子。他说：

"这座别墅漂亮极了。这么多漂亮的东西。不过，您可知道，最漂亮的，我最欣赏的东西是什么吗？"

"那是什么呢？"

"您。"

这是一种司空见惯的恭维话，而且，或许还不是真心诚意的。但它犹如迅雷闪电袭击黑暗的田野，使我受到震动，豁然开朗。长久以来，我一直暗自纳闷，为什么有了这座别墅，我却丝毫不感到心满意足；教员拙劣地用来称呼我的"东西"这个字眼，使我突然睁开了眼睛。这座别墅有着这么多华美的东西，然而，我又有什么可以自鸣得意的呢，因为我自己也不过是一件东西，至少在我丈夫的心目中，我只是这许许多多件东西中的一件东西而已。

我又回想起方才我们为之赞不绝口的超级豪华轿车，暗暗对自己说，我不是这个大家庭的叔伯姑嫂、堂兄堂弟、爷爷奶奶、父亲母亲的亲属；我那乌黑美妙的秀发，一双美丽的蓝眼睛，甜蜜诱人的嘴唇，婀娜多姿的身段，说明我跟那超级豪华轿车属于同一种族，我甚至想说，我们具有同样的血型。

教员以迷惑不解的神情打量我的孩子。

"他们像父亲一样难看。"我说。

他一声不吭；显而易见，他是同意我的看法的。我继续说：

"这座别墅里充满了漂亮的东西和丑八怪似的人。"

教员叹了一口气,尔后发表了自己的意见:

"很遗憾,我们恰恰是生活在这样一个文明的时代,它的主要特点正在于,人们创造的东西,要比占有和使用这些东西的人漂亮得多。"

"不过,也有漂亮的人。"

我暗示的是我自己。或许他意识到了这点,回答说:

"那他们就不再是人,而是早已沦为东西了。"

我那丑鸭子似的女儿来到教员跟前,手里抱着一个非常漂亮的洋娃娃。这是一个装扮得像贵妇人,穿着超短裙和高跟鞋,束着胸罩的现代洋娃娃。女儿请客人欣赏她的玩具,问道:

"我的洋娃娃不漂亮吗?"

教员无意识地引用了我童年时代唱的那支歌谣,说道:

"是的,很美,赛似美人。几乎,几乎……你知道吗?比你更漂亮!"

想　象

我的脸长得很像洋娃娃,脑袋硕大,前额突出,面容柔媚俊俏,秀丽动人。我的身子婀娜纤巧,充满活力。脑袋跟身材之间这种不相称的比例,富有象征的意义,是我的想象跟现实不协调的反映。

在现实生活中,我时时陷入进退维谷的困境,不得不在两样截然对立的东西之间作出令人讨厌的、非此即彼的选择:白与黑,是与非,好与坏。不过,每当我束手无策的时候,我的想象便像一匹腾空飞驰的骏马,把我从这难堪的十字路口带走。是的,在平淡无奇的日常生活中,选择通常总是只有两种。可是生活自有它自己的诗学,这就是第三种选择。唯有我们的想象才能够给予生活的诗学以这种权利。我发现,打从少女时代起,我便有找到第三种选择的才能。当时,我住在莫德纳市郊区的一个大村子里,爱上了当地药剂师的年轻助手阿尔弗雷多。那时,我年方十六岁;波浪形的金色软发,一双明眸大眼,窈窕的身材,使我成为当地最漂亮的姑娘之一。我和阿尔弗雷多悄悄地在废弃的——或者说,我们以为是废弃的马厩里幽会我们是情人,因为阿尔弗雷多已经是有妇之夫,还有几个孩子,自然不能再娶我。马厩的主人叫卡洛尼是个牲口贩子,长得一脸雀斑,酒糟鼻子,他鬼鬼祟祟地窥视,我们的行动。有一次,我们幽会之后，他悄悄地跟踪我们，待到只剩下我独自一人的时候，他冷不防出现在公墓的栏杆前，挡住我的去路：要么屈从于他的非礼要求，要么他把隐事统统报告我的父母和阿尔弗雷多的妻子。这是我生活中第一次碰到两者必择其一的难题。可是，我的想象立即进行反抗，顷刻之间便为我找到了第三种解决的办法。

我佯装接受他的要求。随后，奔到药房；幸运的是，只有阿尔弗雷多一个人在那儿。第二天清晨，人们发现卡洛尼猝然身死。警察局验尸证明，头天晚上，他吃晚饭的时候，喝了掺和着灭鼠药的甜酒。验尸自然完全是徒劳无益的。想象、诗意、发明、创造、幻想，这就是使我得到拯救的一切。

灭鼠药事件以后，阿尔弗雷多跟我断绝了关系。于是我独自来到罗马，在一家皮鞋店当店员。

我跟我的丈夫相识，是从认识他的右脚开始的。有一回，他到店里来买皮鞋，毫不客气地伸出右脚，让我替他试穿。这显然是一双得过佝偻病的脚，样子怪难看的，苍白的小腿套在细瘦的黑袜子里。随着我的目光向上移动，我逐渐看清楚了站在我面前的人。他脊背佝偻，一副白蜡似的脸皮，一双眯细的眼睛，在厚厚的眼皮的遮掩下，滴溜溜地转动。他用买皮鞋的方式向我献殷勤；终于，在买第七双皮鞋的时候，他正式向我求婚，我答应了他。

我跟他，还有他年迈的母亲、老女仆，住在一起。或许因为他是证券经纪人的缘故，陈旧的房间里散发着古币的气息。静悄悄的，阴森森的，充斥着宗教的气氛，活像一个神父的房间。过不多久，我便对顾客们川流不息的皮鞋店想念起来。我又面临着非此即彼的选择：要么扔下我的丈夫，要么跟他继续生活下去。不过，想象又一次向我伸出了援助的手。

丈夫在瑞士的银行里存了一笔数目可观的钱，他对我确实像对待妻子一样信任，把存折交给了我保管。我借口去探望我的父母，随身带了两只箱子，飞往瑞士。在卢加诺银行，我取出了那笔款子，一共五千万里拉。随后，我把票据装在信封里，寄还给丈夫。

我把五千万里拉统统用来购买地皮；这一大片可耕地是山冈崩裂以后形成的，乱石嶙峋，非常荒凉。据说这里很快要大兴土木，建设成为住宅区。是谁向我透露了这个情报的呢？一个追求我的建筑师。自然，我不能不对这一情报给予报酬，像俗话所说，用实物支付。地点就在这儿的一个山洞里。

可是，对于这个长着栗色头发，肥头胖耳，天平开了顶，摆出父辈的架势称我"漂亮的小妞儿"的家伙，我很不放心。于是我作了一番小小的调查，发现这块地皮压根儿不可能成为住宅区，兴许会在这儿盖工厂，但那也是遥遥无期的事儿。跟我做这笔生意交易的卖主，只不过是这个建筑工程师的化名。我遭到蒙骗，吃了哑巴亏，五千万里拉全部付诸东流，只换得了一块毫无价值，到处是山洞的不毛之地。两种选择又一次摆在我的面前：要么容忍命运的摆布，要么设法收回那笔钱。

我想在这儿特别说明一下，想象并不是任何时候都能够弥补的损失，生活的诗学启示我找到第三种选择，不过是违背我的本意的。简单地说，我邀请我的情人到山谷去作一次罗曼蒂克的散步，这是我们初次幽会的山洞。进去的时候，是我们俩，过了好长的时间，我独自一个人走了出来。那手提包，方才因为藏了手枪，沉甸甸的，现在轻飘地挂在我的手腕上。罗马的秋天异常媚人，天色明朗，阳光和煦，没有一丝儿微风；草地绿茵茵的，金黄色和猩红色的枯叶不断飘落，铺得满地都是。我踯躅了片刻，朝我的汽车走去；事先，我说服建筑师上了我的车，把他的车停在人民广场。

建筑师的失踪，成为轰动一时的社会新闻，接连好多天塞满报纸的版面。但没有多久，就不再有人提起这件事儿了。过了一个时期，我回到山洞，在山洞里幽暗的深处，一堆石块和杂土跟前，我站了一会儿，默默地赞赏着那奥秘的力量，它把我从卑贱的生活中解救出来，给我插上了令人神往的翅翼，向幻想的空间飞翔。

这时，我身上分文不名。在罗马旧城的一幢古老的公寓里，我租赁了一间小屋，用红红绿绿的纸张把房间裱糊了一番，桌子上摆了一只用稻草扎的猫头鹰，又买了几本手相术指南和纸牌占卜入门之类的书籍。我在报上登了一则广告，然后，便坐等顾主上门。

我对算命之类的玩意儿一窍不通，但它是一门以想象为基础，寄信仰于想象的科学。尽管如此，我很快发现，没有什么职业比占卜这玩意儿更枯燥、更腻人的了。所有登门占卜的人，总是把手掌伸到我的鼻子尖儿下边，提出千篇一律的问题：成就、爱情、金钱、孩子、健康。他们登门占卜，不是求我虚构未来，而是希望告诉他们，未来将和过去一样。于是，我又走到了十字路口：要么洗手不干，要么继续靠占卜厮混下去。

就在这令人厌恶的迟疑不决的关头，突然来了一名特殊的顾主：一个年已老耄的妇人，约莫八十来岁。她的头发染成金栗色，像一束乱麻披在肩上。皱褶满布的脸上，胡乱地堆着胭脂、香粉，眉毛看得出来是描画过的。她向我伸出哆哆嗦嗦的手；掌背上，青筋隆起，黑斑密密麻麻；细长的皱纹，象铁丝网一样布满掌心。她大口大口地喘着气，问我：

"您看，我的命运将会怎么样？"

我反问她：

"太太，在您这样的高龄，您希望什么样的命运呢？"

霎时间，幻想之火突然在我的心灵里燃烧起来。我告诉她，依我看来，死亡之神正在向她召唤，不过，出神入化的巫术却能使她起死回生，返老还童，成为美丽无比的十八岁少女，她将以这新的生命活到遥远的暮年。

她不动声色地问我，什么时候和怎样接受巫术？谁是巫术师？我回答说，巫术师就是我,手相启示我担起这一重任。巫术怎样进行呢?这是不可泄露的秘密。不过,我告诉老婆子,她应当把自己的全部家产登记在我的名下。为什么?因为她的亲人将无法识别出,未来的美丽少女,就是现在这个老态龙钟的老婆婆,这就需要我作证人,从经济上保证她的第一次生命和第二次生命的连续性。

老婆子深信不疑,把她的全部不动产写到我的名下,把珠宝、证券、股票统统交给了我。我请她喝茶,告诉她,她将沉沉入目座,我替她在床头、靠近茶几,准备好她苏醒以后穿的衣服:胸罩、带孔的黑套裙、丝袜、超短裙、高跟皮鞋。老婆子毫不迟疑地喝了茶。氰化物发生了作用。她的脑袋像突然灌了铅似的沉重地垂到胸前。我大声惊呼起来,左邻右舍闻声纷纷跑来,把她的尸体抬了出去。我独自留在房间里,向自己表示祝贺:诗意在跟散文的较量中最终又一次占据了上风。

不曾料到,我的顾主的想象远比我丰富。她上我这儿来以前,早已作了要求,写信通知他的律师,请他不要惊奇,假如第二天她突然变成一个年轻,美丽的姑娘来找她,作为识别的标志,她手中将持一束鲜花。于是我被揭发、逮捕、投入监狱,等待审判。

现在,我确确实实被关进了监狱。借助于想象,我过去曾一次又一次地逃脱了这个外表看来密闭而坚固的监狱。像往常一样,现在我又面临着两种选择:要么接受审判,要么得到赦免,或者……

梦游症患者

我的丈夫是一个游手好闲的人。而我呢,完全相反,整天忙忙碌碌地操劳着。我的职业是律师。不过,说我的丈夫游手好闲也并不确切。是的,我的丈夫无所事事,然而,他可一点儿也不闲着,倒是整天忙得不亦乐乎,他是我所知道的最不闲着的男人中的一个。

他忙乎些什么呢?真见鬼!他的精力全都花费在干那些数不清的偷鸡摸狗的风流勾当上了。总而言之,搞背叛我的勾当。很难说,寻欢作乐,而且是轮流地同许多女人——不久前我已数到第八个——寻欢作乐,是意味着游手好闲吗?谁要是这么说,说明他根本不懂得寻欢作乐是怎么一回事。我的丈夫需要花费他的全部时间,不管闲着或者没有闲着,甚至连做梦也不放过;这并不是为了什么别的,而是为了绞尽脑汁,想出些花招来,把我蒙在鼓里,并且欺骗那些轮流搞上手的女人。

结婚以后的最初五年，对他那些寻花问柳的勾当，我硬是忍受下来了。后来，我终于决定采取报复行动。当然，我完全可以提出离婚的要求，可是，糟糕的是，我爱着他，他越是放荡不羁，我竟然越发爱他。就这样，眼看着离婚的道路遭到爱情的阻挡，我便被一种奇特的、但却又合乎逻辑的感情所驱使，走上了另一条报复的道路。简单地说，我决定杀死我的丈夫。

我得了一个奇怪的毛病，就是梦游症。

在深更半夜，我常常一骨碌从床上翻身坐起，苍白的脸朝外探着，一双灰色的眼睛睁得大大的，闪烁着忧悒的神情，蓬松的鬈发披散在肩膀上，双手把睡衣敞开，几乎裸露着我那倦怠的身子，在卧室里走来走去。我的丈夫和女仆莲娜知道我患有这个奇怪的毛病，因此总是小心翼翼地不敢惊动我。

通常，我的习惯是：从一个房间走到另外一个房间，把抽屉一个个打开，挪动房间里的家具，每一次都像创造奇迹似地避开跟家具碰撞，然后回到卧室里，躺下睡觉。这幢房子里的人都知道我是梦游症患者，因为一天深夜，我竟然走到楼梯口，去按邻居门上的电铃。

众所周知，梦游症患者在睡梦中能够做出种种令人难以置信的复杂事情，即便是在神志清醒的时候来做这些事情，也需要超乎寻常的意识和才能。总而言之，梦游症患者宛如一个在舞台上表演的演员，他跟自己所扮演的那个角色已经完完全全融合在一起了。在他身上，某些才能得到最大限度的发挥，另外一些才能则遭到压抑。梦幻对于梦游症患者来说，恰似艺术虚构对于演员，能够使他的感觉变得敏锐，动作恰到好处，准确无误。

现在，我想象着佯装梦游症发作来做一件冒险的事的情景：我一反往常的习惯做法，不去挪动家具，打开房门，在抽屉里翻来翻去，而只是简单地把手枪对准我的丈夫，开枪打死他。梦游症病人是什么事情都能做得出来的，何况开枪比摸黑在房子里踱来踱去要容易得多；然后，就像什么事情也没有发生似的，我将回到自己的卧室，躺下睡觉。第二天早晨，一觉醒来，我将怀着不难想象的绝望情绪发现，我成了寡妇。

说到做到。我选好了日子。夜幕降临的时候，我独自一人用着晚餐。我的丈夫借口要去参加跟他同一个大学同一个系同一年毕业的清一色男朋友的聚会，虚伪地向我说了声"对不起"，就去跟一个相好的女人幽会了。

用罢晚餐以后，我坐在客厅里，抽烟，看电视，漫不经心地浏览报纸和画报，消磨了四个小时。我觉得浑身不舒服，肌肉发胀，好像处于麻木状态。我脑子里空空的，什么也不去想；或许，我已经进入了梦游症状态。

半夜一点钟，我的丈夫回来了。除了屈辱，我感到的只是委屈；他压根儿没有把我放在眼里，竟然不到客厅里打个照面，吻吻我，道声晚安，却径直溜回他的卧室里去了。

我蜷缩在自己的房间里，脱掉外衣，躺在床上，抽烟，在黑暗中又度过了另外四个小时。我觉得奇怪的是，如果我不是看到卷烟燃烧升起的缕缕烟雾，我还不知道我是在抽烟，因为我压根儿没有品尝出卷烟的味道。

凌晨五点钟，按照预先设想好的计划，我起床了。

我脱下衬衫，光着身子穿上了睡衣。我在梦游症发作时每次都要作这些例行动作的。可是，这一次却出现了一件新鲜事：我的口袋里沉甸甸地放着我丈夫的一支手枪，这是我从他收藏的小木柜里偷出来的。

我犹豫了片刻工夫，在一个强烈的愿望的推动下，犹如一名登上舞台的演员，大步走到卧室门口，打开了门，进入了走廊。说实在话，与其说这是走廊，还不如说是两排家具和摆满书籍的书架之间的一条狭窄通道。

我扭亮了电灯，在昏黄的灯光下，我像一尊大理石雕像，神态严肃，蓬乱的鬓发披散在肩膀上，眼睛瞪得大大的，用双手把睡衣敞开，袒露出胸脯，脑袋略微向后倒仰，直挺挺地朝前走着。我知道，这就是我在梦游症发作时的样子，因为我的丈夫和莲娜曾经多次向我这样形容过。

我一步一步地走到走廊的尽头，这里是女仆莲娜的卧室；她已是半老徐娘，但身躯肥胖，属于斯拉夫血统。我故意想让她瞧见我这副模样，以便事后替我提供有利的证明。我轻轻地转动卧室门的把手，推开了门，像一具尸体似的僵直地站在门槛上。

突然，我大吃一惊，借着走廊里射来的灯光，我发现莲娜凌乱不堪的床铺上，竟然连个人影儿也没有。毯子被掀在一边，似乎莲娜是匆忙起床的。不知道什么缘故，顿时，一种心烦意乱的困惑感觉猛然向我袭来，我恍惚觉得，在我的计划中，有些事情失灵了。

我活像一个神情庄严的机器人，继续缓慢地、僵直地朝前行走，搜索着莲娜的盥洗室，还有我们的盥洗室，但是都没有找到她。在凌晨五点钟的时候，我的女仆能到哪里去了呢？看来，某种神秘莫测的荒唐事情可能使客观现实出现了裂缝。这种疑惑是有根据的。可是，我仍然决定按原来的计划行事，即使没有莲娜为我作证。

我重新回到走廊里，按照他们平时向我描写的情景，故意做那些梦游症发作时做的习惯动作：停住脚步，随意从书架上抄出一本书来，把它打开，假装浏览，然后又把它放在原处。这一连串的动作都是故意做给某个可能正在窥测我的动静的人看的；不过，这个人可能是谁呢？

我走到丈夫的卧室前，小心翼翼地转动门的把手，打开门，跨了进去。

蓦然，我大吃一惊，不禁愕然失色——莲娜，就是那个夜里失踪的、虽已上了年纪，但精力充沛而且过于活跃的莲娜，正躺在我的丈夫的床上。我瞧见，她裸露着丰满的胸脯，长着乱蓬蓬黄麻似的头发的脑袋，枕在我的丈夫的胳膊上，以一种毫不掩饰的得意扬扬的神情注视着他；而我的丈夫，脑袋埋在枕头里，仰面躺在床上，上半身露在被子外面。

我又一次觉得，我的计划中出现了不愉快的事情，眼下我所看到的情景确实是我未曾预料的，坦率地说，也是我无法预料得到的。

不过，我没有时间去进一步体会这令人不快的感情。我的丈夫这一新的骇人听闻的卑鄙行为，竟然是发生在他跟女佣人之间，她是一个早已度过了青春年华的女人，也可以说是一个在家庭中得到我的信赖，而我又曾认为是爱我的人。这种令人难以置信，然而却是千真万确的，可怕却又合乎逻辑的卑鄙行为，自然应当受到惩罚。

我紧紧攥住口袋里的手枪，慢慢地掏出来，对着床瞄准。砰然一声响，……我从梦中惊醒了。

我走到窗前，木然地伫立着，胳膊肘撑在窗台上，出神地眺望着花园。

密密地爬满围墙的墨绿色的常春藤，映入我的眼帘。一盏路灯的光亮，映照出花园的一角：长期受到潮湿浸润而呈暗黑色的大理石长凳，四周环绕着一座小小的桂树林，从假山上涌出一股细细的泉水，向上方喷射，闪烁发亮，然后落入泛着黑颜色的水池中。这是夜间最幽静、最深沉、接近破晓的时刻。如果不是泉水涓涓流动的声响，我很可能以为这是梦幻。

夜间的冷空气使我打了一个寒战。我攥紧胸前的睡衣。蓦地，我突然发现，我的衣兜里并没有手枪。

很清楚，这是我照例犯的一次梦游症。

在梦中，我从床上爬起来，走到窗前，拉开百叶窗，向外眺望。不过，开枪打死我的丈夫的计划，果真是佯装梦游症发作时的行为吗？毫无疑问，这只是梦中之梦。我在梦中假装梦游症发作，在屋子里走来走去，采取行动。可是，梦幻中的某些事情使我明白，我不是假装在犯梦游症，而是千真万确地在做梦。那又是怎么回事呢？我的丈夫跟莲娜奇怪的私通，原来是我的病态的、疯狂的嫉妒所引起的一种失去理智的想象。

不过，我仍然一点儿也不明白。我回想起，我的丈夫寻花问柳的行径确实已经发展到跟上了年纪的女人私通的地步，曾经跟一个中年女仆胡搞。或许，我当时果真开了枪；或许，举枪射击以后，我扔下了手枪，回到了我的卧室，然后在这里，我最终清醒了过来。

总而言之，这一切只有天晓得。嫉妒和梦游症糅合在一起，产生海市蜃楼般的奇异幻觉，使得我不能否定最后一种假设。

现在，我害怕离开窗户，也无法鼓起勇气去看看到底发生了"什么事情"。我木然地伫立着，胳膊肘撑在窗台上，眺望着花园。或许，连这也是梦境，我还没有醒过来呢。

女明星

一切都很正常。在机场，我站在距离班机不远的地方，一群人朝我走来。非洲的阳光火辣辣的，把人炙晒得头晕目眩，无法瞧清楚周围的景物。在阳光强烈的照射下，非洲人仿佛胶卷底片上的一个个阴影，而欧洲人简直就跟耀眼的光亮融合为一体而消失了。不过，我还是认出了那位部长，他以我这次非洲之行中刚刚结束访问的那个共和国的名义，向我挥手致意。三四个摄影记者，或单膝跪在地上，或站立着，发狂似的抢拍我的镜头；两三个文字记者，用圆珠笔拼命在笔记本上记录我跟部长的谈话。一个非洲小姑娘，穿了一身雪白的衣服，向我鞠了一躬，献给我一束干枯而凋谢的花儿。

现在，我迈动轻盈的步子，不慌不忙地登上飞机的舷梯，好让新闻记者再次拍摄下我那魅人的微笑。可是，刚一进入机舱，我立即收敛了笑容；我的表情的变化是那样突然，以致连平常最擅长装出虚假、呆板的微笑的空中小姐也大吃一惊，赶紧问我，莫非我感到身体不舒服。

我摇摇头，在座位上坐下，但泪水却不由自主地夺眶而出，簌簌地滚落下来，浸湿了脸颊。至少已有两年的光景，我几乎时时体味到一种可怕的郁闷。这种郁闷不快的心境，又常常驱使我羞赧地追求拙劣的、自我陶醉的表演。我的邻座是一位男子，我瞥了他一眼，瞧见了他的洁白的长裤。这就够了，我系上了安全带，把我的已经很短的超短裙往上提，以便让坐在我身旁的男子足以瞧见我那美丽的大腿。如果说，这个男子不知道我是什么样的人物，是令人难以置信的；那么，他赢得我的欢心的可能，就更加微乎其微了。可是，我不打算放弃这样一个机会。于是，我摆弄我的大腿。如果他是一个通常的电影明星的崇拜者，而且像几乎所有的时候发生的那样，是一个令人讨厌的崇拜者，我将轻而易举地用我那出色的、饱含讥刺的回答让他规规矩矩。

飞机开始顺着长长的跑道滑行，发动机急速地转动起来。我禁不住打量起邻座的男子放在座椅扶手上的手掌。这是一个年轻、魁梧、健美的男人的手，呈现出某种特殊的、跟死血一般的深赭色，这是我从来不曾见到过的。可是，郁闷、悲惨的伤感远远胜过了好奇心。瞧着飞机座舱里亮出的一行字："请系好安全带。请勿吸烟。"我又止不住滚下泪来。飞机在跑道上又滑行了一段，猛地冲出跑道，离地而起，几乎呈垂直状态向蓝天飞去。我仿佛受到了惊吓似的，把我的手放在我邻座的男人的手掌上。飞机在剧烈地颠簸，我借此机会痉挛似地紧紧攥住他的手。随后，我转过脸来，注视着他。

我没有弄错：是他，一个年轻、潇洒的美男子，而且可以断言，他不知道我是谁。他身上有两样东西特别吸引了我的注意：一双跟海水一般又蓝又亮的大眼睛，熠熠发光；极其娇嫩的、淡红色的皮肤，跟深赭色的双手形成的鲜明对照。当两滴泪珠顺着我的脸颊突然往下淌的时候，我突然叹息说：

"我是多么的孤独啊！"

他向我报以微微地一笑，露出两排狼一般洁白、锐利的牙齿："像你这样漂亮的女人，还会有孤独的感觉吗？"

"是的，正因为我漂亮。"

"这倒奇怪。我曾经认为，漂亮的外貌会便利社会交际，帮助人获得友谊和爱情。"

"不错，不过这得有一个先决条件：置身于市场之外。"

"您是指什么样的市场？"

"把美当作商品，跟所有其他的商品一样出售的市场。"

"那……"

"那就不再存在什么交际，友谊和爱情，因为无论是交际、友谊、还是爱情，都需要最起码的选择、自由和独立。而市场上却仅仅有价格的高低之分。"

"您的美貌……难道也属于这个市场？"

他提出这个问题的时候，是那么天真，那么不懂人情世故，显然不是弄虚作假。看来他确实不知道我是谁。于是，我长叹了一口气，说：

"是的，我的美貌属于这个市场，已经有许多年了。我是一个非常著名的电影演员，甚至不妨说，是电影明星。就价值而言，我的美貌属于高档商品。"

"啊，是真的吗？"

我突然起了疑心，他是存心在戏弄我。而且，他显露出来的狼一般的笑容，那双又蓝又大的眼睛不可捉摸地灼灼闪烁，仿佛蕴含着某种令人不安的东西。我于是果断地说："我叫……"说出了自己的姓名。可是我发现，他对此竟然完全无动于衷，我又随即补充说：

"或许，您从来不曾听到过我的名字吧？"

他显露出颇为尴尬的样子，回答说：

"我是一名探险家，长期呆在非洲一个几乎渺无人烟的地区。这个没有开化的原始地区，到处是沼泽、森林，野兽出没无常。我在那里整整生活了六年，与世隔绝，得不到外界的任何消息……回到欧洲以后，我自然必定要去看您主演的片子。不过，您为什么要流泪呢？"

我摇了摇头，几乎哽咽难言，但仍然紧紧地攥住他的手。然后，我平静下来，对他说：

"你想一想，我出生在一个只有五千人口的穷乡僻壤的小市镇。请你注意：五千人口。这是个不小的数字，五千居民简直就是一个小小的国家；地方虽小，一应俱全：药房、教堂、文具店、咖啡馆、烟草店、电影院，等等。

"十五岁的时候，我可以说已经认识了所有的人，我的乡村小镇的五千居民；他们也都认识了我。如果黄昏的时候我在镇上散步，所有的人都向我打招呼，我也向所有的人致意。如果我去买东西，店员们亲昵地喊着我的名字，我也叫着他们名字。如果我离开小镇，到公路上去散步，我知道那些在田野里劳动的农民是谁，他们也同样知道我是谁。简单地说，我跟他们打成了一片，建立了深厚的情谊，对他们的外貌特征也了如指掌。他们对我也是这样。是的，他们对我的外貌特征也了如指掌，因为所有的人都至少有一次，曾经当面细细地打量过我的外貌。我同样也这样打量过他们。

"现在，我们把时间再往前推移十年。我二十五岁的时候，就像方才我对你说的，已经成为电影明星，可是我愈来愈觉得孤寂无聊。我并不是一个愚蠢的女人，我明白事情的缘由，因此不断地对我的孤独进行思索；末了，我终于觉得可以这样来解释我的孤独感。怎么说好呢？我的孤独应当归咎于我的判断的错误。事情是这样，当我轰动影坛，成为明星的时候，我曾经这样想：如果说我当年还是个穷乡僻壤的小市镇上出身微贱的姑娘，就能够跟五千居民打成一片，对他们了如指掌，建立起深厚的情谊，他们对我也是这样；那么，有充分的理由可以指望，我一旦成为闻名世界的明星，我将能够跟千百万人打成一片，跟他们建立深厚的情谊，他们也将这样对待我。这种建立于集体观念上的情感将使我的心灵充满温暖。我想，我将永远不会感觉孤独。"

"而结果呢？"他追问道。

"正像方才我对你所说，这是判断的错误。事实上，名望就意味着孤独。名望仿佛商店橱窗里陈列的水晶，你被安置在那里展览，供人欣赏，马路上所有的过客都瞅着你，可是任何人都不能接触你，你同样也无法接触任何人。我是说接触，就像现在我接触你的手一样。"

他凝视着我，那脸上的神情或许是恻隐之心的流露吧。不过，他却说：

"这一切都无关紧要。最重要的，你是人人为之倾倒的电影明星"。

"你认为当个有名望的人，值得叫人羡慕吗？"

"这是世界上最叫人羡慕不过的事儿。譬如说，为了有朝一日能够成为有名望的人，我宁愿冒任何风险，甚至会不惜去犯罪和杀人。"

"有朝一日你会出名的，不过，第二天你就会从报纸版面上消失，重新成为默默无闻的人。"

"可是，谁告诉你，为了出名，我会去轻易谋害一个无足轻重的人物呢？相反，我很可能从一个家喻户晓的有名望的人下手。他的声望从而立即就变成我的名气，这多少有点儿像这里非洲土人的习俗；他们认为，吃了敌人的肝脏，就继承了对手的胆量。"

飞机开始盘旋下降，我们的谈话中止了。突然间，发动机发出野兽似的咆哮，飞机猛地降落在地面上，引起一阵轻微的弹跳。这时我发现，坐在我邻座的男子已经站起身来，在我前面朝出口走去。我瞧见他走在鱼贯而行的旅客们的最前头，我们之间约莫隔着二十个人。我确信，我撵不上他了。在跟他邂逅以前，我经受孤寂的痛苦，跟他相聚一个多小时以后，现在又重新陷入孤独的郁悒。

这是我访问的另一个非溯国家。我下榻在首都一家豪华的旅馆，住着一套房间。卧室、客厅、浴室。每天，满满的一篮子的热带水果送来，放在桌子上，篮子里插一张名片。不过，我对这些名片从来不屑一瞧，因为我早已知道，这些印刷精致的玩意儿无非是旅馆经理用来表示对我的恭维。我换了一件室内穿的便衣，走近窗口，向外眺望。远处是大海，海水因混浊而几乎闪烁着乳白色的波光，仿佛在烈日炙晒下沸腾着，把它散发的水气喷向朦胧的天空。

旅馆正对面，在空旷的海滨浴场上，竖立着一幅跟电影院的银幕一般大的广告牌。在献演影片的片名下面，用巨大的红字写着我的姓名；在广告牌的一角，是我躺在男主角怀抱里的半裸体像。

有人敲门。我叫了一声"请进"。进来的不是别人，正是飞机上坐在我旁边的那个男子；我没有感觉奇怪。他关上房门，朝我走来，把我紧紧搂在他的怀里。可是他并没有吻我，只是把身子略略后仰，说：

"在飞机上我假装不知道你是谁。其实，我早就知道了，而且对你非常熟悉。在医院治疗期间，我常常浏览各种画报，把画报上刊登的你的照片统统剪下来，贴满了我的病房的墙壁。"

"什么医院？我不明白，你不是一个探险家，整整六年的时间，生活在沼泽、森林遍布的渺无人烟的地区吗？"

"是的，大夫也是这么对我说的：你是个探险家，可是你已经陷在沼泽和森林之中不能自拔；应当抛弃这种生活。"

我蓦地心里一跳，明白了跟前正在发生的事情，随即也明白了迄今所发生的一切和将要发生的事情。我觉得害怕吗？一点儿也不。不过，我佯装十分恐惧，发出一声努力加以克制的惊呼，摆脱了他的拥抱，朝房门奔去。我知道，房门已经锁上，他把钥匙放进了自己的口袋。可是我仍然佯装用拳头使劲地敲打房门。我是演员，要死也应当像个演员的样子。

就在这个时候，他朝我开了第一枪。接着，又朝我的身子开了另外两枪，或许是三四枪。我离开房门，踉踉跄跄地走了几步，挣扎着，躺倒在床上，以便体面地死去。我知道自己流了许多血；我合上双眼，但几乎立即又睁开眼睛，瞧见他站在床边，俯身打量着我。我觉得，在咽完最后一口气以前，应当对他说几句热情的话。我的呼吸只剩下一股游丝般的气儿，我喏喏嚅嚅地对他说：

"我的亲爱的，你心满意足了吧？明天你就将成为一个名人，是的，轰动全世界的名人！"

平　衡

　　好像被人猛烈地推了一下似的，我突然从睡梦中惊醒过来。
　　我用力扭亮电灯，随即瞧瞧睡在我身边的丈夫。他正呼呼熟睡，脑袋深深地埋在枕头里，一只胳膊露在毯子外面。我的丈夫的脸是棕色的，皮肤细腻而讨人喜欢。他的胳膊粗大，肌肉发达，长在一个结实而粗野的躯体上。他是一个四十岁开外、身材高大的年轻人，或者可以说是一个长着年轻人面孔的四十开外的男子。讨人喜欢的脸跟粗野不堪的身躯之间的这种不相称，肯定意味着什么；我入迷似地端详着熟睡的丈夫，竭力想弄明白这种不相称意味着什么。
　　然而，我什么也没有发现。或许，这意味着我喜欢他的面孔，憎恨他的躯体。或者，天晓得，事情也许可能是截然相反。不过，不管怎么样，有一点可以肯定的是，对我来说，我的丈夫是一个问题。这是一个如此令人烦恼的问题，以致使我深更半夜突然醒来，观察我的丈夫，就像人们仔细检查一笔核算错误的账目，账目的差错虽然不明显，却不知道错在那里。
　　我的丈夫的问题是这样的。我为他献出了一切——青春，美貌，才学（是的，还有才学，我过去正要毕业的时候，为了他，我放弃了学业）。我把一切献给了他，作为报酬，却什么也没有得到。或者，是的，或者说得好听一点儿，他让我成为他开设的珠宝店的售货员。我还给他生了一双儿女，大的是女孩，十岁；小的是男孩，九岁。也许是因为做了母亲，我现在仅仅成了我过去的影子。原来年轻美丽，讨人喜爱，现在却身体虚弱，骨瘦如柴；过去脸颊丰满，充满活力，现在却像长久受到饥饿折磨的人，容貌憔悴。我像一个被众人采摘过的葡萄园，你在葡萄藤中间走过，眼前只有枯萎的凋零的黄叶，连一串葡萄都看不见。
　　总而言之，我是属于那样一类妇女：曾经有过活泼的脸庞，使人产生深刻印象的身体，人们往往以追溯过去的欣赏口吻指着她说："唉，是啊，当年她肯定是很漂亮的姑娘。"
　　我一面思忖着这些事儿，一面凝视熟睡的丈夫，脑子里思绪翻滚。总之，我向他贡献出了我能够贡献出的一切，而他却什么也没有给我。更加糟糕的是，他让我成为他的珠宝店的一名伙计。这样，打个比喻说吧，我成了债主，而他是负债的人。或者说，我们之间关系的天平出现了不平衡，他那头的秤盘满满的，沉甸甸的，往下坠，而我这头的秤盘却空空如也，轻飘飘的，朝上翘。显而易见，我必须努力做些什么，以便使我这头的秤盘至少能够跟他那头一样保持平衡。

我的脑子里闪现出一个想法，或者说，与其说是已经形成一个想法，不如说这个想法还未产生，我的身体已经开始迅速地动作起来。

我一跃而起，跳下了床，拿起昨天晚上我临睡前脱在安乐椅上的衣服，匆匆地穿上。随后，熄了灯，踮着脚尖悄悄走出去。我的丈夫一点儿也没有察觉，相反，当我在房门口稍稍停住的时候，只听见他突然鼾声大作起来。

于是，我出了房门，下了楼梯，来到了大街上。

我们居住在郊区，但我丈夫的珠宝店坐落在市中心。这些现代化的街道，到处耸立着带阳台的高楼大厦；夜里，街道仿佛成了阴暗的坟墓，汽车一辆紧挨一辆地停放着。我的汽车正好停在大门口的对面。

我跳上车，开足马力，车子迅速在两行停放的汽车之间奔驰；这些汽车仿佛一具具尸体，像梳齿一样密密地排列着。真幸运，车子很快到了罗马市中心。在这万籁俱寂的深夜，高楼大厦好像正在沉睡，并不像那些汽车那样给人以死亡的感觉。

我把汽车停在西班牙广场，径直向座落在附近一条街道上的珠宝店走去。

为了在我的丈夫和我之间重新确立平衡，我的计划是最简单不过的：把店里最珍贵的珠宝首饰挑出来，装到一只塑料口袋里去，然后，把它扔进台伯河。我的丈夫将因此遭到数百万里拉的损失，而我也就向自己表明，我不是一个珠宝店老板的普通伙计；我们之间将重新确立平衡的关系，至少在今后几年里，我可以重新爱我的丈夫而不感到内心疚愧。

珠宝店有两个入口，一个装着铁栅门，朝着马路，另一个通向后院。我想从后门进去。我打开后门旁边的一扇小门，进入院子，朝通向珠宝店后房的门走去。

远远看去，珠宝店的门虚掩着，我暗自思量："莫非有小偷在行窃吗？"不过，这个想法没有使我停止脚步，我推开门，走了进去。

突然，一个躲藏在门背后，身子紧紧贴着墙壁的家伙，猛地推了我一下，想乘机逃走。我像方才从丈夫的床上一跃而起那样，身子本能地做了一个迅速的动作，挡住了他的去路。我攥住他用手紧紧搂在胸前的一件东西，凭我的手指的触觉，我顿时明白，这是一只装满珠宝的袋子。

我的脸突然挨了一拳，不过我一点儿也没有松手。接着，我的嘴巴又挨了另外一拳，这倒迫使我越发拼命地攥住那只争夺的塑料袋子。同时，我大声吼叫起来。请注意，我不是像普通的被窃者那样发出"抓小偷"的喊叫，而是像一个叼住猎获物拼死不放的动物，发出一种狂暴的、难听的、野兽般的声音。看来，这一声吼叫使得小偷感到恐惧，他猛然把我推倒在地，然后从敞开的后门逃之夭夭。

黑暗中，我在跌倒的地方呆呆地坐了好一阵子。我的嘴角淌着鲜血，前额疼痛万分，但这些并不是使我不能站立起来的原因。怎么说呢？这件始料不及的事使我怔忡发呆。不过，这种痴呆的感觉又使我不能清楚地理解，究竟是什么东西使我怔忡发呆。我想抬起一只胳膊来，整理一下披到脸上的蓬乱的头发，这时，我才发现我的胳膊竟然无法动弹了；原来，我的手指像动物的爪子那样痉挛地抓住那只珠宝口袋，直到现在，我还像保护宝贝似的把这只袋子紧紧攥在胸前。

最终，我醒悟过来了。事情很简单。我是来偷窃珠宝的，原想借此向自己表明，我不是丈夫的伙计。然而，事与愿违。我的所作所为，恰好证明我完完全全是一名出色的伙计；当我挨揍的时候，我用自己的双手保卫主人的财产。这怎么谈得上恢复平衡呢！现在，天平的秤盘比以往任何时候都更加不平衡了。必须把一切推迟到未来，直到我能够更好地理解自己为止。现在，我还必须继续生活下去。

我打定了主意，吃力地站立起来，蹒跚地走进店里。

按钮亮了电灯，眼前就是柜台，我每天都坐在它的后面，以轻蔑、漫不经心的神情，把商品出示给顾客，就这样虚度了我的美丽的青春。我把塑料袋里的东西统统倒在水晶柜台上；顿时，一堆熠熠闪光的戒指、扣针、手镯、项链展现在我的眼前。我泰然自若，熟练而细心地把它们逐个放回到橱窗里原来的位置上去。看来，那个小偷在偷盗的时候，也是这样泰然自若，又熟练又细心的。这时，我似乎觉得自己就是那个小偷；不过，天晓得我为什么突然后悔起来，把已经偷得的珍宝归还原主。

终于，一切整理得井然有序。我最后又把周围打量了一下；谁也看不出来，这里曾经发生过盗窃案。我关好灯，就像我进来的时候那样，穿过商店后面的院子，走了出来。

在西班牙广场，我跳上汽车，急速驶去。我想在我的丈夫醒来之前赶回家里，不让他发现我曾经离开过他。真的，我也可以对他讲出真情，不过，该怎么说才好呢？

糟糕的是，当我脱掉衣服，正要在他身边躺下的时候，一串钥匙掉落在地上。

他立即惊醒了，瞧见我穿着睡裤站着，身子一动也不动，便带着厌烦的声气问道：

"你在干嘛？"

"我做了一个噩梦，起来喝了点儿水。"我回答。

"什么噩梦？"

"我梦见我到店里去了，正好遇见一个小偷，我跟他进行了一番搏斗，终于把他撵跑了。"

"噢，是这么一个梦。"

他再也没有吱声，又重新呼呼入睡了。我熄了灯，在黑暗中躺下睡觉。

生活的压迫

揍耳光，拳打脚踢。近郊，臭水沟，垃圾堆。茅屋，板凳，木板床。母亲，父亲，妹妹。学校，山洞，土坯房。商店，银行，珠宝。监狱，监狱，监狱……

我不妨告诉你们，我是在近郊的平民区土生土长的。那里一条条臭水沟和堆得屋顶一般高的垃圾散发着令人作呕的臭气。我住在茅屋里，家里一共只有两张板凳和一张大床，我跟我的父亲、我的母亲，还有我的妹妹，都挤在这张床上睡觉。

有一天，我没有到学校去上学，却跟一个名叫马乌洛的男生跑到一个石灰岩的山洞里，发生了关系。山洞里的幽会约莫持续了一年的光景，后来我们搬到一间土坯房里住了下来。我们靠溜门撬锁和拦路行劫混了一阵子，便想向一家珠宝店下手，可是结果很糟糕；马乌洛拔腿溜掉了，我却进了监狱……

我本可以用这样的方式向你们介绍我的生活；不过，我倒是更乐意竹筒倒豆子，把我所经历的一切事情都赤裸裸地暴露在你们面前，好让你们清楚地知道我过的是什么样的一种生活。说得明白点，生活恰像无形的巨石，始终沉重地压在我的身上。打个譬喻说吧，好像在一辆电车里，拥挤不堪的乘客紧紧地贴着我的身子，压迫得我透不过气；我想摆脱他们，呼吸一口新鲜空气，可是怎么也办不到。

话又说回来，如果我能像另外一些女人那样能干就好了，她们气势汹汹，敢于向生活挑战，进攻，生活反倒被她们弄得不得安宁。可惜我却好像被生生剥掉了羽毛的飞禽，时时胆战心惊，周围的一切都欺侮我，伤害我，让我痛苦不已。

我差不多整整坐了四年的班房。打从监狱出来以后，我马上又找到了马乌洛，他是我现在委身相爱的人。我们又生活在一起。或许是为了报复，我们决计再向那爿珠宝店下手。这一次我们想趁夜深人静的时候破门而入。但厄运又一次降落到我们头上。警察突然出现了。我总算漏网逃脱，而马乌洛却进了监狱，被判了徒刑。我只好耐心等待他的出狱。

这时，我见到报纸上登的一条雇人启事，便找上门去，当了人家的佣人。

我服侍的这户人家，只有丈夫和妻子两口子。说来也奇怪，这一对夫妇跟我和马乌洛这一对很相似。像马乌洛一样，这家丈夫的皮肤是栗色的，满脸红光，个儿不高，却很结实；妻子跟我差不多，淡金色的头发，细腻的脸蛋，丰满的身躯，显得跟脸不很协调。

不过，相似之处仅止于此。这位丈夫是教授，妻子是翻译家，而马乌洛和我实际上是一对文盲。更不用提那些书了！他们住在一幢古老公寓的顶层，进门第一眼见到的就是书，客厅里堆满了书，过道、卧室，甚至卫生间、厨房里都成了书的世界。这些书，还有他们之间或者他们跟朋友之间谈话时使用的那种书呆子式的语言，正是马乌洛和我跟这一对夫妻的真正区别。

我很快便发现，他们讲话用的语言，不仅无法使他们接近生活中的事物，跟它们融为一体；相反，却使得他们远离这些事物，甚至把它们一笔勾销。简单地说，生活并不像对待我和马乌洛那样压迫他们，因为他们使用书呆子式的语言，对生活中的所有事物始终保持一定的距离。他们讲话使用的字眼，首先是语言，或许仅仅在很罕见的情况下，才成为事物。是的，他们用语言来防御生活的压迫，就像用他们这幢公寓厚厚的墙壁来挡风遮雨一样。而我和马乌洛却无处藏身，每当我们谈话的时候，我们总是只谈实实在在的事情。至于那些书，我压根儿不会去读，因为我不像我的主人那样相信语言跟事物是两码事。

马乌洛终于出狱了。我离开了跟我们如此相似而又如此不同的这对夫妻。

在靠近火车站月台的地方，我们好歹找到了一处既破旧又狭小的住处，安下身来。房间里的灰泥墙壁已经斑驳发暗，房子外面有一个像帆船尾部形状的阳台。

马乌洛现在跟他在监牢里结识的一伙贼骨头厮混在一起，重操他们的旧业。而我呢，整天呆在家里，替他们看管赃物，做饭。总之，随时准备为他们效劳。

白天的时间挺长，我常常躺在床上，倾听站台上经过的火车吭隆吭隆的声响。床底下摆着一只箱子，马乌洛把他陆陆续续偷来的珍贵东西都藏在里面。这只箱子仿佛散发出一种令人心醉的气味，透过床垫，直向我扑来，使我沉湎于想入非非的幻觉。

事实上，在我的幻想中，我心向往之的美满生活差不多总是：在陈列着许许多多书本的房间里，马乌洛和我坐在堆满书本的写字桌前，乐陶陶地悠闲自在地谈心。啊，我们简直是无话不谈。我知道，我们的悠闲自在来自我们谈心的时候使用的语言，始终是空洞含糊、模棱两可、曲里拐弯、没有任何价值的废话。谈心，没完没了的谈心。窗外，蓝天被夕阳的彩霞抹上了一层火红的光辉。客厅隐没在昏暗之中。而我们仍然在乐陶陶地悠闲自在地谈心。

有一天晚上，马乌洛急匆匆地跑回家，他气喘吁吁，惊喜交集，脸上的肌肉神经质地掣动。他让我看两只塞得鼓鼓囊囊的人造革皮包，对我说，皮包里的东西相当可观，足可供我们安安稳稳地生活一辈子。安安稳稳！我向往的可是悠闲自在的谈心。我赶紧问他，皮包里藏的是什么东西。

马乌洛告诉我，皮包里藏了刚刚从一个商人那里盗窃来的无价之宝。听他这么一说，我蓦地觉得我的心揪紧起来，怦怦地跳个不止。你们一定还记得，珠宝商从来都是给我们带来灾难的。马乌洛随后又向我解释，这一次，他决计不跟他的同伙们分赃了，他想独吞这笔珍宝。可是他的同伙们已经知道他的打算，肯定会上门来找他的，所以必须尽快逃走。

逃到哪里去呢？马乌洛掏出两张机票给我看。我们必须立即启程飞往国外。他要我把两只皮包藏在身上，到离这儿不远的一家酒吧间去等他，他随后就去接我。

我听了他这一番话，只明白了一件事：我要把皮包藏在我的身上。我的身子禁不住蜷缩起来，颤颤悠悠地往床跟前倒退，轻轻地摇头，表示拒绝。

马乌洛像头野兽似的发怒了，向我吼道。

"告诉我，你怎么啦？"

"我身上什么也不想藏。"

"你说什么?"

"别这样瞧我,你的模样让我害怕。"

"什么?"

还没有等我回答,马乌洛就一把揪住我的头发,把我按倒在床上。他狠狠地揍我的耳光,又撕我的衣服;我拼命地反抗,一面心里想,现在,生活又残酷无情地压在我的身上了!是的,是生活,而不是马乌洛。马乌洛扯下我的衬衣、裙子,把我弄得赤身裸体的,又掐住我的脖子,接二连三地揍我的耳光。

尔后,他攥住我的一条胳膊,把我拉到房间正中,把一个皮包系在我的小肚子上,另外一个系在胸口,活像把鞍具束在一头难以驾驭的骡子身上似的。

他帮我重新穿好衣服,便把我推出门去,对我说:

"一直朝前走,一步也不要停,到酒吧间等我。"

我耷拉着脑袋,慢吞吞地走下楼梯,挨了许多记耳光的脸颊还火辣辣地发烧。沉甸甸的皮包压迫着我的身子,一只顶着我的大腿,另外一只压住我的乳房。我自言自语,生活从来不曾像今天这样压迫得我透不过气来。

当我走到楼梯拐弯的地方,从黑暗的角落里倏地蹿出两条汉子,突然攥住我的胳膊,另外两条汉子乘机朝楼上我们的房间奔去。

我闭上了眼睛,听任他们摆布。绑架我的两名汉子窃窃地交谈着什么,不过我压根儿没有听见,因为楼上一声喊叫吸引了我的注意力;这声凄厉的狂叫只有刀子架在脖子上的人才喊得出来,随后我再也听不见任何声息。我们继续等待。终于听到了一阵脚步声,另外两名汉子下楼来了。我仍然闭着眼睛,耳边听到一个人讲话:

"大概藏到别的什么地方去了。且看这个女人向我们交待什么,走吧。"

我们走下了楼梯,那两名汉子仍然紧紧攥住我的胳膊。两只皮包愈来愈沉重地磕碰我的大腿和乳房。一辆小汽车停在大门外边,他们把我推上了车子。我从他们的谈话中明白,他们要把我带到某个地方去,不惜一切代价让我交代那些珍贵之物藏匿在哪里。

于是,我用有气无力的声音对他们说:

"两个皮包藏在我的身上。"

汽车仿佛长了耳朵似的,立即急速转了个弯儿。我们下得车来。从四周迷迷暗淡的景象看,这儿大约是乡村。四条汉子像是猎犬扑向奄奄一息的老鹰一样朝我扑过来。他们发狂似的用爪子撕下我的衬衣,掀开我的裙子;他们掐住我的脖子,狠命拽走系在我胸口的皮包,差点儿把我闷死;他们又夺走系在我的小肚子上的另一只皮包,死死按住我的大腿,差点儿把大腿压断。

我紧闭双眼,任凭他们胡作非为。我心里极其清楚,马乌洛已经死了,我希望他们把我也杀死。有一名汉子想宰了我；可是另一个反驳说，那将是作孽的事，我这样年轻，讨人喜欢，留着我大有用处，他很乐意给我找一份合适的工作。于是我明白，他们不会杀死我，而是要强迫我去干马乌洛活着的时候我始终拒绝干的那个职业。

他们把衬衣、裙子朝我脸上扔过来。汽车又开动了。我胡乱地穿上了衣服。

我又紧紧闭上眼睛，心中暗暗寻思，我现在再也不能说生活在压迫我了。我已经沦为纯粹的肉体，不再从属于我自己，并且很快就要上市出卖；从此以后，我将跟生活合二而一，不妨说，我就要压迫自我了。事实上，谁能够摆脱自己的肉体而继续生活呢？

生活中最可怕的东西

我是一个独自生活的女人，相貌美丽出众。乍一看来，这似乎是一种非常理想的境况，实际上，情形远非如此。

我的职业是在航空公司当空中小姐，美丽的仪表只是职业上必须具备的一种条件而已；一旦我从空中回到地面，美丽出众的外貌就改变了它的性质和作用。在飞机舱舱里，美貌是一种劳动工具，我甚至要说，是一种精锐的工具，我按照航空公司的规章准确地使用它。在地面上，由于跟我尚未出嫁这一事实神秘地相联系的、我也说不清楚的某种炼金术似的作用，我就变化成为一种商品；它可以不上市兜售，但却丝毫不因此而停止成为商品。这对于我，对于接近我的男子，都是如此。

在空中飞行的时候，我身穿制服，宛如一名天使，在地面上，我不过是流动橱窗里陈列的一具女性标本而已。我身上的一切，无不是此种变化的明证。当我穿着紧身的超短裙，款款地扭动臀部，从机舱的一端走到另一端的时候，没有一个人留神我的动作；相反，在地面上，这就会被人理解为一种性的诱惑。在飞行时，我伸手去整理盖在旅客双膝上的毯子，或者调整旅客脖颈下面的枕头，这全然没有什么特殊的涵义；相反，假如在地面上这般行事，就难免招惹人们的胡思乱想。

然而，为什么会有这种变化呢？每当我回到坐落在机场附近光秃秃的小街区上的寓所（我跟我的一个女同事住在这里，我休息的时候，正好她出勤；她休息的时候，正好我出勤），我所做的第一件事，是径直走到盥洗室的梳妆镜前，摘下帽子，松开束住鬓发的发髻，解开外套的纽扣。这是为什么呢？我自己也说不上来。我只晓得，从镜子中我很快地瞧见，我那一双碧蓝碧蓝的大眼睛，在飞行的时候那样炯炯有神，即刻显得倦怠无光；丰满的胸脯仿佛受到一股内在的、自发的力量的冲击，要炸开外套似的；在空中总是装模作样地做出迷人的微笑的嘴唇，现在很自然地充满一种火辣辣地贪求而又抑郁不欢的表情。我的头发慢慢地散开，蓬蓬松松地披散在两只肩膀上。

形象的变化完成了：身穿制服的天使，化成了一个无拘无束的、神经质的、轻佻的女孩子。她不晓得怎样消磨这个夜晚，但她已打定主意，决不在家里过夜。

事实上，我在摧毁空中天使的形象之后所做的第二件事情，就是去打电话；按照我那小本子上记的号码，以一种惯常的、放荡不羁的态度，一个接一个地打给那些独自生活，需要女人陪伴的男子们，直至物色到一个正好晚上需要女伴的男人。不过，请你们别朝坏的方面去揣想，因为航空公司严厉的规章制度使我成为一个完全能自我克制的女人。在我跟将要陪伴我的男人之间，什么事也不会发生，哪怕是一丁点儿情感奔放的举动。那男子邀请我做伴，只不过是在大庭广众之前向人们炫耀，他有一个美貌绝伦的女朋友，正如人们所说，是借此机会"出出风头"。从我这方面来说，我以向他提供"出出风头"的机会为代价，换得跟他一起上餐厅、看电影和逛夜总会的乐趣。

不过，为什么我晚间的一颦一笑，全部言谈举动，会让人产生疑窦，怀疑我在进行一种微妙的、圣洁的卖淫呢？在空中飞行时，用情欲来解释我的举止是完全被排斥的，而现在，这种观点却如此地咄咄逼人。不错，我接受男朋友的邀请，出卖我的存在，实际上跟一个农民在市场上与顾客握手寒暄，出售一头优良品种的奶牛完完全全是一样的。再从另一方面来看，出卖确实是存在的，因为客观情况恰恰表明了这一点：每当我跟陪伴我的男子来到餐厅，他并不留神瞧我，而是用目光扫视整个大厅和别的餐桌，以便检验我"产生的效果"。嗨，我了解这些男人们，或者说得更清楚些，当一阵自怨自艾的伤感攫住我的心灵，我就明白，我开始了解他们了。

这个晚上，我决计留在家里，打定主意不仅在天上要像个天使，而且在地面也是如此。天气闷热极了，我光着身子，因为我的房间在底层，不便打开窗户。我在电视机前面的大椅子上坐下。快八点钟了，不一会儿将播送电视新闻，然后是一部五十年代的旧影片，完了是播映关于动物世界的纪录片，最后又重播电视新闻。整个电视节目不断被广告打断，天晓得为什么，这些广告节目一致宣称，人的幸福始终是跟使用某种消费品相联系的。于是，我先看电视新闻，然后欣赏影片。我要乘广告节目的空隙，匆匆地吃顿晚饭（一块煎牛排，一只西红柿，是我前天出勤去以前留在冰箱里的）；然后我将又回到电视机跟前看纪录片和第二次电视新闻；一般来说，这两次电视新闻的内容大同小异，但有时也出乎意料地会播出刚刚爆发的某场战争或者某个不幸的事件。

我打算这样磨蹭到十一点钟。那时我将在右边套房死一般沉寂的黑暗里，踮起脚尖，从一间屋子走到另一间屋子，逐一检查百叶窗、水龙头和门锁。最后，我将带着轻微的、但令人心神不安的倦意上床睡觉。我有一张双人床，可从来没有人跟我在一起睡过。我时常在睡梦中烦躁地辗转翻身；假如我睡下去的时候躺在右边，醒来的时候却发现自己躺在左边。这些都是孤独对我的戏弄。

我决心闭门静养，虽然这是一反常态的举动。一切都或多或少正常地、有条不紊地进行到九点钟，也就是说，直到其他晚上我"外出"的时候。我把"外出"这个词打上引号，因为引号中的"外出"，对于我和许许多多妇女来说，完全不能等同于没有引号的外出。没有引号的外出，意味着出门采购物品、散步或者探亲访友；相反，带引号的"外出"则意味着生活。今天晚上，我留在家里，实际上正是意味着拒绝生活，或者至少是拒绝我那生活中唯一充满生气的部分。眼下，我觉得自己比以往任何时候都更加娇艳动人，但孤寂的生活竟使这出众的姿色显得那么卑琐慵懒。我走进厨房，打开冰箱，里面空空如也，只有一个银色纸盒里还残留了一块绛褐色的煎牛排，旁边是一只孤单的红绿色的西红柿。突然，我对这一切统统失去了兴趣，又回到客厅里。我蜷曲身子，胸脯贴紧膝盖，活像一头饥不择食的饿狼，在我的脑海里急速地选中了一个我很熟悉的电话号码。

"喂，是谁呀？"电话里传来一个男子的声音。

我装出若无其事的神态，嗲声嗲气地说：

"我是露琪拉，今儿晚上你可有什么有趣的打算？"

需要说明一下，我正在电话里交谈的对象，兴许是我跟他一起外出时，我不会觉得出卖自己的唯一的男子。情感向我作了这样的启示：在众多的男人中，唯有他是确确实实对我倾心相爱的。可我是多么不幸啊！这个男子的家境过于贫困寒酸，我几乎从来不曾给他打过电话。这或许主要是我对他毫无爱慕之意的缘故，何况，我晓得他囊空如洗，没有可供挥霍的钱财。坦率地说，我只有在真正爱上某个人的前提下，才会作出牺牲，破格去光顾某个价格低廉的大众餐厅。是的，把这一切都讲清楚以后，最终我必须承认，出卖我的存在的冲动，在我身上似乎比我的羞耻感更加强烈，几乎像一株硕果累累的果树的主人，当他看到果实掉落在泥地里，在草丛里腐烂时揪心似的难受一样。

我在电话里提议跟他一起出去吃晚饭，他理所当然地欣然表示同意。我不晓得他将如何行事；他会花掉他的一部分工资，随后再向他的同事借债。我无法猜测，因而对此漠然处之。

为了杜绝他把我带到小饭馆去的念头，我煞费苦心地打扮了一番，穿上一件款式稀奇古怪、色彩艳丽的盛装，裙子的褶边一直拖到地面，衣领敞开，一边开口到胸脯，另一边几乎把上半背裸露在外边；平常上豪华餐厅去的时候，我总是穿这件十九世纪的美国礼服的。是的，这正是让男伴"出出风头"所需要的盛装艳服。我一面穿着这件衣服，一面觉得自己比任何时候都更像个出卖自己的女人，因为我分明晓得，他是个穷光蛋，没有本钱带着穿这种服装的我出门去。

在汽车喇叭的阵阵催促声中，我用双手把过长的裙子褶边提高到我那美丽的双腿上，匆匆奔下楼去。可是，当我走到大门口，我蓦地大吃一惊，像木头人似地站在那里痴痴发愣。眼下的景象就像一幅描绘圣母马利亚站在两个圣徒中间的宗教画,我如今也被两名男子汉夹在中间;一个在右边站着,另一个立在左边。

他们中的一个是真心实意地爱我的青年,一副文质彬彬的模样(不错,他是知识分子,哲学教员),但他委实穷得可怜,穿着寒酸。他的背后停放着一辆最普通不过的汽车,他想用它来把我带走。

站在另一侧的是个小丑似的家伙,我暗暗称他为"侏儒",因为他长着一只既扁又大的红鼻子,臀部肥胖而松弛,两条粗壮的腿却是罗圈的;乍一看,陌生人准会认定他是白雪公主故事中的一个小矮子。原来,一个星期以前,我被害怕独自留在家里的愁绪所缠绕,曾约他今天晚上相会。但这些日复一日的飞行,使我忘记了这件事。他身后停靠着一辆香槟酒色的豪华轿车;应当坦率地承认,这辆轿车陪衬着我这个活似香烟广告牌上丰姿楚楚的美人儿,是十分和谐的。

我在原地呆呆地站了片刻工夫,佯装出考虑如何解决面临的难题的样子。真是弄虚作假!自然,两相权衡,让富翁破费他家产中微不足道的少许钱,要比让穷人倒空钱袋更合适些。我总算找到了替自己辩护的口实。于是,我朝着真正爱我的年轻人伸出手去,说道:

"请原谅,我弄糊涂了。我必须跟他一起去,因为一个星期以前,我就跟他定好了今儿晚上的约会。再见,请你明天上午给我打电话。"

我随即钻进了那辆豪华轿车,在白雪公主故事里的小矮子身边坐下。他双手握住方向盘,一面非常吃力地把车子从这条大街倒出去,一面询问我这个年轻人是何许人。我不晓得为什么,竟然这样回答:

"他是我生活中的男人。"

"为了跟我在一起,你甘心抛开你生活中的男人?"

"是的,他是我生活中的男人,但不是眼下这种生活中的男人。"

唉,是的,生活中最可怕的东西,正是生活。

发 现

我今年刚满十八岁,是高级中学的女学生,正在准备毕业考试。我的父亲在一家半国营的企业当差,家境贫寒。平时,我是这样品行端方,一本正经,所以我甚至都不晓得自己相貌出众,是个美人儿。

当我在街上走路的时候,男人们都转过身子来,把眼睛死死地盯住我瞧。我也时常转过身子去,不过我的目光不是投向那些男子汉,而是打量过往妇女身上的衣着打扮,把她们的装束跟我的衣服比较,研究她们的服装的花色、图案、剪裁,心里盘算着它们的价钱。经济条件不许我打扮自己,所以我在穿着上从来没有称心如意过。天长日久,我便害了一种迷恋时髦服装的相思病。举个例子来说吧,一件上衣,或者一条长裤,在我眼里不再是一件普普通通的衣服,而竟然成为自由和幸福的象征,就好像关在牢狱里的囚犯,透过铁窗向远处眺望,把一片蔚蓝色的天空当作自由和幸福的象征一样。

有一天,我在一爿时装商店的橱窗跟前停住脚步。橱窗里展览着一种早就引起我注意和羡慕的裙子。就在这个时候,一个男子汉在我的身后边站住,他用像我火辣辣地贪求那条裙子一样的神情,死死地盯住我瞧。于是,他追求我的欲念,和我追求裙子的愿望,好像两根裸露的电线发生接触,突然走电了,刹那间迸发的火花照亮了我的思路。突然间,一个连我自己都大吃一惊的念头在我的脑子里出现了:"我喜欢那条裙子,他喜欢我。那末,他应当把我买下,这样我随之也就能够买下这条裙子。"

我正这么暗自思忖,那男子贴近我的身边,不动声色地对我说:

"真漂亮!——不,是那条裙子真漂亮!如果你愿意,我们到里面去,我把它买下来送给你。"

两个站在那里的行人听到这番话,扭过身子来瞧我们。我把他上下打量了一番;站在我面前的是一个年轻的男子,身躯有点儿肥胖臃肿,神情矫柔造作,但从容不迫。我不加思索地回答他,嗓门扯得很高,故意让站在那里的行人能够听得见:

"一言为定;咱们进去吧。"

我们走进了时装店,我向女售货员指点了那条裙子。女售货员把裙子放在盒子里,细心包扎好;他就像一个善良的父亲或者体贴的丈夫,到交款处付了钱。

他办公的地方就在时装店附近。在电梯里,后来在他的办公室里,他的举止行动仍然像一个邂逅,多少有点儿漫不经心的老朋友。我把装裙子的盒子放在写字桌上,毫不迟疑地开始脱衣服;他却显出一种不可捉摸的神情,从容不迫地走来走去,忙着做各种各样的事情。末了,他把一条红绿格子的苏格兰毛毯扔到黑皮沙发上,朝我扑过来,一把搂住了我。后来,隔壁房间里传来一连串急促的电话铃声,他顾不得穿上衣服,赤身裸体急急忙忙走出去,把我独个儿撇在办公室里。

我感到一阵激动的,同时又是慌乱的,几乎是不可置信地战栗,通常只是作出了重大发现的人才能体味到这种感觉。请你们不要发笑,也不要挖苦我:我从来不曾想到,我方年满十八岁,天真未泯,尚未走完以家庭和学校为全部内容的人生道路,却发现了一件极其古老、普通,而又众所周知的东西——卖淫。是的,我发现,我掌握了某种东西,它对于我来说,纵然是毫无价值的,而男人们却甘心情愿为它支付应有的代价。不过,我尤其注意到,这种行为——也无妨把它称作买卖——的全过程,完全可以象履行合同似的平心静气地进行,因此我可以绝对无忧无虑地从事这一活动。这个想法使我欣喜不已。我只穿了一件衬裙,情不自禁地在房间里跳起舞来,嘴里像咏唱歌曲的叠句似地不断重复:"一切称心如意,一切称心如意,果真如此吗?——一切称心如意?"

这时,我的主顾——他是我的裙子的买主?还是我身子的买主呢?或者,是这两者的买主?——走了进来,他瞧见我这副兴高采烈的样子,不禁吃了一惊,莫名其妙。我向他解释,这是身心愉快的表现,他信以为真。我穿好了衣服,好像两个老相识似的跟他热烈吻别,离开了他。

你们不要问我,在我初次委身于这世界上最古老的职业之后,我是怎样行事的。你们只要知道这样一点就够了:在约莫两年的时间里,我以这种方式或者那种方式,像第一次那样直截了当地或者通过别人远非大公无私的牵线,我终于把我喜爱的时髦服饰统统都买到了手。请注意,我这样行事只不过是为了我的装束打扮;除此以外,我仍然像以往那样生活,在大学里勤奋而颇有收获地学习,在家庭里跟我的父母亲和三个兄弟和睦相处。顺便说,我已经订了婚,我的未婚夫跟我在大学的同一个系念书。我很爱他,他也很爱我;不过我始终没有放弃以原先的方式来获得那些时装。当然,如果我不再迷恋摩登服装了,我会停止卖淫的。可是,好像我家庭里的妇女世世代代都是穿着破衣烂衫似的,时装仍然使我心醉神迷。

我所说的"一切都称心如意"持续了约莫两年的光景。后来,出乎我的意料,我发现,我怀孕了。于是,我的未婚夫和我决定提前结婚,当初我们曾经同意把婚礼推迟到他的处境改善的时候举行。眼看举行婚礼的日子临近了,我却迷恋上了市中心一家商店橱窗里展出的一件纯毛的,口袋挺大,金属纽扣的外衣。其实这是件挺普通的衣服,可是,像往常一样,我无力把它弄到手,于是它成了我崇拜的偶像。我大白天想它,夜里做梦也想它。我忽然害怕起来,如果我不把它弄到手,将来我的孩子出生的时候,肯定会在身上的某个部位或脸颊上打上这件纯毛外衣的印记。我没有别的法子可想,只好决定重操卖淫旧业。

就在这当儿,一个通常被称作体面的问题——由于它们的暧昧和微妙——开始折磨着我。事情是这样:我已经向自己信誓旦旦地保证,结婚以后坚决不再卖淫。不过,买毛外衣的钱我虽说可以在结婚"以前"挣到手,但这件衣服要等到结婚"以后"跟我的未婚夫到他的家乡南方地区作蜜月旅行的时候,我才正式穿它。为什么要赌咒发誓呢?归根到底,也说不出是什么道理。或许,因为我觉得,一旦有了需要我操心的丈夫、孩子和家庭,追求时髦衣饰的癖好便会一劳永逸地从我的脑子里消失了。那么,结婚以后,居然还穿上那件毛衣是不是违背我的誓言呢?这个微妙的问题摆在我的面前。

有一天,我到首饰店去选购两只结婚戒指,那是为了我的未婚夫和我在教堂里举行婚礼的时候交换用的。这爿小小的首饰店,大约是一个小家庭经营的;我走进去的时候,柜台里站着一名中年妇女,还有一名跟我年纪相近的姑娘,相貌很像那个中年女子,看来是她的女儿。

那姑娘脸上流露出很不耐烦的神色,正打开一个珠宝盒,给一个女顾客挑选;珠宝盒里的黑天鹅绒上缀满了各色各样的珠宝:蓝宝石、红宝石、翠玉、钻石。我请那母亲拿几只结婚戒指给我挑选,同时却又冷冷地瞟着那珠宝盒,我不由得暗暗盘算,我只要得到盒子中的一枚宝石,哪怕是处理品,也足以立即解决现在令我苦恼的问题,甚至连其他诸如此类的麻烦也就迎刃而解了。

你们知道我发生了什么事情吗?刹那间,我又一次感受到一阵激动的,同时又是莫可名状地慌乱的(几乎是不可置信的)战栗,两年以前,我出乎意料地揭开了明目张胆的、堕落的卖淫的秘密时,就曾经体验过这种情绪。而这一次,我发现了另一样极其古老、普通而众所周知的东西——盗窃;不过,对于我而言,它仍然散发着异常新奇诱人的色彩和气息。真奇怪,在此以前我怎么会没有想到它呢?这么说来,最隐蔽的东西,恰恰是那些最引人注目,甚至可以说是摆在鼻子尖底下的东西啰。

现在,女顾客什么也没有买,朝外面走去,那女儿送她到店门口。恰恰在这当儿,那母亲转过身去,不晓得开一个什么抽屉。我敏捷地从首饰盒里拿了一枚带红宝石的戒指,把我原先试戴在手指上的一枚毫无价值的结婚戒指脱下来,放到首饰盒里。我戴上了红宝石戒指,又重新戴上手套。然后,我对母女俩说,我没有选到合适的戒指,便径自走了。

我走到大街上,立即折入一幢楼房的门廊里,脱下宝石戒指,把它放进贴肉的紧身衣里。宝石戒指多少有点儿分量,从我的胸口直往下滑溜,滑到我的肚皮上,一直滑到我的孩子将来要从那里降临人世的地方才停住。我自信这一切都做得干净利落,于是我一面朝前走,一面狂喜地不断重复:"一切称心如意,一切称心如意,果真如此吗?——一切称心如意?"

突然,我觉得我的一条胳膊猛地被人揪住了;我转过身来,是珠宝店里那上年纪的女人。她的脸急得扭曲了,灰白的头发被风吹得乱蓬蓬的,气喘吁吁地对我说:

"戒指,少了一枚戒指,红宝石戒指!"

我冷冷地不动声色,跟她一起回到珠宝店。走进店里,我摊开没有戴任何戒指的双手,把我随身带的手提包里的东西一股脑儿倾倒在柜台上,扯高嗓门大声抗议。中年妇女心慌意乱、气急败坏地不断重复:

"我什么也不知道,我只知道,首饰盒里这只戒指,是您方才拿去试戴的,这是一只便宜戒指,宝石是假造的,首饰盒里本来没有,现在却放在原先那只红宝石戒指的位置上。"

女儿站在她身边,一声不吭,只是用那异样的、锐利的目光,死死地盯着我。然后,终于下了决心,对她母亲说:

"我想跟这位小姐单独地谈谈。您愿意跟我到那边去吗?"

她向我做了个手势，我便随着她走进了珠宝店的后房。

她关上房门，然后很温柔地对我说：

"我瞧见你拿了红宝石戒指。我把女顾客送到门口，转过身来，正好瞧见你伸手拿那只宝石戒指。可我没有对妈妈说，我本来在任何情况下都不愿意揭穿这件事的，是她发现了宝石戒指不翼而飞了。"

我惊诧不已，问她道：

"你为什么在任何情况下都不愿意揭发呢？"

她微微一笑，对我说：

"这么说吧，我跟我的母亲关系失和。我是迫不得已才在这爿店里当营业员的。还有，我发现，生活当中有价值的东西并不是那些宝石戒指。"

"是你发现了这一点？"

"是的，是我发现的，这有什么奇怪呢？在我们这种年龄，常常会作出类似的发现，你不这么认为吗？不过，现在你把戒指还给我吧。你把它从藏着的地方拿出来，还给我。我可以在我母亲面前替你找个瞒骗她的理由。"

我再也无法固执己见。我把手伸进紧身衣，一直伸到因为快要做母亲而略略隆起的肚皮底下。她取过戒指，打开房门，做了一个仿佛拣什么东西的姿势，高声喊起来：

"啊，你瞧，妈妈，宝石戒指我找到了，掉在地板上啦。"

我乘母亲兴高采烈的时机，悄悄地溜出了珠宝店。

在大街上，我又一次感觉到，我作出了一个新发现。不过，这一回，却是一个关于发现的发现。我作出了一个发现，珠宝店的姑娘作出了另外一个截然不同的发现，尽管同样是极其古老、普通、尽人皆知的发现。是啊，在短短的一天，竟有那么多的发现。

梦中听到楼梯上的脚步声

和许多人一样，我养成了午饭以后小睡的习惯。我的胃纳很佳，也喜欢畅饮，所以只消片刻的工夫，便酣然入睡了。我的书房在公寓大楼的顶层，华丽雅致，透过它的窗玻璃，整个城市的景色尽收眼底；平时我就在这间书房里午睡。一觉睡醒，我立即从沙发上跳起来，冲一杯浓浓的咖啡，然后，连一分钟也不耽误，便在写字桌前坐下，开始打字。

我的职业是个电影编剧。眼下我正在为一部影片写作对话，这部影片以一个异常棘手的问题为题材：恐怖主义。这部影片的题材跟近来我时常所做的一个梦究竟有什么关系呢？这连我也说不上来，不过在叙述这个梦的过程中，我或许会逐渐明白个中奥妙的。

言归正传，我近来做的是这样一个梦。我恍惚觉得有一个人在上我顶楼的楼梯上慢慢地走着，木梯级发出嘎吱嘎吱的声响。这是一个瞻前顾后而踟蹰不前的人的脚步，似乎因为某种居心叵测的图谋而显得愈发沉重了。这脚步停停，走走，又停停，又走走，最后竟然在我的房门外面停住了。一片寂静，持续了好一会儿；蓦然有一只手笃笃地叩门。恰恰在这一瞬间，我忽然从梦中惊醒了。我走到门口，打开房门，连一个人影儿也没瞧见。

此刻我又进入了梦境。不过我清楚地晓得，那个登上我的楼梯的家伙是个魔鬼。自然，我只是在做梦的时候才晓得这一点的。我还确切地晓得，魔鬼上我这儿来打算干什么勾当。他想和我达成一项残酷的君子协定：我保证你飞黄腾达，但作为交换，你必须把灵魂出卖给我。我暗暗下了决心，这个鬼主意我必须毫不含糊地予以拒绝。或许因为我作了这样的决定，在这个紧要关头，我从梦中醒来了。

这个梦意味着什么呢？它的涵义是明明白白的，魔鬼想摄取我的灵魂，所谓飞黄腾达，不过是他用来引我上钩的诱饵罢了。我这个人对美妙的前程实在没有一丝一毫的兴趣。我不是一个野心勃勃的人，过上一种较为优裕的生活，安安稳稳享受一番太平，是我唯一的心愿，而从事电影剧本创作，足以使我这样的奢望得到满足。

不久以前我又做了同样的梦。楼梯上响起迟疑不决的脚步声；短暂的停顿，显然是为着喘一口气；尔后，响起了叩门声。不过这一回和以往做梦不一样，我没有醒来，相反地，我大声说："请进。"于是一件很奇怪的事发生了。只见房门的把手以极其缓慢的速度，一厘米一厘米地徐徐向下旋转。我无法解释这令人心烦意乱的缓慢，只能说这是某个陌生的来客企图借此向我制造一种恐怖气氛。他为什么不直截了当地开门呢？这种慢动作到底意味着什么呢？我正在为第二个问题冥思苦想的时候，忽然从梦中惊醒了，我恍然大悟，原来这一切都只是一个幻梦而已。然而，有一件事却是真实可信的，确实有人在叩门。我喊了一声：请进。这时我瞧见房门的把手以极其缓慢的速度往下旋转，就和梦中发生的情景一模一样，我不禁毛骨悚然，暗暗思忖："这一回可真是他，那个魔鬼，找上门来了。"

事情也不怎么古怪，因为我读过一些描写这类怪事的古典文学作品；当房门把手柄徐徐转动时，我竭力运用我的想象力去设想魔鬼该有一副怎样的尊容。可是我依稀回忆起靡非斯特①的模样，戴着一副假面具，两道弯曲的眉毛，一只鹰钩鼻子，两撇尖

---

① 歌德名著《浮士德》中的魔鬼。

尖的小胡子。房门终于打开了，从门缝里伸进一个年轻后生的脑袋，两撇八字髭，一头长发。看不出一点儿魔鬼的样子，倒有一副僧侣的庄重的模样，不错，今日的许多年轻人，在超凡脱俗的外表下，隐藏着的常常是对世俗生活的狂热追求。

"可以进来吗？"他轻声地问道。

"请进。"我不免被他的自信压倒和吸引了。

他走进屋来，站在房间的中央；他身旁一件皮夹克，一条细瘦的蓝色牛仔裤，他的发型很普通，街头巷尾到处可以遇见。不过有两件很不寻常的东西立刻引起了我的注意。一个多层的黑色大皮包斜背在肩上；一只手臂用鲜血污染的纱布胡乱地裹缠着。皮包鼓鼓囊囊的，不晓得里面装满了什么东西；手上缠着的纱布使我明白他那么慢慢腾腾地开门的缘故。他环视了一下周围，显出疑虑的神情，问道：

"这里还有别人吗？"

"没有，就我一个人。"

他走到写字桌跟前，放下皮包，说道。

"这里面有样东西应当藏起来，告诉我，放哪儿合适。你在等待什么人吗？"

"我谁也不等。事实上我也没有等你。"

我这么说，无非是让他明白，他的光临于我是难以理解的。他却很认真地接过我的话说：

"我晓得，但我先在米兰耽搁了，后来又去了那不勒斯一趟。不管怎么说，你准备停当了吗？"

"准备停当？噢，是的……"我觉得困惑和茫然了。

"好极了，我们现在正需要你呢。"

这句话勾起了我的好奇心。他说的"我们"究竟是些什么人？他们又为什么需要我？为了赢得时间，我故意问道：

"你的手怎么啦？"

他指了指今天上午我读过以后扔在安乐椅上的那份报纸，报纸的头版上印着粗黑的通栏大标题。

"这是昨天晚上发生的事儿。在枪战中他们击中了我，使我挂了彩。不过那个打伤我的家伙也没好下场，我结果了他。"

我一时语塞，答不上话来。我暗暗思忖，这个从来不曾见过面的不速之客，我现在无法判断他究竟是右翼还是左翼恐怖分子，或者竟是作案时被警方击伤的盗贼，但他显然是走错了房间；谁都晓得，公寓里住着形形色色的人，说不定其中也混杂着恐怖分子或者盗贼。但怎么才能让他相信这是个误会呢？"我结果了他"这句杀气腾腾的话使我不敢贸然暴露自己的真实身份。他走错了房间，为了消灭人证，他也会把我结果了的。于是我小心翼翼地询问：

"你怎么找到我的呢？你是对看门人说要见普罗耶蒂先生的吗？"

听到我的名字，他连眼睫毛也没有眨一下，说道：

"我直接奔上楼来的，我干吗要去打听？我曾经来过，所以很清楚地记得你住在什么地方。你怎么一直在睡大觉？"

天晓得为什么。我回答说：

"是的，我方才睡着了，做了一个时常做的梦，眼下我的脑子全被这个梦缠住了。"

"什么样的梦？"他突然问道。

我原原本本向他叙述了一遍，他放声笑了几声，露出一口雪白的狼牙：

"顺便问一下，请告诉我，你可曾打算出卖我？"

我张皇失措了，喃喃地说：

"你说些什么呀？"

"那魔鬼很可能是一个警探，你或者已经准备把灵魂出卖给他。不过你得小心点儿，这皮包里面有个玩意儿，装着三粒子弹，一粒是为他准备的，另外两粒是为你和我。"

这种无聊透顶的威胁简直像是从侦探小说里借用来的，但他使我感到惶惶然。我表示抗议了：

"你莫非神经错乱了吗？"

他毫无顾忌，继续往下说道：

"不管怎么说，魔鬼把你看错了，因为你早已把灵魂出卖给了我们，你绝不可能出卖两次灵魂。"

我脉管中流动的血液仿佛一下子凝固了。这么说来，我已经出卖了自己的灵魂，说得明白点儿，连我自己都不晓得在什么时候什么地方，我上了一个恐怖主义集团或者某个盗劫团伙的贼船。我成了一群亡命之徒的同伙，加入他们的组织或许是轻而易举的，但要退出就难了。我佯装出一副无所谓的样子：

"我可以向你提一个问题吗？"

"什么问题？通常是没有人敢向我提出问题的。"他的脸色狰狞可怖。

"你别生气。我只是想知道，谁介绍你和我认识的？"

"谁介绍的？活见鬼！卡西米罗！"

卡西米罗，这是何许人？这个名字从来不曾听到过。我终于明白了，我是一个极端荒谬的误会或者一个阴谋的牺牲品。于是我温和地说：

"唉，卡西米罗！对，很可能是卡西米罗，要不还有谁呢？可在什么时候呢？"

"看来你还不愿意相信。事情是这样的，我们就是在这里，在你的书房里见面的。我当时也是到处流亡，卡西米罗请你让我在这里住宿一夜。我睡在这里，你还给了我这把钥匙。我方才便是用它开门的。"他把钥匙在我面前晃了一下。

我终于当机立断，下定了决心。我热情地对他说：

283

"好吧,你把你的包找个地方放好。我出去一趟,采购点今天晚上吃的东西。"

他究竟出了什么事?他猛地从夹克衫里掏出一把大手枪,对准我的胸脯,喝道:

"不,不准你去叫警察。"

感谢上帝,就在这关节眼上,又有人叩门了。叩门的声音愈来愈响亮,愈来愈急促……我蓦地从梦中苏醒了。

原来这一切全是梦中梦。可是叩门声继续响着,我急忙跑过去,打开房门,瞧,卡西米罗来了,对,正是他,我的最亲密的朋友。我赶忙上前去和他拥抱,然后对他说:

"你可晓得,我方才做了一个梦,竟会说我压根儿不认识你,不晓得你是什么人。"

"好极了,这就是你对我的友情!"

我把做的梦一五一十地向他诉说了一遍。他顿时神情严肃起来,沉吟片刻,说道:

"不过你可知道,类似的事倒是确实发生过。一九六八年的一个晚上,我带着一个人来找你,他叫恩里科,参加了造反运动,他和警察大约干了一场硬仗,被迫到处流亡。你看在我的面上,让他在这里睡了一夜。我还记得,那个晚上我们过得非常愉快,在一起吃呀,喝呀,不知喝了多少。"

我惊愕莫名,问道:

"这个恩里科莫非也参加了昨晚的枪击战?"我把今天的报纸指给他看,在头版通栏大标题下,登着一排照片。

他打量了一下照片,摇摇头。

"不,这些人当中没有他。"他有点惶惑不安,接着说道:"可是那天你并没有把房间的钥匙交给他,而是给了我。当时我交了一个女朋友,找不到地方和她相会,因为我还和父母亲住在一起。我请求你把你的书房借给我,你就把钥匙交给了我。我还记得,你递给我钥匙的时候,开玩笑地说:'这是我履行义务的信物。'"

雷霆的启示

整整五天了,我狼狈地东奔西窜,竭力要摆脱对我的追踪;我从巴黎逃到阿姆斯特丹,又从阿姆斯特丹到伦敦,从伦敦再到汉堡,从汉堡到马赛,从马赛到维也纳,最后,从维也纳到了罗马。我时而坐火车,时而乘飞机,一路上不敢合上眼睛睡一觉,或者说只能偶尔胡乱地瞌睡片刻工夫。眼下,睡眠对于我简直比性命更为紧要,我想,即便是那伙死死跟踪我的警探突然出现在我跟前,我也会身不由己地当着他们的面呼呼入睡的，虽说我这样毫无目的地逃窜正是为了摆脱他们的追捕。我实在困到极点，太想睡觉了，所以，当我抵达罗马，我的儿子按照事先的联系到台尔米尼车站①来接我时，我劈头问他的第一件事便是他可曾替我找到一个足以让我平平安安睡一觉的地方。他回答说已经替我找到一个套房，在那里我尽可放心大胆地睡觉，想睡多久就睡多久，除去他以外，世界上没有第二个人晓得这个住处。

他替我拎着手提箱，和我并肩走出车站。我禁不住把他端详了一番，几乎有两年光景不曾见到他了。或许由于极度疲劳的缘故，我模模糊糊地觉得他的样子一点儿也没有改变，除去两个细微的地方：嘴唇上长了髭须，一双眼睛闪露出呆滞不安的神色，这都是从前不曾有过的。

我感谢他到车站来接我，并且替我安排了住处；我告诉他，他的母亲留在巴黎，向他问候。我还怀着一种确实喜悦的心情对他说，和两年以前我们见面的时候比较，他如今长得仪表出众，风度翩翩。他回答我说，这是因为找到了称心如意的工作的缘故：他眼下在一家进出口贸易公司做事，薪金颇为优厚，虽然现在暂时住在旅馆里，但很快就会迁进新居，而且更重要的是，他已经和一位意大利姑娘订了婚，打算尽快举行婚礼。

他一面向我讲述这些情况，脸上泛出喜吟吟的微笑，一面把我带到他的小汽车跟前。他把我的手提箱放进车子后边的行李箱，我上了车，他在驾驶盘前坐下。车子上路了。

我不怎么熟悉罗马的路，聚精会神地注视着汽车行驶的路线，这倒并不全是受好奇心的驱使。我觉得汽车经过十字路口的一个又一个信号灯，大约穿越了罗马整个旧城的中心，现在它正开过一座大桥，朝台伯河对岸驶去。我的儿子一面驾驶汽车，一面热情地和我交谈。他说分别这么久以后，见到我真是说不出地高兴，眼下他正积极筹划，为我和他母亲的未来作出安排。

汽车沿着台伯河畔行驶。透过车窗玻璃，河对岸的景色依稀可见，堤岸上密立的树木郁郁葱葱，披拂的枝叶抹上了一重银色，几乎一直垂挂到浑黄的、波光闪烁的水面上。树丛后面，一幢幢楼房整齐地排列着。突然间，远处天空聚集起大块大块的乌云，气势汹汹地飞快推过来，占据了一大片蓝天。我的儿子对我说，一场暴风雨看来是难以避免的了，最近几天上午总是阳光明媚，下午天气就变坏，晚上必定有一场暴风雨光临：狂风、雷鸣、电闪、大雨。

汽车在滨河大街宽阔的柏油马路上迅跑了好一段路，河岸的栏杆和绵延不断的公寓从车窗外两边掠过。车子绕过一道表示禁止通行的红白色相间的路障，在一处车辆绝迹、异常僻静的地方停下来。我的儿子解释说，这里有一段台伯河的堤岸倒塌了，

---

① 罗马中央火车站。

修复工程已进行了许多日子，因此这儿断绝交通，简直成了繁华喧嚣的都市里一块真正的和平绿洲。

我下得车来，朝周围打量了一番：不错，滨河大街到这儿几乎成了人迹罕见的荒漠，只有两三个顽童踩着旱冰鞋在马路上飞跑；一对情侣互相搂着腰肢悠悠地漫步；一辆汽车停在岸边的栏杆前面，车上一男一女正在收听广播。

我抬头仰望天空，暴风雨愈来愈逼近了，碧蓝的晴空被吞噬得只剩下一条狭长的缝隙，四周的乌云好像为了争夺地盘而互相倾轧，纷纷朝那条狭窄的蓝天压迫过来。我的儿子笑嘻嘻的，又一次提请我注意这个地方悄无声息的幽静：

"对于一个不愿暴露身份的人来说，这儿是再理想不过的地方了，是吗？"

几乎不假思索，我脱口而出：

"假如想谋害人命而不愿被人看见，这儿也是再理想不过的地方。"

我的儿子拍拍我的肩膀：

"走吧，走吧。以后你不应当再想这样的事情。往后你就指望我吧，由我来安排，保证让你安度宁静而安全的生活。"

他从兜里掏出一串钥匙，走到那群楼房中一座公寓的大门前面，对我说，公寓没有看门人，所以我尽可随意出入，绝不会被人发现或遭到监视。我们走进回廊，但没有去乘电梯，因为那套房就在第一层。我的儿子打开了房门，带我走进了屋子。我立即觉得这房间过于寒碜，说得准确点儿，它有着好久没有人居住的房间所特有的昏暗和寒碜。家具天晓得是谁遗留下来的，与其说是供生活起居之用，不如说更像办公室里的简陋陈设，仅有寥寥几件必不可少的东西：客厅里摆着一张沙发和两把安乐椅，卧室里一张床、一把椅子和一张小桌子；靠门的角落另有一间小屋，搁着一张已经损坏的小床，看来不久以前还有人睡过。我们又走到厨房门口，我瞧见炉灶前站着一名年轻的非洲女人。我问儿子这个女人是谁，他回答说是个女佣，从索马里来的，在我隐居期间她专门替我做饭和洗衣服。"她会说意大利语，"儿子又补充说，"你可以绝对信赖她。"

我们走进卧室，我在床上坐下，儿子坐在椅子上。几乎是同时，那个索马里女人用托盘端着刚刚做得的晚餐走了进来。她显得彬彬有礼，微微弯腰，把盘子逐一放到小桌子上，我乘机把她细细端详，我发现她举止优雅，身材修长，富于线条感，肩膀宽宽的，臂膊丰腴而有力，腰身纤细，在黑人女子中她堪称真正的美人儿了。她把盘子摆好，略略欠身施礼，眼睛对眼睛地望着我，好像是要提醒我什么似的，然后款款地走开了。

儿子请我用餐。我朝那些盘子瞥了一眼，发现其中有我们家乡的菜肴，看得出来是精心烹制的；可是，我正想伸手去取点什么，立时感到一种无法抑制的、莫名其妙的恶心，于是我对儿子说我一点儿也不饿，只想睡觉，最好现在就让我休息，我们明天再见面，或许那时候一切就会走上生活的正常轨道了，也才可以细细品尝那索马里女人做的可口家乡菜。

我这样的举动叫儿子有点儿难堪，他不甘罢休，坚持要我多少吃点什么，否则，他提醒说，我会病倒的，因为我自己方才承认已经整整一天没有吃东西了。我回答说，恐惧把我的胃口彻底败坏了，现在睡觉是我唯一的要求，睡眠会把恐惧驱逐干净的，等我一觉醒来，我又会有极好的胃口，那时自然就想吃东西了。儿子虽说快快不乐，但还是顺从了我的意愿，喊了一声女佣的名字。索马里女人应声进来，把盘子放回托盘，又向我欠身施礼，眼睛对眼睛地望着我，然后走了出去。

我的儿子忽然站起身来，用双臂紧紧搂住我的脖子，吻了我两边的脸颊，亲切地说，现在我确实该休息了，明天我们再见面。

不晓得什么缘故，美美地睡一觉的渴望虽然苦苦地折磨着我，可是当我的儿子走出房门之后，我忽然回想起来，他方才热烈拥抱我时，我觉得他的手不像在正常的情况下拍拍我的肩膀，而是从肩膀顺势往下摸索，一直摸到臀部，他的这一举动显然是不同寻常和难以令人置信的。唯有对被怀疑的人才有这般搜身似的动作，检查他身上是不是藏着武器。我这么回想着，一种需要重新看待我儿子的愿望油然而生。我快步跑到窗子跟前，急忙打开百叶窗，探出脑袋去观察。

恰恰在这时候，儿子走出公寓，上了他的汽车。我又一次说不清楚出于什么原因，故意站立在窗前，目光紧紧盯着他的汽率。奇怪，汽车驶出不远，在红白色相间的路障前面戛然停住。一个汉子原先懒懒地坐在岸边的栏杆上，两条腿悠然晃荡着，这时霍地纵身跳下地来，急匆匆地奔到汽车跟前。我的儿子立时给他打开车门，汽车一溜烟地驶走了。

我什么也没有去想。睡眠的渴望主宰了我，就像浓雾笼罩了一切，什么也看不清楚。我关上窗子，猛然倒在床上，衣服也懒得脱掉，仰面躺下，睁着眼睛。卧室的门半掩着，我提醒自己，应当起来把房门锁上，但我没有这样去做。索马里女人或许还在厨房里，我听见她正低声唱着一支忧伤的曲子，不晓得可是她故乡的挽歌。这幽怨的歌声，如同方才她灼灼的目光一样，似乎完全是为我而发的，我听着听着，便进入了梦乡。

我睡得很不安稳，好像在反抗着什么，或许是在反抗睡梦本身。我觉得我在睡梦中自始至终拼命咬紧牙关，愤怒地握紧拳头。夜里我忽然听到一阵沉闷的滚雷轰隆隆地炸响，在阵雷间隙的时候，哗啦啦的大雨倾盆而下。虽然我依旧处在睡眠状态，但我仿佛瞧见滨河大街宽阔的柏油马路在噼噼啪啪的雨点下沸腾似地冒着水汽。随后是一道亮得刺眼的电闪，在青亮的光中，我瞧见原先懒懒地坐在栏杆上的那个汉子霍地纵身跳下地来，径直朝停在滂沱大雨中的一辆汽车奔去，我明白，端坐在汽车里的不是别人，正是我的儿子。我眼前多次出现这个镜头：那汉子懒懒地坐在栏杆上，霍地纵身跳下地来，朝汽车急急奔去；然后，他又坐在栏杆上，又跳下来；如此重复多次。

虽然身处梦境，但由于听到雷霆和暴雨的声音，我的脑子里终于形成了这样的疑问："在什么时候，什么地方，我曾听见过这般让人心惊胆战的雷声，这般狂暴的雨声？"我在梦中给自己寻得了答案：在孩提时代。如今我已年过半百，近六十岁了，回忆把我拉回到半个世纪以前。我在父亲的房间里睡觉，我忽然浑身打战，在黑暗中惊醒了，我听见雷霆的咆哮和暴雨的嘶喊，于是我一骨碌地从床上爬起来，跑到隔壁的房间里避难，投到我母亲温暖而安全的怀抱里。现在又是同样的情景。我被一种无法抗拒的冲动所驱使，忽然本能地跳起来，穿过客厅，来到过道里。

索马里女人的房门半掩着，在漆黑的幽暗和电闪短暂的光亮交替中，我悄悄地溜了进去。我不想扭亮电灯，我想我只需要借着电闪的光亮瞧见那女人就足够了，正像五十年前那个可怕的夜晚我在黑暗中瞧见我的母亲那样。电光不时地闪亮，我终于看见那索马里女人脸颊枕在手掌上，身子蜷缩在毯子里，光裸的臂膀弯曲着，呼呼地酣睡。我借着一次又一次的电闪，久久地凝视着她，我想起了她端着托盘上菜和撤掉盘子时凝视我的目光；我暗暗思忖，她究竟有什么事情要对我诉说呢，她莫非有什么话想告诉我，还是我希望她有什么话告诉我。末了，我终于觉得我平静了下来，我的神经也重新属于我的了。我悄悄地退了出来，把房门在我身后关上。事实上，当我凝视这沉睡的女人时，我已经作出了抉择，现在只需要把它付诸行动便是了。

我仰面躺在床上，又足足等待了两个小时。天边刚刚出现一抹熹微的晨光，我便从床上起来，拎着我的小提箱，蹑手蹑脚地离开房间。在过道里，不晓得出于什么缘故，我竟在索马里女人的房门前站住，侧耳谛听了片刻工夫。但我什么声音也没有听到：她正在熟睡。我打开套房的门，穿过回廊，来到滨河大街。

天色已明，街道两旁的树木挂满了晶莹的雨水珠，柏油马路上，一个个水洼闪闪发白。我方才关上公寓大门时依然是明亮的路灯，霎时间全熄灭了。于是我迈开大步，径直朝附近的一座大桥走去。

海关稽查员家里的女人

我是一个规规矩矩的人，不只在心理上如此，在职业上也是如此。我在机场海关当稽查员。不过正像所有规规矩矩的人一般，我常常喜欢把规则抛诸脑后，而沉溺于胡思乱想，给假想中的走私者开放绿灯。星期六和星期天正是我驰骋丰富的想象力的日子。我脱掉海关稽查员的制服，在床上躺下，把全部心思都集中在这些日子来特别引起我兴趣的某件事情上。今天我刚刚躺到床上，在笼罩着空空荡荡的卧室的一片寂静中，很快便找到了这些日子来特别刺激我的想象的一样东西。

那是一名中年女旅客的手提箱。不难看出，这位女旅客年轻的时候是很妩媚动人的。她举止失措的神态，为了表现自己的诚实而过分的做作，引起了我对她的猜疑。我按照惯例，询问她可有什么东西要向海关申报。她的身子微微颤抖了一下，仿佛我用手按住她肩膀要揭露她的什么秘密似的，慌慌张张地连声说，她只是随身带了几件衣服，确实没有什么东西需要申报。我细细地谛视她，象不少中年女子一样，她的面容已显露出衰老的征象，虽然轮廓颇为端正，皮肤细腻，但毫无可取之处；一眼就看得出来，她为了掩饰自己的年龄而竭力忸怩作态：鬈曲蓬松的头发盖住前额和耳朵，眼睫毛和眼眶都用心描过，嘴唇抹得鲜红，脸颊扑了一层白粉。怎么形容她的表情才恰如其分呢？我只能说，这轻佻的媚态令人感到难过和可怕。

她身上究竟穿了多少东西，一时间我也分不清楚。我只模模糊糊地注意到一条围巾、一件天鹅绒短外套、一件呢绒上衣、一件毛衣、一件衬衫、一个胸罩，五颜六色，带着各种格子。或许是由于她衣着古怪，或许是因为她神色慌张，我暗暗思忖，她莫非就是一个通常人们所说的"冒险分子"？这种人物在文艺作品中屡见不鲜，其实却始终是现实的人物，而且是随便什么都干得出来的，从毒品走私直到从事间谍勾当。我板起脸吩咐她：

"请打开这只箱子。"

她马上反驳说：

"我已经对您说过我没有任何东西需要申报。"

"劳您的驾，打开它。"

她叹了一口气，从皮夹里掏出一串钥匙，启开箱锁。我用一种近于虐待狂者的狠劲儿拨开两只弹簧箱扣，把手伸到手提箱里去。箱子里乱放着一堆旧的纱巾、丝绸，还有我叫不出名字的许多柔软的、滑溜的衣服。我暗自寻思，这种混乱恐怕是地地道道的女性的混乱，因为任何一个男子都不会把自己的东西这般杂乱无章地塞进箱子的。

我一面用双手翻动这些柔软的、隐隐地溢出香气的衣服，一面琢磨，女人和男人都是要穿衣服的，但除去这一共同点，女人可有别的追求呢？噢，打扮自己。可不，女人们的衣服绝不单单是附着在她们的身上，而是用一种神秘莫测、富于诱惑力的方式包裹她们的躯体，把她们身上既有的东西隐蔽起来，却又故弄玄虚，假造她们身上没有的东西。我继续翻动箱子里的衣服，脑子里却依然在胡思乱想，可不是，女人穿衣服并不像男人那样老老实实地穿在身上，而是有意让它不停歇地运动，翩翩飘舞，起伏自如。或者走向另一个极端，她们把衣服紧紧贴在身上，于是女性的肉体便被各种各样富于弹性的材料，诸如胸罩、背带、吊袜带等所禁锢。这就是说，女人的衣服要么是轻盈飞舞、撩人心魄的饰物，要么是紧绷绷的、完全封闭的套子。

我这么胡思乱想着，终于结束了搜查，没有获得任何结果。于是我把两只手抽出来，关上手提箱的弹簧锁，用粉笔在箱子的皮面上划了一个小十字，表示行李可以放行。那女人过分做作地向我道了谢，向我送来温情而迷人的一笑，随即跟着行李小推车一起消失了。

此刻我回味着机场那次小小的风波，脑子里又一次固执地苦苦思索女人和男人衣服的差别。何以会出现如此的差异呢？是什么驱使女人以这般迥然不同的方式穿着呢？她们衣服的款式干吗要别出心裁，故意炫示她们的曲线，而男人却偏爱笔挺的线条呢？女人的衣服永远是那么轻盈、透明、柔软、飘逸，这又意味着什么呢？我这么冥思苦想，在头脑里翻来覆去盘算这些问题，不知不觉沉沉入睡了。

我或许睡了半个钟点。房门上的电铃响了，听到这令人毛骨悚然的声音，我从床上一跃而起，我虽然过着光棍生活，倒非常喜欢这种声音。我侧耳谛听了片刻，心里暗暗揣想，这个时候，星期天中午，会有谁来登门看我呢？我穿上衬衣、外套，光着脚板走到门口，透过房门上的窥视镜往外察看。

噢，一个女人。这女人四十来岁，面容清秀而又显出衰老的征象，不晓得什么缘故，我朦胧觉得好像以前和她见过面。一件天鹅绒的外套敞开着，露出里面的衬衣，衣服上挂着许多小饰物，脖子上马马虎虎地系着一条纱巾，看到这一切，我顿时明白了：几天以前，在机场，从马德里来的班机到达时，我们见过面。为了证实我的记忆准确无误，我低头瞥了一眼，果然瞧见了那只折叠式手提箱。我插上门闩，把房门打开一条缝，问道：

"您，您找谁？"

她露出非常亲昵而又嗔怪的神情回答道：

"我正是要找你，漂亮的男人。"

"请原谅，可我不认识您，我这是头一回见到您，而且……"

"得了，得了，少说废话，把门打开，让我进去。"

她异乎寻常的自信倒叫我心动了，我拔下门闩，打开房门。她走了进来，一阵香浪立时向我扑来，这是甜蜜浓郁的香气，富于刺激性和渗透力的香气。她一阵旋风似地跨进门时，宽大的折叠裙急速地摆动，她说话的声音像铃声一样响亮：

"一点儿不错，我正是要找你，阿托斯·卡涅斯特里尼，正是要找你。"

"可我，请原谅我再说一遍，我不认识您。"

"不错，你不认识我，或者说得准确点儿，你不想认识我，可这并不妨碍我来找你。"

"您这是什么意思？"

"嗨，待会儿我再跟你细谈。现在，对不起，请领我到你的卧室去。"

"我们上客厅去坐坐岂不更好？"

"啊，不，不。我们应当上卧室去。"

"为什么？"

"你马上会明白的。"

我把她带进了卧室。这是一间很大的房间，有两扇窗子、一张双人床、一个衣橱、一只床头柜、几把椅子，全是最普通的家具。她一走进卧室，立即说道：

"这房间冷冰冰的，虽说朴素，可最令人注目的是……充满虚伪的气氛。"

"……充满虚伪的气氛，噢，美人儿，为什么？"

"因为你实际上更喜欢另外一种格调的卧室。"

"请说明白点儿。"

"不妨说，你喜欢更富于女性气氛的卧室。好吧，你瞧着，现在我来替你把房间收拾一下。"

她把手提箱搁在椅子上，从箱子里取出各式各样的梳妆用品，一件件放在床头柜的大理石柜面上：毛刷、小刷子、梳子、小香水瓶、长颈细嘴的大香水瓶、香粉盒、唇膏盒、润肤膏瓶、胭脂盒，等等。她把每一件东西按照严格的顺序整齐地摆在镜子周围。那只手提箱仿佛一座取之不竭的宝库，她掏出来的东西愈多，里面储存的东西似乎也愈多。末了，她终于说道：

"得了，一切安排就绪。你瞧，床头柜不再那么寒碜了。"

我一声不吭，只是凝视着她。她从箱子里又取出一件绣花长衬衣、一件丝绸背心和许多件内衣，把它们一件件挂在衣架上。随后，她把袜子、背心、短衬衣、裙子和还有我也说不清楚的衣服全扔在一张张椅子上。从那只神奇的箱子里，她像玩魔术似的，接连不断地变出一件黑颜色的睡衣、一双绿颜色的拖鞋、一件玫瑰色的便衣。她朝我转过身来，得意扬扬地说道：

"你说，这可比原先的样子好多了？"

我愣住了，呆瞪瞪地瞧着她。她忽然补充说：

"上我这儿来。"

我走到她的跟前。我们肩并肩，站在穿衣镜前面。她说道：

"你瞧，朝镜子里好生瞧瞧，你不觉得我们俩很像吗？"

我把目光投向镜子里的我们，我不得不承认，她说得很有道理。我们有着相同的身材、相同的眼睛、相同的鼻子、相同的嘴巴。我们彼此还会更加相似，如果她的脸上没有流露出那种轻佻、凄凉的神情，幸亏这正是我所缺少的。她平静地说：

"你现在明白了吗？我就是你，你就是我。或者说，我是同一个个体，也就是同一个卡涅斯特里尼的女性体现，你则是同一个个体，也就是同一个卡涅斯特里尼的男性体现。好吧，现在我该宽衣上床了，我想休息一会儿。而你打算做什么呢？"

我惊奇得不知所措了，只是喃喃地说道：

"可我是在我的家里，我打算做直到眼下我一直在做的事情：休息，读书，思考，或许还有幻想。"

"你幻想什么呢？幻想由我来取代你的位置吗？这再也没有必要了，因为如今它已经成为事实。从今以后，在机场执勤的将是男性的卡涅斯特里尼，在家里则是女性的卡涅斯特里尼。而现在你该去机场了，我们今儿晚上再相聚，回见。"

"可你在我家里要干什么呢？"

"这是我分内的事，干吗要告诉你呢？不管怎么说，我会使这个家变得更愉快，更亲切，更轻松。"

她开始脱衣服，丝毫不因为在我的面前暴露自己的身子而觉得羞赧。她的身子，像她的脸一样，矫揉造作，不过不再是掩盖而是鲜明地显出她的年龄的特征。我想，我没有必要再留在那儿，便走出了卧室，身后传来了她的叮嘱："劳驾把房门关好。"

我走到前厅。我打开大门，几乎一头撞在一个健壮的年轻人身上，这是一个普普通通的年轻人，棕色的皮肤，一头蓬乱的头发，脸上的肌肉粗糙而又充满性感，身材很有点像运动员。他带着浓重的方言口音问道：

"是卡涅斯特里尼太太吗？"

"卡涅斯特里尼太太？没有。"

说罢，我蓦地打了一个寒战，惊醒了。原来是一个梦。机场上那个带箱子的女人竟在我的记忆里刻下了如此难以磨灭的印痕！我瞧了瞧我那冷冰冰的、寒碜的光棍屋子，暗暗对自己说，或许我的梦幻中竟也有一丁点儿真实：我想获得一套条件略好的住房的无意识的愿望。我开始默默算计，我该购置一些装饰品把我的房间美化一番：鲜花、油画、儿童玩具、地毯、枕头、丝绸，等等。我这么津津有味地想入非非时，不知不觉又进入梦乡了。

意大利短篇小说

一副眼镜

[意大利]安娜·玛丽亚·奥尔泰塞（ANNA MARIA ORTESE，1914—），生在罗马，后移居那不勒斯，长期在新闻界工作。

奥尔泰塞的早期作品——散文集《天使的痛苦》(1937)、《诗集》(1939)和小说《被埋葬的公主》(1950)——带有大量自传因素，笔触细腻，想象力丰富，抒发感情细致入微。

1953年出版的短篇小说集《海水浸不湿那不勒斯》转而描绘那不勒斯的社会现实，写作风格朴素无华，贫苦市民和小资产阶级的凄苦生活跃然纸上。这个集子中的许多短篇介乎小说和报告文学之间，是新现实主义的杰作，曾获意大利最著名的文学奖——维阿雷焦奖。文学史中只要提及新现实主义，就必然介绍奥尔泰塞，而一说到奥尔泰塞，就会举出这部短篇小说集作为战后新现实主义文学的例子。

不久，新现实主义作为一种文学流派逐渐陷入危机，奥尔泰塞和大多数新现实主义作家一样开始探索新的创作道路。1958年问世的《天上的日子》标志着她的文学生涯出现了重大转折。同年出版的《寂静的米兰》写的是工业化的进程如何使米兰这座古老城市的气氛日益变得令人窒息。六十年代以后，奥尔泰塞重新采用早期的写作手法，每每捕捉幻觉，启迪想象，以细致的笔触描叙丰富的内心世界和感情领域。这一时期的主要作品有《鬣蜥》(1965)，《穷人们和普通人》(1967，获同年度斯特雷加奖)，《月亮照在墙头》(1968)。

《一副眼镜》译自短篇小说集《海水浸不湿那不勒斯》。小说里的中心人物是一个名叫埃乌杰妮亚的小姑娘，她从小住在不见天日的地下室中，视力减退到几乎什么也看不见。她的姑姑努齐亚塔拿出自己一生辛苦积攒下的一点钱,带她到市中心去配眼镜。埃乌杰妮亚试戴上眼镜后,发现市中心是个灯红酒绿的花花世界,商店鳞次栉比,商品琳琅满目,行人衣冠楚楚,真是叫人目不暇接,眼花缭乱。八天后,母亲到市中心取回配好的眼镜,回到位于贫民区的家里给女儿戴上。埃乌杰妮亚终于第一次看见了自己的周围是什么样子:残缺的围墙、杂乱的院子,人们衣衫褴褛,到处是碎纸、枯叶、鼻涕、痰液……她感到痛苦,木然,紧紧贴着母亲,哆嗦不已……

"啊,太阳……太阳……出来亮堂堂!"贝皮诺·克瓦里亚站在由地下室改成的房间的门口,高兴地低声哼唱。

"老天保佑!"妻子洛莎说道,她的声音虚弱而略带欣慰。

风湿症、心脏病纠缠着她,使她在床上辗转呻吟。洛莎转向小姑,又说道:"努齐亚塔,我这就起来,去洗衣服。"

"听你的便,"努齐亚塔站在阴暗的角落里,忧郁、低沉地回答道。"我看你敢情有点疯了,像你这种病,多歇一天有什么坏处!"沉默了一会,又说:"该买杀虫药啦,今儿早上我在衣袖里又逮到一只臭虫。"

房间深处,一张四周飘荡着蜘蛛网的破矮床上,传来了埃乌杰妮亚低微、宁静的声音:

"妈妈,今天我要戴眼镜了。"

她的嗓音里流露出难以掩饰的欢乐。埃乌杰妮亚是贝皮诺的第三个女儿。她的两个姐姐,卡尔美拉和露伊赛拉,在修道院里修课。据说她们已经确信,尘世生活是罪孽,是上帝的惩罚;她们决定再过些时候就披带黑面纱,弃却红尘了。两个小的,帕斯瓜里诺和黛雷塞拉,还年幼不懂事,这时正像死猪似地睡在母亲床上。

"嘿,你就想把眼镜拿来,赶快打碎它,我知道!"

努齐亚塔姑姑有点激怒。她仿佛永远想在别人身上发泄自己对命运的不满,寻找报复似的——她是没有出嫁的老处女,只好像她自己所说的那样寄人篱下,跟随兄嫂过日子,虽然她也常说,这是对主忠诚的表示。其实她是个不坏的女人,而且颇为能干。在家里人发现埃乌杰妮亚的眼睛近视得什么也看不见的时候,正是她决意用自己一生辛苦积攒下来的一点钱,替可怜的女孩配眼镜。

"一副眼镜,八千里拉,我的主啊!"

埃乌杰妮亚没有吭声。她趴在那里洗脸,用劲揉拭灌满肥皂水的眼睛。不过看得出来,她是打心眼里感到高兴。

一个礼拜前,她和姑姑到罗马大街一爿眼镜店去。富丽堂皇的店堂,到处是水晶般闪亮的大小玻璃,淡绿色的卷帘折射出炫目的光芒。大夫给埃乌杰妮亚检验视力,让她戴各种不同的玻璃片，看视力表上那些大的有如积木块、小的恰似针尖的字母。

"可怜的孩子，快瞎了！"大夫带着特别怜悯的神情对姑姑说。"得赶快配眼镜。"

埃乌杰妮亚坐在长凳上，心扑通扑通地跳个不停。

大夫换了一副金边的眼镜：

"好了，看看大街！"

埃乌杰妮亚站起来，由于过分激动，两条腿哆嗦不已。她再也压抑不住心头的喜悦，发出一声轻轻的但是惊讶的喊叫——大街上色彩斑斓的行人来来往往：身穿鲜艳的绸衣、胭脂口红抹得血红的贵妇人，衣着华丽、头发光可鉴人的男子汉，蓄着白胡须、肉红的肥手掌提着银色手杖的老头。大街中心，五光十色的玩具似的小汽车风驰电掣；像房子般的电车装满了衣冠楚楚的人，不断鸣铃前进。街那边是一排金碧辉煌的商店，玻璃柜里满是看不清的高贵商品，诱得人的心发痒，几个系着黑前襟的伙计在里面忙个不停。一家咖啡店里，奶黄色、桃红色的圆桌前，坐着几名金发妙龄女郎，左腿搭在右腿上，手执透明的彩色杯子，慢慢地呷着咖啡，时而卖弄风情地咯咯作笑。咖啡店上面，锦绣的窗帘迎着春风飘动；透过窗帘，隐约可见墙上宝蓝和杏黄色的图纹；水晶吊灯象累累硕果，金朱交错，使人眼花缭乱。绝妙的奇景呵！

埃乌杰妮亚被这五颜六色的花花世界迷住了，她直愣愣地站着发呆。她听不见姑姑和大夫的谈话。

姑姑穿着平常上教堂穿的深褐色布衫，有些拘束，胆怯地不敢靠近玻璃柜台；她和大夫在商量眼镜的价钱。

"大夫，帮帮忙，价钱太贵了……我们都是穷人……"听说"八千里拉"，她差一点没有昏厥过去。"两个镜片，哪用这么贵，大夫……圣母马利亚！……"

"真是不识货，"大夫回答，一面用绒布擦拭镜片，然后按次序放回原处。"你把这两片给小姑娘戴上看看，她准会说声谢谢。一只眼睛九百度近视，另一只已经一千度！如果你想知道……都快瞎了！"

大夫坐下来开发票："埃乌杰妮亚·克瓦里亚，波尔第科区，圣马利亚·古帕街。"

努齐亚塔走到埃乌杰妮亚身旁。侄女站在店门口，墨黑的小手紧紧按住眼镜，仍旧瞧个不停。

"看吧，看吧，我的心肝！你可知道，你这份福值多少钱？八千里拉，听见没有？八千里拉，整整八千，我的主！"

埃乌杰妮亚脸红了，倒不是因为姑姑责备她，而是姑姑的话道破了家里的穷困，弄得女出纳员直瞅着她。埃乌杰妮亚赶忙摘下了眼镜。

"小小的年纪，怎么近视到这个地步？"努齐亚塔付钱的时候，女出纳员问她。"再说，又这样的瘦！"

"好太太，我们家里人的眼睛都是好好的。可是穷人家里不走运的事就是多……主也管不了这么多的闲事……"

"过八天来取配好的眼镜，"大夫说。

走出店门的时候，埃乌杰妮亚在石阶上绊了一跤。

"谢谢您，努齐亚塔姑姑，"稍停，小女孩又说，"我过去和您说话时，总是很不礼貌，撒野，姑姑待我真是一片好心，替我配眼镜……"她的声音有点发抖。

"我的孩子，这个世界，与其看它，还是不看的好啊……"一缕悲哀涌上心头，姑姑凄然回答。

埃乌杰妮亚没有再吱声。

努齐亚塔姑姑常常是这样叫人不可捉摸，她会为一些莫名其妙的小事哭泣、喊叫，讲些不中听的话。到教堂去忏悔时，她却一下变得那么善良、温顺；遇到不幸的人她就心疼，总愿慷慨相助。

从这一天起，埃乌杰妮亚的生活蒙上了一层美妙诱人的色彩。她不安地盼着那副神奇的眼镜，渴望再见到那些美妙的人，那个美妙的世界。

在这以前，她仿佛是生活在朦胧迷茫的雾层里：她住的地下室、晒满破烂衣服的院子、喧闹污秽的小街，对她来说，都被一层灰暗的幕布掩盖着。只有家里人，特别是妈妈、弟弟的面孔，她看得很清楚。因为和他们睡在一个床上，有时晚上醒来，在惨淡的油灯下，她细细端详着他们——妈妈总是张着嘴睡觉，露出一口残缺不全的黄牙；两个小的，帕斯瓜里诺和黛雷塞拉，腥臜的身体长满疖子，拖着清水鼻涕，睡觉的时候，发出一种古怪的声响，活像肚子里养着野虫似的。有几次，她细细盯着他们看了好久，却弄不大清楚自己的想法。她只是模糊地感到，除了这些到处是晒晾的衣服、断腿缺角的凳子、散发着臭味的院子以外，在什么地方还有着光亮，有着声音，有着奇妙的东西；在她戴上眼镜的时候，她真的发现了：世界，周围的世界，是美妙的，是万分美妙的。

"早上好，德娃佐太太！"

父亲在院子里说话。埃乌杰妮亚觉得，原先遮住房门的父亲那件带窟窿的黑布衫在她眼前消失了。

"想找你帮个忙，贝皮诺……"德娃佐太太庄重地、漫不经心地说。

"好说，请您吩咐吧。"

埃乌杰妮亚一骨碌地从床上爬起来，悄悄地穿好上衣，光着脚板，走到门前。清晨的阳光透过周围住宅的空隙，照亮了阴沉的院子，向她迎面扑来。明媚的阳光照亮她老太婆面孔似的蜡黄小脸、蓬乱如麻的头发、粗糙得恰似木头的带着又长又脏的指甲的小手。唉，如果现在有副眼镜，那该多好！

德娃佐太太穿着黑色绢绸上衣，白花边的披肩，细嫩白净的手上满戴着戒指和金镯，神情庄重而矜持。埃乌杰妮亚瞧不清她的脸，只觉得眼前是个鸭蛋形的白点。

"替我的小孩做床垫褥，贝皮诺……十点半到我楼上来吧。"

"听您吩咐，太太。只是我到晌午才有空……"

"不，贝皮诺，饭前得做好，中午有客人来。你到阳台上来做，那儿干活也挺便当，何必让人家三请四邀的……做弥撒的钟响了。十点半来找我。"

等不及回答，她径自走了，小心翼翼地绕过地上的污水。腥臭发黄的脏水不知从谁家门口漫溢出来，在院子里汇成一滩水洼。

"爸爸，"埃乌杰妮亚跟着父亲回到地下室，"德娃佐太太真是好心肠，拿你当自家人看待。主保佑她！"

"倒是个善良的女人！"贝皮诺冷冷地回答。

他的话里有弦外之音。德娃佐太太是这儿一片房子的主人，利用这个特权，她总是要院子里的人为她效劳，做这做那。她也就便施些小恩惠。贝皮诺给她做床垫，洛莎一直替她洗衣裳，就是在腰酸背痛的时候，也得起来去侍候她。不错，正是德娃佐太太出的主意，把贝皮诺的两个女儿送进了修道院——她从这个对穷人来说到处张着虎口的世界里，拯救出了两条性命；不过，这件功德是以三千里拉作代价的，一文不少。

"花了少许钱，清白的心灵可保下来了，"她常这样冷冷地念叨。"现在，贝皮诺，你们可是一无牵挂的福人了。多谢主，是主给你们这样的方便，主拯救了你们……"

洛莎或许是因为宗教情感的缘故，对德娃佐太太有着特殊的敬意。她们凑到一块儿，老是滔滔不绝地议论来世生活，虽然德娃佐太太从来不怎么相信来世，可她丝毫不露声色，反倒对这位做母亲的百般鼓励，要她耐心忍受世道的艰难，切莫丧失信心。

"跟太太谈了什么？"洛莎忧郁地在床上问道。

"要我替她的孩子做床垫褥。"

贝皮诺显得有些恼火。他把跛脚的炉子端到院子里，打算把女儿从修道院送来的咖啡热一热，又用瓦罐盛了些水。

"没有五百里拉，我是不应承这活的。"

"五百里拉正好。"

"那谁去替埃乌杰妮亚拿眼镜？"努齐亚塔连忙从屋子里走出来。她身上是一条破裙子，脚下是一双开了口的旧鞋。干枯的手臂像石板一样呈现着死灰色。

"今天我怎么也去不成了，洛莎又刚好病在床上……"

谁也没有发现，埃乌杰妮亚圆睁着的白茫茫的大眼竟已泪水汪汪。唉，又要煎熬一天戴不上眼镜了！她摸索到母亲跟前，两手捂住脸，凄然伏倒在床上。

母亲伸出手，慈爱地抚摩着她。

"我去，努齐亚塔，不要恼火……到外面走一趟，身体或许还会好些……"

"妈妈……"

埃乌杰妮亚紧紧地吻着母亲的手。

八点钟光景,院子里热闹起来了。洛莎走出了院子,一件没有领的满是污渍的黑罩衫遮盖不住包着一层又黄又皱的皮的两条腿。她挎了一个包,从眼镜店回来时好顺便捎点面包。

贝皮诺拿着把长笤帚在清除院子里的积水。他只是白费力气。水象被切开的动脉里的血,从桶里、槽里源源不断流来。院子里晾晒着两家——二楼格雷博利奥姐妹,和两个月前刚生下公子的阿莫迪太太——的衣服。格雷博利奥家的女佣丽娜·塔拉洛在阳台上死劲地捶打地毯,发出乒乒乓乓的吓人声响。飞扬的尘土和污物从阳台上飘落下来,好似一朵灰云,可谁也不去理会它。

忽地响起一阵刺耳的尖叫和号哭:帕斯瓜里诺哭得像个囚犯,死赖着要跟母亲上街去。

"看看这个讨债鬼!"努齐亚塔姑姑发怒了,她呼喊邻舍,连连央求苍天:"做做好事吧,我的圣母,让我归天,立刻就走,这日子除了小偷和娼妇谁也活不下去了,我的主……"

黛雷塞拉比帕斯瓜里诺年纪小,坐在门坎上,一面嘻嘻地傻笑,一面怪有滋味地舔着一片在凳子底下拣到的干面包。

埃乌杰妮亚坐在邻居玛丽乌基娅的由地窖改成的屋里,手中拿着一片从三楼飘落下来的、描着各色各样图画的儿童画报。她把鼻梁紧紧贴着图片——否则什么也看不见。她看到一条蓝澄澄的小河蜿蜒在浅绿油亮的草地上,草地一望无际,一叶红帆在小河里悠悠地飘动,不知驶向何方……画报上的字她认得不多,可是她不时无缘无故地微笑。

"今天该戴上眼镜了吧?"给人家当女佣的玛丽乌基娅问她,把脸探到她肩膀上来。

院子里老老少少都已经知道她要戴眼镜,因为埃乌杰妮亚说什么也无法把这件事憋在肚里,再说,姑姑也总是想要别人知道,在这个家里,是她在花费钱……总共要……"

"是姑姑替你配的吗?"玛丽乌基娅紧问,微微笑着。

这是个特别矮小的女人,有着一张长着胡须的男子汉的脸;两根又粗又黑的辫子挂到腰际,这是她身上为数不多的、还能证明她是女人的东西。她慢吞吞地梳理头发,一双鼠眼狡黠而又善良地眯笑。

"妈妈到罗马大街去拿了。"埃乌杰妮亚的眼睛充满异样的光彩。"您知道吗,一副眼镜要八千里拉,整整八千里拉,姑姑真是……"

她正要说"好心肠",努齐亚塔怒叫了:

"埃乌杰妮亚!"

"我在这儿,姑姑!"她像条小狗似的跑了。

帕斯瓜里诺哭丧着脸站在姑姑后面。

"到维齐佐伯伯烟铺里去替我买两块糖,三里拉一块的。买了就回来!"

"是,姑姑。"

埃乌杰妮亚接过钱,也顾不得那画报,慌忙走了。

走出大门,一辆由两匹马驾着的装菜大车,像座宝塔,晃晃悠悠地走近来。她竟然没有撞上它。车夫挥着鞭儿,断断续续地哼唱:

"晴朗……的……天……"

歌声柔和甜美,好像情歌。

埃乌杰妮亚抬起了头,睁大眼睛,她感到一种热乎乎的、蓝色的光芒——这是天空。她虽然不能清楚地看到四周欢畅的气象,但是觉察到了:一辆接一辆的大车,满载着穿黄制服的美国兵的卡车,来来往往的自行车;高处,阳台上摆满了盆栽的鲜花,旁边挂着红、黄、蓝各色的床单、毯子、尿布,犹如飘扬的彩旗;用绳子系着的篮子从各家窗口慢慢地垂下来,让叫卖的菜贩、鱼贩装满蔬菜、鱼肉后再拉上去。这条街很像是那些不规则地叠聚在一起的住宅之间的大裂口,太阳只能把自己的光线投射到高楼上,余下的地方是一片昏暗,以及垃圾。然而埃乌杰妮亚感到,今天在这些住宅背后,埋伏着春天的节日气息。现在她显得分外的瘦小、虚弱,好似长年累月躲在又潮又脏的处所的小老鼠。她贪婪地、急促地呼吸,仿佛这荡漾的空气、蓝天,还有那节日,今天都变成了她的了。

走近烟铺时,阿莫迪先生的女佣罗莎丽娅用篮子捅了她一下。罗莎丽娅很胖,一身黑衣衫衬着一双白腿,红通通的脸显得和蔼可亲。

"告诉你妈妈,今儿上我主人家去一趟。太太有事吩咐她。"

埃乌杰妮亚凭着嗓音认出了罗莎丽娅。

"妈妈不在家,到罗马大街替我拿眼镜去了。"

"噢,是吗?我也该戴眼镜了……可我的未婚夫不愿意我戴。"

埃乌杰妮亚不明白这个"不愿意"的意思,她只是天真地回答:

"眼镜贵得很,戴的时候你要小心哪。"

她们一齐走进维齐佐的烟铺。店里挤满了人,埃乌杰妮亚老是被人推回来。

"往前走……你真快瞎了呀!"罗莎丽娅温柔地说。

"努齐亚塔姑姑马上给她戴眼镜了,"维齐佐眯着眼插嘴说,他也戴着眼镜。

"在你这种岁数的时候,"他把糖递到埃乌杰妮亚手中,"我瞧东西比小猫还尖,姥姥一直要我陪伴她,晚上替她穿针线……现在我老了。"

埃乌杰妮亚茫然地点头。

"我们家里也没有人戴,"她身子转向罗莎丽娅,却是向维齐佐低声诉说,"只有我……一只眼九百度,另外一只一千度……我快瞎了!"

"你看，你姑姑真是好心肠……"维齐佐一边笑着说，一边转向罗莎丽娅：

"要几斤盐？"

"可怜的孩子！"埃乌杰妮亚高高兴兴地拿着糖走出去后，罗莎丽娅叹息道。"阴暗、潮湿葬送了她，那间地下室里墙上潮得成天滴水，现在洛莎又得了骨痨病……给我来一斤粗盐……给我来一斤粗盐，一包细盐。"

"这就来。"

"嗨，今天的天气多好，维齐佐。有点像夏天了。"

埃乌杰妮亚慢慢地走着，她自己也不清楚她怎样摸索着拆开了两块糖里的一块，以后又把它送进了嘴。一股清凉的柠檬甜香。

"我给姑姑说路上丢了一块，"她给自己出主意。

她快乐了，已经完全忘记她那好心肠的姑姑会大发脾气。突然一只手拉住了她——是路易季诺。

"你真快瞎了呀！"路易季诺和她打趣。"眼镜呢？"

"妈妈到罗马大街去拿了。"

"我今天没有上学去——天气太好了。干吗我们不去闲逛一会？"

"不行！今天我该好好地坐在家里……"

路易季诺用轻蔑的眼光打量了她一下，哈哈大笑，嘴巴咧开到耳根。

"看你头发乱得像个婆娘似的！"

埃乌杰妮亚本能地摸摸头发。

"我瞧不清楚，妈妈今儿又没有工夫，"她只是喃喃地回答。

"什么样的眼镜？金边的吗？"

"金边的，雪亮雪亮的！"

"嘿，只有老头儿才配眼镜。"

"有钱的太太们也戴，我在罗马大街亲眼见过。"

"那是黑的，晒太阳才戴。"

"你一定是眼红我才这么说的，要八千里拉……"

"戴上以后，你给我瞧瞧是不是真是金边的……你会撒谎……"路易季诺吹着口哨，扬长而去了。

走进院子的时候，埃乌杰妮亚暗自发问，自己的眼镜究竟是不是金边的，如果不是，她该怎么回答那个调皮鬼，让他相信这是值钱的东西吗？——可是今天的天气多好呀！妈妈大概已经拿到了眼镜，在回家的路上了……过一会她就能戴上眼镜……就能……

冷不防，一阵巴掌像狂风暴雨一样朝她头上、脸上落下，她枉然想用双手保卫自己；她摇摇欲倒。是努齐亚塔姑姑大发雷霆了。

帕斯瓜里诺凶神一般站在姑姑背后。

"讨债鬼！……活该，眼睛瞎了好！我一生的心血都费在这不知好歹的小鬼身上了……八千里拉，整整八千……啊，圣母马利亚……"姑姑放下挥打的手，呜呜地哭了起来。"……我的主……救救我吧，让我归天！"

埃乌杰妮亚也号啕大哭。

"姑……姑……饶我，姑……姑……"

帕斯瓜里诺还在又哭又哼。

"可怜的孩子……"玛丽乌基娅走过来，"她不是有意这样做，努齐亚塔，平平气……"又转向埃乌杰妮亚："你把糖放到哪里去了？"

埃乌杰妮亚的脸被指痕、眼泪划成一道一道的，在狂怒的姑姑面前不知何处容身。张开肮脏的手，拿出剩下的一块糖，胆怯怯地说：

"我吃掉了一块，肚子饿了。"

姑姑又要扑过来。三楼传来德娃佐太太庄重、威严的声音：

"努齐亚塔！"

努齐亚塔抬起痛苦的脸，象受尽折磨的圣母。

"今天是月里的第一个星期五①，看在主的份上吧。"

"善良的太太啊，这些宝贝逼着我作了多少孽！我的心都碎了，我……"

她的脸捂在爪子样的两只大手里，泣不成声。过度的操劳使她手上的皮肤恰似剥去了鳞片的鱼背，到处龟裂。

"可怜的姑姑！她替你配眼镜，你却这样报答她……"玛丽乌基娅责备打着哆嗦的埃乌杰妮亚。

"贝皮诺在家吗？"德娃佐太太问。

"是，太太，我在这儿……"贝皮诺应声回答。这一阵子他一直躲在地窖房门后面，用一块纸板扇着炉子，烧菜豆粥准备午饭。

"你能上来一趟吗？"

"她妈替埃乌杰妮亚去拿眼镜了，我在烧饭……劳您驾等一会，如果您方便的话……"

"好吧，那你打发这小家伙上来，有件衣衫送给努齐亚塔。"

"这就来，愿主保佑您。"

贝皮诺吁了一口气，这一下可使姑姑平静下来了。他瞧了瞧努齐亚塔，发现她毫无高兴的神色，仍是在呜咽。姑姑的哭泣倒惊住了帕斯瓜里诺，他变得肃然无声，只是在一旁舔着从鼻孔里流出来的黄鼻涕，甜滋滋地傻笑。

---

① 传说星期五是基督受苦殉难的日子。

"听见没有？上楼到德娃佐太太那儿去拿衣衫，"贝皮诺对女儿喝道。

埃乌杰妮亚用僵滞的眼珠瞪视着空中浑黄的前方，却什么也看不清。她打了个寒噤，立刻驯服地挪动脚步。

"对太太说：'愿主保佑您。'站在门外不要进去。"

"是，爸爸。"

"你应该明白我，玛丽乌基娅，"埃乌杰妮亚走后，努齐亚塔说，"弄不清是什么缘故，我疼爱这小家伙。天晓得，揍了她一顿，心里又懊悔又心酸；可是当时血霍地涌了上来，手就不由自主了。你瞧，老了……"她摸摸深陷的面颊。"有时候，我真觉得自己是个疯子……"

"哟，全新的！"埃乌杰妮亚的鼻尖伸近摊在沙发上的一件绿衣。

德娃佐太太在找包衣服的旧报纸。她暗自思忖，这孩子敢情真是瞎了，否则一定会发现，这件她亡姐遗留下的衣衫早已缀满补丁，旧得不像样。她忍住没有开口，只是找到报纸后，走到女孩身旁，才说：

"是姑姑替你配的眼镜吗？新的？"

"金边的，要八千里拉，"埃乌杰妮亚一口气回答道。一提起这件事，她又立时得意起来。"因为我快瞎了，"她天真地接着说。

"我看，"太太把衣衫用报纸包起来，一会又打开，把露在外面的衣袖塞进去，她说，"你姑姑倒可以省点钱，阿辛匈路一爿店里，我看见一副挺不错的眼镜，只要两千里拉。"

埃乌杰妮亚脸烧红了。她明白，德娃佐太太大概是不乐意了。

"每个人都有自己的福分，应该安分守己……她记得，在妈妈每次把洗好的衣服送来，站下来诉苦时，太太总是这样讲的。"

"或许那眼镜不太好，我一只眼九百度，另一只……"她讷讷地诉说道。

太太蹙起了眉头，好在埃乌杰妮亚看不见。

"很好的眼镜，告诉你……"太太的口气有些凶了，但立刻又柔和下来。"我的孩子，我这样说，是因为我很清楚你们家里的艰难。多六千里拉，你们可以买十来天的面包，可以买……你说，你眼睛亮堂了有什么用？"沉默了一会。"要么为了念书，你识字吗？"

"不识，太太。"

"你又撒谎了，我好几次瞧见你鼻子粘在书本上。这很不好，我的孩子。"

埃乌杰妮亚不再吱声。她感到绝望的苦楚，泛白的双眼望着衣包。

"是绸的吗？"她呆呆地问。

德娃佐太太若有所思地瞟了她一眼。

"不是你穿的，我还打算送你一件礼。"她走向白漆立柜。

走廊上的电话铃响了,太太离开立柜,去接电话。

埃乌杰妮亚受了这些话的刺激,压根儿没有听到太太慷慨的许愿。她一个人孤独地站着,她那双可怜的眼睛又向四周打量起来。唉!那罗马大街的店家!多少美丽奇妙的东西!

她前面开着一扇通往阳台的门。她走到阳台上。阳台上摆着盆栽的鲜花。多清新的空气,多蓝的天啊!房屋都披上了淡淡的青纱。下面的小街宛如坑道;行人似点点的蚂蚁在来回蠕动,和她家里的人一样……这些人在做什么?匆匆忙忙地又是赶往哪里去呢?他们从坑道的洞穴里出来又进去,夹带着大块的面包。他们昨天是为了这个奔波忙碌,明天也还是为了这个操心奔走,永远……永远没有停息。多少这样的洞穴,又有多少如此的蚂蚁呀!四周,在炫目的日光下,好像有个不可触摸的、上帝创造的世界,还有那轻柔的微风、煦暖的阳光、碧蓝的大海……

她木然地伫立在栏杆前。突然袭来的悲哀使她感到胸口窒息,她迷茫,她困惑了。

背后响起了德娃佐太太沉静、怜悯的声音,象牙般的小手拿着一本黑皮的书:

"读读这本书吧,我的孩子,这里都是圣人的智慧。眼下青年人什么书也不念,世道越来越坏了。拿去吧,我送你的。不过你得向我保证,戴上眼镜后每天晚上只能读一点。"

"是的,太太,"埃乌杰妮亚慌忙回答,接过书来。她的脸颊又烧红了起来,因为太太在阳台上找到了她。

"主在拯救你,我的孩子!"太太把衣包递到女孩手里。"你的长相也丑了,像个老太婆。可主会保佑你,使你摆脱苦难,像你的两个姐姐一样。"

埃乌杰妮亚感到怅惘。她迷糊地觉得,太阳现在失去了刚才诱人的光亮,甚至想到就要戴上的眼镜也不能使她激动了。她凝聚着眼力眺望远处的海面,那里,波西里波[①]形同蜥蜴,无精打采地蜷伏着。

"告诉你爸爸,"德娃佐太太继续说,"今天不要上我家做活了。表姐打电话来邀我去波西里波。"

"那里我也去过一次……"听到这个地名,女孩多少有些振作起来。

"是吗?……真的?"太太淡然地问,她压根儿没把这句话放在心上。

她移动肥胖的身躯,把还在向大海眺望的孩子送到门口,轻轻地闭上了门。

埃乌杰妮亚下了楼,走到院子里,骤然间,使她郁闷的忧愁消失了,嘴角露出了欣喜的笑:她隐约看见妈妈走了过来,母亲疲惫、衰弱的身影是不难认出来的。她把衣包往院子里的凳上一撂,向母亲直奔过去。

"妈妈!眼镜!"

[①] 那不勒斯郊区的游览胜地。

"轻些,我的孩子,你快把我推倒了。"

四周顿时围拢了一群人:玛丽乌基娅、贝皮诺、格雷博利奥先生的一个妹妹、闻声奔来的阿莫迪先生的女佣罗莎丽娅,不用说,自然还有把手伸得老长的帕斯瓜里诺和黛雷塞拉。

努齐亚塔在一旁打开衣包,细细地瞧着衣衫,一脸沮丧失望的神色。

"瞧,玛丽乌基娅,破旧透顶的衣衫……胳肢窝下全磨穿了!"

可是,谁会在这个时候理睬她?洛莎小心翼翼地从镜盒里取出眼镜——一只光亮的大虫,圆瞪着一对大眼,虎视眈眈;两根弓曲的触角,在洛莎又黑又粗的手掌上伸延;在阳光下,它对着这群又惊又喜的穷人得意地闪烁。

"八千里拉……这件玩意!"洛莎带着神秘而又责怪的神情瞅着眼镜。

一阵沉默后,她给埃乌杰妮亚戴上眼镜。女儿狂喜地伸出手,哆哆嗦嗦地在耳后把镜架盘弄好。

"你看见我吗?"母亲怯怯地问。

埃乌杰妮亚用手托住眼镜,生怕被人夺走,半眯着眼,张开欢笑的嘴,向后退了两步。

"恭喜!"罗莎丽娅说。

"恭喜!"格雷博利奥的妹妹接腔道。

"真像个女教师,可不是?"贝皮诺得意得很。

"也不说声谢谢,"努齐亚塔一面自言自语,一面仍把那衣衫细细打量个不停,"……只知道恭喜了!"

"小心,我的孩子!"洛莎咕哝道。"总算戴上了!她抬头对在楼上探出身子的格雷博利奥先生的另一个妹妹说。

"啊,妈妈,多小呀!我看到的东西,全是小小的……黑黑的……"埃乌杰妮亚的嗓音有点窒息。

"第一次戴眼镜都这样。你看得清楚吗,女儿?"贝皮诺一面问,一面向拿着报纸走进来的阿莫迪先生打招呼。

"告诉你,"阿莫迪先生毫不在意,象瞧一头小猫似地瞟了埃乌杰妮亚一眼,对女佣罗莎丽娅说,"楼梯今天没有扫干净,我在那里瞧见一块鱼骨头!"

说完,弓着腰,脸几乎埋到报纸里,径自走了——今天报上登了退休法条例草案,唯有这条消息引起了他的莫大兴趣。

埃乌杰妮亚仍然紧紧按住眼镜。她走到大门口,瞧瞧她居住的这条古帕街,看看外面的世界——她的腿打战了,一阵头晕目眩,欢乐的心情化为乌有;发紫的嘴唇似想微笑,笑容却慢慢收敛,变成悲哀的苦脸。突然间,眼前的晒台变幻起来,叠出了无数个,好像有几千个、几万个在飞转……拉货大车旋风似地向她冲过来……充塞空间的噪声、叫嚷和鞭声在她头上狂乱地敲击。

她摇摇晃晃转回院子，惊骇和恐惧更猛烈了——残缺畸形的围墙，破烂杂乱的院子，像一头血肉模糊的死乌鸦；肥皂水遍地流淌，菜皮、枯叶、碎纸、痰和鼻涕到处狼藉；还有这群衣衫褴褛，被贫困、顺从折磨得变了形的人们，在好奇地打量着她……在她这些妖邪的镜片里，这群人忽而蜷缩变小，忽而大得可怕，越发变得奇形怪状。所有的人都在向她瞪视，对着她叫嚷，准备向她扑来……

玛丽乌基娅第一个发现埃乌杰妮亚神情异样，赶忙替她摘下了眼镜。

埃乌杰妮亚弯着腰，大口地呕吐起来。

"快拿杯咖啡来，努齐亚塔！"玛丽乌基娅托住女孩的额头，喊道。

"八千里拉，整整八千……我的主！"努齐亚塔踉跄奔回地窖去拿咖啡，同时把眼镜举得高高的，象寻求主的回答："一定是配错了！"

"第一次戴上眼镜总是这样，"罗莎丽娅镇静地劝慰洛莎，"不要着忙，慢慢就习惯了。"

"没什么，孩子，没什么……不用害怕！"洛莎也跟着劝慰女儿。可是一想到家庭的困难和不幸，又不禁凄然泪下。

姑姑端了咖啡出来，悲怆地嘟哝道：

"八千里拉，整整八千……我的主！"

埃乌杰妮亚脸色苍白得像蜡纸，浑浑噩噩，木然地转动身子，好像要抛掉压在身上的无形千斤重担，痛苦得鼓凸圆睁的大眼，含着两眶晶莹的泪水，紧紧贴着妈妈，哆嗦不已。

"妈妈，我们在哪儿？"

"在院子里，孩子，"洛莎颓然说，心里一阵悲酸。

"半瞎了，可怜的女孩！"

"也半傻了！"

"让她安静会儿吧，可怜的孩子，受惊了！"玛丽乌基娅说。她的脸也因辛酸而抽搐。

她走进洛莎的房里。地窖比往日更加阴沉、闷郁。

只有努齐亚塔搓扭着双手，喃喃自语：

"八千里拉，整整八千……我的主！"

蝙　蝠

　　［意大利］路易吉·皮兰德娄（LUIGI PIRANDELLO，1867—1936），当代独树一帜的作家。出生在西西里一个具有民主思想传统的家庭。在德国波恩大学深造，获语言学博士学位。

　　早期创作具有真实主义的特征，长篇《被遗弃的女人》（1901）和短篇《西西里柠檬》（1910）描写西西里的风情习尚，批判上流社会。后来，他的小说，特别是怪诞剧，着重写人的"自我"与"假面"的冲突，荒诞不经，惊世骇俗。

　　在长篇小说《已故的帕斯卡尔》（1904）、剧作《六个寻找作者的剧中人》（1921）、《亨利第四》（1922）等中，人物被置于最不可信、最荒唐的环境里，通过怪诞、夸张的冲突，触目惊心地揭示出：变幻莫测的现实不过是一系列的幻影，人无论在现实世界里，还是在虚构的世界里，都无法找到一席之地。剧作《寻找自我》（1932）、《高山巨人》（1932）表达了作家惨痛的意识：人寻找自我，维护自己作为人的价值的努力，都注定要失败；艺术被高度物质化的社会生生扼杀。

　　1934年，皮兰德娄获得诺贝尔文学奖。

　　皮兰德娄是位短篇小说大师。他的短篇不只数量众多，一生写了三百多篇，而且风格手法迥异，情趣妙生，饱含哲理。《蝙蝠》写一个剧团在排练和首演一出新戏发生的一件妙事。"蝙蝠"，作为一种意象，一种象征，被作家推到舞台的中心，成为情节发展的关键，众人关注的重点。蝙蝠的闯入，导致了首演的意想不到的成功，妙不可言，又象征着"实际现实"同"艺术现实"的矛盾。小说的结构紧凑，语言诙谐，又寓有淡淡的荒诞色彩和黑色幽默。

一切顺利。

这出喜剧，没有包含任何会让观众生气或讨厌的新东西。它构思精巧，足以引发预期的效果。

喜剧的人物当中有一位高级神职人员，也就是说，一位红衣主教，他在家中收养了一位贫穷而又守寡的小姨，而他年轻的时候曾经爱过她。寡妇的小女儿，正值女大当嫁的年华，红衣主教大人很想把她嫁给一个受他保护的年轻人。这位后生从小在他家里长大，表面上看来，是他从前的一个秘书的儿子，可是，实际上……

得了，说来说去，这不过是青年时代的旧事一桩，今天大可不必再苛求这位主教大人；当然，如果哪怕简单地追述一下那段往事，也就免不了会对他严加指责。另外，不妨这么说，这正是整幕戏的关键，这场戏的效果异常强烈：小姨站在黑暗中，或者说得更确切一点，站在如水的月光洒满的露台上；主教大人开始倾诉真情之前，对他的忠实的仆人吩咐道："朱塞佩，把灯关掉。"

总之，一切顺利，顺利极了。所有演员的表现都无可指责，一个个都热爱自己的角色。加斯蒂娜小姐也是如此，是的，她对自己扮演的贫苦孤儿的角色也非常满意，满意极了。孤苦的侄女自然不愿意嫁给那个被主教大人保护的后生，有好几场戏她要表现自己的高傲的反叛；加斯蒂娜小姐非常喜欢这场戏，因为她期望这几场戏能给她带来满堂的喝彩。

简单地说，我的朋友法乌斯蒂诺·佩雷斯，在他的新作公演的前夕，一方面热切地期待着演出的巨大成功，一方面又流露出前所未有的得意心情。

不料，半路里杀出了个蝙蝠。

在我们国家剧院的话剧演出季节里，那只该死的蝙蝠，每个晚上都要充当不速之客，要么从塔形屋顶的排气口飞进来，要么某个时候在巢里醒来，那个巢就筑在高处，在那些铁条、木桩和螺栓组成的大梁上；蝙蝠发狂也似的飞起来，它无意在观众头顶上那剧场的巨大穹顶乱飞，因为演出的时候，剧场大厅的灯光全都熄灭了，而是直奔舞台的侧幕的光亮之处，直奔高高的灯柱，因为舞台的灯光吸引它；于是它出现在舞台上，当着演员们的面，飞来飞去。

加斯蒂娜小姐害怕蝙蝠，怕得简直要发疯了。头几个晚上，曾经有三次，她几乎要昏倒过去，每次她都眼睁睁地瞧着蝙蝠贴近她的脸部，擦着她的头发，打她的眼皮底下飞过，最后一次——我的上帝，真叫人恶心！——蝙蝠发出刺耳的尖叫，黏黏糊糊的翅膀几乎贴到了她的小嘴。她没有大声叫喊真也是个奇迹。她的神经高度紧张，硬是强迫自己站在舞台上，坚持演出自己的角色，而同时又不由自主地、胆战心惊地用眼睛紧紧盯住那该死的蝙蝠的狂飞乱舞，她的良苦用心是，即使实在忍受不了，也不可逃离舞台，躲进自己的化妆间去。不过，那可恶的蝙蝠最终还是激怒了她，以致她不得不声明，倘使再找不到什么阻止蝙蝠在演出时乱飞乱窜的法子，她的安全得不到保证，那么，她也就无法保证自己在某个晚上会做出什么事情来。

看来，确凿无疑的是，蝙蝠不是从别处飞来的，它恰恰是选择了剧场屋顶的大梁作为自己的安乐窝。事实证明，法乌斯蒂诺·佩雷斯的这出新喜剧首演的前一天晚上，剧场屋顶的所有排气口都关闭了，可人们依旧看到蝙蝠在平常那时刻，像以往的每个晚上那样，在舞台上肆无忌惮地飞来飞去。于是，法乌斯蒂诺·佩雷斯，深为自己新剧作的成败担忧，便向剧场经理和剧团团长提出请求，甚至苦苦哀求，派两三名或者四名工人登上屋顶，哪怕是由他掏钱，去捣毁那个蝙蝠巢儿，轰走那只蛮横无理的畜生。不料那两位头头却说他异想天开，敢情是疯了。剧团团长听到这样的请求，更是火冒三丈，加斯蒂娜小姐竟然为保护自己的一头秀发而惊慌失措，这实在让他觉得可笑，让他感到厌恶，厌恶，厌恶极了！

"仅仅为了头发？"

"是的，是的！您难道还不明白？人们告诉她，蝙蝠的两只翅膀有一种说不清楚的黏黏糊糊的东西，一旦飞到她的头上，翅膀就会牢牢地粘住她的头发，除非把头发统统剪下来，否则没有别的法子可以把蝙蝠赶走。您明白了吗？她就是为此担惊受怕！她没有醉心于自己的角色，没有同自己的角色融为一体，至少不该去想这些愚蠢的事情！"

愚蠢，就为了一个女人的头发？为了加斯蒂娜小姐的一头秀发？剧团团长如此大发雷霆，倒使法乌斯蒂诺·佩雷斯愈发惶惶不安，啊，上帝！啊，上帝！倘使加斯蒂娜小姐真是为此心慌意乱，那他的新戏可就砸了！

彩排开始之前，为了跟剧团团长作对，加斯蒂娜小姐跷起二郎腿，一只胳膊支在跷在上面的那条腿的膝盖上，用拳头托住下巴，一本正经地询问法乌斯蒂诺·佩雷斯，演出的时候在迫不得已的情况下，是否能够让主教大人把他在第二幕念的那句台词，"朱塞佩，把灯关掉！"再重复一遍，事情很清楚，除非把灯光熄掉，没有别的法子能够把晚上闯进室内的蝙蝠撵走。

法乌斯蒂诺·佩雷斯不觉打了一个冷战。

"你是开玩笑吧，小姐？"

"不，不，我是很严肃地这么说的！请原谅，佩雷斯先生，您莫非果真要借助您的喜剧来创造一种完美无缺的幻觉吗？"

"幻觉？不。您为什么说是幻觉呢，小姐？艺术确确实实能创造一种现实。"

"哦，好极了。那么请允许我对您说，艺术创造现实，而蝙蝠却破坏现实。"

"哪儿的话！为什么？"

"因为原因就是这样简单，您不妨设想一下这样的情况，在现实生活中，在一间屋子里，晚上发生了一场家庭争执，丈夫跟妻子，或者母亲跟女儿，争吵不休。我也说不清楚，这也许是一场因利害关系，或者因为别的缘故而爆发的冲突，忽然间，一只蝙蝠飞了进来。好吧，那该如何处置呢？我敢肯定地对您说，因为这只蝙蝠的突然闯入，这场冲突也就立即中断了。要么熄掉灯火，要么大家统统转移到另外一间屋子去，要么有人操起一根棍子，爬上凳子，想方设法把蝙蝠打翻在地。于是，请相信我，其他的人就会暂时毫不理会这场冲突，而一齐跑过去看热闹，笑嘻嘻的，同时又厌恶地围观那该死的畜生会有怎样的结局。"

"不错！不过，这是生活中常有的事！"可怜的法乌斯蒂诺·佩雷斯嘴角的微笑消失了，反驳道，"在我的艺术作品里，小姐，我可是没有把蝙蝠写进去的。"

"您确实没有把蝙蝠写进剧本，可它要是自个儿闯进去呢？"

"那就应当不理睬它！"

"您觉得这样是合乎情理的吗？恕我对你大胆直言，在我看来，因为我是您的喜剧中莉维娅这个角色的扮演者，这是不会合乎情理的。要知道，莉维娅，我了解她，我比您更了解她，她是多么害怕那蝙蝠啊！请注意，这是您的莉维娅，而不再是我。您忽略了这一点，因为您无法想象这样一种情况：正当莉维娅激烈地反抗她的母亲和主教大人的旨意时，突然会有一只蝙蝠飞进房间来。不过，今天晚上，您应当相信，在演这一场戏的时候，蝙蝠绝对会闯进来的。那末，请允许我向您提一个问题，根据您试图创造的那个现实本身，莉维娅害怕那只蝙蝠，害怕得浑身扭曲，颤抖，一想到蝙蝠可能会碰到她就想高声喊叫，倘使她站在原地不动，仿佛什么也没有发生似的，尽管蝙蝠围着她的脸孔来回盘旋，她却表现出若无其事的样子，您难道会觉得这全都合乎情理吗？您真会开玩笑！我坦率告诉您，莉维娅准会撂下这场戏，逃之夭夭，或者躲到桌子底下去，像一个疯子似地大喊大叫。所以，我建议您好生考虑一下，倘使您确实认为让主教大人再重复一遍对朱塞佩的吩咐：'朱塞佩，把灯关掉！'是不可取的，那么……请等一等，或者，啊，想出来了，也许这样更好！这个彻底摆脱的办法！就让主教大人吩咐朱塞佩去操起一根棍子，爬到凳子上……"

"好一个点子！就这样，是吗？让这出戏演到半拉就拦腰斩断，让全场观众乐不可支，哄堂大笑，对吗？"

"不过，我亲爱的，这是再合乎情理不过的了！请您相信这一点。这也是为您的喜剧着想，既然确实有那么一只蝙蝠，不管您乐意不乐意，都是无能为力的，它准定会闯进舞台来。这是一只真实的蝙蝠！倘使您不考虑这个因素，莉维娅丝毫不予理会，其他两位演员也做出若无其事的样子，照旧演他们的戏，仿佛那只蝙蝠压根儿不存在似的，那就太虚假，太差强人意了！敢情您真不明白这一点？"

法乌斯蒂诺·佩雷斯无可奈何地垂下双臂。

"啊，我的上帝，小姐，"他说道，"倘使您想开个玩笑，那就……"

"不，不！我再向您重复一遍，我是很严肃，确确实实严肃地跟您商讨这个问题的。"加斯蒂娜反驳道。

"那么，我要回答您说，您是个疯子，"佩雷斯站起身来，说道："那只蝙蝠应当是我创造的现实的一部分，我自然会考虑到这一因素，也会让我的喜剧中的其他人物也考虑到这一因素。总而言之，这本应是一只虚构的、并非实实在在的蝙蝠！因为，现实中的一个偶然因素，是不能在某个时刻出人意料地闯入艺术作品创造的具有实质意义的现实。"

"倘使它闯进去了呢？"

"不会发生这类事！不可能！那只蝙蝠，在我的喜剧当中压根儿就没有它的位置；在舞台上表演的是你们。"

"太好了！我也是在舞台上演您的喜剧。这么说来，就有个两难的选择，舞台上要么有您的喜剧，要么有那只蝙蝠。我敢肯定地对您说，蝙蝠是存在的，不管怎么说，是活生生的。我已经向您说明，有这么一只活生生的蝙蝠出现在舞台上，莉维娅和另外两个角色，却要照旧演他们的戏。仿佛蝙蝠不存在似的而事实上它确实存在，这样，莉维娅和另外两个角色是不可能让人觉得自然可信的了。结论是很清楚的，要么让您的戏砸了，要么让蝙蝠见鬼去。倘使您觉得无法驱逐那只蝙蝠，亲爱的佩雷斯，那您的这出戏的命运，就听上帝的安排吧。现在，我愿意告诉您，我理解我的角色，我会竭尽全力去演好它，因为我喜欢这个角色。不过，今天晚上我的神经是否经受得住，我就管不了啦。"

任何一个作家，只要他是一个名符其实的作家，哪怕才智平庸，处在像法乌斯蒂诺·佩雷斯在首演晚会那样的时刻，人们便会看到这个作家令人感动的表情，或者换一个说法，令人可笑的神态，他会先于所有的观众，被自己所写的戏所打动，有时，他甚至是观众中唯一被这出戏所打动的人，他哭泣，欢笑，他跟随舞台上演员的种种表情，而不知不觉地做出种种怪模怪样，他呼吸急促，神色紧张，惶惶不安，忽而举起这只手，忽而举起另一只手，做出招架或者忍受的样子。

法乌斯蒂诺·佩雷斯躲在侧幕后面，跟消防队员和舞台工作人员在一起，在整个第一幕和第二幕的一部分演出中，他的确没有去想蝙蝠，他完完全全被自己的戏吸引住了，他跟戏融为一体了。我敢说，佩雷斯的这种神情，我是亲眼目睹的，因为当时我陪伴着他。他没有去想蝙蝠的缘故，不能说是因为蝙蝠此刻还没有像平常一样光临舞台。不对。他没有去想蝙蝠，因为他万万不能去想。事实确实如此，戏演第二幕的一半，蝙蝠终于出现了，他竟丝毫没有察觉，他甚至没有理会，我为什么要用胳膊肘碰碰他，他转过身来，愣头愣脑地望着我的脸，问道：

"怎么啦？"

只是在这出戏的命运显得很不美妙的时候，——这当然并非蝙蝠的过错，也不能责怪演员们因蝙蝠的出现而惶恐不安，而是由于这出喜剧本身的明显的毛病。——仅仅在这个时候,他才想起了蝙蝠。说句老实话,戏的第一幕演出时,就只得到稀稀拉拉的、颇为冷淡的掌声。

"啊,我的上帝,瞧,它飞来了……"可怜的佩雷斯说道,浑身直冒冷汗;他耸起一只肩膀,脑袋直往后仰,一会儿耷拉到这边,一会儿耷拉到那边,仿佛那只蝙蝠就围着他飞来飞去,他想躲开蝙蝠似的;他用扭曲的双手,把脸孔捂住。

"上帝,上帝,上帝啊,它好像是发疯了……唉,你瞧,它几乎要碰到罗西女士的脸了!……有什么法子?你想,加斯蒂娜小姐现在就要上场了!"

"别吱声,看在上帝的份上!"我劝解他,攥住他的两只胳膊,摇晃了几下,竭力想把他拉走。

可是,我没有能做到这一点。加斯蒂娜小姐从对面的侧幕后面上场了。佩雷斯好像神魂颠倒似的,眼睛直勾勾地盯着她,全身颤抖不止。

蝙蝠围着那只从屋顶垂挂下来的、装有八支圆形灯泡的吊灯穿梭飞行,看得出来,加斯蒂娜小姐没有察觉蝙蝠的闯入,观众以出奇的寂静来等待她出场的情景,肯定使她陶醉了。戏就在这种鸦雀无声之中进行,显然是受到了欢迎。

唉,如果那只蝙蝠没有飞进来该多好!可是,它飞进来了!它飞进来了!观众都全神贯注于台上的演出,也丝毫没有察觉蝙蝠的闯入。可它就在舞台上方,仿佛有心捣乱似的,现在它把加斯蒂娜小姐当作了目标,紧紧盯住不放。那讨厌透顶的、该死的畜生,顽固而又凶猛地纠缠着加斯蒂娜小姐,而可怜的姑娘使出浑身解数,竭力克制这种骚扰在她心中激起的愈来愈强烈的恐惧,试图挽救这出戏。

忽然,法乌斯蒂诺·佩雷斯听到加斯蒂娜小姐一声极其尖厉的叫喊,随即倒在主教大人怀抱里,他顿时恍惚瞧见舞台上出现了一个万丈深渊,他赶紧用双手捂住脸孔。

演员们急忙把昏厥的加斯蒂娜小姐抬下舞台,而我也匆匆把佩雷斯拽走。

舞台上乱作一团。起初,在这一片骚乱中,谁也没有心思去关心此时剧院大厅里发生了什么。好像只是听到了遥远的、雷鸣般的喧嚣声,没有人注意到这一点。这是雷鸣般的喧嚣声吗?啊,不,完全不是雷鸣般的喧嚣声,这是掌声。什么?是的,掌声!掌声!狂热的掌声!全体观众站立着,狂热地鼓掌长达四分钟之久,他们请剧作家和演员们到舞台上来谢幕,他们欢呼这场女主角昏厥的戏的巨大成功。这场戏演得如此出色,仿佛就是剧中的情节,观众们看到了奇妙无比而又真实可信的演出。

怎么办?法乌斯蒂诺·佩雷斯惶恐不安,望着众人发愣,浑身颤抖。剧团团长情绪亢奋,快步走上前去,一把攥住佩雷斯的肩膀,猛地用力一推,把他从侧幕后面推上了舞台。观众向他发出震耳欲聋的欢呼,长达两分多钟。他先后上台向观众谢幕六七次,而观众依然不知疲倦地鼓掌,他们还要请加斯蒂娜小姐上台。

"加斯蒂娜上台!加斯蒂娜上台!"

而加斯蒂娜小姐怎能上台来谢幕呢?此刻,在她的化妆间里,她因为神经受到严重的刺激而浑身痉挛不已,众人正围着她,慌乱地进行抢救。

剧团团长不得不走到台上,非常痛心地宣布,我们这位大受欢迎的演员,不能出来向尊敬的观众们谢幕了,因为她全身心地投入了这场戏,以致突然感到身体不适,也因为这个缘故,今晚的演出只能遗憾地到此结束。

事情发展到这一步,人们免不了会问道,那只该诅咒的蝙蝠,是否还能以比这更糟糕的方式为法乌斯蒂诺·佩雷斯效劳呢?

倘使把这场演出的中断归咎于蝙蝠,那在某种意义上对佩雷斯来说,不失为一种慰藉;可是,现在却要把演出的成功算作蝙蝠的功劳,归功于靠它的一双令人厌恶的翅膀的疯狂飞行所带来的轰动。

刚刚从最初的晕眩中恢复过来的佩雷斯,虽说依然像个失去了生气的死人,跑到方才很不客气地把他推到台上去的剧团团长跟前,双手揪住自己的头发,对他嚷道:

"那么,明天晚上呢?"

"我能说什么?我又能做什么?"团长怒气冲冲地对着他吼叫,"难道我能对观众宣布,那些掌声是属于蝙蝠,而不是属于您的?赶快想补救的办法,得马上补救,明天晚上让观众把掌声献给您。"

"当然!可怎么补救呢?"可怜的法乌斯蒂诺·佩雷斯问道,他又陷入了惶恐不安的痛苦。

"怎么补救!怎么补救!难道要我告诉您怎么补救吗?"

"可是,我的剧本里并没有写昏倒的戏,而且毫不相干,勋爵!"

"您现在必须加上这场戏,亲爱的先生,不惜一切代价!您难道没有瞧见方才轰动吗?明天早上所有的报纸都将谈论这件事。说什么也不能缺这场戏!别再犹豫不决,别再心生怀疑,今天晚上歪打正着的这场戏,我的演员们以后会演得绝顶逼真的。"

"当然……不过,您知道,"佩雷斯试图向团长说明,"演出之所以如此出色,原因在于加斯蒂娜小姐昏倒之后戏就中断了!而明天晚上,倘使戏要接着往下演……"

"而这正是您应该去想办法补救的!"勋爵又一次朝着他的脸吼叫起来。

"这是怎么回事!怎么回事?"加斯蒂娜小姐已经苏醒过来,她用戴着熠熠闪光的戒指的双手,把皮帽戴到美丽的头发上,开口说道:"莫非你们果真不明白,这儿该由蝙蝠来说话,而不是你们,亲爱的先生们。"

"住嘴,别再提那蝙蝠啦!"剧团团长火冒三丈,气势汹汹地冲到加斯蒂娜小姐跟前。

"让我住嘴?您应当住嘴,勋爵,不再提起那蝙蝠。"加斯蒂娜小姐微笑吟吟,平静地回答说,她确信她这样说正是对剧团团长最大的蔑视,"道理很简单,您瞧,勋爵,我们不妨来讨论一下:倘使佩雷斯先生按照您的吩咐,把昏倒这场戏写进剧本里去,在戏的第二幕,我可以奉命假装昏倒过去。不过,您那时应当让那只真正的蝙蝠听命于您,不让它在第一幕,或者第三幕,或者就在第二幕,迫使我再昏倒一次,也就是说,在第一次假装昏倒之后,立刻再发生一次真正的昏倒!我的先生们,因为我请你们相信,当我感觉到它朝这儿,朝我,朝我的脸颊飞来的时候,我是确确实实吓昏了的!而明天晚上,我谢绝登台演出,谢绝演出因为无论是您,还是别的什么人,都无法强迫我跟扑打到我脸上的蝙蝠同台演戏。"

"啊,别这样,您是明白人!咱们再想想法子,再想想法子!"剧团团长一面猛烈地摇脑袋,一面回答。

不过,法乌斯蒂诺·佩雷斯完全相信,那天晚上观众狂热地鼓掌的唯一原因,是一个偶然的、外来的因素,突然以不可阻挡之势闯入舞台的缘故,它不仅没有像应该的那样,把艺术的虚构破坏殆尽,相反,却奇迹般地溶入了艺术虚构之中,在观众的幻觉中,赋予了艺术虚构以一种奇妙的真实可信性。于是,佩雷斯撤回了自己的这出戏,从此再也不去谈及它了。

一个梦者的日记(选译)

　　[意大利]路易吉·马莱尔巴(LUIG MALERBA, 1927—),新先锋派作家。毕业于大学法律系,但是是在文学领域才得以施展过人的才华。他的长篇小说三部曲《蛇》(1965)、《筋斗》(1968)、《主角》(1973),是集新先锋派之大成者。在这些小说中,以合乎逻辑地反映生活为基础的传统小说的结构打破了。马莱尔巴用心建构了一个个非理性的世界,倾力描绘被周围的现实毒化和异化的人物的潜意识,由此,怪诞具有了滑稽的形态,悲剧披上了喜剧的外衣。

　　《一个梦者的日记》(1981),通篇写梦,共记叙了1979年一年间作者所做的365个奇奇怪怪的梦。马莱尔巴对梦的阐释,同弗洛伊德学说大异其趣。梦是人的正常的精神活动,是日常的思维、情感与心绪的曲折反映,这是他在小说中写梦的出发点。在《一个梦者的日记》中,梦是没有受到社会的毒化,没有受到干扰与污染的一片净土,梦是现实的断片,是现实的外延。作者把现实生活中人们的爱和怨,喜和悲,生动地带入了梦境;他把世俗生活中个体和群体的失落与渴求,恐惧与冒险,统统荒诞化了,梦想化了。因此,这部看似荒诞不经的《日记》,实际上是一部"洋溢着现实性的作品",别出心裁地凸现了陷入危机的社会的本质特征。

1978年12月30日—31日,塞台康米尼

　　(我打算自1979年起,每天笔录我做的梦,不料这一决定竟使我的睡眠大受困扰,并提前24小时做起梦来。)

　　整整一夜,我做了一个无声的梦。这梦仿佛一幅悬挂着的图画,画面上作了几处

"涂改"。这图画不是什么别的,只是一份报纸的头版,我辨别不清它的报头,也不屑于去阅读那些耸人听闻的新闻的通栏标题,因此自我嘲解道:"瞧,这应当是我,明天夜里才做的梦。"这不合时宜的梦,还有那报头忽然化作一块我怎么也瞧不真切的污垢,使我很觉不快。新闻的标题与内容不停地变幻着,我终于看出版面中央浮现的一张照片:一架飞机的残骸。照片颇为模糊,于是我又禁不住评论道:"希望这不是在拉伊西海岬坠落的那架飞机。"(几天以前,在临近帕勒莫市机场的海面确实发生了一起空难。)我无法确认这是一架怎样的飞机,它仿佛在水面上悠悠漂浮,报纸版面的其他部分此时似乎也受着波浪的推动,起伏不定,标题的字母变得歪歪扭扭。我忽然起了疑心,那报纸后面莫非躲藏着什么人?他是谁?兴许那人正用手枪瞄准着我。我用铅笔把报纸戳了一个窟窿,但没有发现任何人。我再也没有兴趣去阅读报纸上的新闻,眼下,这照片愈来愈黯淡,追踪梦中梦的心境也愈来愈强烈。这种情状持续了许久,直到这份报纸引发的种种思绪开始疲乏,像照片一样愈加朦朦胧胧。最终,我忽然若有所悟,这梦其实是我准备在新的一年里记载的各种梦的"序幕"。

1978年12月31日—1979年1月1日,塞台康米尼

早晨一觉醒来,我竟发现夜里没有做任何梦,或者说,我的记忆里不曾留下任何梦的痕迹。

这真是出乎意料。我的期待落空了。几乎每天夜里我都做梦,或者准确地说,按照神经生理学家们的理论,人们每天夜里都做梦,而且我从来都记得我所做的梦,至少我知道我做了梦。而今,这一意外情况简直是对记载我的梦的计划的捉弄,对刚刚要付诸实施的方案的一次不大不小的打击。这看来是一个教训,梦是绝对自由的,它们的出现全凭自己的兴致,绝不会听从他人的吩咐,招之即来。这样,在期待头一个梦的时候,我竟没有做梦,受到了惩罚,丢了脸。

1月1日—2日,塞台康米尼

大街上,一团团破破烂烂的黑包裹沿墙滚动。包裹里依稀可见人影儿。第一个包裹突然起火,喷出一缕浓烟,随后像泄了气的皮球似的瘫倒在人行道上,只留下一堆灰烬。又一个黑包裹起火了,摇摇晃晃地挣扎了一通,也瘫倒在排水沟里。我从临近西班牙广场(也许是梅切德大街,或者维特大街)的一座公寓的窗户前注视着这场奇怪的火灾。我没有下楼到街上去,只是又跑到另一间屋子的窗口,想看个究竟。一团团黑包裹,全都沿着墙壁急速地朝着西班牙广场滚动,重复着方才烈火焚烧的场面。从现在的窗口望出去,我能更贴近地瞧见那些包裹里的可怜的人,他们的脸孔因为惊恐失措而扭曲,黑乎乎的破布结结实实地裹住他们,使他们动弹不得。又一个黑包裹起火,顷刻间化作一团浓烟消失了。街道中央,停着许多仍然噬噬冒烟的小型车辆的

遗骸（小轿车、带篷小货车、摩托车）。我意识到，一场悲剧正在发生，但我无法明白，究竟是谁策划了这场灾祸？我奔向楼梯，来到西班牙广场，步履匆匆地走过一小段路，这时我发现，我也被一团黑糊糊的破布紧紧包裹住了，于是我也面临着被焚烧成灰烬的危险。前面不远处是出租汽车停车场，空空荡荡的，那里有一个通向类似地铁车站的地下建筑物的入口。我跟跟跄跄地走下阶梯，来到像走廊似的狭长的地下通道。阶梯和地下通道两边的墙上挂满了一把把黑伞。它们的尺寸不同，伞柄各异，或用木头，或用皮革，或用塑料制成，伞柄有弯把的，也有带球饰的直把的。我使尽浑身力气，硬是从黑包裹中挣脱出来，开始寻找我的伞，它的柄是歪把的，黑颜色，跟墙壁上挂着的许多黑伞一个样儿。我心里很清楚，我找不到这把伞。没有任何人能够助我一臂之力，我听到远处鼎沸的人声，但没有一个人来帮助我寻找我的黑伞。我随意取了一把比我原先的那把略短，但更沉重、更坚实，带球饰的伞柄亮锃锃的黑伞。我很满意地自言自语道：这是一把漂亮的雨伞。现在我该打道回府了。我登上通向地面的阶梯，忽然瞥见我的那把伞赫然挂在墙上，周围还有许多黑伞。这真有点叫人生气，我刚刚得到了另一把，它却偏偏冒了出来。我很可以把窃得的伞塞进我自己的那把黑伞里去，因为它很短，而且是直把（仿佛我在挑选它时已经预见到了盗窃的可能）。我正要下手，忽然又改变了主意，因为我想象到了如果被人当场捉拿时的羞愧。我快快地继续赶路。阶梯上有一堆方才裹住我的身子的黑破布，但我已不记得我可是在这儿扔下来的，或许我应当重新披上它们，然后再去西班牙广场。然而，就在这当儿，我忽然醒来了。

1月9日—10日，罗马

一名红衣主教向我打了个手势，招呼我上他跟前去。我犹豫不决，佯装没有明白他的意思，但他固执地频频向我打手势。我向他迈出一步，随后仰头眺望教堂的圆屋顶和高高的天花板。谁知这竟不是教堂，而是红衣主教的宅邸。主教又向我打了个手势。我瞧见他白皙的手指上套着一枚光彩夺目的戒指。我又向他靠拢一步，或许我应当俯伏在地，但我等待他这么吩咐我。红衣主教扬起手臂，狠狠抽了我一记耳光。戒指划破了我的脸颊，鲜血立时涓涓地流淌下来。我用手去抚摸伤口，然后我瞧见整个手掌都浸淫了红色。

1月12日—13日，罗马

一个小贩毫无顾忌地闯进我的家里，死乞白赖地要我买一只盛肉的盘子。他已经把盘子放在厨房的地板上，浅灰的颜色，熠熠闪亮，容量很大但又很浅。我告诉他，盘子不合适，我还是喜欢家里原来那只旧的，不那么大，但很深。小贩为了说服我，让我仔细瞧瞧新盘子中央像机械活门的一处地方，它能够很方便地"排泄"剩余的食物。我不能容忍这个擅自闯入我的住宅的家伙的行为，便揪住他的一只胳膊，使劲把他驱赶出去。但我发现，他的身子一点儿也不结实，我的手竟然像划过空气似地穿透了他的胳膊。此时我才恍然大悟，他窜进我的家宅既不必按电铃，也无须我给他打开房门。我惊慌失措起来，急急忙忙跑到楼上，想到阳台上去高声呼救，但我发觉，我的嗓音失落了，我心慌意乱，猛然从梦中苏醒过来。

1月21日——22日，罗马

这一回我做的梦叫做"恐怖主义"，隐隐约约地传来的好莱坞音乐跟梦的内容不太协调。我做的梦有个名字，这已经不是什么新鲜事儿，但有背景音乐还是破天荒头一回。梦中的环境是一座高级公寓，有着非常气派的走廊、套间、贮藏室、壁柜，以及众多的门户、窗子，恐怖主义分子就从门户和窗子进进出出。这座公寓原本是我租赁来的，但恐怖分子压根儿不把我放在眼里，毫不客气地占有了它。我打开一间贮藏室的门，我瞧见地板上躺着两头被恐怖分子杀死的公牛，大腿被用斧子砍了下来。可地板上见不到一丝血迹，两头公牛身上连一撮毛也没有。但我顾不得提出抗议，便急忙躲进另一间屋子，避免撞上正吵吵嚷嚷地把长木板搬进走廊的两名恐怖分子。从别的房间里也传来了喧哗声。"这些恐怖分子太放肆了！"我对一个在走廊里探头探脑的后生说。但他用手向我指了指缝在他外套上的一颗红星，就赶忙跑过去帮助正在搬运长木板的恐怖分子。我溜进一间朝着走廊的屋子，早有一名年轻的女恐怖分子呆在里面。我立即明白了这是一个"卖弄风情"的女人，便关紧窗户和百叶窗，她去关上了另一扇窗子。房间里漆黑一团。我的脸颊不时感觉到她呼吸的气息，但我却怎么也捉不住她。我担心自己陷入了圈套。一声猛烈的爆炸从室外传来。我浑身打了个寒颤，惊醒了。

（翌日上午，我到处打听，是否发生了一起真正的爆炸，从而把我惊醒。然而，谁也没有听到爆炸声。一切平安无事。）

1月25日——26日，罗马

早晨我从床上起来，走到窗户跟前，伸手去开窗，但窗子的把手却脱落下来，掉在我的手里。我这才发现，窗子的木头已从里面腐朽，只保留了一层完整的表皮。我用手指轻轻一按木头，手指便陷入一种海绵似的柔软、潮湿、深褐色的材料里。我走到衣柜跟前，谁知衣柜的木料也已从里面腐朽。我又试着用手指按一按，木料的表面也陷了进去，手指径直嵌入了朽坏的里层。我急忙检查其他家具，发现所有的家具都出了同样的毛病，房门也不例外。我忧心忡忡地走进盥洗室，照一照镜子。我的脸色像纸一样苍白。我用手指按一按我的脸颊，不禁毛骨悚然，我的手指竟也像嵌进朽木一样，嵌进了脸上的皮肉。

1月29日—30日，罗马

我坐在一家剧院的池座里。每一位观众手里都攥着一根细绳，细绳的另一头联结着正在舞台上演出的一位演员。我手里也攥着一根细绳，联结着一位年轻的女演员。我不时轻轻地扯动绳子，"纠正"她的表演。其他观众也如此行事。

2月19日—20日，罗马

狂风从城市的街头一阵阵卷过。很奇怪，街上所有的房屋都既没有门户，也没有窗子，因此我无法找到一个避风的去处。不时有一阵猛烈的风把我从地面卷起，把我裹挟一段路程，然后又抛回地面。我似乎是在特里冬大街，但眼下很难辨别清楚，因为建筑物统统没有门和窗，商店全一片漆黑，已经失去了原来的模样。一阵狂风把我掀起，猛烈地摔到墙上。我听得大风打着凶恶的呼哨，正从圆柱广场那边刮过来。我赶忙卧倒在地，等待着狂风呼啸吹过。然后，我又爬起来，因为我无论如何得找到一座房子，躲避风暴，然后把所有的门窗统统拆掉，像其他人所做的那样。我知道，这些建筑物里并不是没有人居住，居民们为了躲避风灾，全躲进墙壁里去了。我是罗马城里唯一流落街头，跟风搏斗的人。

（特里冬大街时常在我的梦中出现。约莫有三四年的光景，我住在这条大街上）

3月11日—12日，罗马

我沉入大海的深处。凶恶的鱼群向我游来，想把我一口吃掉。我使尽浑身力气，极力想浮上水面。一条大鱼张开牙齿，咬住我的一条腿，瞬息间就把它吞噬了。糟了，鲜血肯定还会招引来别的鱼，我的末日到了。又一条硕大无比的鱼向我游来，瞪着一双大眼睛，活像汽车的两盏光芒逼人的前灯，张开血盆大口。我应当念一句具有逢凶化吉的奇妙力量的咒语，以驱除灾祸。可这句咒语我已经完全遗忘了。幸好我及时醒了过来，才幸免被吞噬的危险。

4月21日—22日，塞台康米尼

我艰难地爬上一棵大树，树枝上有一个鸟巢。我见鸟巢空空的，便想钻进去。尽管我把身子蜷曲成一团，可鸟巢毕竟太窄小了。我困得要命，渴望安安静静地休息一番，但鸟巢小得实在难以容纳下我的整个身躯。我只得伸进一只脚去，骑马似地坐在用碎玻璃筑成的巢壁上。安娜和孩子们站在树下，大声叫我赶快下去。我居高临下，只见他们三个人竟是那么渺小，仿佛他们站在很遥远的地方似的。我回答他们：

"暂且还不能下来，我正在写小说呢。"

7月23日—24日，圣斯苔芳诺港

我聚精会神地用剪刀剪指甲，可是指甲刚刚剪掉，便又立刻长出来。我不停地用剪刀剪指甲，而指甲也不停地长出来。

7月24日—25日，圣斯苔芳诺港

车库里黑漆漆的。我熄灭了车灯，和安娜下了车，走进了黑暗。我呼喊安娜，但她不吭一声。我伸出手，边走边摸索，终于在栅栏前找到了她。"你为什么不回答我？"她只是轻声地吩咐我紧跟她登上通向居室的楼梯。我只得像她一样蹑手蹑脚，默默地尾随她前进。我们来到了有灯光照明的楼梯平台。原先的房门装着球形的铜把手，眼下挡在我们面前的却是一扇铁门。谁调换了我们的房门？谁溜进了我们的家？奇怪，门嘎吱一声打开了，但不见有人露面，敢情开门的人正藏身于门后。房间里伸手不见五指。我们惊恐不已，急忙踮着脚尖退出来，但蓦地一声枪响，我从梦中惊醒了。（我想写"我们"惊醒了，因为在惊醒的一刹那，在从梦幻回到清醒的瞬息间，我似乎仍然觉得我的妻子是伴随着我的。）

8月1日—2日，塞台康米尼

我惊骇地发现，家里的那只猫身上长出了狗毛，或者准确地说，长出了德国狼狗的毛。我走近细细察看，瞧见狗毛之下麇集着无数只跳蚤。我暗暗思量，猫身上的跳蚤跟狗身上的跳蚤可有什么不同，而这些究竟是狗的跳蚤，还是猫的跳蚤。猫向我发出咪咪的叫声，又张开一口白牙。我挥手让它离去，猫却毫不理会，不只不愿开走，反倒一跃而起，猛地钻进了我的肚皮，变成了我身子的一部分。我赶忙打量，那些跳蚤现在可在我的身上。幸好还没有发现。

10月20日—21日，塞台康米尼

罗马公寓里起居室的空调器出了故障，发出阵阵奇特的噪音，仿佛一台鼓风机要碾碎什么东西似的。它不时停止起动，然后再继续运转。我从书桌前站起来，朝传送冷气的栅板走去，我发现，鲜血沿着墙壁一滴一滴地往下滴。我想做些什么，离开起居室，大声呼喊，但我浑身软绵绵的，使不出气力，也喊不出声音。

10月21日—23日，罗马

我清楚地意识到我在做梦，但我不想承认它是梦，而确信这只是电影中的一个场面。我饰演一支像我一样高大的铅笔的角色。但一支铅笔在电影里是很难有所作为的。于是我向导演M.M.抱怨道："你让我扮演了一个愚蠢的角色。"导演微微一笑，把我推到马路边上，因为，他提醒我道，一群骏马将打这里经过。我非常羡慕那些奔腾

319

的骏马,更加为自己是一支铅笔而感到委屈。

11月16日—17日,罗马

　　城市街道的中央,摆着一把椅子,一个衣柜,一张凹陷的床,几只空酒瓶。我又添上几挂葡萄,一根桂树枝,然后又脱下我的一只皮鞋,把它放在凹陷的床上。我心满意足地走开,因为我完成了一幅"静物画"。我自言自语道:"我也是一位画家,和别的画家相比毫不逊色。"

12月29日—30日,塞台康米尼

　　很奇怪,我开口讲话的时候,从我的嘴里吐出一个个印好的字母,它们在空中停留片刻的工夫,随后便跌落到地上。这一奇观使我觉得很好玩,但同时又让我担忧。起初,我的朋友们也觉得有趣,但过了一会儿也讨厌起来,因为当我说话的时候,地板上撒满了许许多多的字母,就像狂欢节时抛洒的彩色纸屑。我弯腰捡起一个字母,看看究竟是用什么材料做的。原来它们全都是用马粪纸板做成,当我轻声说话的时候,它们就显得单薄,而我高声讲话的时候,它们就比较厚实。离开房间之前,我拿来一把扫帚,把地板打扫得干干净净。

12月30日—31日,塞台康米尼

　　在塞台康米尼的公寓的起居室里,有一个很大的水晶球。我想找到一个法子,钻进水晶球里去,便在房间里慢慢地转动水晶球,想瞧瞧可有裂缝或漏洞,好让我钻进去。我明白,这是不可能的事儿,但我仍然顽固地寻找。不知道为什么。

意大利短篇小说

弄错了的车站

　　[意大利]依泰洛·卡尔维诺(ITALO CALVINO, 1923—1985)当代知名作家。出生于科学家的家庭。1941年入都灵大学农学系。德国纳粹入侵后,投笔从戎,参加反法西斯抵抗运动。战后改进都灵大学文学系攻读。大学毕业后一直从事文学创作和编辑工作。

　　卡尔维诺是从现实主义走向后现代主义的作家。第一部长篇小说《通向蜘蛛巢的小路》(1946),采用非英雄化的手法,反映抵抗运动,一举成名。三部曲《我们的祖先》(1952—1959),以寓言小说的形态,刻画现代人以自我本质惨遭肢解为主要特征的异化,开拓了一种崭新的小说形式。嗣后,他又写了《宇宙奇趣》(1965)、《看不见的城市》(1972)等一批融幻想性与哲理于一炉的小说,对人的生存与命运进行冷峻的思考。《寒冬夜行人》(1979)的出版,在意大利和西方掀起新的卡尔维诺热。这部作品采用小说套小说的形式,包含了十篇情节独立成章,思想内涵上互相勾连的短篇小说,是作家对小说结构形态的新探索。卡尔维诺逝世前的最后一部作品《帕洛马尔》(1983),借助离奇、荒诞的情节,着意表现同时代人的失落感。

　　《弄错了的车站》选自短篇集《乌鸦最后飞来》(1949)。小说写战后初期一个普通人生活中的一件趣事,现实主义的底色,抹上了一重浓重的想象、奇异的色彩,生动而不乏幽默,在传达现代人的心态时,透露了作家日后创作中占主导地位的后现代主义的若干特点。

　　对于那些居住条件糟糕得令人厌恶的人来说,寒冷的夜晚最理想的去处自然是电影院。马科瓦尔多迷上了彩色电影,因为巨大的银幕足以展示最宽广的画面,辽阔的草原，连绵的山峦，非洲的丛林，鲜花遍野的岛屿。他每一部影片都要连看两遍，直到电影院关门他才不得不离开，但他的脑海里依然萦绕着那些自然景观，他似乎依然在呼吸着那些鲜花绿草的芬芳。

在这个细雨靡靡的夜晚打道回府，在车站等待30路电车，突然苏醒的意识：他的人生风景，仅仅是电车、红绿灯、半地下室、煤气炉、晾晒的衣服、仓库、包装间，——这一切，顿时使他方才感受到的电影的辉煌，化作了一团失去光泽的、灰暗的愁云惨雾。

那天晚上，马科瓦尔多看的影片是描写发生在印度森林里的故事：从沼泽的灌木丛升起潆潆蒙蒙的烟雾，蛇群顺着藤蔓爬行，盘踞在莽林掩盖的古老寺庙的雕像上。

走出电影院，马科瓦尔多睁眼朝街上望去，随即又闭上眼睛，而后又睁开。他什么也瞧不见。绝对是什么也瞧不见。真是伸手不见五指。他在电影院里的时候，一场大雾降临城市上空，这场雾浓密、厚重，吞噬了世间万物，消融了一切声音；大雾把空间压扁了，使它丧失了距离和范围，它把亮光驱入黑暗，使之变成了失去形态的、捉摸不定的点点光斑。

马科瓦尔多不由自主地朝30路电车站走去，一头撞上了一块广告牌。此刻，他反倒觉得自己很幸运，因为浓雾把周围的世界一笔勾销了，他得以把银幕上的种种景象，保留在自己的视觉里。寒冷也有所缓和，云雾仿佛一条毛毯几乎把城市包得严严实实。马科瓦尔多裹紧他的大衣，他觉得自己得到了外界感觉的神助，他如今仿佛在真空中滑翔，并且能够用印度、甘地、丛林和加尔各答的形象来给这真空粉饰润色。

电车驶过来了，发出缓慢的铃声，活像一个幽灵。周围的东西全是模模糊糊地存在着，马科瓦尔多坐在电车的最里边，背朝其他乘客，盯视窗外，偶尔有一些朦胧的光点和比黑暗还要黑的影子，穿过虚无的夜色。这一切，对于那个晚上的马科瓦尔多来说，真是美妙之极的机会，他可以借此睁着眼睛做梦，不管走到哪里，他都可以在眼前这广阔无边的大银幕上永不停歇地放映电影。

他这么想入非非，竟没有注意电车驶过的车站。他突然问自己，眼下到了什么地方；他扭过身来，只见车厢里已几乎空空的。他透过窗玻璃仔细察看，琢磨窗外隐隐闪过的光点，终于断定，下一站他该下车了。他赶忙跑到车门口，匆匆下了车。

他打量周围，试图找到一个认路的标记。他的眼睛能够搜集到的少许的光和影，却无法构成他熟悉的地点。他下错了车站，他不知道，他现在身在何处。

如果碰上一个行人就好了，可以请他指点路径。不过，在这样偏僻的地方，又遇到这样的鬼天气和时候，简直连一个人影儿也没有。末了，马科瓦尔多终于瞧见了一个影子，便等待他走过来。不对，他越走越远了，也许他穿过了马路，或者他只是在马路中间行走，也可能他并不是什么行人，而只是一个骑车人，骑着一辆没有车灯的自行车。

马科瓦尔多高声嚷道：

"劳驾！劳驾！请停一停！您能告诉我，潘克拉齐奥·潘克拉齐埃蒂大街在哪儿？"

那影子继续朝远处移动，在几乎失去踪影的时候，回答道：

"朝那……"

可是马科瓦尔多没有听明白，他指的是什么方向。

"朝右还是朝左？"马科瓦尔多嚷道，可他也不知道，他是否是冲着虚无嚷嚷。

回答，或者说回答的尾声，传了过来：

"……方向！"

其实，由于彼此看不清楚对方的位置，所以即便那人影儿指出向左还是向右，也等于白说。

马科瓦尔多现在朝马路对面的人行道走去，那儿不稍远处闪现出一丝灯光，可实际的距离却很远，需要经过一个广场，广场中间是长满青草的安全岛，还有指示车辆转弯的箭头，这是唯一能辨认出来的标记。已是夜深时分，不过还应当有一两家咖啡店、酒店在营业。熠熠闪烁的招牌刚显出"酒吧"的字样，便倏然熄灭了。黑夜像一道金属帘门，瞬息间遮住了原先光闪闪的玻璃窗。他这时才明白，酒吧关门了，而且离他很远。

马科瓦尔多需要寻找另外的灯光来辨别方位。他朝前走去，但他不晓得，他走的路是否正确，他也不晓得，他去追寻的灯光，可就是方才闪现的灯光，或者它会出现在别的什么地点，或者干脆捉摸不定。他在一重漆黑的、又略呈乳白色的雾尘中行走，这雾尘是如此的细密，以致他觉得雾尘透过大衣，钻进了身子，他像掉进了一个筛子，像海绵吸水似地浑身浸透了雾尘。

他追寻到的灯光，原来是透过一家酒店烟雾迷蒙的玻璃门射出来的。酒店里座无虚席，酒吧柜前也站着人，也许是照明不佳，也许是大雾渗透了进来，这儿的人影儿也显得模糊不清，就像电影里看到的古代或僻远地区的酒店。

"我要去……也许您们知道……潘克拉齐埃蒂大街……"他向顾客们打听。

酒店里一片喧闹，酒醉的顾客们大声狂笑，认定他也喝醉了。他腼腆地提出的问题，他得到的回答，也同样是模模糊糊，含混不清的。为了暖暖身子，他起初向侍者要了，或者说那些站在酒吧柜台前的顾客吩咐他要了四分之一公升葡萄酒，随后，又是半公斤，几位顾客拍拍他的肩膀，又请他喝了几杯。总而言之，当他从酒店走出来的时候，他比原先更糊涂，更不清楚怎样走回家去了，大雾也比任何时候都更浓地淹没了茫茫大地和一切色彩。

拖着被酒暖热的身子，他走了足足一刻钟。走着走着，他不时觉得需要往左或往右走几步，以便掌握人行道的宽度，需要用手去摸摸店家的墙——如果他还确实沿着人行道行走，确实还有店家的墙的话。走着走着，他脑子里的迷雾好像稀淡了，而街上的迷雾则更稠浓了。他记得,酒店里的人指点他说,再往前走一段路,约莫一百米,然后再向人打听。不过,他现在不晓得,从酒店出来以后,他究竟走了多远,也许,他仍然是围着那安全岛转悠。

这是似乎是无人居住的地区,周围的砖墙很像工厂的围墙,拐角处竖着一块指示地名的路牌,可悬吊在马路中央的路灯无法把光线投射到路牌上。马科瓦尔多很想看清牌上的路名,便爬上了写着"禁止停车"标志牌的杆子。他从杆子的顶端探出身子,把鼻子贴近路牌,可地名的字迹已经褪色,他随身没有带火柴,否则只要擦亮一根火柴就可见。路牌上方的那堵墙显得平坦、宽阔,马科瓦尔多从"禁止停车"标志牌的杆子上纵身一跃,登上了墙面。他站在墙的边缘,隐约瞧见一块发白的大告示牌。他沿着墙面的边缘向前走了几步,走到告示牌跟前,只见路灯照耀下,告示牌的白底上赫然显出几个黑字:"严禁行人通行",可他竟没有从这块告示牌获得任何启示。

墙的边缘相当宽阔,可以放心大胆地在上面行走。说实话,走在墙上比走人行道还要好,因为路灯在黑暗中投下一条光带,正好照亮他的脚步。走了一段,墙消失了。马科瓦尔多迎面碰上了一根柱子,他拐了个九十度的弯儿,又继续朝前走去。

一路上,马科瓦尔多不断遇到拐角、凹角、岔口、柱子,他的行走路线呈现出不规则的图形。他不止一次地以为,那墙已经到了尽头,不料马上发现,它又朝另一方向延伸。弯弯曲曲地走了一程又一程,他已经晕头转向,不晓得该从哪儿跳下去,重新回到马路上。跳下去……而如果墙和马路的高低悬殊,那怎么办呢?他在一个柱子前蹲下来,试图察看一番墙下的情况,但没有任何光线能照见下面黑漆漆的一片。也许墙和马路的高低只有两米,可现在简直像是万丈深渊。他只得硬着头皮继续往前走。

出路很快显现了。那是跟墙面相连的一片发白的平地,他踏上平地,走了几步,心想这也许是一座建筑的水泥屋顶,一直伸向黑暗深处。他马上后悔踏上了这块平地,如今他失去了任何借以辨别道路的标记,他离开路灯愈来愈远,他每走一步都可能走向屋顶的边缘,或者再往前,跌入虚无。

那虚无确实是无底洞。往下看,只见远处点点灯光闪烁,如果那是路灯,那么地面一定还在更深的低处。马科瓦尔多好像悬吊在一种难以想象的进退两难的空间。突然,上方显出了绿色和红色的灯光,排列成星座似的不规则形状。他抬起头查看这些灯光,不知不觉一脚踩空,径直朝虚无坠落下去。

"我完蛋了!"这一可怕的念头在他的脑子里闪过。说时迟,那时快,他却一屁股跌坐在一片柔软的地面上,他的双手触摸到了青草;他倒在一片草地的中央,安然无恙。那些低处的灯光,他起先曾觉得很远很远,原来是紧贴地面的无数串灯光。

贴近地面安装灯光是颇为少见的,不过倒也给他指明了道路,走路方便多了。眼下,他不再脚踩青草,而是脚踏水泥地,一条很宽的水泥道路穿过草地,被紧贴地面的那些灯光照得清清楚楚。周围,却什么也看不见。只有五彩的亮光在高空不时闪现和消失。

"水泥路总会把我带到什么地方去的,"马科瓦尔多暗自思忖,沿着水泥路走去。他走到一个岔路口,或者说交叉路口,每一条岔路边都亮着贴近地面的小灯,路面写着斗大的白色数字。

他泄气了。周围平坦的草地和迷蒙的烟雾不见了。如今选择往哪个方向走还有什么意义呢?就这当儿,他瞧见一束跟人一般高的光线闪动。他瞧见一个人,确确实实是一个人,好像穿着一套黄色工作服,双手挥动两块像火车站站长指挥列车运行的信号牌。

马科瓦尔多朝此人跑去,还没有到他跟前,便气喘吁吁地说道:

"喂,请您告诉我,在这样的大雾天气,我该怎么办?请听我说……"

"不必担心,"那位穿黄色工作服的人平静而热情地回答,"千米以上的高空没有雾,您尽管放心走吧,扶梯在那边,朝前走,其他人都上去了。"

这几句话虽然说得不明不白,可马科瓦尔多深受鼓舞。他特别高兴地听到,附近还有其他的人。他便不再多问什么,赶紧去追赶其他人。

那穿黄色工作服的人神秘地预告的扶梯,其实是一张梯子,梯级很方便,西边挡板在黑暗中泛着银白色。马科瓦尔多登上了扶梯。在一扇小门的门坎上,一位小姐彬彬有礼地向他问好,他觉得这份温情不可能是向他表示的。

马科瓦尔多连声说道:

"向您致意,小姐!太好了!"

他浑身浸透了寒气和潮气,如今竟能找到一个休憩的场所,简直令人难以置信。

他走了进去,一双眼睛被灯光照耀得睁不开来,他连忙眨巴眨巴眼睛。他发现这不是什么住家。那末,这究竟是什么地方呢?他相信他明白了,他走进了一辆公共汽车,这是一辆长长的、有很多空位子的公共汽车。他坐了下来。他平常不坐公共汽车,而乘电车回家,因为电车的票价便宜,但这一次他在一个僻远的地区迷了路,这儿只有公共汽车通行。真幸运,看来这是最后一班车,让他赶上了!座椅很柔软,舒服极了!马科瓦尔多现在意识到了,他以后将永远乘坐公共汽车,虽然乘客要受到某些限制,因为他此刻听到扩音器里宣布:"请不要吸烟,请系上安全带……"还有,汽车起动时,发动机的声音太喧闹了。

一位身穿制服的人在座椅中间走动。

"对不起,检票员先生,"马科瓦尔多问道:"您可知道,潘克拉齐奥·潘克拉齐埃蒂大街可有一站?"

"您说什么,先生?第一站是孟买,然后是加尔各答和新加坡。"

马科瓦尔多环顾四周,只见其他位置上端坐着留大胡子,头上缠大头巾的印度人。也有个别的妇女,身裹绣花的莎丽服,额头上点着吉祥痣。

窗外,夜空里繁星点点。此刻,飞机穿过一层浓浓的云雾,正朝晴朗的高空飞去。

心想事成

　　[意大利]拉斯卡，原名安东·弗朗齐斯科·格拉齐尼（LASCA，1503—1584），拉斯卡是他的别号。

　　意大利短篇小说在文艺复兴时期获得空前的繁荣，涌现以薄卡丘为代表的一群优秀作家，拉斯卡就是其中之一。

　　《夜谈录》是拉斯卡的代表作。一群年轻俊美的青年人，相聚于狂欢节，在三个晚上的时间里，叙述了许多有趣的故事。故事的语言灵动活跃，不乏幽默、讥刺，和《十日谈》有同工异曲之妙。《心想事成》选自《夜谈录》。

　　拉丽多米娜·德利·翁贝尔蒂夫人，出身望门贵族，在佛罗伦萨城里是数一数二的殷实人家。她有一个独生女儿，芳名叫做丽莎贝塔，自从丈夫过世以后，她就和女儿相依为命。

　　丽莎贝塔不只出落得灵秀俏丽，佳妙无双，而且态度娴雅，品行贤惠。于是，许多门阀高贵，富贵人家的子弟都对她歆羡万分，期望翁贝尔蒂夫人给他们机会，好来向姑娘求婚。这样一来，登门造访者每天络绎不绝。这些求婚者自然是仰慕丽莎贝塔出众的人品和美貌，但同时还对她的体面的嫁妆垂涎三尺，指望有朝一日能够继承一笔可观的遗产。

　　不过，翁贝尔蒂夫人却另有打算，她一心想给自己的千金选择一门最最理想的亲事，眼下还没有一个求婚者中她的意。她的心愿是物色一名既年轻英俊，又门当户对，既聪明睿智，又为人谦和的乘龙快婿。但是，实际的情形委实很难让她称心如意，在那些众多的求婚者当中，即便是那些条件最好的，也找不出一个能让丽莎贝塔满意的候选人来，何况翁贝尔蒂夫人还不想降格以求。

就在这个时候，丽莎贝塔热烈地爱上了一个名叫亚历山德罗的后生。他是姑娘的邻居，各方面的条件都算得上完美，大凡认识他的人，没有一个不称道他，喜欢他，只是他家庭贫寒，也不是高贵人家出身，这一条自然不符合翁贝尔蒂夫人规定的标准。亚历山德罗的双亲早已过世，也没有兄弟姐妹，只有一名年迈的女仆照料他的起居，他平日里总是在自己的家里读书，安度清静、孤独的生活。

丽莎贝塔平时常常走到自家的阳台上，以便见到亚历山德罗，或者透过一扇窗户眺望，注视后生的动静。这后生原是个绝顶聪明的人，他很快就明白了事情的奥妙，并且晓得事情已经发展到了什么地步。他再也无法遏制激荡不已的爱情的心泉。丽莎贝塔接连投给他几封信，内容情意绵绵，又不失分寸，文字也真切美妙，令他热血沸腾，难以自已。姑娘向他吐露爱情时表示的坚贞无比的态度，也让他感动得不得了。他从此日日夜夜想着丽莎贝塔，他义无反顾地下定决心，要把自己的一颗爱心也奉献给丽莎贝塔，秘密地和她订婚，舍此之外，别无选择。

"这是天经地义的事情，"他说道，"我别的什么也不考虑；等到那一天来临的时候，我不就是世界上最最幸福的人了吗？"

他不再踟蹰不前，随即给丽莎贝塔写了一封回信，袒露自己的心愿。丽莎贝塔稍加斟酌，表示愿意和他见面。她想借此机会当面考察，她亲眼目睹的这个后生，和她听别人家谈论而想象出来的样子，是否完全一致，他可果真是个富于才学和见识的青年。她觉得，他不会是那种浮夸的富家子弟，或者是那种仅仅看中她百万家财的人。相反，她相信，他准是个有能力创造财富的人。他们当即在信中商定如何相会，实现凤愿的办法。

夜幕缓缓降下的时候，亚历山德罗登上自家的屋顶，然后攀着一副软绳，从屋顶荡到丽莎贝塔闺房外面的凉台上。在约定的时间，她正在等候着他，满面春风地把他迎进自己的房间。他们细细地商量了所有那些于他们至关重要的事情。商谈完毕，亚历山德罗亲吻了她，又送给她一枚戒指，他的一切举止都非常得体。他赞成丽莎贝塔的意见，让她全权代表他俩去宣布，他们已经举行了订婚礼。告别的时候，两个人都感到了凤愿得偿的喜悦。

不料，就在这个时候，翁贝尔蒂夫人拿定了主意，要把女儿许配给当时佛罗伦萨声势显赫的贵族之一杰利·斯皮尼先生的公子品多，虽然按照她提出的条件，这位未来的女婿并不很合格。

不知道这消息怎么传到了丽莎贝塔的耳朵里。一天晚上，用过晚餐以后，她逮住个机会，把自己和亚历山德罗私订终身的事情，原原本本地告诉了母亲。翁贝尔蒂夫人勃然大怒，马上宣布，她永远不会承认这门亲事，永远不会让他们的心愿得逞。

第二天早晨，她毫不含糊地把女儿送进了修道院。回到家里，她立即差人去把斯皮尼先生请来，把事情的始末全告诉了他。他们商定，必须切断丽莎贝塔和亚历山德罗的关系，如果她胆敢违抗，那就采取强制的行动，同时要修书一封，呈送给罗马的教皇，想方设法，恳请教皇下一道敕书，命令当地的主教解除丽莎贝塔企图造成既成事实的婚约。很快，这件事情便在佛罗伦萨城里传播开来，引得众人七嘴八舌地议论纷纷。

亚历山德罗听到这个消息，悲痛欲绝。他曾朝思暮想，在某个美好的日子，和心爱的丽莎贝塔结为恩爱夫妻；如今，他的梦想破碎了，面对斯皮尼先生的恫吓，他不晓得怎么对付才好。他惟有等待丽莎贝塔将要作出的抉择。

可是，丽莎贝塔关在修道院里，无法脱身，也没有法子找一个人去给她的心上人传递信息。她不晓得，亚历山德罗的意志是否坚强，惟恐他重压之下会割断和她的关系，因为她最清楚不过斯皮尼先生拥有怎样可怕的权势。她坐立不安，无时无刻不在苦苦思虑，应当采取怎样的计谋才能实现他们的理想。她翻来覆去盘算，设想出各种各样可能的办法，逐一地予以细细斟酌。末了，她从中挑选出一个最有希望实现的方案，决意竭尽全力去达到自己的目的。

丽莎贝塔来到女修道院长跟前，表明自己的态度，说她如今追悔莫及，已经下了决心，要和那个穷小子亚历山德罗断绝关系，像她母亲希望的那样，嫁给品多公子为妻。她还说道，她如今终于懂得，让自己的母亲可心，是她最大的幸福。

女修道院长听了丽莎贝塔这番话语，相信是她的忏悔，心中大喜。她随即打发人去向丽莎贝塔的母亲报告这一消息。

翁贝尔蒂夫人欣喜万分，连忙赶到修道院，亲切地拥抱自己的女儿，吻了又吻。当天晚上，她把女儿领回家里。她心中暗暗打定主意，第二天一早就把斯皮尼先生请来，和他商量，最终定下举行婚礼的日期，免得夜长梦多，生出意外来。

当天夜里，丽莎贝塔睡在一间小屋子里，和翁贝尔蒂夫人的卧室相邻。天边刚出现熹微的晨光时，她按照早已想好的方案，从床上起来，径直走进母亲的卧室。她显出惊慌失措的样子，说话的时候浑身颤抖不止。

"我亲爱的妈妈，我做了一个噩梦，可怕极了，我吓得浑身战抖，活像一片黄叶从空中飘落。"

"忘记这噩梦吧，你晓得，俗话说得好：梦境全虚幻"，母亲安慰她道，"不过，我该怎么帮助你呢？"

"我心里很难受，"丽莎贝塔说道，"您很难想象，我究竟做了一个怎样的梦；而且，这梦也和您大有关系，所以我要和您一道来释梦。"

"你在梦中究竟遇到了什么？"翁贝尔蒂夫人问道。她已经中了女儿的圈套，不知不觉地开始受女儿计谋的摆布。"如果你愿意的话，我马上派人去请扎卡里奥神甫；这位神甫平时接受我们的忏悔，如今他修炼得快成为圣人了，而且也擅长释梦。"

"我的上帝，"丽莎贝塔十分激动，"我真不晓得怎么感谢您才好，事不宜迟，请您马上差人去把他接来,也好让我早早解脱这份痛苦。"

翁贝尔蒂夫人叫来一名女仆,让她立即去圣克罗齐修道院,面见扎卡里奥神甫,转告她的邀请,就说有一件异常紧急的事情,望神甫立刻到她的府邸来。

扎卡里奥神甫品行朴实,通晓神学,对上帝更是无比虔诚,但又很关心种种世俗的事情,丝毫不亚于关注书卷上的教义。

听罢女仆转告的一番话,神甫毫不迟疑地出发,急速赶到翁贝尔蒂夫人的府邸。夫人和女儿正在迎候他,谦和地向他施礼,请他休憩片刻。随后,她们把神甫请到客厅就座。翁贝尔蒂夫人开口说道:

"请您多多包涵,我的神甫,我这么一大早就打扰您,派人把您请来。事情的原委是这样的:我的女儿丽莎贝塔夜里做了个噩梦,弄得她一直惶惶不安。我晓得,您是才学高深的神甫,所以我想请求您把女儿做的噩梦圆解一下。"

"我的姐妹",神甫回答,"依靠天主的帮助,我定会满足您的要求,使您的心情平静下来。我要讲的事情,都是我亲眼目睹的,或者是上帝让我传达他的指示。不过,我现在就要提醒您注意,梦中显现的情景不必太过分注意,梦景也不必信以为真,因为它们在通常的情况下并非真实可信的。自然,我不能够断言,所有的梦都是这样,全部否定它们包含的意思。我们从《圣经》上可以找到不少例子,梦有时候也确实真实可信。譬如,《旧约》和《新约》里曾经叙述,法老梦见七头又美好又肥壮的母牛,随后又梦见七头又丑陋又瘦弱的母牛,而且还在梦中看见一棵麦子长了七个穗子。在《福音书》里,圣徒路加说道,天使在约瑟的梦中显现,叫他赶紧带着玛利亚和耶稣逃往埃及,因为大希律王要害死耶稣。"

接着神甫转过身去,请丽莎贝塔把她梦中见到的景象详细告诉他。

听完神甫的叙述和询问,丽莎贝塔略微低下头来,请求扎卡里奥神甫和母亲耐心听完她的话,一定不要打断;然后,声音颤抖地开始讲述。

"昨天晚上,我躺下睡觉的时间比往常要晚一点儿。万千缭乱的思绪搅得我心烦意乱,我怎么也无法入睡。末了,我终于睡着了,做起了梦。我走出了圣弗利安诺城门,来到阿尔诺河畔,四周鲜花盛开,万紫千红,沉沉绿荫下,是一片浓密、青翠的草地。我在草坪上坐下来,欣赏着清澈、洁净的阿尔诺河,倾听着山丘下流水嘀嘀的声音,我体验到一种异乎寻常的感觉,一种难以用言语形容的静谧和舒畅。

"忽然,一辆大车朝我驶来,在我面前戛然停住。大车的一面,好似象牙一样雪白的颜色;它的另一面,好似焦炭一样乌黑的颜色,一头庞大无比的、比白雪还要洁白的鸽子,还有一只也庞大无比的、比焦炭还要黝黑的乌鸦,分别在左右两侧套住大车。它们就像骏马或者公牛一样拉着大车。大车上有一个座位,两面也分别刷成洁白和乌黑两种颜色。车上的全部东西,也都有着黑白分明的色彩。打量着这辆稀奇古怪的车子,我着实惊奇不已。

"我也说不清楚，我是怎样登上大车的。不过，我在座位上还没有坐定，那温和的白鸽和凶恶的乌鸦便抖开翅膀，一阵风似地飞向天空，而且越飞越高，把我带到了天界。

"我领略了一番令人心醉神迷的景色，随后就来到一个圆球形的大厅。有人把我迎接到大厅的中心，靠近一只大球。我看见大球四周站着许多年轻人，他们个个英俊潇洒，有的人身着绿色的衣服，有的人身着白色的衣服，还有的人身着红色的衣服。我既高兴又纳闷，正思忖着应当向哪一部分年轻人走去，忽然，就在这个时候，那只大球发出一声巨响，裂开了。熊熊燃烧的烈火，裹着一把高大的座椅；一位年轻人，身上的衣服也被光亮灼热的火焰包裹，坐在椅子上。他头戴一顶通常举行婚礼时戴的礼帽，闪耀着令人目眩的强烈光芒。

"这位年轻人用心地打量着我。我只觉得，这样的光辉简直比太阳的光芒还要强烈千百倍，我的一双眼睛再也经受不了它的刺激。我被迫低下头来，紧闭上双眼。然而，过了片刻工夫，我想睁开眼睛，打量一下周围的情景，我这才发现，我眼前一片漆黑，什么东西也看不见了，那神奇无比的光辉把我的眼睛刺瞎了。

"就在这时候，我耳边响起一种洪亮的声音，它很像人说的话，但直到现在，也没有人用这种声音说过话，或者听见过这种说话的声音。我隐约觉得，一个神秘的人，或者一位我不知道的神，正把我领到一个我不知道的地方。经过一段很长的时间，我降落到地面上。我伸出手去，凭着触觉，我明白，我如今降落到了一块草坪上。我的耳边又响起了那很像人说话的声音，对我说道：'孩子，莫要惊慌，再过一会儿，你就会重新见到光明。'

"这一番亲切的话语，顿时使我振作起了精神，但是我僵硬的舌头竟动弹不得，无法表达我激动的心情，无法回答我听到的声音。我这才恍然大悟，我不但已经双目失明，而且还成了哑巴。经历了方才的惊吓，现在我忐忑不安地等待着，不晓得还会遭逢什么厄运。

"忽然，有人攥住我的右手，对我说道：'伸直你的身子！'我遵照他的话去做了。于是我感觉到我额头的前方，有清凉的泉水流过。我伸出手去，用手掌捧了一些泉水，清洗我的眼睛和面孔。顷刻之间，就像方才听到的声音所提示的那样，奇迹出现了！我重见了光明。我打量我周围的地方，只见这儿景色秀丽迷人，出奇的幽静。我兴奋极了，一颗心激烈地跳动，几乎不能自己。

"这时，我发现，一位很像是隐士的老人坐在我的身边。老人的面容苍白而清癯，两眼炯炯有神，闪烁着仁慈而睿智的光辉。他的长长的胡须飘飘然，一直垂到胸前，一头披到肩头的银发，很像是一缕细密的银丝。他身着一件用素白的绒毛织成的长袍，腰间束着一条干水草编成辫子状的带子。他的头上戴一顶橄榄枝叶结成的头箍，给人以安宁、祥和的感觉。细细打量老人的仪容，我油然而生敬重的情感。我置身其间的草地,鲜嫩的绿草散发出浓浓的清香,到处纷纷点点地缀着姿色各异的花朵。我极目远眺,一望无际的田野上,青草繁茂,树影婆娑。我抬头仰望,天空分外碧净、明亮,放射出看不见光线的光辉;奇怪的是,我看不到太阳,也看不到月亮和星星。

"在一块很普通的石头上,爬满了碧绿的蔓藤,圣者似的老人高高地端坐在上面。石头的下方,有一条小河,澄澈如镜的泉水急湍地流动。那块石头说不上是巨石,但它是大自然的造物,大自然把它装点得不同寻常。任何能工巧匠用大理石或雪花膏石精雕细琢的作品都无法和它媲美。河畔淡雅的百合花喷发着芬芳,一颗颗雨水珠儿在花瓣上闪着银光。还有另外一条小河,朝着相反的方向汩汩流去,姿色各别的紫罗兰在河边绽放笑容。第一条河的泉水飘荡着令人爽心的气息,水色像牛奶一样白净,另一条河的泉水则像黑墨水,散发着一种怪味儿。

"我注视着眼前的奇异的景观,陷入了深思。这时候,圣者似的老人向我表示祝福,我立刻觉得我又获得了说话的能力。我赶紧跪倒在老人面前,最衷心地感谢他对我的恩典。可是,他打断了我的话,说道:

'你要好生理会我将要做的事情,这样你将来命里定会有造化。'

"老人站起身来,面对两条泉水,右手拣起一块小石头子儿,把它掷进那条像牛奶一样白净的泉水,水中显现出一名后生,他神情愉快,全身好像都沐浴在明亮的星光中。他有着天使一般美丽的眼睛,他把目光投到哪里,那里的一切便熠熠闪光。他喜吟吟地笑着,唱着歌儿,好像插上了一双翅膀似的,向天空飞去,越飞越高,直到我仰起头来再也看不见他了。

"老人又用左手拣起一块小石头子儿,把它掷进另外一条乌黑的泉水。水中显现出另一名后生,他的面容呈青灰色,身子浮肿,被突然熊熊燃烧、烈焰弥漫的火环围困着。可怜的后生受着烈火的烧烤,身子痛苦地扭曲,狂跳不已。忽然,我看见我面前的大地裂开了,出现了一条深不见底的裂口。后生用凄厉的声音喊着,滚进了裂口里去。大地的裂缝随即弥合,一切都恢复了原先的景象。田野上一片青翠的绿草和鲜艳的花儿。

"圣者似的老人呼叫我的名字。方才我眼前展现的种种离奇的场面,早已把我吓得惊愕失色,但是,我决心要弄清楚,这些离奇古怪的现象究竟是怎么回事。老人对我说道:

'我的女儿,如果你按照我的指点行事,那你的灵魂将和这条清净的泉水里出现的后生一模一样。'他一面说,一面用手指着那条像牛奶一般洁白的泉水。'不过,如果相反,你违抗上帝的意志,不愿听从我的指点,那末,你就会和那条乌黑的泉水里出现的后生遭遇同样的命运,你的灵魂,还有你的母亲的灵魂,将被打入地狱最底层,接受惩罚。'

"当时,我正在悲伤和欢乐、恐怖和希望之间徘徊,于是赶忙回答:

'请您指点我,我应当如何行事才好,才能使您和上帝满意?'
"老人回答道:
'亚历山德罗是你命定的未婚夫,想和任何别的人成婚的打算,都要抛到九霄云外去,你只有和亚历山德罗结为夫妻,才会使上帝满意。另外,你还得取出三百里拉,交给你将遇到的第一个神甫,请他把这笔钱送给将要出嫁的穷人家的女孩。'
"说完这席话,老人和草地、泉水,还有那个梦幻,都消失得无影无踪。我也就从梦中惊醒了过来。"

丽莎贝塔的叙述,也就此结束了。

扎卡里奥神甫仔仔细细地听完了丽莎贝塔将近半个钟点的故事。他觉得,应当相信这个故事不是凭空杜撰的,因为这个姑娘年纪轻轻,要会虚构和编造如此离奇古怪的故事,那是难以令人置信的。他沉吟了片刻工夫,然后转向正怒不可遏地训斥女儿的翁贝尔蒂夫人,请她息怒,又请丽莎贝塔把她和亚历山德罗之间的关系,一五一十地全讲给他听。

神甫这才弄明白了事情的来龙去脉。原来,翁贝尔蒂夫人逼迫姑娘嫁给品多,而且,为了解除她和亚历山德罗的婚约,甚至已准备好了上呈教皇的信函。他深信不疑,正是由于上帝的恩泽,丽莎贝塔才做了这样一个梦。他开始劝告翁贝尔蒂夫人,用很有说服力的言语,向她讲解关于男婚女嫁的道理。他努力说明,至高无上的上帝已经认可了丽莎贝塔和亚历山德罗的婚姻,他们已经是夫妻,所以谁也不能推翻他们之间的婚约。可是,却有许多人掉以轻心,不理解婚姻契约的伟大和重要。

随后,神甫又谈到丽莎贝塔所做的梦,对它一一加以圆释。他说,这两条泉水有着不同的涵义,洁白的泉水象征纯洁和幸福,而乌黑的泉水则象征仇恨和罪孽。这梦兆示,谁违抗上帝的意志,就将打入永劫不复的地狱。

翁贝尔蒂夫人听到神甫这一番圆释,不由得浑身直打哆嗦,恍惚看到自己被恶魔紧紧咬住,人一下子蔫儿了。

善良的神甫暗自思忖,如果丽莎贝塔和亚历山德罗不能成婚,那捐助穷人家女孩子的三百里拉就会丧失,于是他又进一步开导翁贝尔蒂夫人,说亚历山德罗是个勤奋好学,知书识礼的后生,而且人品朴实,作风正派。他劝说夫人把女儿许配给这名好后生,要知道,美德才是人生最宝贵的财富,何况她的千金家道富裕,实在没有必要非嫁一个富有的丈夫的道理。对于她的女儿来说,至关重要的,是要寻找一个为人坦诚,能够荣耀她的门第,繁荣她的家业的丈夫。用这样的标准来衡量,在整个佛罗伦萨城,丽莎贝塔恐怕再也寻找不到一个比亚历山德罗更称心的丈夫了。

末了,神甫又提请翁贝尔蒂夫人考虑,无论从情理上看,还是为了家族的体面,她都应当成全自己女儿的这门亲事。为了促使她最终下定决心,神甫还让她明白,按照神的意志,也许亚历山德罗早已把生米煮成了熟饭,成了一名胜利者。如果做母亲的硬要走另外一条路，那不但会丢尽自己的颜面，而且会让自己的女儿蒙受羞辱。"

在神甫苦口婆心的劝说下，翁贝尔蒂夫人终于抛弃了一切犹豫，当然她也觉得有些事情不太好办，譬如她该怎么向斯皮尼先生交代呢？她知道，斯皮尼已经准备给罗马写信，并且正在和教皇的代表磋商，向律师咨询，而且，经他的搅和，这件事早已在佛罗伦萨城沸沸扬扬了。于是，她很虔诚地对扎卡里奥神甫说道：

"您是一位用信念规范行为的人，您向我圆解了丽莎贝塔的梦，又用理智打动了我，拯救了我的灵魂。在这人世间，对灵魂的拯救，于我是最珍贵不过的了；对我女儿灵魂的拯救，于我自然也是最珍贵不过的了。我当完全遵照您的指示去做，这样可以避免被打入地狱的下场。不过，我不晓得该如何应付斯皮尼先生。我不希望在这件事情上太难为他，也不想让他因此蒙受羞辱。"

神甫回答翁贝尔蒂道：

"事情一旦涉及高贵的爱情和灵魂的拯救，大可不必再有什么忌讳和观望；如果您夫人同意的话，出于仁爱之心，我愿意上斯皮尼先生那儿去走一遭。我会说服他，让他理解您采取的行动，对此我深信不疑。"

"愿上帝赐福予您，"翁贝尔蒂夫人说道，"请允许我再恳求您为我们做一件善事，请您首先向亚历山德罗郑重宣布这门亲事，并且由您来主持他们的婚礼。"

丽莎贝塔听到这里，高兴得不知道说什么才好。她对母亲说，她希望尽快把三百里拉交给神甫，这样他能够去为一个将要出嫁的穷人家的女孩子行善事。

"言之有理。"神甫很称心地说道，"尘世上的万千事物，惟独乐善好施最使上帝满意。你们晓得，我有一个侄女，受过良好的教育，人品也上乘，早在两年之前就准备举行婚礼了，可是，她的父亲一直以织布为生，家里有妻子和儿女，一家人过着很拮据的日子，自然也没有法子为女孩子置办嫁妆，所以直到今天她仍然待字闺中。你们对她的捐助真是了不起的善行！"

翁贝尔蒂夫人随即开了一张票据，请扎卡里奥神甫去佩鲁贾银行提取三百里拉。她还恳求神甫取了款子以后，即去见斯皮尼先生，解决好遗留的问题。

扎卡里奥神甫心情非常愉快，向翁贝尔蒂夫人和丽莎贝塔告辞。母女俩，尤其是丽莎贝塔，也有一种解决了难题之后遂心如意的感觉。

好心肠的神甫操办的头一件事，是去银行取钱，然后用这笔钱为自己的侄女办了婚事。做完了这件大事，神甫就去面见斯皮尼先生，对他进行一番动之以情，诉之以理的说服，要他顺从上帝的意志。斯皮尼先生平素对神甫就非常信任和敬重，现在完全被他这一番情真意切的言辞打动了。

恭敬地辞别斯皮尼先生，神甫急忙去见翁贝尔蒂夫人和丽莎贝塔，母女正焦急地等待他的消息。神甫把解决遗留问题的经过，详详细细地报告了她们。他马上差人去请亚历山德罗过来。亚历山德罗刚刚从外面回家，急忙兴致冲冲地赶来。善良的神甫请他和两位女人一起坐下，郑重其事地把所有的情况统统告诉了他，并且对他说道，今天晚上就将举行隆重的婚礼，这样，亚历山德罗和丽莎贝塔将在所有的亲朋好友出席的情况下，缔结金玉良缘。他们都赞成神甫的意见，于是高高兴兴地一起吃了午饭。

当天晚上，亚历山德罗和丽莎贝塔举行了隆重的婚礼。亚历山德罗当着所有的亲朋好友的面，给丽莎贝塔戴上了戒指，度过了美满的新婚之夜。

这个喜讯很快在佛罗伦萨城传播开来。众人都很满意这样的结局，纷纷称赞丽莎贝塔，特别是她的母亲。

亚历山德罗离开自己贫寒的住所，搬进了丽莎贝塔华贵的宅邸，成了这一家的主人。不过，他始终不曾放弃孜孜不倦地追求知识。过了不长的时间，他成了一名家赀豪富的人，但同时又成了一名博学多才之士，他的聪明才智和高尚的心灵，获得人们普遍的尊敬。在佛罗伦萨共和国一些重要的内政、外交事务上，他不止一次地作出了自己的贡献。为此，他赢得了荣誉、尊重、财富，以及长寿。他和丽莎贝塔为翁贝尔蒂太太生育和抚养了子孙后代，使她过着甜蜜美满的生活。

一位为着追求爱情而坚贞不屈的姑娘，就这样战胜了横逆多乖的命运，迎来了齐天洪福，因为她帮助丈夫获得了生活的欣悦和高贵的荣耀，鼓励丈夫为了祖国的荣誉而尽心尽力。

殉　情

[意大利] 马泰奥·班戴洛（MATTEO BANDELLO, 1485—1561），文艺复兴时期继薄伽丘之后的杰出小说家。

他一生漂泊不定，客死异国他乡。一生写有二百多个短篇，它们题材广泛，故事曲折生动，堪称文艺复兴时期意大利社会生活和精神生活的全景图，后来许多欧美作家都从他的短篇小说中撷取创作素材。《罗密欧与朱丽叶》是班戴洛的一篇佳作，莎士比亚的同名悲剧就是根据它再创作而成。

最可爱的女士们，大凡在威尼斯逗留过几天的人自然都晓得，这个城市是在一片沙滩上拔地而起的，有着独具风韵的面貌，一座座轩昂壮丽的宫殿，更使它显得分外的多姿多态。它的另外一个特点，依照我的看法，这是一个不受风格羁绊，自由自在的城市。

在威尼斯，随便一个什么人，尽可以随意到大街小巷去走走，或是独自蹓跶，或是由随从陪伴，全然凭着他的兴致，根本不像在我们这儿①那样，会被人横加指责，被人无事生非地议论。在我们这儿，一名贵人出门，倘若没有一群侍从前呼后拥，就会被别人讥笑为生性吝啬；可是，倘若他领着一群侍从出行，却又有人会在背后指指点点，说他是个浪荡公子，不出两个星期，他准定要葬送掉全部家财。

威尼斯名声在外的另外一个原因，是这里有许多风流招人的女子。就像在罗马和别的城市一样，大家都用一个文雅的词儿称呼她们：交际女郎。

据说，威尼斯还有一个非常独特的风俗，这儿的交际女郎可以拥有六七名当地的

---

① 暗指米兰。

贵族作情人。每一名贵族,在一个星期的时间里,能够轮到一个晚上,去和自己中意的那位交际女郎共进晚餐,尽情欢聚。通常情况下,白天是归交际女郎支配的;当然,为了不白白地浪费时光,她也可以接待她愿意交际的任何一名男子。不过,倘若有的时候有某一位富裕人家的主儿,从外地来到威尼斯,想和交际女郎共度良宵,她也乐意接待,当然她要提前告诉那位今天晚上原本要来的情人,嘱咐他改在白天来,因为晚上她已经和别的人有约会了。这些和交际女郎相好的贵族,每个月都要送给她们一笔钱,作为报酬,同时也不反对她们有时候晚上接待那些外地人。

有这样一则流行的故事。在我逗留威尼斯的那段日子里,有一位米兰的贵族子弟,迷上了一位交际女郎。他压根儿不懂得这样的女人的脾性,她们无须借助什么剃刀,就能把你浑身的毛刮得一干二净。这后生痴痴地瞧着她,整日围着她打转;这位在威尼斯遇上的,并一见钟情的交际女郎,在他心目中仿佛是米兰的一位最高贵、最文雅的女士。说实在的,只消这后生大胆地走近交际女郎,直截了当地向她表白:"尊贵的夫人,我想有片刻工夫跟您单独待在一起。"她就会把这后生毫不迟疑地带进自己的闺房,和他亲密地欢叙,接下来,也不必再多费口舌,他们就会互相搂抱着,共度良辰美景,她就会向后生奉献上自己的一腔炽热情感。在以后的日子里,只要后生思念起她,任何时候她都会高高兴兴地接待他,让他尽情销魂一番。

谁知道,这可怜的后生不晓得如何把握自己的感情,他对交际女郎的爱,恰如一盆炭火,燃烧得愈来愈炽烈,可是,他又羞于启齿,惶惶悚悚地不晓得说什么才好,只是痴痴发怔地凝望着她,要不就是不断地唉声叹气。

交际女郎早已把这一切看在眼里,她又注意到这后生穿着讲究,气度不凡,不免暗暗打定了主意:眼前这只小鸽子,羽毛丰满,已经稳稳地被她俘虏,她得不失时机地拔下它的一把毛。

这样,交际女郎开始向他展露出动人的笑靥,时时不动声色地向他投去温情脉脉的秋波。于是,可怜的后生如痴如醉了。

一天,后生拿出一个笨伯能够有的最大胆量,战战兢兢地开了口,恳请女郎行个慈悲,赏给可怜的她一个吻。交际女郎毫不客气地训斥了他一通,说他简直不知天高地厚,他岂有资格得到这样的赏赐。这时,她身边正好站着另外一名男子,她便故作多情地给他一个吻。她一心要让后生更加眼馋心跳,随即又对在场的一名男子吩咐道:"请上我的房间里来一趟,有两袋谷子要磨一下。"

说罢,女郎傲慢地走了。

可怜的后生,张皇失措地站在那儿,活像一只牢牢地钉在树上的小鸟儿。他悲苦难言,心如刀割,眼巴巴地看着她和别人寻欢作乐,自己竟连她的一个吻也得不到。

这样的情景持续了好几个月的光景。在这段时间里,伤心透顶的后生万念俱灰,竟给自己预备好了毒药。他再一次找到交际女郎,哭声凄切地恳求她开恩,允许他和她待在一起，哪怕只有片刻的时间，并且许诺，将奉送给她像样的馈赠。

交际女郎做出一副受侮辱的样子，勃然大怒，好像是后生向她提出了一个极其无礼的要求。

于是，后生说道：

"看来，您是要我的这条命。这样也好，我就去死吧，这样也好让您称心如意。"

说罢，他招呼自己的随从，把一个已经投放了毒药的玻璃水瓶拿来，他端起水瓶，把毒药水一饮而尽。

他把水瓶递还给一点儿都不知道主人服了毒药的随从，随后，又向自己钟爱的女郎表示衷心的祝福，愿她吉祥如意。

交际女郎把这一切全当作后生开的玩笑，乐滋滋地笑得呃呃连声。

后生回到寓所，躺倒在床上。夜里，他孤凄地离开了人世，悄无声息。

西西里柠檬

[意大利]路易吉·皮兰德娄（LUIGI PIRANDELLO, 1867—1936），小说家、剧作家，1934年获诺贝尔文学奖。《西西里柠檬》是他的短篇佳作，叙述乡村长笛手探望成为歌唱家的未婚妻的遭遇。作者善于细腻地描摹主人公的心态，点染氛围，使小说具有哀伤，抒情性和强烈的戏剧性。

"黛莱茜娜住在这儿吗？"

仆人没有穿外套，只是穿了一件衬衣，不过扣上了浆好的高领子，他从上到下打量着站在他面前台阶上的年轻人。这个年轻人，从外表上看显然是个乡下人，粗呢大衣的领子一直竖到耳根；两只手冻得红肿发紫，一只手拎着个脏兮兮的袋子，另一只手，好像为了平衡似的，提着一只陈旧的箱子。

"黛莱茜娜？她是什么人？"仆人问道，又浓又密的、连成一条线的眉毛皱了起来，那眉毛好像是从嘴唇上剃下来的小胡子，贴在额头上，免得糟蹋掉似的。

年轻人先是摇摇脑袋，甩掉因为寒冷而流出来的鼻涕，随后回答道：

"黛莱茜娜，女歌唱家。"

"啊，"仆人惊呼了一声，脸上显出奇特的、嘲讽的微笑。"她肯定是叫黛莱茜娜？请问您是谁呢？"

"她是不是住在这儿？"年轻人固执地问道，他皱起眉头，并且抽搐着鼻子，"请告诉她，就说米库乔来了，请让我进去吧。"

"眼下家里没有人。"仆人嘴角上显出谦恭的笑容，回答道："茜娜·玛尔尼斯小姐正在剧院里，而且……"

"可马尔塔大婶呢？"米库乔打断了他的话头。

"噢，您是她的侄子？"

仆人顿时变得彬彬有礼起来。

"那就请进来吧，请进。没有人在家。您的姑母也在剧院。午夜以前，她们不会回来的。今天是小姐的纪念演出。她是您的……？是堂妹吧？"

米库乔觉得有点儿窘迫，过了片刻工夫，说道：

"我不是……不，我不是她的堂兄，说实在的……我……我叫米库乔·博纳维诺，她知道。我是特地从乡下赶来的。"

仆人听到他的这番话，心想还是不称呼他"您"，而改口称"你"为好。他把米库乔带到靠近厨房的一间昏暗的屋子里，那里可以听到打雷似的鼾声，然后说道：

"请这儿坐。我去拿灯来。"

米库乔朝传来鼾声的地方照了照，但是他什么也分辨不清，然后又朝厨房望了一眼。厨师和下手正在准备晚餐。闻到烹调的美妙气味，米库乔觉得几乎要醉了，感到一阵晕眩。他从早晨直到现在，几乎一直饿着肚子，他是从西西里的墨西拿省来的，在火车上呆了一天一夜。

仆人端来一盏灯，只见那屋子中间用绳子挂着一道帷幔，打鼾的人睡眼蒙眬地嘟囔：

"谁呀？"

"噢，多林娜，醒来吧，"仆人喊道，"你没瞧见，博维奇诺先生在这儿吗？"

"博纳维诺。"米库乔一面纠正他，一面用嘴往手上呵气。

"博纳维诺，博纳维诺，小姐的熟人。你睡得真死，有人敲门，你都没听见。我得准备开饭了，再说我不能样样事情都包下来，你明白吗？我既要照应什么也不会的厨师，又得招待登门的客人！"

只听见那人打了一个又长又响的呵欠，伴随着伸懒腰和由于突然袭来的寒气而引发的喷嚏，好像是对仆人的责备的回答。

"随你去吧！"仆人大声说道，随即走开了。

米库乔不禁觉得好笑，目送仆人穿过另一间昏暗的屋子，走到宽敞、灯火辉煌的客厅，那儿摆着豪华的宴席；他惊奇地打量着那客厅，直到鼾声再次使他转过身来，朝帷幕瞧了瞧。

仆人腋下夹着餐巾忙进忙出，一会儿嘀嘀咕咕地抱怨仍然呼呼大睡的多林娜，一会儿抱怨厨师，这名厨师也许是新手，特地为这次晚餐临时请来的，他喋喋不休地问这问那，弄得他心烦意乱。米库乔不敢得罪了仆人，虽然有许多事情要问他，但还是小心翼翼地把它们都咽到了肚子里。不过，他也许应当对仆人讲明白，或者暗示一下，他是黛莱茜娜的未婚夫，可是不知道什么缘故，他却不愿意这么做，要不，仆人就会把他米库乔当作主人对待了。但是他仅仅是脑子里闪过这样的念头，他瞧见仆人虽然没有穿着燕尾服,但显得那么潇洒,洋洋自得,他心里便起了难以克制的窘迫。不过,当仆人又一次从他身边走过的时候,他终于忍不住了,问道:

"对不起,请问谁住在这儿?"

"我们,我们住在这儿。"仆人匆匆地回答。米库乔不知道说什么才好,只是摇了摇头。

真见鬼,这难道是真的吗?发家致富啦!有地位啦!那个活像高贵的绅士似的仆人,那个厨师和他的下手,还有那个躲在帷幔后面打呼噜的多林娜,全部听任黛莱茜娜的差遣。有谁能料到这一切呢?

米库乔的脑海里仿佛又闪现出了黛莱茜娜和她母亲在墨西拿曾经居住的破旧的小阁楼。五年以前,多亏了他,母女两人才不曾在那座僻远的小阁楼里饿死。正是他,是的,正是他发现了黛莱茜娜的珍宝,她的一副金嗓子。那时,她就像屋檐上的小鸟儿,不停歇地歌唱,却对自己的珍宝一无所知。她唱歌,是出于烦恼;她唱歌,是为了不再去想贫穷。而米库乔曾经不顾自己的双亲,尤其是母亲的反对,想方设法帮助她摆脱贫穷。在黛莱茜娜的父亲去世以后,米库乔眼见她陷入困境,又怎能袖手旁观呢?难道只因为她一无所有,就可以抛弃她吗?而他,不管怎么说,作为一名长笛手,在小城乐队里还占有一席之地呢。这确实是最有说服力的理由,何况还有一颗爱心呢。

噢,这是上天的真正的感召,是命运之神的启示。从前谁也不曾注意到她的嗓子,如今,在四月的一个无比美好的日子里,在镶嵌着蔚蓝的天空的阁楼窗子前,她的嗓子被意外地发现了。黛莱茜娜唱着一支热情洋溢的西西里歌曲,米库乔还依然记得那柔情万般的歌词。这一天,黛莱茜娜想到刚刚去世的父亲,想到米库乔的父母亲顽固地作对,心里无比忧伤。他记得,在听她唱这支歌的时候,他心里也很悲凉,泪水不由得夺眶而出。这首歌他不知道听过多少回了,但如此动人心曲的歌唱,却从来不曾听到过。

这歌声给他留下了如此深刻的印象,以至第二天,他既没有

事先告诉她,也不曾对她母亲打招呼,就把他的朋友,乐队的指挥,带到阁楼来了。就这样开始了最初的声乐课程。在两年的时间里,他为黛莱茜娜几乎花去了自己的全部工资,他为她租了一架钢琴,购买了乐谱,还付给声乐教师报酬。多么美好而又遥远的日子啊!声乐教师预言她的前程光辉灿烂,而她的心里燃烧着展翅高飞,奔向未来的渴望。那时,她把火一般的情感献给他,以表示对他的感激之情,他们共同孕育着对幸福的幻想!

相反,马尔塔大婶却哀伤地摇摇头。可怜的老人一生中经历的事情太多太多,如今她对未来全然失去了信心。她为女儿担心,她不希望女儿异想天开,去摆脱这无奈的贫穷;另外,她知道,她知道那充满危险的幻想会让他付出怎样的代价。

不过,无论是他,还是黛莱茜娜,都听不进马尔塔大婶的话。有一天,一位年轻

的作曲家在音乐会上听了黛莱茜娜的演唱,严肃地说道,如果不给她聘请最优秀的教师,不给她机会接受完美的音乐教育,那将是天大的罪过,要不惜一切代价,送她去那波里,进那波里音乐学院深造。这么一来,马尔塔大婶的阻挡也就是徒劳的了。

当然,他,米库乔,不曾表示出半点儿的犹豫,甚至不惜断绝同父母亲的关系,把当神甫的伯父遗留给他的一小片庄园变卖了,毅然把黛莱茜娜送到那波里去接受高等音乐教育。

从那时候起,他再也不曾见到过她。信,是的,他先是收到她从音乐学院寄来的信;后来,黛莱茜娜在那波里圣卡尔洛大剧院的首次演出,大获成功,许多剧院竞相同她签约,她开始了艺术生涯;打这以后,他就只收到马尔塔大婶的信。可怜的老太太努力用颤抖的手把信写得工整些,但信的内容却含糊其辞;黛莱茜娜忙得不可开交,找不出时间写信,但每一次都不忘在妈妈的信的末尾附上两句话:"亲爱的米库乔,妈妈替我写了我想说的一切。祝你健康,愿你爱我。"

他们曾经约定,他将等待她五六年的时间,等待她顺利地闯出一条路来;好在他俩还年纪轻轻,能够等待。在这五年里,每当有人想知道实情,他总是把这些信拿给他们看,也好批驳亲朋好友散布的诋毁黛莱茜娜和她母亲的言论。

后来,他病了,差点儿一命呜呼。马尔塔大婶和黛莱茜娜给他汇来一笔数目可观的钱,他对此一无所知。这笔钱的一部分,治病花了;而余下的钱,他费了好大的劲儿才从他父母贪婪的手里夺了回来。可不,现在,他来到这里,就是要把这笔钱还给黛莱茜娜。道理很简单,金钱,他绝对不要!他自然不能留下这笔钱。这并不是因为他觉得这笔钱很像恩赐,其实他已经为黛莱茜娜花费了那么多。不过……他绝对不要!连他自己也说不清楚是什么缘故,尤其是现在,在这儿,在这座府邸……金钱,他绝对不要!他既然已经等待了这么多年,他还可以继续等待。如果黛莱茜娜已经有了多余的钱,那意味着她的面前已经展现出光明的未来,因此,那多年以前的许诺,如今已到了兑现的时候,虽然有些人是不乐意相信这一点的。

米库乔蹙紧双眉,猛地站起身来,仿佛是要强调这个结论似的;他又对着那双冻得红肿发紫的手呵呵气,跺了跺脚。

"你冷吗?"仆人从他身边走过的时候,问道"快了。上厨房来吧。你在那儿会觉得好些。"

米库乔没有领仆人的这份情,仆人摆出的一副老爷似的派头,使他深感屈辱和恼怒。他又坐了下来,心情沮丧地陷入沉思。过了片刻工夫,传来一串急促的铃声,他蓦地打了个寒战。

"多林娜,小姐回来啦!"仆人一面急忙穿上燕尾服,跑去开门,一面大声嚷道。但是当他瞧见米库乔正要跟随着他,便突然止住脚步,板起脸孔,说道:

"你留在这儿。我得先向小姐通报。"

"哎唷，哎唷！从帷幔后面传来一阵懒洋洋的声音，随即走出来一个衣着邋遢，矮矮胖胖的女人。她步履艰难，睡眼朦胧，羊毛披巾一直裹到鼻子尖，露出一头染过的金发。

米库乔站在那儿，发愣地瞧着她。她也好奇地瞪大眼睛，打量面前的陌生人。

"小姐回来啦！"米库乔对她说道。

此刻，多林娜突然醒悟过来。

"我来了，我来了……"她慌忙扯下披巾，扔到帷幔后面，同时费劲地驱动整个臃肿的身子，朝门口奔去。

这个涂脂抹粉的丑女人的出现，仆人盛气凌人的架势，使心情郁闷的米库乔又生出一种惶惑的预感。他听见了马尔塔大婶尖厉刺耳的声音：

"拿到那边客厅去！拿到客厅去，多林娜！"

仆人和多林娜抬着一只芳香艳丽的大花篮，从他面前走过。他伸长脖子，张望那边灯光灿烂的客厅，瞧见众多身着燕尾服的绅士，听见他们正在叽叽喳喳地交谈。他只觉得眼前一阵发黑，他是如此地惊诧，如此地激动，竟然没有发觉，他的眼睛已经浸满了泪水。他闭上双眼，在那深深的黑暗中，他蜷缩起身子，仿佛是要解脱那阵阵银铃似的笑声在他的心灵引发的痛苦似的。那是黛莱茜娜的笑声吗？啊，我的上天，她为什么要在那儿这样狂笑呢？

他听见一声有意压低的叫喊，便睁开了眼睛，瞧见面前站着马尔塔大婶。这可怜的老太婆，戴着一顶帽子，一件华丽高贵、熠熠闪光的天鹅绒披风，沉重地压在她身上，那样子真叫他一点儿也认不出来了。

"怎么啦，米库乔……你在这儿？"

"马尔塔大婶……"米库乔不由得喊出声来，他几乎惊慌失措了，只是呆呆地凝望着她。

"这是怎么回事？"老太婆激动不安地说，"竟然不捎个信来？发生了什么事儿？你什么时候到的？是今天晚上吗？……啊，我的上天，上天！"

"我上这儿来，想……"米库乔喃喃地说道，不知说什么才好。

"等一等！"马尔塔大婶打断他的话，"该怎么办才好？怎么办才好？你瞧，来了那么多客人，我的孩子。今天晚上是黛莱茜娜的喜庆……你稍等一下，在这儿稍等一下……"

"如果您，"米库乔结结巴巴地说，心头不由泛起一阵悲哀，堵塞了他的喉咙，"如果您觉得我该离开这儿……"

"不，稍等一下，你听我说。"善心的老太婆显得十分尴尬，赶忙回答。

"可是，我，"米库乔说道，"我不知道，在这个地方，这个时候，我该去哪里……"

马尔塔大婶伸出一只戴手套的手，向他做了一个稍候片刻的手势，便离开了他，

走进了客厅。等了一会儿,米库乔觉得,整个客厅仿佛突然陷入了深渊,出现一片寂静。随后,他听见黛莱茜娜清脆、亮丽的声音:

"请稍候片刻,先生们。"

在等待黛莱茜娜来临的时候,他又觉得眼前一阵发黑。可是,黛莱茜娜没有出现,客厅里又响起了热烈、嘈杂的谈话声。又等了一会儿,他似乎觉得经历了永恒的等待,马尔塔大婶来了,她脱去了帽子、披风和手套,也不像方才那样尴尬了。

"我们在这儿待一会儿,你觉得好吗?"马尔塔大婶对他说,"我陪着你……那儿正在用晚餐……我们就待在这儿。多林娜马上把晚饭给我们端来,我们在一起吃,就在这儿;我们一起回忆那些美好的时光,好吗?……如今,我们又在一起了,我的孩子,在这儿,在这儿,单独待在一起,我简直不敢相信这是真的……那里,有许多客人,你会明白的……她,可怜的孩子,不能不应酬这样的场面……为了事业,你明白我的意思吗?唉,那有什么法子呢!你看到报纸了吗?了不起的事情,我的孩子!可是,我……我总是有一大堆事情……我简直不敢相信,今天晚上能够和你在一起。"

善心的老太婆出于本能似的喋喋不休地说着,不给米库乔一点时间去思考,末了,她一面搓手,一面微笑着,温情地注视着他。

多林娜进来,匆忙地端上晚饭,因为那边大厅里晚餐已经开始了。

"她会上这儿来吗?"米库乔神色忧伤,用悲凉的声音问道,"我是说,哪怕见她一面。"

"她当然会来的,"老太婆马上回答,竭力抑制住不安的表情,"她已经对我说了,只要有一丁点儿空,就会来的。"

他们对视了一会儿,都露出了笑容,仿佛终于认出了对方似的。经历了惶惑和激动,他们的心沟通了,这微笑帮助他们找回了对对方的敬意。"您是马尔塔大婶。"米库乔的眼睛说道。"而你,米库乔,我亲爱的好孩子,仍然是老样子,可怜的孩子!"马尔塔大婶的眼睛回答。不过,好心肠的老太婆又赶快低垂目光,生怕米库乔从她的眼神里察觉出别的什么东西。她又搓了搓手,说道:

"我们吃饭吧,好吗?"

"我真是饿了!"米库乔很愉快而且顺从地大声说。

"先得划个十字,在这儿,和你在一起,我可以划十字了。"老太婆显露出戏谑的神情,使了一个眼色,划了一个十字。

仆人给他们端来第一道菜。米库乔全神贯注,看着马尔塔大婶怎样把菜拣到自己的盘子里。可是,轮到他拣菜的时候,他伸出手来,立刻发觉,经过长途旅行以后,他的两只手脏兮兮的,不由得脸红起来,感到怪难为情的。他抬起头来,瞧了仆人一眼;仆人显出一副异常温顺有礼的样子,朝他微微欠身,满脸笑容,好像在请他用餐。好在马尔塔大婶帮助他摆脱了困窘。

"没事儿,米库乔,我来替你拣菜。"

他心里好生感激,多么想上去吻她一下!

菜拣好以后,仆人离开了,米库乔也急忙在胸前划了一个十字。

"好极了,孩子!"马尔塔大婶对他说。

他心里觉得踏实、自在了,便津津有味地吃起来,好像这一辈子都没有饱餐过似的,再也不去想什么脏手和仆人了。

不过,仆人每一次推开玻璃门,进出客厅的时候,都会从那儿传来一阵阵客人们乱哄哄地谈话或者开怀大笑的声浪,米库乔都激动地转过身去张望,然后注视着老太婆痛苦而又充满柔情的眼睛,几乎是想从她的睛神里寻找到某种解释似的。可是,他见到的只是眼下什么都不要打听,她随后会把一切都解释清楚的恳求。于是,他们又互相报以微笑,继续用餐,同时谈起遥远的故乡和亲朋好友,马尔塔大婶不厌其烦地打听他们的消息。

"你不喝点葡萄酒吗?"

米库乔伸手去拿酒瓶,可是,就在这个时候,客厅的玻璃门忽然打开了。随着一阵丝绸的窸窣声和急匆匆的脚步声,眼前闪出一团亮光,刹那间,整个房间几乎都闪烁着逼人的光芒,使他头晕目眩。

"黛莱茜娜……"

他惊呆了,刚开了口就不知道怎么说下去了。啊,她多么像个女王!

一阵炙热烧烘着他的脸,他瞪大眼睛,张开嘴巴,怅惘惶乱地站在那儿,呆呆地望着她。这是怎么回事……她怎么会是这样的呢?胸脯裸露着,双肩裸露着,臂腕裸露着……身上的宝石和绸缎熠熠闪烁……他再也认不出站在他面前的她,认不出她就是那个活生生的、真实的黛莱茜娜。她对他说了些什么?她的声音,她的眼睛,她的笑声,一切,她的一切,如今于他是那么陌生,以致他觉得恍若置身于梦幻之中。

"一切都好吗?你现在身体怎么样,米库乔?好极了,好极了……如果我没有记错的话,你曾经病了一场……我们一会儿再见……妈妈在这儿陪着你……就这样说定了,好吗?"

黛莱茜娜浑身发出丝绸的窸窣声,急匆匆地回客厅去了。

"你不再吃点儿吗?"过了一会儿,马尔塔大婶胆怯地问道,她想让米库乔摆脱震悚失措的状态。

米库乔转过身来,发愣地望着她。

"吃吧。"老太婆向他指了指盘子,再一次请求。

米库乔把两个手指头伸进发黑的、起皱的衣领里,把衣领向上拉了拉,好像是要长长地舒一口气似的。

"还吃吗?"

他用手指在下巴颏底下来回搓了搓,仿佛是打招呼,意思是说:我没有胃口了,一点儿也不想吃了。好一阵子,他默默无语,闷闷恢恢,沉浸于方才的梦幻,然后,喃喃地说道:

"怎么变成了这个样子……"

他瞧见马尔塔大婶痛苦地摇了摇头,她也不再吃了,仿佛在等待什么似的。

"好了,再也没有什么可想念的了……"他闭上眼睛,几乎是自言自语地补充了一句。

此刻,在他眼前的一片黑暗中,他看见了横亘在他们之间的一道鸿沟。不,这再也不是黛莱茜娜,不是他的黛莱茜娜。一切都已经结束了,而且是早已结束了……惟有他这个愚钝的傻瓜,迟至今日才醒悟过来。在他的老家,人们早就提醒他注意这一点,而他硬是顽固地不愿相信……眼下,他还待在这座府邸里,究竟想扮演怎样的角色呢?如果所有那些绅士们,甚至那个仆人,都知道,他,米库乔·博纳维诺,从那么遥远的地方,坐了三十六个小时火车,累得骨头都散了架,来到这儿,还一本正经地自以为是那位女王的未婚夫,那末,那些绅士们,还有仆人、厨师和他的下手,还有多林娜,将会怎样无情地嘲笑他!如果黛莱茜娜把他带到那客厅里,当着众人的面说道:"请看,这位可怜的长笛手,他居然说要当我的丈夫!"他们又会怎样耻笑他!是的,她曾经亲口向他作了这样的许诺;不过,他当时怎么能料到,她今天会变成这种样子呢?是的,是他为她打开了道路,并且设法帮助她沿着这条道路前进;然而,她如今已经走得那么远,而他却依然在原地踏步不前,依然是每个星期天在小城的广场上吹奏长笛,他惟有痛感望尘莫及,还怎么能够追赶上她呢?不必再去想这些了……她如今成了一位大红大紫的明星,当初为她花费的那几个钱,又算得了什么?兴许有人会怀疑,他此番来到这里,就是要以当年花去的那些钞票为本钱,来换取某种权利,一想到这里,他不由得感到异常的羞愧。他忽然想起来,他口袋里还有他生病的时候黛莱茜娜寄给他的钱。他马上脸红了,赶忙把手伸进上衣口袋里,去掏皮夹子。

"我上这儿来,马尔塔大婶,"他赶忙说,"也是为着把你们寄给我的钱还给你们。不知道怎么说才好,是报偿,或者还债?我亲眼看到,黛莱茜娜变成了一个……是的,我觉得,变成了一位女王!我亲眼看到……噢,没什么!不必再去想这些了!不过,这笔钱,不,我不配收下她的钱……一切都结束了,不必再去谈论这些事了……不过,这笔钱,绝对不能收下!我只是很遗憾,这些钱不够原数……"

"你说什么呀,我的孩子?"马尔塔大婶满怀凄怆,含着眼泪,试图打断他的话。

米库乔对她做了个手势,不让她说下去。

"那些不是我花去的,是我生病的时候我父母花去的,我压根儿不知道。就算抵销我当年的花费吧……您还记得吗?不必再去想这些了。这些是余下的钱。我该告辞了……"

"不要这样！你想这么匆忙地走吗？"马尔塔大婶喊道，竭力要挽留他，"你至少再等一会儿，让我去告诉黛莱茜娜。你不是听到她说，还想见你吗？我这就去告诉她……"

"不，已经无济于事了。"米库乔坚定地回答，"让她留在那儿，陪伴那些绅士们吧；她在那儿很自在，那是她待的地方。可我，不幸的人儿……我已经见了她一面，这于我就足够了……或许，您最好也去吧……您也上那儿去……您听到他们怎么放声大笑了吗？我不想让他们耻笑我……我该告辞了。"

马尔塔大婶从最坏的方面去理解米库乔突然作出的决定；她觉得，这是一种蔑视的举动，是一种嫉妒的心态。如今，在她这个可怜的老太婆看来，所有的人见到她的女儿之后，都会突然间生发出一种最可怕的猜疑；正是由于这种猜疑，她常常伤心落泪，陷入极度的沮丧；正是由于这种猜疑，那种使她倦乏的晚年深受伤害的、纷乱而可恶的奢华生活，也使她时时忍受着难以言喻的内心痛楚。

"可是，我，"她突然迸出了这样一句话，"我现在已经无能为力，保护不了她了，我的孩子……"

"那是什么缘故？"米库乔马上问道，他从她的眼神里顿时发觉了他还没有来得及生出的疑惑；他的脸色变得阴沉了。

老太婆的心头十分酸楚，迷糊地怅惘着，她用哆嗦的双手捂住脸孔，但是她没法克制住自己，成串的热泪簌簌地滚落下来。

"是的，是的，你走吧，我的孩子，你走吧……"她的呼吸因为啜泣几乎窒塞，只能勉强说道，"你说得对，她现在不再属于你了……如果你们当初听从我的话，那该多么好！"

"那就是说，"米库乔又突然激动起来，他朝她俯下身子，用力把她的一只手从脸上挪开。她的目光是那样悲伤和凄恻，她的一只手指紧按着嘴唇，似乎在乞求着怜悯。他强按住自己的情感，努力换一种语气，轻声地说道，"唉，那就是说，她……她配不上我了。好吧，我反正要走了……何况现在……我多么愚蠢，马尔塔大婶！我以前一直不明白！您别哭了……那该怎么办呢？命运，别人都说……命运……"

他从桌子底下拿起箱子和布袋子，朝门口走去。这时候，他忽然想起来，布袋里装着鲜美的柠檬，这是他从家乡特地带给黛莱茜娜的。

"喔，您瞧，马尔塔大婶。"他说道。

他解开了布袋子，用一只手撑开布袋的口儿，把那些洋溢芳香的新鲜柠檬倒在桌子上。

"要是我把这些柠檬朝那些绅士们的脑袋掷去呢？"他补充说。

"看在上天的份上！"老太婆老泪涟涟，做了个手势，哭泣着哀求他别再说下去。

"不，没关系，"米库乔接着说，一面发出凄苦的笑声，把空布袋塞进衣兜里，"这些柠檬我原本是带给她的；可现在，我把它们只留给您，马尔塔大婶。"

他拿起一只柠檬，递到她鼻子底下，说道：

"你闻闻，马尔塔大婶，闻闻我们家乡的芳香……我还付了税……算了。别忘了，我只留给您一个人……请您对她这么说，以我的名义：'祝她好运！'"

他拎起箱子，走了。但是，下楼梯的时候，一种凄清的失落感牢牢地攫住了他。他孤零零的一个人，在漆黑的夜晚，被抛弃在这陌生的大城市，远离自己的故乡；他悒郁冷漠，受尽屈辱和嘲弄……他走到大门口，只见外面下起了瓢泼大雨。他实在鼓不起勇气，冒着这样的暴雨，在那黑暗的陌生街道上行走。他悄悄地折转身来，登上楼梯，随后在第一级阶梯上坐下，两只胳膊支撑在膝盖上，双手托着低垂的脑袋，忍不住轻声涕泣起来。

晚餐快要结束的时候，茜娜·玛尔尼斯又一次来到小房间。她瞧见母亲在那儿独自哭泣；而在那边的客厅里，那些绅士们正在乱哄哄地喧闹和欢笑。

"他走了吗？"她显露出惊讶的样子，问道。

马尔塔大婶点了点头，并不抬起头来瞧她。茜娜若有所思地凝视着空间，然后叹了一口气：

"可怜的人……"

不过，她立刻又粲然微笑了。

"你瞧，"母亲对她说道，不再用餐巾去擦拭泪水，"这是他给你带来的柠檬……"

"啊，多么鲜美的柠檬！"茜娜快步上前，大声说道。她用一只手臂围在胸前，另一只手尽可能多地抓着柠檬。

"不，别这样，别拿到那边去！"母亲生气地提出抗议。

然而，茜娜耸了耸肩膀，一面朝客厅跑去，一面高声喊道：

"西西里柠檬！西西里柠檬！"

乡村骑士

[意大利]乔万尼·维尔加（GIOVANNI VENGA, 1840—1922），19世纪文学主流真实主义的主要代表。

他的小说，尤其是短篇小说（《田野生活》，1880；《乡村故事》1883），描写故乡西西里的人情世态，刻画新的资本主义关系同传统的观念、生活的剧烈碰撞。

《乡村骑士》系维尔加的短篇佳作，后由意大利作曲家马斯卡尼改编为同名歌剧，至今风行世界各国。

图里杜·马卡，努齐娅大娘的儿子，复员回家了。

每个礼拜天，他都身穿步兵狙击手的制服，头戴一顶圆形赤红军帽，简直像托着金丝雀笼子的算命先生，神气活现地在村里的广场上踱来踱去。去教堂做弥撒的姑娘们，鼻子藏在头巾里，偷偷地瞧着他。调皮的孩子们，仿佛一群嗡嗡叫的苍蝇，围在他四周，他嘴上叼着一只烟斗，上面雕刻着一个骑马的意大利国王，简直像活的人一样。他在裤子背后划火柴的时候，总要举起一条腿，仿佛要给人一脚似的。

惟有萝拉，庄稼人安杰洛的女儿，对眼前的这一切毫无反应。她既不去做弥撒，也不在阳台上露面，因为她已经跟利柯迪亚地方来的一个车主订了婚。这个车主叫阿尔菲奥，他的马厩里有四头从索尔蒂诺买来的漂亮骡子。起先，当图里杜知道这件事的时候，呵，真见鬼！他恨不得把那个利柯迪亚人揪出来，扒开他的肚皮，挖出他的心肝！然而，他并没有这样做。他只是到这位美人儿的窗子底下，把他所知道的那些轻蔑的歌儿，一支支地唱个不休，以发泄他的恼怒。

"难道努齐娅大娘家的图里杜没别的事可以干了吗？"邻居们说，"怎么他整夜整夜地像只无家可归的麻雀那样唱呢？"

有一次，图里杜终于碰见了萝拉。那是在她朝拜受难圣母后回家的路上。然而，萝拉看见了他，脸上冷冰冰的毫无表情，仿佛没有她的事儿似的。

"看见你真是幸运啊！"图里杜对她说。

"噢，图里杜大哥，他们告诉我说，你月初就回来了。"

"他们告诉我的事可不止这一件呢！"他回答说，"你当真要跟那个阿尔菲奥车主结婚吗？"

"是的，那是上帝的意思。"萝拉回答说，一面攥紧下巴底下头巾的两角。

"是上帝的意思让你这样随便决定的！你说得多么轻巧！让我从老远的地方回来，听这样好的消息，难道也是上帝的意思吗，萝拉姑娘？！"

可怜的小伙子竭力想装出一副满不在乎的样子，可是他的声音已经沙哑了。他摇摇晃晃地跟在姑娘后面走着，赤红军帽的流苏在肩膀上前后跳动。姑娘看到他这副凄凉的神情，心里也确实感到难受，可是她不忍用动听的话来哄骗他。

"图里杜大哥，你听着，"萝拉终于对他说，"请你让我赶上我的女伴们吧！假如她们看见我跟你在一块儿，村子里的人将会说些什么呢？……"

"你说得对，"图里杜回答说，"你现在已经是跟阿尔菲奥订了婚的人了，他的马厩里有四匹骡子，不能让人家去说闲话。可是，我那可怜的老母亲，当年我出外当兵的时候，却不得不把我们家那头栗色的骡子，还有大路边的一块葡萄园，统统卖掉了。现在，你再也不会想起当初我们常常在院子里窗底下见面，一起谈心的情形；在我们分离的时候，你送给我一块手绢，天晓得，我在它上面流了多少眼泪！我去的地方是这样遥远，那儿几乎谁也不知道我们家乡的名字。……好吧，幸福的日子已经一去不复返。现在，我们分手吧，萝拉姑娘！我们曾经那样亲密，可是一切都已烟消云散，我们的情意也就此了结了吧。"

萝拉姑娘跟那位车主结了婚。礼拜天，她端坐在阳台上，双手交叉，放在胸前，向人们炫耀丈夫送给她的那些粗大的金戒指。图里杜仍然在这条狭窄的小街上踱来踱去，嘴里叼着烟斗，双手插在衣兜里，显出一副漠然置之的神气，用眼睛瞟着过路的女孩子们。可是，一想到萝拉的丈夫竟然有这么多金子，想到自己路过的时候，萝拉居然假装没有瞧见，小伙子的心就像被什么东西啮啃了似地痛苦。

"我非要在她的眼皮底下教训她一番不可，这个小贱人！"他嘟嘟囔囔地说。

阿尔菲奥家的对面，住着种植葡萄的柯拉大叔，人家说他富得像头猪。他家里还有一个待嫁的闺女，名叫桑塔。图里杜费了不少口舌，想了不少办法，终于得到柯拉大叔的雇用。于是，图里杜开始上他的家里去，并且向那女孩子甜言蜜语地献殷勤。

"为什么你不去对萝拉说些好听的话儿呢？"有一次桑塔姑娘问他。

"萝拉是一位夫人了！如今她嫁给了一个真正的大王！"

"不过,我是不配嫁给大王的。"

"你抵得上一百个萝拉。萝拉连给你拾鞋都不配,不配!我认识一个小伙子,只要你在场,他压根儿就不乐意瞧萝拉一眼,甚至连她的圣人也不愿意瞧一下。"

"当狐狸吃不到葡萄的时候,就……"

"它就说:'你是多么美丽啊,我的小葡萄球!'"

"啊哟!图里杜大哥,别动手动脚的。"

"你害怕我吞了你吗?"

"我不怕你,也不怕你的圣人。"

"我知道,你的母亲是利柯迪亚人,你们家有好斗的血统,不好惹的。啊,我多想用眼睛吞了你!"

"那你就用眼睛吞了我吧,这对我一点儿害处也没有。别瞎扯了,你还是替我把那块柴火捡起来吧。"

"为了你,我会把整座房子举起来的,我会的。"

桑塔姑娘为了不让图里杜发现她的羞红的脸,顺手操起手边的一块木柴,朝他掷了过去,奇怪的是竟然没有打中。

"我们抓紧干吧!光顾闲扯,柴火就来不及捆好了。"

"假如我有钱,我一定要娶一个像你这样的妻子,桑塔姑娘。"

"我不会像萝拉那样去嫁给一个大王;不过,当上帝给我挑选了一个合适的人的时候,我也有自己的嫁妆。"

"我们知道你家里挺有钱的,我们知道!"

"假如你知道,那就快点儿干活吧。爸爸快要回来了,我不愿意让他看见我在院子里。"

桑塔的父亲已经开始拉长了脸,一肚子不高兴。她却假装没有瞧见。步兵狙击手赤红军帽的流苏,已经骚动了她的心,整天在她的眼前跳动。当父亲把图里杜赶出门去的时候,女儿就为他打开了窗子,跟他整夜整夜地谈心,以致左邻右舍把这件事作为闲谈的话题。

"我为了你快要发狂了,"图里杜说,"我吃不下饭,也睡不好觉。"

"瞧你说的。"

"我真想成为维尔利奥·埃马努埃勒①的儿子,那这就能够娶你了。"

"瞧你说的。"

"对着圣母起誓,我真想把你像面包那样一口吞下去!"

"瞧你说的。"

---

① 维尔利奥·埃马努埃勒(1820—1878),意大利国王。

"哎，我对你说，这是真心话。"

"啊哟，我的妈呀！"

每天晚上，萝拉藏在一盆香草花的后面这么偷听着，脸上白一阵红一阵。一天，她终于叫住图里杜。

"图里杜大哥，这么说来，老朋友见面就再也不打招呼了吗？"

"唉！"图里杜叹了一口气说，"谁能够跟你谈上一句话，那就真是有福气了。"

"假如你真有心跟我谈谈，你是知道我住在什么地方的。"萝拉回答说。

于是，图里杜就去萝拉那里谈谈；他去得那么勤，以致桑塔姑娘都发现了。他再来的时候，桑塔当着他的面，砰地一声关上了窗子。当步兵狙击手在街上走的时候，邻居们互相会意地报以一笑，摇摇头。萝拉的丈夫正带着他的骡子在外奔忙，从一个集市赶到另一个集市。

"礼拜天我想去做忏悔，昨天夜里我梦见了黑葡萄。"①萝拉说。

"别管它，让它去吧！"图里杜恳求她。

"不，复活节快到了，我的丈夫回来以后会问我为什么不去忏悔呢？"

萝拉在忏悔室里清洗她的罪孽的时候，桑塔姑娘正跪在忏悔室的门口，一面等着轮到她，一面喃喃地说：

"凭我的灵魂起誓，你这个贱人赎罪的地方决不是罗马！"

阿尔菲奥带着他的骡子，满载着钱财回来了，他还给妻子带来了礼物，一件过节穿的漂亮的新衣。

"你给老婆带来了礼物，做得真对！"桑塔对他说，"当你外出的时候，她给你的家门可增添了光彩。"

阿尔菲奥是一个歪戴帽子的车主，听到别人以这种口吻谈到他的妻子，顿时好像被刀子扎了似的，面孔刷地一下变了颜色。

"活见鬼！"他暴跳起来，吼叫着，"假如你看错了人的话，我决不会让你留着眼睛来哭的，对你是这样，对你家里人也是这样。"

"我是不喜欢哭的，"桑塔姑娘回答说，"即使我亲眼瞧见努齐娅大娘家的图里杜夜里走进你老婆的屋子，我也没有哭来着。"

"好！"阿尔菲奥回答说，"多谢你的关照。"

既然猫已经回来了，图里杜白天就不再到那条狭窄的小街去闲逛，只是跟朋友们在酒店里消遣解闷。复活节的前一夜，他们正围着餐桌吃一盆香肠，这时候阿尔菲奥走了进来。图里杜从他那杀气腾腾地直盯着自己的神气，马上明白了他的来意，于是把叉子放在盘子上。

---

① 按照意大利的风俗，这是不吉利的兆头。

"阿尔菲奥大哥,有什么吩咐吗?"他说。

"不敢,图里杜大哥,我有许多日子没见到你了,有件事想跟你谈谈,至于什么事,你心里自然明白。"

图里杜起初把酒杯递给他,可是阿尔菲奥用手推开了。于是,图里杜站起来,对他说:

"听候你的吩咐,阿尔菲奥大哥。"

车主伸出双臂,搂住他的脖子。①

"老兄,明天早晨,假如你愿意到坎齐里亚的无花果树林来,我们把那件事谈谈,好吗?"

"天亮的时候,请你在大路上等我,我们一起去。"

说完,他们互相吻了吻,图里杜用牙齿咬了一下车主的耳朵,郑重地表示接受挑战,决不失约。

朋友们默默无语地放下手里的刀叉,离开酒店,陪伴图里杜回家。可怜的努齐娅大娘每天晚上总要等他到深夜。

"妈妈,"图里杜对她说,"你还记得,我当兵去的时候,你很悲伤,觉得我永远不会回来了,是吗?现在,你好好地吻吻我吧,就像当年你吻我那样。明天一早,我就要离开你,到很远很远的地方去了。"

东方还没有发亮,图里杜就起来,拿出那把他当兵的时候藏在干草堆下的折刀,向坎齐里亚的无花果树林出发。

"啊,圣母玛利亚!你这样怒气冲冲,是要到哪儿去呀?"阿尔菲奥准备离开家里的时候,萝拉惊惶失措,呜咽着,低声地说。

"我要去的地方离这儿不远,"阿尔菲奥回答,"不过对你来说,自然巴不得我永远不再回来了。"

萝拉还穿着睡衣,就在床脚边祈祷起来,把贝尔纳迪诺神父从圣地给她带来的念珠紧紧压在嘴唇上,一遍又一遍地背诵着"福哉玛利亚"的经文。

图里杜跟他的对手朝着无花果树林走了一程;阿尔菲奥把帽子拉到眼睛上,默不作声。

"阿尔菲奥大哥,"图里杜开口说,"就像上帝那样真实,我知道我错了,因此情愿让你杀死。可是,我上这里来以前,却看见我的老妈妈已经起来了,她借口照料小鸡,其实是要看我动身,她的心仿佛已经把这件事告诉了她。所以,就像上帝那样真实,为了不让我的老妈妈悲伤地哭泣,我要像宰一条狗那样杀了你。"

"好吧!"阿尔菲奥一面回答,一面脱掉短上衣,"那我们两个人就狠狠地斗吧。"

---

① 按照当地的习俗,这是要求决斗的表示。

他俩都是善于格斗的好手。阿尔菲奥先刺将过来，图里杜急速闪过，不料胳膊却中了一刀。他随即狠狠回敬了一刀，刺个正着，中了对手的小腹部。

"啊，图里杜，你果真存心要杀死我吗！"

"是的，我已经明白地对你说了。现在，我看见我那照料小鸡的老妈妈，她仿佛一直在我眼前。"

"那就睁大你的眼睛吧！"阿尔菲奥对他吼叫，"我正要给你点厉害瞧瞧。"

为了防御对手的进攻，阿尔菲奥弯曲着身子，用左手捂住痛楚的伤口，胳膊肘儿几乎触到了地面。突然，他飞快地从地上抓起一把土，向仇人的眼睛摔去。

"啊！"图里杜像瞎子一样睁不开眼睛，凄惨地叫道，"我完蛋了！"

他向后面拼命地跳了几步，企图逃命，可是阿尔菲奥已经扑上前来，朝着他的腹部猛刺了一刀，接着，又一刀刺进了他的喉咙口。

"这是第三刀！……回敬你给我的家门增添的光彩。现在，你的老母亲可以不用照料她的小鸡啦。"

图里杜用双手在空中胡乱摸索了几下，在无花果丛中踉踉跄跄地摇晃了几步，然后，像一块石头似的栽倒在地，鲜血从他的喉咙口沸腾般地涌出，泛着泡沫，他甚至来不及发出最后一声呼喊：

"啊，我的妈妈！"

阿明达

[意大利]乔万尼·科米索（GIOVANNI COMISO, 1895—1969），小说家。《阿明达》以细婉、淡雅的抒情风格，描写了法西斯统治时期，一个具有美丽容貌和心灵的少女的身世际遇。

现在，我可以坦率地承认，什么是促成我到锡耶那①去继续念大学的真正原因。那是为了阿明达。大概是由于某种谬误，这样一位美丽温雅的姑娘，竟然给起了传说中的牧人阿明达的名字②。是的，锡耶那人常常喜欢到诗歌中去为自己的孩子寻觅名字。谁也说不清楚，这里究竟有多少个铁匠名叫纳西索③或菲德利奥④，有多少肉铺的掌柜名叫泽菲罗⑤或阿波罗⑥，又有多少个劳拉和贝娅特丽丝！

我希望家庭能够同意我去锡耶那的请求，因此竭力说服他们相信，锡耶那的物价低廉，便于安排生活；那里也没有什么让人心烦意乱的东西，因为整个城市被一道城墙包围着，就像一座大学的校园；而且，那里的教授都孚有声望，这样我可以在较短的时间里获得毕业文凭，开始独立谋生。

一年前的秋天，我在我的家乡认识了阿明达。她嫣然含笑，俏丽动人，由我的一

---

① 意大利的文化古城，距佛罗伦萨不远。
② 意大利文艺复兴时期著名诗人托尔夸多·塔索（1544—1599）著有诗剧《阿明达》（1573），描叙牧人阿明达对山林水泽女神西尔维雅的真挚爱情。
③ 希腊神话中的美男子，爱上自己的水中倒影，因而跳水自溺；死后变成水仙花。
④ 德国著名作曲家贝多芬的歌剧《菲德利奥》（1805）中的人物。
⑤ 希腊神话中的风神之一，司西风。
⑥ 希腊神话中的太阳和光明之神，理想的美少年。

个朋友陪伴，来到这座城市。她顺从我的朋友的要求，弃家私奔，希望在这里建立美满的新生活。我的朋友是小提琴手，在一家电影院的小乐队里谋得了一个位置。可是，住旅馆的费用是这样昂贵，以致才过了一个星期，他已经无力负担这笔开销。阿明达从来不曾离开过她的家乡，初来到这儿的头几天，她处处觉得新奇有趣，显示出过分喜悦的神采。渐渐地，她的双眉紧锁起来，闷闷不乐，流露出淡淡的哀愁。

我的朋友上我家里来，希望我为他出主意。阿明达时常思念她的母亲，思念她的锡耶那。她确信，家里的人会宽恕她的一切。我直截了当地对我的朋友说，最妥善的解决办法莫过于让阿明达返回锡耶那。阿明达的脸色近来愈发苍白，简直令人怀疑到我的朋友是在让她忍受饥饿的痛苦。有时，她发出轻微的咳嗽的声音，不过我想这是着了凉的缘故。

一天，我在街上遇见了阿明达。她神情激动，浑身战栗，几乎像跑步一样朝火车站急急奔去。我的朋友抛弃了她。带着他的小提琴逃之夭夭，独自追求幸福去了。阿明达现在身上分文不名，只有手里紧紧攥着的他临行前写的一张告别的纸条。她上火车站去，希望在那里找到我的朋友。我身上的钱正好能够给她买一张去锡耶那的火车票。火车即将开动。她接过我替她买的车票，把头偎依在我的肩膀上，痛苦地抽搐着。她是这样孤苦伶仃，没有一个保护她的人，又是这样楚楚动人，以致火车徐徐开动的时候，我突然悔恨起来，责备自己不该让她离开这里；我向她——其实更多的是向我自己——许诺，我一定去锡耶那找她。

过了一年，暑假将结束的时候，我来到了锡耶那。位于封台布朗达谷地的鞣皮厂，散发出刺鼻的辛酸气味，一直飘送到城里。我没有阿明达的地址，只知道她的姓名；不过好在这座城市不大，我想很快就会遇到她的。

在古城堡上漫步，实在是一件爽心悦目的事。一丛丛苍翠的松柏，掩映着时呈朱红时呈嫩黄色的山坡；一道道山脊迤逦而下，不时被幽深的峡谷隔断。举目眺望，远处的地平线，隐没在玛雷玛山淡青色的冈峦峰岱中。蔚蓝的天空，云淡风轻。锡耶那城倚山而起，市区的教堂和塔楼巍然屹立。夜晚，从一扇扇窗户里射出明亮的灯光，整个城市仿佛一艘起锚待航的客轮。古城堡的两侧是最避风的地方，许多妇女和姑娘在这里安静地休憩，她们因为费力地攀登山坡而气喘吁吁，但又竭力克制着，避免发生咳嗽声，让过路的游客听见，恰恰是在这里，一天早晨，我遇见了阿明达。

她衣着很单薄，似乎是要表明她的身体很健康。我们面对面地凝视了好一阵子，才互相认出来。她的脸上突然闪出绯红的色彩，过于纤弱的手微微颤抖。她没有向我提起我的朋友。我们很快约定，每天早晨在这里会面，一起散步，游览她居住的城市。我发现，阿明达很需要排遣愁闷的情怀，于是向她提议到郊区去走走。我们兴致勃勃，竟一直漫步到很远很远的村落；她给我引路，一路上告诉我这些村落的名字。回到城里，我陪送阿明达回家。这是一条狭窄、阴暗的街道。在她的家附近，有一片花店，我买了束含羞草花送给她。

第二天早晨，我们又会面了。秋天突然提前来临。一阵阵冷风吹过，每一条街道的角落里都发出飒飒的声响。一团团低沉的暗云，笼罩了塔楼，有时甚至低低地掠过广场的上空。太阳不时从暗云后面露出脸儿，但随即又隐没在浓重的暗云中了。阿明达只穿了一件单衣，裸露着臂膊，手里拿了一柄小伞。眼看她瑟瑟发抖，我心里很难受，于是急迫地寻找一个避风的地方；她却竭力做出毫不在乎的样子，可是她的嘴唇已经发紫了。我希望太阳不再隐藏在灰云后面，但这只是徒然的愿望。冷风卷起尘沙，迎面扑来；乌云裹着潮气，砭人肌肤。我们走进了公园的一家咖啡店。

咖啡店的饮料极其乏味，一股股冷风随着不时打开的门吹进来，阿明达又开始咳嗽了。她看到我为她的身体担忧，愁容满面，便努力显得快活起来，含笑对我说，这咳嗽快好了，不打紧的。不过，我还是终于说服她回家去。

她家附近的花店里，摆着一束束月下香。我知道，阿明达喜欢香气浓郁的鲜花，便买了一束送给她。花店的主人十分热情，邀请我们去参观他的花园。这真是一个令人神往的地方，满园的名花异卉，吐出一股股浓香；巨大葡萄棚架，挂满了一串串下垂的累累葡萄。从这里可以欣赏全城的景色和封台布朗达谷地。太阳又重新射出明亮的光辉，没有一丝儿凉风。我建议阿明达每天早晨不再去城堡，而到这座花园里来散步。她淡淡地笑着，温顺地答应了我。不过，我发现，她的脸上掠过了一阵痛苦的痉挛。

在那座花园里，我们一起度过了许多小时。我们一面品尝一串串香甜的葡萄，一面观赏和抚弄各色芳香娇艳的花儿；花店主人教我们识别各种花卉，告诉我们这些花的名字。阿明达又教我练习用优美的锡耶那语调讲话[①]："请你摘下那朵花儿，""桃子的品种分两种：酥桃和硬桃，""泉水从空中急遽落下，溅射出闪烁的水点，这叫水珠，不是浊水。"她认真地纠正我浓重的方言口音，常常乐得大笑起来。

封台布朗达谷地的肉坊正在宰猪，肥猪发出绝望的尖叫，屠夫们奔向大水缸去洗沾满鲜血的双手时兴高采烈的喧嚣，都不时传到花园里来。鞣皮厂的屋顶上晾晒的兽皮，在阳光的照耀下，反射出光怪陆离的色彩。波光闪动的水槽边，妇女们用木棒拍打衣裳，愉快地歌唱。阿明达坐在花园的矮墙上，全神贯注地凝望着眼前这幅生机盎然的景象，在她的呆呆出神的目光里，出现了一种强烈的渴望的兴奋，她的内心看来正在经历着不寻常的激动。我忧虑地注视着她的情态，生怕她经受不了外界的刺激。

或许，我的关心已经使阿明达感到幸福，帮助她忘记了疾病带给她的痛苦。不过，事情或许并不是这样。她竭力显出快活的样子，其实只是希望我能够忘记她是个患病的人。她作出种种表示，证明她的身体已经恢复了健康。她不时用手绢掩住嘴唇，抑

[①] 意大利各地方言差异很大，托斯卡纳方言是标准的意大利语，锡耶那属托斯卡纳地区。

制一阵阵的咳嗽；但又若无其事地把手绢递给我，让我给她拭去嘴唇边上甜甜的葡萄汁。

我对阿明达表示的情谊是这样克制，有分寸，这使她很失望。于是她开始向我讲述自己的身世，并且首先向我提出了她的愿望，希望我以怜悯的心给她一吻。我从来不曾吻过阿明达，看来，在她的心目中，我的吻正是生活最美好的象征，而她已经感觉到，生活正悄悄地从她身边滑过，消失。

阿明达的父亲在工厂劳动的时候，受伤成为半残废人，从此耽于酗酒。她的弟弟几个月以前病死了。弟弟快咽气的那天晚上，家里的人给她父亲一些钱，让他去买氧气，他却喝得酩酊大醉而归。儿子在床上奄奄喘气，他在隔壁的房间里忽而哼哼唧唧地唱小调，忽而大声地诅咒儿子。她的父亲变得越来越凶悍暴戾，倘使母亲想给阿明达增加点儿营养，煎了一份牛排，他便破口大骂起来："鬼东西，别人都有牛排吃，却让我整天吃豆子！"阿明达于是把牛排端给父亲，他毫不客气地拿过来，一扫而光。阿明达的病眼看着一天天严重起来。医生开了疗效很好的药，但价钱惊人地昂贵，而她家里的钱连吃饭都不足以维持。于是，阿明达不得不求助于她美丽的姿容，来谋取生计。父亲总是贪恋杯中物，时常把他结交的一些不三不四的人带到家中来。

阿明达跟我的朋友弃家出走时，曾满怀希望从此能够建立美满的新生活。而现在，她对一切都已失去了希望。她仔细地听着在花园下面的街道上行走的几个士兵的沉重的脚步声，突然对我说，下一个星期，她将离开锡耶那。她不愿意明确地告诉我，她打算去什么地方，只是含糊地说，准备上利沃纳①，去找她的姑妈。不过，我清楚地知道，这是假话。阿明达许诺，她将写信给我，向我解释一切。在这一刹那，我心里因为她的这一决定中所产生的极其不祥、可悲的预感，强烈地攫住了我。我虽然不能不承认，她作出这一决定的时候，具有足以使我感到羞愧的巨大勇气，可是我不愿意相信，这是她自己的心愿。阿明达继续痴痴地倾听士兵们的脚步声。

从此，我再也没有见到阿明达。锡耶那仿佛被高高的城墙封锁住了，与世隔绝。我埋头于学习，专心致志地听课，做了大量的笔记。晚上，常常和朋友们一起打牌。锡耶那人喜欢在咖啡店、俱乐部和家庭里玩牌。孤独，或者说苦闷，驱使我们用纸牌来消磨时光。狂欢节到了。那个晚上，我接连输了许多局，这倒不是由于我的运气不好，而是因为我心绪烦乱，神情恍惚。狭小的房间里，充满了恶浊的烟草味，我心里起了一阵憎厌的感觉。

牌桌四周拥挤着许多看客，其中有一个跟我同一年级的学生；他突然对我点头致意，仿佛是谈论一件无关紧要的事似的，笑着对我说：

"你知道吗，从前常跟你一起散步的那个姑娘，已经死了。"

---

① 意大利北部的海港。

"阿明达？"我急切地追问，心中但愿发生了误会。

"是的，是阿明达。奇怪吗？这简直像是一个男人的名字。"

我蓦地站起身，扔下手里的牌，顾不得牌友和看客的抗议，跑到了街上。我径直来到阿明达住的那条阴暗的、两旁尽是破旧房屋的小街。楼上几支残烛的烛光，在她房间的窗玻璃上闪闪跳动。从室内透出一股股的冷风，散发着喷射过的消毒药水的气味。我在门口踟蹰不前，没有勇气进去。附近，几名妇女在轻声细语地交谈，其中一个瞧见我从那里经过，仿佛特意告诉我似地说：

"我们这条街上最漂亮的姑娘死了。"

我在街上踯躅徜徉，忽而觉得，在人们的眼里，我或许不过是跟这一切毫不相干的一个陌生的过路人；忽而又感到，最后一次去见阿明达，是我应尽的义务。

第二天早晨，我鼓起勇气，去向阿明达的遗体告别。几名妇女正向花店的主人募捐，准备制作花圈。我买了几束阿明达最喜欢的香气浓郁的鲜花。花店主人对我说，他每逢见到我跟病得这么厉害的姑娘在一起，总觉得是件不可思议的事。我登上昏暗、摇晃不已的楼梯，一面沉思阿明达生前默默忍受的巨大痛苦。楼梯口站着几名妇女。她们认出了我，把我当作亲人，引我进去。一位老太太对我说：

"我可怜的姑娘，她总是念念不忘地提到您。"

我跨进屋里，呆呆地伫立着。灵柩安放在四张椅子上；阿明达安静地躺在里面，一幅洁白的面纱遮盖着她的面容。四周燃烧着的蜡烛，投出一团团惨淡的青影。她的床像石板一样坚硬，发出灰色的滞黯的光。屋内空空荡荡，一片幽寂。

阿明达的母亲坐在灵柩的旁边，轻轻地掀起面纱，对我说道：

"先生，您告诉我，我的阿明达可是个美丽的姑娘？"

我看到了阿明达如同土色的、浮肿的面容，嘴唇微微张开。我默默地把鲜花奉献在她的脚边。

我不忍心再瞧她。身上直感到一阵阵的战栗，我满怀凄恻，踉跄地走了出来。我痴痴发怔，不知道该上哪儿去；昏沉恍惚之中走到了市中心的主要大街。

四周纷纷扰扰，一片恼人的烦嚣。商店的橱窗里摆满了狂欢节应市的纸做的假面。每个假面的脸孔都仿佛浮肿着，嘴唇微微张开。街上人潮如涌，每个人都仿佛认识我，眨巴着眼睛，瞧着我，向我微笑。我陡地转过身，急忙跑回大学。

教授正在讲课。他以坚定、自信的语调娓娓动听地讲述有关诉讼程序的很有趣的问题，竭力想让学生接受他的独特的见解。我目光呆滞、凝望着他昂奋激动的面孔。我仿佛是一个局外人，教授意趣盎然的神态使我觉得可笑。我低下头来，佯装记笔记；谁知我的笔记本上出现的，竟然是始终在我的脑海里萦绕的形象：如同土色的、浮肿的面容，嘴唇微微张开。

老处女

[意大利] 朱塞佩·贝尔托（GIUSEPPE BENTO, 1914—1978），小说家。早期作品（《满天红》、《强盗》）描写法西斯统治时期青年一代的际遇和农民夺取土地的斗争，为新现实主义杰作。后期作品转向精神，表现人的内在世界。

《老处女》在对女主人公微妙情感的细腻委婉的抒写中，展示当代社会中人与人之间的关系。

　　她心里极其明白，自己的容貌并不美丽动人。她甚至晓得，自己从来不是一个漂亮的姑娘，即使是二十岁的时候——那正是几乎所有的姑娘都显得丰姿美妙的妙龄。何况，她暗自思忖，年岁不饶人，她现在已经三十七岁了。可是靠车窗坐的那位先生用这样的目光注视着她，她倒不免觉得，自己也并非一个难看的女子。

　　不能说这位先生是用无礼的目光，或者说用咄咄逼人的目光注视她。完全不是。他正在阅读报纸，只是偶然间仿佛为了让疲劳的眼睛稍稍休息片刻，才不动声色地把目光移向对面座位上的旅客。他似乎打量他们，但又仿佛没有注视他们；他的目光在她身上停留的时间也并不超过在别的旅客身上停留的时间。但她总隐隐觉得，落在她身上的目光跟落在别人身上的目光相比，多少有点儿异样；他的目光表示了某种请求，同时又流露出一种充满自信的希望，至少可以觉察出，谨慎而坚定的目光里蕴含着颇有节制的兴趣。

　　她是在奥尔特站①上车的。不晓得什么缘故，她走进车厢的时候，对这位靠窗坐的

---

① 距罗马不远的小城，位于罗马—佛罗伦萨、罗马—安科纳两条铁路线的交叉点。

先生，还有其他的旅客，都不曾留意打量，或许她当时急于询问是否有空位子，而且她现在回想不起来，究竟是谁回答了她的问话，是他还是别的旅客。她说不上来，他是否到第三次瞧她的时候才把这种异常的表情，或者更确切地说，某种热烈的情感，投射到她的身上，而正是这种热烈情感使她觉着自己在某种程度上焕发了青春。

她回想不起来，那先生是打什么时候开始瞧她的，不过她清楚地晓得，现在至少是第三次感觉得到他的目光了。她的心禁不住骚动起来，热切地希望他再次把眼光从报纸上抬起来，可几乎是同时，这一欲念又使她觉得困惑。道理很简单，因为那位先生还只是一个青年，或许还不足二十岁。噢，可千万别干出愚蠢可笑的事儿。她强自收敛心神，把目光移向她放在膝盖上的一只手提包。

她是一个严肃的女子，从不轻易听任情感的驱使，也时时提防坠入内心奥秘情感的陷阱。她希望自己像一个诚实的姑娘那样行事。她并不愚蠢，在想到自己的境遇的时候，不仅把自己当作姑娘，而且在某些情况下常常走向极端，以老处女自居。现在，譬如说，她暗暗提醒自己，切不可成为那种稍稍受点儿恭维就忘乎所以、飘飘然起来的老处女，徒然令人耻笑。那位先生，或者说，那位青年，或许压根儿就不曾注意到她，他注视她的目光跟注视别人的目光毫无二致；他可能仅仅是偶然地瞧了她一眼。她甚至敢保证，假使她抬起头来，一定能够瞧见他正在聚精会神地阅读他的报纸，但她不愿抬起头来。

可她终究还是抬起了头，却不料跟青年的满含期待之情的目光遇个正着。她顿时吃了一惊，痴呆呆地瞧着他，仿佛有什么话要向他说似的，直到他对她报以微微地一笑。他笑得那么温柔，像是帮助她解脱如此窘困的场面；但这微笑对她来说是那样突如其来，那样引人注目，以致可以说，窘困突然变成了张皇失措，正是这种张皇失措又驱使她不由自主地站起身来，匆匆地走出了车厢。

在过道里，她立即意识到不应当这样轻率行事，因为这种感情冲动的行为几乎近于逃跑，或许更糟糕一点，很像是向那青年发出邀请；而无论是哪一种情况，青年都会觉得他应当义不容辞地跟随她出来。事情正是如此。她完全不用转过身子——她的心怦怦直跳，感到一阵晕眩，浑身软绵绵地动弹不得，也委实无力转过身子来——单凭听到车厢的门打开和关上的声音便明白：他来了。她强自镇定，凝视着车窗外面的景色。飞速掠过的乡村在昏暗中渐渐模糊起来。她安慰自己，至多再过半个钟点就到罗马了，这样或许就会摆脱面临的危险；诚然，把眼前发生的事情叫作危险未免荒唐，她确信青年不会对她采取冒昧的行动。可是欺骗自己也未免愚蠢，眼下使她害怕的危险却是跟青年的冒昧行动迥然不同的某种东西，或者说，是她直到现在为止不承认自己是老处女的念头。

青年走到她的身旁站住。她低下头来，瞥见了他浅灰色的呢裤和熠熠闪光的皮鞋。啊，天哪！她一年四季穿着同样的衣服，一件绒线上衣，一条苏格兰呢子做的裙子，怎么能够想象，忽然有一天她竟然会像别人一样，碰上某种出乎意料的奇遇呢？是的，眼下幸好还不曾发生什么意外，不应当头脑发热。不过青年既然跟随她来到过道，现在很可能会以某种方式来跟她交谈。于是她等待着。

可是当青年开口对她讲话的时候，她仍然禁不住打了个寒战。"请原谅，您不觉得我们已经相识了吗？"

"噢，不是这样，不是……"她慌慌张张，不晓得这是对自己慌乱的芳心的哀求，还是对他的回答，或者是整个地对世上的事情表示的看法。

她的耳际又响起了青年的声音："那么……你住在罗马吗？"

她只是点了点头，表示"是的"，竭力避免遇见他的目光。

"是帕里奥利区吗？"他追问。

"不……蒙特萨克罗区。"她回答，终于无法避开他逼视的眼光。

他年纪很轻，身材修长，英俊潇洒，很是讨人喜欢，跟她比较起来，简直可以说是一个美男子。不过她脑子里压根儿没有闪过把他和自己联系起来的念头，哪怕仅仅是比较一下而已。此刻她只是在为他着想，比如说，为了讨得姑娘们的欢心，他的头发本来不必梳得这样齐齐整整，油光闪亮，像报纸上登的广告人像那样；假使他的头发留得略微短些，不抹发油，他或许会显得更加俊美可爱。她又努力猜想他是谁，过着怎样的生活。可是他的容貌没有提供任何这方面的暗示。她想，他或许是工程师。她这么揣测是有缘故的。曾经有一个年轻的工程师在她宝贵的记忆里留下了深深的印记。那年轻的工程师是她的邻居，时常跟妻子吵架；那时她才十一岁，在小学念书，竟悄悄地对他产生了爱慕之情。这是她的第一次爱情，最纯洁的爱情，也是始终隐蔽在心灵深处的秘密。

"请原谅，我走神了。"她觉察到青年正以询问的神情凝视着她，仿佛在等待回答，于是赶紧说。

他柔和地、毫不在意地笑了，露出牙膏广告画上的模特儿才有的洁白牙齿。

"不妨告诉你，打小时候起我也住在蒙特萨克罗区，我的祖父在总参谋部任上校，我们在城里有别墅、花园。很可能在我们俩只有四五岁的时候，我们曾经在一起做过游戏呢。"

她突然觉得一阵心酸。"这是不可能的事，"她痛苦地说，"我的年纪比您大得多。"

"不！"他十分惊奇，大声地说。"依我看，您至多不过二十七八岁。"

"大得多，大得多，"她连忙说，一缕淡淡的悲哀在心头浮起，"我已经……"

青年急忙做了一个突然的、意想不到的动作，把手放在她的嘴唇上，打断了她的话："请不要说了。年龄又有什么意义呢？"

青年的大胆动作使她感到惊惧，不过在她看来，这一动作与其说是大胆的，不如简单地说是奇怪的，正因为如此，她竟听任他的手在她的嘴唇上停留了大大超过必要的或适宜的时间，默默地体味着一种说不出的异样温柔。待到她察觉到这一点，顿时觉得羞赧起来，于是鼓起勇气挪开了他的手。

"我们不应当这样。"她的两颊泛起一层霞晕，喃喃地说，脸上火辣辣地发烧。

她很快意识到，她说的这句话未免不太恰当。青年的动作或许仅仅是一种纯真友情的表示，而她却赋予了它某种含混的，或许牵强附会的意思。她失望地感到自己简直无力应付眼前的一切，以致处处失误。

青年似乎没有察觉她的惊惧，也没有发现她流露出来的那种老处女才有的迟钝反应。

"两个萍水相逢的人一旦觉着彼此已经相识，"他说，"这就意味着他们是以某种方式在互相寻找。您不这样认为吗？"

她摇了摇头，这倒并非表示不同意他的看法，而是隐约觉着他正设法把她卷入一场危险而虚假的游戏中去，事实上，她确信在此以前从来不曾遇见过他。她试图保护自己。不过面对这充溢着青春活力、爽朗、轩昂的青年，她该怎样保护自己呢？

"您没有说心里话，"青年对她说，"请把手伸给我。不，左手。"

她温顺地伸出他需要的手，听任他以一种半严肃半开玩笑的神情细细地琢磨掌纹；不过正如一个旁观者观察陷入类似处境的第三者一样，她清楚地意识到，像她这样的老处女被一个年轻的美男子戏弄，自然是十分愚蠢和荒唐可笑的。她心底里异常明白，她的软弱态度已经使她一生纯洁无瑕的品性面临沦丧的危险，她在漫长的年月里弃绝人世间种种荣华和诱惑的努力，行将付诸东流，可是她依然缺乏勇气抽回自己的手。事情还不只此。在心迷神荡之中，一种奇特的柔情蜜意竟然驱散了羞愧和荒唐可笑的感觉，她全身脉管热血充盈，真想亲昵地抚摸一番他的细嫩白净的脸庞和脖子，然后请他立即离去。她眺望车窗外的景色，仿佛希望在那里找到安全的藏身之处。

火车隆隆地奔驰，在地平线上划了一个巨大的弧形，向台尔米尼①驶去。朝着亚尼奥河②畔山谷地带望去，已经可以清晰地瞧见罗马市郊的高层住宅，一扇扇射出明亮灯光的窗户。那里是一成不变的生活。

"您为什么这样？"突然间她听到青年的问话。

她转过身来，灼灼如火的眼光向她射来，似乎要穿透她的心似的。"我怎么样呢？"

"我觉得您非常冷漠，缺乏热情和自信。看得出来，您是一位异常聪明、富于情感的人，一颗心在剧烈跳动，而且您还年轻漂亮……"

"我一点儿也不漂亮。"她颤动着声音叫道，几乎要哭出来；为了他，她多么渴望自己成为一个漂亮的女子啊，哪怕仅仅是短暂的几分钟时间。

---

① 罗马中央火车站。
② 流经罗马市的台伯河的支流。

"嗨，您瞧，您不是又失去自信了吗？"他说。"难道您认为，只有电影明星才配称得上漂亮？完全不是。我不晓得您可还记得一位美国电影明星，她早已是半老徐娘，而且一点儿不漂亮，在影片中总是扮演找不到丈夫的姑娘……"

"我晓得，我晓得，"她痛楚地打断了他的话，"她总是扮演处女的角色。"

他爽朗地笑了。"为什么说是老处女呢？她在四分之三的影片里显得挺丑，可是观众渐渐地熟悉了她的脸，也就觉得她并不难看，末了，她在观众心目中简直就成了美人……"

"噢，天哪，让这一切赶紧结束吧。"她在内心深处对自己说。可是当她想到，再过少许时间，不管愿意不愿意，这一切就将终结时，又不免黯然神伤。

火车仍在隆隆地奔驶，通过蒂布蒂纳车站的道岔时产生一阵剧烈的晃动。准备下车的第一批旅客开始离开车室，进入过道，从他们身边走过的时候常常碰着他们，他们不得不紧紧地站在一起，有时互相偎依着。她十分恐惧，凭着身体的感觉，她明白现在事情已经远远超过了偶然的接触。

"我想，您应当更多地露出笑容，"他说，"您为什么不微笑呢？试着对我微笑吧。"

她以热望得到同情的眼光注视着他，脸颊上渐渐地绽开一朵微笑。她看见他立刻显得异常兴奋，连他的一双眼睛也饱含着亲切的微笑。

"当您微笑的时候，您的脸整个地闪烁着光彩，显得越发明亮，"他说。"我多么希望您现在能够瞧见自己的模样。您为什么认为自己不漂亮呢？"

"不，不，请您别这样讲。"她喃喃地说着，试图把他还捏着的左手抽回来。

乘着让一个乘客从身旁通过的机会，他把整个身子更紧地偎依到她身上。霎时间她觉着自己完全变了一个人，纯洁无瑕和高尚品德抛到了九霄云外，消逝的岁月不过是虚度的年华，对于她来说，现在唯一有价值的东西是这样一种突然的、愚蠢的欲望：让他方才表达的感情继续保持下去。于是她开始紧紧捏住他的手，以致几乎把指甲嵌进了他的皮肉里。她的心慌乱地跳着，热欲充盈，仿佛就要晕倒。青年理会她的迷乱心情，两眼痴痴地注视着她的嘴唇，仿佛要吻她似的。她恍惚之中感觉到了他的热烈的吻，不过她丝毫不觉着羞愧，或许她以后会觉得羞愧的，但不是现在，绝不是现在。

火车徐徐地驶向终点。

"我们萍水相遇，一定是有缘分吧，"青年对她说。"这正应了一句俗话：有缘千里来相会。我们应当再见面的。请告诉我您的电话号码。"

"不，不……为什么？"

"假使我对您说，我们这次相遇对于我是极其重要的，您一定会不相信我的话。我并不要求您今天就相信我。不过请您不要剥夺我再次见到您的机会，也不要让我从此失去用实际行动来向您表明我的真挚感情的可能……"

"不，不。"她回答说，但声调显得那么呆板、机械，而且这些话其实也无关紧要，因为她说话的语气，跟她假使回答一声"是"，几乎差不多。

火车终于缓缓地停住了。熙熙攘攘下车的旅客像潮水似地把他们推向出口。现在她紧紧地偎依着他，全身软绵绵的，温柔地捏住他的手。

"我们应当再见面，"青年执拗地说，"那该是多么愚蠢可笑，假使两个人这样巧遇之后……"

"我只是一个小学教员……"

"这就是推辞的理由吗？当小学教员难道不光彩？"

"我在奥尔特城的一所小学里教书，"我说，"每天乘这趟火车上下班，星期天除外，要知道……假使您真的希望再跟我见面……不过，不必许下诺言……我是说，您不必许下诺言……"

青年俊秀的脸顿时漾起喜悦的表情。"傻姑娘，"他脉脉含情地对她说，"傻姑娘。"

这是多么甜蜜的话语，对于她来说，这比对她说"我爱你"和诸如此类愚蠢的话不知道要甜蜜几多倍。她充满感激之情，凝视着青年，见到他突然间变得严肃起来：

"您看，我才真正傻呢。我只顾跟您谈话，却把风衣和手提箱遗忘在车厢里了。请您在站台上稍等片刻。您一定等我，是吗？"

青年一面问，一面使劲地推开拥挤的旅客，重新登上车厢。她抑制不住激动的感情，也顾不得周围这么多人在场，大声喊道：

"我等您。快一点儿。"

站台上挤满了熙来攘往的旅客和迎接亲友的人群。他们喊着彼此的姓名，互相寻找；搬运夫推着满载行李的车子，混乱的人潮向车站出口涌去。

眼前的场面充溢着活力和欢乐的气氛。自然，她清楚地意识到，她所以觉得那么欢乐，仅仅是因为她的心已经沉浸在不寻常的欢乐之中。许多年以来，每一个晚上她都亲身经历着这样的场面，可是从来不曾觉察到一丁点儿欢乐。或许不妨说，这极其短暂的巧遇使她突然间发生了奇迹般的变化，完全变成了另外一个人。看来命运将使她从此能够分享一份微小的常人的幸福：遇上一位知己，向他表示某种柔意，追随他登上生活的途程。诚然，她还缺乏勇气把它叫作爱情，但这至少可以说是爱情的开端吧。这种感情随后将逐渐发展充实，很可能使她幸运地改变整个生活，她将会有自己的孩子，而不再是学校里那些属于别人家的孩子。不错，这样的事并不稀罕，千百名妇女每天要遇到它；可是，从事情发生的最初时刻起，就确实显得异乎寻常，以致她觉得害怕，一种莫可名状的恐惧攫住了她的心。她害怕相信这是事实，害怕它突然化为乌有，成为幻影。她暗自作好打算，准备迎接一切可能的失望，既然是最冷酷的失望，譬如说，他回头赶上了她，在照耀站台的明亮灯光下，突然发现她并不像他所觉得的那样年轻，也不像他所认为的那样容貌动人。那时，根据起码的礼貌，他将陪送她到三十六路电车起点站，然后互相道别，最终理所当然地结束这一切。她每个晚上乘火车时将徒劳无益地寻找他。自然，她将坚持不懈地寻找他，日复一日，月复一月，或许只要她还活在人世，就将年复一年地永远寻找下去。她决不会为此而感到丝毫的追悔，恰恰相反，她将永远铭记他，感谢他今晚在火车上给予她的短暂的幸福。

　　思索着这些令人激动的事，她不禁觉着喉咙壅塞，几乎要哭出声来，眼睛里浮动着一层泪花。她暗自笑自己愚蠢，太愚蠢，就像方才他充满热情地、温柔地说她是"傻姑娘"一样。是的，她确实像他责备的那样缺乏热情和自信，悲观主宰着心灵，希望还未及问世便被悲观生生扼杀了。她应当像他指出的那样，反其道而行之，充满自信，时时微笑。

　　她果真兴奋地微笑了，直到她从遐想中清醒过来，发觉她只是对着空空荡荡的站台微笑。站台上一片寂静，除去一两个铁路职工，还有一个驾驶着运货电瓶车的搬运工人。蓦地，一种不祥的预感突然抓住了她，她赶忙登上火车，几乎用奔跑的速度进入每一个车室寻找，一直跑到车厢的尽头，但是连一个人影儿也没有发现。

　　她忧伤地打开小手提包，用手本能地摸索着，顿时，她明白了发生的一切。她顾不得自己是一个令人害怕生厌的老处女，把身子伸出车厢的窗子，歇斯底里地喊叫起来："我的钱包被偷走了！我的钱包被偷走了！"

　　铁路警察局的警官坐在办公桌后面听取她的叙述，显露出通情达理的样子，但尽量遏抑自己的表情，以免使事情显得滑稽可笑。对于他来说，这显然只是一个普通的案子，而且全部情况他看来都已经知道了。很可能，他心底里是暗暗偏袒小偷的。整个案件发生过程中小偷狡猾、巧妙地玩弄的游戏，一个年已三十七岁、其貌不扬、头脑呆板的老处女，她诉说遭遇时支支吾吾、张皇不安的神情，或许就是警官站在青年一边的原因。

　　是的，她清清楚楚地记得，在奥尔特站上火车的时候她把钱包放进了小手提包。她还准确地记得，钱包里放着刚刚领得的工资，七万二千里拉，另外有一张铁路月票。那青年是个什么样儿的人？您能够把他的相貌描写一番吗？是的，能够。他高高的身材，棕褐色的皮肤，留着鬈曲的长发，油光闪亮。他是哪一种类型的人，缺少文化教养的粗鲁汉子，或者是乡巴佬？不，不，完全不是。他的外表很是潇洒，面孔英俊可爱，谈吐极像个有教养的人。

　　现在回想起青年向他吐露的甜言蜜语，想起他的行动举止，她就觉得这一切简直污秽不堪，难以忍受，而当时她的纯朴心灵却把它变成了饱含某种诗意的、想入非非的东西；她禁不住感觉一阵恶心。

　　他多大岁数？警官问。嗯，多大岁数？看上去四十岁光景，她回答说。她竭力想维护自己的虚荣心和羞愧，哪怕是一丁点儿，因此不得不撒谎。不过或许还要年轻些，三十二三岁，她慌忙补充说。幸运的是，警官没有留意这微妙的细节，她不免暗中庆幸。

"好吧，我们一定能找到他。"警官明白她已经提供了她知道的一切情况，便平静地对她说。

他从一个抽屉里取出一包刑事卷宗。每份档案上贴着同一个人的两张相片，一张是正面的，另一张是侧面的。

"在这些材料中一定能够找到他，偷窃您钱包的小偷无疑是个惯犯。"

他开始一份份地查阅卷宗，不时把眼光停留在某一张相片上，沉思片刻，追忆他从前亲手办过的其他案子。他不断抽出卷宗，递到她的眼前，指着相片突然问道："是他吗？"

"不。"她有时斩钉截铁地说，有时思索一会儿，然后回答。她觉得这些脸几乎都是一个模样。

当警官把另外一张相片递到她的眼前时，她立即认出，正是他，火车上的那个青年。他确实与众不同，即使在刑事档案的照片上也保持着独特的潇洒风度，虽然带着兜售发油和牙膏的广告上的那种特点；他的嘴角甚至挂着微笑，在这种场合，这种微笑似乎给人以厚颜无耻的印象。档案上注明姓名，地址——那不勒斯，某某大街，某某号——自然还有出生年月。只要粗略地计算一下就知道，他的年龄是二十五岁，仅仅二十五岁。

刹那间，她仿佛觉得她和他全是值得同情的可怜虫，她恨不得在警官面前痛哭一场，把此刻折磨自己的耻辱洗刷掉；她甚至感到应当咬紧牙说："不，这不是他。"

现在她只盼望这一切尽快结束，况且警官又递给她另外一份档案，她已经完全无法否认了。他叫罗密欧·埃斯波西托。她睁着一双呆滞的眼睛，痴痴地念着这个名字，仿佛是念一个爱情的字眼：罗密欧与朱丽叶。

"小姐，您看呢……"警官见她痴呆的神情，平静地问道。

她向警官解释说，她没有充分的把握断定她的钱包确实被偷走了。她异常清楚地记得，她的手提包挂在车窗的衣钩上，下车的时候未曾留意，钱包或许是在混乱之中丢失的，很可能的确是丢失的。

从警察局出来，她觉着仿佛卸掉了一个沉重地压在身上的包袱。不过方才经历的事情又一幕幕地呈现在眼前。她想起在车厢过道里青年搂着她的情景。她紧紧地偎依着他，热望成为他的人；这种欲望现在回想起来诚然是令人羞耻的，然而却是极其自然的。妇女肩负抚育新一代的使命，而这离不开爱情。当时她追求的不正是爱情吗？如今一切全不过是骗局。青年在她偎依着他的时候巧妙地窃取了她的钱包。这场令人痛苦的游戏不只使她的人格遭到屈辱，而且使她陷于失望，越发觉着自己是被摒弃的人；她，一个无能的老处女，人世生活微不足道的、渺小的部分，将无声无息地永远消失。自然，这对世界来说实在毫无意义，在这世道上生命委实是多如牛毛，无足轻重。而对于她来说，这意味着一切。现在她仿佛透过一枚三棱镜，观察着自己的每一行动举止，发现它们全闪烁着虚幻的色彩。

她觉得不知做什么才好，漫无目的地在巨大的车站广场上往来如织的人群中间徘徊。自然，她并不是在寻找青年，不是的，诚然他很可能混杂在这人群中，或许是在等待开往那不勒斯的火车。一个惯偷，以偷窃火车旅客为生。她很想给他写一封不怀恶意的信，仅仅请求他还给她火车月票。至于其他的一切，她将原谅他。不过她终于决定不给他写信，因为她已经记不清他的地址，而只记得他的名字：罗密欧。

在三十六路电车起点站，她要登上电车时猛然想起，她身上连买票的四十里拉也没有。不过这算不了什么。她决定徒步走回去。从车站到蒙特萨克罗有多少公里呢？她从来不曾想过，或许是四公里，也许是五公里。挺长的路程。没有任何在等待她，无论是在家里，或者是在别的地方。她觉着需要赎某种罪，或许就是她来到人世的罪。在漫长的道路上行走，她或许是能够赎一小部分罪的。

恐 惧

[意大利] 阿尔多·德·雅科（ALDO DE JACO, 1923—），生在意大利东南部莱切省的马利埃市，原是建筑师，后从事政治活动、新闻工作、历史研究和文学创作。1943年加入意大利共产党，在那不勒斯地区做过党的工作，又先后在《团结报》和《国家晚报》工作。现在是意大利全国作家工会总书记，《创作与文化》杂志社长，意大利文化合作社联盟主席团成员和意大利电影工作者合作社社长。1980年来我国访问。

德·雅科认为："文学是政治的一种形式，写小说是为了改变世界，而不是为别人提供茶余饭后的消遣材料。"他甚至把自己称为"政治小说作家"。他的写作态度严谨，虽然不多产，但写出的作品都具有很高的艺术价值和积极的思想内容。他的作品有短篇小说集《南方的故事》(1946)、《那不勒斯的星期天》(1954)和《不寻常的一周》(1955，获塞腾勃利尼文学奖)，长篇小说《城市在起义》(1956)，《归程》(1966，获卡斯泰拉玛雷文学奖)以及《以银铛入狱告终》(1975) 等。

《恐惧》是德·雅科的早期作品，写那不勒斯贫苦儿童从小参加劳动的情况，刻画了儿童之间的友爱。

维钦佐和马利奥出生的城市有一个特点：不管你走到哪里，在你周围奔跑、打滚的小孩永远像地穴中蠕动的蚁群一样的奇多。孩子们在人行道上赛跑，在大街上像蝴蝶似的追逐穿行，大声地叫，开心地笑；有时掷石子，或者用粉笔在木板上胡乱画些什么，有时纠缠住行人的腿捉迷藏，要么就抓住电车车厢的后缘，让车子带着风驰电掣般地飞行一段。

不过关于这里孩子多的说法是毫无道理的。实在是城里的大部分房屋早已古颓破旧，日渐倾圮。阴暗、狭小的住房又往往拥挤着一家老少。而街上阳光灿烂，明媚动人……谁还心甘情愿把自己禁锢在家里呢？人们渴望着清新的空气。城里既没有公园，又很少见到广场，象维钦佐和马利奥这样的孩子便只好整天价在街上取闹，在行人脚跟前兜圈子，在电车、汽车之间往来穿梭了。这就给人一种印象，仿佛这里的孩子特别多。

然而并非每个孩子都有这份福气玩耍。最小的，当然喽，可以尽情嬉闹；而大一点的——九、十岁的孩子——却已经在工作，整天价地工作，有时直到夜里两三点钟，为的是挣得一块辛酸的面包。

维钦佐就是其中的一个。他才十岁，瘦瘦的，却长得颇为高大，有一双长脚。身上一件白色工作服——只是衣袖短了点——镶着四颗金闪闪的纽扣。

维钦佐是离这儿不太远的"2000酒吧间"的堂倌，他从下午三点干到夜间两点，有时还要迟些。

象维钦佐这样的劳动者很不少。至少他童年时的伙伴都是这样在工作。更小的时候，维钦佐也曾无忧无虑地和他们在一起打滚，嬉戏过。或迟或早，他们都陆续被送到了酒吧间、附近的食品店或是杂货铺去当学徒。

这样，从下午三点到深夜，维钦佐在"2000酒吧间"跑堂。早晨他在家里想尽量多睡一阵子。自然，他是很少能如愿以偿的。他家里的全部住房只有一个房间，"厨房"紧挨着床铺。另外，每天早晨总是有人来，高声的谈话打搅着他……维钦佐常常是睡眠不足，揉着虚肿的眼睛起床。不管你乐意不乐意，为了几个铜板的小费，就得每天十小时托着咖啡盘，来回地走它个十来里的路。

要是光这样倒也罢了。在酒吧间当小堂倌要委屈忍受许多事。就拿喝醉了的酒鬼来说吧：深更半夜，他们还像幽灵似地在街上浪游晃荡，冷不防似鬼嚎似的歌声吓唬你，动不动还赏你一顿拳头。更不用提那总不愿付工资给你的老板了，他老是这样盯着你，好似你刚才不是领走了工资，而是活活地挖走了他身上一块肉或是盗走了他的金银财宝。

好在对维钦佐来说这些都算不了什么。对付醉鬼他不畏惧，主人跟前他不胆怯。他也不怕和调皮捣蛋的小鬼们干一场，如果被迫要这样做的话。总之，他是勇敢的。可是却有一件东西最最使他恐惧：黑暗。

不，不，这没有什么可笑的，谁也没有说维钦佐害怕楼梯上的黑暗，或者说他不敢到自己黑洞洞的房间里去。使他胆战心惊的完全是一种特殊的黑暗：他惊惧的是那吞噬了一切，仍然张开深不可测的大口的黑暗，是隐伏在楼房之间空隙里向他虎视眈眈的浓黑的怪物。每天深夜他都要通过这样一段黑暗之路回家去。

自然，维钦佐一家住的由地下室改成的房间也沉陷在一片黝黑之中，更深浓的黑暗之中。这却丝毫不使他怯懦。回到家里，他蹑手蹑脚地摸索而行，敏捷地在父母亲的床上找到自己的位置，轻轻躺下，不碰到旁边姐姐睡的小床。可是在这以前……在这以前，他得离开灯火辉煌的酒吧间、商店，走十多分钟阴森漆黑的道路。

阴暗沉寂的小巷，野猫在垃圾堆里寻找食物发出的簌簌声，单身行人的脚步声……不久以前，都使他感到恐怖。

有一次一切遽然都变了，完完全全变了。那就让我们来讲讲维钦佐的这个故事吧，还有比他小的马利奥是怎样帮助他克服了对黑暗的恐惧的。

马利奥那时还不足八岁，矮矮的个儿，长得又瘦又小，一绺乌黑的软发耷拉在前额上，小小的脸蛋严肃里带有几分稚气。不久以前，他还只会在街上捉迷藏或是看别的小孩嬉玩。后来父亲打定主意，认为马利奥已经到了应该给家里挣钱的时候，于是把他送进了咖啡馆。

马利奥去跑堂的第一天，维钦佐就看到了他。马利奥干活的咖啡馆比维钦佐的酒吧间小，堂倌也不穿白色短外衣而穿草绿色的。马利奥也穿上了这样一件，在他身上显得又肥又大。

"喂，"维钦佐向他打招呼，"我瞧见了，你也来干事啦。真像条小蜥蜴。"

维钦佐和马利奥从前并不是最要好的朋友，虽然他们的家面对面。这大概是由于年龄的差别，还有性格的差异吧？维钦佐象不羁的狗崽，整日价奔跳个不停；而马利奥常常是悄悄地坐在一旁，象落水的小猫一样宁静斯文。

现在马利奥穿上了绿色短外衣——他也成年了。所以维钦佐停下来和他闲扯几句，甚至向他介绍了几条自己跑堂的经验。

这一天两个小堂倌打了好几次照面，每一次马利奥都从维钦佐那里得到很宝贵的指点。就拿小费来说吧。若是找零钱给顾客，你莫要送上清一色的一百或五十里拉票子——如果那样，保险你一个铜币也得不到。但是也不要尽找给顾客十里拉或五里拉的铜币，那样顾客赏的小费就太少了。二十里拉的最适宜。应该全送上这样的零钱，那保险你每次得到一枚甚至两枚银光闪亮、丁当作响的铜币。

他们站在街上谈生意经，手里托着送往附近店家的咖啡盘。一会儿，又急忙各自赶回去：一个到灯火辉煌的"2000酒吧间"，另一个去美其名为"皇家咖啡馆"而场面小得多的咖啡馆。

夜，徐徐降临了。

广场上和大街上行人逐渐稀少起来。酒吧间里只留下了为数不多的顾客：那些爱在夜间出场的常客。又过了一会儿，"皇家咖啡馆"关门了。维钦佐站在店门口，瞧见穿着绿色短外衣的小家伙离开咖啡馆，回家去了。

一天的工作快结束了，女出纳员在结算一天的进款。主人忙着收拾回家。街上已不像刚才那样光亮透明，偶尔有辆小轿车急驰而过。

初春的夜,清新凉爽,含有一丝寒意。

维钦佐走到煮咖啡的炉旁,把两只小手伸出来烤火取暖。以后,他静坐在平常白天在那里休息的角落里听候吩咐。他感到困倦,朦胧欲睡。他一心只想,"2000酒吧间"的灯也快熄灭了,他也该回家了;孤单单的一个人。

在广场和大街上走还没有什么,走完大街有一段斜坡的石级,再往前——幽暗阴森的世界……维钦佐仿佛觉得这段古怪骇人的石级把他引向一口黑黝黝的、向他头上倒盖下来的深井,他禁不住冷飕飕地打几阵寒噤。这条黑道他已经不止一次被迫走过,然而每一个夜晚,这条道都使他毛骨悚然。

一切按部就班地在进行。主人穿上了大衣,告诉女出纳员,他用车子送她回去。坐上小汽车,他们径自开走了。招待员换下了工作服,熄灭了电灯,和维钦佐一起离开了酒吧间。

"再见,维钦佐!"招待员打了个招呼,匆忙地回家去了。

维钦佐站在幽寂的街上,孤零零的一个人,还有——陪伴他的恐惧。

他急忙走完了广场和大街。他已经看见那神秘的石级和黑沉沉的小巷。呵,那儿有一团黑影!是什么?狗?维钦佐本能地放慢了脚步。黑影蠕动了一下,他听见了哭泣声,小孩的哭声……

他靠近了黑影,细细端详了一下:绿色的短外衣!他没有看见马利奥的脸——小家伙瑟缩成一团,双手捂住脸在哭泣。紧紧压住脸孔的小手掌窒闷了呜咽声。

"马利奥……"维钦佐唤他,"马利奥!"他轻轻地摇了摇小家伙的肩膀。"谁欺侮你了?"

马利奥抬起了挂着泪珠的小脸蛋,直瞅着他。

"我走不了。我怕……"

"害怕吗?"维钦佐问他。"怕什么?"

"我怕……"马利奥重复说,"这里黑得很。"

维钦佐放声笑了,像个大人一样。

"那有什么?你不是认识这条路吗?"

马利奥不吭声,轻轻地幽咽。

"别哭了,"维钦佐说,"快站起来,咱们一块儿走。"

他挽起了小家伙的手。手牵着手,他们慢慢地朝石级走去……黑暗渐渐吞噬了他们。

"黑洞洞的,"过了一会马利奥嘟嘟囔囔地说,"什么也瞧不见。"

他把身子转向维钦佐,却不能看清他的脸。

"那有什么?"维钦佐响亮的声音回答他,"我们认识这条路。"

走完了斜坡,维钦佐带他拐入另一条阴暗寂寥的小巷。才走得三两步,忽地一声轰响，几只罐头盒劈头落下。马利奥蓦地一惊，抛掉维钦佐的手，往后急跳。维钦佐也被突如其来的袭击吓得一蹦。

"谁？"马利奥低声咕噜。

"谁也没有。大概是猫。我们吓了它。"

他们继续往前走。

过一会，不知从谁家大门里传来了叫喊声：一个男子汉在和老婆吵架。孩子们悄悄地绕了过去。稍后，一双黑手贴着他们头皮擦掠而过，他们险些撞上一个大黑团。

"这是什么？"马利奥哽咽着说。

"木板车，"维钦佐回答，"装菜的木板车。再拐一个弯就到家了。"

他们拐入了最后一条巷子。一束红光倏地刺破黑暗，照亮了他们，瞬息间又熄灭了。是酒铺的门开了又关。孩子们在黑暗里立时觉到身边第三者热乎乎的气息。

"跑！"维钦佐说。

他们拔腿朝前猛跑，背后传来了酒鬼怒冲冲的吼声。一直跑到巷子尽头，有一家大门敞开着。

"马利奥！"一个女人的声音在呼唤。

"妈妈！……"马利奥松开维钦佐的手奔回家去。

"维钦佐，"女人的声音问道，"是你送他回来的吗？多谢你。"

"是我，"在黑暗中，维钦佐嗫嚅地回答。

大门在马利奥身后关上了。黑暗沉寂的街上依旧留下了维钦佐独自一人。

他掏出了钥匙，开启了自家的大门。跨进大门以前，他回转身来，向黑沉沉的长夜默默地望了望。

他发觉，这一夜，他第一次忘却了恐惧。

抢红袍

[意大利] 弗·萨凯蒂（FRANCO SACCHETTI, 1332—1400），意大利文艺复兴时期短篇小说家。故事短小精粹，最短篇仅千字。《抢红袍》、《花匠代替修道院长》是作家代表作《故事三百篇》中的两篇。

小丑哥尼拉在罗伯特国王面前夸口，他有能耐让一毛不拔的修道院长送他一样东西；他略施小计，果然如愿以偿。

话说有一次，一个名叫哥尼拉的小丑，来到那不勒斯，进入宫廷，向罗伯特国王[①]表示敬意。

国王和他的臣僚们久已听说哥尼拉的名字，知道他是一个绝顶聪明、机灵的人，便对他说道：那不勒斯有一个修道院长，家财万贯，但为人极端吝啬，可以说是一毛不拔，任何人休想从他那儿得到一丁点儿好处，哪怕是喝上一杯茶；倘使你没有能耐让这个修道院长赠送给你一件东西，那也休想从我们这儿获得任何犒赏。

哥尼拉听到这一席话，倒也不很生气，反而表示，他很愿意借此机会显示一番自己的本领。

哥尼拉打听了修道院长的住址，然后，灵机一动，想出了一个妙计。他打扮成一个衣衫褴褛的朝圣者，向国王和大臣们告别，说道：

"尊敬的陛下，根据您和您的高贵的大臣们的旨意，我现在就动身前往你们盼咐我去的地方，试一试我的运气。"

[①] 那不勒斯王国统治者，1309—1345年在位。

他离开了宫廷，朝巴迪亚地方走去。到了修道院门口，他请看门人禀告修道院长，他有重要的事儿请求面见院长。

看门人来到修道院长跟前，报告说：

"大门口来了一个朝圣者，他说有重要的事儿请求面见大人。"

修道院长听罢，一面朝圣堂走去，一面回答说：

"大概是个游手好闲的家伙，想来乞求施舍。你去告诉他，让他来见我。"

哥尼拉走进修道院，来到圣堂，双膝跪下，恳求修道院长听取他的忏悔。

院长冷冷地说，他可以唤一名手下的僧侣来，听取忏悔。

哥尼拉说道：

"神父，我请求您发发慈悲，接受我的忏悔。我的罪孽是如此深重，以致我不能向一般的僧侣忏悔，必定要向具有高级神品的人当面坦白。大人，请您看在上帝的份上，怜恤我这罪人吧。"

修道院长听哥尼拉这么一说，心中不免活动起来，很想知道这个朝圣者究竟犯了什么弥天大罪，他吩咐哥尼拉稍候片刻，便回到自己的房间里去了。

过了不大一会儿，修道院长换了一身漂亮的紫红色长袍，胸前飘着几根丝绸绦带，几名小修士尾随在后，来到忏悔室坐定，吩咐把朝圣者带进来。

哥尼拉走进忏悔室，立即跪倒在修道院长跟前，开始忏悔。他吞吞吐吐地说，他的罪孽实在严重，陷入深渊而不能自拔，已经丧失勇气把它坦白出来，因为他不敢相信天主果真会宽恕他这般深重的罪过。

修道院长好言好语地把他安慰了一番，要他真诚坦白，无所顾忌。于是，哥尼拉说道：

"尊敬的院长大人，我生来就形成一种邪恶的本性；这种可怕的本性常常使我不由自主地变成一头真正的狼，凶残贪婪，把我遇见的不管什么人都活生生地吞吃到肚子里去。我也不明白，我这吃人的狼性是打哪儿来的。狼性发作的时候，我遇见的人即便是全副武装，我也只当作是赤身裸体的人，把他咬伤，扯成碎块，贪婪地吞噬掉。我已经无数次犯下了这样的罪孽。每当我要变成狼的时候，总是先讨厌地打呵欠，浑身剧烈地颤抖……"

修道院长听到哥尼拉这番忏悔，顿时惊骇无比，吓得面如土色。哥尼拉的眼光极其敏锐，见到修道院长的这副表情，便索性开始打起呵欠，浑身剧烈地颤抖起来，说道：

"哎呀，主啊！我要变成恶狼了！"说罢，张开大嘴，朝修道院长扑去。

修道院长见势不妙，站起身来，没命地朝圣器室逃跑。哥尼拉眼疾手快，赶上前去，在圣器室门口一把攥住他的紫红长袍，死不松手。修道院长急忙就势脱下长袍，闪身进了圣器室，把门紧紧闩上。跟随院长的修士们吓得抱头鼠窜，东奔西跑。哥尼拉捡起长袍，赶紧离开了修道院。

哥尼拉回到王宫，脱下朝圣者的破衣烂衫，穿上平日穿的衣服，去见罗伯特国王和大臣们，向他们禀告了事情的详细经过。

罗伯特国王和他的臣僚们听罢哥尼拉的叙述，禁不住哈哈大笑起来，对他的聪明伶俐、足智多谋赞不绝口，并且慷慨地赏赐给他许多礼品。这样，哥尼拉凭着这一件长袍获得的好处，远远胜过了在萨莱诺城用狗屎做药丸赚得的钱①。他也就离开了那不勒斯城，继续到处漫游。

修道院长惊魂稍定之后，猜想哥尼拉是魔鬼化身的朝圣者，前来对他的吝啬进行报复。于是，他把跟魔鬼遭遇的经过添油加醋地告诉了朋友们；不久，这消息也就传到了罗伯特国王的耳朵里。国王派人去向修道院长询问，他所听到的事情是否属实。修道院长回答说，事情果真如此，他确实相信这是魔鬼的所作所为，说罢还为失去的那件紫红色长袍长吁短叹不已。国王和大臣们听了这番话，更加忍俊不禁，捧腹大笑。其实，修道院长不过是佯装不知实情，免得赔了长袍，还要成为众人的笑柄。

这等吝啬鬼，特别是披着袈裟的贪婪的家伙遭受作弄的故事，读者想必是很喜欢的。须知，这班神职人员的魂灵儿早已浸透了贪欲，为了谋取财物，从来是惯于撒谎、欺诈、陷害、背叛上帝、买卖圣物，无所不用其极的。

花匠代替修道院长

一个磨坊工人自告奋勇，乔装打扮。代替愚笨的修道院长解答了贝尔纳波君主提出的四个难题。

从前，米兰有一个统治者，名叫贝尔纳波②，素以待人严厉著称，米兰人都很惧怕他。不过，他虽说异常苛刻，但苛刻之中也颇有几分公允。在他经历的许多事情当中，有这样一个有趣的故事。

贝尔纳波把他心爱的两条猎狗，交给城里一位有钱的修道院长喂养。修道院长对这件差事漫不经心，致使这两条猎狗长了一身疥癣。贝尔纳波得知，勃然大怒，责令

---

① 指《故事三百篇》中以哥尼拉为主人公的另一篇故事。
② 米兰君主，1354—1385年在位。他对上等阶层严格管束，对下层人士表现宽容，以此来巩固自己的统治。贝尔纳波酷爱猎狗，把他的猎狗分配给居民豢养，凡豢养不当者均受到他的惩罚。

修道院长赔偿四千枚铜板。

修道院长进宫向贝尔纳波认罪,请求开恩。于是,贝尔纳波对他说:

"我的院长,要宽恕你的全部过错也不是一件难事,只消你能够回答我提出的四个问题。你且听着,这四个问题是:天有多高?大海里有多少水?地狱里在干什么?我这个君主值多少钱?"

修道院长听罢贝尔纳波提出的这四个问题,惊得倒吸了一口凉气,觉得事情比原先越发糟糕了。不过,为了平息贝尔纳波的怒气,便请求贝尔纳波宽容数天,好让他有充裕的时间来考虑怎样回答如此艰难的问题。贝尔纳波同意他的请求,令他第二天思考一天,然后进宫回答。

修道院长心事重重,活像一匹受惊的马似的,不断喘着粗气回修道院去了。路上,他遇见替修道院干活的一名磨坊工人;磨坊工人见他这副忧愁的样子,便问道:

"院长大人,您这般长吁短叹,究竟发生了什么事呀?"

修道院长无精打采地回答道:

"事情很不妙。贝尔纳波君主向我提出了四个问题,这些难题恐怕连所罗门①、亚里士多德也回答不上来;假使我回答不出,那就大祸临头了。"

"您是否能告诉我,倒是些什么样的难题?"磨坊工人问道。

修道院长把这四道难题一一告诉了他。

磨坊工人沉吟了片刻,对修道院长说:

"假使您不反对,我甘愿为您效劳。"

修道院长顿时大喜,急忙连声说:

"上帝保佑,非常感激你!"

"我想,这是符合上帝和圣人的意愿的。"磨坊工人回答。

修道院长仍然有点困惑,说道:

"假使你能成功地助我一臂之力,你尽可以从我这里随意索取你喜欢的东西;只要你提出来,而且我也力所能及,我一定会答应的。"

"这全凭您作主处理。"磨坊工人说道。

"那么,你打算如何行事呢?"修道院长问。

磨坊工人不慌不忙地回答说:

"我穿上您的僧袍,剃去胡须,明天一清早就去见贝尔纳波君主,对他说,我就是修道院长;至于那四个难题,我包管回答得叫他十分满意。"

这一天,修道院长像热锅上的蚂蚁,坐立不安,度日如年。

第二天拂晓时分,磨坊工人打扮成修道院长的模样,出发了,他来到贝尔纳波君

---

① 所罗门(?—937),以色列国王,以聪明多才著称。

主的宫殿外,禀告说某某修道院长前来回答君主提出的四个难题。贝尔纳波自然极为乐意听到修道院长的回答,不过他很纳闷,院长何以来得这么快,于是吩咐立即召见。

磨坊工人进得宫来,向贝尔纳波请了安,故意站在宫殿的阴暗处,不时地用袖子遮挡着脸孔,以免被贝尔纳波识破。贝尔纳波问他,他是否想出了四个难题的答案。

磨坊工人回答道:

"是的,大人。您问我:天有多高?根据最精确的计算,我可以说,从这里到天上的距离,是三百六十八亿五千四百零七万二千五百二十步整。"

贝尔纳波说:

"你计算得倒挺精细,不过,你怎么证明它是正确的呢?"

磨坊工人沉着地说:

"大人不妨派人测量一下,假使我的回答有半点儿差错,大人尽可下令把我绞死。第二个问题,大海里有多少水?这是个很棘手的问题,因为海水经久不息地运动,朝夕变化很大。不过,我也作了细致的观察,得出了结论:大海里的水足足可以装满二千五百九十八亿二千万零七酒桶,外加十二酒壶,两酒杯。"

"你是怎样求得这个数字的呢?"

"我想尽了一切办法,作了最精确的计算,大人如若不信,您可派手下的人去搜集酒桶,到大海里量一番;假使我的回答不确切,大人可以下令砍掉我的脑袋和四肢。您向我提出的第三个问题是:地狱里在干什么?据我所知,地狱里干的事不外乎是砍头、断肢、扒皮、绞死人,跟你们在人间的所作所为一模一样。"

"何以见得?"

"我曾跟一个游历地狱的人促膝长谈,佛罗伦萨诗人但丁关于地狱的描写①,就是依据他提供的素材,可惜此人已经去世。假使大人不信,请派人向他进行调查。您向我提出的第四个问题是:大人值多少钱?恕我大胆直言,君主不多不少,正好值二十九块钱。"

贝尔纳波闻听此言,勃然大怒,厉声对磨坊工人喝道:

"莫非你得了什么该死的病,神志不清,把我堂堂君主说得如此毫无价值?!"

磨坊工人毫不慌张,心平气和地回答道:

"我的大人,您且听我细细分说。您知道,我们神圣的耶稣被人以三十块钱出卖了②;我想,大人的价值比耶稣略低一点儿,少一块钱。"

贝尔纳波听到这里,心中顿起疑团,揣摸站在他面前的大概不是修道院长,于是仔仔细细地把磨坊工人打量了一番,觉得此人的确非愚笨的修道院长可比,便对他呵斥道:

"你好大的胆子,竟敢假装成修道院长来哄骗我!"

---

① 指但丁史诗《神曲·地狱篇》。
② 据《圣经·马太福音》第二十六章,犹大为了三十块钱,出卖了主人耶稣。

不难想象，磨坊工人听到这番话是怎样的惊惶；他立即双膝下跪，俯伏请罪，并且如实告诉君主，他是修道院长的磨坊工人，他又为什么和怎样装扮成修道院长，来到宫廷，这一切并不是出于恶意，只是为了解救修道院长的危难。

贝尔纳波听罢他的坦白，沉吟片刻，说道：

"好吧，既然你如此出色地装扮了修道院长，你比他显得更有才干，那么，看在天主的分上，从今天起，我就任命你当修道院长，让他到磨坊去当工人；修道院的全部收入归你所有，磨坊的所有好处都给他。"

贝尔纳波随即下了一道命令，规定他在位期间，由磨坊工人担任修道院长，而修道院长则被贬为磨坊工人。

要取得君主们的信赖，表现出像这位磨坊工人具有的那种机智、果敢的精神，是一件颇为冒险，甚至凶多吉少的事儿；因为君主就像汹涌、吼嚣的大海一样，反复无常，人闯入大海，就冒了极大的危险。自然，凡是有巨大风险的所在，也就有巨大的收获。大海风平浪静的时候，人们受益匪浅；君主心平气和的时候也是如此。但无论是大海，或是君主，都不可信赖，因为说不上什么时候风暴就会落到你的头上。

人们还传说着跟我们所叙述的故事相似的一件事儿。从前有一个教皇，他为了惩罚一个犯了过失的修道院长，便要他回答上面叙述的难题，另外还加了一个问题：他认为什么是最大的幸运？

修道院长一路上冥想苦思，回到了修道院。他把院里所有的僧侣、辅理修士，还有厨师、花匠，统统召集起来，给他们讲了事情的经过，请他们出主意和帮忙。这一伙人听了修道院长的叙述，都惊呆了，不知如何回答是好。唯独那个花匠看见众人呆若木鸡的情景，便说道：

"院长大人，既然大伙儿都不愿意开口，我倒想来说几句话，为您效劳，帮助您摆脱困难的处境。不过，请把您的僧袍借给我，让我装扮成修道院长的样子，并且让这些修士都跟随我前去见教皇。"

修道院长按照他的意见一一照办。

花匠晋见教皇，逐一回答了他提出的问题。他说：

"天的高度是人的声音传送的距离的三十倍。"大海里有多少水？"请教皇大人下令，把所有流入大海的河口堵塞起来，然后把大海测量一下。"教皇价值多少？"二十八块钱。教皇当比耶稣少二块钱，因为教皇是耶稣的代理人。"他认为最大的幸运是什么？"一个花匠当上修道院长。"

后来，教皇果真让这位花匠当了修道院长。

不管这个故事究竟是在磨坊工人或者是在花匠身上发生的。事实是：修道院长当了磨坊工人或者花匠。

朋友们

［意大利］迪诺·布扎蒂（DINO BUGATT, 1906—1972），当代著名作家。1928年毕业于大学法律系，担任《晚邮报》记者、编辑。1933年开始发表文学作品，著有长篇小说、短篇小说集17部，剧本、歌剧脚本十余种，在绘画方面也有所成就。他的作品被广泛译成欧美各国文字，影响较大。主要作品有《鞑靼人的荒漠》（1940）、《七使者》（1942）、《医院风波》（1953）、《爱》（1963）、《鲨鱼》（1966）、《人间纪事》（1972）等。

布扎蒂的创作具有比较独特的艺术风格，作品情节离奇，结局突然，常常采用象征和夸张的手法，表现社会上种种反常病态的现象，在一定程度上反映出资本主义世界的腐朽堕落和二次大战前后资产阶级迷惘失望的情绪。他的作品往往渲染人的潜意识和本能的作用，把恐惧和死亡写成难以抗拒的力量，漫淫着悲观、虚无的情调和神秘阴暗的气氛。

布扎蒂短篇小说数量众多，比较集中体现了他的创作特点。

乐器制造商阿梅德奥·托尔蒂和妻子像往常一样默默地喝着咖啡；孩子们已经入睡。突然，妻子打破了沉默：

"你知道吗，我有一件事想跟你说说？……整整一天我觉得心神不宁，……仿佛阿帕凯尔今天晚上会找上门来似的。"

"唉，即使开玩笑也不该谈这样的事儿！"丈夫做了一个不耐烦的手势。事情确实如此。小提琴家、他的亲密的老朋友托尼·阿帕凯尔，二十天前已经与世长辞了。

"我明白，这是十分可怕的事情，"她说，"不过我说什么也摆脱不了这个预感。"

"或许……"托尔蒂嘟囔着，心中朦胧浮起懊丧之感，但不愿意再把话题继续下去。他摇了摇头。

房间里一片沉寂。时针指着十一点三刻。大门的电铃蓦然响了起来，铃声异常急促，持续不断。夫妇俩禁不住打了个寒噤。

"深更半夜谁会来敲门呢？"她问。前厅传来女仆伊尼丝沙沙的脚步声和大门开启的声响，随后一阵悄声细语。伊尼丝脸色苍白，走进餐室。

"是谁，伊尼丝？"夫人问。

女仆转向男主人，嗫嗫嚅嚅地说："托尔蒂先生，麻烦您来一会儿，倘若您知道……"

"到底是谁？是谁？"女主人带着厌恨的声气问，诚然她心里十分明白是谁。

伊尼丝像是在报告最神秘的消息似地俯下身子，支支吾吾地说："是……是……，托尔蒂先生，请过来一会儿，……阿帕凯尔先生来了！"

"真荒唐！"托尔蒂被这神秘的怪事激怒了，转身对妻子说："我去一下，……你留在这儿。"

他穿过漆黑的走道，不顾碰撞着家具，猛地打开前厅的门。

阿帕凯尔，带着微微羞赧的神情，出现在他面前。他跟从前的阿帕凯尔不太一样，缺少点儿实体感，轮廓也似乎有些模糊。他是个幽灵么？兴许还不是。抑或，他尚未完全摆脱人们所说的物质状态。这是一个保留了相当物质残余的幽灵。他身着平素喜爱的浅灰色外套，蔚蓝色细条的衬衫，系一条红蓝两色相间的领带，手里攥着一顶细软的毡帽，神经质地来回揉着。

托尔蒂并不是轻易表露情感的那种人。完全不是。现在他却瞠目结舌，木然地站在那里，似乎失去了呼吸能力。二十天前他亲自把他最亲密的朋友护送到坟墓，而今天这个人居然重新出现在他家里，这可不是闹着玩儿的事。

"阿梅德奥！"可怜的阿帕凯尔微笑着，仿佛要试探一下老朋友的态度。

"是你，你怎么来啦？"托尔蒂几乎要发火了，天晓得为什么从他那一腔错乱不安的感情中仅仅迸发出恼怒。重见失去的契友难道对于他不是莫大的欣慰么？难道他不是曾经表示，情愿花费百万资产，但求实现这样一次难能可贵的重逢吗？是的，他或许会毫不犹豫，不惜一切代价地这样行事。那怎么现在又不愿欣然接受这一意外的幸福，反倒心中暗暗厌恶呢？他出于人们所说的礼节，曾经洒下那么多眼泪，体味了那么多的苦恼，经历了那么多的烦扰，莫非如今又得从头尝试这一切吗？在这些分离的日子里，他对亡友的情谊已经抛到九霄云外，荡然无存了。

"是的，我来了，"阿帕凯尔回答，两手痉挛一般频频地揉着毡帽的帽缘。"我……但是你知道，我们之间用不着讲客套话，……或许我打扰……"

"打扰？你说这是打扰？"托尔蒂抑制不住愤懑，"托尼，我压根儿不想打听你从哪里来，而且，在这种情况下，……你居然说这是打扰！真说得出口！"随后，他满腔怒火地自言自语:"现在我该怎么办?"

"听我说,阿梅德奥,"阿帕凯尔说道,"你不必生气,……再说这不是我的过错,……那儿"他向空中打了个含糊的手势,"也很不安宁。……所以我还需要在这里逗留一个月,……一个月,如果不是更久的话。……你晓得,我原先的寓所搬进了新的住户……"

"这样说来,你打算在我这儿住宿?"

"住宿,我已经不复需要睡眠,……我只需要一个小小的角落,……我不会给你增添烦恼,我不用吃饭,不用喝水,不……不需要使用盥洗室。我只求不受风吹雨打,不必整夜在街头流浪。"

"倘若下雨……你会淋湿吗?"

"淋湿自然是不会的,"阿帕凯尔微微一笑,"但雨水使我烦闷。"

"那么,你是打算在我这里过夜?"

"如果你允许……"

"如果我允许!……我不明白,像你这样聪明过人,我的老朋友,……经历了漫长的人世,竟然这样不明事理。瞧,难怪你生前连个家庭都没有!"

阿帕凯尔惶惑不已,向门口退去:"请原谅,我,我以为……再说只不过一个月。……"

"那你是不想理解我的意思!"托尔蒂的尊严似乎受到了伤害。"并不是为了我……而是孩子们!……孩子们!在你看来,让两个年龄还不足十岁的孩子见到你是件无关紧要的事。你应该明白你目前的状况。请允许我粗鲁地直说,你,你是个幽灵。……我亲爱的,我不能容忍一个幽灵进入我的孩子们生活的地方。"

"那么,你不愿意提供任何方便了?"

"我亲爱的朋友,我不知道该怎么说……"话刚说到半截儿,阿帕凯尔倏忽消失了。楼梯上传来远去的急促声响。

时钟敲过十二点半钟,音乐学院院长马利奥·塔布拉尼参加完音乐会返回寓所。他走到他的套房门前,刚把钥匙塞进锁孔,转动了一圈,忽然听到背后传来悄悄的声音:"马利奥,马利奥!"他急遽转身一看,发现是阿帕凯尔。

塔布拉尼以在生活中擅于外交手腕,机智精明,老谋深算著称;他的这些长处,抑或说缺陷,使他平步青云,高升到了跟他的浅薄品德极不相称的地位。他马上估量清楚了眼前的局势。

"噢,亲爱的,亲爱的,"他的语调洋溢着热情,"噢,亲爱的,亲爱的……倘若你知道……我心里的空虚……"

"什么?什么?"阿帕凯尔问,他多少有点儿耳聋,因为幽灵的官能感觉是迟钝的。"请你慢点儿说,我现在的耳朵不像当年……"

"噢，我明白了，亲爱的。……可是我不能大声嚷嚷，婀达在里边安睡。而且……"

"请原谅，你不能让我进去一会儿吗？我已经几个小时不曾歇脚了……"

"不，不，千万别这样！倘若被白里茨发觉，事情就糟了。"

"什么？你说什么？"

"白里茨，我养的一条狼犬，你认识它吗？它会发出狂吠，唤醒守夜者，……然后天晓得……"

"那么，我能不能暂住几天？"

"跟我住在一起？噢，亲爱的阿帕凯尔，当然，理所当然！你可以想象，对于像你这样的老朋友……可是，请原谅我，这狼犬怎么办呢？"

这一提醒顿时使阿帕凯尔惶惑窘困起来。他试着用感情来打动他的朋友："你还记得吗，马利奥，一个月前，在举行我的安葬仪式的时候，你曾在我的墓前慷慨激昂地发表悼词，失声痛哭，……我清楚地听到你抽泣不止，哽噎难言……"

"噢，亲爱的，亲爱的，别对我提这些了！……一提起这些事儿，我这儿就简直宛如刀剜……"他把一只手按住胸口，"我的上帝，我仿佛觉得白里茨……"

从室内果真传来隐隐的吠声。

"劳驾你稍候片刻，亲爱的，我进去让那讨厌的畜生安静下来。……亲爱的，只一会儿。"

他像鳗鱼一样敏捷地溜了进去，随身紧紧闭上门，上好门闩。接着，是一片沉寂。

阿帕凯尔静候了几分钟，然后低声呼唤："塔布拉尼，塔布拉尼。"里边毫无动静。他又怯生生地叩叩门，但依然一片沉寂。

夜更深沉了。阿帕凯尔想到佳娜；他往日曾是这个随和、善良的姑娘的座上客。佳娜住在一幢古旧、偏僻的公寓里，拥有两间屋子。下半夜三点钟，他来到佳娜的寓所。幸运的是，像这样杂乱的公寓楼房时常发生的那样，大门半掩着。阿帕凯尔精疲力竭，吃力地登上第五层。

过道里一片阴暗。阿帕凯尔顺利地找到佳娜的房间。他小心翼翼地敲门，听不到反响；又连续敲了几下，直到传来佳娜睡意浓重的声音："谁呀？半夜三更有什么事？"

"是我，托尼。就你一个人吗？请开开门。"

"半夜三更有什么事呀？"她像平素那样温顺而懒洋洋地重复。"稍等一会儿，这就来。"随即传来漫不经心地趿着拖鞋，扭亮电灯和用钥匙开门的声音。

"怎么这时候还来打扰人？"她打开了门，随即准备朝卧室走去，把关门的事留给客人，蓦地，阿帕凯尔的形象映入她的眼帘，她本能地打了个寒战，不知所措，惊惧地瞅着他；直到这时，她方从睡态朦胧中苏醒过来，脑际浮起可怕的记忆。

"可是你……你……你，"她想说：你已经去世，我记得。然而，她缺乏胆量。她向后倒退，两只手不断地做着推挡的姿态，不让他靠近。"你……你……走开！……看在上帝的份上，走开！"一阵狂叫以后，她睁大一双布满恐惧的眼睛，恳求说。

"我请求你，佳娜……我只需要稍稍休息一会儿。"

"不，不，走开！你怎么能这样想，……你想让我发狂吗？走开！走开！你打算把整个公寓都吵醒吗？"

阿帕凯尔满怀凄怆，木然地站着。佳娜两眼直愣愣地盯着他，用手在身背后的屉柜上慌乱地摸索。她顺手操到一把剪刀。

"我走，我走。"阿帕凯尔张皇地说。

女人以绝望的胆量挥舞剪刀，逼近阿帕凯尔；两片锋利的刀刃毫无阻挡地径自插进并深深刺透幽灵的胸脯。

"噢，托尼，请宽恕我，我不想……"女人慌乱地说。

"不，不……啊，好疼……我请求你，喔唷……"他像狂人一般发出歇斯底里的笑声。

院子里，一阵轰响，一扇百叶窗打翻在地。公寓楼里传出忿忿的喊声："究竟发生了什么事？我的天哪，快四点钟了！……闹得这样鸡犬不宁。……"

阿帕凯尔一阵风似地逃之夭夭。

还能向谁诉诸请求呢？去找圣卡里斯多教区神甫的助理？抑或去找他初中的同窗好友堂·拉伊蒙多？令人尊敬的堂·拉伊蒙多曾在他病榻前施行临终的宗教仪式。

"滚开，滚开，可恶的魔鬼！"小提琴手来到他跟前，令人尊敬的神甫对他大吼。

"我是阿帕凯尔，你不认识我了吗？堂·拉伊蒙多，请允许我在你这里稍稍藏身。天色快亮了。没有一个人肯容纳我，连狗都嫌弃我，朋友们统统背弃了我。至少你……"

"我不知道你是谁，"神甫板着脸孔，"你可能是魔鬼，或许是我的幻觉，我不清楚。不过你倘若真是阿帕凯尔，就请进来吧，那是我的床铺，躺下休息吧。"

"谢谢，谢谢，堂·拉伊蒙多，我知道……"

"不用操心，"神甫平静地接着说，"倘若大主教对我猜疑，你不用担心；……倘若你在这儿藏身招惹来麻烦，导致严重的后果，你也不用为我挂虑。……总之，你不必管我。倘若你来到这里是为了把我引向毁灭的深渊，那是上帝的旨意！……你怎么啦？……阿帕凯尔，你走了吗？……"

这就是幽灵们不愿意跟我们在一起，而心甘情愿地匿迹于颓坏的房舍、古塔的废墟、深山老林间荒芜的教堂和海浪不停地拍打又渐次消退的悬崖陡峰的缘故！

两名司机

事过好多年了,我仍然时常暗暗问问自己,那两名驾驶黑色灵车的司机把我母亲的遗体运往远处陵园的时候,他们说了些什么。

当时出殡的路程较长,有三百多公里,尽管道路平坦,灵车却缓慢地行进,我们子女们坐在约莫一百米开外的小车里,测速计在时速六十至七十的数字之间来回滑动,也许灵车在建造时就是为了缓缓行进的。我想,灵车开得如此缓慢,大概是规矩就是如此,如果开快,便是对死者失敬行为,真是荒谬可笑得很。相反,我敢打赌,我母亲是愿意以每小时一百二十公里的速度行进的。速度快了,倒能使她想象到这是通常的无忧无虑的星期天的郊游,目的地是我们的贝鲁诺别墅。

那是六月的一个晴朗的日子,初夏的大好时光,四周的田园风光美极了,谁知道她曾上百成千次经过这里,然而这一次她却什么也看不见了,太阳当空高照,公路尽头处,车水马龙的奇妙景观,使远处的小汽车仿佛悬挂在半空中似的。

测速计指针在七十到七十五公里之间摆动,我们前边的灵车好像停止不前了。旁边的小汽车风驰电驰地飞掠而过,显得自在而欢快。所有的男人和女士都充满活力,还有美丽动人的少女陪伴着青年男女,坐在敞篷车中,他们的头发迎风飘拂。卡车,还有带拖斗的货车,超过了我们,灵车继续异常缓慢地向前蠕动,我暗自思忖,这一切是多么滑稽可笑,如果把加速器调到最大限度,把我去世的母亲送到位于火红色的超级体育场附近的陵园,那么,对于她来说,岂不是一件美妙、动人的事情。这岂不是再使她获得一次真正的生活的小小补充,而车子在柏油路上如此缓慢地蠕动,实在是太像出殡了。

因此,我暗自询问自己,这两名司机眼下在谈论些什么呢?一名司机是高个子,约莫一米八七的个头,有着一副温和的面孔,魁梧的身材,另一名司机也是结实健壮。出发的时候,我只隐隐约约地瞧见他们,他们绝对不是适宜开慢车的那种司机,去开一辆满载钢材的大卡车,倒是蛮合适的。

我继续暗自询问自己,这两名司机眼下在谈论些什么呢?因为这是我的母亲能够听到的人们的最后谈话,是生活留给她的最后话语。他们两人绝对不是无赖,而只是在这样漫长而单调的旅途中理所当然地感到需要讲话。事实是,在他们背后仅仅几厘米的地方,躺着我的母亲。她对于他们来说是无关紧要的,要知道他们对于这样的事情已经习以为常，否则他们就不会干这行职业了。

那是我的母亲能够听到的人们的最后话语，因为到目的地就将在陵园的教堂里举行葬礼，从那个时候起，声音和话语就不再属于生命，而是另一个即将开始的世界的声音和话语。

他们谈了些什么呢？谈论天气炎热吗？谈论回城时的天气吗？以内行人的身份谈论小汽车吗？灵车的司机看来也属于发动机世界，发动机使他们充满激情。或者，他们正在倾心交谈自己的情爱经历呢。你记得那个我们常常在那里停车加油的小圆柱旁边酒吧间的金发女郎吗？对，正是她。算了，你就谈谈吧，我可不相信。我说得太多了……或者他们径自在谈论什么不堪入耳的笑话？两个男人一小时又一小时地孤独地躲在汽车里，也许并不是习惯的事情，因为这两个人肯定以为，只有他们两人，他们身后灵车里那个封闭的东西是根本不存在的，他们完全把它忘却了。

那么我的母亲听到了他们的玩笑和哄笑吗？是的，母亲肯定听到了，她那颗饱受折磨的心越来越收紧了，并不是她蔑视那两个男人，而是因为这是在她非常热爱的世界中的一件很不愉快的事情，她最后听到的声音竟是那两个男人的，而不是儿女们的声音。

我记得，当时我们快到达维琴察市了，中午沉闷的热气笼罩大地，竟使万物的轮廓也悠悠颤动起来，我想，我在母亲最后的时刻没有怎么陪伴她，不禁感到胸中一阵刺痛，也就是人们习惯地称之为的内疚。

正是在那一刻，谁知道什么缘故，直到那时，这可怜的记忆的闸门始终没有打开，她的声音的回音开始追踪我，早晨，我去报社之前，走进她的房间：

"你怎么样？"

"昨夜我睡着了，"她回答说。（我不相信是打针的力量。）

"我去报社。"

"再会。"

我在过道中三步并成两步地走着，听见微弱的声音叫我：

"迪诺。"

我转过身来。

"你去用早餐吗？"

"是的。"

"那么，午餐回来吃吗？"我的天哪，这问话包含了多么纯洁、多么伟大而又微小的愿望。她不再要求什么，不再奢望什么，只是问问情况而已。

但当时我有愚蠢的约会，我有不喜欢我的姑娘，总之，她们高明地欺骗我。我当时想在八点半钟回到被老人、疾病和死亡污染了悲惨的、当然令我生厌的家，但一想到这里，为什么不应该有勇气承认这些真实而可怕的事情呢？

"不知道。"我马上回答,"我会打电话的。"

我当时知道,我会打电话说不回来的。她也很快明白,我会打电话说不的。在她的"再会"里包含很大的失望情绪。然而,我是个自私自利的儿子,就像只有儿子们明白这一点一样。

我当时不感到内疚,没有后悔和不安的感觉。我打了电话说明。她非常明白我不会回来吃午饭。

年迈病重,身体已彻底垮了的母亲知道末日即将降临到她头上,如果我可能回家吃午饭,她将会感到高兴,暂时减少些许悲伤。她什么也没有说,也许只是对我的各种可诅咒的事情撇了撇嘴。因为她在床上已经不能动弹,知道我在小饭厅就感到欣慰了。而我却不在小饭厅。我到米兰转悠去了,同朋友们在一起说说笑笑,我是呆子,罪人。此时,赋予我生命的人,我唯一真正的支柱,唯一善于谅解我和爱我的人,唯一的一颗能为我流血的心,我再也找不到别的这样的人,即便我再活三百年,正在死去。

吃午饭前说几句话,对她来说就满足了,我坐在小沙发上,她躺在床上,我谈些有关我生活和工作的情况。午饭后,她愿意让我去我愿意去的鬼地方,她不会感到不高兴,相反,如果我有机会消遣娱乐,她也感到愉快。但晚上出去以前,我会到她屋子里道声晚安。

"你已经打针了吗?"

"打过了,今晚我希望能睡个觉。"

她要求得那么少,但我由于过分自私的习性却不是这种类型的人。由于我是当儿子的,由于我的作为儿子的自私,我不愿意知道爱她的程度如何。而现在,两个不相识的司机的闲谈、玩笑和哄笑,就成为世界上的最后一份赠品,是生命赋予她的最后一件礼物。

现在已经晚了,令人不寒而栗地晚了。地下小墓穴的石门已关闭了几乎两年的时间了。在暗室里,我曾祖父母、祖父母和父母的棺材一具接一具地把地下的空隙填满,一些小草到处争相伸出嫩芽,几个月前放置在铜花盆中的鲜花已枯萎得无从辨认了。不,那几天病中的她知道再也不能好转了,她要死了。她默默无言,没有责怪我,也许已经原谅我,因为我是她的儿子,但却不是心甘情愿的原谅我的,每每想到这里,我就不能平静下来。

每一个真正的痛苦都镌刻在一个质地奇妙的、类似黄花岗岩的石板上,让它永不泯灭是不可能的。就是今后多少亿世纪,由我所造成的我母亲的痛苦和孤独永远泯灭不了。我永远也无法弥补。只能赎罪,如果可能的话,希望她再看我一眼。

但她再也不会看我了。她已经死去,不复存在了。随着年复一年的光阴流逝,她的遗体令人毛骨悚然的腐败、分解,还是不复存在为好。

不存在了吗？确实不复存在了。再也没有我的母亲了吗？

谁知道。如果我独自一人，特别是下午，不时地涌动一种奇怪的感觉。就像有什么东西进入到身体里面去，就像一个说不清楚的实体占据了我，不属于我，但又无边无际地属于我。我不再是独自一人，我的每一个动作，每一句话，都是一个神秘灵魂的体现。她！然而神奇的感觉持续不长，再过一个半钟头左右，就再也没有了。然后，岁月重又用它干巴巴的轮子压迫着我。

（蔡蓉　译）

渴望健康的人

距离城市约莫两公里的山冈上，坐落着一所庞大的城堡式的麻风病院；一道坚固厚实的围墙高耸在城堡四周，兵士们在围墙上放哨，巡逻。

看守的哨兵中间，有的骄矜傲慢，令人望而生畏，有的心地善良，富于恻隐之心。薄暮时分，麻风病人照例聚集在围墙跟前，向态度温和的那些兵士打听消息。

"喂，加斯帕尔，"他们问道，"今儿晚上你可瞧见什么？大街上有人么？你是说有一辆马车，噢，那是什么样式的马车？……王宫掌灯了吗？灯塔的火炬点亮了吗？……公爵可已回来？"

他们一连几个钟点站在那里喋喋不休地扯谈，丝毫不觉困倦，全然置病院的禁令于不顾。好心肠的哨兵回答麻风病人提出的询问，每每凭空杜撰些趣闻，诸如大街上行人的动静，节日焰火的盛况，火灾，埃尔马克火山爆发，等等；他们明白，对于这些注定要在死亡的王国里了却一生的人，任何新闻自然都带来排遣凄怆情怀的欢快。就连那些病势严重、奄奄一息的病人，也让身体尚算结实的同伴用担架抬着，赶来参加聚会。

唯独一个年轻病人从不在这种场合露面。他入院方两个月，出身高贵门第，是个骑士；罕见严重的麻风病毁损了他的容颜，但不难猜度出，他曾是风度翩翩的美男子。他叫姆塞利东。

"你怎么在这里独自阒坐？"同伴们打他病房前经过，问道："你不妨也去听听新闻，加斯帕尔答应今天晚上给我们讲焰火晚会的盛况，想必十分有趣呢！"

"朋友们，"他走近门槛，用一块白亚麻布遮掩着狮子般的丑脸，温柔地说，"我明白,哨兵讲述的趣事轶闻使你们痛楚的心灵得到莫大的慰藉,这是把你们跟外面那个大千世界,跟健康者的城市联系起来的唯一纽带。是这样吗?"

"是的,确实是这样。"

"这意味着你们已经听任命运之神的摆布,永远不再希求离开这里,而我……"

"你怎么?……"

"而我并不甘心接受命运的安排,我确信会重获健康,明白吗?我渴望像往日一样健康地离开这里,重返家园。"

熙攘的人群中走来一个名叫贾柯莫的老头儿,他是麻风病院资格最老的病人,年纪至少一百一十岁,麻风病折磨他几乎已有一个世纪。他早已没有像样的四肢,脑袋、胳膊、大腿溃烂模糊,难以辨识;身躯直似一根细竹竿,天晓得怎样保持着平衡;一绺白发粘在脑门上,犹如埃塞俄比亚贵族驱赶蚊子使用的马尾拂。他居然能够瞧见东西,讲话,吃饭,简直是个谜,因为他的面容已经毁坏,仿佛一张白桦树皮,分辨不清五官的位置;不过这也属于麻风病人的奥秘。他所有的关节已经失灵,仅有的一条腿犹如一根浑圆的手杖,依仗它的支撑,走起路来一蹦一跳。他的整个外形实际上像一株植物,但并不让人觉得憎恶,相反,倒颇讨人欢喜。他和蔼慈爱,聪明睿智,博得所有病友的尊敬。听到姆塞利东的谈话,贾柯莫老头儿止住脚步,对他说:

"姆塞利东,可怜的孩子,我到这儿将及一百年了,举凡我遇到的人,或者说走进这个大门的人,从来不曾有谁能够活着走出去的。这是麻风病人的命运。不过,你将亲眼看到,我们在这里一样能够生活,这里既有人劳动,也有人恋爱、写诗,既有制作新衣的裁缝,还有替人整容的理发师;甚至可以生活得十分快活,至少不比外面的那个花花世界的人更不幸。一切取决于忍耐。话又说回来,姆塞利东,倘若心神动摇,不愿顺应环境,抱着希求痊愈的愚蠢念头,那么你就不可救药了。"说完,老头儿摇晃了一下那长着美妙白发的脑袋。

"不过,"姆塞利东替自己辩护,"我需要恢复健康。我是百万富翁,你倘若登上围墙,就能瞧见我的府邸和它的两个闪烁着耀眼光辉的白银圆顶。我的骏马、狼犬、猎人在等待我,年少柔媚的女仆在翘首盼望,期待我重新归来。你应该明白,智慧的长者,我需要健康。"

"倘若仅仅凭主观的意愿便足以驱逐病魔,事情自然十分简单,"贾柯莫慈祥地微笑,"那所有的人统统能够恢复健康。"

"可是,我的情形不一样,"青年带着固执倔拗的神情说,"我掌握着其他人不知道的秘诀。"

"噢,我可以想象,"贾柯莫说,"确实有一伙骗子手,专门兜售一种据说能够治愈麻风病的秘方膏药,向刚入院的病人勒索钱财,我年轻时曾经中过这样的圈套。"

"不,我无须借助于药物,我只是向上帝祈祷。"

"祈求上帝施恩治愈你的病？难道你果真相信上帝能够显示圣迹，妙手回春么？我们每个人都在祈求，没有一个夜晚不向上帝表示我们的虔诚，可是谁……"

"是的，人人都在祈祷，但跟我的情况判然不同。你们每个晚上去跟哨兵天南海北地胡扯，而我却在向上帝千百次祈祷。你们干活，读小说，玩纸牌，几乎跟健康的人一般逍遥自在，而我除去吃饭、喝水和睡觉绝对必需的时间之外，始终心敛意宁地祷告，即便是吃饭的时候，甚至进入睡乡之后，我也不曾停止默祷。我是这样坚韧不拔和始终如一，以致一个时期以来，我时时在睡梦中瞧见自己匍匐在地，向上帝虔诚祈求。你们的祈祷不过是儿戏。真诚的祈祷需要付出极其艰巨的代价。晚上我常常觉得疲惫不堪，难以撑持；即便是这样，清晨从睡梦中醒来，我做的头一件事依然是祈祷。有时我真觉得毋宁早日死去，强似忍受这般苦楚。可是我很快又鼓起勇气，向上帝膜拜。贾柯莫，你是富于智慧的长者，会明白这些事儿。"

贾柯莫听着这一席话，身躯不停地战栗，滚滚热泪夺眶而出，淌在死灰色的脸皮上。

"是的，是的，"老头儿呜咽说，"像你这般年纪的时候，我也曾专心致志于祈祷上帝，七个月孜孜不倦地努力的结果，溃烂的腐肉开始愈好，皮肤渐次变得光泽、美丽，……我即将重新获得健康，……谁晓得我稍一松弛自己的意念，中断了祈祷，全部心血换得的成果竟然统统毁于一旦，……你瞧，我现在被疾病糟蹋成什么模样……"

"那么说，"姆塞利东问，"你不相信我……"

"我只能说，愿上帝保佑你，愿全能的主赋予你力量，"老头儿嗫嚅着跟跟跄跄地朝着聚集在围墙前面的人群走去。

姆塞利东独自在病房里打坐，全神贯注地祷告，毫不理会病友们的召唤。他紧闭双唇，心中默念着上帝。跟病痛的搏斗，使得他浑身热汗淋淋；污秽的皮屑脱落着，露出健康的嫩肉，他苦修的传说不胫而走，一群群被好奇心驱使的病人麇集在他的病房前。姆塞利东成了名闻遐迩的圣者。

姆塞利东的事迹成为麻风病人热烈议论的话题；他们分成两派，一部分人断言他必定能够蒙受圣灵的恩宠，制服病魔，另一部分悲观主义者则持怀疑态度。姆塞利东毫不动摇，坚持祈祷。修炼持续了几近两年。一天，姆塞利东走出病室，灿烂的阳光迎面照来，人们惊诧地发现，他的狮子一般丑陋的模样不见了，显现出的是一副青春焕发的英俊脸庞。麻风病症消失了！

"他恢复健康了，健康了！"病友们欢欣雀跃，他们不知道是该高兴地流泪，抑或是该嫉妒得痛哭。

他找到每星期来病院巡视一次的医生，脱下衣服，请他检验身体。

"青年人，你真是个幸运者，"医生严肃地对他说，"我应该说，你接近于恢复健康了。"

"接近于？这是怎么回事？"姆塞利东表露出痛楚的失望。

"你瞧瞧这块难看的东西，"医生拿着一根小棒，避免接触病人，指着他小脚趾上跳蚤般大小的一块灰斑说，"倘若你想获得自由，那就必须消除这块斑。"

姆塞利东茫然若失，惆怅地回到病室，无法抑制巨大的失望。他曾经以为跳出苦海的吉日已经来临，自由唾手可得，从而松弛了紧张的神经，不料如今却要重新踏上苦难的历程。

"振作精神，"贾柯莫老头儿鼓励他，"主要的事情已经完成，再稍稍加一把劲吧！只有疯子现在才会打退堂鼓，半途而废。"

脚趾上这块小斑显得异常的顽劣。一个月、两个月过去了，从凌晨到深夜不间歇的祈祷毫无效验。三个月、四个月、五个月，依然不见成效。

姆塞利东差不多快要心灰意懒了；一个夜晚，他习惯地抚摸着那只脚趾，蓦然惊异地发现，那块小斑消失了。

病友们把他当作凯旋的英雄高高举起来。他获得了自由。在守卫的哨兵跟前举行了欢送仪式。随后，贾柯莫老头儿颠踬着陪送他出院。哨兵检验了证件，用钥匙启开大锁，打开了大门。

晨光灿烂，展现在他眼前的世界清新温柔，充满着希望。葱郁茂盛的树林，青翠如茵的草地，鸟儿发出清脆甜润的啁啾声。远处显现出城市，莹白的塔楼，花园凉台，招展的旗帜，形状宛如龙蛇的风筝在天际飘荡。那里有着纷纭扰攘的人群和变幻莫测的事变，有着女人，情欲，奢靡，冒险，宫殿，阴谋，权势，武力。这是人的王国！

贾柯莫惊羡地看到青年人喜形于色，容光焕发。姆塞利东瞧着大好世界的美景，露出欣慰的笑容。但这只是一刹那！骤然间，年轻骑士的脸色唰地一下变得苍白。

"你怎么啦？"老头儿觉着姆塞利东是由于过度兴奋而晕眩。

哨兵在一旁催促："快一点儿，青年人，迈开步子走出去，我要关闭大门了，劳驾别让我多费口舌。"

姆塞利东相反地倒退了一步，用双手捂住面孔："天哪，多么可怕呀！"

"你怎么啦？"贾柯莫重复地问，"感觉不舒服吗？"

"简直无法忍受，"姆塞利东惊呼，他眼前的景象霎时间完全变幻了。塔楼和宫殿的圆顶消失得无影无踪，只见龌龊的茅屋，粪土，贫穷；屋顶上的旗帜不见了，只有黑压压的一片牛虻。

老头儿问："告诉我，姆塞利东，你瞧见什么啦？淫秽腐朽取代了原先的辉煌灿烂，颓败肮脏的茅屋取代了原先金碧交辉的宫殿，是这样么，姆塞利东？"

"是的，是的，一切都变得那么令人可怕。为什么？世界上究竟发生了什么事？"

"我知道，"智慧的老头儿回答。"我知道，但不敢告诉你。这是我们的命运，一切全得付出昂贵的代价。你曾想过没有，谁赋予你力量祈祷？你的祈祷任凭什么力量也无法遏制。你获得了胜利，恢复了健康，现在该你偿付代价了。"

"偿付代价？为什么？"

"因为上帝的恩典是你的精神力量。全能的主从不吝啬他的恩典。你战胜了病魔，你不复是往日的你，而是脱胎换骨了。随着上帝的恩典在你身上不断发生作用，你越益失去对生活的兴味，而你自己并不清楚这一点。随着你逐渐恢复健康，驱使你渴望健康的种种人世间的诱惑便越益远远地离开你，最终成为过眼云烟，使你超凡脱俗。我清楚地知道这一点。你以为你取得了胜利，其实是上帝战胜了你。这样你一劳永逸地摆脱了凡心俗念。你拥有百万家产，可是如今你视金钱若粪土；你年少俊美，可是女人再也打动不了你的心弦。城市在你眼前不过是浊臭逼人的淫秽之地。你往日门阀高贵，如今成了纯洁的圣者！这就是偿付的代价。你最终成了我们的人，姆塞利东！留下来吧，留在我们这些麻风病人中间，给予我们安慰，这是如今你唯一的幸福。……喂，哨兵，把大门关上吧，我们回去了。"

砰然一声响，哨兵关上了城堡的大门。

魔　服

我很注意使自己的衣着得体，却从不关心同事们的衣着裁剪得完美与否。

然而，有一个晚上，在米兰的一个招待会上，我结识了一位男子，从外表来看，约莫四十岁光景，他的衣服漂亮、质纯、挺括，显得神采奕奕。

我第一次遇见他，不知道他是什么人，就像常常发生的那样，单凭他的自我介绍记住他的名字是不可能的。后来我有机会挨近他，于是就攀谈起来。他给人的感觉是一个彬彬有礼的人，但带着忧郁的神色。也许只有上帝知道，我竟随随便便地称赞起他的衣服漂亮，甚至大胆向他打听他的裁缝是谁。

那人神秘地笑了笑，似乎并不感到意外。

"几乎没有人认识他。"他说，"但他是一位缝纫大师，他只是在情绪好的时候，为少数求他的顾客做活。"

"像我这样的人呢？"

"噢。你试试看，试试看吧，他叫科尔梯切拉，阿尔丰索·科尔梯切拉，住在费拉拉大街17号。"

"我想，手工费一定很昂贵。"

"大概是的，但说实话，这我一点儿也不知道。他给我做的这件衣服已经三年了，但至今还未收我的钱。"

"科尔梯切拉，是吗！费拉拉路17号，你是这样说的，是吗？"

"对极了。"陌生人回答说。

他走开了，去跟别人交谈。

在费拉拉路17号，我找到了一幢跟其他房屋毫无两样的宅邸，阿尔丰索·科尔梯切拉的住处也跟其他裁缝的住处没有什么两样。他亲自来开的门。他是个小老头，但头发乌黑，可以肯定是染过的。

出乎我的意料，他没有表示为难，相反，似乎很急于接受我为他的顾客。我向他说明我是如何知道他的地址的，我对他的手艺赞颂不已，并请他为我做一套衣服。我们选了一段灰色精纺毛料，他量了尺寸，还提出将亲自到我家里来给我试装。我问他要多少手工费。他回答说，这不急，我们会达成一致意见的。起初，我想，这是个多好的人。可我回到家里，却发现小老头让我感到不怎么愉快。或许是由于他太执拗和做出甜蜜的微笑的缘故。总而言之，我再也不想见到他了。不过，衣服已经定做。二十天以后衣服就做好了。

衣服送来的时候，我对着镜子反复试穿，这确实是件了不起的杰作，可不知什么缘故，也许是想到令人不愉快的小老头，我竟一点儿也不想穿它。过了好几个星期，我才决定穿它一回。

这一天我永远也不会忘记。那是四月的一个星期天，下着细雨。我穿上这套衣服；上衣、裤子和束腹带，我高兴地发现非常得体，不像一般穿新衣服时常常发生不是肥了就是瘦了的情况。总而言之，我觉得做工完美无缺。

我通常在上衣的右边口袋里什么东西也不放，钱总是放在左边口袋里的。需要说明的是，仅仅过了两个小时的光景，在办公室里，我偶然把手伸进右边口袋，突然触摸到一张纸币。莫非是裁缝放的账单吗？

不，不是，这是一张一万里拉的票子。

我惊呆了。我敢肯定没有把钱放进口袋里。再说假设这是我要佣人的礼品也是荒谬的，虽然她是裁缝之后唯一有机会接触衣服的人。那么，也许是一张假钞票？我把它对着光线仔细瞧了瞧，又把它跟其他钞票比较，这是一张货真价实的钞票。

唯一能解释的原因是科尔梯切拉的疏忽。但愿是一位顾客去付钱，那时裁缝身边没带钱包，为了不让钞票乱放，便顺手放进套在人体模型上的我的上衣口袋里。这种情况是可能发生的。

我按电铃叫来女秘书。我想给科尔梯切拉写封信，把不是我的钱归还给他。但是我也说不清楚是什么原因，我又把手放入口袋里。

"博士先生，您有什么吩咐？您不舒服吗？"女秘书走进来，问道。

我的脸色突然变得像死人那样苍白。我的手指在口袋里又摸到一张钞票，刚才口袋里还什么都没有。

"不，不，什么事也没有。"我回答女秘书。"刚才我有点头晕，也许有点累了。你去吧，小姐，本来有封信要口述，只好晚些时候再说了。"

女秘书走了之后，我才敢把钞票从口袋里抽出来，又是一张一万里拉的钞票。于是我做了第三次试验，第三张钞票又抽出来了。

我的心狂乱地跳动起来。我晕头转向，体验到了一种给孩子们讲谁也不信以为真的童话时的神秘感觉。

我借口不太舒服，离开办公室回到家里。我需要单独待着。幸运的是，女佣人已经走了。我把门关起来，放下了百叶窗，开始以最迅速的速度从口袋里一张又一张地向外掏钞票。似乎永远也掏不完似的。

我神经高度紧张，生怕奇迹突然消失。我本想整整一夜都不停地这样干，直到我成为亿万富翁。可惜。我越来越没有力气了。

我面前一大堆钞票，令人难以置信。现在重要的是把钞票隐藏起来，不让任何人知晓。我腾空了一只装毛毯的空箱子，把钱在箱子里一层又一层码好，一面数钱，足足五千八百万里拉。

清晨醒来的时候，女佣人已经来了，吃惊地看见我仍然和衣躺在床上。我装出微笑的样子，解释说，昨天晚上喝多了一点，不知不觉就睡着了。

女佣人要我把衣服脱下来，至少刷刷尘土，这倒使我为难了。我回答说，我必须马上出去，来不及换衣服了。我急匆匆奔向一家成衣店，买了件一模一样的上衣，把它撂给女佣处理。至于那件会让我几天之内成为世界上最大富翁的上衣，我把它藏在一个安全的地方。

我不知道我是否在做梦，也并不清楚这于我是福或是祸。我被一种命中注定的神秘压得喘不过气来。路上，我隔着雨衣，不断地摸着魔服的口袋。每摸一次，心里就感到无限宽慰。隔着衣料，可以听到令人欣喜的钞票揉搓声。

然而，一件巧合的事情给我的欣喜若狂泼了一盆冷水。清晨的报纸登载了前天发生的一起抢劫案的消息。一家银行装有防弹玻璃的汽车，把各分行当天的钱款运到总行，车子行至帕尔马诺瓦大街，遭到四名歹徒的袭击和抢劫。众人跑去援助的时候，一个歹徒为逃生开了枪，一名行人中弹死亡。尤其使我吃惊的是，被抢劫的钱数正好是五千八百万，跟我的钱数一样。在我的意外之财和几乎同时发生的歹徒抢劫案之间可能存在某种关系吗？想到这里，我似乎糊涂起来了，虽然我是不迷信的，但事实本身使我困惑不解。

钱越多，心越贪。我从前生活俭朴，有了这笔钱，我该是富翁了。但我向往一种极度豪华的生活。这天晚上，我又一次求助于魔服，这次我感到心安理得，神经不大紧张了。轻而易举地又得到了一亿三千五百万里拉。

那天晚上,我通宵没有合眼。我预感到什么凶兆了吗?或者是因为这笔不费吹灰之力获得的意外之财使我良心发现了吗?或者是一种朦胧的内疚呢?天刚蒙蒙亮,我就从床上跳起来,穿上衣服跑到街上去买了份报纸。

读着报纸,我几乎停止了呼吸。一场由油库着火引起的可怕火灾吞噬了桑·克罗诺大街中心的一座建筑物。一所不动产大公司的保险柜被烧毁,里面有一亿三千五百万现金。两名消防人员在扑火时丧生。

如今,难道我有必要——列举我的罪过吗?是的,因为我已经明白,魔服送给我的金钱是不义之财,是来自犯罪、流血、绝望和死亡,是地狱里的钱财。然而,在自我解嘲的同时,内心深处的诱惑却不承认我负有任何的责任。这样,欲望又占了上风,我的手竟然怀着极大的兴奋伸进口袋,手指迅速而贪婪地捧住总是新钞票的边缘。金钱,神圣的金钱!

为了不引人注意,我没有抛弃旧的住宅。不久,我购置了一幢大别墅,收集了一批名画,乘坐高级显赫的轿车,以"健康的原因"离开了我的公司,在美女的陪伴下周游世界。

我清楚地知道,每当我从口袋里拿得一笔钱时,世界上就有一些卑鄙和痛苦的事情发生。但这总是一种说不清楚的巧合,并没有合乎逻辑的依据。

实际上,我每得到一笔钱,我的良心就更堕落一次,变得越来越卑鄙。那个裁缝呢?我给他打电话要账单,但没有人回答。我到费拉拉大街去找他,人们告诉我,他已侨居国外,但不知在什么地方。这一切表明,他的下落无从知晓。我已经上了跟魔鬼同谋的贼船。

一天清晨,在我住了许多年的房子里,人们看到一个六十岁左右的退休老太婆用煤气自杀了。她寻死的原因是遗失了前天领到的三万里拉,当然,这笔钱又落到了我的手里。

够了!够了!为了不再滑向深渊,我必须停止使用这件上衣。但不是把它让给别人,因为这样,可耻的勾当还将重演,谁能受得了这么多的诱惑呢?必须把上衣烧毁。

我驾着小汽车来到阿尔卑斯山的一个僻静的山谷。我把汽车停在一片杂草丛生的空地,然后徒步走向树林。一个人影也没有,我穿过树林,来到一个冰迹层的布满乱石的地方,这里,两旁是陡峭的石壁。我从口袋里取出那件浸过汽油的可恶的魔服,点上火,不一会儿,它就化为灰烬。

但是,当最后的火光消失时,我身后约莫二三米远的地方竟然传来什么人的声音:"太晚了,太晚了!"

我不由感到胆战心惊,像蛇一样倏地扭转身子。但谁也没有看见。我巡视四周,从一块石头跳到另一块石头,想发现说怪话的人。除了石头之外,什么也没有。

尽管余悸未消，但当我走下河谷时深感欣慰，我终于自由了。同时又庆幸自己发了横财。

然而，在杂草丛生的空地上我的小汽车不翼而飞。我回到城里，我的豪华别墅也消失得无影无踪，乱草地上的木桩上贴着一个告示：《城市土地待售》。银行中的存款，我不知怎么全部被花光了，众多保险柜中成捆的股票也消失殆尽。旧箱子里，除了尘土，一无所有。

如今我又开始干原来的吃力的差事，生活拮据。最令人奇怪的是，没有任何人对我突然破产感到惊异。

不过，我知道事情还没有了结。我知道，终有一天，门铃四响，我去开门，站在我面前的将是面带狡黠的微笑的破产的裁缝，来跟我清算最后这笔账。

蔡蓉　译

新　闻

阿尔杜诺·萨拉契诺指挥，三十七岁，已经颇有名气，他正在阿根廷剧院指挥布拉姆斯作品137号M大调第八交响乐。他刚刚指挥到雄壮的最后一个乐章"热情的快板"。于是，他回到乐曲开始时对主题的处理，即某种平静的、持续不断的、事实上有点冗长的抒情独白，并逐渐地积蓄强大的激动人心的力量，以使之在演奏至尾声时迸发出来。这一点听众并不清楚，然而，他，萨拉契诺，整个乐队的演奏员都一清二楚；因此，他们此刻正陶醉在小提琴的旋律里，也就是那种震撼人心的欢快而迷惑人的前奏里。再过一会儿，音乐便会把这些演奏者和整个剧场带进一种奇妙无比的热情洋溢而又令人激动的欢快场面中去。

忽然，他发现，听众正离他而去。

对于一位乐队指挥来说，这是最令人焦急不安的情况。那些仍在听音乐会的听众，由于谁也说不清楚的原因，而显得越来越不投入了。奇怪的是，他很快察觉了。于是，周围的气氛似乎变得虚无缥缈，那些把听众和他联结起来的一千、二千、三千根神秘的音丝，那些曾赋予他生命、力量和养料的音丝消失了。直到指挥仿佛孤家寡人般留在冷冰冰的荒野上，费劲地率领一支不再信任他的队伍前进。

这种可怕的经历他至少有十个年头没有体验到了。他甚至已经想不起这样的经历。因此，眼下的打击对于他是非常沉重的。这一次，观众的背叛行动是如此的出乎意料，如此的不容置辩，以致使他惊奇得发愣了。

"不可能，"他暗自思忖，"我压根儿没有什么过错。今天晚上，我觉得精神状态好极了，整个乐队也像一个二十岁的小伙子，肯定有其他的缘故。"

事实上，他痛苦地竖起了耳朵。他似乎感觉到在他的身后、周围、上空，一种轻微的骚动正在观众之间蔓延开来。从他的右后方的一个包厢发出一阵轻轻的吱嘎声。他用眼梢末扫了一眼，隐隐约约看见正池座位的两三条黑影朝旁边的出口移动。

顶层楼座上有人骤然发出嘘声，想迫使人们安静下来。然而，安静仅仅持续了一会儿，很快地，犹如无法抑制的发酵，窃窃低语声四起，伴随着叽叽喳喳声、说话声、悄悄的脚步声、秘密的揉搓声、移动椅子声、小门的开开关关声。

发生了什么事情？突然间，就像读了一页什么报纸，萨拉契诺指挥恍然大悟。兴许是刚才收音机里广播了一则什么消息，由一位迟到的听众带到了剧场。看来，在地球的某个地方，发生了一件可怕的事情，如今正要落到罗马头上。爆发战争了吗？有人入侵了吗？一场核攻击即将发生了吗？在那些日子里，作出最富有颠覆性的设想也是正常的事情。他虽然沉浸在布拉姆斯的旋律中，但千百种忧虑、不祥的想法一齐向他袭来。

如果战争一旦爆发，把他的亲人打发到什么地方去呢？逃到国外去吗？然而，花去了他所有积蓄的别墅刚刚才建好。那结果会怎么样呢？是的，作为职业来说，他，萨拉契诺曾经是走运的，不管世界的任何地方，凭着他的才华和名气，他是不至于饿死的。何况，对艺术家来说，俄国人有一个众所周知的弱点。想到这里，他恐惧地回忆起，两年以前，他曾同其他许多知识分子在一张反苏传单上签名，干了一件多少有点违心的事情。你想吧，同事们怎么会不向占领者当局告发这件事呢？不，不，还是逃走为好。那么，他的年迈的妈妈怎么办呢？还有他的小妹妹呢？他养的狗群怎么办呢？他顿时跌入了可怕的深井。再说，兴许是一个大难临头的消息闪电般地传来了，这一点恐怕是不容置疑的了。听众顾不得剧院传统所要求的体面，正毫无顾忌地纷纷离席而去。萨拉契诺冷眼朝包厢瞟去，发现空位子越来越多了。听众一个接一个地走了。性命，金钱，食品，疏散人员，真是一分钟也不能耽误，管他什么布拉姆斯。"一群胆小鬼。"萨拉契诺暗自思忖。而他自己在动身之前，还能沉浸于十分钟优美的交响乐曲。然而，当他发现不知所措的惊慌感已经笼罩了他的时候，他马上就对自己说了一声："胆小鬼。"

他和周围的人实际上都心不在焉了。指挥棒的动作纯粹成为机械性的，对乐队根本不再起什么作用，乐队正无可救药地整个涣散了。乐曲很快就要演奏到决定性的部分了。"胆小鬼。"萨拉契诺反感地重复想着。人们都溜走了吗？人们对他，对交响乐，对布拉姆斯，统统不放在眼里，急于跑回去挽救自己微薄的财产吗？是这样想的吗？

突然,他明白了,唯一挽救的办法,唯一的出路,唯一有益的,必要的解脱,对于他来说,就像对所有其他人一样,就是毫不动摇,不让自己走神,把自己的工作进行到底。他想到身后半明半暗的大厅里发生事情,其实也正在他的身上发生,一种愤怒的情绪便占据了他。

他重新振作起来,挥舞指挥棒,朝着乐队投去自负而欢快的一瞥,美妙的、生气勃勃的乐曲重新从他的指挥棒下流泻出来。

低单簧管奏出的典型的琵琶音提示他,那决定性的时刻逼近了,第八交响乐以狂热、奔放的旋律开始跳跃,由平淡走向高昂,以布拉姆斯典型的重叠扶摇直上,达到暴风雨般的高潮,直至凯旋般的顶峰,犹如朵朵彩云,直上灿烂辉煌的中天。

他全身心地投入因愤怒而激起的汹涌情感之中。

乐队也被汹涌的激情所震撼了,在片刻的小心翼翼的动摇之后,不可抗拒地开始了冲刺。

于是,叽叽喳喳的声音,悄悄的低语声,东西的撞击声,脚步声。和其他熙熙攘攘的声音,一下子安静了下来。谁也不再出声,所有的人都像被牢牢钉住了,木然不动。他们不再惧怕什么,而是感到了羞愧。在那银色的小号的上方,旗帜飘扬起来了。

蔡蓉 译

多余的请求

我多么想让你在一个冬天的夜晚上我这儿来,我们在玻璃后面紧紧地偎依着,望着漆黑的、冷冰冰的、孤寂的大街、重温童话中的冬日。在童话中,人们纯朴地生活在一起。事实上,我和你在像童话一样富有魅力的小路上,迈着怯生的步子,一起穿过狼群出没的树林,精灵们从乌鸦绕之盘旋、苔藓丛生的登楼上偷偷打量我们。我们依偎着,对周围的一切毫无觉察,或许,我们俩从那儿注视着等待我们的神秘的生活。在那儿,我们第一次感受到了狂热而柔情的愿望的躁动。"你还记得吗?"我们在暖洋洋的房间里,温情地紧紧偎依在一起,倾诉衷肠;你以充满信赖的神情朝着我微笑,而此时室外传来狂风击打金属板发出阵阵郁闷的声响。可是,你,现在我记得,并不晓得叙述佚名的国王,吃人的妖怪和神奇的花园的古老童话。你从来不曾心醉神迷地走过以人一样的声音絮絮私语的树林,你从来不曾去叩动荒僻的城堡大门,你从来不曾在深夜朝着远处的灯光走去。你也从来不曾在东方星辰照耀下，在神圣的独木舟的悠悠的摇晃下酣然入睡。冬天的夜晚，在玻璃窗后面，我们或许将默而作声，我沉浸在古老的童话中，而你，沉思于我不知道的另外的忧虑中。我真想问道："你还记得吗？"可是，你怎么也想不起来。

我多么想在一个春日，在城郊的街区，和你一起散步，天空是灰色的，马路上残留着尚未被风卷走的枯叶。这也许是星期六。在这样的地区，异常沉重的忧愁感往往笼罩心头，有的时候诗兴泉涌，把那些恋人们的心联系在一起。此外，说不明白的种种希望油然而生，房屋后面一望无际的地平线，飞驰而去的火车，北方的云彩，使得这些希望来得更为浓烈。我们随意地手挽着手，踏着轻快的步子，一面谈论着一些毫无意义的、冒着傻气的、但令人感到亲切的事情，直到路灯通明，从灰白的公寓楼里传出有关城市恐怖的故事，冒险经历，离奇的遭遇。于是，我们只是手拉着手，默不作声，因为心灵间的交谈是无需语言的。然而，你（现在我记得了），从来不对我谈论没有意义的、冒着傻气的，但令人感到亲切的事情。你也不会喜欢我说起的那些星期天，你的心灵也不会用无声的话语向我的心灵诉说，你也不愿在某个时候欣赏城市的美景，你也看不到来自北方的希望。你喜欢光亮，人群，喜欢注视你的男人，喜欢人们传统说能够碰到好运气的地方。你跟我大不相同，如果那天你来散步，你定会抱怨你感到疲倦。

多么想跟你一起在夏日去一个僻静的河谷，不停地为那些最纯朴的事物微笑，探索森林、白色的道路和遗弃房屋的秘密。我们在木桥前止步，注视着潺潺的流水，倾听电线杆从世界的尽头传来的没完没了的故事，天知道这些故事又传向何方，在这儿，我们仰卧在草地上，采摘几朵花儿，在静寂的阳光下，凝视着无垠的天空，观赏浮游的洁白云彩和山巅石峰。你会感叹说："多美啊！"除此之外，你什么也不会说，因为我们是幸福的。我们的肉体摆脱长年累月的重负，我们的心灵仿佛那时才诞生似的。

然而，你，现在我这儿觉得，你迷惑不解地环顾四周，我害怕了，你心神不安地停下来看看一只袜子，向我要另一支香烟，不耐烦地表示要往回走。你不再说"多美啊！"，而说其他对我来说无关紧要的事情。因为，遗憾的是，你生来就是这样的。我们将不会有一刻幸福的时光。

我多么想，请让我说下去，挽着你的手，在十一月的黄昏，天空犹如水晶般纯净的时候，漫步在城市的大街上。当生命的幽灵在教堂的圆顶上奔跑的时候，在充满不安的大街的洼地上，黑影憧憧。当幸福年华的回忆和新的征兆掠过大地的时候，在身后留下了某种音乐。我们带着孩童般纯洁的骄傲，注视着附近河流一般流淌过去的成千上万人的面孔。我们浑身都洋溢着欢乐的光彩，而又丝毫意识不到这一点，所有的人不由得打量我们，他们并非出于嫉妒和无礼，相反，他们还多少友善地微笑着，黑夜医治着人们的弱点。然而，你，我清楚地知道这一点，并不注视水晶般的天空和天际的太阳照射下排列成柱形的机群，你更愿意停下来观赏橱窗、金饰、财富、丝绸等那些无聊的东西。因此，你发现不了幽灵，也体验不到瞬息即逝的预感，也不会像我这样对感到高傲的命运发出的召唤。你也听不见那某种音乐，不会理解为什么人们以友善的眼光望着我们。你考虑你可怜的明天，你身后教堂尖顶上的金色雕像，在最后的光线下，徒劳地挥起佩剑。我将独身一人。

这是徒劳无益。兴许这一切都是荒唐可笑的事情。你比我要好，你对生活没有什么苛求。或许你是有道理的。尝试是愚蠢的。然而，至少说，我多么想见到你，这是确实的。一切都随它去吧。我们将以某种方式待在一起，我们将获得欢乐。这将是在白天，还是夜晚，是夏天还是秋天，是在某个陌生的地方，还是在一个简朴的屋子里，或者在一所灰白的小旅店里，统统无关紧要。对我来说，你在我身边，这就够了。我向你保证，我将不会在这儿倾听阁楼的神秘的吱吱嘎嘎之声。我将摈弃这些毫无用处的东西，尽管我喜爱它们。如果你尚不理解我对你所说的事情，如果你谈论于我稀奇古怪的事情，如果你抱怨老式的衣服和钱财，我会耐心对待。不再会有什么所谓的诗歌，共同的希望，爱的忧愁。然而，我需要你在我身边，你瞧着吧，我们将会非常幸福，一种无比朴实的幸福，只是一个男人跟女人之间的幸福，犹如在世界各地正常所发生的那样。

然而，你，（现在我这么想）离我十分遥远，千百公里的距离难以逾越。你置身于一种我不了解的生活，你身边有其他的男人，你或许朝着他微笑，就像过去对我微笑一样。只须不多的时间，就足以使你将我忘怀。也许你再也想不起我的名字了。我已经走出了你的内心，同众多影子混淆在一起。可是，我仍然只思念着你，我乐意向你倾诉这一切。

蔡蓉　译

电话罢工

发生罢工的那一天，人们埋怨电话行业出现种种反常和稀奇古怪的事儿。话又说回来，个别的通讯设施倒也不显得孤立，它们常常是互相交织在一起的，这样人们就能听到他人的对话，并尽可参与进去。

晚上，约莫十点差一刻的光景，我想打电话给一位朋友，然而在拨完号码盘上的最后一个数目字之前，我的电话机子就串线，听到毫不相干的对话，随后是接连不断的串线，听到令人惊讶的混乱的杂音。于是，很快便形成了一个彼此不照面的小小的聚会，人们突然地加入进来，又突然地退出，无法知道谁在讲话，其他人也无法知道我们是什么人；这样，大家说话都免去了通常的客套和谨慎，很快就出现了一种异乎寻常的欢乐，集体的精神轻松，使人联想到从前的疯狂而迷人的狂欢节，我们借助童话才听到了这种狂欢节的余音。

起初，奇怪的是，我听到两名妇女在谈论衣着。

"我把条件谈得清清楚楚，星期四你应当把裙子给我。现在是星期一晚上，裙子还没有做好，您知道我会怎么办吗？我亲爱的布罗吉夫人，我把裙子留给你，如果你穿上合适的话！"那声音蛮不讲理，尖细。显然是个说话急速，没有停顿的饶舌女人。

"好极了！"一个年轻、热情、拉长声调，带有埃米利亚①口音的女子笑着回答。

"不过，这样你能赢得什么呢？你知道，你尽可以再拖时间，把裙子再给你改成料子。"

"我倒要看看我带着他让我咽下的这口怒气，看看我不想对你谈这口咽不下的怒气，再说我应消消气。你克拉拉第一次上她那儿就劳你对她挑明那件她做得实在不像话的事情，一定劳你驾。还有科梅契妮也对我说再不请她做了。她完全弄错了她用的那块四分之三红面料，让人啼笑皆非。顾客上她那儿去的时候她那些假客套毫无意思。你可记得两年前开头的情景。她夫人长夫人短一个劲地说恭维话。说什么打扮实在让她高兴，让她满意。没完没了，像您这样的一个人如今倒摆出一副架子。你们别瞧着我，别碰我，连说话的神态也改变了。克拉拉是这样吗？你发现了没有？另外明天必须上朱莉叶那里去喝茶。我连一件能穿的破旧衣服也没有，你说我穿什么好呢？"

"但是你，弗朗凯娜，"克拉拉心平气和地回答她说，"你难道一点儿也不知道你那么多衣服放在什么地方吗？"

"噢，你不用再提这些了，都是去年秋天时兴的，眼下已经过时的东西，我们七个人的西服套裙，你还记得吗？打这以后我就没有……"

"你说什么呀？我正好相反。我几乎总是愿意穿那件漂亮宽松的绿色裙子，上身穿黑色的套衫，黑色总是漂亮的……或者你说穿那件新的，那件灰色毛衣吗？也许午后穿合适，你说呢？"

这时，天晓得从什么地方冒出一个说话粗声粗气的男人：

"夫人，请对我说，我知道得很清楚，您为什么不穿那件柠檬黄的套装，不戴那顶漂亮的卷心帽呢？"

静寂无声。两位妇女沉默了。

---

① 意大利中北部地区。

"请对我说吧,我知道。"男人假装用罗马涅口音说话。

"您还有来自克拉拉的新消息吗?您,弗朗基娜夫人,请对我说吧,您别太饶舌了,否则你会很倒霉的,不是吗?"

从不同的方向传来大笑声。很明显,其他的人在拨电话号码的时候像我一样在默不作声地窃听。

蛮不讲理的弗朗凯娜反驳说:

"先生,我不知道您是什么人,总而言之,一个蛮不错的下流家伙,讨厌透顶的下流东西,因为不偷听别人的讲话,这是最起码的教养……"

"哎哟,好一番教训,平静点儿,平静点儿,夫人,或者小姐,您别这样光火……开玩笑是正当合法的,我希望……请原谅!如果我们当面结识,也许您就不会这样狠!……"

"你让他去吧!"克拉拉对女朋友说道,"你干嘛愿意跟没有教养的人争辩呢?你把电话放下,我过会儿再给你打。"

"不,不,您等一等,"另一个男人讲话的声音,显得彬彬有礼,语气委婉,也可以说更成熟老练。"克拉拉小姐,等一等,以后我们也许就再也遇不上了!"

"好吧,这也不至于太倒霉。"

于是又听到几种乱哄哄的新声音。

"请住嘴吧,嚼舌头的东西!"这是一个女人的声音。

"你才嚼舌头,要不,你为什么要管别人的闲事!"

"我管闲事?你害臊吗?我可不是……"

"克拉拉小姐,克拉拉小姐,请告诉我。"是另一个男人的声音,"你的电话号码是多少?您不愿对我说吗?您知道,我作为罗马涅人有一个弱点。我直言相告,我真的动情了。"

"过一会儿我给你电话号码!"一个女人的声音,好像是弗朗基娜。

"我能知道您是谁吗?"

"我是马尔隆·布朗多。"

"啊,啊。"

众人大笑。

"我的上帝,他多么幽默。"

"律师,巴尔泰萨基律师!喂,喂!是你吗?"另一位女人的陌生的声音。

"是的,正是我,您怎么知道是我的?"

"我是诺莉娜,您听不出来吗?我打电话给您是因为今天晚上我从办公室出来之前,我忘记告诉您从都灵……"

窘态明显的巴尔泰萨基说道:

"好吧！小姐，请您过会儿给我打电话，这里，我似乎不认为是我们之间的私事让满城都知道的时候！"

"哟，律师。"另一个男人的声音。

"不过，这倒是向姑娘们约会的时候，不是吗？马尔隆·布朗多律师先生跟罗马涅女人打交道的时候有一个弱点，噢，噢！"

"请您别嚼舌头了，有的人是没有功夫闲扯的，有的人是有紧急事才打电话的！"是一位妇女的声音，约莫六十岁的样子。

"喂，请您听着。"可以听出是弗朗基娜的声音。

"您不至于是电话皇后吧？"

"请放下话筒，您还不觉得说累了吗？告诉您，我在等着从别的城市打来的电话，您一直……"

"噢，那么说您一直在听我说话，是吗？那不是搬弄是非的女人吗？"

"闭嘴，母鹅！"

短暂的沉默。一种猛烈打击的声音。这时弗朗基娜没有找到一种恰当的报复手段。不一会儿，她以胜利者的口吻高声喊道：

"嘿！听到了，听到了，老母鹅！"

接着是长时间的哄堂大笑，至少有十二个人左右。通话再次中断。是众人一致打退堂鼓了吗？还是在等待别人开口呢？寂静中窸窸窣窣的抖动声和呼吸声听得一清二楚。

终于，克拉拉以她那动听的逍遥自在的声调出现了：

"好了，就我们两人了吗？……那末，弗朗基娜，你说你明天让我穿什么好呢？"

这时听到一位陌生男人的声音，音调非常悦耳，是一个年轻的威严的声音，充满惊人的活力。

"克拉拉，请允许我来告诉你，明天你穿去年的那条蓝裙子，上身穿你刚洗过的紫色长袖毛衣……头上戴黑色圆顶狭边的钟形女帽，明白吗？"

"您是谁呀？"克拉拉的声音变了，夹杂着恐惧。

"能告诉我您是谁吗？"

那人默不作声。

于是，弗朗基娜开口说道：

"克拉拉，克拉拉，这人是怎么知道的呀？……"

那人非常严肃地回答说：

"我知道非常多的事情。"

"撒谎！您是想招摇撞骗。"

"招摇撞骗吗？你想让我再次向您证明吗？"

克拉拉犹豫不决。

"说，快说！"

他说道：

"好吧，小姐，您听我说，小姐，您有一粒雀斑，一粒小雀斑……嗨，嗨……我无法向您说长在什么地方……"

克拉拉反应强烈地说道：

"您不可能知道它在哪里！"

他说道：

"是真的，不是假的？"

"我发誓谁也无法看得见它，除了妈妈！"

"您说我说得对吗？"

克拉拉几乎要哭起来：

"谁也无法看到它，这是令人厌恶的玩笑！"

于是，他的口气缓和下来说：

"我根本就没有说过我看见过你的小雀斑，我只是说你有一粒小雀斑。"

另一个男人的声音：

"该收场了，爱恶作剧的东西！"

另一个人的声音：

"你慢着，乔治·马尔科兹曾是恩里科，32岁，侨居在凯布列拉7号，身高1米70，已婚，两天来嗓子疼痛，尽管如此，他正在抽国家出口烟，行了吗？……一切都正确吗？"

马尔科兹胆怯地说：

"您是谁？怎么允许这样？……我……我……"

那男人说道：

"您别生气。让我们尽量快活一点，克拉拉，还有您……我们在一个这样美好而亲切的集体中是多么难得。"

没有人敢出来反对他，讥笑他。一种黑暗中的惧怕，一种出现在电话线中的奇妙感觉。是谁呢？一位魔术师吗？一位取代罢工者的位置，操纵各个总机的超人吗？一个魔鬼吗？一个幽灵吗？然而，这并非是魔鬼似的声音，相反，却有一种令人动心的魅力。

"快，快，孩子们！现在你们怕什么呀？你们愿意我为你们唱一支动人的小曲吗？"

众人的声音：

"好，好。"

"我唱什么呢?"

"阶梯……不,不,一支桑巴曲,……不,红磨房……我失去了声音……他竖起领子……刺刀,刺刀!"

他说道:

"喂,如果你们还没有作出决定……您,克拉拉,您喜欢什么?"

"噢,我喜欢《乌菲米亚》。"

他唱了起来。声音优美动听,在我一生中还从没有听到过这种声音。由于歌声纯正清新,委婉动听,一股激情油然而生。在他歌唱的时候,没有人出声。然后爆发一阵"好!""好极了!""再来一遍!"的喝彩声。

"知道你是一门大炮!知道您是一位艺术家!……您应该到广播电台去,我敢说它会使您成为百万富翁。那塔利诺·奥托①该羞愧得无地自容!快,快点,再为我们唱些什么!"

"我提一个条件,你们跟我一起歌唱。"

真是一个妙不可言的节日,人们在不同的居住的遥远的房间里,有人站在前厅,有人坐着,有人躺在床上,把耳朵贴近听筒,长长的纤细的电线把千家万户联系起来。正像开始那样,没有捉弄人的意味,没有粗俗、愚蠢的言语。由于那个捉摸不透的人不愿对我们说出自己的姓名、年龄,甚至地址,十五位过去从来没见过面也许世世代代也见不了面的人,感到亲如兄弟一样。他们每个人都相信自己在跟年轻、漂亮的妇女说话,她们每一个人想象电话线的另一端都是仪表堂堂、富有、饶有兴味、有着冒险经历的男人。其中那位神秘的乐队指挥让他们一位迷人的孩童领着,在城市黑黝黝的屋顶的上空飞翔。

"快,半夜三更了。"他发出了结束谈话的信号。

"好,孩子们,现在行了,夜深了,明天早晨我必须早起……谢谢诸位的陪伴。"

众人一致发出抗议:

"不,不,请不要背叛我们!……再等一会儿,请再来一支歌!"

"说真的,我应该走了……请你们原谅……女士们,先生们,亲爱的朋友们,晚安。"

所有的人都大失所望。他们无精打采,神情忧郁,互相道了晚安。

"好吧,只好如此了,那么,祝大家晚安,晚安……天晓得谁在那里……唉,天晓得……晚安……晚安……"

众人四下走开了。深夜的寂静一下子笼罩了各个住家。

但我还在听着。

---

① 那塔利诺·奥托(1912—1969),意大利著名歌唱家。

事实上，大约过了两分钟光景，他，不可思议的人，又开始悄声说话：

"是我，还是我……克拉拉，听见吗，克拉拉？"

"听见了。"她柔声说道。

"听见了……但你肯定其他人都放下话筒了吗？"

"所有的人，除了一个人。"他和蔼地说道。

"所有的人当中有一个人直到现在还在偷听，但他从未开过口。"

那是我。我的心剧烈地跳动，立即放下话筒。

是谁呢？一位天使吗？一位先知吗？《浮士德》中那传说的魔鬼吗？兴许是冒险故事中永不泯灭的幽灵吗？在角落里等待我们的无名氏的化身吗？或者简单地说是希望吗？古老而不屈不挠的希望，这种希望隐藏于最荒谬和最不可思议的地方，甚至在发生罢工的时候，隐藏于电话的迷宫中，来补救男人的卑劣行为吗？

蔡蓉　译

花园里的鼓包

每当夜幕降临的时候，我喜欢在花园里散步。请你们别以为我是个大富翁。像我这样的花园，你们人人都有。下面你们就会明白是什么缘故了。

昏暗中，但又不完全是黑暗，因为房屋敞开的窗子折射出朦胧的落日余晖。昏暗中，我在草地上散步，双脚踏着丛丛青草，一面思索，想着想着，我抬头眺望天空，看看天空是否宁静，是否已有星星；我一面注视着星星，一面默默反省不少事情。不过，有些晚上，我也不想自我反省，星星在我头顶上奇妙地眨着眼睛，对我默默无语。

那时，我是一个男孩子，晚上散步的时候，我在一个障碍物上绊了一下。黑暗中看不清楚。我划着了一根火柴，光滑的草地上有一个鼓包，样子很奇怪。我想，兴许是园丁在施工，明天早上我问问他是怎么回事。

第二天，我叫来了园丁，他的名字叫贾科莫。我对他说道：

"你在花园里弄了个什么东西，草地上有个鼓包，昨天晚上我绊了一下，今天早上天亮时我才看清楚这个东西，是一个狭窄的长方形的鼓包，像一个致命的肿瘤。你能告诉我，发生了什么事情吗？"

"不只是像肿瘤的问题，先生，"园丁贾科莫答道，"它就是一个致命的肿瘤。先生。因为昨天你的一位朋友去世了。"

事情真是这样。我的一位非常要好的朋友，二十岁的桑德罗·巴尔托利，因颅骨碎裂，不幸死于山上。

"你想说，"我又向贾科莫，"我的朋友就埋在这里吗？"

"不。您的朋友巴尔托利先生，"他这样回答，因为他属于老一辈的人，因此还带着尊重的口吻，"埋在您知道的山脚下面，可是在这儿，在花园里，草地是自己鼓起个小包的，因为这是您的花园，先生，您生活中发生的一切，也将会在这儿准确无误地发生。"

"请走吧，走吧，这些都是再荒唐不过的迷信。"我对他说道，"请你把这个鼓包铲平。"

在这以后，他什么也没有干，鼓包仍然存在。晚上，夜幕降临之后，我继续在花园里散步，不时被鼓包绊一跤，但也不常常是这样，因为花园非常大，鼓包宽仅70厘米，长1米90，上面长着青草，青草的高度是25厘米。自然，每当我被鼓包绊一跤的时候，就会想到他，想到我那离开人间的亲密朋友。不过，也可能出现相反的情况，就是说，我朝鼓包走过去，绊了一跤，正是因为我当时正想着他。但这种情况是难以让人理解的。

譬如，有两三个月的时间，没有发生我晚上散步时被鼓包绊交的情况。这样，我便想到了他，于是我止步不前，在寂静的黑夜中高声问道：

"你入睡了吗？"

但是他没有回答。

实际上，他是入睡了，不过是在远处，安睡在山上一座陵园的白云石板下面。随着岁月的流逝，不再有人想起他，也没有人给他献上鲜花了。

许多年过去了。一个晚上，我散步的时候，在花园的另一个角落，我被另一个鼓包绊了一跤。

我久久不能平静，已经是子夜了，人们都已入睡，但是这种事激怒了我，于是我大声喊道：贾科莫，贾科莫！我要把他喊醒。贾科莫打开了一扇窗子，从窗台上探出身子。

"这个鼓包是什么魔鬼？"我大声质问，"是你弄的吗？"

"不，先生，是您的一位亲密的同事去世了。"他回答说，"他的名字叫科尔那利。"

又过了些时候，我又被第三个鼓包绊了一跤，尽管已是夜深人静的时候，我叫醒了已经入睡的贾科莫。其实这时我非常清楚地知道那个鼓包意味着什么，但那天没有什么坏消息传到我这儿，于是我心急如火地想知道一切。

贾科莫慢条斯理地出现在窗口。

"是谁呀？"他问道。

"又有什么人死了吗？"

"是的，先生。"

他说道，"名叫朱塞佩·帕塔内。"

就这样，又有好几年相当平静地过去了。不过。花园草地上的鼓包也相应地增加了许多。有不少小鼓包，也有很难一步跨过去的大鼓包，必须从鼓包的一侧走上去，从它的另一侧走下来，就像小山丘一样了。这样大的鼓包长出两个，彼此靠得很近，自然没有必要再向贾科莫询问发生什么事了。那两个像野牛似的土堆下面，埋葬了我的被残酷地撕成碎片的生命。

因此，每当黑暗中我被这两个可怕的土堆绊一跤的时候，许多令人伤心的事情便涌上心头，我像一个受惊的小孩一样，木然地伫立在那儿，我叫唤着朋友们的名字。我唤叫着科尔内利，帕塔内，列比捷，隆加内西，马乌利，这些人是跟我一起长大的，跟我一起工作了许多年。然后，我又提高嗓门喊叫：内格罗！维尔加尼！就像喊口号一样，但没有人回答我。

我的花园原来绿草如茵，是散步的好去处，但它慢慢地变成了一个战场，如今青草犹在，但它在由一个个小鼓包和土堆组成的迷宫里起伏不平。每一个鼓包都有一个与之相应的名字，每一个名字跟一个朋友的名字相关联，每一个朋友的名字都跟代表着远处的一座坟墓相关，都相当于我内心的一片空虚。

今年夏天，草地上又出现了一个大鼓包，它是如此之大，以致当我靠近它时，它竟挡住了我抬头看星星的视线。这鼓包大得像头大象，像一间小屋，爬上去竟会让人人发慌，因为从某种含义上说，简直是一种攀登。绝对适宜的办法是避开它，从它旁边绕过去。

那天我没有得到任何不吉利的消息，所以花园里出现的那种新情况使我着实吃了一惊。这一次我也立即明白了怎么回事。我年轻的时候最要好的一位朋友去世了，他和我是坦诚相见的挚友，我们一起发现了世界，发现了生活和许多最美好的事物，我们一起探索诗歌，绘画，音乐，山峦。为了容纳这一切，即便是对它的作最低限度的概括和综合，也是确实需要一座名副其实的小山，这是合乎逻辑的。

我这时产生了一种反抗的行动。我恐惧地对自己说：不，不应该是这样的。我再一次呼唤朋友的名字。我叫唤着科尔内利，帕塔内，列比捷，隆加内西，马乌利，内格罗，维尔加尼，塞加拉，奥尔兰迪，凯阿列里，布朗比拉。此时此刻，唯有黑夜中的一阵微风回答我。这回答来自另一个世界，然而，兴许这只是黑夜中一只小鸟的声音，因为鸟儿夜间是喜欢我的花园的。

现在我请求你别对我这么说：你干嘛要谈这些可怕的、令人忧伤的事情，生命已经是如此的短暂和艰难，这样来折磨我们是愚蠢的；归根结底，这些令人忧伤的事情跟我们无关，只是涉及到你。不，我要回答说，遗憾的是，可惜这些事情也跟你们有关，当然，我知道，能不涉及到你们更好。因为所有的人都会碰到草地上出现鼓包的情况，我们当中的每一个人都拥有一座花园，那儿都发生这种不愉快的事情。这是从遥远的年代便周而复始地产生的古老传说，自然也将会在你的身上重复。这不是一个小小的文学玩笑，事情正是如此。

自然，我问我自己，如果有朝一日在某个花园中将会出现一个跟我相关的鼓包，可能是一个二岁、三岁的小鼓包，也就是说，草地只有点起皱，白天在阳光照耀下，人们甚至难以察觉它；那么，世上至少就有一个人，会被那个小鼓包绊一跤的。

也许，由于我脾气不好，我很可能像一条趴在破旧、冷僻走廊尽头的狗那样孤独地死去。这样，那个晚上，就有一个人会在花园里被长高的小鼓包绊一跤，而且，在以后的夜晚，在他每一次以一种惋惜的心情，请原谅我的奢望，想起某个名叫迪诺·布扎蒂的人的时候，他就会被那鼓包绊一跤的。

蔡蓉　译

意大利短篇小说

银　鞋

　　[意大利] 乔万尼·杰尔马内托（GIOVANNI GERMANETTO，1885—1959），作家、记者、政论家，早期意大利工人运动领导者之一。意大利共产党成立以后，被选为中央委员。积极参加革命活动的杰尔马内托屡遭政府和后来法西斯政权的迫害，1922年流亡苏联、法国，参加过共产国际、国际工联的工作。杰尔马内托是闻名一时的自传体小说《理发师日记》的作者，以后又陆续写出《信使》（1935）、《特拉瓦廖》（1938）等。在这三部作品中，作家描绘了意大利工人阶级为反对阶级压迫、争取社会解放而进行的斗争，生动、具体地写出了意大利人民与法西斯所作的英勇、艰苦的斗争。《银鞋》是根据苏联《新世界》1954年9月号俄译文转译的。

　　"不过两三分钟的事，马尔丁诺！两三分钟的事……"
　　肥胖的神甫热得直喘气，用伞柄尖指着费好大力气才提到鞋匠的木凳上的鞋子恳求道。
　　"没空儿，唐·维纳齐，实在没有空儿。我倒甘愿为您效劳，可实在没有空儿，天晓得，……您明天来，……真是不行。这手艺可就是累人，不像您教堂里掌灯司钟的……"
　　"你还是那副脾气，马尔丁诺，只要口袋里有两文钱，就……嗨，只要两三针嘛……"
　　马尔丁已经脱下了乌黑油光的、还是亡母传下来的围裙，在浑浊的浸着破皮鞋的铅桶里洗了手。一把抓起撂在一旁的便帽，赶走懒洋洋地躺在帽子上面打盹的花猫，径自走了。

"只要两三针，几分钟的事嘛……"唐·维纳齐一面咕噜，一面无可奈何地朝剃头店走去。剃头店是他经常光顾的地方，在那儿看报，一文钱不花。

马尔丁诺跑进了教堂，几分钟以后从那儿又匆匆赶到了婀妮丝的小酒店。生意好的时候，他是这里的常客。

太阳已经隐落到阿尔卑斯山后去了。唐·维纳齐坐在剃头店里，读着圣母玛丽亚在各个教区显灵恩赐奇迹的新闻。神甫早已幻想，在自家掌管的教堂里有朝一日也出现个奇迹，……想着想着，好像已经尝到看见自己的大名赫然出现在报纸上的快感，好像看到了专程光临的主教甚至红衣主教，拥挤的人群，祭礼台上无数的供物……那时候就可以好好地置一些东西，先得多买几双鞋子，免得要这酒鬼马尔丁诺效劳。

第二天，一条新闻轰动了全村：马尔丁诺，穿上了亡父三十年前留下的西装，刷掉了便帽上积留多年的灰尘，蓬乱的头发梳得平平整整，登着擦得光亮的皮鞋，直奔火车站去了。连婀妮丝也未瞧一眼。据说，他买的是进城的火车票。这件新闻成了街头巷尾纷纷议论的中心。记不清是哪一年了，马尔丁诺去征兵站检查身体的时候曾到城里去过一次，以后再没出过村子。那时县里没收他当兵，鉴于三个原因：他的一只眼睛看着右边，另一只盯着左边；右脚短于左脚；再加上背上有个颇为可观的驼峰……

晚上，马尔丁诺回到了家里。第二天非但没有替神甫补鞋，反而在婀妮丝的酒店里大请知己朋友，一连厮混了几天。这样一直继续到另一件震动全村的事件发生。

每逢复活节前，唐·维纳齐照例巡视一番教堂，检查一下一切是否都妥帖顺当。这次，他竟然发现，司钟掌灯的米凯列，本应拂去尘土，打扫蜘蛛网，清洁环境，却躲在忏悔室里呼呼酣睡。

"你这上帝的仆人倒成了无政府主义分子！"唐·维纳齐吼了起来。"你瞧瞧圣母像！成什么样子！浑身都是蜘蛛网，鼻子下面一片黑，好像嗅了烟草似的，圣母的银手银脚都黑得像铁的了，还有银鞋……"

神甫顿时目瞪口呆，脸色煞白。

"银鞋！圣母的银鞋在哪儿？在哪儿？！"

一位富家信女捐供的银鞋不翼而飞了。

"灾难！渎圣行为！竟在圣母头上动起贼念来了！"

唐·维纳齐立刻三步并作两步奔向药房老板那儿去了。

蓦地看见满头大汗、脸色青紫的神甫像炸弹似的冲进来，药房老板吓了一跳。唐·维纳内齐瘫倒在躺椅上，连药房老板发明的清凉剂也不能使他镇静下来。

"银鞋！渎圣的盗窃！"

新闻像闪电似的传遍了全村。药房门前立时拥聚来人群，警察队长也闻讯赶来了。

"渎圣行为！盗走了圣母的银鞋！"唐·维纳齐哭诉着。

"放心，神父。我管保替您抓到这个贼！"

真的，这天晚上，卖力气的警察队长洋洋得意地出现在神甫面前。

"贼抓到了。已经审过了。供认了……"

"是谁？大概是外来的！我们山区里谁也不会干这种罪恶的事！"

"是马尔丁诺……"

"什么？马尔丁诺？！"

"是的。正是他。"

第二天，马尔丁诺被戴上手铐，怕出事儿，五个警察押着，解到县城，送进了牢门。

法庭开审那天，全村居民乘火车赶往县城。一天卖出这样多的车票，站长上任以来还是第一次碰到。

全村男女以唐·维纳齐为首，挤满了法庭。高大的墙上，"在法律面前人人平等"的标语上面，满身尘埃的耶稣木象盯视着他们。

马尔丁诺押进法庭时，顿时升起一片嘈杂、哄乱之声。法官一出场，大厅里霎时又静了下来。

"贝雷特鲁蒂·马尔丁诺，亚施莫之子，年五十一岁，籍贯巴列巴特，你被控告偷盗巴列巴特村教堂圣母的银鞋。你认罪吗？"

"我没有偷，是圣母恩赐给我的……"

"奇迹！村里的奇迹！"一个妇女蓦地叫道，不断划十字。

其他人也跟着划起十字来。

"把事情经过讲一遍。"法官命令道。

"我是罪人，法官先生。不过，我一直敬奉圣母，她是我们村里唯一的保护神。……复活节前一天，我到教堂里去忏悔。当然，我是个大罪人，法官先生。可是，圣母是这样慈悲……"

"说实话。"

"我跪在圣母像前，向她祷告：'啊，您是这样的善良，我的圣母，请您宽恕我的罪过吧……'忽然我发现：圣母抬起了手臂，向我指了指自己的银鞋。我抬起身，低头去吻她的银鞋，谁知圣母开了口：'你穷啊，马尔丁诺！把我的银鞋拿去吧，'她说道，'你在城里卖掉它，好好地过复活节。'圣母说完以后，放下了手臂，像原来一样寂然不动。我当然遵从圣母的意志，拿了银鞋。"

法庭里响起了叹息声和低低的哭泣声。

"奇迹！圣母恩赐的奇迹！"喊声从四座响了起来。

唐·维纳齐气得浑身发抖："简直是个不要脸的骗子手，该死的酒鬼！"

"不准喧哗！"法官下令。

法庭内一片静默。

"这种奇迹是可能的吗,神父?"法官问神甫道。

唐·维纳齐不知所措地呆望着耶稣的木像,又把眼光转向安然自得的马尔丁诺。他进退两难,不知如何回答是好。

"当然,"唐·维纳齐在脑中盘算,"奇迹是珍贵的玩意儿……只是这个贼,喝掉了银鞋,还要逍遥法外,……不行,不能便宜了他!……如果我否认这个奇迹,马尔丁诺定然打入牢房,不过,奇迹也就吹了……"

"你认为怎样,神父?"

唐·维纳齐断然采取了决策。

"是的,"他懒洋洋地说道,"这是可能的……"

"奇迹!奇迹!圣母显灵!感谢圣母!"

兴高采烈的村民团团围住被释放了的马尔丁诺。唐·维纳齐孤零零地坐在角落里,耳边只响着捐奉银鞋的信女的怨言:

"你这桩事干得好漂亮!真没得说的。"

幸福与法规

[意大利] 朱塞佩·托马西·迪·兰佩杜萨（GIUSEPPE TOMASI DI LAMPEDUSA, 1896—1957），一生过着默默无闻的生活。1958年突然一举成为意大利和世界著名作家，但这已是他逝世以后一年的事了。

1958年，他生前写的，但一直未发表的长篇小说《豹》的底稿，意外地被人发现，并在米兰出版。小说立即轰动意大利文坛，获1959年斯特雷加文学奖，被评论界誉为"划时代的杰作"，译成世界各种文字，收入美国。"当代世界文学名著丛书"。名导演维斯孔蒂把它搬上银幕，更加扩大了小说的影响。

托马西·迪·兰佩杜萨1896年出生在西西里一个家道衰落的贵族家庭。本人是世袭的亲王。当过军官。法西斯统治时期不愿同当局合作，一度避居国外。晚年赋闲在家。《豹》是作家唯一的长篇小说，随后，又陆续有他先前写的四个短篇小说以及评论司汤达、福楼拜等论文被发现，整理发表了《论司汤达》（1959）、《短篇小说集》（1961）。

《幸福与法规》是作家遗留下来的四个短篇中的一篇，大约写于1956年圣诞节。如果说《豹》像一幅历史画卷，以十九世纪后半叶西西里一个贵族之家的衰败没落为主线，把封建阶级和资产阶级权力交替的转折时代的社会沧桑变化，各阶层人物错综复杂的内心世界，相当深刻地呈现于读者的眼前，"标志着新现实主义的终结和当代文学的开端"；那末，在这则短萃的小品里，作家把亲身经历到的没落世家的感受，融注进了他对普通人怀有的一腔同情心，叙写意大利社会里公务员的际遇和品格；真切诚挚，凄清沉婉，颇为感人，使我们得以窥见托马西·迪·兰佩杜萨创作的另一个侧面。

在公共汽车上,他惹得人人讨厌。

鼓鼓凸凸的公事包,左手提的大包裹,从领项上滑落下来的灰围巾,就要张开的雨伞——都纠缠着他,使他无法腾出手来买票。他把包裹放到售票员前面的桌板上,铜板哗啦一声撒落满地。他弯腰躬身,俯拾铜板。靠车后门的乘客立时嚷了起来,他这样倾挤,自动关闭的车门可要夹住他们的大衣了。耗尽全身的力气,他总算挤进了车中间密密层层的乘客之间,抓住了车顶悬下来的绳圈。

他身材瘦削,只是携带的庞大物件,把他弄得像穿戴着肥大的僧袍一样臃肿。他挤来撞去,忽而碰了这个的腰骨,忽而踩了那个的足尖,弄得乘客个个向他怒目而视。气力壮的,回敬他一脚;年纪大的,咕咕哝哝地咒骂几句。他故作镇静,权且装作没有听见,只是在身后有人用最粗鲁的字眼骂他老婆时,他这才背转身来狠狠地盯那家伙一眼,他自信,他这黯淡无神的一瞥,是威慑了对方的。

汽车缓缓地蠕动。商店蜡黄的灯光在窗外闪烁。街道两旁耸立着笨拙的十八世纪式的建筑,它们的古怪的外形,似乎像是要掩盖触目皆是的贫困。

快到自己要下车的站时,他按了一下铃,通知司机,他准备下车。雨伞绊了他一下,险些没把他摔倒在狭窄、坎坷不平的人行道上。他踉跄站住,急忙看了看公事包——幸好,完整无损。长吁了一口大气,他这才为自己的幸福得意起来。

公事包里装着三万四千一百四十五里拉——"第十三次工薪"①。一个小时以前才领到这笔意外之财,恰似雪里送炭,来得正是时候。至少,可以帮他摆脱眼前一大串不愉快的纠缠——他不必再费尽口舌,请自身也拮据得难过年关的房东给他方便,缓交已经积欠九个月的房租;他无须再低声下气地说好话,赔不是,央求每天找上门来的老板暂缓索取他用分期付款的办法替妻子买的绒线衣的钱;他可以面无愧色地在那些总是以蔑视眼光瞧着他的鱼贩菜贩面前,高傲地挺起胸脯。凭这"第十三次工薪",他现在完全能够大大方方地把电灯费结清;看着孩子们脚趾露在外面的皮鞋,也不至于再心酸难过。自然,这笔钱还说不上是财富。绝对说不上。不过,它至少是让他暂时解脱了贫穷的煎迫——这正是穷人最最巨大的幸福。或许,把一切旧账了结之后,还能剩下千把里拉,准备一桌丰富的圣诞节午餐。

他紧紧地夹住装着"第十三次工薪"的公事包,时时提醒自己,不该放过一分一秒尽情享受这短促而又珍贵的幸福时机。现在,他的的确确是陶醉在幸福之中了。周围的一切,都抹上了鲜艳迷人的玫瑰色彩,像宝石一般光灿夺目。

一个小时以前,他从办公室走出来,捧着一只七公斤重的蛋糕。这份厚礼,使他那象灰暗天空一般阴沉的心情为之一振,顿时兴奋起来。很难说,是由这个由面粉、

---

① 在意大利,公务员每年年终常可分得相当于一月工资的奖金,人们称之为"第十三次工薪"。

砂糖、蛋黄粉、葡萄干做成的蛋糕，使得他心花怒放。相反，这玩意儿他是从来不喜欢的。但是，谁家有七公斤重的圣诞节蛋糕？要知道，整整七公斤啊！诚然，在他家里，这件礼物不免显得过于奢侈，但是若和他平常只舍得买半公斤或几十克的食品比较起来，不能不说是幸福吧！玛玛娅该怎样高兴啊！孩子们一定会狂喜得跳起来，他们可以整整两个星期沉浸在富饶之国里生活了！

不过，他总觉得，这珍贵的玩意儿，是使别人喜悦的原因。至于说到他，在他心田里涌出来的甜丝丝的滋味，倒不如说是另外一种性质的——精神上的，掺杂着骄傲、温柔意味的惬意：是的，先生们，正是精神上的！

把装在封套里的奖金分发给职员，又向他们祝贺了圣诞节以后，公司的经理先生用温存、宽厚的声调宣布：七公斤重的圣诞节蛋糕、某大商号赠送的节日佳礼，公司打算作为奖励品，犒赏最称职的职员。经理先生要求大家用民主方式（他正是这样说的），立刻推选出幸运者。

圆柱形的大蛋糕，装在特制的精巧的蛋糕盒里，摆在写字桌的中央，向人们显耀炫示。首先由经理先生本人，提出了他的名字，同事们最初是嬉笑，交头接耳，随后是众口一词。他心醉了。他发现，他成了真正的幸福者——大家都满意和称誉他的工作，看来，年后的裁减是挨不到自家头上了。一句话，这是道道地地的鸿运。

在这以后，任凭它什么，都无法败坏他激昂兴奋的心情：不管是同事们哄他到放射着异光奇彩的酒吧间，请喝咖啡花去的三百里拉；也不管是包裹沉甸甸的重量和公共汽车里他佯装没有听见的乘客们对他的咒骂；甚而，在他心灵深处隐约的感觉：同事们是以令人难堪的怜悯心对待他的，把他看作职员里最穷，最需要救济的人——这些他统统忽略不计了。是的，他的确是太穷了，他无力不让骄傲这株野草，在它不应该逗留的地方滋长。

他沿着古老的街道走回家去。十五年前被飞机轰炸得很厉害的这条街道，通向小小的广场；广场角上，有座象纸盒一样的楼房。

他兴致勃勃地向卡基莫打招呼。卡基莫是看门的，挣的钱却比他多，所以似理非理地用冷眼白他。二楼住着骑士N。嘿，骑士！不错，他有挺时髦的"菲亚特—1100"型小汽车，可他的老婆却是老来卖风骚的怪物，真正的荡妇！三楼的主人是申勃洛尼奥大夫。嘿，可别提他了。儿子是无所事事的纨绔公子，在摩托车竞赛热中快发狂了，家里休想见到他的人影！再上一层楼，就是他的家，规规矩矩、诚实正直、受人尊敬、得到奖励的模范会计的家。

他开了门，穿过狭小、充满辣鼻子的洋葱气味的走道，把沉甸甸的包裹、鼓鼓凸凸的公事包、灰色的围巾，统统放在大柜箱上，他大声地喊：

"玛丽娅，快来！欣赏一下吧，亲爱的，多出色的礼物！"

从厨房里走出来一位女人，身着蓝色的罩衫，罩衫上油渍斑斑。细小的双手，由于过度的洗涤，红通通的有些发肿。她把湿润的手在前襟上揩了揩，过密的生育，使身体消失了任何线条感。流着鼻涕的孩子们，围着玫瑰色的盒子，乱糟糟地吵闹，却不敢碰它。

"噢，你工资领到了吗？我身边半个里拉也不剩了。"

"都在那里，亲爱的，我给自己留下个零数，二百四十五里拉，你先瞧瞧这美妙的玩意儿吧。"

几年前，玛丽娅曾是位楚楚动人的女人：秀丽的鹅蛋脸，明亮的一对眸子总是那么温柔多情。现在，由于和小店铺的老板经常的抬杠，嗓音变得粗鲁了；由于营养不良，细嫩皮肤的光泽消失了；长年来对迷茫而布满暗礁的未来的忧虑，磨灭了她眼神里的光辉。从原来的玛丽娅身上，只遗留下了一颗纯洁的心，还有那在经常的唠叨和怨言里流露出来的深沉的仁慈和出身于高贵门第的自豪感：她是独立大街有名的制帽商的孙女。她纵然没有分享过丈夫杰洛拉莫的半点幸福，却敬重并深深地爱他。

她淡然地瞧了一眼鲜艳多彩的蛋糕盒。

"挺不错。明天正好把它送给里斯美律师去。我们应该感谢他。"

是的，两年前，当他为了一笔弄不清楚的大账目被控告时，正是里斯美律师挺身出来，愿为他担保，不但替他偿还了款项，还请他夫妇俩到家里吃过一顿饭。他记得，在律师家里，望着墙上挂的抽象派的画幅，金碧辉煌的摆设，他木然发呆了。他惶惑不安，如坐针毡，拼命诅咒那双专为这次做客特地买来的，穿在脚上怪别扭的皮鞋。

现在，为了感谢这位阔绰富裕的律师，他的玛丽娅，他的安德烈，他的萨里奥，杰塞皮诺，还有他自己，却要放弃多少年来唯一的一次享受圣诞节蛋糕的机会！

他冲进厨房，抄起一把菜刀，就要动手切断蛋糕盒上的金丝条。红通通的小手，温柔但有力地扳住了他的肩膀：

"别孩子气，杰洛拉莫。你知道，我们应该感谢里斯美律师。"

这是法规的声音。声调坚强有力，不容分辩。

"亲爱的，这难道不是酬劳我功绩的奖品吗？！"

"别纠缠了。这是恩典，不是别的，是恩典。你应该比同事们有气量，杰洛①。"

她称他杰洛，像当初他追求她的时候一样。只有他才能从中觉察到她那妩媚而光彩的眼睛，对他脉脉含情地闪烁。

"明天你另外买一只圣诞节蛋糕，小一些的。我们就够了。再有四支红烛象斯唐达店里橱窗内摆的那一种，我们就能像模像样地过个圣诞节了。"

第二天，他花了二百里拉，打发货栈的一名力伕，把七公斤重的圣诞节蛋糕送到法律顾问所，给里斯美律师。不知从哪里，他又另外买了一只小蛋糕，不是四支，而

---

① 杰洛拉莫的昵称。

是两小支红烛。

圣诞节过后,他又被迫去买了一盒蛋糕,用刀切成若干份,带到公司里去——同事们半认真半开玩笑地责备他,说他没有让他们尝一尝他高贵的圣诞奖品的滋味。

而第一只圆柱形大蛋糕,却如石沉大海,下落不明。

他到法律顾问所去打听,礼品送到律师那里没有。收发室的人傲然地把一件记事簿抛到他的鼻子跟前。在物件收到栏下面,他看到收件人——律师的听差——头朝下,脚朝天的斗大的签名……

圣诞节后他收到了一张名片:"不胜感谢。真诚的祝愿。"

名誉挽救了。

墓　碑

[意大利]尼诺·帕隆波（NINO PALUMBO，1921— ），意大利新现实主义作家。1921年出生于意大利南方巴厘市附近的小城镇。自幼家庭清贫，十一岁时辍学，依靠劳动谋生，后来当过会计、小职员，参加过反法西斯的抵抗运动。1946年进入米兰博柯尼大学财经系学习，后来转而攻读法律、文学。他自己曾说，他青少年时期的生活经历，是他创作素材的重要来源。

他的文学创作始于1951年。第一部长篇小说《税务吏》（1957）被评论界认为是新现实主义最优秀的小说之一，获得黛莱达文学奖。嗣后发表的作品有《报纸》（1958，获维庸文学奖）、《绿面包》（1961）、《漫长的日子》（1962，获萨莱托文学奖）、《今天是星期六，明天是星期日》（1964）等。这些作品以职员、手工业工人、小官吏为主人公，描写他们被迫害遭践踏的辛酸生活，表现他们为摆脱穷困，维护人的尊严进行的挣扎。1977年，作者又发表了一部以知识分子的精神危机为题材的长篇小说《恶蛇》。

《墓碑》选译自短篇集《今天是星期六，明天是星期日》。帕隆波对普通人孤独，忧伤和茫茫然寻找不到出路的精神状态，有着深刻入微的心灵体察，他对人物的同情与哀怜，溢于心怀，流于笔端。现实与往事、叙述与回忆的反复交错，独具一格的第一人称手法，使小说具有浓烈的幽凄悲怨的情韵。

我居住在圣洛科①教堂附近，时常上那里去做礼拜。教堂的司铎和副司铎跟我相识；有一次，他们把整修圣洛科像的差使，交付给我。圣洛科是位形体巨大的圣人，

---

① 意大利人免除瘟疫的庇护神，每年8月16日为圣洛科节。

比我还要高；一只膝盖略微弯曲，食指指着犹似烂茄子的一块紫红伤疤。我把圣像搬到相距钟楼不远、看管教堂圣器的老头儿居住的那幢房子的阁楼里，着手修整。

圣洛科像的衣袍是用马粪纸、粗麻塑造的，年久失修，经不住虫豸蛀蚀，早已色彩斑驳，颓旧不堪。我把原来的材料统统扯掉，让圣像光裸得只剩下一副骨架，用马粪纸、喷发着香气的新鲜苎麻、胶水、树脂重新制造了一领新衣，这一番劳作实足费去两个月的时光；接着，又用十天光景把圣像的暗栗色长袍、白色上衣和黑色发冠描绘出来。

我的职业是港口的海关稽查员。下班回来，我总是独自在阁楼里修整圣像。海关的工作时间挺长，还不时要值夜班。我的职责是不让那些贩运专卖品的走私者通过关卡。不过，我从来不曾跟谁为难过。每当瞧见他们佝偻着身子，顺着墙根向前蠕动，我便悠悠地踱进岗亭，佯装看书或写字；听到他们打岗亭前走过的脚步声，我索性装出一副打盹的模样来。

夜班从晚上八点钟到清晨六点钟。我特别喜欢值夜班。每个夜晚都呈现一幅新颖别致的图景。眺望昏黑的夜色，闪烁的星斗，或死灰色的云彩，我心旷神怡，简直着了迷。我只觉得我跟周围的人、包括跟我过不去的人，全都生活在安宁的和睦中。

白天，海关的岗亭显得分外的狭窄。盛夏，岗亭里既热又脏，喷发出一股闷郁霉蒸的怪味儿。隆冬，寒气砭人肌肤，我仿佛置身于一具黑大理石的棺材里；我到卵石滚滚的海滩拣拾些柴火，生起一只小火炉，然而这也无法增添多少暖意。

闲时，我上看管圣器的老头儿房间里去，照例寒暄一番，问他前列腺炎的疼痛可比往常厉害了些；然后，登上阁楼，继续裱糊我的圣洛科。圣洛科身边的那条狗我暂且撇下不管，待到最后整修. 我很喜爱这位圣人，他的模样酷似每个晚上聚集在钟楼前面广场上的穷哥们，长长的胡须跟我当时蓄留的胡子也很相像，在将及两个月的时间里，我赋予他新的血肉，他那长袍的褶皱吞噬了我的许多马粪纸和苎麻。

我原曾打算花一个星期或许更短的时间，把那条狗整修成威武、漂亮的样子，但随后改变初衷，仅仅把它仔仔细细地清扫一番、涂抹上一重暗灰色的釉彩。说实在话，无论对于什么狗，我脑子里全有迷信的偏见，认为它们是不吉祥的兆示，令人厌恶。这用不着大惊小怪，世上谁个没有这类的偏见呢？人们把驼子、十三、十七、神甫的帽子、白马、黑猫当作邪恶的预兆，我只不过是对其中的狗怀着成见罢了。

整修完毕的时候，我突然对自己的劳作成果感到很不满意。我想重起炉灶，但是教堂的司铎对我说，他们接到指示，必须赶快了却此项任务，迎接即将到来的圣洛科节，而且，他们也确实很欣赏新的塑像；于是我也心安理得，以为他们的评价是发自肺腑的由衷之言。

庆祝盛典来临了。那一年是圣洛科的某个百年大庆，只是恍惚之中记不真切，究竟是他的诞辰、忌辰，还是成圣的吉日。不过反正是鉴于这个缘故才让我修整圣像，而且那一次圣像的游行路线分外地长，供奉的香烛分外地多，焰火也格外地绚丽多彩。在我的家乡，大家把圣洛科作为忠诚的圣人祀奉，把瞻仰他的圣容和向他祈祷视为莫大的荣幸．在那年的游行中，圣洛科神采飞扬，英俊无比，沿途人潮如涌，竞相瞻仰；然而，没有一个人关心，谁是这一惊人之作的作者。

教堂付给五十三里拉的报酬，我拿这笔钱在教堂公墓选购了一块坟地。当时我已年逾五旬，该是考虑这些事情的时候了，墓穴紧挨着我双亲的坟墓，十分狭小，或许只能勉强容得下我将来的尸骨。我在粗糙的大理石板上刻了一个记号——鲜红的X字；还打算写一篇简单的碑文，好让我的女儿和外孙们晓得这是我的葬身之处。打这一天起，每逢路过教堂公墓，我总要在我的墓穴前伫立许久，想到要在这里了却一生，一缕凄恻的伤感在心头涌起；不过，凝视着这小小的天地，有时我也竟全然忘却现世的生活，体味到一种恬适安宁的感觉，远远胜过大海某些时候给我带来的抚慰，天晓得何以一切全使我感到厌恶和凄凉。自然，偶尔也有欢乐的时刻，但常常是片刻间便烟消云散，代之以无休止地，痛楚地剜割我的心的厌恶。"唉，倘若爹娘在我血管里注进了另一种血液，倘若人们给予我另一样待遇，那该多好啊！"我时常这样自怨自艾。但我最终领悟到，即便是那样，情况照旧不会改变。从娘胎里得到怎样的血液，人们是否给我温存，全然无关紧要，我或许依旧会落得现在这个地步。唯有从自己身上，我才能获得这样生活下去的力量。我仿佛被螺丝钉紧紧拧在个人和人类的命运上。

我的墓穴的斜对面，是我的妻子的坟墓，谁曾料想到，我们死后竟也没有福气并肩安息。

妻子是在婚后一年去世的。其实，我们在一起生活的日子总共还不足九十天。她刚刚分娩下女儿，便撒手离开了人世。那时我手无分文，无力为她购置坟地，虽然这只消花八个或十个里拉就够了！我得到领事馆的批准，从南美洲匆匆赶回来见她最后一面。那时去南美洲的移民都交了好运，而我却一贫如洗，情形比离开意大利更糟。我缺乏一技之长，只会捏捏陶土，干那些谁都认为是毫无价值或者技术水平低的活儿。

既然需要生存下去，我不得不努力寻求其他谋生的手段。公务员、彩绘匠、制作木头玩具的工匠、门房，以及其他杂活，我都干过。

我追悔当初不曾当神甫。"倘若我坚持念完神学院，现在岂不跟这儿其他神甫一样，不愁吃喝，安乐地享受晚年的清福！"我时常这样责备自己。记得在神学院念五年级的时候，有一天，我把墨水瓶向拉丁文老师劈脸掷去；于是这一肇事行动使我不得不向神学院，向弥撒实习，向手中捧的金饭碗永远告别了。一些幸灾乐祸的亲友也从此断言，我的种种厄运盖出于这一事端。我苦笑，但有时也不禁觉得此种说法颇有道理，因而感到痛苦；我随后又替自己辩解说，这完全是拉丁文老师的过错，他无休止地凌辱我，逼得我忍无可忍，迫不得已采取了这样的行动。

我无力为妻子举行体面的葬礼，一小块公墓的坟地，一只十字架，是永别时奉献给她的一切。我决意终生不再续弦，把女儿托付给丈母娘抚养，以便再次远渡重洋，去美洲试试运气，说什么也得在布宜诺斯艾利斯积攒一笔钱，他年回来给妻子在靠近我双亲长眠之处购置一块好坟地，给女儿准备一笔妆奁。丈母娘是位好心肠的女人，她理解我的心意，也明白我表示终生不再娶的誓言确是出自肺腑，因而越发疼爱我。

经济危机和伴随而来的世界大战，使我无法返回家园料理妻子墓地的迁移。我给一位亲戚汇寄了一些英镑，请他在紧挨着我爹娘的墓选择一块坟地，谁知那位亲友却把我女人安置在爹娘墓对面的一条偏僻、污浊的甬道旁边，而把克扣的钱统统塞进了自己的腰包。

说来令人难以置信，但却是千真万确的事儿，我这一次去南美洲虽然正赶上大发横财的年代，却又交了厄运。道理很简单，打从在娘肚子里的时候起，命运便是我的冤家对头。我第二次向领事馆申请提前返回祖国。不过我并不由此而规劝别人放弃跟命运搏斗。人需要迁就环境，但应该走运，哪怕一生中只有一次机会！这是让人家把你当作人看待，让人家尊敬你、重视你的唯一条件。我无法指点别人该做什么和如何行事，只晓得鼓励人们去碰碰运气。需要谨慎从事，避免成为势利、冷漠的邻间亲朋的众矢之的。最可怕的是当你这样做的时候，难免就有种种非难和诅咒落到你的头上。

回到家乡的第二天，我去公墓跟我那善良、慈爱的妻子呆在一起。天色尚未破晓，我在圣洛科教堂公墓的栅栏外等候了许久，看守人才来开门。我在狭窄、污浊的甬道上，在她跟前，伫立了一个又一个钟点。

这样我决定给她起草碑文。石匠曾经提供了许多篇，岳母只等我回来从中选择，但我想亲自动手撰写，使碑文不只适用于她，而且适用于我，使它的每一个段落对于亡妻和依然活在人世的我都是真实的记述。

我还决定亲自动手雕刻碑文，承担这方面的全部工作；石匠无法理会我的心情，只能成为亡妻与我之间不受欢迎的第三者。起初我想采用纪念碑式的方整字体，随后改变主意，选用更能沟通我与亡妻的简朴的浑圆形字体。

度过许多不眠之夜，碑文草拟完毕。远在南美洲的时候，每当在万籁俱寂的夜晚醒来，我便惦念起她的墓碑。我点燃一盏灯，用报纸遮住灯光，免得打扰在这间大屋子里像我一样的意大利穷哥儿们的睡眠。我埋头灯下，一字一句、一行又一行地挥笔写作。但是每一次我都不满意写作的成果，总有一些段落、字句，甚至碑文的形式，需要推翻重写。直到离开那儿的前夜，碑文才算定稿，我也才算懂得，在神学院度过的岁月并非完全是徒劳无益的。然而，当我返回家乡，来到亡妻的墓前，我恍然大悟，那篇碑文竟然没有一个字、一句话是跟她相称的。

足足两个夜晚我无法入眠，草稿写了一遍又一遍，但我觉得全都忽略了谈论生与死的关系。最终从拟好的一大叠草稿中定下了正式的碑文。

我购买了各种型号的凿刀、大小槌子、水准仪，在两个星期的时间里废寝忘食地为她工作。我恍惚觉得自己远离了人世间，重新跟她相聚，孤寂地生活在一起——命运不济的我，跟与谋生无能的人相依为命的她，两个人都饱尝了这人世的辛酸。

大海距离墓地约有几十米远。每当刮起西北风，海涛声、海水冲击卵石的声浪，径直传送到教堂里。我停止挥舞木槌，放下凿刀，谛听着这富于节奏、单调的音响。只有大海的波涛声打断我的工作，并且充当我的伴侣。任何人置身于墓地都需要伴侣，纵然是死者也不例外。兴许这便是公墓通常总临近大海，或是安置在坡地、山冈的最高处，或是四周栽植丝柏、橡树的缘故。那些排列在海边的墓地又总是背向大海，这兴许是死者们喜爱倾听背后某个地方飘送来的轻声细语的催眠曲吧。而活着的人们则喜爱面对大海，远眺一望无垠、澄澄碧蓝，有时波涛澎湃、喧嚣翻腾的海洋。

我雕刻完毕全长一百三十三个字母的碑文，着手用红颜料涂描。时间十分紧迫，四天以后我就不能整天和她在一起了。殷红艳丽的颜料像鲜血注入凹陷的字母，使我感到极大的快慰。第二天，颜料尚未干透，我坐在小凳上，整整一天痴痴地望着一百三十三个奇特、醒目的字母；它们有的昂首屹立，发出我赋予它们的呼喊，有的跟跄欲倒，仿佛向邻近墓碑上的字母寻求支撑。

随后我用乌黑晶亮的颜料涂描了一遍，劳作了一整天而丝毫不觉疲倦。我不能为亡妻购置一具桃花心木的棺柩，安葬在宽敞的墓地里，为此一直深感内疚，黑颜色使我心敛意宁，仿佛跟她融为一体。第四天，我又带去一瓶黑颜料，想再上一次色，好让碑文经受得住风吹雨打的洗礼，也让那些来到圣洛科教堂的人被这狭窄甬道上鲜艳夺目的碑文所吸引，来读一读一位生者对死者倾诉的哀曲。我缓缓地涂描着每一个字母，毛笔似乎没有留下新的墨迹。兴许这是画蛇添足之笔，因为不管怎么说碑文是经得起时间考验的。神父也斩钉截铁地说，这是多此一举，实在毫无必要。他在最后一天来找我。像往日一样唠唠叨叨说了许多令人厌恶的话。晚上，看守人用两根粗重的铁链锁上了教堂的大门，我就这样告别了我的亡妻。

我托人找到了一个职业——海关稽查员。去扫墓的次数逐渐减少了，后来每个星期仅仅去二、三次。工作占去我许多时间。我并不喜欢这个职业，但也不讨厌。为了生存下去，不被公众舆论视为寄生虫，任何职业自然都是合宜的。跟自己天赋相称的理想的工作，必须当作幽灵埋葬在心灵深处；倘若流露于言表，或者让奢望付诸实现，令人屈辱的冷嘲热讽随即会落到你的头上。在这世道上跟公众舆论作对只能自讨苦吃。

工作之余我还打些零碎活儿，挣点买鼻烟的零钱。这一嗜好对于穷人确实是极大的恶习！海关得到的一些外快——施舍者为了体面起见常常把它装在信袋里——，我全交给了女儿；她已经出嫁，需要我的补贴。

我现在住在女儿家里。餐室是我的卧房，床铺摆在靠近阳台的角落里。对面墙跟前一字儿摆着两张双人床，那是我的两个外孙和两个外孙女的位置。我把一切献给了他们，他们也成了我的一切。我们之间的情感越来越深挚，对于我来说，需要它去消除岁月在心灵上深深烙下的孤凄；对于孩子们来说，需要寻求庇护，帮助他们最大限度地摆脱残忍的怪物——我们置身其中的现实。

我对两个外孙的感情尤其深厚，他们中的一个还取了我的名字。"外公，开开灯好吗？"他们时常夜间喊醒我。我一面习惯地嘟囔着，一面把手伸向床头小柜，捻亮房间中央的电灯。他们挨个儿起来，在尿壶里小便，尿壶满了，我起来把它端到厕所里倒掉。我很乐意做这样的事儿，因为他们是我女儿的孩子，他们爱我，我也爱他们。

每天中午，男孩们轮流给我送饭。午餐用一块头巾包裹着，一碗汤，一碟菜，成人们——我、我的女儿、女婿平常是舍不得吃水果的。倘若有肉羹，我希望大孩子送来；他心细谨慎，肉汤从来不会泼洒出来。他走到我跟前，把包着午餐的头巾高高举起，在我眼前转动一圈，问我他的技术可好。小外孙像他爸爸，做事不甚用心，注意实际。孩子们做功课碰到难题也跑来向我请教，大孩子尤其尊重我。我给他讲课，他聚精会神地凝视着我；我给他画画．他用手指比画模仿。遇上我履行任务，他们便到港口海堤边上布满卵石的海滩去玩耍，我远远地注视着他们。小外孙拣拾卵石，把捕捉到的螃蟹装在铁皮盒里带回家，好让妈妈在菜汤里增添些比海水还咸的滋味。大外孙坐在海滩上，不知疲倦地默默望着蜿蜒曲折的海堤和堤内一湾灰暗的浊水出神。我喜欢沉思默想，还在遥远的童年，祖父——他是一位铁匠师傅——时常带我到海堤上，从那里眺望教堂钟楼上他亲手锻铸的铁十字架；我惊奇地欣赏着海港的堤坝，它宛如自然形成的海上圆形剧场，上演着传说中威武壮观的大海战。

我多么希望能活到亲眼瞧见孩子们长大成人，生活美满。晚间，小外孙跪在床边祈祷，我也时常跟着虔诚地祈求上帝赐福于他们。我问大外孙为什么不跟弟弟一块儿祷告，他回答说他习惯于临睡前在床上默祷。这跟我童年时一样，因为不愿意让旁人更不愿意让自己瞧见，何况上帝照理只应关心祈祷的内容，而不会苛求祈祷的形式。

当我买下那块墓地的时候，我没有给自己撰写墓志铭，因为我寄希望于孩子们，相信他们当中至少有一个将来能在社会里站稳脚跟，会在我离别人间时写出一篇叙述我一生为人的碑文。我希望那篇碑文比我绞尽脑汁所能写的更出色、更完满。眼看着孩子们长大，犹如幼小的花朵张苞绽放，我觉着应该逐渐把自己的身世统统讲述给他们听了。不过，我讲的全是我一生中足堪引起美好回忆的经历，至于那些不光彩的事儿，最好留待将来诀别时再细叙。这个念头是在一个晚上油然而生的。那天，大外孙坐在厨房的角落里，膝盖上摊着一本拉丁文语法，他诵读的时候把"t"和"ph"念错了，我纠正了他的错误。我就这样成为辅导他复习功课的家庭教师。

打那个晚上起，女婿对我刮目相看，分外崇敬。他是个能干的主人，其他一无所长，更不要说懂得拉丁文了。他再不像以往那样时常要我戒掉嗅鼻烟的习惯，有时反而主动请我嗅一袋，甚至女儿也闭口不提戒烟的事儿了。从此，我女婿谈起我来总是念念不忘首先提到我通晓拉丁文，尤其精通西班牙语，因为我在布宜诺斯艾利斯生活过；孩子们在座的时候，我女儿要我用西班牙语讲些简单、常用的单词，其实她要我讲的那些词语即便到拉丁美洲也未必用得上。

充当家庭教师的光阴不长，总共不过两年。

又有几个小外孙出世了。为了养活他们，女儿一家不得不到大城市谋生。现实生活真是反复无常，暴虐的专制魔君，威逼我们离乡背井，漂流海外，成为拓荒者和英雄，但最终又促使我们心灰意懒，萎靡不振，听天由命。

两个外孙离开家乡到遥远的地方做工去了，我为此痛楚难言。现在我孤独地住在我母亲一位远房亲戚租赁给我的阁楼里。外孙们离开的第二天，海关就把我解雇了。上司说，倘若再让我待在这个岗位上，那些走私鱼贩和违禁品盗运集团简直可以不费吹灰之力把海关的卷宗悉数盗走，把岗亭砸毁当作来年冬天取暖的劈柴。

我被迫另寻生路。这自然困难重重，不过最终还是在一家采石场谋得了看守者的差事。我家乡盛产珍贵的岩石，满载岩石的驳船、木船、轮船驶向四面八方，甚至远销国外。我挣得的钱比过去少了，但能够应付开销。我吃得很少。要做到少吃并不难，特别是独自孤单地生活，又没有固定的就餐时间；逢上载运石料的卡车驶出采石场，开往一小时路程以外的乡村，我就得不断放下餐具去检查。

靠着在采石场的工作，我不时给女儿寄点东西，略表对外孙和外孙女们的心意。寄几个里拉未免显得寒酸，还是寄一公斤扁豆、蚕豆，或者一公斤豌豆、山藜豆合适些。后来我嗅鼻烟的次数减少了——这自然算不上重大的牺牲——，给他们寄去一位老朋友廉价出售给我的点心。

采石场距离他们住的城市约莫五十公里，不过我尽量不去打扰他们，因为每一次离别都使我满怀忧伤。自从我的妻子不在人世后，我还未曾这样孤凄过。

女儿来信说，一旦他们在新城市安排停当，希望我就去跟他们团聚。不过我晓得，每到一个新的环境，需要付出许多时日和牺牲才能适应，女儿家里人丁众多，我怎能成为他们的累赘呢。

每次写信我都向他们表示，跟他们团聚是我暮年的唯一愿望，但我心里十分明白，在我有生之年是难以实现这一宿愿了。一贫如洗，自顾不暇的家庭确实无力赡养年已老耄的可怜人。坦白地说，随着岁月的推移，回到他们中间去的愿望愈来愈强烈。我不曾有过家庭。当我还是不懂人事的幼儿时，父亲和母亲就相继亡故。我跟着爷爷生活；不幸，十岁那年，爷爷又撒下我去世了。我只得跟奶奶相依为命。但是一帮亲戚硬是夺走了她仅有的一点微薄财产，奶奶被逼得发了疯，含怨而死，那时我才十三岁。那班亲戚后来又强行送我入神学院。结婚以后，我跟妻子总共只在一起生活了九十天，就到海外谋生。我返回家乡只是为了让妻子临终时平安地合上眼皮。随后的许多年，人生最美好的岁月，我一直离开女儿，在遥远的异乡生活。现在，我的奢望只是回到他们中间，度过风烛残年。我清楚地觉得，有朝一日我会支撑不住，猝然死去；倘若身旁没有一位亲人,我会死不瞑目。记得还是我们住在一起的时候,我坐在餐室靠近阳台的角落里,死神曾经两次突然来叩大门。多亏我的女婿,一位热情的好心人,迅速奔到药房,弄来两条水蛭,把它们放在我的脖子上。我神智昏迷,软瘫在靠近阳台的椅子上。女儿和大外孙把我的脑袋搁在椅子靠背上,两条水蛭吮吸着我的鲜血,身子逐渐饱满,不断膨胀,我才渐渐苏醒过来。我头重脚轻的感觉缓和了,他们又用热水擦洗我的手脚,终于把死神逐出了大门。然而,现在如果一旦发生不测,谁来照管我呢?我白天在采石场守门,夜晚蜷缩在小阁楼里,孤苦伶仃,形单影只。

我有时沉溺于幻想,纵然明知这是毫不现实的。幻想给我带来宽慰、平静,驱使我给女儿写洋溢着乐观精神的书信。

一天,女儿来信说,最小的外孙女突然患淋巴管炎,病情严重,急需治疗。我决定把墓地出卖,贡献我的一份力量。但我竟然无法助一臂之力,因为找不到一个主顾,至少当时是这样。夜间,我茫然地在街头踯躅徘徊。我晓得,亲人们急切需要援助以解决燃眉之急,我作为外公为小外孙女的不幸心痛如绞。茫茫的大海也无法平息我翻滚的心潮。大自然在它应该慈爱仁厚、慨施恩惠、减轻人们忧伤的时刻,却是那样暴戾、吝啬、邪恶。

小外孙女靠着公众的帮助脱离了险境。我决意去找他们;足足三个月未曾见面了。我久已期待着这一天,特地拿出仅剩的少许积蓄,买了许多蚕豆、扁豆、豌豆和山藜豆,免得两手空空去见他们。女儿来信说,外孙们常常食不果腹,经常的饥饿使人悲伤、焦躁。孩子们每天只有两餐可以吃到面包,每次一小片。外公理所当然地要带些吃的东西去,否则就不配称为外公。记得从前跟他们一起生活的时候,每个星期天晚上我都带他们上电影院,只消花四个索尔多便可看两部利多里尼和汤姆·米克斯①主演的旧影片,孩子们足可快乐三小时,南瓜子、山藜豆使他们快活另外三小时。而今呢?说什么我也不能空着双手去见他们。

清晨,我搭第一班火车前往。女儿合家来车站迎接,我激动得簌簌地流下热泪,眼镜片儿一片模糊,我赶忙摘下眼镜,但已无济于事;这是外孙们第一次瞧见我哭泣。

一路上他们争先恐后地搀扶我,希望至少能挽着我的胳膊走一段路程。

这一天飞也似的过去了。以往我只能通过信件跟女儿保持联系。为着节省邮票,一清早我把信件交给一位身患残疾的朋友,他每天搭第一趟火车去机械厂工作,晚上我上他家里去取回信。这种通信方式持续了两年,那位朋友从来不曾表示为难。外孙在车站拿到信,一溜小跑回家交给我的女儿,她一面读信一面啜泣,把内容讲给孩子们听。

我们就这样每天在信中倾诉各自的苦衷,互相振作精神,但又总是竭力遮掩艰困

---

① 利多里尼,即拉里·西蒙,汤姆·埃德温·米克斯、均系美国著名电影演员。

的程度，以减轻另一方的忧伤。其实掩盖是徒劳的，人的脑子在独立思索，善于透过片言只语捕捉隐藏的真相。

　　这一天飞也似的过去了。外孙们围着我又蹦又跳，他们欣喜的神情、朗朗的笑声使我陶醉。女儿在厨房里忙碌着，不断用目光注视着我，让我平静下来。女婿在等待外孙们兴高采烈场面的结束，以便跟我谈谈让我搬到城里来一起生活的计划。

　　时间过去了，他们终于未能跟我谈谈他的计划。告别的时刻来到了。我茫然若失，五分钟，又是五分钟，最后只剩下一刻钟了。我站起身来，把大外孙女搂在怀里亲吻，又吻了小外孙女。突然间我觉着喉咙壅塞．呼吸艰难，接着一阵晕眩；我赶紧在椅子上坐下。女儿还有女婿都不明白这是怎么一回事。我实在支撑不住，把脑袋仰靠在椅背上。我不由自主地滑了下去，跌倒在地。在床上我只进出一句话："不要紧的，你们放心吧。"我希望女婿不要再奔到药房去买两条水蛭，用热水擦洗手脚，对心脏轻轻按摩，全已无济于事。

　　我就这样被埋葬在只呆了一天的陌生城市。坟地在一处公墓里。

　　女儿希望把我的尸骨运回家乡，安放在我整修圣洛科像换得的那块墓穴里．然而这个世道一切是这么不可捉摸，希望对于穷人们更是毫无裨益，只不过驱使他们更温顺地接受岁月的折磨罢了。

　　女儿一家后来也被迫离开了那个城市，撇下孤苦伶仃的我葬身异乡。六年时间过去了，没有一个人来收拾我的骨骸，迁葬乡土。他们都在遥远遥远的地方，饥寒交迫的生活依然像往昔一样纠缠着他们。

　　我的尸骨就这样被葬在公墓里，距离我给自己购置的那块墓地五十公里；那墓碑上鲜红的X字依然在闪闪发光。

弗洛里昂咖啡馆的椅子

[意大利] 马里奥·索尔达蒂（MARIO SOLTATI, 1906—）是少数健在的意大利知名老作家之一。他的文学艺术创作不只以丰产和多面手著称，而且以艺术形式完美见长。他受到"书法派"的影响，文笔优雅，人物的心理刻画细婉有致，善于把一件普普通通的事情描写得情趣隽永，令人玩味。这在他的小说和影片中都得到反映。

《弗洛里昂咖啡馆的椅子》的开局平淡无奇，叙述一位英国老处女到威尼斯旅游，作者寥寥几笔勾画出迷人的威尼斯之夜，旋即以此为背景，着意铺展小说的性感主线，时而把镜头闪回到"昨天"，遥远的二十九年以前，追溯女主人公青年时代的幻想和爱情，时而叙写她经过周密思虑之后将采取的一项行动。她将采取的行动似乎是过于天真，因而是愚蠢、可笑的，但在她的心目中，却是无比崇高、神圣的；弗洛里昂咖啡馆的那把椅子，对于她而言，代表着青春的追求，遥远年代失落的爱和幸福，而今，她孤寂的性感世界多么需要寻找回来这失落的爱。她失败了，但愚蠢、可笑的行动自会赢得同情，令人肃然起敬。威尼斯的旖旎风光，令人断肠的内心写照，回忆与现实的交织，使小说写得情愫绵绵，具有一种柔美的内秀。

索尔达蒂出生在都灵，外祖父是作家，自幼受到良好的家教。他先在耶稣会学校读书，后攻读于都灵大学文学系，十八岁时发表剧本《皮拉托》，二十一岁大学毕业，进罗马艺术史高等学院深造两年。1929年赴美国进修，并在哥伦比亚大学教授意大利语言、文学。1931年返回意大利。

索尔达蒂多才多艺，在文坛辛勤耕耘四十余年，成果丰硕，共发表剧本、短篇小说集、长篇小说、散文集三十余部，其中《下普里岛来信》（1954）获斯特雷加奖，《演员》（1970）获康皮埃洛奖，《冬天的五十五个故事》(1972)获邓南遮奖。近作《火》(1981)通过一个画家的遭遇,探讨友谊、情欲、金钱同现代人的关系,获得好评。索尔达蒂还长期从事新闻工作,并且是一位很有成就的电影编剧、导演,执导了近四十部影片和近十部电视片。

弗兰齐丝·布尔凯在学院桥①的高处停住脚步,这才意外地发现自己现在是独自一人。她的十个女伙伴刚刚走完了大桥石级的一半。夕阳宁静的光辉和河水粼粼的波光,划破了笼罩周围的温煦的暮霭。她们头戴小巧的帽子,脖子上围着纱巾,身穿毛外套,肩上背着小提包,手里拎着折叠小凳、护膝的苏格兰毛毯和乐谱,拄着拐杖,缓慢地朝桥顶走去。她们多像一支全副武装的小分队,最后一支娇弱的然而却是顽强的英国王朝的后卫队,弗兰齐丝露出一丝微笑,这么暗暗思忖。

随即,她察觉到这种不沉着的举动会暴露自己的反常。直到眼下为止,上帝保佑,一切都进行得很顺当,前一个晚上也过得安宁无事,没有发生任何可能妨碍或影响她的计划实施的意外事故。最后一夜终于幸运地来临了。她将在这个夜晚采取行动。只消再等待两、三个钟点,至多三个半钟点……

她后悔自己走得太快,特别是她显得那么冲动,竟一口气就登上了学院桥顶,这股劲头跟她在音乐会结束后在女伴们面前假装的劳累是很不协调的。当她们纷纷拿起折叠小椅和护膝的苏格兰小毛毯,站在新省督府和阿内先奥街之间的长廊下的时候,她们就像听到一声口令,一齐转过身去,朝充满熙熙攘攘人群和灯火辉煌的广场投去了最后的一瞥。是的,对于她们来说,是最后的一瞥,而对于她却并非如此。再过两、三个钟点,至多三个半钟点,她就将重新见到这个广场,空空荡荡的、不像眼下这般光彩夺目的广场。啊,我的上帝,她会有这样的勇气吗?

"已经半夜了,真困得要命!我累得骨头都要散架了!您呢?"弗兰齐丝禁不住打了一个呵欠,大声地说,一面留心观察弗蕾赛是否听见了她的话。弗蕾赛住在她隔壁的房间,每个晚上,在她回到自己的房间就寝以前,总是以一种难以抗拒的盛情(除非你很不礼貌地予以拒绝),邀请她喝一杯用大理石小柜上的电炉煮出来的菊花茶。

弗兰齐丝出于迫不得已的经济原因而参加了这次集体旅行。她想不出别的法子重返威尼斯。但她事先查阅了女伴的名单,没有发现一个熟人。但眼下弗蕾赛偏偏成为她的邻居,而且努力做出一副要成为她的好朋友的样子!或许,弗兰齐丝·布尔凯叹了一口气,暗暗自言自语,或许弗蕾赛发现了她的秘密和计划,所以才受好奇心的驱使如此紧紧地缠住她。每当遇见那双像貂一样的小眼睛,那副锐利的目光,弗兰齐丝

---

① 横跨威尼斯大运河的石桥,通往威尼斯美术学校。

不禁惶恐起来,她一点儿也不排除这样的可能,这个讨厌的弗蕾赛在最后时刻兴许会成为最难以克服的障碍,就像二十九年前可怜的彭斐①一样。

在学院桥顶,弗蕾赛是第一个赶上她的女伴。弗兰齐丝想以某种方式放慢急急匆匆赶路的速度,便在折叠小凳上坐下,等候女伴们。弗蕾赛朝她弯下腰去,细细地打量她,在汽船码头耀眼灯光的投照下,她变成了一条又细又长的黑影。弗兰齐丝忽然觉得,她此刻好像完完全全暴露在光天化日之下,丧失了任何自卫的能力。受好奇心驱使的弗蕾赛显得有点神秘莫测;也许,她不怀任何恶意,也没有疑神疑鬼,而只是弗兰齐丝越来越厉害的、不由自主的焦虑心理在暗暗作怪。

"今儿晚上您精神真好!"弗蕾赛开口说道。她说话的声调和语句叫人不能不察觉到一种嘲笑的暗示。

"正相反",弗兰齐丝回答说,"我走得这样快,就因为我困极了,想快点上床睡觉。今儿晚上,亲爱的,我不想喝菊花茶了。"

困倦和睡意。确实,对整个旅行集体来说,再也没有比这更自然、更普遍的感觉了。她们一共十一个人,老处女,或者寡妇,或者离了婚的妇女,全是单身的、五十岁左右的女人。而她,弗兰齐丝,年纪一点儿也不比她们小。

她们当中的每一个人,都忠实地遵循英格兰人的品格行事,深信自尊自重是一种美德。她们当中的每一个人,在参观博物馆、教堂、威尼斯市区和近郊古迹的精疲力竭的一个星期中,都努力维护自己的尊严,从不吐露怨气,从不提出异议,一切按照旅行社制定的日程行动。她们信任旅行社,它保证她们只消破费五十二英镑十二先令便可度过一个愉快的假期,这个奇迹般低廉的数目包括一切花费,从伦敦到威尼斯的往返火车票,扎泰列②旅馆的单人包房,参观门票,汽艇、海轮费,还有小费。

每天傍晚,是最困难的时刻,在参观了一个博物馆或一座王宫以后,导游走在前头,领着她们在威尼斯小巷和小广场的迷宫中穿行,在令人吃力的小桥上上下下,按照日程的安排,一直走到教堂前面;在那儿,导游又开始讲解。她的英语是那样生硬,所有的辅音都念得那么刺耳,这自然大大伤害了她们的感情,于是这十一位身穿苏格兰呢套裙的老姑娘,高傲地挺直身子,用手杖或小洋伞支撑着。尽管她们已经累得摇摇晃晃,随时随地都会倒下来,但是她们决意不流露出一丝一毫疲倦的样子。她们那尖尖的、玫瑰色的鼻子不知疲劳地向上翘着,她们那淡蓝的、碧绿的、铁灰的、银白的或北海海水般蔚蓝色的眼睛,固执地圆睁着,凝视教堂屋檐下的精致建筑和鸽子巢,而当她们垂下目光时,又不禁相互斜睨一眼,期望发现对方疲劳的神情,但最终他们又相互交换祝贺的眼色,因为她们看到了对方是那样顽强地克制着。她们的嘴唇微微

---

① 弗兰齐丝青年时代的女友。
② 威尼斯的一条街道,位于大运河畔。

蠕动，喃喃低语地互相勉励，眼睛紧紧盯住同伴的瞳孔。

"您怎么样，亲爱的？"或者说，"您这样坚强，真叫人钦佩，我的朋友。"

弗兰齐丝登上桥顶时显示出来的充沛精力 很可能会被令人讨厌的弗雷赛当作是英国人通常所特有的傲慢。这种掩饰看来是必要的。她方才就故意向同伴制造了这种错觉，现在又假装困倦得直想睡觉来掩饰内心的激动。

其实，弗兰齐丝此刻的自我感觉挺好。夜幕降临，她该采取行动的时刻来到了。当然，她舍不得离开威尼斯。返回伦敦，重新开始她以前那种阴暗的、艰难的生活，她将是很难受的。她立即不寒而栗，只要一想到她将乘公共汽车在西威克厄姆区下车，穿过伦敦有名的林区公园，冒着肯定会遇上的细雨，登上林荫小路尽头的四级大理石台阶，然后坐在那白色屋子里一把金属椅子上等待，直到透过玻璃门看见从走道上走过来那可怜的、无精打采的菲力浦，他带着冷漠的微笑，手里提着他的装满衣服的小包。菲力浦是她生病的弟弟，她一辈子都在照料他。只要眼前一幻显出菲力浦的形象，她便感到一阵绝望得揪心的痛楚。然而……

然而，这一次，感谢上帝，一切都将与往日不同，说得更确切些，一切将一成不变，然而有一个微小的细节是例外。她将和菲力浦先搭乘公共汽车，然后换乘地铁，穿过半个伦敦，一直走到肯兴顿区。她几乎确信，她在坐落于卡尔维尔广场的阴暗住宅里，将能发现一样新鲜的事儿，发现新的现实，发现一种微小的、特殊的安慰。

她将发现的莫非是一件珍品？或者一种象征？毋庸置疑，没有什么东西能比这更美妙的了。她不是一个弱智的女人，像她的兄弟那样，更不是疯人。弟弟在一生中对任何东西都兴趣索然，一无所求，她不记得他曾受过什么或者渴望得到什么。而这，正如大夫所说，是他的毛病所在。

不，她恰恰相反，她晓得，生活中的幸福是能够获得的。许许多多人不断获得幸福。她晓得，她自己也曾经获得过幸福，但只有一次，一次，仅仅一次。它是那么短暂，而且，是发生在很多很多年以前，确切地说，二十九年以前。如今，她需要一种证明，一件标志，一样具体的东西，需要某种能够看得见、摸得着的东西，以这种或那种方式，把她和那遥远的时刻联系起来。否则，随着岁月的流逝，记忆的衰退，她将逐步逐步地对自己发生怀疑，怀疑自己只是向往过幸福，而不曾亲身享有过幸福；她担心，这样长此以往，她也将慢慢地变成疯人。

这是一件珍品，一种象征，或者更确切地说，这是一个"纪念"。它不是一件偶像，在任何情况下，更不可能是拜物教徒盲目崇拜的对象。

如果说使她获得那件纪念品，并把它带回伦敦的计划是离奇古怪和难以实现的，那末，正是她第一个明白了这一点。然而，这又绝对不是一项荒唐、愚蠢的计划，她暗暗对自己这样说。相反，这计划既是合乎情理的，又是深思熟虑的。目的很简单，只是为了不落得个菲力浦那样的结局，为了摆脱精神的不健康状态，从而拯救自己。

事实上，目的正是这样。"把我从疯狂中拯救出来。"在那个蓝皮小笔记本的第一页上，弗兰齐丝表达了她今年采取行动的决心。

那件珍贵的纪念品，鲜红鲜红的颜色，炽热而充满生机，将放置在科尔维尔广场上那个住宅里靠近窗户的地方，在写字台和钢琴之间。午饭以后，她将把自己锁在房间里，等候下午的第一个学生。菲力浦有时时刻刻趿着拖鞋在屋子里转悠的恶习，他会在你听不见他的脚步声的时候悄悄地踅进屋里来。多少年来，弗兰齐丝一直要他改掉这个毛病，但始终不见成效，如今也就随他去了。她将把自己锁在房间里，躺在地毯上。但她先得用一条手帕，或者用铺在钢琴上的长巾，挂在锁眼上，菲力浦也有从锁眼往屋子里窥视的恶习。她躺在地毯上，将往低处借助走道尽头留着道道雨痕的玻璃窗，来观察菲力浦的动静；平时，她通过这些玻璃窗，模模糊糊地可以瞧见漫长的冬天里肯兴顿区纷乱而干枯的黑树枝……在科尔维尔广场上，在她的家里，她终于将有威尼斯弗洛里昂咖啡馆的小椅子了！

从学院桥到靠近杰苏阿蒂教堂的扎泰列街，旅馆就坐落在那里，步行用不了十分钟。弗蕾赛始终缠着她，一直跟她走到过道、房门口。弗兰齐丝打开自己的房门，转过身来，果断地向她道了晚安。弗蕾赛却竟然亲昵地伸出一只手来，搂住弗兰齐丝，几乎从套裙下面摸到了她的腰。弗兰齐丝知道自己是坚强的，她已经五十六岁了，不管发生什么情况，她都没有什么可以畏惧的。二十九年以前的幸福不曾留下任何不愉快的疤痕，也没有遭到任何损害，确确实实是一种独特的、无与伦比的情感，它犹如茫茫沙漠中一根高高耸立的、飘荡着彩旗的旗杆；她为此而感到骄傲。

突然，她觉得弗蕾赛身上的神秘性消失了。可不是，弗蕾赛这个可怜的女人，性格并不多疑，也不是什么危险人物，简单地说，她大约属于那种随和型的女人。弗兰齐丝挺直了身子，左手轻轻抓住弗蕾赛细瘦的手腕，把她推开，脸上甚至露出吟吟微笑，好像是为了表示歉意，又好像是作为补偿，也好像是做作出来的一种抗拒的娇态，又稍稍在她的脸颊上吻了一下。

"晚安，亲爱的。"弗兰齐丝说完，便走进房间，立即把门锁上。

她看了看手表：十二点半。她熄了灯，和衣躺在床上，一动不动。隔壁房间里的弗蕾赛即便正在屏息凝神地细听她的动静，那也会以为她由于极度困倦已经酣然入睡了。不存在任何危险。她觉得自己非常清醒。她在黑暗中睁开双眼，紧张地思索着，凝望着天花板。在窗户的上方，运河的流水在路灯的照耀下，映显出片片长方形、菱形的亮光，犹如金色的鳞片，不停歇地跳跃、变幻。那无比甜蜜的幻景，不啻是她的幸福。如果她能经常在威尼斯生活，而不是在伦敦，毫无疑问，她也就不必去进行她筹划的那件绝望的事情了。 在威尼斯，幸福就蕴含在空气中，在万紫千红的色彩中，在碧波清水的倒影中，在高高低低的音波中，在周围的万千事物中。往昔似乎永远不会一去不复返，也永远不会是非现实的。往昔无须借助"纪念品"存在；幸福就在眼前，它难以言喻和捉摸不定,但并不因此而丧失真实性和令人神往的魅力,它恰似运河的潺潺流水映射出来的那种起伏不定的、宁静的喜悦……

怎样才能摆脱弗蕾赛呢?那太简单了!比当年摆脱彭斐要更加困难得多。二十九年以前,彭斐是她最要好的女朋友,早在学生时代,她们就形影不离,她们在一起度过暑假,到一个又一个意大利城市去游览。她们住在同一间客房里,两张床紧紧挨着,这自然不是出于经济上的原因。在威尼斯,她们下榻于卡瓦莱托旅馆。晚上,她们躺在各自的床上。就像她现在这样,在黑暗中睁大两眼,海阔天空地闲聊,不知度过了多少个钟点!她们的友情达到了彼此绝对信任的地步,直到弗兰齐丝凭着毋庸置疑的直觉发现自己被一名年轻的堂倌以某种方式看上的时候为止。那时候,每个晚上,她都和彭斐上弗洛里昂咖啡馆去,在一张小圆桌旁坐下,品尝冰激凌。

这个堂倌也很讨她的喜欢。她觉得对他产生了一种特殊的激情,或许,她因此对彭斐守口如瓶。她对彭斐保守秘密并不是因为堂倌的卑贱地位感到耻辱,而是出于羞怯,出于爱情,而是为了牢牢保守这种感情。

堂倌是个身材瘦小的年轻人,脸孔的皮肤呈现出紫铜色,一双绿眼睛,牙齿洁白,那狡黠的微笑既富于男子汉的阳刚之美,又充满少年的稚气,她的目光只要一接触到这微笑,就觉得头晕目眩。他看来也体验到了她对他所怀有的同样感情。这从他一瞧见她们光临就搬动椅子,为她们准备座位的利落劲儿看得出来。另外,再明显不过的是,他欣赏的对象不再是彭斐,要不,为什么他伺候她们的时候,他总是故意站在彭斐的身后,这样可以毫无顾忌地、好生地注视她的眼睛。他的脸上溢出微笑,露出一口雪白的牙齿,他那嘴唇引诱得她简直想去亲吻。

不过,却是彭斐在一个晚上开了个头,和堂倌攀谈起来。她们得知,他现在二十四岁,刚刚在海军服完兵役,是贝鲁诺①人。

"当然,他一点儿也看不出来是堂倌,也一点儿也不像是意大利人,"彭斐说道,"如果看见他的穿着像一般人一样,不听他开口说话,你准会以为他是苏格兰人呢!"

而弗兰齐丝竟不晓得他的姓名,也不晓得他的教名……他不曾告诉她自己的名字。因此,在弗兰齐丝隐藏得深深的秘密记忆中,他的名字就是"堂倌,弗洛里昂咖啡馆的堂倌。"有时候,她也把他当作"贝鲁诺的苏格兰人。"

"苏格兰人",有好多次,弗兰齐丝思念起他的时候,这么暗暗自言自语。不错,这是彭斐这么叫他们;而她,弗兰齐丝,按父亲的血统来说,是爱尔兰人。可从母亲的血统来说,她却又是半个苏格兰人,打幼年时代起,她就深深地热爱着苏格兰的一切。

只有一样事情把她跟彭斐区别开来,她是天主教徒,彭斐不是。离开威尼斯前夕,

---

① 意大利北部城市,贝鲁诺省省会。

傍晚时分，弗兰齐丝在广场上来来回回地踱步，她确信，堂倌正在上班。她找了个借口，说她要去忏悔，便说服彭斐先回旅馆，说然后她再去接她吃晚饭。

她留下只身一人，立即几乎是一溜小跑地去见服务员。她的注意力被他吸引了，竟忘记像平时那样在广场的一张小桌子旁边坐下，而是在长廊下的一个角落里拣了个座位。当他走过来听候昐咐的时候，她便对他说了一些话。她已不再记得究竟对他说了些什么。她当时是那样激动，以至于很快就什么也想不起来了。不过，她让他明白，她对他怀有好感，她要求今晚再和他见面。于是，那年轻人和她约好半夜三点，就在长廊下的这个角落见面。

而今，整整二十九年的时光流逝了。弗洛里昂咖啡馆在半夜三点终于打烊了。一九五三年和一九六一年的两次旅行中她就注意到了这一点。半夜三点，最晚不过三点钟，广场上就空空荡荡的，阒无一人。连巡逻队和宪兵也不打这儿经过了。只偶尔有个把醉鬼，不过那没有什么可怕的。小椅子都留在长廊下靠墙的原来地方；没有谁去碰它们，尽管这些小椅子全是年代古老的，至少是十九世纪的。在广场上，铸铁圆桌子周围是藤椅和塑料椅。而大理石柱廊下的小圆桌子和小椅子却跟咖啡馆里面的小圆桌和小椅子一个样儿。桌子都是清一色圆形的，大理石的。小椅子是用核桃木制作的，修饰得很漂亮，闪闪发光，椅座铺着深紫红色的天鹅绒。"贝鲁诺的苏格兰人"正在一根廊柱下的影子中等待她。他换下了堂倌的衣着，身穿一件领子一直遮到脖子的天蓝色厚毛衣，就像一个真正的苏格兰人。他立刻把她搂住，亲吻她。他并不比她矮小，他们一般高……

"我们上哪儿去？"过了一会儿，弗兰齐丝从他的怀抱里挣脱出来，好像透过一重轻纱瞧着明亮、空旷的广场，轻声问道。

作为回答，堂倌紧紧搂着她的腰、慢慢地带着她朝咖啡馆的玻璃门走去。他始终是默默地不作声，停下脚步，仔细地向周围打量了一番，然后，猛地推开玻璃门让她进去。他进来后，随即把门锁上。

大厅里面一片黑暗，然而从玻璃门和窗户射进来的灯光足以引导他们走到大厅里最远、最隐蔽的角落。即便对面长廊上有人经过，无意把鼻子贴在玻璃门上朝里窥望，他们也确信不会被发现。他俩坐在同一张椅子上，紧紧搂在一起，借着无比柔和的亮光，却能清清楚楚地注视对方的眼睛……直到黎明的第一缕凄惨的、无法抗拒的曙光显现，才把他们拆开。

她一生中的欣悦全都存留在这回忆之中，存留在那再也没有重复过的幸福的时刻之中。后来，在整整二十九年的时光里，她教授钢琴，照顾年迈的母亲，直至母亲去世，又照顾年幼的弟弟，却没有别的生活内容了。每隔三四年，她把积累的储蓄拿出来，到国外去作一次短暂的假期旅行。在这种情况下，她自费把兄弟送到精神病医院，一从国外回到伦敦，她马上去把弟弟接回家里……

如今，她终于决定偷一把弗洛里昂咖啡馆的小椅子。当然不会是二十九年以前的那把小椅子，但和它是相似的一把。

她已经周密考虑和算计好了！并做好了一切准备，她随身带了一只没有装什么东西的大箱子。她可以把椅子的座位和椅背拆开，这样就很容易装进箱子。回到伦敦，在离家几步远的旧货市场，只要花很少的几个先令，她就可以请一个古董商把小椅子重新装配好。

时钟刚敲二点半，她马上起床洗脸，为了不惊醒弗蕾赛，她小心翼翼地不发出声响。她换了一双旅游鞋，虽然式样陈旧、难看，但很舒适，穿上它就是跑步也不会觉得累人。为了行动自如，她把手提包留在客房里。她只带了一块手绢和一些零钱，揣在外套口袋中。还带了护照，以备万一被逮住时用。是的，应当预防可能发生的意外，她甚至想好了，一旦出现意外情况，她就说："我是一个上了岁数的，有着特殊癖好的英国女人，家境不富裕，但是爱上了你的古董。"

她确信自己能获得成功。谁能发现她和阻止她呢？前两个晚上，她已经两次在这个时间起身，到现场去察看动静，仔细地研究经过的路线，在任何情况下，可能出现危险的只是开头的一百步路线，沿着从阿先西奥街到弗洛里昂咖啡馆，只要走到圣摩西广场就万无一失了。只要弗洛里昂咖啡馆的玻璃门窗和那些小椅子瞧得清楚就行了。谁敢阻止她呢！她是一个上年纪的英国女游客，带着她自己的小椅子回旅馆去。有多少上年纪的英国女游客有这样的习惯，在夏日的夜晚，手提一只小椅子，到广场去听音乐会。除了时间晚点以外，没有什么会让人感到奇怪的。

一切进行得很顺利，直至她拿起小凳子的时候。她瞧了瞧手表，正是三点零十七分。她又一次仔细地环视周围。她绝对确信自己没有被人发现：在这时刻，在圣·马科广场上没有一个人。

于是，她迅速伸出手去，拿起一把小椅子，把它紧紧地贴在胸前，急忙走开。她放开步子，但不是奔跑，朝阿先西奥街走去。可是，她还没有走出两步远，忽然玻璃门发出一声很响的声音，竟使她惊吓得站在原地动弹不得。她一点也不明白发生了什么事，呆呆地转过身去，浑身颤抖。那声响究竟是怎么回事？那是弗洛里昂咖啡馆玻璃门被人打开了。一个男人，夜间守门人从咖啡馆里面走出来，走到她的跟前，问道："您干什么？请您放下，那不是您的东西！"

守门人是个四十开外的男子，身材魁梧，脸色黝黑。凑巧的是，他也穿着一件领子一直遮到脖子的天蓝色厚毛衣。

弗兰齐丝把小椅子放回原处。她只走了两步。她拿的是前面一排的一把椅子，为的是离开时最方便。

守门人继续神情严肃、一动不动地盯着她，她嗫嗫嚅嚅地说：
"请原谅……我不知道……我只是想坐到广场那儿去看看月亮。"

"是吗?"男人说道。

弗兰齐丝从他那嘲讽的声调中猛然想起,那天是月初。但她不想去纠正,只是说:"请原谅。晚安。"

她匆匆地奔跑着,很快走远了。

蔡蓉 译

一个火星人在罗马

［意大利］埃尼奥·弗拉雅诺（ENNIO FLAJANO，1910—1972）是位两栖于文学与电影的艺术家。他是新现实主义电影开山作《罗马，不设防的城市》的编剧之一；后来，他与当代意大利电影界巨擘菲里尼搭档，长达二十年之久。菲里尼震动世界影坛的杰作《大路》、《她在黑夜中》、《甜蜜的生活》、《8 1/2》便是由他编写脚本的。富于才华的文学家与优秀的导演长期携手合作，乃是意大利得以走在世界电影新潮流前列的重要原因。

弗拉雅诺出生于东部滨海城市佩斯卡拉。他多才多艺，起先在罗马大学建筑系攻读，后来又从事新闻工作，相继主持过《晚邮报》、《今日》、《世界》等有影响的报刊的戏剧、电影专栏。他还是个杂家，无论是绘画艺术、体育竞赛，还是女权运动，全是他撰文评论的对象，四十年代，弗拉雅诺献身文学。他的处女作《杀人的时候》（1947）尖锐抨击现实，一鸣惊人，获得当年的斯特雷加文学奖。他的其他小说，如《一夜，仅仅一夜》（1959）、《游戏与屠杀》（1970）、《白色的影子》（1972），或以饱含幽默的讽喻为特征，或致力于打破传统叙事结构的探索。弗拉雅诺在戏剧界也很活跃。他的剧作：《柜中女人》（1958）、《不断中止的谈话》（1971）近于荒诞派戏剧，后者借三个剧中人（诗人、作家、电影导演）之间的争论，表明当今艺术家陷入了无可奈何的精神危机。为了纪念弗拉雅诺对意大利戏剧发展的贡献，曾公演他的第一部剧作《穷人面临一场恶战》（1946）的罗马阿莱金诺剧院改以他的名字命名。

《一个火星人在罗马》是弗拉雅诺的一则著名短篇，作者还写过一部同名喜剧，并把它改编为电视片。小说颇有些荒诞的味道，又有那么一点科学幻想的成分，但地点与众多的人物又直接取自现实生活，作家仿佛是提示读者，这一切都是发生在生活中的真实可信的事件。小说的讽刺性是鲜明、深刻的，但这种讽刺又不是直露的，而是体现于荒诞之中，体现于隐喻与幽默之中。与其说作者是在描写一个火星人在罗马的遭遇，毋宁说是表现人们对现代文明和信念的丧失，曲折地映照当代人深刻的危机。

10月12日　今天，一个火星人驾驶着他的飞船在博尔盖塞公园①赛马场的草地上降落。我写这篇日记的时候，竭力想保持这条令人难以置信的消息宣布时，我几乎完全丧失的镇静，控制住驱使我立即跑到大街上。和人们一起欢欣雀跃的急不可耐的心情。郊区的人民全都一窝蜂地涌入市中心，交通堵塞了。应该承认，对于所有的人来说，喜悦、新奇，全都糅合在一种希望之中，这种在昨天看来还是荒谬绝伦的，现在却越来越现实，成为活生生的了。罗马很快笼罩在通常只有重大的节日才能激发起来的放纵而亲切的气氛当中，简直可以和1943年7月25日②的景象相媲美；人们紧紧地拥抱在一起，朝着假想的街垒走去，一面嘴里唱着赞颂自由的歌曲。身穿制服的预备役军官以为凭着他们的这一身装束足以打开通向赛马场的道路。其实赛马场却已被警察的装甲车和两个处于戒备状态的步兵团封锁起来。

菲乌梅广场已被人群挤得水泄不通，潮水般涌来的人们你推我挤，等待着，歌声与喊叫声融成一片，还跳起即兴的舞蹈。我看见了第一批喝醉了酒的人。年轻人和孩子们纷纷爬上停在马路上的公共汽车顶盖，停驶的公共汽车犹如突然遭遇严寒的袭击，被冰封在大海中的轮船，一面欢呼，一面摇动肮脏的旗帜。商店都放下了铁帘门。蓦地，从远处随风传来一阵鼓掌声，又重新激起人群更大的欢呼和混乱。

将近七点钟，我碰见了我的朋友菲里尼③，他面色苍白，神情激动，飞船降落的时候，他正在宾乔山冈④，起初他以为这不过是他的一种错觉而已。当他看到欢欣雀跃的人们狂呼乱叫，听到从飞船传来用意大利语说的冷淡，干巴巴，好像从学校课堂里学来的口令时，菲里尼恍然大悟了。他被卷入了人流，被人冲撞着，当他神志清醒的时候，才发现他的鞋子被踩掉了，上衣也被撕破了。他像傻瓜蛋似的围着公园转悠，竭力想寻找到一个出口，我是他所遇见的第一个朋友。他拥抱我，激动异常，禁不住大哭起来，这种情绪很快感染到了我。然后，他绘声绘色地把飞船描述了一番，说它像一个直径巨大的碟子，就像太阳那样闪烁着金黄色的光芒。飞船徐徐着陆的时候，发出

---

① 位于罗马市中心，包括一个景色幽雅的公园和一座以珍贵的雕塑闻名艺术博物馆。
② 1943年4月25日，意大利国王埃曼努艾尔三世，迫于国内外形势，下令逮捕墨索里尼。
③ 意大利著名电影导演，代表作有《甜蜜的生活》，《8 1/2》等，弗拉雅诺是他的契友和合作者。
④ 位于罗马市中心，宾乔公园坐落于此，临近博尔盖塞公园。

一种像柔软光滑的丝绸头巾飘动的窸窸沙沙声，真令人难以忘怀！随后它就悄然无声了！在那一瞬间，他意识到人类的一个崭新的时代开始了，菲里尼还对我说，前途无限光明而又深奥莫测。兴许，再过一个时期，我们将会感到世间的一切，宗教和法律，艺术和我们生活本身，都显得是不合逻辑和不幸的。如果从飞船降落的孤独的旅行者的的确确是另一星球的使者——现在，正式公报发表之后，再怀疑这一点就显得可笑了——，那末，这意味着那个星球上的人对我们了如指掌，意味着在那个星球上"一切事物都更为单纯。"事实上，火星人的只身莅临说明他掌握了我们所不知晓的防卫自身的手段，这样的论据必然将从根本上改变我们的生活方式和我们的世界观。

我陪着菲里尼上医院去治疗他受伤的脚，在受伤者中碰见了乔万尼·鲁索和卡尔雷托·马扎莱拉。前者丢失了眼镜，他没有认出我来，后者的鞋子失落了，我没有认出他来，他们依然沉浸在激动不安的情绪中。在人们狂热的激情爆发之前，他们就不失时机地见到了火星人！这是千真万确的！当他们亲眼目睹金色头发的火星人走下飞船时，他们的冷嘲热讽就烟消云散了——在此以前，他们曾认为这只不过是蛊惑人心的广告而已——。鲁索描述道，火星人个头高大，举止高贵，但神情略带忧郁。马扎莱拉补充说，火星人衣着普通，颇像瑞典人的穿着，能说一口流利的意大利语。当火星人从分列两旁的警察之间经过，朝当局为他准备的汽车走去时，两名妇女竟当场晕了过去。谁也不敢过于靠近他。只有一个小男孩向他跑过去，火星人温柔地抚摸他，并和他交谈了几句。别无其他。在场的人们目睹这副情景，都禁不住欢呼起来，热泪盈眶。火星人微笑着，但显示颇为疲倦的神色。

马扎莱拉对火星人尤感兴趣，他由此得出这样的推论，火星女人肯定比西班牙女人，也许还比美国女人要出色。他希望火星人带来了火星文学的诗篇。

10月13日　昨天晚上，火星人受到了共和国总统的接见。约莫两点钟光景，威内托大街①仍犹如星期天上午一样。人声鼎沸，熙熙攘攘。那些有幸亲眼见到火星人的人，都被一群群人包围起来。对火星人的印象全都是良好的。火星人似乎非常熟悉我们的经济、社会和政治形势。他的举止朴实坦率，彬彬有礼。他不作很多的解释，也不要求向他作任何解释。当人们问他为什么选择罗马作为他的访问对象，他只是文雅地笑了笑。他好像要在罗马待好长的时间，也许是六个月。约莫两点半钟的光景，我遇见了马里奥·帕努齐奥②，他带着他的《世界》周刊的一群记者。谈到火星人的时候，他明显地流露出一种怀疑的神气。这使我感到惊讶。桑德罗·德·菲奥③说："眼下还没有正式的消息，""已经对公报辟谣了。"帕努齐奥补充道："我即便看见火星人，也绝对

---

① 罗马市中心最繁华的大街。
② 意大利著名记者，曾主编《世界》周刊。
③ 意大利作家，记者，戏剧评论家。

不会相信的。"

　　三点钟左右，出了号外，警察局在此以前曾以维护公共秩序为由禁止发行。火星人名叫库特。他肩负和平的使命，用他的话来说，也就是要促使其它飞船在同温层汇合。从火星飞到地球，旅程还不到三天。有关火星人和政府当局的会谈内容未曾透露什么。这就是眼下知道的全部情况。

　　在回家的路上，我停下车来阅读某个政党的声明，声明的字里行间充满了对火星人的攻击。这一切突然使我感到可笑之极。我真恨不得向公众大声呼吁，我对火星人深信不疑，尤其对他的诚意深信不疑！我不由心潮起伏。随后我遇见了谁呢？一个在西西里大街看守汽车的老人，头戴一顶写着《瑞士日报》的鸭舌帽。我把衣袋里为数不多的钱全部给了他。我亲吻他的双手，像一个虔诚的基督教徒那样祈求他的宽恕。这种景象丝毫也不曾引起在场的两三个行人的惊讶，他们也赶紧向老人布施。回到家中，我立即倒在床上，就像孩子一样轻松愉快，很快就呼呼入睡了。人们正在准备迎接伟大而可怕的日子的来临。

　　10月14日　当局下令用栅栏把飞船围了起来，这样，人们必须花钱买门票才能进去参观，据说入场券的收入将用于教会救济事业。火星人也同意这样做。每张门票为一百里拉，以使那些不太富裕的人也有机会参观飞船。不过残疾人、内政部官员、新闻记者能够凭证明免费入场。学校和团体购票则可享受优惠。

　　10月15日　我们犹如一群热锅上的蚂蚁在罗马奔忙不息，走访一些朋友，向他们倾吐我们欣喜若狂的心情。我们面前的每一件事物都被赋予了崭新的内容。未来的前景将是怎样的呢？我们将能够延年益寿，战胜疾病，免除战争，人人有饭吃吗？除此以外，再也没有别的话题。我们比开始的几天更强烈地感到，某种新东西正在孕育。这并不意味着世界末日的到来，而是新世界的开端。人们期待着揭开帷幕，这种心情由于不了解帷幕启开后戏剧性的内容而愈加显得迫不及待。这种期待只是被那些能说会道的先知，被那些总是口中唠叨着说现在要迎接新的考验的人们扰乱了，也被那些力图赢得火星人欢心的共产党人，被持种族怀疑论的法西斯党人扰乱了。

　　10月18日　我终于亲眼看到了飞船。它给我留下了难以忘怀的印象。守卫的警察态度热情，尽量压低嗓门讲话，好像要参观者体谅他们在场执行勤务似的。而且，参观者中没有一个人有哪怕是一点微小的失礼举动。一个小男孩想用粉笔在飞船光滑的外壳上写些什么，被父母打了屁股。我像大家一样，轻轻抚摸了一下飞船，金属的温热使我感受到一种从未不曾体味过的巨大快感。我和一位素不相识的男人相互对望了一阵，禁不住笑了起来，在一种博爱精神的冲动下，于是我们紧紧握手。事后我也未曾为我的激动而觉得不好意思。看来飞船已显示了两次奇迹，虽然尚未得到证实，但有两名妇女固执地要把大理石纪念牌留在地上，以表热诚的谢意。一名市政府的官员承包了全部照明，但是收入好像将用于一项慈善事业。

当我们围绕飞船的栅栏走出来时，看见了马里奥·索尔达蒂①，他正坐在草地上，领带松开，只穿着袖子卷起的衬衫和马夹。他低声啜泣着，显然被离开我们咫尺之远的现实震动了，他一看见我，便说："一切都得从头开始！"他紧握着我的手，我感到他的激动是发自内心的。然后，他操着法语重复说："这一天终于来到了"。他多次重复这句话，直到他和我彼此都觉得没有必要了。于是我们愕然对视，不知说什么好。赛马场上有许多临时胡乱搭起来的小亭子，我们走进其中的一间去喝点什么饮料。索尔达蒂想买一瓶博览会上常常出售的汽水，虽然一再要求，却是徒然。因为这种汽水再也不生产了。关于我们对火星人的评价，是非常积极的。一件奇特的事情把我们从对火星人怀有的美好情感中惊醒了，一个年轻的窃贼浑水摸鱼，潜入了飞船。据一名警察说，这小偷是个专门偷窃外国汽车的惯犯，他为了保护自己，便伪装癫痫病发作。他长着一张呆滞而惶恐不安的脸面，盗窃生涯使他显得冷漠无情。恐惧更使他变得野蛮无理。

10月19日　人们告诉我，罗马市政府在康皮多科奥宫举行的招待会开得好极了，由于人群拥挤不堪，我连威尼斯广场都未能到达。城市笼罩在平静的新奇气氛之中。这使我感到快慰。然而，这种平静在公共汽车的驾驶员和售票员身上却变成一种漠然的态度，他们显得疲惫而急躁不安。公共汽车一连几个小时在马路上动弹不得，他们硬是干坐在自己的车子里，他们巴不得人群快快散开。个别神经脆弱的人已经对火星人厌恶了。一名售票员说："他来究竟要干什么呢？"他的同伴回答说："你愿比较一下罗马和火星的生活吗？你愿上火星去吗？"那人回答说："我死也不想去。"不一会儿，汽车开动了，我听到他们又谈论起足球；下星期天，将有一场非常重要的比赛。

市长在市政府康皮多利奥宫举行的招待会上发表讲语，谬误百出，他称罗马为文明的摇篮。这时突然响起了一阵咳嗽声，蠢事已无可挽回，于是市长中止了这个论题，只局限于歌颂星际体系，还谈到意大利人伽利略用他的望远镜和日心说对发现星际体系作出的贡献。火星人微笑着，过一会儿低下头朝坐在身边的一位红衣主教的耳边窃窃私语什么。红衣主教慈父般的莞尔而笑。当市长授予火星人荣誉公民证书时，火星人发表了简短的讲话。扩音器播出火星人不十分清楚的声音，新闻界报道了这件事，但实在没有什么惊人的东西，也许我们对火星人寄予了过分的期望；可是也应当考虑到作为贵宾的火星人的微妙处境。

10月21日　火星人的第一幅照片，在他抵达罗马的当天晚上就被一家美国通讯社用三百万里拉买下。幸运的摄影师本来可以从中获得更大的利润，但他突然在钞票面前让步了。

各个政党的活动似乎中断了。今天，火星人列席众议院的一次会议。议员们发言

---

① 意大利小说家，剧作家，电影导演。

的时候都结结巴巴的。他们心情愉快地一致通过了一项关于增加某些海关关税的法案。几乎所有的众议员都身穿黑色礼服,态度冷漠但彬彬有礼地相互谦让着。维多利奥·戈列西奥①对我说:"好像小学生面临学年结束似的。"所有的议员竭力控制自己,不去瞧火星人,但他们清楚地知道,火星人注视着他们。看来,火星人给众人留下了一个良好的印象。

10月27日 火星人在干些什么呢?人们期待新消息,希望出现重大的新闻。眼下,各家报纸只是局限于向我们报道火星人如何消磨时光:参加众多的招待会,宴会和酒会,当然他必须出席这些活动,他只能去履行这样的义务。有关他的使命兴许已达成一项保守秘密的默契,他莫非已向政府当局明确地表述了他的使命?共产党人已谈及这一点,虽然是用比较含蓄的方式。人们还谈到火星人要离开的决定,一家刊登这条新闻的晚报出售了十万份,结果证明火星人已经离去的消息是假的。还发行了许多火星人的照片。可是,那些权贵们扬言,他们将要抛弃火星人。不过,这都是一些咖啡馆里的高谈阔论,是难以避免的。而那些模棱两可的美好言辞,存心不良的冷淡,仍在不断重复着。对此,我不想予以介绍,因为它们对于人类来说是很不光彩的。

11月3日 罗马的生活几乎恢复正常。警方恢复了酒吧间打烊的老时间,并继续夜间例行的巡逻和搜索,公园照旧成为恋人们相会的场所。正在着手开拍九部关于火星人的影片,其中一部由托多②主演。

11月5日 教皇接见了火星人。《罗马观察家》③新闻专栏中登载了这条消息,但没有发表照片。众所周知,这家报纸的惯例是根据其重要性的顺序来排列教皇私人会晤中被接见者的名单。火星人被排在这个名单的末尾,被称作库特先生,火星人。

11月8日 今天,火星人突然同意参加由艺术家和作家组成的《新路》④美女评选委员会。当人们告诉他,评选委员会都是由左翼艺术家和作家组成的,他表露出某种不愉快的神情,但他还是作了发言。晚会是在极其愉快的气氛中进行的。共产党人毫不掩饰他们获得的第一个胜利。火星人坐在卡洛·莱维⑤和阿尔贝托·莫拉维亚⑥当中,一声不吭。摄影师们把他们熠熠闪烁的水银灯完全对准他。参加竞选的美女列队走过,一点儿也没有引起人们的注意。莫拉维亚显得有些不耐烦,他在座位上焦躁不安地活动,竟把椅子弄断了。

晚上,我遇见了莱维和其他朋友。我追随着他,想听听他对火星人的印象。莱维

---

① 意大利新闻记者,作家。《新闻报》编辑,著有《法国》、《新使命》等著作。
② 意大利著名喜剧演员。
③ 梵蒂冈机关报。
④ 意大利共产党主办的综合性周刊。
⑤ 意大利当代著名作家,画家。代表作有《基督不到的地方》。
⑥ 意大利当代著名作家。

的回答是肯定的。火星人了解我们的南方问题，和莱维本人相比自然稍有逊色；他是一位聪明人，尽管他所受的教育反映了火星人修养的缺陷。总而言之，莱维很喜欢火星人，倘若他能听取莱维的主意，将是大有作为的。莱维赠送他一些供阅读的书籍，其中有《基督不到的地方》。火星人已读过此书的美国译本。

11月19日　我遇见了阿梅里戈·巴尔托利[①]。我们谈到天气。他让我看看他的红羊毛袜子，是在中心商店买的，价格很便宜，然后问我是否已收到他的明信片。"什么明信片？""我给你寄了一张明信片，问你要一包香烟，你没有收到吗？"他向我诉说，现在天气寒冷，晚上不得不早早上床，然而早上又起得很晚，末了，他向我吐露他正在酝酿一幅关于火星人的幽默画。说句老实话，这个主题已不是那么时髦，该画的全都画了。米诺·马卡利[②]成功地画了一幅，妙极了，登载在《世界》杂志上。画面上是穿着制服的老法西斯分子和帝国主义分子狂呼："要么罗马，要么火星！"巴尔托利想搞点文学性而不带政治色彩的东西，我建议他作一幅这样的幽默图画：火星人从宾乔高地[③]神色激动地仰望他那遥远而渺小的祖国——火星。巴尔托利说："别逗人了。"我回答说："不应当只让人发笑，相反，应当使人激动。"巴尔托利默不作声，不再说什么。巴尔托利永远也理解不了火星人。

11月20日　迄今为止，火星人收到了大约十万封信件。一个秘书班子专门负责阅读。来信者绝大部分是没有被人赏识的发明家，失望的妇女和纯洁的儿童。在一封盖有卡塔尼亚[④]邮戳的信中只写了一个字眼：戴绿帽子的人。然而，也有一些写信人希望火星人做事不要拖拉，埋怨他浪费了大好光阴。失望的情绪正在蔓延。今天我在一家书店碰见马里奥·索尔达蒂，他附在我耳边悄悄地说："骗局！"然后，他就像一个正在考虑隐退的阴谋家，在沉重的思想压力下，佝偻着身子远去了。

11月27日　前天晚上在台伯河畔契斯泰尔纳俱乐部发生了的一件事让我倒了胃口，当时醉醺醺的火星人和一名电影明星在一起，大概是那电影演员坚持要火星人上他那一桌去吃面条，摄影师们当然不会放过在演员授意下火星人狼吞虎咽吃面条的镜头。各家晚报登载了照片。那些最俗气的评论家作了这样的评述：火星人非常喜爱罗马菜肴，他对在罗马生活感到愉快，罗马的生活无疑比火星上任何一个城市的生活都好得多。

11月28日　我前往《世界》杂志编辑部，看望朋友们。摄影师挟着一包新闻照片来了。编辑们埋怨他拍的火星人照片太多了。看来帕努齐奥已经决定不再刊登火星人

---

　① 意大利当代画家。
　② 意大利当代画家，雕刻家。
　③ 罗马的七座山冈之一。
　④ 意大利西西里岛一城市。

的照片，够了！

12月2日　F打电话会我，邀请我今天出席为火星人举行的酒会。我学着女佣人的声调回答说，我不在家。在那些围着火星人转的人群中，有的向他介绍意大利的真实情况，有的邀请他出席另一个酒会。有的请他参加一项文学奖的评选，我觉得在这样的场合去结识火星人是徒劳无益的。

12月6日　我又见到了火星人。这是昨天深夜约莫二点钟，在威内托大街，我同皮耶里诺，阿科尔蒂一季尔正在默默无声地抽烟，只见火星人和两名姑娘走过来，她们个儿高高的，像两匹雌马，也许是跳芭蕾舞的演员。他面呈喜色，一面用英语在谈什么。当他打我们面前走过时，骤然收敛了笑容，尽管我们尽量不去打量他。在隆巴尔迪大街售报亭所在的高处，火星人同前国王法鲁克①相遇，法鲁克神色悒郁，慢悠悠地散步。他们没有互致问候。法鲁克想买一包香烟，便向正在卖烟的老头儿做了一个手势，老头儿口中答应着，赶紧跑到他的顾客跟前。

随后，我俩走近两名正在高谈阔论的妓女。她们中的一个说："你愿意去找火星人吗？去吧！"另一个显出不耐烦的神情，冷冷地说："我不想去，你去吧，跟火星人在一起，我才不干呢。"我弄不清楚她们的拒绝是出于莫名其妙的胆怯，还是由于一种难以理解的民族主义情绪所致。

12月7日　埃尔科内·帕蒂②告诉我一件事，他说，火星人被邀请到强皮诺机场参加电影界名流的一次活动，不料摄影师们却不客气地请火星人离去。好像火星人出现在照片中，会影响画报销售量似的。"火星人，请你躲开！"他们笑着但带着厌烦的口气对他说。但火星人善意地微笑着，显然没有听懂对他所说的话的意思，只是摇晃着脑袋，一面招手，一面向他们致意。

12月18日　前天晚上，我和维多利奥·依维拉谈到意大利国内的事情，他向我透露了他的设想，这使我感到很有意思。他说："火星人为什么恰恰降落到我们这儿来呢？我以为，他不是有意选择的，而是从天上掉下来的！"火星人幸运地被迫降落成功，并以世界发现者的面貌出现，这个设想使我觉得很有意思。整个晚上，只要我想到这一点，我都哑然失笑。阿梯里奥·里乔却持截然相反的看法，认为火星人事件是典型的无知者对偶像的崇拜，他预言，火星人必将落入过街老鼠的结局。

还流传着一个新闻，在报上也谈到了这样的消息，说火星人爱上了一位燃起他欲望的女芭蕾舞演员，这位女演员用很下流的话谈论他。

12月20日　今天我第一次同火星人谈了话。当时我在弗列杰内③，我很快就认出他

---

① 埃及国王，1952年被纳赛尔领导的革命废黜。
② 意大利当代作家，《罗马之爱》的作者。
③ 罗马郊区的小镇。

来。他正在洒满阳光，海风吹拂的沙滩上漫步。他欣赏着大海的景色，不时停下来捡拾贝壳，并把拾到的一些贝壳装在衣兜里。由于沙滩上只有我们两人，他走到我的跟前，问我有没有火柴。我假装没有认出他是火星人，以免我的好奇使他感到难堪，当时我也只想独自一人呆着，沉浸在遐想中。他用一只手指着自己的胸脯，对我说，"我是火星人。"我装出一副异常惊讶的样子。我脑子里随即闪现了采访他的念头。我想写一篇与众不同的采访，饶有文学的兴味，引导他就更加广泛的问题发表意见。在海滨的邂逅或许会证明我的想法是对头的，正如福楼拜所说，大海能启示资产者进行更加深刻的思索。但我的惰性很快制止我这样去做。我本应提出问题，紧紧追问，请他解答。"不！"我对自己下了这样的禁令，只满足于在近处仔细地瞧瞧他。他的魁梧体格使我产生一种不愉快的惊奇之感。身材如此高大，竟使人觉得他其实没有什么自卫的能力，就像我们北方某些上了年岁的人比实际年龄显得年轻，然而他们充满稚气的微笑却显示出，他们的生活没有经历过巨大的痛苦，完全一帆风顺，这就使我的兴趣彻底丧失了。我请火星人去喝点什么。在酒吧间他要了一杯威士忌，为了向我表示谢意，他微笑吟吟，把一只手搭在我的肩膀上。就在这一刹那，一个清明而瞬息即逝的印象在我的脑中掠过，我敢断言火星人是不幸福的。

12月21日　昨天晚上，在威内托大街一家咖啡馆里。一群搞同性恋的男青年正围着桌子谈论着火星人。他们交谈的声音是如此响亮，以至于对他们谈话内容不能充耳不闻。据他们说，好像火星人和一名年轻的、没有名气的电影男演员有着暧昧的关系。然而，看得出来，火星人也生活在不安之中，他似乎害怕他那星球上的同胞们认为他政治上是个保守派，他的同胞们肯定在用他们掌握的而我们难以想象的手段监视着他。也许是用遥控的传话器。所有的假设都是可能的。那群青年人还说，火星人同青年演员在旅馆房间中闭门不出，寻欢作乐好长时间，以后，他才起来，故意做出一副面向某个听众的神情，吐字清晰地高声说："但你为什么不到火星去生活呢？要知道，这是一个真正民主的国家。"

12月22日　火星人接受了在一部罗贝尔托罗塞利尼[①]导演的影片中扮演一个火星人角色的任务。罗塞利尼对此表现出浓厚的兴趣，希望某个火星上的经济财团也能参与这部影片的投资。在罗塞蒂那里我遇见了索尔达蒂，他告诉我，在拍摄他的新片之前，他打算先写一部新书，书中描述的故事发生在1932年的都灵。索尔达蒂兴致勃勃地向我讲述了故事情节。他匆匆离开了我，上理发店刮脸去了。他还购买了公文包。我见他像一只蝴蝶似的飞走了。

1月6日　像平常那样，人们在愁闷中度过了圣诞节。真热烈啊！今晚我在威内托大街不免待得晚了一些，因为我不困。在罗萨蒂咖啡馆的一张桌子旁有帕努齐奥、利

[①] 意大利电影导演，新现实主义电影大师。

波那蒂①、萨拉盖特②、巴尔志尼③和其他一些政治记者,他们正在谈论按比例数选举议员的问题。在另外一桌上,火星人同米诺、圭科尼、塔拉利科④和阿科尔蒂——季尔在一起,显然,他们正在很有礼貌地捉弄他。服务员已把打扫用的锯末撒在地板上,打他们跟前走过时,我听见阿科尔蒂——季尔对火星人说:"如果你复活节的时候上卡普里岛来,我可以介绍你认识马拉帕尔泰⑤,他是比莱维更富于倾向性的人物,深谙意大利中部和北部问题。"火星人表示同意,彬彬有礼,但漫不经心。因为一名服务员不太客气地宣布,现在该关门了。所有的人都站起身来,火星人也出来了,在门口向我们告别,随即朝埃可塞西奥尔旅馆走去。法鲁克坐在最后一张桌子旁,靠近隆巴尔迪亚大街的加油站。他轻轻吹着口哨;心情忧伤地仰望着布满玫瑰色云霞的天空。他将胳膊肘支撑在柳条椅上,双手合拢放在嘴上,有节奏地晃动手指,吹着口哨。但是听得出来,那是一个流亡的国王或穆斯林才能低声吹奏的曲子。在另外两张桌子上,一些出租汽车司机正兴致勃勃地谈论着足球。再过去,那位卖烟卷的老头儿来回踱步,等候顾客的叫唤。对我来说,这副景象是如此亲切熟悉,不能不使我为之心情激动。我想到温柔的罗马!她用母亲般的胸怀把不同人的命运结合在一起。

　　眼前的这副景象中又平添了火星人,他打司机们和法鲁克的面前走过,愉快地挺着胸脯,似乎根本没有瞧见他们。在走近埃克塞西奥尔旅馆时,又放慢了脚步。我知道他此刻毫无睡意,不想上床。对夜晚的烦闷,对睡眠的害怕,对那间怀有敌意的卧室的恐惧,使他木然地停留在一家玩具店的玻璃橱窗前,一会儿又全神贯注地站立在一家花店的橱窗前,似乎让人觉得,火星上不会盛开像我们这里如此美丽的鲜花。末了,他决定穿过马路,就在这个时候,有人响亮地高呼:"打倒火星人!"这声音划破了阴沉寂静的空间。火星人很快翻过身子,寂静的气氛再次被打破。这一回,庸俗、使人心烦意乱的喊叫声持续的时间更长。火星人停住脚步,在星夜中仔细察看。没有任何人,或者说得更确切点儿,他没有瞧见任何人。他又开始走动,一种更为强烈,喧嚣的声音爆发了,他在沥青马路上一动不动地站着。好像一群魔鬼演奏的音乐撕破了黑夜的长空。火星人愤怒地嚷道:"一群流氓!"

　　回答他的是一阵持续长久时间的噼噼啪啪的爆裂声,犹如被大火吞噬的一座建筑物发出的声响。只是当火星人走近斯特雷加咖啡店门前一小簇人群的时候,这种声响才戛然停止。在一串巧妙的修饰噪音中,我们可以作出这样的推论,这是一伙不务正业的青年人,他们隐藏在彭科姆帕尼大街售报亭的后面。

---

① 意大利记者。
② 意大利政治家,曾任共和国总统。
③ 意大利记者。
④ 意大利剧作家。
⑤ 意大利当代作家。

随后，在回家的路上，我看见了火星人，他只身一人迈着长长的、软弱的步子，朝着博尔盖塞公园走去。在松树林的上方，一红色的圆点在无垠的天空孤寂地闪烁，这是火星。火星人止住脚步，抬头仰望着它。事实上，人们已在纷纷议论，火星人一旦重新获得被旅馆老板扣押的飞船，即将离开罗马。

蔡蓉　译

芳 妲

　　[意大利]瓦斯科·普拉托利尼（VASCO PRATOLINI, 1913—）是靠自学成才，跻身于意大利名作家之林的。他出生于佛罗伦萨一个工人家庭，由于家境贫寒，他九岁辍学，先后当过电梯工人、排字工人、冷饮店小伙计、商店学徒。在繁重的劳动之余，他如饥似渴地学习，后来身患肺病，仍勤奋攻读。他的早期作品《马加志尼街》中的主人公，就有着作家身世的某些投影。三十年代末，普拉托利尼成为记者。后来，他创办文学刊物《校场》。四十年代，普拉托利尼参加反法西斯抵抗运动。《女友》（1943）、《街区》（1944）描写佛罗伦萨工人住宅区的生活，反映在法西斯统治的年月里一代青年在意识上的成长。

　　二次大战后，普拉托利尼的创作臻于鼎盛，这时期先后发表的《苦难情侣》（1947），《意大利历史》三部曲（《麦泰洛》1955；《豪华》1960；《理智的永恒》（1963），堪称意大利当代文学史上的经典。前者通过佛罗伦萨青年主人公在苦难深重的岁月里的艰辛生活与英勇斗争，着力刻画了意大利民族性格的优秀特征，后者以恢宏的气势，纵括从十九世纪末叶工人运动兴起，直至二十世纪六十年代近百年间意大利社会的沧桑变迁。

　　1985年，普拉托利尼在长期沉默之后，发表了诗小说《娜塔莎的一组诗》，受到了舆论界一致好评，荣获维阿雷焦奖。

　　《芳妲》是普拉托利尼的一则优秀短篇，以一对青年男女间的真挚情谊为线，牵出了法西斯独裁年代的风风雨雨，小说的风韵朴素平实，委婉精致。

芳姐长着一双乌黑的眼睛，眼珠中间的一点却闪烁着金色的光芒，她有一头金黄色的秀发，我从未有机会向她吐露过我对她的爱慕之情，而且我压根儿也不知道她叫芳姐。

一天清晨，她站立在桥中央，等着我鼓起勇气靠近她。

"您瞧，这真是着了魔似的！"她感叹地说，"一个月来您简直已成了我的影子，请您把您想对我说的话照直对我说吧，然后我们就再也不提起它了。"

"怎么？你还不明白吗？"我说。

正在这个当儿，一位手里牵着一个小女孩的妇女从我们身边走过，她让小女孩边走边复习功课。小女孩还在打瞌睡，结结巴巴地背诵动词变位："你是，你们是，他们是。"我们二人忍俊不禁，放声笑了起来，这倒成了消除我们之间尴尬局面的一种方式。芳姐一只手扶着大桥的栏杆，我也采取同样的姿势；我俯瞰着从桥下流过的大河，上涨的河水呈碧绿色，轻轻拍打着银匠们在里面工作的那些大窗户。我用手指指河中心，对她说：

"您瞧那个划赛艇的人。"我似乎觉得这就是我要向她说的最重要的事情。

"看来，他倒真是悠闲自在。我挺羡慕他。"她回答说。

大桥的两头立着四座雕塑，背对着我们，它们是四季神像。那时，我们两人都年方十八岁。我在一家报社当练习生，她是一家时装店的营业员，一天挣七个里拉，她同父亲和祖母生活在一起。她的父亲是一名司法官员，专门向那些到期拒绝支付贷款的人提出警告。我们相约每天清晨在桥上见面已经整整一年。她家住春神和夏神所在方向的河岸那一边。我俩常在酒吧间喝咖啡，那里有刚刚出炉的热面包，我们每次都买一只，共同分享，每人吃一半。她总是将她那一半面包蘸着咖啡，一面呷着，一面一小口一小口地咬着吃，品尝滋味。她责怪我一口就吃完了。

我总是伴送她到时装店门口，在那儿耽搁一会，而她故意去整理橱窗，用这样的方式再次同我依依惜别。下午和晚上，我们又漫步桥头。我们亲眼目睹河水怎样反映出季节的变化：一月份，河水上涨，一片土黄色，而且异常混浊，它的浪头把树干和乡村的死猪都席卷而去。这时候，银匠们在大窗户前探头察看着测水器。每当烈日炎炎的夏季，铺满卵石的小岛裸露出来，河中间用小木柱编的打鱼的鱼梁也干了，孩童们光着身子，整日在那里玩耍。只有桥下的河水流势不那么涌急，可以清澈见底。而春天，河水碧绿碧绿的。

那天晚上，我们慢悠悠地散步，芳姐唱着歌，她将肘臂靠在栏杆上，用双手托住面孔，一面凝视汩汩流淌的河水，一面细声歌唱。我轻轻抚摸着她，口中叫着"亲爱的，"但她像没听见似的。于是我开玩笑地埋怨她说：

"你爱河水胜过了爱我啊！"

夏天来到了，人们坐在栏杆上，小伙子弹奏着曼陀铃打桥上经过。大桥的那一头摆着西瓜摊。

那是1938年。西班牙红色军队从布鲁奈特撤退；一名丈夫谋杀妻子；政府就种族法举行投票，然而，这一切事件，全不过是登载在报纸上的大标题，相距我们甚为遥远。我们仍然在桥上消磨时光，在林荫道上漫步。芳姐的父亲还是不愿意见到我。她说：

"你看吧。我将会说服他的，其实，他什么也不反对，只是因为我们都是孩子缘故罢了。"

芳姐一天一天地成熟起来，身子越来越丰满。当我们逐渐学会接吻的时候，就是另一种情形了。芳姐显得越来越心神不宁，往往焦虑不安地提一些问题，包括那些毫无意义的事情，使人觉得她仿佛置身于持续不断的噩梦之中，时而激动，时而烦恼。她像第一次对我说话那样重复着：

"这真是着了魔似的，为什么人们那么晚才开灯？为什么你偏偏在今天理发？为什么连续几个晚上月亮都是满月？"

而我却幻想着我们举行婚礼的新房，想象我们这对新婚夫妻的样子，企望有一架带耳机的，像玩具那么好看的收音机。

六月份，我送给她一条紫红色的披肩，晚间，当她感觉到凉意时，就将它披在素白衣裙的外面。

"我本来不愿使我陷入爱情的圈圄，第一次我那样不礼貌地对待你，是为了要你让我感到安宁。"她说。

"我知道。"我傻里傻气地回答，高兴地笑了。然后我问她：

"你什么时候把你的心事告诉我呢？难道你不相信，如今我这样热烈地爱你，因此你以后无论怎样也不能吓唬住我了吗！"

"还不至于如此。"她一本正经地看着我。而我只知道一个劲地吻她。

芳姐变得越来越苍白消瘦，越来越心不在焉和惶遽不安了。我对她说：

"家务事让你太受累了。"

她抚摸着我，问道：

"你非常爱我吗？"

一天晚上，她忽然对我说：

"如果你非常爱我，为什么不尽可能透彻地了解我呢？我期待着向你吐露心事的时刻。"

"对于你，我敢说了若指掌，你犹如我呼吸的空气，我对你的了解就像看一本印好的书那样一清二楚。"我急忙说。

"啊，你真蠢！"她回答道，当时的音调既温柔又失望。以后，我常常回忆起她的这副神情。

我俩倚靠在栏杆上,天刮着风,公园笼罩在浓雾之中,使得街道两旁的路灯暗淡无光。河水呈现一片灰黑色,翻腾滚动,向桥孔下涌去,不断发出撞击桥墩的吼器。

芳姐说:

"这是一件苦恼的事情。你老是说:我知道,我知道,实际上你什么也不知道。为什么我是金发女郎?我本不应这样,这你知道吗?"

"你有一头金色的秀发,所以你是金发女郎。"我说。

"我本不应是金发女郎,这是一件苦恼的事情。我非常爱你,为什么我也爱你呢?你肯定知道,我想听你说说。这是什么原因呢?我也弄不明白,我只知道我爱你,但我不知道为什么,"

她显得异常的平静,只有她的话含含糊糊,而她的声调却格外柔和,这是一个人忍辱负重,寻求宽恕的人所特有的柔和声调。

"你当然什么都知道。"她重复说着,"你也知道大河最终流向大海,但是你不知道,我连大海都没有瞧见过,事实就是这样,我如今二十岁了,可我从来没有瞧见过大海,我还从来没有坐过火车,这你知道吗?"

"傻姑娘,"我对她说,"这就是你的心事吗?"芳姐将脑袋埋在双手中,两只手臂支撑在栏杆上,她说:

"现在你大概深信,这就是我的心事了,这真令人苦恼!"

我把手臂放在她的肩膀上,把她的脸儿转过来,我发现她在哭泣,我用手指蘸了一滴眼泪,润湿她的嘴唇说道:

"你尝到了吗?海水就是这种咸味,"我亲吻她的脸颊,"星期天我们上海边去,坐火车去,当天晚上就赶回来。你找个借口,跟你父亲打个招呼。"

"没有必要,"她两眼凝视着面前的河水,慢悠悠地回答说,"父亲走了,他要在外面待很长时间。"

"是走亲戚吗?"

"是的,"她说,

当我陪伴她走下大桥朝她的家走去时,她转过身子,看了一眼四季神像说道:

"春神在这个季节干什么呢?你知道吗?"在吻我之前,她用拳头柔情地捶了一下我的胸脯,但两只眼睛里噙着汪汪的热泪,我用手绢替她擦去了泪水。

那天夜里,当我睡醒时,母亲正巧走进我的房间。

"我来看看你是否把窗户关好了,"她说:"你没有听见暴风雨吗?"

狂风夹着倾盆大雨猛烈地敲打着玻璃窗,母亲走出房间前说道:"明天的河水可要猛涨了。"

清晨,阳光照耀在桥面上,街道、房屋的墙面,全沐浴在阳光里,暴风雨过后的空气格外清新。

河水已上涨到银匠作坊的大窗口，窗户已经用铁帘子遮掩起来．我等待着芳姐，然而她没有来。我到市场转了一圈，也没有碰到她，我暗自思忖，昨夜的暴风雨兴许使她着凉发烧了。我决定上她家里去看望她。我敲了敲门，一位戴着一副夹鼻眼镜，岁数不太年轻的瘦女人给我开了门，她穿着一件已经褪色的蓝布睡衣，正在用抹布拭擦厨房的炊具。

　　"芳姐不在家，"她带着厌烦的神情，很不客气地对我说。"她一大早就出去了，一位护士已经来打听过二次，可是谁也没有瞧见她。"

　　"一位护士，为什么？"我问道。

　　"她的父亲病得非常厉害，看来这次……"

　　我惊惶失措地站在门槛上，有气无力地问道：

　　"她的父亲病了吗？"

　　女人放下炊具，把抹布放在邻近的桌子上，整了整睡衣，说道：

　　"你不是警察局的吧？"

　　"不是，"我说，"我是她的朋友。"

　　"噢！对不起，他们几乎天天上这儿来。事情是这样的，芳姐的父亲是犹太人，被他们解雇了，从此，他就神经错乱，成了疯子，他是因为绝望而发疯的。"

　　"那末，芳姐呢？"我问。

　　"也许到什么地方借钱去了。你知道，我是尽力接济她，因为她也没有工作了。但是，我们也不是很富裕的人哪……"

　　两天以后，在靠近河口很远的地方，人们发现，河面上漂浮着芳姐的尸体。

蔡蓉　译

成熟的考试

［意大利］朱塞佩·贝尔托（GIUSEPPE BERTO, 1914—1978）对于中国读者并不陌生，他的处女作《满天红》(1947)早在五十年代就译成中文出版。小说以纤细的笔触描绘被战争的炮火毁灭了青春和幻想的青年一代的际遇，他们身受战争、饥饿、瘟疫等邪恶的污染，而又终不失去纯洁本色的情操，引动了众多的赞叹。这部作品同作家的一段特殊经历相关。贝尔托1940年毕业于帕杜亚大学文学系，旋即被征入伍，派往非洲作战，1943年为美军俘虏，《满天红》便是他在战俘营艰难度过的三个春秋中写出来的。

贝尔托的第二部作品《强盗》(1951)是早期新现实主义的代表作。一个战后回到乡村的青年退伍兵，只因为了争取土地和生存而触犯了当权者，被打成"强盗"，锒铛入狱。

和许多同辈作家一样，贝尔托的创作从六十年起发生转折，从反映社会生活转向表现人的潜意识和内在世界，从写实转向精神分析（《难以捉摸的邪恶》，获1964年维阿雷焦奖）；展示人在现代社会中的沦落、失常，唯有抛弃城市、财富，才能在大自然中找到归宿（《噢，赛拉菲娜》，1974）；借宗教题材表现被罪孽折磨，但又渴望拯救的灵魂（《荣誉》，1978）。

《成熟的考试》选自短篇小说集《微小的成就》(1963)。这里贝尔托依旧写他喜欢写的青年人，通过一个外省青年对富有家庭出身的姑娘的爱慕，在对人物微妙情感的委婉舒徐的抒写中，反映出人与人之间关系的一个侧面。

高弗雷多的座位在达丽娅后面的第三排。第一天，意大利语笔试的时候，他常常被达丽娅扰得心神迷乱。高弗雷多是来自遥远的外省的青年，早先在私立学校读书，因此很不习惯跟姑娘们坐在一个教室里。不过,这只是表面的理由。其实呢,其中别有缘故。参加考试的姑娘远不止一名,少说也有一打,可是,偏偏只有达丽娅惹得他心绪烦乱。

达丽娅是个金发姑娘,梳成马尾巴的软发虽然已经不是时新式样,但仍高傲地挽在脑后,衬托出修长的脖颈;假使艺术家们没有夸大的话,那只有埃斯特①宫廷的公主们才配有这等秀美的脖颈。至于说脸庞,它是如此俏丽、甜净,容光照人,以致高弗雷多很自然地把它跟菲利浦·利皮②画幅中的圣母相媲美。她的嘴唇略嫌宽了点儿,涂抹的口红使它显得更加宽阔。事实上,达丽娅是一位集各种对立的特色于一身的姑娘。

自然,高弗雷多第一天并不知道她叫达丽娅。只是到了第二天,在拉丁语考试的时候,他才知道她的名字;当时,他屏息凝神,倾听教员喊她的名字:达丽娅·玛莉妮。很可能,她的拉丁语不很好,因此常常掉转头来,跟邻座的同学交头接耳,请他们提示,直到其中的一名同学厌烦起来,高声叫喊道:"够了,别讨厌了!"

仿佛为了报复,她以更高的嗓门嚷道:"臭狗屎!"

高弗雷多听到这个字眼非常难受。在私立学校里,几乎没有人讲这样鄙俗,有伤大雅的话,他自然也是这样;如今,听到它出自一位有着菲利浦·利皮笔下圣母那样的面容的姑娘之口,他觉着困惑,甚至痛苦。或许,他原来在心目中美化了这位姑娘,赋予她实际上并不具备的品质;可是,不多一会儿,有两次或者三次,他听到达丽娅啜泣的声音,又瞧见她擦拭眼泪,立即原谅了她。而且,他比原先更加确信,达丽娅是一位奇妙的姑娘,虽然她的拉丁语不怎么样。

论各科学习成绩,高弗雷多是个佼佼者,拉丁语自然也不例外。他抽出一张白纸,在上面写好试题的答案。白纸悄悄地从一只手传递到另一只手,一直传到达丽娅的手里。

约莫不到半小时,达丽娅站起身来,交了考卷,走出了教室。高弗雷多却在冥思苦想,在考卷上东改一点儿,西涂一点儿,以免教员评卷时发现他的考卷跟达丽娅的考卷过于相同。

接近两点的时候,高弗雷多才离开教室。他瞧见达丽娅正在外面等他,心里顿时起了一阵惶恐的感觉。达丽娅细挑的个儿,婀娜纤巧,身穿一件非常得体的外衣,这在教室里是难以发现的,因为她跟其他姑娘一样,都着了一件学生必须穿的黑罩衫。显然,她出身于非常富有的家庭。假使可能的话,高弗雷多很想躲开她,佯装没有认出她。可是,达丽娅却迎面向他奔来,问道:

"是你递纸条给我的吗?"

---

① 文艺复兴时期统治意大利菲拉拉城邦的家族。
② 菲利浦·利皮(1406—1469),文艺复兴时期意大利画家。

"是的。"

"你为什么这样做呢？"

高弗雷多不禁心跳血涌，脸颊上起了一阵火辣辣的感觉，一时间不知如何回答是好。究竟为什么要这样做呢？他自个儿也说不上来。可是，他知道，仅仅是为了她，而不是为了别的姑娘，他才这样行事的。

达丽娅瞧见他这副窘困的模样，忍不住扑哧一声笑出来。"我从纸上抄了好几处，"她说，"假使你让我考不及格，我可要恨你一辈子哦。"

"我不会让你考不及格的；在私立学校里，我是班上的第一名。"

"你在私立学校念过书？私立学校不是挺叫人腻烦的吗？"

第三天，继续进行拉丁语考试，高弗雷多又递给达丽娅一张写好答案的纸条。而且，他从刚来罗马时安身的加富尔大街的住所，搬到人民广场附近科尔索大街的一家公寓；达丽娅家的宅邸坐落在台伯河畔的阿纳多·达·布雷夏大街，距离科尔索大街很近。达丽娅很快就邀请他一起准备口试。

第四天是希腊语考试，高弗雷多又递给达丽娅一张夹带。下午，他本来应当马上开始准备第二单元的口试，可是达丽娅无精打采，不乐意复习功课。她要高弗雷多陪她上电影院；电影散场以后，又忽然想去品齐奥咖啡馆，尝尝只有这家咖啡馆才有的精致美味的冰淇淋。咖啡馆的雅座设在阳台上，恬静、舒坦。罗马城逐渐地隐没在温暖、蒙胧的落日余晖之中。成群的燕子，在天空低回飞翔。达丽娅接连吃了三客冰淇淋。她说，她品尝冰淇淋的胃口好极了，而且无须担心因此而发胖。高弗雷多惊诧不已，但又体味到一种甜蜜的幸福，或许，正是由于这种无比幸福的感觉，反倒使他惊诧。

他回到公寓，晚餐只喝了一杯牛奶，外加三小片在牛奶里稍稍浸润的面包。品齐奥咖啡馆的冷饮价格昂贵得惊人，而他手头的钱又很拮据。

过了一天，需要准备口试了。十一点钟，高弗雷多按照达丽娅原先的嘱咐，给她打电话，但她家里的人回答说，她到海滨浴场去了。不管怎么说，整整一天，他心神恍惚，闷闷怏怏，在房间里闭门不出；书本摊在他的面前，可是他压根儿看不进去一个字。达丽娅奇怪的态度深深刺伤了他的心。他知道，为了这样的事情而痛苦未免过分，但他无法抑制自己。他的自尊心受到了伤害，而他是个非常富有自尊心的人。

晚上，高弗雷多来到台伯河畔阿纳多·达·布雷夏大街，在达丽娅的宅邸周围，踯躅徘徊，足足两个多小时。高大的宅邸里，明亮的灯光从许多窗户里射出来，可是，他不知道哪一扇是达丽娅的窗子。

他就这样迷糊地怅惘着，徒然地度过了整整三天的时间。第四天，午饭过后，达丽娅突然打来电话，要高弗雷多上她家里去。在心绪最为烦乱的时候，他曾暗自下定决心，从此永远不再跟她见面，他甚至想好了许多冠冕堂皇的理由，以便在达丽娅一旦露面的时候对她说；可是，当他听到电话里传来她的温柔多情，又似乎充满忧伤的声音，他禁不住激动得心头怦动起来，回答说，他立即就去。

达丽娅的寓所宽敞、豪华，室内陈设着精雅华丽的家具、古老的油画。身穿带镀金肩章的白制服的男仆，领着高弗雷多走进客厅。幽暗的客厅里，一支用英语演唱的歌曲，轻轻地抒出婉转的歌声，软绵绵地摇曳不绝。达丽娅倦怠地躺在沙发上，历史教科书第三卷早已合上，搁在胸前。她身穿一件素白的上衣，面容、大腿、臂膊都呈现出健美的肤色。高弗雷多惊慌而又多少痛苦地发现，她的大腿，几乎整个地裸露着。达丽娅满不在乎，丝毫没有去遮盖的意思，对他说：

"你瞧，我晒黑了吗？"

"是的，"高弗雷多的回答使达丽娅十分高兴。她让高弗雷多在沙发上坐下，挨近她，然后对他说：这次考试对于她关系重大，假使她的考试成绩不好，她的父亲就将放弃送她到伦敦留学两年学习英语的计划。其实，学习英语只是一个借口，她希望到伦敦去，不过是为了快活一番。然后，她突然问道：

"这些天来，你感到难受吗？"

高弗雷多心中蓦然一惊，他仿佛觉得，达丽娅的问话一下子剥掉了他用来掩饰自己的外衣，使他的灵魂和躯体全都赤裸裸地呈现在她的面前。他心情慌乱，既兴奋又羞怯，不过仍然回答说：

"不。我为什么要感到难受呢？"

达丽娅拉住他的手，紧紧捏住，说："我喜欢你，因为你与众不同；别人都是一见钟情，狂热的劲儿叫人难以忍受。你向我保证，你不会爱上我。好吗？"

"我向你保证。"

"好极了。"她说，随即放下了高弗雷多的手，按了一下电钮，旁边一张小书桌上的台灯亮了。"现在你帮助我复习法国大革命这段历史吧。"

他们一起复习法国革命的历史，然后又朗读贺拉斯①的三首颂歌。达丽娅确信，考试的时候，老师不会向她提出很多问题，因此觉得复习不必过于认真。高弗雷多也显得心绪缭乱，或许是因为达丽娅紧挨着他，她的马尾巴式的金色秀发，翕动的嘴唇，丝毫不打算遮掩的、裸露的大腿，使他的精神涣散；或许是那一支接一支用同样低沉婉转的声音抒唱的英国歌曲，扰乱了他的注意力。一张唱片播完，只听得另一张唱片轻轻地自动落在唱机上，顷刻，悠扬的音乐又响了起来，达丽娅对此早已习惯，毫不在意。

五点钟的时候，达丽娅说，老是在屋子里念书，太腻人了，不如上品齐奥咖啡馆去，一边喝咖啡，一边复习功课，而且，她对那里的冰淇淋很有好感。于是，他们随

---

① 贺拉斯（公元前65—8年）：古罗马著名诗人。

身带了许多书,上品齐奥咖啡馆去了。咖啡馆里供消遣解闷的玩意儿实在太多,他们自然没有心思念书。达丽娅一连吃了四客冰淇淋,高弗雷多付了钱。晚上,他仍旧只好吃面包和喝牛奶。

他们以这样的方式消磨了另外的一天。

准备口试的一个星期快要结束了。高弗雷多只觉得全身倦怠无力,或许这是饮食不足的缘故,或许是睡眠不佳,夜里时时做梦,使他整天价昏沉恍惚。他忽儿梦见达丽娅,忽儿梦见令人垂涎的食物;他又梦见自己成为腰缠万贯的大亨,去见达丽娅的父亲,说:"我是人世间最富有的人,请把您的女儿许配给我。"这些梦是他过于敏感的自尊心的反照,多少近于非分的幻想。可是,在梦境中,达丽娅的父亲总是答应他的请求,达丽娅也显得无比幸福,因为她真心爱他。

第二单元考试的前夕,他们原先商定把 Consecutio temporum[①] 整个地复习一遍,但没有能够完成这一计划。这一天,达丽娅心绪特别烦躁,满怀沮丧的伤感。她伤心地诉说,她的父亲毫不体贴她,而且,他简直连猪狗都不如,竟然搞了一个二十岁的姑娘当情妇,还替这个贱货购置了小轿车和裘皮。而她的母亲,在离婚以后,又嫁给了一个西西里男爵,这个男爵其实是名政客,近来又混上了个议员。一年之中,达丽娅至多只能跟母亲见上两次面。但这并不是使她失望的根源。是的,父亲和母亲都是利己主义者,但更糟糕的是,整个世界都充斥着利己主义。在这世道上,假使有谁需要寻求真正的情感,简直是踏破铁鞋无觅处。

高弗雷多看到达丽娅这般伤心,恨不得对她说:他最大的心愿,莫过于为她而献身,他确确实实不是利己主义者。可是达丽娅没有给他这样表白的机会。她扑倒在沙发上,热泪簌簌地滚落下来,像小孩子似地涕泣呜咽,不时地嗫嚅道:"我真是个不幸的人,不幸的人!"

高弗雷多默默地注视着她,心都要碎了,假使他粉身碎骨便能稍稍消除她的不幸,他甘愿立即拜倒在她的脚前,毁灭自己。

"我能为你做些什么吗?"高弗雷多怯生生地问,虽然他明白,他的问话在这种场合是显得多么不合适。

"任何人,任何人都不能帮助我。"达丽娅一面啜泣,一面说。

不过,高弗雷多善良、淳朴的心意确实也给了她少许的安慰,过了不大一会儿,她抬起那双噙着泪珠,美丽而灼灼如火的眼睛,凝视着高弗雷多,对他说:他是她最亲的人;她请他也躺在沙发上,靠近她,紧紧地搂住她,他温顺地服从她的命令,羞怯,特别是担心她的父亲或者身穿白制服的男仆突然闯进来的恐惧,使他浑身起了麻酥酥的感觉。达丽娅却一点儿也不害怕,总是要他更用力地搂她。蓦地,一阵激动地

[①] 拉丁语语法中的主从句时态对立关系。

战栗袭来,她发狂似的搂住他,不断地吻他,高弗雷多惶惶悚悚,简直不敢相信眼前发生的一切。

又过了一会儿,达丽娅突然平静下来,沉默不语;然后,对高弗雷多说,现在他该离开了,她想独自一个人休息。

夜阑更静,沉浸在亢奋激动之中的高弗雷多,在阿纳多·达·布雷夏大街上不停歇地来回踱步,度过了整整一个不眠之夜,他凝视着达丽娅安睡的房间,黯然神伤,心中勾起一缕忐忑不安的感觉和淡淡的哀愁。是的,这些天来发生的种种事情中,他不明白的事情实在太多了。他暗自思忖,或许他只有成为一个非常有钱的人,才能够向达丽娅真正求爱。只有一样东西对于他是极其明白的:达丽娅跟财富的概念是紧密不可分的。

考试成绩公布了。高弗雷多名落孙山。这并未出乎他的意料,他心底里也多少明白,这是他应得的结果;可是,当他瞧见达丽娅的成绩竟然达到录取标准的时候,心里又不免难受起来。自从考试结束以后,或者说,他们甜蜜地接吻以后,他再也没有遇见她。她去海滨度假了。

考试既然落第,高弗雷多也就没有任何理由再在罗马逗留下去,何况,他虽然在伙食方面尽量节俭,但身上的钱也花光了,付去房租,仅仅够买火车票。下午五点钟有一趟离开罗马的火车,但他觉得说什么也必须再见达丽娅一面。于是决定乘下一趟夜里开出的火车。他来到阿纳多·达·布雷夏大街,伫立在达丽娅的宅邸前,等待着。

他足足等了三个钟点。将近天黑的时候,一辆敞篷小轿车疾驶而来,车上坐着达丽娅和几个青年男女。小轿车在寓所前面戛然止住。达丽娅今天分外俏丽,海滨的日光浴把皮肤晒得黑黝黝的,梳成马尾巴的金发比往常更加熠熠闪光。

"啊,你好。"达丽娅瞧见高弗雷多伫立在寓所门口,向他打招呼。

达丽娅说话的声气足以使他明白,他做了一件蠢事。现在,他说什么也得立即摆脱眼前难堪的处境。

"你考试录取了。"他对达丽娅说。

达丽娅耸了耸肩膀,仿佛这件事跟她毫无关系似的。她下得车来,手里挎着海滨浴场用的手提包,扭着腰肢,一径朝大门走去。

"今天晚上我就要离开罗马了。"高弗雷多又说。他开始觉得这一切是多么滑稽可笑和徒劳无益,仿佛是某部小说里精心安排的人物的表演,而不是他自身的举动。

"我以为你已经离开罗马了,"达丽娅对他说,"你到底需要什么?"

他还没有来得及思考他应当做的事,猛然不由自主地攥住她的一只胳膊,狠狠地捏着。达丽娅一阵疼痛,倏地露出愤怒、凶狠的脸容。

"放开我,你疯了吗?"

"你为什么这样对待我,一个星期以前,你不是这样的。我真想给你几记耳光。"

达丽娅放声大笑起来。"你想干什么？想成为我的主人，就因为让你吻了我？你知道，假使这样，那我现在该有多少主人吗？"

突然间，他的勇气和愿望统统消失了。他放开了她的胳膊，痴呆地瞧着她。她像一名受到伤害的、愤怒的公主，昂首朝电梯走去。她那娇艳美妙的姿影已经越来越远去，终于隐没在那给他带来痛苦的地方。

高弗雷多目送达丽娅的身影消失以后，才颤悠悠地迈开步子，去他住的公寓取行李。他虽然全身重滞，倦乏无力，但仍然想步行到火车站，这样在购买火车票以后，还可以用剩余的钱买一个小面包。眼前发生的事真像一场恶作剧。他察觉到，他陷入的处境，他的饥饿，考试的落第，以及其他的一切，都是那样荒唐可笑；他仿佛一株幼小的树木，遭到暴风雨的无情劈击，只留下了少许折断的枝丫，疏落的树叶。

他一面颤悠悠地在路上行走，一面问自己："天哪，难道这就是爱情吗？"

月　夜

　　［意大利］卡斯泰拉涅塔（CARLO CASTEL1ANETA，1930—），是一位颇有特色的意大利当代作家。青年时开始写作短篇小说和文学评论文章，后来当报纸编辑、电影编剧，并从事文学翻译，著有《桑戈尔评传》（1961）。1958年，他发表第一部长篇小说《和父亲的旅行》，赢得评论界的好评。他的小说多以故乡伦巴第为背景，或描绘米兰艺术家们的生活，或把目光投向十九世纪历史（《快乐的别墅》，1965，获米兰优秀作品奖），或叙写凡人小事（《温柔的伴侣》，1970，获邓南遮文学奖），在作家真切的关照中，意大利社会生活的各个侧面，全有活跃的形象可睹。短篇小说是卡斯泰拉涅塔擅长的体裁，著有短篇集《辐射》（1972，获当年意大利短篇小说奖），《说不完的故事》（1973）。

　　短篇小说《月夜》，撷取简约，对一个普通警察内心深处的感情波纹作了细微而富有情致的描摹。作品独具一格，被收入《意大利1974年短篇小说选》。

　　玻璃窗内的灯光倏地熄灭了。我坚守自己的岗位，站在这条豪华的商店星罗棋布的大街的拐角，目不旁瞬地盯着那窗户，足足一个钟点了。队长带着另外两名警察，埋伏在马路对面的一幢宅邸的门口。邻近的酒吧间里，一台开足了音量的电视机传出了解说员的声音：意大利电视台，各位观众，我们即将实况传播从休斯敦宇航中心发来的……"

　　将近午夜时分了。一个半钟点以前，载着两名美国宇航员的宇宙飞船在月球着落了。不过，关于这一惊人事件，人们暂且还什么都没有亲眼瞧见。至今我只是听人们这么说的，因为我奉命死死盯住那可恶的大门，寸步不离。兴许，像无数次发生过的那样，早已有人给那家伙通风报信，警告他不要回家了，要末，告密的人获得的情报是不牢靠的。

"两名宇航员将于明天清晨8点10分离开登月舱……"

一个小伙子刚刚从烟草店走出来，我连忙一把拽住他："喂，登月的事儿进行得怎么样啦？"

"宇航员可能提前登月。"小伙子回答。

我心满意足了。顶多再过一个钟点，我们准能大功告成，打道回府了。我实在不想错过这等重大的事件，何况，我还渴望喝上一杯冰镇啤酒，脱下脚上穿的那双该死的沉重皮靴。

我很喜欢这条繁华街衢：即便是深夜，商店的橱窗依然灯火通明，马路上蹓跶的人群川流不息，这跟我的家乡很相似；那一张张我异常熟悉的浮薄、淫佚的脸孔，显然全都是过惯了夜生活的。眼下，电影散场了，观众把人行道挤得水泄不通，此时此刻务须把眼睛睁得大大的，因为那家伙很可能乘机会离开寓所，打我们的鼻子底下溜之大吉。可是，那玻璃窗内的灯光仍然熄灭着。皮靴挤压着我的脚趾，引起刺心的疼痛，我渴得要命，嗓子眼里连最后一滴唾液也咽干了。要知道，每当炎热的夏天来临，没有一个晚上我们不是四处跟踪罪犯，忙得晕头转向；唉，再没有比这更低贱，更无聊的职业了。我的妻子常常对我唠叨说，瞧你在警察局干了那么多年，可你的名字总共才在报纸上亮过两次。这一点儿不假。但任性撒气又有什么用呢？需要运气。唯有当鸿星照到你的头上，你才能碰上一次重要的行动，执行一项管保马到成功的美差事。可事与愿违，我总是被派到什么地方，一连几个钟点地埋伏在那里，即使我把罪犯捉拿归案，可功劳却老是记在别人的账上。

我忽然听得队长打了一声呼哨，赶紧走到他跟前，

"没有任何新情况。"我报告说，"那上边，什么也没有发现。"

我这么报告的时候，几乎忍不住要哭出声来，因为那玻璃窗的上边，在同一方向，一轮皎洁的明月，正高悬于林立的烟囱和电视天线之上。

"好极了，做好准备，我们上去瞧瞧。"

说心里话，我没有一丁点儿的兴致去执行这项任务。不只一次，我们兴师动众去逮捕某个罪犯，等待我们的却是一场恶作剧。马路上笼罩着一派喜庆的气氛，十字路口的红灯前停着长长的一串汽车，穿着迷你裙的姑娘们招摇过市。军人们吃着冰淇淋，悠闲自在地散步，连街头巷尾的报亭都迟迟不愿打烊，人们站在人行道上，阅读报上关于登月的消息。兴许，此时此刻，全世界都呈现出同样的景象。

"快，小伙子们。"队长催促道。

他在即将推开公寓楼大门的一刹那，瞥了我一眼，仿佛猜透了我的心思。

"你留在这儿，"他补充说，"我们三个上去。"

"谢谢，队长先生。"

"你在车子里等我们，注意监视大门。"

"是，队长先生。"

我走到一辆朱丽叶牌小轿车跟前，钻进去。我打开联结警察总局的通话机，什么新闻也没有。整个城市里惯于惹是生非的人似乎都沉浸在节日的欢乐里，巡逻队执行着正常的勤务，拦路抢劫、溜门撬锁、盗窃汽车的案子，一起也没有发生。真仿佛普天同庆的圣诞节之夜，我暗自忖度，好极了，早点回家看来大有指望，即便那赌场大王今儿个不照面，那也无关紧要，兴许他也正在电视机跟前呢，暂且放走一回吧，眼下，我太想喝一杯……

忽然，他们三个又出现在公寓楼的大门口，显而易见，突然袭击失败了，用我们常讲的一句话来说：竹篮子打水一场空。

"怎么说，队长先生？"

"明天再来，那家伙嗅到了什么气味。"

"那我可以去喝一杯啤酒吗？"

公事终于了结了，明天我们再去警察局集合。他们上了汽车。

"你不上来吗？"

"请允许我留下，我想步行回去。"我回答，"晚安，队长先生。"

我掏出手帕，擦去从额头上涔涔地往下流的汗水。女人们假若瞧见我这副模样，自然又会挖苦一番：不流几身臭汗，岂能升官发财？！可我呢，自打穿上警察制服，脚板底下已不知走过了几多路程，却始终跟在犯罪分子屁股后面奔跑，不曾晋升一步。碰上今天这样的夜晚，追捕扑空了，心头不由泛起一股强烈的意念，多么渴望自己像周围的人一样，悠闲自在地享受一番普通公民的权利，怡然自得地喝上一杯冰镇啤酒，收看人类头一次登上月球的实况。

我穿过马路，走进酒吧间。时针正指向一点十五分。只见顾客三三五五围桌而坐，酒杯里的酒虽说已喝干了，却兀自赖着不走，高谈阔论什么体育比赛啦，新的足球赛季开始前球星的买卖啦，①什么俄国导弹和美国导弹啦。里面是雅座，我走了进去，电视机跟前排列着几排椅子，好似剧场里的池座。电视台正播放关于月球的歌曲，全是些警察局长迪·梅奥所说的无聊的玩意儿，还有电视台记者对社会名流的采访。

"你可知道，宇航员什么时候登月？"我问酒吧间老板，他大腹便便，是我的老相识。

---

① 每年七月，意大利"足球市场"便照例开张，足球队的老板们公开或秘密交易。用高价收买上一赛季中表现出色的球星，转让本队淘汰的球员。——译注。

"登月提前了，或许再过两个钟点。我一点儿睡意也没有。刑警队也同意"他向我挤挤眼睛，说道，"酒吧间可以通宵营业。"

"怎么我一点儿不晓得？"我跟他寻开心，"我只晓得，我想喝一杯冰镇啤酒。"

我本欲再补充一句，说想亲眼瞧瞧，一个像我们这样的凡人如何登上了遥远的月球。将来我的儿子长大了，我会骄傲地向他叙述：某个晚上，很幸运地了结公务之后，你的父亲亲眼瞧见了这一奇迹。

"怎么回事，啤酒呢？"我对侍者说。

"请稍候，马上送来。"侍者回答，他的眼睛却盯着闪烁的电视屏幕。

我在临近大街的一张桌子旁边坐下，解开皮靴，把脚伸出半拉来，我立即觉得一阵轻松自如的惬意。从弹子房传来喧嚣闹杂的口角，我只希望千万别在这个节骨眼上发生麻烦，迫使我出来干预。呷下几口冰镇的啤酒，顿时感到一股沁人心脾的清凉，街上的红绿灯终于也停止了一天的劳累，休息了。风驰电掣般疾驰的小汽车不时发出刺耳的尖叫，坐在方向盘后面的总是那么一些小青年，他们的脸孔再熟悉不过了，用警察局长的话说，他们一张张脸孔等于是"通行证"。最后几对情侣漫步街头，消磨时光，水果店还亮着灯，几辆载着三四个游手好闲之徒的摩托车停在卖西瓜的凉棚前面。两个流浪者站在呢绒店霓虹灯的广告下。一名清道夫开始打扫起街道。

"请注意，现在请收看从控制中心……"

一刹那间，喧嚣声平息了，人们安静地等候电视将要播送的新闻。可是，又过去了好几刻钟，却仍然毫无动静。宇宙航船跟地面的联系很可能中断了。而且，直到现在谁也不曾亲眼瞧见宇宙航船可果真在月球着陆了。尽管如此，谁也没有心思去睡觉。电视台又宣布，三点整将播送从休斯敦传来的实况。尚有将近一个钟点的时间。不妨借此机会在外面乘凉歇息，家里通常是闷热的，卧室里的气温达到二十五度，只要我一打开电视机，我的妻子肯定会大发雷霆——我仿佛已听到了她气势势汹汹抗议的声音。

"毫无疑问，这需要非凡的胆量，小伙子们！"距离我的位置不远，一位观众评论道。

"什么胆量，完全凭技术，一切全自动化了。"另一名观众反驳。兴许他们两个都有道理，可我倒更乐意去撒丁岛围剿土匪。只身降落在那冰封的或者鬼知道什么岩石的大海表面，岂止是需要胆量。我更宁愿单枪匹马去追捕一名江洋大盗……

我这么胡思乱想着，不知不觉地沉醉于舒坦、恬适的迷离恍惚状态，我的意识屏幕上纷乱地交替呈现酒吧间的侍者、科学家布朗姆①、我的妻子、警察局长迪·梅奥的形象，还有休斯敦宇航中心、我的家乡的通衢大街；我隐隐约约瞧见，家乡的乐队排

---

① Wernher Von Brann（1912—）德国著名科学家，1952年定居美国，参与发射美国第一批人造卫星。

列在报亭前面的广场上,一支接一支地演奏着歌剧选曲,姑娘们挽着胳膊,在大街上悠然散步,接受着站在阳台上的母亲们投来的警惕的目光。

"请给一个筹码①。"

我蓦地心里一跳,猛然扭过脑袋,暗自惊奇,怎么深更半夜还有人打电话;或许出于我的职业的本能,想观察一下这样的怪事,我立即认出了他。他正在翻阅电话簿。我犹如受到突如其来的、重重的一击,惊愕失措了。

是他,一点儿没有错,就是他,整整一个星期,我们在城市的每个角落撒下罗网,搜捕这个家伙,而今,命运之神竟然让他落到我的手掌心里了。

我从椅子上站起身来。我本能地想到,应该立即报告总局,请他们火速出动一只"豹"②,不动声色地赶来。可他占用了电话机,而我不能轻易离开此地,去冒让这罪犯溜之大吉的风险。

"各位观众,半小时以后我们将实况转播……现在请听歌曲……"

不知是谁把电视机的声音开得更大了。那人用手捂住一只耳朵,把嘴巴紧紧贴着话筒,压低了嗓门讲话。

他看来比照片上的样子要年轻得多,自然也就愈加危险,因为这种亡命之徒,不容我开枪,便会打我个措手不及。

我站在他的身后,仅仅相距几步远,我满可以乘他打电话、毫无戒备的时机,一个箭步窜上去,给他戴上手铐;可是,凭我一个人未免孤掌难鸣。他娘的,多好的机会啊。我独自沉思。当然,假使这个家伙随身带了武器,那他在束手就擒前,一定会在这里制造一起血案。我暗暗命令自己:赶快跑出去,呼唤救兵,叫卫兵或夜间巡逻队来支援。

然而,我还没有来得及采取任何行动,他已挂上了话筒,走出酒吧间,到了空荡荡的马路上。

我急忙跟踪追了出去。在我寻思用什么法子捉拿他的当儿,他忽然转过身来,我急忙止住脚步,在一家皮鞋店的橱窗前面停下来。他一定发觉事情不妙,或者,我们这些当警察的大概都长着一副特殊的脸孔,事情就是这样,我瞧见他像闪电似的穿过电影院对面的回廊,倏地消失了。

我很熟悉这条街道,就像熟悉自己的口袋一样。他休想在我面前玩弄什么花招,我料定他会绕一个圈儿,从街道侧面的一个出口钻出来,于是我赶到那儿的街角等候他。

"站住!"我厉声喝道,"站住!要不我开枪了。"

---

① 在意大利,凡打自动电话,需先投入筹码,才能拨号。

② 指警车。

他大吃一惊，愣了一会儿，随即用脚跟转了个一百八十度，撒腿便跑。我朝天开了一枪，但无济于事。我落后了约莫一百米，眼看着他拐进了前面的一个胡同。我已经不是一个小伙子，才跑了一段路便觉得心在胸口忐忑乱跳，脚跟疼得要命，呼哧呼哧地喘气。当我跑到另一街角的时候，人行道上早已阒无一人，只有一家烟草店还亮着灯光，铁栅门正关上半拉，我急速跑上前去。

"我是警察局的。"我对一群围置于高高的三脚架上的二十四英吋电视机的观众说。无须我再多言，其中的一个用手指着店堂的后门说：

"他像流星一样跑进来，从那里出去了。"

我立即穿过店堂的后门，冲进了一个庭院。谁也不愿意帮我的忙，这也难怪，他们在等待每隔十分钟便宣布推迟一次的登月实况转播。这是常见的古老住宅的一个庭院，四周有阳台、铁栏杆和天窗。垃圾发出恶劣的气味，炎热的天气足以熏得人作呕。楼梯口和拐角的地方几盏吊灯射出黯淡而昏暗的光亮。我屏息敛气，埋伏在院子的回廊里。眼下我需要好好隐蔽，以防他向我猝然射击。我耐着性子等待，不晓得过了几多时间，终于听到一阵踮着足尖下楼梯的脚步声。

我掏出手枪，把子弹推上了膛。我睁大眼睛，细细谛视显露出轮廓的黑影，看来没有携带武器，我完全可以冲上前去，把他一举抓获。

"举起手来！"我大声命令。

那人打了个趔趄，但随即陡地转过身去，飞也似的奔上楼梯口。我猛然纵身，紧紧追了上去。幸运的是，这幢住宅只有五层，顶楼的出口锁着，罪犯插翅难飞了。

"举起手来！"我重复了一遍，一面气喘吁吁地登上最后几步梯级。

"我投降，"他回答道，"请别开枪。"

我俩都呼哧呼哧地喘着气，向前俯着身子，眼睛对眼睛地凝视了一会儿。他有一张很惹人喜欢的孩提般的脸孔，其实这也正是那种最危险、最无耻的脸孔。

"你是警察局的吗？"

我命令他把双手高高举起，在我前边走下楼梯，休想耍弄什么鬼花样。

"你听我说，"他打断我的话，"我口袋里塞满了钞票。我全部奉送给你，你就装作啥也没瞧见……"

"别啰嗦，走！"

自从干上我们这一行，上司吩咐我的头一件事，便是执行公务的时候切不可同罪犯搭话。我干了这么多年，这个乳臭未干的小子竟然采用金钱来收买我，真是异想天开！我得意扬扬地暗自思量，得快走，我晋升的机会到了，这一回我单枪匹马完成了任务，生平头一遭干得这么漂亮，兴许谁也不会相信的，连我的妻子、警察局长迪·梅奥也会瞠目结舌……一阵惊喜颤过我的心头，我真恨不得扑上前去，搂住这名罪犯，尽情地亲一亲。

"你听我说，我给你一百万里拉"，走下楼梯的最后一级时，他央求我。

附近一家宅邸的大门敞开着，电视播音的回声隐约可闻，演说者的声音在夜空中飘荡。

"请注意，请注意，我们即将转播……"

我从裤子后边的口袋里掏出手铐，做了一个手势，叫他把手腕伸过来。

"一百万里拉现金，现在就给你。"他又一次引诱我。

我竖起衣领，把手枪放好，一伸手，狠狠地攥住他的胳膊。

"过来。"我喝道，"上酒吧间去，打个电话。"

我们沿着原路回去。他的一双贼眼滴溜溜地转动，凄苦地瞟着四周，仿佛期待着什么不速之客来救他。马路的尽头，一弯皎洁的新月，悬在已出现一抹淡青色亮光的天空。这真是个令人难忘的夜晚。我得意地忖量，万一碰上紧急情况，宁可一枪了结他，也切不可把他放走。

他沉默不语了，耷拉着脑袋，勾曲着身子，活像一只包裹任我推推搡搡。

"朝前走，进去。放老实点儿，要不……"

我用贝雷塔手枪的枪柄捅捅他的腰。我们走进酒吧间，大厅里空空荡荡，没有一个顾客，但里面的雅座还坐着十来个电视观众，其中有两个钟头以前我瞧见的两名女郎。

"替我接警察总局。"我吩咐酒吧间老板。

我的出现引起在座者一阵小小的骚动。

"宇航员很快要登上月球了。"神色激动的老板回答说

"好吧，我来打。"

我走到电话机跟前，拨了号码。我已经记不清楚，在这短暂的瞬间究竟发生了什么，因为我突然瞥见电视屏幕上出现了一个颠倒的影子，随后又端正过来，原来是踏上月球的第一个人的一只脚。所有的人都屏住气息，连电视讲解员也沉默了，偶尔可以听得几声含糊不清的英语。我惊讶不已，默默地自言自语，天哪，多么不可思议的奇迹。终于看到了顺着飞船的舷梯往下走的宇航员的整个身子，他用脚掌试探着踩踩地面。月亮的地面，我至今还清楚地记得那双脚投射在月球地面上的颀长、清晰的影子。电话接通了，可总局没有一个人，我瞧了瞧表，再过五分钟五点整。寂静的空间只听得几声 OKay，OKay，那是宇航员在月球上通话的奇异的声音，这当儿，我也正在通话："喂，喂，请立即派人来，我把他抓获了，越快越好。"我一面声嘶力竭喊着，一面扭转过头来瞧我的俘虏，仅仅在这个时候我才发现，罪犯已经杳无踪迹，我的手已不再攥着罪犯的胳膊，而是揪住了一个站在我旁边的观众，他也像我一样，痴痴呆呆地陶醉在这历史性的场面之中了。

"混帐货，让他跑了！"我怒火中烧，愤愤地嚷道。

大街上阒无声息,一阵拂晓的凉风吹过,街头的废纸冉冉飘舞。宇航员陷在月球尘埃中的双脚现在看得更分明了,白色的密闭飞行服缓缓地朝高速摄像机移动,两串热泪,从我眼眶里簌簌地滚落下来。

船　夫

[意大利] 加百列·邓南遮（GABRIELE D'ANNUNZIO，1863—1938）是近代意大利文学史上最引人注目、最引起争论的一个作家。

邓南遮出生在意大利东海岸的佩斯卡拉市。他自幼酷爱文学，才华横溢。十六岁时即自费出版第一部抒情诗集。1881年，邓南遮进入罗马大学文学系。翌年，发表第二部诗集《新歌》。《新歌》效法意大利十九世纪抒情诗人卡尔杜奇的抒情诗，赞美生活的欢乐，自然的美。这期间，邓南遮出入罗马文艺沙龙，生活放荡不羁。

邓南遮早期作品以短篇小说为主，受到真实主义影响。《处女地》（1882）、《圣·潘塔利昂》（1886）描绘佩斯卡拉下层社会的艰辛困苦的生活，具有一定的积极意义。但在一些短篇中，作者执着于描写人物肉体、精神上的畸形、病态。这两本集子后来汇集为《佩斯卡拉的故事》。

在这之后，邓南遮走上了唯美主义道路。"玫瑰小说"三部曲《欢乐》（1889）、《无辜者》（1891）、《死的胜利》（1894），剧本《琪琊康陶》（1889）是这一阶段的代表作。它们或歌颂享乐、纵欲，或表现艺术与道德的冲突，美化个人主义者，浸透着颓废的色彩。这些作品在意大利文坛风靡一时。

十九世纪末，邓南遮堕落为军国主义作家。他的诗集《海歌》（1893）、剧本《战舰》（1908）、长诗《夜曲》（1921），或从古代历史汲取题材，为意大利帝国主义向海外扩张制造舆论，或赤裸裸地颂扬战争与死亡，宣传"超人"统治芸芸众生的理论。

墨索里尼独裁统治时期，邓南遮是一个狂热的法西斯御用文人。曾任意大利科学院院长。

《船夫》（Il traghettatore）选译自邓南遮早年的短篇小说集《处女地》。

这篇作品以新颖的构思和巧妙安排的情节，表现出了十九世纪末意大利社会中封建贵族阶级同农民阶级的尖锐对立，有力地暴露和鞭挞了上流社会的伪善、冷酷。邓南遮的文字洒脱、雅致，他善于捕捉住富有形象特征的细节，予以精美的描画，把展开情节、描写景物、抒发感情、刻画内心活动冶于一炉。

一

正午的时候，劳拉·阿波尼科太太来到花园，坐在葡萄架下纳凉。

乳白色的别墅静悄悄的。果树的绿荫遮掩着一扇扇紧闭的百叶窗。当空的骄阳，射出令人目眩的光辉，掀起一股股炎炎热浪。这是六月中旬的光景。

花园里的橘树和柠檬树，绽放着花朵，吐出缕缕清香，这清香同玫瑰花的芳香混合着，舒散在幽静的空气里。玫瑰花开得十分繁艳，它们似乎以一种不可抑制的生命力，盛开在花园的每一个角落，成簇成丛。花园甬道两旁的玫瑰花分外丰腴，一丝凉风吹过，便使娇艳的花瓣仿佛雪花似地洒落在地面。有时，散发着花香的空气，似乎充溢了像芬芳馥郁的醇酒一样甜蜜、浓烈的气息，熏人欲醉。几座喷泉，掩映在沉沉绿荫之中，只听得水花跌落在池子里发出的琤琤淙淙的声音。喷泉迸射出来的晶莹的水珠，仿佛做游戏似地，时而闪烁在绿荫的上空，时而失去踪影，时而又重新纷纷扬扬。在低处溅射的几股泉水，把水珠泼洒在鲜花和绿草上，花草柔柔地摇曳，发出轻轻的飒飒声，仿佛是几只活泼的小动物，斜刺里窜过花草的窸窸窣窣的声音，或者是啃噬幼嫩的细草的微响，又像是在沙沙地扒土做窝。一群看不见的鸟儿，在树梢发出一片清脆的啁啾声。

劳拉太太默默地坐在葡萄架下，陷入了沉思。

她已经是一个上了年岁的妇女。但她依旧保留着贵妇人的优雅风度，一张轮廓细腻的脸庞，高高的，略微呈鹰钩形的鼻梁，宽阔的前额，娇小而仍然鲜丽的嘴唇满含着温情。银白色的头发覆盖前额和两鬓，仿佛是戴上了一顶冠冕。不难看出，她年轻的时候是一位美丽俏巧，惹人喜爱的女子。

两天以前，劳拉太太和丈夫，还有几名仆人，来到这座孤僻的别墅。往年夏天，丈夫总是带她到皮埃蒙特①山区的一座豪华的别墅去避暑；今年，她却拒绝了。她也不愿意到海滨去，而偏偏选中了这个荒芜、炎热的乡村。

"我请求你，上澎梯镇去吧。"她对丈夫说道。

---

① 意大利北部的一个大区，首府为都灵。

起先，年逾七旬的男爵听到妻子提出的这个古怪的要求，颇有点惊奇。为什么要上澎梯镇去？在澎梯镇能做些什么呢？

"我请求你，上那儿去吧。我想换一个环境。"劳拉太太执拗地坚持。

像往常一样，男爵被说服了。

"好吧，我们去澎梯镇。"

此刻，劳拉太太的心底，深深地蕴藏着一个秘密。

在她丰姿美妙的年华，她的生活曾经激荡着感情的浪花。十八岁那年，遵从双方父母的意愿，她同阿波尼科男爵结了婚。男爵在拿破仑一世麾下服役，素以作战英勇果敢闻名。他似乎从来不在家庭里留下踪影，总是追随飘扬的帝国的鹰旗南征北战。在无数次漫长的离别中，年轻的冯塔内拉侯爵利用其中的一次，向劳拉太太倾诉了对她的爱慕之情。冯塔内拉侯爵容貌俊美，热情洋溢，几乎火辣辣地逼人，虽然已经有了妻室和几个孩子，但终于战胜了他喜爱的女子的一切抵抗。

整整一个季节，一对情人陶醉在甜蜜无比的幸福之中，忘却了世上存在的一切。

一天，劳拉太太突然发觉自己怀孕了。她心头一凉，止不住痛哭起来。她张皇失措，满怀绝望的忧伤，不知道怎样了结这件事，又怎样保全自己的名声。冯塔内拉侯爵终于给她筹划了一个办法，安排她立即启程到法国去，在普罗旺斯①的一个小乡村里隐居下来；那里阳光和煦，到处种着庄稼、蔬菜，妇女们都讲着当年游吟诗人使用的方言。

她住在乡村的一间简陋房屋里，旁边是一个大菜园。正是烂漫阳春，百花齐放的时候。在惶恐、悒郁的凄清生活中，她间或体味到一种短暂的、巨大的喜悦。她常常一连几个小时痴痴地坐在绿荫下，心神恍惚；在她的心头隐隐地盘桓着的母爱，不时使她感到一阵阵激动的战栗。周围盛开的花儿放出刺鼻的芬芳，又不禁使她的喉头起了淡淡的憎恨的感觉，她全身异常倦怠，懒懒地简直不想动弹。这是多么难以忘怀的日子啊！

当那重要的时刻临近的时候，她盼望的冯塔内拉侯爵赶来了。可怜的劳拉太太在痛苦地呻吟。侯爵站立在她的身边，脸色灰白，默默寡言，不时地亲吻她的手。她是在夜里分娩的。她感到一阵阵牵动肺腑的绞痛，于是发狂似的呼叫，痉挛的双手拚命钩住卧榻的床架。她以为她肯定要死了。婴儿的最初几声啼哭，把她的整个心都快揪出来了。她躺在床上，惨白的脸孔偏转过去，埋在枕头里。她说不出一句话来，甚至没有力气睁开那重滞的眼皮，只是把苍白的双手在胸前软软的摆动，做出一些莫名其妙的小动作，仿佛奄奄一息的病人对着明亮的光线所打的手势。

第二天，她让婴儿睡在自己的床上，用自己的毯子把他裹着，整整一天搂抱着

---

① 法国东南部的古州。

他。这是一个稚嫩、柔弱的生命,闪烁出绯红色的光彩;这个小生命虽然还没有完全具备人的外形,却一刻不息地在悸动。两只略略虚肿的小眼睛还紧紧闭着,一张娇小的嘴不时发出叽叽呱呱仿佛猫叫的哭声。

母亲深情地凝望着他,一次又一次地抚摩他,亲昵地贴紧他的小脸蛋。感受婴儿的芬芳的气息。金色的阳光从窗户射进来,洒满了房间;窗外,普罗旺斯的碧绿田畴清晰可见。四周一片静谧,只有鸟儿在枝头婉转歌唱,此起彼落。这一天显得分外的神圣、纯洁。

很快,婴儿从她的身边被抱走了,天晓得送到什么地方藏匿起来。从此,她不曾再见到过他。她回到自己的家里,同丈夫过着像所有的女人一样的生活,不曾再发生任何足以扰乱她的心绪的风波。她也不曾再生育孩子。

可是,那种对再也不曾见到,也不晓得沦落何方的小生命的思念;对亲生骨肉的挚爱,却始终剜割着她的心。除了儿子,没有什么别的东西在她的脑际萦绕。她清楚地记得那些日子里的一切微小的细节。普罗旺斯宁静的乡村,房屋前面葱茏的树林,地平线上影影绰绰的山冈,卧榻上被单鲜艳的色彩和图案,房间里闪闪的光斑,给她端饮料用的精雅的小托盘,所有这一切、一切,都清晰地、精确地映现于她的眼帘。有时,在她的回忆里,这些遥远的事物的幻影,又是那样混乱地、毫无联系地涌现出来,使她犹如置身梦境。她常常为此怅惘惶乱。她在那乡村遇见过的一些人的面容,他们的举止行动,他们的眼神,甚至他们的一个毫无意义的手势,也活生生的、如实地在她的眼前浮现了。她仿佛耳际又响起了那小生命叽叽呱呱的啼哭声,又在抚摩那稚嫩的、柔软的、红扑扑的小手。两只小手上有肉眼不易分辨的脉管,细微的皱纹布满指骨,指甲是纤弱、透明的,略略呈现出紫色;它们或许是唯一已经完美地成形的部分,犹如成人的手的缩影。啊,多么可爱的小手!每当回想起它们那难以用语言形容的娇柔,一阵奋激的悸动就颤过她这做母亲的心头,她仿佛又嗅到了婴儿的沁人心肺的芳香,这是刚刚问世而羽毛未干的小鸽子才有的一种独特的芳香。

从此,劳拉太太每天生活在这样一个特殊的内心世界里。随着岁月的流逝,这特殊的内心世界日益具备了生活本身的形态。她就是如此度过了许许多多年,直到现在成为一个鬓发如银的老太太。她曾经不知多少次地向旧日的情人询问儿子的消息,她渴望重新见到儿子,她需要知道他现在的情形。

"我请求你,请你至少告诉我,他如今在什么地方。"

冯塔内拉侯爵极其害怕她不明智的轻率行为,他拒绝了。"她不能去看儿子。她肯定会克制不住自己的感情。儿子将会明白一切真相,并将利用这一秘密来达到他的目的;他甚至可能把一切公之于世……不,不,她不能去看儿子。"

冯塔内拉侯爵老谋深算的考虑,使劳拉太太心中万分辛酸。她简直无法想象,这许多年来,她的儿子一直在成长,早已进入了成年,而且,或许现在已经开始衰老了。从他诞生的那天算起,将近四十年的时光消逝了,而她每当想到儿子,眼前浮现的依旧是闪烁出绯红色的光彩、双眼还紧闭的婴儿。

突然,冯塔内拉侯爵身患重病,生命垂危。

劳拉太太得知侯爵病危的消息,陷入了深深的悲愁。一天傍晚,她再也无法控制自己痛苦的心绪;渴念儿子的强烈意愿,驱使她独个儿走出家门,去探望冯塔内拉侯爵,她想在侯爵去世以前知道这个秘密。

她竭力使自己保持镇静,沿着墙脚行走,避免人们发现她。大街上行人川流不息,两旁的住宅被落日的晚霞抹上了一层玫瑰色的红晕。坐落在两幢住宅之间的花园里,盛开的丁香花呈现一片素静的紫色。燕子在最初的暮霭中急急飞翔,盘旋逡巡。一群群欢欣雀跃的孩子从她的身边奔跑过去,发出喧闹的喊声。偶然间,走过一个怀孕的妇女,她挽着丈夫的胳膊,把自己臃肿的身影投射在墙上。

这些人和物的生气勃勃的景象,似乎沉重地压迫着劳拉太太的呼吸,她匆匆加快了步子,仿佛要逃跑似的。商店、咖啡馆和各种橱窗的光怪陆离的色彩,照得她目眩神迷,直感到眼睛火辣辣地刺痛。渐渐地,一种怅然若失的感觉在她的心头涌起,使她栗栗恐惧。"上哪儿去?""去做什么?"这种迷乱恍惚的心绪竟然使她觉得自己几乎是犯下了新的过失。她觉得,人们都在打量着她,揣摩她的心思,探测她的内心的秘密。

夕阳的最后余晖给城市抹上了一层淡淡的红晕。几家酒馆里,狂饮的醉汉们的喧嚣声浪,不时飘送到街头。

劳拉太太来到冯塔内拉侯爵府邸的大门前,但她竟然丧失了进去的勇气。她朝前走了二十来步,然后折回来,接着,又来回走了一趟,终于跨过了门槛,登上了楼梯。她全身倦乏无力,站在客厅里等候。

屋内一片寂静,侯爵的亲人们围着他的病榻默默地忙碌着。仆人们手里端着什么东西,踮着脚尖轻轻走过去,走道里有人悄声地谈话。一位秃顶的绅士,穿一身黑礼服,穿过客厅,向劳拉太太点头施礼,然后出去了。

劳拉太太已经平静下来,沉着地问一名男仆人:

"侯爵夫人在家吗?"

男仆用手势恭敬地向劳拉太太指了指另一个房间,随即进去报告客人的来访。

侯爵夫人从那房间里走了出来。她是一位颇为肥胖的女人,头发已经灰白,眼睛噙着泪珠。她伸出双臂拥抱女友,不说一句话,喉咙被不断的抽噎窒息着。

过了片刻,劳拉太太并不抬起眼睛,问道:

"能够见见他吗?"

说完,她便紧紧地捂住下颌,竭力抑制住一阵剧烈的颤抖。

侯爵夫人答道:

"跟我来吧。"

劳拉太太跟随侯爵夫人走进了病人的房间。空气中散发出一股浓烈的药味,灯光柔和而又幽暗,照在室内的摆设和家具上,映出各种放大了的、奇形怪状的阴影。冯塔内拉侯爵躺在病榻上,脸孔苍白露骨,布满了皱纹;看见劳拉太太进来,他嘴角露出了笑容,悠缓地对她说:

"谢谢你,男爵夫人。"

他向劳拉太太伸出略略汗湿的、微温的手。

或许是意志的作用,他突然显得精神异常振作。他仿佛一个健康的人交谈起来,不断变换话题,用心地斟酌语句。

可是,劳拉太太坐在阴影里,却以如此灼灼如焚的、满含恳求的眼光凝望着他,他终于明白过来,于是转身对妻子说道:

"乔万娜,请你替我准备一帖药,像今天早晨那样。"

侯爵夫人向劳拉太太微微点头,表示歉意,毫无猜疑地走了出去。在笼罩房间的一片沉寂中,只听得她在地毯上行走、渐渐远去的脚步声。

劳拉太太蓦地站起身,急急走到病榻前,俯下身来,握住侯爵的双手。她的熠熠闪光的眼睛终于使侯爵开了口。

"他在澎梯镇……名叫路加·马里诺……已经结了婚,……有孩子……有房子……请求你,别去找他!别去找他!"侯爵喃喃地说。他筋疲力尽,全身突然颤抖不已,眼睛里游动着恐惧的神情。"他在澎梯镇……名叫路加·马里诺……我请求你,千万要保守秘密!"

传来了侯爵夫人取药返回的脚步声。

劳拉太太立即回到原来的位置上,努力使自己镇静下来。侯爵端起药水,药水一口一口地从喉咙里滑下去,可以清清楚楚地听见"咕噜"、"咕噜"的有节奏的声音。

又是一阵沉默,侯爵显出昏昏欲睡的样子。他的脸容愈发显得憔悴,他的眼窝、颧颊、鼻孔、喉颈上,蒙上了深沉的、几乎是黑黝黝的阴影。

劳拉太太跟侯爵夫人道别。她强行抑制住自己的呼吸,慢悠悠地离开了那里。

二

劳拉太太在恬静的花园里,坐在葡萄架下,重新回忆了这些往事。

如今,还有什么东能够阻止她和儿子的重逢呢?她将会有充分的勇气来克制自己,她也不会暴露自己的身份,绝对不会。她没有过分的奢望,但求见他一面,她的亲生儿子,仅仅只有一天,她尝到了把儿子搂在怀抱里的幸福,而且是在许多许多年以前!他长大了吗?他身材魁梧,相貌俊美吗?一切都如意吗?

每当她这样询问自己的时候,她怎么也无法把她的儿子想象为一个成年人。在她的心目中,他始终是一个婴儿的形象,这个形象是如此纯洁、清晰,以致它排斥了任何别的形象,战胜了任何试图出现的幻想的形象。她缺乏足够的理智,只是软弱地昕凭模糊的感情的主宰。此刻,她已丧失了判断现实的能力。

"我一定要见到他!一定要见到他!"她沉浸在遐想中,不断自言自语。

花园里沉寂无声。微风吹来,玫瑰花轻盈地摇曳,随后便簌簌地颤动着。喷泉的水珠犹如一柄柄明亮的长剑,在绿荫中飞舞,闪闪熠熠。

劳拉太太侧耳倾听了一会儿。在心绪紊乱的时刻,寂静孕育着某种不可捉摸的、奥妙的东西,她心头蓦地一跳,感到一阵阵神秘莫测的恐怖。她踌躇了片刻,便站起身来,急急地沿着花园的甬道走去。她径直走到全部被花草树木遮掩的栅栏跟前,止住了脚步,转身张望了一下,然后打开了栅栏的门。

劳拉太太的眼前,展现出空旷寂寥的田野,在正午似火的骄阳下,逶迤到远远的地平线。远处,澎梯镇的房屋、钟楼和教堂的圆顶,两三棵松树,在淡蓝色的天空下,闪现出一片灰白色。一条弯弯曲曲的河流,水色清澈晶莹,汩汩地淌过田野,向澎梯镇流去。

"他就在那里。"劳拉太太暗自思忖。母亲的每一根神经纤维都颤动起来。她鼓起勇气,继续朝前走去。烈日灼烧着她的眼睛,她赶忙低下头来行走,不理会周围炎炎的热气。走了一程,前面是疏疏落落的几棵细瘦的杨树,树梢发出一片清脆的蝉声。两个赤脚的妇女,每人头上顶着一只篮子,迎面走来。

"请问,路加·马里诺的家在哪里?"劳拉太太问道,她以一种不可遏制的愿望,竭力想大声地、自由地喊出儿子的名字。

那两个妇女停下来,用十分惊奇的眼光打量着她。其中的一个淡淡地回答:

"我们不是澎梯镇的人。"

劳拉太太快快地继续行走,她的可怜的四肢由于疲劳开始酸痛起来。在明亮的阳光的刺激下,她只模糊地看见前面闪耀着点点红色的光斑,她感到一阵头晕目眩,两边太阳穴不住地跳动。

澎梯镇愈来愈近了。在一片金黄色的向日葵中间,显现出几间茅屋。一个体态肥胖的女人坐在茅屋的门坎上,她的脑袋长得特别的小,一双眼睛甜蜜可爱,两排雪白的牙齿带着十分温柔的笑意。

"噢,太太,您上哪儿去?"那女人以一种直率的好奇心问道。

劳拉太太走到女人的跟前。她的脸色亢奋绯红,呼吸短促,全身软绵绵的没有一点儿力气。

"我的上帝!啊,我的上帝!"她站在那里,用手掌捂住太阳穴,深深叹了口气。

"太太,您歇一会儿。"殷勤的女人一面说,一面热情地请她进屋。

茅屋矮小、阴暗，屋内散发出那些许多人聚居的地方所特有的蒸郁的汗气。三四个光裸着身子的小孩，挺着像患了水肿病似的大肚子，叽叽喳喳地在地上一面滚爬，一面摸索，把顺手摸到的任何东西都本能地塞进嘴里。

劳拉太太坐下歇息，那女人便跟她聊起天来，手里抱着第五个孩子；孩子裸露出一身黑黝黝的皮肤，两只又蓝又亮的大眼睛，仿佛两朵美妙的花儿，晶莹发亮。

劳拉太太问道：

"路加·马里诺的家在附近吗？"

女人用手势给她指点了坐落在小镇的尽头、靠近河滩、被一排高大的杨树掩映着的一座浅红色的房子。

"在那儿，太太。您怎么要打听他？"

劳拉太太走到茅屋门口向远处眺望。

灼热的阳光使她睁不开眼睛，眼皮剧烈地颤动。她并不回答那女人的问话，有好几分钟的工夫，伫立在那里，艰难地喘息；回荡在心头的母爱的激情，使她喉管梗塞，几乎透不过气来。"那么，这就是我儿子的家吗？"霎时间，那普罗旺斯的乡村，永远不能忘怀的房间，那些人和物，仿佛在闪电的火光一刹那的照耀下，全都异常清晰、明亮地展示在她的面前。她木然地重新在板凳上坐下，万千缭乱的思绪使她默默地说不出一句话来，只是痴痴地坐在那里发怔，耳朵里不住地灌进一阵阵嗡嗡声。

女主人问她：

"您打算乘渡船过河吗？"

劳拉太太软弱无力地点点头，她只感到无数色彩斑斓的火星在眼前狂乱地旋转。

"路加·马里诺有一条木船和一只筏子，专给过往行人和牲口摆渡。"女主人接着说。"多亏了他，否则附近的人要一直走到普雷茨镇才能找到渡口。他干这个活儿已经整整三十年了！他摆渡是最安全不过的，太太。"

劳拉太太一面听女主人的谈话，一面竭力想摆脱迷离恍惚的状态。可是，当她听到关于儿子的这些消息时，她禁不住惊愕失色了，她几乎一点儿也没有听明白。

"路加不是本地人。"那胖女人仿佛生来就喜欢喋喋不休。"一对叫马里诺的夫妇没有生育子女，收养了他。另外有一位不是当地人的绅士，出面替他娶了媳妇。路加现在已经有了职业，日子过得蛮不错，不过就是染上了嗜酒的毛病。"

那女人以极其自然的态度说东道西，丝毫没有暗示路加神秘身世的恶意。

"再见，"劳拉太太被一股不知什么力量所驱使，站起身来，告辞说，"再见，多谢你，善良的人。"

她掏出一枚硬币，递给一个光身的小孩，走出了茅屋。

"走那条路！"女主人跟随出来，在她身后大声地给她指路。

劳拉太太沿着胖女人指点的一条田间小径行走。周围广袤的田野笼罩在一片寂寥的虚空里，单调的蝉鸣此起彼落。干燥的土地上，只有几丛枝桠弯曲的橄榄树。左侧，一湾清澈的流水，闪耀着金色的波光。

"喂——，马尔蒂那！"远处，河彼岸有人大声地招呼同伴。

这突如其来的人的声音，使劳拉太太猛然打了个寒噤。她张目眺望。透过水面上升腾起的淡淡的雾霭，隐隐约约地看见一条驳船正在河中划行，在稍远的水面上，另外一条帆船闪闪发光。第一条船上，依稀分辨出一群牲畜的外形，或许是马匹。

"喂——，马尔蒂那！"那声音又叫唤起来。

两条船渐渐地靠拢到一起。前面是一个浅水滩，船夫驾着满载的船只驶过这里，需要冒几分危险。

劳拉太太站立在一棵橄榄树下，倚靠着树干，全神贯注地凝视河面。她的那颗心是这样剧烈地跳动着，偌大的田野仿佛都充斥了它的回声。树叶的簌簌声，蝉的单调的叫鸣，水面的浮光，周围的一切，都使她心绪烦躁，愈发感到悒闷的内心空虚。或许是骄阳照射的缘故，她的头脑的全部脉管热血充盈，感到一阵晕眩，眼前模糊地显示出火红的幻象。

两条木船在河道上悠悠地转了个弯儿，在雾霭中消失了踪影。

劳拉太太又继续赶路，仿佛一棵随风摇晃的草儿，蹒跚而行。前面有几间毗连的房子，环绕着一片小小的广场，六七个叫花子围聚在墙角的荫凉地方；他们的身上长满了疥疮，褴褛的衣服遮掩不住猩红色的斑斓的腐肉，他们畸形的、昏沉欲睡的脸上，蒙着一重愚钝的、兽性的阴影。有的趴在地上，把脸孔藏在叠成圆圈的双手中间，呼呼大睡；有的仰躺着，像基督在十字架上受刑似地张开两条胳膊。密密麻麻的一群苍蝇，仿佛追逐一堆臭屎，硬是围着这些可悲的行尸走肉似的躯体飞舞，营营地嗡叫。从那些半掩的屋门里，传出来一台台纺车的吱吱嘎嘎的声音。

劳拉太太穿过小广场。她在石子路上款款而行的脚步声，惊醒了一个躺着睡觉的叫花子，他用胳膊肘支撑住身子，眼睛还没有来得及睁开，便喃喃地叫道。

"行行慈悲吧，看在上帝的份上！"

这一声呼喊惊醒了所有的叫花子，他们立即一骨碌地跳起来。

"行行慈悲吧，看在上帝的份上！"

"行行慈悲吧，看在上帝的份上！"

这群叫花子尾随劳拉太太，伸开双手，向她乞求布施。一个瘸腿的叫花子，像一头受伤的狮子，走路一拐一跳的。一个下半身肢体坏死的叫花子，屁股坐在地上，双手来回地在地皮上划着；像蝗虫用爪子行走似的，在地上一蹦一跳地挪动。另外一个叫花子，脖子上鼓起一个大肉瘤，外面包裹了一层深紫色的发皱的皮，每走一步，就像老黄牛喉颈上的垂肉一样，不停地晃动。还有一个叫花子，摆弄着一条像树根般弯曲的胳膊。

"行行慈悲吧,看在上帝的份上!"

他们的声音各不相同,或虚弱、嘶哑,或像阉人似地发出女人的尖叫。他们用同样的腔调,凄凉地重复着同样的乞求。

"行行慈悲吧,看在上帝的份上!"

劳拉太太被这群畸形可怕的人紧紧跟踪着,本能地渴望赶快逃跑,摆脱眼前的危险。但无以名状的惊慌失措,却使她身不由己。她恨不得大声呼救,假如她还能开口说话。叫花子们步步逼近她,伸出手来拉扯她的胳膊。他们都苦苦乞求施舍。

劳拉太太伸手在衣服兜里摸索了一会儿,掏出了几枚硬币,随手朝身后扔去。叫花子们立即停了下来,仿佛一群饿狼似地朝几枚硬币扑去,拼命争夺,忽然又摔倒在地,扭作一团,互相践踏,嘴里还不停地恶毒咒骂。

有三个叫花子分文没有抢到。他们像红了眼的赌徒,又钉上了劳拉太太。

"我们一个子儿也没得到!我们一个子儿也没得到!"

劳拉太太厌恶透了这伙叫花子的追逐,她并不转过身来,朝身后又扔了几枚硬币。瘸子跟那脖子长肉瘤的家伙展开了一场肉搏。他们都得到了硬币。只有一个可怜的患癫狂症的白痴,两手空空。他一直受到同伙的嘲弄和欺侮,现在禁不住号啕大哭起来。他用舌头舔着脸颊上纵横交流的眼泪、鼻涕,一面怪声怪气地叫喊:

"啊呜,啊呜,啊呜——!"

三

劳拉太太终于走到了杨树掩映的房子跟前。她筋疲力尽,两眼一片模糊,太阳穴仿佛摇鼓似地跳动,喉咙里灼热如焚;两条腿瘫软得直打哆嗦。她面前有一道栅栏门,敞开着。她走了进去。

圆形的打谷场四周是一棵棵枝叶参天的杨树。在两棵树中间,堆起了一垛麦秸,繁茂的杨树枝叶从麦秸中窜了出来。一片芜蔓的草丛,两条奶牛静静地吃草儿,不时撩起尾巴,拍打自己的脊梁;丰满的乳房,在它们的大腿之间悠悠地摇晃,仿佛是熟透而又多汁的果实。各种农具散放在地上。蝉在杨树枝头歌唱。三四条小狗在打谷场上嬉戏,忽儿朝奶牛汪汪地吠叫,忽儿争相追逐一群母鸡。

"噢,太太,您找谁?"一个老头儿走出屋来,问道,"您要摆渡吗?"

老头子已经秃顶,胡子剃得光光的,双腿弯曲,脊背伛偻。沉重的劳役铸就了他的丑陋的风貌。田间耕作使得他的左肩高高耸起,上半身畸形,割草和收获造成了他的罗圈腿,修剪果树和成年累月的、坚韧的劳作,使他的身体整个地扭曲变形了。他说最后那句话的时候,用手指了指那条河流。

"是的,是的。"劳拉太太怀着忐忑不安的心情,不知道该说什么,又该做什么。

"那么，请跟我来，"老头儿接着说，随即转身朝向那条河，"您瞧，路加回来了。"

河面上，一条驳船满载绵羊，船夫正奋力用竹篙撑船。

老头儿带领劳拉太太穿过一块浇过水的菜园，径直朝一架葡萄棚走去，其他摆渡的乘客都在那里等候。他一面在前头引路，一面根据饱经风霜的老农的习惯，夸奖菜园里绿油油的蔬菜，评论地里庄稼的长势。

忽然间，老头儿猛地转过身来，因为劳拉太太悄然无声，仿佛什么也没有听见。他发现，这位太太的眼睛里噙满了泪水。

"您为什么哭呢，太太？"他用像是谈论菜园的蔬菜一样冷静的语气问道。"您觉得不舒服吗？"

"不，不……没什么……"劳拉太太回答说，她觉得自己快要晕死过去了。

老头儿没有再吭声。人世沧桑已经把他磨炼得失去了人情，他人的痛苦再也无法叩动他的心。形形色色摆渡的人每天打这里经过，他早已司空见惯了。

"坐下吧。"走到葡萄架跟前，老头儿对她说。

三个年轻的农民正在那里等船，随身带了许多行李卷儿。他们的嘴里都各衔一管大烟斗，全神贯注、喜滋滋地吸烟。对于这些几乎没有任何生活乐趣的庄稼汉来说，他们仿佛要在这浓浓的烟草味中品尝它的全部令人陶醉的快感。间或，他们彼此谈起庄稼人喜欢喋喋不休地重复的、微不足道的琐事，这却使老头儿的愚钝而悒闷的心得到安慰。

他们显露出惊奇的神色，打量了劳拉太太一会儿；随后，重又表现出了冷漠无情的样子。

他们中间的一个，不慌不忙地提醒伙伴们。

"瞧，驳船来了。"

另一个补充说：

"兴许把比德镇的羊运来了。"

第三个说道：

"约莫有十五只羊。"

他们一齐站起身来，把烟斗塞进衣兜里。

劳拉太太完全沉浸于昏沉、麻木的状态。灼热的泪珠滞留在眼睫毛上。她失去了对现实的感觉。她现在在哪儿？她在干什么？

驳船轻轻地撞击了一下河岸。船上挤挤攘攘的绵羊，显得怯生生的，咩咩地叫着。牧人、船夫和他的儿子，忙碌地照料羊群上岸。这些羊一下得船来，便蹬蹬地跑开了，随后又停住脚步，重新聚集在一起，咩咩地叫唤起来。两三只小羔羊，用它们修长而弯曲的腿作小步的跳跃，不时地去舔母羊的奶头。

料理完船上的事情，路加·马里诺用绳缆把驳船系在木桩上，然后，迈开大步，缓慢地上了岸，朝菜园走去。他的年纪大约四十岁，颀长而干瘦的身材，紫红色的脸孔，鬓角的头发已经秃去；留着一撇八字髭，脸颊和下巴满生着凌乱的络腮胡子。那双眼睛像所有的贪恋杯中物的人一样，略略显得浑浊，布满了血丝，失去了任何智慧的光彩。他身上穿一件解开纽扣的衬衣，袒露出毛茸茸的胸膛，头上戴一顶油渍斑斑的鸭舌帽。

"嘿！"他大喊了一声，叉开两腿，站定在葡萄架前，用手掌抹去前额不断流淌的汗水。

他从等候摆渡的乘客面前走过去，但并不看他们一眼。他的每一举止行动，都是那么粗莽放纵，甚至狂野无礼。他的手掌粗大，手背布满棱棱突暴的青筋；这双大手或许已经习惯于划桨点篙，闲下来却仿佛成了累赘。他把两只手贴着腰窝垂下，走起路来一前一后地划动。

"嘿！渴死了！……"

劳拉太太惊呆了，仿佛一尊石像，孤凄地坐在那里，丧失了语言，丧失了知觉，丧失了一切愿望。

这就是她的儿子！这就是她的儿子！

一个怀孕的女人，看得出来，沉重的劳动和过多的生育损毁了她的外貌，使体态过早地衰老，她给口渴的丈夫端来一壶酒。男人接过酒壶，咕噜噜地一饮而尽。然后，用手背擦擦嘴唇，舌头发出咂咂的响声。他粗暴地大喊一声，仿佛对令人疲惫的劳动表示不耐烦：

"上船！"

他和大儿子，一个大约十五岁的结实小伙子，忙着做开船的准备工作，在船面和河岸中间搭起了两块跳板，方便乘客上船。

"您怎么不上船，太太？"站在前面的老头儿瞧见劳拉太太默默无语地坐在那里发怔，毫不动弹，问道。

劳拉太太木然地站起身来，跟随老头儿往岸边走，老头儿伸出手来，搀她上了船。她为什么要上船？为什么要摆渡？她不再思量这些问题，也不复评判自己的行动。她的一颗心，受到如此重重的一击，如今已迟钝得丧失了活力，在脑子里闪现出"这就是我的儿子？"的一刹那，几乎已停止了跳动。渐渐地，她觉得内心深处的不知什么东西熄灭了，消失了；她感到，她的头脑里渐渐地只留下了茫茫的虚寂幻灭。她无力再理解任何东西。她眼中所见，耳中所闻，仿佛全是一场梦幻。

驳船快要离岸前，路加的大儿子走到劳拉太太的跟前，收取摆渡的船钱，她迷糊地没有理会。小伙子以为她因年岁过高，耳朵失聪，便把手心里一个乘客交的硬币叮当作响地掂了掂，又大声地重复说了一遍。

劳拉太太看见另外两个乘客把手伸进衣兜掏钱，付给小伙子，方才明白过来，也跟着机械地模仿这一动作。但她给的钱大大超过了她应该付的数目。

小伙子告诉劳拉太太，他找不出零钱，因为无法凑足这个数目。劳拉太太没有听明白。小伙子便悉数照收，并且得意地做了一个鬼脸。船上的人都笑了，这是庄稼人在玩弄一个小小的骗局时常有的狡猾的笑。

一个乘客问道：

"开船吗？"

路加正忙于解缆起锚，接着，他用力把船一推。驳船开始在汩汩流动的水面悠悠地行驶。河岸、芦苇、杨树，渐渐向后退去；河岸线渐渐地弯曲，变成了镰刀似的新月形。太阳刚刚偏西，在西边的天空抹了一层紫罗兰色的霞霭，但它仍然像一个灼热的大火球，悬挂在整个河面上。岸上的一群叫花子正围住那个白痴，指手画脚地争论什么；突然间，一阵清风吹过，隐约可以闻见像波涛声似的喧嚣和放浪的大笑。

前面是一道湍急的流水，船夫们光裸着上身，使出浑身的气力摇橹。劳拉太太注视着路加的黝黑的脊背，瘦棱棱的骨骼清晰可见，成串的汗水，不停地从脊背上滚落下来。她闭上了迟钝的、微微发胀的眼睛。

一个乘客从船舱里取出行李，喊道：

"到岸了！"

路加拿起铁锚，抛到岸边下碇。驳船又在水中漂游了片刻，直到连着铁锚的链条绷直，这才猛地摇晃了一下，停住了。乘客们一步跳上了岸，帮助劳拉太太慢慢地下了船，然后，他们又各自赶路。

河这一边到处是葡萄园。一行行挺秀的葡萄树，碧绿森森。几棵吐出一蓬华盖形枝叶的橄榄树，疏落地点缀在原野上，遮断了地面的视线。

劳拉太太孤零零地在没有绿荫的岸边行走。不停的心跳血涌，耳边震动鼓膜的、凄楚的嗡嗡声，使她依旧处于懵懵懂懂的状态。她仿佛不是脚踏实地，而是在泥潭或沙滩里艰难地迈动每一步。周围的一切全在乱纷纷地旋转，淡淡地隐没。她恍惚觉得，人世间的一切，包括她自己，全已变得这么遥远，为众人所遗弃和永远化为乌有了。她感到一阵疯狂的冲动。瞬息间，她眼前突然幻现出人群，房屋，另一个世界，另一个苍穹。她的两腿瑟瑟地打抖，脑袋突然撞到一棵树上，她跌倒在石头上。她颤颤巍巍地站起来，拖着可怜的瘫软的身子跟跄而行，在这茫茫的田野，只有她的白发，在凶猛的骄阳下，熠熠闪光。

河流彼岸的一群叫花子，正在作弄那个白痴，挑唆他泅水过河，追赶劳拉太太，乞讨施舍。他们扒掉了白痴的破衣烂衫，把他赤条条地推到了河里。

白痴活像一条落水狗，在水里扑通扑通地爬游。叫花子们扔的石子像雨点似地落在河里，落在他的身上，不准他后退一步。这些残废畸形的人，狂热地打着呼哨，发出一阵阵尖利的嗥叫，在残忍中寻求乐趣。水中的激流几乎卷走了白痴，他们顺着河岸奔跑，歇斯底里地大喊：

"快淹死！快淹死！"

白痴拼命挣扎，终于爬上了河岸。他全身一丝不挂，理智的泯灭已使他丧失了羞耻感。他穿过河滩，朝劳拉太太奔去，不时习惯地做伸手乞讨的动作。

懵懂发呆的劳拉太太，抬起头来，瞧见了白痴。她惊骇无比，禁不住发出一声凄厉的惨叫，转身朝河边仓皇逃去。在这一瞬间，她脑子里闪过了怎样的思想？她可明白，她的行动意味着什么？她甘愿去死么？

她跑到河岸尽头，失足掉进了河里。汩汩流动的河水，飞溅起一层浪花，随后，完全消失了。她落水的地方，泛起一沓沓涟漪，向四周微微地荡漾，然后平静了。

河彼岸的叫花子们，对着河里的驳船高声喊道：

"喂，路加——！喂，路加·马里诺——！"

他们急忙朝杨树环抱的那间房子奔去，报告消息。

路加听到呼救，立即把驳船朝人们给他指点的地方摇去，又招呼正在急流中小心谨慎地驾船的马尔蒂那：

"那儿有个女人落水了！"

他顾不得向同伴细谈这件事和落水的人，因为他一向不喜欢多说话。

两个船夫把船靠拢到一起，稳稳地摇动船桨。

马尔蒂那问道：

"你尝了基阿库酿的新酒了吗？简直是……"他做了一个手势，比喻醇酒的美味。

路加回答说：

"还没有呢。"

"想喝一盅吗？"

"当然。"

"回头去喝吧。雅那杰罗正在等我们。"

"那好吧。"路加说道。

两条船摇到了出事的地方。白痴原可以指明劳拉太太落水的地点，但是他早已拔脚逃走，正在一座葡萄园里发癫痫病。河那边，聚集了许多好奇的围观者。

路加对同伴说：

"你把你的船停住，跳到我的船上来。一个人摇桨，另外一个人打捞。"

马尔蒂那照路加的话行事。他摇动船桨，让驳船在二十米左右的水面来回漂流，路加用一根长篙不断探索河底。每当感觉竹篙碰到了障碍，路加便喃喃地说：

"有了！"

但每次他都落空了。又探索了许久，路加终于喊道：

"这一回准是的。"

他微微弯腰,屈膝,全身使劲,用竹篙的尖端稳稳地把那重物捞上来。他两条胳膊的肌肉瑟瑟地哆嗦。

马尔蒂那放下手中的船桨,忙问:

"要我帮忙吗?"

路加回答道:

"不用了。"

没有归还的一天

[意大利]乔万尼·帕皮尼（GIOVANNI PAPINI，1881—1956）是个生活和创作道路都很复杂的作家。他出生在佛罗伦萨一个手工艺者家庭，自幼喜爱文学，还在学生时代就接连办了几个油印的文学刊物。后来他到大学去旁听哲学课程，接受了柏格森的直觉主义、詹姆士的实用主义。1903年，他创办了文艺刊物《列奥那多》，宣传唯美主义，反对文学中的经院主义。1913年，他创办未来主义刊物《莱切巴》，宣传打倒偶像，否定传统，探求与工业文明相适应的新的形式与内容。后来，他同未来主义代表人物马利涅蒂发生冲突，又退出了未来派。

帕皮尼早年写过几部短篇小说集，最著名的作品是长篇小说《一个无可救药的人》（1910）、诗集《诗歌一百页》（1915）、文集《断裂》（1916）。著名评论家卡尔洛·博认为，这些作品表现了作者及其志同道合者"雄心勃勃的计划同愈来愈渺小的成就之间的矛盾"在内心世界打下的烙印，实际上就是他们在政治上、文艺上推行的"革新"由狂热而衰竭的过程的写照。

作为这一转变过程的合乎逻辑的结果，是帕皮尼在第一次世界大战后皈依基督教，并写了一部《基督传》（1919），在世界各国广泛流传。法西斯掌权后，他又鼓吹民族沙文主义。

在文学研究领域，帕皮尼颇有成就。他著有《论卡尔杜奇》（1916）、《不朽的但丁》（1933）、《意大利文学史》（1937）。1935年，他任波洛尼亚文学研究中心主任；1937年，创立文艺复兴研究所，并当选意大利科学院院士。

帕皮尼一生写了各种作品近五十部，在意大利近代文化、文学史上产生很大影响，被称为是"拥有社会各个阶层的读者"的作家。

《没有归还的一天》（Il giorno non restituito）是帕皮尼早期的短篇小说

集《失明的驾驶员》(1907)中的一篇。小说构思新颖独特，情节曲折诡奇，通过一个暮年的贵妇人对青春、美貌的狂热的追求，反映了贵族阶级的精神世界的彻底崩溃。

　　我曾有幸结识许多上了年岁但依旧容貌姣好的公爵夫人；然而，她们大抵都是些家道中落的贵夫人，身边只有一名身着黑衣的小女仆，住在托斯卡纳①式的衰颓的别墅中；栅栏做成的围墙，两株布满灰尘，像哨兵一样守卫着栅栏墙的杉树，遮掩了整座别墅。

　　倘若您在某位孤孀寡居的伯爵夫人的沙龙里遇见她们，您尽可以不合时宜地称她们为"高贵的夫人"，并且用那种国际流行的、古典式的、毫无生气的法语——马尔蒙台②修道院长的《道德箴言录》足以帮助您通晓此种上流社会使用的语言——跟她们攀谈。我的那些公爵夫人几乎总是愿意彬彬有礼而又喋喋不休地回答您。当您已经深入到她们的可怜的心灵——偏狭的、被尘埃和细事末节封闭的、犹如十七世纪演说家的心灵，——您将会发现，生命仍然是值得留恋的，我们的母亲也并不愚蠢糊涂，诚然当我们从娘胎里来到人世间的时候，会以为母亲做了一件蠢事。

　　那些上了年岁的、容貌姣好的公爵夫人向我絮絮私语了多少异乎寻常的隐私啊！她们非常喜爱香粉，兴许更加热衷于闲谈，因为她们都是德国女人——出于偶然的原因，只有一个是俄国女人，——她们所操的娓娓动听的古老的法语，有时竟会激起我的汹涌奔腾的感情波澜；这时，我的心狂乱地跳动，坦白地说，我恰如一个痴心的恋人，产生了不可遏制的欲望。

　　一天下午。夜幕尚未降临，在一座托斯卡纳式别墅的客厅里，我坐在一张帝国时代的老式沙发上，旁边的茶几上放着仆人递给我的一杯清茶。我默默无声地陪伴着我的公爵夫人中年岁最大，最美丽温雅的一位。

　　她穿着一身黑色的衣服，脸上罩着一块黑色的面纱，我所熟悉的总是微微鬈曲的萧萧白发，遮掩在一顶绛黑色的帽子里。我恍惚觉得，一轮黑色光圈笼罩在她的周围。这使我很满意。我力图使自己相信，那女人仅仅是根据我的愿望所显现的形象。要相信这一点是不困难的。整个屋子几乎都沉浸在黝黯的昏黑之中，只有一支发出微弱光亮的蜡烛照着她那搽了香粉的脸庞；一切东西都被黑暗吞噬了，以致使我觉得，在我面前的仅仅是一颗悬在空中的脑袋，一张离地面大约一米高的、与身体脱离的脸庞。

---

① 意大利中部地区，以悠久的文化艺术传统著称。首府为佛罗伦萨。
② 让·弗朗梭·马尔蒙台（Jean Francois Marmontel, 1723—1799），法国启蒙主义者，文学家，《百科全书》编辑。

可是，公爵夫人终于打开了话盒子，这时我的任何幻觉自然也就不可能存在了。

"那么，请听我细细说，先生，"她对我叙述道，"这件事发生在四十年以前，那时，我正当青春年华，因此完全可以说天真未泯。"

她用那纤细的声音，继续向我叙述她的丰富的罗曼蒂克经历中的一段历史：一名拜倒在她石榴裙下的法国将军，受到她的爱情的熏陶，一举成为一名优秀的演员；后来，在一个夜晚，他却不幸遭到了一个醉汉的杀害。

然而，对于她的诸如此类的风流韵事，我早已了如指掌；我直率地告诉她，我乐意听她叙述比这更曲折、更遥远、更令人难以置信的故事。公爵夫人落落大方，欣然表示，愿意完全满足我提出的要求。

"看来，您要迫使我揭开我所保守的最后一个秘密，"她说道，"它之所以永远是一个秘密，就因为它在我所经历的全部罗曼蒂克事件中是最难以令人置信的。但我晓得，要不了几个月的时间，兴许在春天来临之前，我就要与世长辞了，也许我再也找不到一个能像您这样饶有兴趣地对待荒唐可笑的事情的男人了。……

"这个秘密发生在我二十二岁的时候。那时，我是维也纳最艳丽动人的公爵夫人，我也还没有杀害我的第一个丈夫——那是发生在更晚些时候的事，两年以后，当我爱上了……不过你已经很了解这件风流韵事，恕我不再谈它了！

"事情发生在我二十二岁那年快完结的时候，一个上了年岁，但没有胡须，曾经获得过勋章的老人来登门拜访。我接待了他。他要求秘密地跟我谈两分钟话。当只剩下我们两个人的时候，他对我说：

"'我有一个视若掌上明珠的女儿，她现在身患重病。我必须赋予她生命和力量，因此，我正在到处奔波，以购买或借取的方式，寻求青春的年龄。如果您能慷慨允诺，借给我一年的青春，我将在您生命结束以前，逐步地，一天一天地，归还给您。比方说，在您满了二十二周岁的时候，您不是进入二十三岁，而是跳过一年，直接进入二十四岁。您仍然是风华正茂，您丝毫不会察觉这一年龄上的跳跃而带来的影响。我以后将把这一年的三百六十五天，每次两天或三天，全部如数归还给您，直到最后一天。这样，当您年纪衰老的时候，您可以根据自己的愿望，体验到再度获得真正的青春年华，突然重新享有失去的健康和美貌的幸福。

"'请您不要以为您是在跟一个爱说瞎话的骗子手或者是在跟一个魔鬼谈话。我是一个普通的不幸的父亲，我向上帝祈祷了许久，上帝慈悲地准许我做别人所不能做的事情。我费了很大的周折，总算筹借到了三年，但是，我还需要许多年。请把您的青春借给我一年吧，您将永远不会因为这一慷慨的行为而追悔！'

"在那以前，我对各种离奇古怪的冒险行为早已司空见惯，在我生活于其中的那个上流社会里，没有任何事情会被认为不可能做到的。于是，我欣然同意了他的特殊要求。

"几天以后,我比正常的情况下多长了一岁,但几乎谁都没有察觉到这一点,一直到我四十岁,我都异常快活地生活着,根本不需要索回我储蓄着的、有朝一日应该归还给我的一年。

"那位老人给我留下了一份合同,还有他的地址。他对我说,如果我希望得到一天或一个星期的青春的话,我必须至少提前一个月通知他。他向我许下了诺言,我会在我希望的日子获得我希望的青春。

"年过四十以后,我的花容月貌逐渐消逝,我便回到我的家庭留下来的为数不多的一个城堡中去隐居,一年只前往维也纳二、三次。我事先向我的负债人写信,然后,既年轻又漂亮,好像只有二十三岁妙龄的我,便去参加宫廷舞会,光临首都的沙龙,这使得那些知道我的美丽的丰姿正在衰落的人们大吃一惊。

"青春再现的前夕,是多么激动人心啊!前一天晚上,我犹如一朵凋谢的花儿,像往常那样疲倦地熟睡了。翌日清晨,我苏醒以后,却仿佛一只刚刚学会飞翔的小鸟,轻松愉快地奔到穿衣镜跟前,脸上的每一条皱纹都消失殆尽了,我的身躯轻盈灵巧而又柔软丰腴,头发全都重新闪现出金黄色的熠熠光彩,嘴唇如此娇艳红润,以致我自己都恨不得发狂似的吻它。

"在维也纳,崇拜者们把我团团围住,发出惊奇的赞叹,责备我玩弄了魔法。总而言之,他们什么也没有明白。当归还给我的青春期限快要结束的时候,我便登上马车,急匆匆地返回城堡;在那里,我谢绝一切登门拜访的客人。

"一次,一个来自波希米亚的年轻的伯爵,在我某次重返维也纳参加社交活动的时候,认识了我,如醉如痴地爱上了我,不知怎么回事,他突然闯进了我的城堡中的宅邸。当他看到我跟他在维也纳大街上倾心相爱的女人是如此相像,但又如此难看和衰老的时候,顿时惊愕失色,几乎昏厥了过去。

"打那以后,再也没有人能够闯入我心甘情愿地选择的与世隔绝的生活。在我的生命之花不断枯萎的郁郁寡欢的岁月里,唯独偶尔再现的青春所激起的奇特的喜悦和深深的忧伤,才足以使这种几乎不食人间烟火的生活暂时中断。您能够想象得出我那漫长的、孤独的、与世隔绝的生活中,每每由于少许几天的美貌和激情突然迸发出火焰而产生的奇妙情景吗?"

"开头的时候,我满以为那三百六十五天是取之不尽,用之不竭的,只觉得它们是永远不会完结的。因此我过于恣意挥霍,经常给那位神秘的生命负债者写信。然而,他是一个惊人地恪守诺言的人。有一次,我上他那儿去了,瞧见了他的一堆账单。我发现,我并不是跟他签订这类合同的唯一的人,看得出来,他非常精确地记载着他不断偿还的债务。我还瞧见了她的女儿,一个脸色异常苍白的女人,正坐在鲜花盛开的阳台上。

"我压根儿不晓得,他从哪里得到生命的年月,从而使他能够如此准确无误地按日子分批偿还他的债务，但我有某种理由相信，他为此又积欠了新的债务。他从哪些女人那里借得日子来偿还给我呢？我多么想认识她们当中的一位，可是，尽管我常常善于巧妙地提出问题，但我却从来未曾有幸揭开这个秘密。但是，很可能，她们并不是我想象的那种陌生人……

"总而言之，这老头儿是一个异乎寻常地饶有兴味的人物，他极其出色地执行着他的计划。您简直难以想象，当他以一个银行家才有的冷静向我宣布，现在，他欠我的日子只剩下十一天了，我的生活突然变得多么凄惨可怕。在整整一年的时间里，我没有给他写过一封信，我曾经一度萌发过这样的念头，把这留着的十一天馈赠给他算了，免得再痛苦地折磨我自己。您当然能够明白为什么，是吗？每一次，当青春昙花一现之后，理智苏醒的时刻便愈发令我黯然神伤，因为随着岁月的流逝，我眼下的情况跟我二十三岁时的距离是愈来愈大了。

"从另一方面来说，我又无法抗拒它的诱惑。您可以设想一下，一个可怜的孤独的老婆子怎能够拒绝哪怕只有一天或两天、三天的美貌、爱情和欢乐呢？她需要被人宠爱，虽然只有一天的时间；她需要被人追求，哪怕只有一个钟点；她需要幸福，尽管只有片刻的时光！

"然而，我赊给那老头儿的日子快用完了，那笔债务即将永远结束了。请您想想，我能够支配的青春的日子仅仅剩下一天的时间了！这一天一旦消逝，我将最终成为垂暮的老婆子，眼睁睁地坐待死神的召唤。仅有的光明灿烂的一天，然后将是永世的黑暗！我请求您设身处地想想我生活中这一始料未及的悲剧。在要求归还这一天以前……

"可是，我什么时候应该要求归还这一天呢？我将用这一天来做些什么呢？三年多来，我没有再恢复过青春，在维也纳，兴许已经没有任何人再记得我，我的美妙丰姿似乎已化为鬼怪的幻影。然而，我仍然感到需要一个恋人，一个全心全意地，以火一般的激情爱慕我的恋人。我的整个身躯需要再次享受爱抚。我的皱纹密布的脸容将再次透露出青春的红润，我的嘴唇将最后一次给人以陶醉的欢乐。我这可怜的干裂而失去血色的嘴唇！它们多么渴望有朝一日还能变得鲜红、炽热，哪怕仅仅只有一天，为了最后一个情人，最后一个亲吻！

"可是，我不晓得如何作出我的抉择。我没有勇气去花掉真正的生命给我留下的最后一天，仅有的一笔微不足道的财富；我也不晓得应该如何耗费这笔财富。但我发狂似的渴望把它挥霍殆尽……"

这位可爱的公爵夫人深深激起了我的恻隐之心！她揭开黑面纱已经有好几分钟了，泪珠在她涂抹着香粉的脸上犁下了两条细细的沟痕。这时，她以贵夫人的矜持态度强行抑制的啜泣，使她无法继续自己的叙述。

于是，我禁不住产生了一种强烈的、不惜一切代价去安慰这位仪态优雅的老婆子的愿望。我跪倒在她的脚下，跪倒在一位满脸皱纹的，身穿黑衣服的公爵夫人的脚下。我对她说，我要以远远胜过任何一个疯狂的绅士的热情来爱她；我用最甜蜜的话语请求她允许我，仅仅允许我一个人享受她的美妙青春的最后一天。

我已无法准确地回忆起我对她所说的一切，但我的言语肯定使她大为感动，因为她用类似舞台上演员惯用的几句台词对我许诺说，我将是她最后的一个情人，但仅仅只有一天的缘分，而且是过一个月以后。我们约定某一天就在这座别墅里会面，随后我怀着激动的心情，吻了吻她那干瘦的、苍白的手，便告辞了。

晚上，我返回城里。一弯银色的眉月当空高照，仿佛以讥讽的、怜悯的神情执拗地盯着我。但公爵夫人的形象在我的脑际萦绕，愈发坚定了我对这件事采取的严肃态度。

那个月显得异常的漫长，兴许是我一生中时光流逝得最缓慢的一个月。我答应我的未来的情人，在约定的那天以前，我一定约束自己，不再去见她。我忠实地信守了诺言。

翘首盼望的这一天终于来到了，这真是那最漫长的一个月当中的最漫长的一天。夜幕也终于降临了。我尽可能地穿戴打扮了一番，便怀着一颗激动不安的心，迈着迟疑不决的步子，朝那座别墅走去。

我远远地瞧见，明亮的灯光照耀着别墅的窗户，这是从来不曾有过的情景。走近别墅，我发现栅栏门敞开，阳台上一朵朵硕大的花儿开得十分艳丽。我走进别墅，来到客厅，大厅里两只奇异的烛台上点燃着明灿灿的蜡烛。

仆人告诉我稍候片刻工夫。我等待着。没有任何人出来。整座别墅都静悄悄的。摇曳的烛光在闪烁着，鲜花吐出缕缕的清香，氤氲在寂静的空气里。我焦躁不安地等待了约莫一小时，我再也耐不住性子了，便走进了餐厅。

餐桌上摆着两副餐具，几簇鲜花和丰盛的水果。我走进了一间小客厅。灯光柔和地照耀着，但空无一人。我最终在一扇房门前站住，我晓得，这里该是公爵夫人的卧室。我在门上敲了两下或者三下，但是没有人应声。我寻思，情人行事可以不顾礼节，于是我鼓起勇气，推开了门，在门坎上止住脚步。

房间里仿佛经历了一场浩劫似的，到处是随意乱扔的豪华服饰。四只烛台环绕着一只投射出明亮的光辉的大烛台。公爵夫人身穿一件我从来不曾看见过的最漂亮的衣服，仰面坐在面对穿衣镜的一张安乐椅上。

我轻声叫唤她，但她没有回答。

我走上前去，用手轻轻碰了碰她，但她毫无反应。这时，我才发现，她的脸庞像我往常看见的那样，干瘦而又苍白，但脸上的表情显得比平素更加忧伤，似乎受了惊吓的样子。我把手指放在她的嘴唇上，竟丝毫没有感到呼吸的气息，我又把手按在她的胸口，也丝毫感觉不到她的心脏的跳动。

可怜的公爵夫人已经死去了。她是坐在穿衣镜前面，欣喜地期待青春的再临时，愉快地猝然去世的。

我在靠近她的安乐椅的地板上捡起一封书信。这封信向我揭开了她突然离开人世间的秘密。

信中只有几行字，字体工整，像出自军人的手笔，内容是这样的：

尊敬的公爵夫人：

请原谅我不能立即把我积欠您的最后一天青春归还给您，为此我实在内疚于心。

我没有能够物色到一位通情达理，并且对我的令人难以置信的诺言表示信赖的女人；而我的女儿已处于生命垂危之中。

我仍将不遗余力地继续寻找合适的对象，一俟获得结果，当即向您禀告，因为让您善始善终地享受最后一天的青春的快乐，是我的真挚的意愿。

尊贵的公爵夫人，请您相信我……

您的最忠实的……

书信末尾的签名，字迹难以辨认。

蔡蓉 译

小偷卢卡

[意大利] 马西莫·邦藤佩利（MASSIMO BONTEMPELLI，1878—1960），小说家、剧作家、评论家。出生在米兰附近的科摩城。他的父亲是铁路工程师，他曾随工作地点经常流动的父亲到过许多城市，后来进入都灵大学，相继读完文学系、哲学系。他当过一段时间的教员，不久便转到佛罗伦萨，成为专业撰稿人，担任《世纪》杂志编辑。

第一次世界大战期间，邦藤佩利入伍当炮兵军官。战争结束后，他接连发表了两部短篇小说集《严酷的生活》(1920)、《辛劳的生活》(1921)，反映了大战后的个性危机。他的文艺思想颇为庞杂，受到过卡尔杜奇、未来主义、超现实主义的影响。1926年，邦藤佩利创办了文学杂志《二十世纪》，呼吁意大利文学扬弃十九世纪传统，向二十世纪开放，向欧洲开放。他把自己的主张加以概括，提出"奇妙的现实主义"的理论，主张透过现实的表象，从中发掘出非现实的、幻想的和奇妙的诗的意境。长篇小说《镜子前面的棋盘》(1922)，《两个母亲的儿子》(1929)、《阿德里亚及其儿子们的生与死》(1930)以及一些剧作，就是依据这一理论写作的。

邦藤佩利著有许多文艺批评专著，对文艺复兴时期文学、莱奥帕尔迪、维尔加深有研究。二十年代，他被选为意大利科学院院士，经常到国外讲学。

邦藤佩利一度信仰法西斯主义。三十年代后期，他同法西斯主义发生矛盾，关系搞得很僵。1938年，法西斯当局下令禁止他参加任何文学活动。二次大战后，他疾病缠身，极少写作。《小偷卢卡》(Il ladro Luca)选自米兰蒙达多里出版社1966年版《邦藤佩利短篇小说集》。小偷卢卡行窃后被铁面无情的警察当场捉拿，不料事情发生戏剧性的转折，小偷反倒成了他的冤家对头的救命恩人。小说短小精粹，情节跌宕起伏，具有"奇妙的现实主义"的艺术特色，但突破了它思想上的消极性，成功地展示出小偷心灵深处的闪光，因而有了深一层的意义。

一个布满阴云的夜晚，一轮明月从云彩后面露出了四分之一的脸儿，少许的几颗星星在夜空闪烁着。对小偷卢卡来说，这样的天时已足以帮助他从天窗钻进一户人家，把上好的财物劫掠一空了。

现在，他提着塞满了赃物的沉甸甸的袋子，美滋滋地钻出天窗。约有片刻的工夫，他抬起头来，放眼眺望乌云浮动的夜空，然后，缓缓地环视着四周的屋顶。在这广大而空旷的世界，万籁俱寂，除了他卢卡站在接近天空的屋顶上，四周见不到一个人影儿。

他觉得腰部有点儿疲劳，但心里却舒爽坦然，因为没有什么事情能够再让他胆战心惊的了。他把袋子稳稳地扛上肩膀，一屁股坐在瓦片上，一只胳膊肘儿支靠着天窗的墙壁，就这样休息了足足五分钟的光景。

他的同伙中还没有一个人曾经窃得如此贵重的物品。

天窗开在从屋檐到屋脊的屋顶中间，斜面很宽阔。从天窗里往外钻出来的时候，卢卡仰起头来，只见天空变成了一条狭长的垂直线；探身朝前俯视，周围是望不到尽头的坡面，一直伸向大楼的另一端，被突出屋脊的一只烟囱隔绝了；坡面朝下延伸，跟装饰精雅的飞檐连在一起。

瞧见屋顶，他禁不住轻松地舒了一口气。他在屋顶上行走，犹如一只猫儿那样轻捷灵巧，简直如履平地。现在，他似乎觉得耳边响起了他的同伙们（盗窃刺绣、丝绸、金银器皿的能手）惊羡不已的赞叹声，他甚至恍若听到了头头对他的夸奖。

小偷卢卡压根儿用不着手表，便能极其精确地计算时间。五分钟过去了，卢卡把支靠在天窗墙壁上的胳膊伸回来，攥紧袋子的皮带，一只手支撑在地上，想猛地一使劲，让自己站立起来。这时，他向屋脊扫了一眼，不禁倒吸了一口冷气，顿时惊呆了。

屋脊后面伸出了一个肥大、黝黑的脑袋，两道熠熠闪亮的目光，透过黑暗，直向他射来。蓦地，那汉子一跃而起，站立在屋顶上，伸出手来，枪口对准卢卡；一声命令在寂静的夜空回荡：

"举起手！"

小偷卢卡战战兢兢地举起了双手。

"站住，不许动！"汉子又加了一句。

那人没有大声吆喝，但他的声音好像一声惊雷撕破夜空，在卢卡的耳边轰鸣，他觉得心在胸腔里七上八下地跳动，仿佛要碎裂似的，他恨不得放下一只手来，去按住剧跳的心，让它平静下来。他认出了这个汉子，此人是城里最精干和铁面无情的警察之一。

约莫有十秒钟的光景，他们面对面地互相瞅着。警察瞪大眼睛盯视着卢卡，卢卡跪在地上，抬头凝望警察，他的两只举起的胳膊不时滑落下来，但他很快地用力把胳膊重新举起来。

在这短短的十秒钟里，卢卡的眼前飞快地掠过一连串想象的画面：警察的令人毛骨悚然的双手落到他的肩上，袋子中的赃物，手铐，然后，获悉这一切的同伙们和头头……在栗栗恐惧的一瞬间，所有这些画面都模糊地搅和在一起了。

警察站稳身子，朝着屋顶的顶端走去。

他朝前走了几步，处于惶恐状态中的小偷卢卡忽然瞥见，警察的双脚在瓦片上摇摇晃晃，兴许是由于这个原因，他赶紧止住了脚步，把两条又粗又短的腿叉开，支撑住身子。他仍然用手枪对准卢卡，说道：

"注意听着，你站起来，举起手，朝前走，如果你放下手来，或者掉转方向的话，我马上就开枪。快点，卢卡先生！"

警察这么命令的时候，小偷卢卡确实敏捷地思考了逃跑的可能性：朝右边装饰精雅的飞檐跳下去，但是子弹会追上他的；钻回到天窗里去，无疑是跳入陷阱。他只能乖乖地听从警察的命令。

卢卡不用手臂的帮助就站立起来。然后，他故意慢慢吞吞地——这是出于职业性的伪装本能，不让警察觉察他动作的敏捷，并尽可能地让那双威胁他的手落到他肩上的时刻来得晚些——朝着瞄准他的枪口摇摇晃晃地走去。他的双手颤抖着。

"快一点！"警察冷笑地说，"袋子太沉了，是吗？快点儿。"

卢卡本来想回答来着，但只是勉强迸出了几个有气无力的音节，他这才发觉，他一句话也未说出来。他在瓦片接头的地方故意装作失足绊了一下。

"过来，卢卡先生，你干得蛮不错，看来该打发你去睡觉了。不然的话……啊，上帝！……"

卢卡的心立即惊喜交集地狂跳起来，因为警察由于一只脚跟没有站稳，身子摇晃了一下，径直从瓦房上滑溜下去。卢卡随即瞧见一个肥胖的身躯在屋顶的斜面上朝下滚动。于是他急忙拔脚朝屋脊奔跑。

警察惊慌失措，用左手狠命抓住一块瓦片，不料这瓦片吃不住他的劲，也随着他向下滑溜，他只觉得十指连心的一阵疼痛，禁不住发出一声绝望的喊叫。他想用另一只扔下了手枪的手来攀住屋顶上的什么东西，但无济于事，他的身子继续朝下滚动，脑袋砰地一声撞在屋顶的烟囱上，但滚动没有停止。

小偷卢卡奔到屋脊，转过身来，只见警察已滚到坡面的边缘，身子随即在空中消失了。

卢卡心中蓦然一喜，不禁心花怒放。他目迷神眩地注视着他的冤家对头消失的地方。他这样细细地凝望着，以致终于发现，警察并没有完全掉下去，他正发狂似的用两只手紧紧攥住飞檐的边缘。

卢卡在屋脊上坐下，盯着这两只粗大、黝黑、越来越剧烈地痉挛的手。他等待着，希望看到这双手的消失，然后才扬长而去。然而，这种幸灾乐祸的狂喜仅仅持续了一分钟的光景，现在已平静了下来。卢卡从容不迫地坐在那里，胸脯和脑袋略略向前探伸，就像置身于剧院里，观看舞台上的演出，剧情已达到令人不安的高潮时一样。他想象着警察的身躯悬吊在飞檐下的情景，不多一会儿，他的冤家对头的身子就要掉到石板砌的路面上，跌个粉身碎骨。他竖起耳朵，期待听到那庞然大物即将坠落地面的声响。

警察的一只手已经吃不住了，不由得松开了原先死死攥住的屋檐，整个人的重量和抽搐立即都集中到另一只手上，竭力挣扎着；不一会儿，松开的那只手又重新攀住屋檐，另一只手却又松开了。警察在空中摇晃飘荡。

蓦地，一种不可捉摸的感觉颤过卢卡的心头。这种感觉跟他开头那种幸灾乐祸的狂喜迥然不同。他紧紧地闭上双眼，尔后又很快地张开，他听到下面急促的喘息声，看来是用那两只手拼命挣扎时发出的。小偷卢卡自己也不知道是怎么回事，他不由自主地霍然立起身子，刷地把袋子从肩膀上卸下来，放在房瓦上；他又一次闭上眼睛，但又马上睁开，用手抚摸了一下前额，他不知道是什么缘故，也不明白自己正在干什么，便径直朝着那个方向跑去。他跑到屋檐跟前，立即扑倒，肚皮紧紧贴着房瓦，伸出一只铁一般坚实的手臂，勾住烟囱壁的棱角，向前探出身子，伸出另一只手臂，喊道：

"拉住！"

卢卡紧紧攥着正在挣扎中的警察伸过来的一只手，他感觉到那只手也紧紧握住他的手，他使出浑身力量往上拉，仿佛渔翁拉起沉甸甸的渔网一样。他瞧见了警察的脑袋、肩膀；他继续往上拽，警察顺着他的劲儿，终于露出了整个身子；卢卡给了他最后一把劲，然后帮助他在靠近屋顶角落的房瓦上坐下。

两个人默不作声。周围愈发显出夜的沉静。警察凝视着下面的深渊，当然他什么也看不见。小偷卢卡瞧着他的脊背，却又怯怯地不敢瞧他。现在卢卡真想离开这里，但他又木然不能动弹，似乎在等待什么，但他又不知道等待什么和为什么要等待。

终于，警察嗫嗫嚅嚅地说了什么，但没有把脑袋朝卢卡扭过来。

卢卡没有听明白，问道：

"你说什么？"

他仍然耷拉着脑袋，重复说。

"真冷。"

卢卡感到不大自在。警察把脑袋埋在两只手掌当中，开始呜呜咽咽地啜泣起来。

小偷卢卡在口袋里窸窸窣窣地摸索了一阵子，找出火柴和香烟；他点燃了一支烟，递给警察，说道：

"你抽吧。"

警察转过身来，卢卡瞧见，成串的眼泪，从他的脸颊上淌下来，便重复了一声：

"你抽吧。"

他向前探出身子，把香烟夹在警察的两片嘴唇中间。

烟卷在警察的嘴里颤动。过了片刻，警察才结结巴巴地说：

"谢谢。"

烟卷从他的嘴唇中掉下来，滚到烟囱旁边。小偷卢卡敏捷地捡了起来，耸了耸肩膀，把香烟放在自己嘴里吸起来。他正抽着烟，警察却又双手捂住脸孔，重新扭过脑袋去。

卢卡站立起来，转过身去，不再理会他。他登上屋脊，那里放着他的袋子。他把袋子扛在肩上，不慌不忙地从屋顶的另一面斜坡走下去，然后将顺着檐槽滑至地面。

月亮隐没了，天空中没有一丝云彩。小偷卢卡骄傲地想象着同伙们由于他窃得的赃物而啧啧赞叹的声音和头头对他的夸奖。在离开屋顶和抱住檐槽以前，他再次抬头望了望天空。卢卡黑夜行窃兴许已经上百次了，然而他从来不曾发现过，天空中竟有那么多灿烂的星星。

蔡蓉　译

社会游戏

[意大利]莱昂那多·夏侠（LEONARDO SCIASCIA），意大利小说家。他的代表作有长篇小说《白天的猫头鹰》、《各得其所》、《前因后果》、《千方百计》，此外还有大批的剧作。作品无不显示出逼人的批判锋芒，直指意大利的黑手党和政治势力集团，将政治黑幕和现实中最尖锐又最微妙的问题抖搂出来。

《社会游戏》写于1973年，作者把一个惊心动魄的故事写得那么冷静，不动声色，在轻松、平静中蕴含着深刻、激烈的主旨，称得上是一篇匠心独运的杰作。

当他的手还迟疑不决地按在门铃上时，房门突然打开了。女人微笑着说道：
"请进，我正等着您呢。"
她的声音柔和而又微微发颤，好像正满怀激动而喜悦的心情等待实现她所期望发生的事情那样。他想，这准是个误会，他试图猜测可能出现的结局。他呆在门口，显得迷惑不解而有些慌乱。他想，她肯定在等人，等她不认识的人或是刚刚认识的什么人，也可能是一位许久没有见面的人。她没有戴眼镜，而且，他知道，通常她是戴眼镜的。
"您在等我吗？"
"当然我在等您。请进吧。"
她的声音仍然微微颤抖。
他跨进门槛，在古航海图案的瓷砖地面上走了几步，步履沉重，仿佛陷入了泥潭。
当他抬头看她时，她已关上了房门，面带笑容地给他指了一下长沙发。
他试着要澄清误会，想知道到底是怎么回事，便又问道：

"那么，您究竟在等谁？"

"究竟在等谁？"现在她的笑容里带着讥讽。

"是这样，我……"

"您……"

"怎么说呢，我以为……"

"您以为我认错人了吧。"她收敛了笑容，让人觉得更年轻了。

"不，我等的恰恰是您……不错，我没有戴上眼镜，我只是看近处的东西时才戴。您方才走进大门时，我已经认出了您。现在，从近处看，也许我需要戴眼镜。这样，您和我都不用猜疑了。"

她的那副眼镜放在窗台的一本打开的书上。在等待他的过程中，她侧耳倾听栅栏门外的动静；那本书她已经开始阅读，但只读了几页。他忽然受到一股好奇心的驱使。他想知道。她为了打发时间，读的是什么书。但是，她为什么要等他呢？敢情他陷入了圈套？他被人算计了？还是派他来的那个男人突然反悔了呢？

奇怪的是，又黑又厚的眼镜框架使她显得更精神了。她的目光，由于镜片的放大，似乎显出某种惊讶和害怕的神情。其实，她既不惊讶，也不害怕。她转过身去，似乎是向他挑战。她打开书桌的一个抽屉，拿出一张纸。她转过身子，手里拿着一沓照片，走到他的跟前。

"这些照片有些模糊了。"她说道，"但是，毫无疑问，这些照片是6月20日11点钟在马志尼大街上拍摄的，您和我丈夫；另一张照片是7月23日下午5点钟，在人民广场，您一个人，停车以后，正在关车门；还有一张照片，有您的妻子……您想看看吗？"

她的语调透出讥刺，但并无恶意，而且是近于心不在焉的样子。

他终于感到该做他应该做的事情了。但是，他掂量了一下眼前的情势，觉得不能做，也不该做。他表示愿意看看那些照片。她把那些照片递给他，便站在一边，以一种轻松愉快的心情注视着他，就像向别人展示自己的家庭和孩子的照片，等待对方的赞赏。

但是，他像瘫痪了似的，他的感觉、思维和动作都变得缓慢而遥远，变得如此可怕的沉重。而出自她口中的那些恭维话，既不俗气，又颇刻薄。

"您知道吗？您很上相？"

事实上，焦距不准，并不妨碍辨认他的面目，倒使他的妻子和爵士[①]的形象有些模糊了。

"您请坐。"女人指着身边的长沙发说道。

[①] 指小说女主人公的丈夫。

他的身子软软地坐了下去，好像他的存在突然崩溃了似的。然后，她问道：
"您想喝点什么呢？"
不等他回答，她便拿出两只杯子，一瓶白兰地。他手里端着酒杯，站在她面前，而她一边得意地打量着他，一边呷着酒。他也呷了一口酒，环顾四周，好像刚刚从昏厥状态中苏醒过来。这个家真漂亮。他把照片还给她。
"您的妻子是个美人儿。不知道您是否晓得，她长得很像摩纳哥公主。瞧着这张照片，我也许会认错人。我说得不对吗？"
"也许您没有说错。"
"这么说来，您是从来没有注意到这一点。"仍然是那让人讨厌的颤动的笑声。"您爱她吗？"
他没有回答。
"请不要以为我唐突，我向您提出这个问题并不是受好奇心的驱使。"
"那是为什么？"
"您会明白的……您真爱她吗？"
他打了一个手势，表示拒绝回答。
"您不愿意回答我的问题。还是我应当得出这样的理解，您对您的妻子是毫无感情可言？"
"您怎么说都行。"
"我想得到一个明确的答复。"她说话的语气强硬，透着威胁，然后，又以一种开导而又忧伤的口气问道："您瞧，因为我首先得知道，您是否承受得住。"
"这首先是指什么？"
"您已经回答了我的问题。"
"我看不见得。"
"没错。我方才对您说了，我首先得知道，您是否承受得住；而您并没有问我，您应该承受什么，也没有问我，关于您的妻子，关于您对她的感情，我发现了什么……您马上抓住'首先'这个字眼不放。'首先'是指什么？是的，您担心的不是您的妻子，而是您自己。对吧。这样也好。"
"那么请允许我问您，我该承受什么呢？"
"这就是我要告诉您的。"
"关于我的妻子？您担心我承受不了有关她的事情？"
"是的，关于您的妻子。我很想知道，您将会作出什么反应，因为我们两个人注定将保持持久而牢固的友情，而不去考虑别的许多事情。当然，这也要您愿意才行。"
"但是，关于我的妻子……"
"我会谈到她的。不过，请您告诉我，您明白吗？"

"明白什么？"

"这些照片，以及我在这儿等您这件事，明白了吗？"

"没有。"

"请不要让我失望。如果您真的没明白，我的希望，当然也包括您的希望，就全都落空了。"

"我的希望？"

"当然，还包括您的希望。我不是对您说了，我们将成为朋友吗？请您坦率地告诉我：您明白了吗？不要害怕说实话，这里没有任何窃听器，也没有任何偷录的录音装置。要不，您可以检查一下……我想给您提供一个简单、便当、收益可观，而又不冒风险的工作，更不必说我正把您从您陷入的巨大危险中解救出来。您应当接受，不管怎样，我至少该有考察您的智力水平的权利吧……怎么样？您明白了吗？"

"不完全明白。"

"可以理解……那么，请您告诉我，您明白了什么？"

"我所明白的，也就是您所知道的。"

"您的回答既简单又彻底。您现在想知道我是怎么弄清楚这件事的吗？"

"我乐于知道。"

"虽然会浪费点时间，但应该让您知道……不过，您约定几点钟跟我的丈夫约会？您最好马上告诉他这样一点：您今晚跟我丈夫的约会，将是我们未来友谊的基础。你们今晚几点见面？"

"可我们没有打算要会面。"

"您瞧，您还是不肯相信我。我对我的丈夫了如指掌。他今天晚上不可能不跟您会面。几点钟见面？"

"午夜12点一刻。"

"在什么地方？"

"一条乡间小路，离这儿30公里。"

"那好，我们还有时间……也许现在最好由您向我提出问题。"

"我真有些糊涂了，不知道该从什么谈起。"

"果真如此？我本以为您是那种反应迅速、思考敏捷、对答如流的人。您感到惊讶和糊涂，也许是因为我丈夫一点儿也没有跟您谈到过我和我的性格，没有谈到我善于猜透他隐秘的思想的能力。15年共同的生活，对我这种女人来说，他这样的男人就像一本翻开的书，一本非常无聊、非常乏味的书，您说呢？"

"关于什么？"

"关于我的丈夫吗？"

"从我目前所知道的情况来判断，他是个笨蛋。"

"我很高兴听到您对他这样评论。不过,在此以前,您就应该认识,他是个笨蛋。我知道,您被他的外表、举止、权势、财富和精明所迷惑了。他以某种稳重的方式,不动声色地表现出他聚敛财富的本领……他有钱,这不值得惊讶……何况我自己也曾掉进了他的陷阱。不论怎么说,当时我总是会跟他结婚的,不久我就后悔了。我不是适应,而是沉醉于那种生活,那种环境使我可以随心所欲,给予我一个女人想得到的一切,包括可以鄙视跟她生活在一起的男人,就是这个笨蛋摧毁了平衡的生活。

"但他并不完全像您认为的那样笨拙:就我眼下的处境这一点而言,毫无疑问,他的行为愚蠢而又冒失……他就是这样一个好强的男人,至少他是这么对我说的,别人也都这样认为。他成了大富翁,又有权势……

"您关于男人依靠自己的努力而走上成功之路的看法,恐怕是来自爱情小说和谈美国人成功秘诀的小册子。我不仅了解我的丈夫,而且还了解那个所谓依靠自己的努力而发迹的男人的圈子。我能肯定地告诉您,他们其实都是依靠于别人起家的,那些支持他们的家伙,又是靠着环境、机遇和非法交易而发迹的,尽管如此,他们仍然是些可怜虫……第二次世界大战的时候,我丈夫与萨巴泰利一起在法西斯的民防军当志愿兵。后来,萨巴泰利爬上了公共工程部长的位置。事情就是这样。您绝对想象不出萨巴泰利是怎样一个混蛋。在一个井然有序、公正诚实、不玩弄骗术的社会里,才能和美德是结伴而行的,如果运气好,这两个家伙会被打发到某个公共机关去当门房,如果不走运,就只能去看守监牢。而现在……"

"而他们现在既富有,又有权势,被人尊敬……您曾要我向您提些问题,我现在可以提吗?"

她正在口若悬河地演说的兴头被他打断了,虽然做了个表示同意的动作,但打心眼里不悦和恼怒。

"我对许多事情弄不明白,我最想知道的是:为什么正好是今天晚上您等我呢?"

"因为今天吃饭的时候,我丈夫曾问我,今晚是否打算出去,譬方说去看电影,上女朋友家,因为他的公司要开董事会,他可能很晚回家。这样的会议,今年夏天他已开过两次了。第三次会议该是一次圆满的会议。这对于他是件好事,而对于我却是打击。这并不用我说这是什么缘故,凡是了解他的人都知道,他很迷信数字3,更不用说数字9了,他甚至陷入一种痴迷发狂的状态。什么第三次会议啦,第三天啦;而您,正是9点钟准时到这里来的。难道不正是他告诉您正9点钟来按门铃的吗?"

"是的,但我认为……"

"……可能这是他聪明过人的头脑精心设计的一个细节吧。但是您不晓得,他这颗聪明的脑袋是多么缺乏缜密性。我还要补充说。当他决定将如此微妙、冒险的使命交付给您的时候……他一定是把赌注押在您是位数学教员这一事实上。他勉强懂得九九乘法表,因此,他确信他所组织的那些成功的绑架,得益于最完美、精确的数学。在对某些银行发动抢劫时,甚至可以做到分秒不差。报纸对有关抢劫作的报道,都称赞干得非常出色,计时准确……当干得不太出色时,他便对新闻报道进行研究,找出失败的原因纰漏,以求达到完美无缺的程度。眼下发生的事情就与此如出一辙。也许您还记得几年前发生的一起凶杀案和轰动一时的审判吧。我丈夫十分热衷此案,甚至每天上午派他的雇员到巡回法院去为他占位子,好让他有空的时候去旁听,而且事实上他也不只一次地去过。同时,他还探寻导致当事人被推上被告席的原因与错误。如果今天您……总而言之,如果事情得以按照计划进行,那么,至少会有十来个人将回想起他对那场审判的兴趣,尤其是那个替他占位子的雇员,还有一位法官非常熟悉他。有时坐在审判席上,向他报以亲切的微笑。"

"从那时起,您就开始猜疑他了吗?"

"甚至在那以前。从他对那审判表现出来的特殊热情,我明白了他的注意力集中于制订一项周密的计划。"

"那么,从那时候起,您就求助于一家侦探公司。"

"这是一件既耗费时间,又耗费金钱的事情,但是,正像您所看到的,这是值得的。在两年的时间里,这家侦探公司只向我汇报了他对我不忠的情形。真是令人可笑,他的不忠!我们结婚之后几个月,我对此就完全不在乎了,他总是为女人花钱,并且不断地在女人身上花钱。他用钱买到了和我的婚姻,并相信我的身价虽然很高,要支付很长时间,但还是承受得起的。"

"有承受不了的时候吗?"

"看来没有。"

"我想知道,为什么现在他觉得难以忍受了呢?"

"自然,是由于我的缘故。我竭尽全力让他远离我,使他在我的生活中,无论是白天还是黑夜,都只占一个渺小的位置。他向我提供一份数目不大,但不得间断的津贴……不,我没有其他男人。准确地说,只有一次,那时我开始厌恶我丈夫,所以就尝试了一下。结果失败了。因此,请您不要胡思乱想。"

他感到非常气愤,企图用激烈的言词来回敬。

"请您不要生气。我清楚地知道,我既不漂亮,也不年轻,您甚至可以说,我是丑陋的老太婆。但我想说,您可能对获取我的全部钱财,而不是一部分,抱有幻想。您还幻想踩着我丈夫的尸体,迈向我充满活力的身躯。而我希望,从现在起,我们之间一切都得讲个清楚。"

"这么说,您也承认,过错并不全在于您丈夫。"

"我并没有承认什么。您既然已经走到了这一步,我们也一起走到了这一步,那么,您一定愿意在两种可能的行动中权衡利弊,要末执行我丈夫的计划,要末执行我的计划,用天使的天平来衡量一下,这是您自己的事。不过,用天使的天平来衡量这类勾当，实在是一件糟糕的事情。"她显露出一种彬彬有礼的微笑，"您是一个不起眼的、贪婪的罪犯，您是不愿放弃这一唾手可得的发财机会的。"

"我不是一个罪犯。"

"真的？"

"我比不上您。"

"对，还可以说比不上您的妻子。"

"也许。但您怎么能这样说呢？"

"这是从我所了解的事情推断出来的。您不知道，您的妻子，我们可以这么说吧，与其他男人厮混！"

"胡说！"

"但这是事实。请您不要生气。那些跟您妻子厮混的男人，能从她那儿捞到什么好处呢？你们是漂亮的一对儿，在一起十分美满，志趣相同，从不吵嘴，邻居都对你们羡慕不已……侦探公司第一次向我提供你们的情况时，他们的汇报可有意思：她，22岁，幼儿园教师，长相漂亮，性格开朗，风度典雅；他，27岁，中学数学代课老师，很讨人喜欢，但又很严肃，十分多情而又老实规矩……第二次报告和以后的其他报告，关于您没有谈到什么新的情况；但关于您的妻子的报告，却披露出一种令人吃惊，而且不容置疑的活动。这种活动毫无疑问是为了金钱，所以，纵然是真的，直到眼下您还一无所知，那就请您保持平静。为了金钱，仅仅是为金钱……您知道，有一次，仅仅一次，她跟我丈夫厮混呢！"

"我怀疑过这件事。我怀疑过您的丈夫，当然是起先的时候。我想，您丈夫跟我们接近，只是想打我妻子的主意。但我的妻子不会做那种事。后来，我的疑虑消除了：我没有理由疑心他引诱我妻子。如果他想从我们身上，从我身上得到什么，那他早就会暴露出来的。"

"根据我丈夫的计划，是想跟您妻子挂上钩的。万一您由于不慎或偶然因素在执行任务时被暴露，那他便可以说：我跟他妻子私通，他得知了这一情况，为了报复，杀了我的妻子。或者，他会宣称：他来找我算账，想杀死我，我妻子阻挡了他，或者羞辱了他。或者以某种方式激怒了他，他便诉诸暴力，杀死了她……不过，您不要为怀疑所折磨，以为我丈夫既然跟您妻子厮混，便会让警察盯上您，他考虑问题不会如此细心。我还敢肯定，您的妻子决计不会允许出现这样的结局。我想，我已经了解您妻子是什么样的女人。"

"什么样的女人？"

"跟我差不多。也跟别的女人差不多……我们推崇物质生活，我们用物质来取代上帝、世界和爱情。商店的橱窗是我们的天地，壁橱和美式厨房包含着宇宙。厨房已不再烹制菜肴，而是受电视的主宰……我的父亲是个小资产者，他一生都是在租赁的房子里生活，从来没有想过需要自己享用一套住房。可今天，没有一个革命者不渴求成为自己的寓所的主人，甚至甘愿借债，求助于20年期的互助金，以求获得一套住房。永恒的观念，地狱的观念，在23年期的银行贷款中合二为一了。银行驾驭着玄学。不过，我们暂且不谈这些吧……总而言之，您的妻子跟我差不多。如今，所有的女人彼此都很相近，这是非常糟糕的。何况您的妻子显得冷漠无情，或者说纯洁无瑕。我确信，当我丈夫提出干那样的事情的时候，是她首先激情迸发的……顺便问一下，我丈夫是以什么方式提出他的想法的？"

"他用我的名义，在汉堡的一家银行存了一笔巨款。"

"多少？"

"20万马克。"

"这么说来，您今晚本可以不上这儿来，而飞往汉堡。"

"是这样。两年以后，如果一切顺利，我还可以得到另外的40万马克。"

"六个月以后，您可以从我这儿得到50万马克。您相信吗？"

"我不知道。"

"您应当相信。请注意，我的计划只需冒最小的风险，而您眼下执行的计划，却绝对会把您送进牢狱，这道理就像数学一样精确无疑。我已经授权侦探公司，一旦我发生了什么事儿，他们便会把各种报告和照片的复制件转交警察当局……而如今，即便假设我不信守我的诺言，或者甚至背弃我的诺言，您要冒的风险也只不过是得不到另一笔款子，被以情杀和毁坏名誉而被判刑，坐两三年牢，这期间肯定会有一次大赦的。当然，您不要忘记我的善良的建议，您一旦落入陷阱，您始终要揪住您妻子的背叛不放，一口咬定我丈夫使您铤而走险。务必始终咬住这一点。"

"您深思熟虑之后，或许正给我设下了圈套。"

"如果您不带着这样的怀疑离开这儿，我倒要把您看做一个大笨蛋……"她瞧了一眼手表，站起身来，微笑着说道，"我想冒昧地问一下，您原本想怎样杀死我？"

"用手枪。"

"好极了……现在您请走吧，再耽误时间就不能准时到达约会地点了。祝您走运。"

她露出母亲般温柔的笑容，送他到房门口。他朝栅栏门口走去，她在关上房门之前，却又轻声叫住他：

"请多打几枪，他身体很强壮。"她说话的语调仿佛是在谆谆叮嘱一个身体纤弱的孩子。随即，她又说道："我想，一定安装了消声器。"

"手枪里？是的。"

"很好。再一次祝您走运。"她关上房门，背靠房门站着。她的脸上涌起迷人的微笑，玩味着她说的一字一句："无声手枪，预谋的凶杀。"

她走到窗子跟前，注视着他走出了栅栏门。

她在长沙发上坐下。她又站起身来。她在房间里来回踱步。她用手——玩抚家具和陈设，几乎像是演奏音乐一样。她在几幅油画跟前站住。她瞧了瞧手表。她朝电话机走去，拨通号码，用激动的声音问道：

"我丈夫还在办公室吗？……已经离开了？……我担心，非常担心……是的，我知道，他不是头一次回来这么晚，但今天晚上发生的一件事使我心神不定……一个年轻人来找我丈夫，这家伙神色慌乱，凶狠，一直在这里等候我丈夫；他刚刚离开这儿。他让我害怕……不，不仅仅是一种感觉；我知道，这个年轻人神色慌乱而又凶狠是什么缘故……可我的丈夫离开办公室多长时间了？……是的，谢谢。晚安。……是的，晚安。"

她放下话机，又拨了另一个电话号码，用一种更加激动和悲伤的语调说道：

"警察局吗？斯科塔警长在吗？……请给我接通他的电话，马上……啊，警长，我很幸运能够在这个时候在办公室找到您……我是艾杜尼夫人……请听我说，我很不安，非常不安……我丈夫……真叫人难堪，让我蒙受屈辱，但我不能不对您说实话了……我丈夫跟一个有夫之妇鬼混，一个非常年轻、非常漂亮的女人……我掌握了这个情报，因为我请了一家侦探公司跟踪他，我也不怕家丑外扬……不，我不想控告他通奸，相反，我很担心他会出什么事……因为，您瞧，今天晚上那个女人的丈夫，一个年轻的教员，上我这儿来了。他很激动，神色慌乱不安。我一时疏忽，让他进来了。他坐在这儿，杀气腾腾，等待我丈夫。待了两个小时。我试图让他开口说话，可他只是含糊其词地说几句。他现在走了……是的，几分钟以前走的……我给丈夫打电话，想提醒他注意，但他已经离开了办公室。他此刻应当到家了，您不能帮帮忙吗？……对，好的。"她几乎要哭出声来，"我再等半小时，然后我再给您挂电话……谢谢……"

吕晶　译

黑　象

［意大利］阿里哥·博伊托（ARRIGO BOITO，1842—1918），十九世纪末叶深孚众望的诗人、小说家、音乐家。他出生在文化古城帕多瓦，自幼酷爱文学、音乐。他的哥哥卡米罗·博伊托是一位知名的文艺批评家、小说家、建筑学家，因为积极参加反对奥地利侵略者的斗争，被迫流亡国外。他深受哥哥民主主义思想的熏陶。

博伊托曾在米兰音乐学院攻读，后来出游法国、德国、英国。他青年时代同米兰文化界进步人士有着广泛的接触，后来又同一代音乐大师威尔第、罗西尼、柏辽兹，法国著名诗人波德莱尔建立了友谊。这些交往同样对他以后的创作发生了重要影响。1866年，博伊托投笔从戎，加入加里波第领导的志愿军，为争取祖国的独立、解放而斗争。

博伊托是文艺界名噪一时的"自由不羁派"的成员。"自由不羁派"诞生于民族复兴运动结束以后，这一流派的作家对传统的、死气沉沉的文学表示不满，要求文学艺术植根于现实，探索新的艺术形式，融汇各种不同的艺术表现手段。他的作品，如童话诗《熊王》(1865)、诗集《诗钞》(1877)和几部短篇小说集，都体现了这一特点。

在音乐领域，博伊托也成就卓著。他为许多作曲家写过歌剧的文学剧本，其中为威尔第写作的歌剧文学剧本《西蒙·博卡涅格拉》、《奥赛罗》、《法尔斯塔夫》，获得了世界性声誉。另一部取材于歌德《浮士德》的歌剧《靡非斯特》是由他自己写作脚本并谱曲的。

1912年，博伊托当选意大利王国议会议员。

《黑象》(L'alfier nero)作于1867年，采自《自由不羁派短篇小说集》，是一篇名作。小说描写一个黑人同称雄美国棋坛的白人棋手的棋赛。这盘弈杀持续了整整一夜，波澜起伏，扣人心弦。作者以饱满的激情，通过两种棋风的较量，着意展示两种观念、两种品格的搏斗，淋漓尽致地抒写人物复杂的精神世界。小说从一个比较新颖的角度，对种族歧视进行抨击，歌颂黑奴解放运动，表达了意大利资产阶级革命志士的民主主义情怀。这篇小说颇能代表作者的艺术风格。

读者当中谁个会弈棋，那末，就请准备好一副棋盘，放在您的案头，摆好棋子，设身处地地领会我即将向你们叙述的故事。

您不妨这样设想，在棋盘的一端，执白子的棋手是一位聪明矜持的神情溢于言表的男子；在他的前额上，比两道眉毛略微高些的部位，也就是智慧神赋予我们思维能力的地方，嵌着两条又粗又弯的肉疙瘩；他的下巴颏上留着一绺淡金色的胡须，两撇八字髭修饰得整整齐齐，这是许多美国人的习惯。他身着一套雪白的衣服，尽管时已夜晚，又是在烛光下弈棋，却仍然戴了一副夹鼻墨镜，他透过镜片全神贯注地凝视着棋盘。

执黑子的棋手是一位黑人，像个地道的埃塞俄比亚人，仿佛浮肿似的两片厚厚的嘴唇，脸上没有一根胡须，头上却满生着浓密的头发，跟羝羊的脑袋一样。他是个罗锅儿，驼背高高隆起，这是狡黠伶俐、坚韧刚毅的象征。暂且还无法瞧清楚他的眼睛，因为他正低着脑袋，俯视着他同对手较量的棋局。他的衣着的颜色是如此黯淡，以致人们竟仿佛觉得他穿了一身孝服。

这两名肤色恰成鲜明对照的棋手，白人执白子，黑人执黑子，目不转睛地凝视着棋盘，他们的身子一动也不动，正以他们的思维进行着一场战斗。他们简直是一对罕见的怪人，然而他们又是极其严肃地对待这件几乎无法避免的事儿。

为了说明这两位棋手的来历，我们且把时针向后倒拨六个钟点。

在瑞士某个素负盛名的矿泉疗养胜地，一座大旅馆的阅览室里，几名外国游客正在闲谈。旅馆的侍者尚未前来掌灯；大厅里的一应陈设和谈话的旅客，渐渐地融化在愈来愈迷蒙昏暗的暮色之中。在摊放着报纸杂志的长桌上，酒精灯吐出闪烁的火焰，茶炊里的水沸腾了，发出嗞嗞的轻微声响。这深沉的黝黯显然刺激起谈话者的浓厚兴致。他们的脸无法瞧个清楚，只能听到他们高谈阔论的声音：

"今天我在旅客登记簿上瞧见一个野蛮人的名字，打 Morant Bay[①] 来的。"

"啊，一个黑鬼！他可能是谁呢？"

"我瞧见他了，太太，活像恶魔撒旦。"

[①] 莫兰特贝，牙买加东海岸城镇。1865 年 10 月在此爆发著名的黑人反殖民主义统治的起义。

"我却以为他是个orang-outang①呢。"

"他打我身边走过的时候,我当他是个杀人凶手,故意把脸孔抹成一团黑。"

"先生们,我认识他。我敢肯定地对你们说,这个黑人是世界上品行最端正的人。倘使你们不了解他的生平,我可以简单地向你们作个大致的介绍。

"他出生在莫兰特贝,当他还是个年幼无知的少年时,被一个人贩子拐到了欧洲。这个人贩子眼看向美国贩运奴隶的营生遇到了麻烦,又难以牟取暴利,便改变了主意,转而从事向欧洲少量贩运grooms②的买卖。他把三十来个小黑人——他过去贩卖的奴隶的孩子,秘密运来欧洲,然后以每个人两千美元的价格,在伦敦、巴黎、马德里出卖。我们所说的这个黑人,就是这三十来个被拐卖的grooms之一。

"根据命运之神的安排,他被一位鳏寡孤独的老勋爵收容下来。勋爵让他赶了整整五年的马车,终于发现这个少年为人诚实,才思敏捷,便让他当了自己的侍从。尔后,又让他当了自己的秘书,接着,和他结为莫逆之交的契友。勋爵临终之前,立下遗嘱,指定这个黑人为他的全部家产的继承人。

"勋爵溘然与世长辞之后,黑人离开了英国,迁居瑞士。今天,他已是日内瓦州家资最豪富的百万富翁之一。他掌握了种植烟草的绝妙技术,深谙造纸的奥秘,他生产瑞士质地最佳的卷烟。不妨提请诸位注意,我们现在正吸着的卷烟,就是他的工厂的出品;我是凭这些卷烟上印着的三角形商标认出来的。日内瓦人都管这个不同寻常的黑人叫托姆,因为他是个慈善忠厚、豪爽豁达的人。他手下的农民对他都怀着崇敬的感情,常常为他祈祷祝福。

"还有一点需要补充,他至今仍然过着独身汉的生活,回避跟朋友、熟人应酬交际。他在莫兰特贝还有一个兄弟,此外别无亲人了。他正值青春年华,但残酷无情的肺痨正在慢慢地吞噬他的生命。他每年都要来到此地,进行矿泉治疗。"

"可怜的托姆!他那唯一的兄弟此刻或许已经在蒙克朗德的断头台上送了命。从殖民地传来的最新消息谈到,英国总督统率的军队,以急风暴雨之势荡平了奴隶们令人恐怖的暴动。最近一期的《泰晤士报》在报道这件事时这样描写道:'女皇麾下的士兵们正在跟踪追击煽动六百人暴动的罪魁祸首,某个名叫加尔·留克的黑人。'"

"我的上帝!"一个女人的声音惊呼,"白人和黑人之间这等你死我活的争斗什么时候才能了结啊?"

"永远不会了结!"黑暗中有人应声回答。

所有在场的人都朝发出这一声音的方向扭过身子去。在一张安乐椅上,仰躺着一个人,四周的阴暗异常清晰地映衬出他的一身洁白的衣服,他的高贵优雅、从容自在

---

① 英语:猩猩。
② 英语:马夫。

的派头，表明他是一位真正的贵族。

"永远不会。"当他感觉到众人都把目光向他投来的时候，又继续说道："永远不会……诸位，三年以前，我曾在美国居住，诚然我在南部拥有数量颇为可观的黑奴，但我却投入了为'正义的事业'而进行的战斗，我也希望赋予奴隶以自由，一劳永逸地抛弃锁链和皮鞭。我用短枪武装了我的奴隶们，对他们说：这是枪杆子、子弹，你们好生地瞄准，准确地射击，去解放你们的兄弟们吧。

"为了教会他们射击，我特意在我的庄园里竖立起了靶子。目标是一个像脑袋一般大的黑圈，贴在乳白色的圆环上面。黑奴们有着绝顶敏锐的视力，粗壮有力的胳膊，捕捉时机的本能，简单地说，他们具有成为优等射手应该有的一切天资。然而，却没有一个黑人击中目标，所有的子弹都从靶子外面飞掠而过。

"一天，黑奴的头头走到我跟前，用他的异想天开而又涵义双关的语言对我说：

"'老爷，请您改变一下颜色吧；那靶子上是个黑颜色的脑袋，请您换个白颜色的脑袋吧，我们准能百发百中。'

"我改变了靶子的颜色，把白颜色的脑袋置于靶子中央。于是，在练习射击的五十名黑奴中，足有四十名击中了目标……"

叙述者说到最后这几个字眼，蓦地一跃而起，拿起大厅的长桌上放着的一支手枪，在黑暗中奋力瞄准靠近对面的一个小目标，砰然一声开了枪。女士们受了惊吓，张皇恐惧，男人们一拥而上，跑到茶炊跟前，端起炉子，凑近脑袋，细细察看射击的结果。炉子的中央，不偏不倚，仿佛用圆规精确地量过似的，钻透了一个窟窿。

所有的人顿时惊愕失色，呆呆地注视着那位先生。他以潇洒的风度，彬彬有礼地请女士们谅解他这一冒昧的举动，接着补充说：

"我采用这一使诸位多少受惊的举动，别无他意，只是希望形象地说明事情，否则你们很可能对我的叙述难以置信。"

没有人敢于怀疑他叙述的事情的真实性。于是，他继续说道：

"我为争取黑人的自由而战斗，但是在这一斗争中我终于醒悟到，黑人是不配获得自由的。他们的智力极其迟钝，本性过于野蛮，弗利吉亚的帽子①不能用来打扮猴子的丑恶嘴脸。"

"教化他们……"一位女士插话。

"是的，为了完成这一使命，我奉献了毕生的精力，夫人。我是新世界的第欧根尼②，我寻找黑肤色的正人君子，但迄今找到的竟然只是衣冠禽兽。"

正在这个当儿，旅馆的侍者手持一盏点燃的大灯，出现在门槛上；油灯射出的光

---

① 圆锥形的红色高帽，法国大革命时期雅各宾党人都戴此帽，以作为自由的象征。
② 公元前四世纪古希腊哲学家，主张抛弃安乐，回归自然，相传曾白昼点灯寻找正人君子。

芒顿时照亮了整个大厅。这时，人们突然瞧见，在大厅的一个角落，托姆正安静沉着地坐在那儿，原先谁也不知道他竟然就在大厅里，昏暗的夜色和他融成了一体。当所有在场的人发现了他以后，死寂无声顿时久久地笼罩了大厅。人们的视线从黑人转移到那个美国人身上。

美国人站起身来，对侍者附耳说了几句，又重新坐下。仍然是一片难堪的沉默。侍者用托盘端来一瓶赫列斯①和两只杯子。美国人满满地斟了两杯酒，手里拿了一杯，侍者端了另一杯，走到了黑人跟前。

"先生，为您的健康！"美国人对黑人说。

"谢谢，先生。为您的健康。"黑人回答。

两个人一饮而尽。黑人说话的声音显得那么敦厚仁慈、羞怯温顺，又满怀着孤凄悲愁。他说完了这几句话，又深深地陷于他的沉默。尔后，他站起身来，从摊放着报纸的长桌上拿了一份最新的《泰晤士报》，约莫有十分钟的光景，他只顾埋头阅读。

美国人努力寻求某个借口，以便重新开始对话。他朝托姆正在读报的角落走去，殷勤多礼地说道：

"这份报纸不能给您带来丝毫的愉快，先生；我能够向您建议某种解闷的消遣吗？"

黑人停止他的阅读，保持着不卑不亢的态度，尊敬地站在他的谈话者的面前。

"请允许我跟您握握手，"美国人接着说，"我叫乔治·安德森。我能够敬您一支哈瓦那雪茄吗？"

"不，谢谢，吸烟有害我的健康。"

于是，美国人取下了他嘴上叼着的那支雪茄，顺手扔掉，继续问道：

"我能够邀请您打一盘弹子球吗？"

"我不会打弹子球，谢谢您，先生。"

"那末，可以邀请您下盘象棋吗？"

约莫有片刻工夫，黑人显出踌躇不决的样子，然后，回答说：

"是的，我很乐意接受您的邀请。"

他们朝着大厅对面那个角落里摆着的一张小小的棋桌走去；又搬来两张座椅，面对面地坐下。美国人把棋子倾倒在棋桌的墨绿色台布上，好让双方摆好棋子。棋盘是一块粗糙地镂刻成方格的木板，毫无特色，但棋子却是名符其实的艺术品。白子全都用极其精美的象牙雕镂而成，黑子则是清一色的乌木制品。白子的王和后头戴金黄闪光的王冠，黑子的王和后头戴银白锃亮的王冠，四只车按照原始的波斯棋局由四只像护卫。过分的精雕细刻使得这些棋子异常脆弱。安德森把棋子倾倒在桌子上的时候，一只黑象受到这一冲击，竟然裂成了两半。

---

① 白葡萄酒名。

"真遗憾！"托姆说。

"没什么，"安德森回答，"我马上把它粘好。"

他站起身来，走到书桌跟前，点燃了一支蜡烛，又拿出一块红蜡，在烛火上烘烤片刻，把蜡油趁热涂在黑象的两个半拉上，将就地把它们黏合在一起，随即把粘好的棋子送到对手跟前。然后，他微笑着说道：

"您瞧！倘使用这种办法能够把人的脑袋重新粘在一起该多好！"

"今天在蒙克朗德确实有许多人需要这种补头术。"黑人苦笑着，凄然地回答。

听到这句话，美国人蓦地心里一跳，一种混合着怜悯、厌恶和受到侮辱的感觉掠过全身。

托姆继续说：

"您下黑子还是白子，先生？"

"我没有什么偏爱，都一样。"

"假若这对于您是无足轻重的，那我们就各自选择自己的颜色。我下黑子，如果您允许的话。"

"那我就下白子。好极了。"

他们开始在棋盘的两边摆起棋子，并且同样彬彬有礼地帮助对手；黑人顺手把一只白色的卒子放到它应该占据的位置上，美国人为了表示礼貌，就便把几只黑子摆好。双方的棋子摆好以后，安德森说：

"我想告诉您，我是个颇为高明的棋手，我能否请您允许我让您几个子儿，譬如说，一个车？"

"不。"

"一匹马？"

"同样不需要。我喜欢使用同等的武器较量，即便双方未必势均力敌。对于您的好意，我表示赞赏，但是我更乐意下棋不让任何子儿。"

"悉听尊便。请走第一步棋。"

"还是抽签吧。"

托姆用掌心握住一只黑兵，另一只掌心握住一只白兵，然后请安德森猜子。

"我要这只手里的子。"

"白子先走。开始吧。"

大厅里那些清谈的客人，一个个围拢到棋桌跟前来。他们当中，有人早已听说乔治·安德森的大名，知道他是美国最优秀的棋手之一，因此对即将揭开战幕的这盘棋产生了一种奇特的兴趣。

乔治·安德森出身于门第高贵的一个英国贵族家庭，后来举家迁居华盛顿。他本人靠象棋发迹，几乎成了腰缠万贯的富翁。还在青年时代，他已经建树了辉煌的业绩，打败了哈维兹、汉皮、斯泽恩和当时所有的棋坛名手。可怜的托姆现在正是要跟这样一个显赫人物进行较量。

棋桌上点燃着一支蜡烛；在安德森下第一步棋以前，托姆从自己的右侧拿起蜡烛，把它放在左侧。安德森注意到了他的这一举动，不禁吃了一惊，暗暗思忖："此人想必读过卢契纳的著作《阿克谢德雷棋局解析》，并且严格地遵照他的格言行事：'倘若是夜晚在烛光下对弈，注意把烛光置于棋盘的左侧，您的眼睛将较少受到光线的刺激，这将使您处于比对手优越得多的地位。'"他一面这样寻思，一面取出他的墨镜，把它夹在鼻梁上；尔后，走了第一个子儿。

安德森随即转向围在棋桌旁边观战的客人，从容不迫而又异常快活地说：

"象棋开局的头几步棋，好像谈话的开场白，向来是大同小异的；请看：白兵，进两步，黑兵，进两步；然后，舍子抢攻，等等。"

他喋喋不休地说着，漫不经心地走了第二个子儿，把白象前面的兵推进了两步；他预料托姆会走同样的子儿，可是托姆却走了极为罕见的一步棋，把他护卫王的黑象飞到后前面的第三格，保护自己的兵。安德森有点儿纳闷，思忖道："此人这般珍惜兵卒，看来是遵循菲利多尔①的象棋理论，菲利多尔就视兵卒为象棋的灵魂。"

双方又走了五、六步开局的棋儿。犹如两支军队大举进攻之前互相侦察对方的兵力，或者两名拳击手全力搏斗之前彼此摸底一般，两名棋手互相试探着对方的虚实。在棋坛的征战中获取胜利，对于安德森来说已经是习以为常的事情，他丝毫没有把他的对手放在眼里，而且他知道，一个黑人的智力，诚然受过良好的教育，至多只能勉强跟一个白人作一番软弱无力的抗争，何况现在遇到了他，乔治·安德森，胜利者之中的胜利者。不过，他的眼睛还是没有放过对手任何细微的举止动作。一种说不出的不安情绪隐隐地掠过他的心头，迫使他去研究他的对手。他不动声色，但他的视线与其说投向棋盘，毋宁说窥测着对手的脸部表情。他打一开始就明白，黑人的棋路既违反逻辑，又缺乏章法，松松垮垮，但他同时发现，对方的目光和前额深深地藏匿着什么。白人凝视着黑人的脸孔，黑人的目光盯住棋盘。才下了七八步棋，两种针锋相对的战略体系已经明白无误地呈现出来。

安德森的棋子犹如一支投入激烈厮杀的声势浩大的军队的最初进击，步调一致，气势汹汹地向前推进。假若说井然有序的队形是力量的第一要素，那末，安德森整个布局的特点正在于此。

曾被古代棋手称为"象棋之足"的马，两翼齐飞，占据了两侧的要津；两只白兵齐头并进，扼住了前沿阵地；后和护卫王的象左右呼应，虎视眈眈；第二只象居中，

---

① 弗朗梭·安德烈·菲利多尔（Francois André Philidor，1726—1795），法国象棋大师，著有《象棋分析》（1749）。

挺进到王前面两步,策应前进的卒子。白人的布局匀称协调,或者说,具有几何图形的严密性。这些象牙棋子的指挥者,似乎不是弈棋的棋手,而是思考科学问题的学者。他的手娴熟地、准确无误地落在棋子上,充满自信地越过棋盘上的方格,然后以数学家在黑板上演习计算题的镇定自若,把棋子放在应该占有的地方。白子呈现出全面进攻,全面防守的态势,步步进逼,把对手包围在一个极其狭小的天地里,换句话说,白子的目标是让对手在重压下喘不过气来,最终死于窒息,这是蕴含着极其可怕的杀机的布局。请你设想一下,一堵坚不可摧的铜墙铁壁,势不可挡地向前推进,把黑子逼迫到棋盘的毫无退路的边缘。

有的时候,那些缺乏生命的物体,竟会让人产生错觉,仿佛它们具备了人的特质,而那些毫无意义的东西,也随着周围态势的发展变化而充满感情色彩。毫不奇怪,组成黑人的战斗队伍的乌木棋子,在白子令人胆战心惊的攻势面前,仿佛统统被悲惨的恐惧所笼罩。受到惊吓的马,扭过了身子;丧魂落魄的卒子,乱了阵脚;王急匆匆逃回王宫,仿佛为它的不光彩的溃逃向隅而泣。托姆像黑夜一般黝黑的手,在棋盘上战战兢兢地游移。

这是从美国人方面观察棋局得出的印象。

现在且让我们换个立足点。从黑人方面对棋局进行一番考察,形势便颠倒了过来。面对白人开局展开的井然有序的进攻,黑人用全然杂乱无章的阵势迎战;前者的布局匀称协调,后者的棋子狼狈地挤成一团;前者在沉着、均衡的进攻与防守中显示其全部威力,后者的每一步棋都愈益加剧自己的紊乱、失调的态势。然而,随着黑人的棋子的不断集结,它们却又形成一股真正的力量,构成了一种严重的威胁。这是对准铜墙铁壁的弩炮的威胁,是对严整的方形队列发动的冲击。随着白色的活动墙壁的推进,黑人的子弹愈来愈显示出自己的威力。两支队伍面对面地厮杀,双方的兵力完整无缺,连一个小卒子也没有损失,这种力量的聚集是残酷无情的。

打一开始,安德森仅仅注意到,黑子由于可怜的托姆的张皇失措而处于无可救药的紊乱;正是由于他的愚钝,美国人觉得这种态势妨碍黑人发动任何正常的、决定性的进攻。可是,黑人却在这种布局中看到了某种更多的东西:奴隶天赋的全部韬略,埃塞俄比亚人的狡黠机智,体现在他的每一步棋之中。这种故意制造的杂乱无章的棋局,正是为了掩盖设下的陷阱,卒子仓皇溃散,马匹惊慌不安,国王抱头鼠窜,正是欺骗对手的伪装。紊乱,但不失支撑的轴心;抵抗,自有指挥的首领;漫不经心,却蕴含着深谋远虑的妙着。

托姆在一开局就置于后前面第三格的黑象①,便是支撑的轴心,指挥的首领,深谋远虑的妙着。所有的车、兵、马,以至后,都簇拥在那黑象的周围,听命于它,护卫

---

① 在国际象棋图形棋子中,象的图案通常是一个戴帽子的武士。

着它。说来也奇怪,它正是美国人把棋子倾倒在棋桌上时裂成两个半爿,后来又粘好的那个黑象。粘补它的红蜡,像一道鲜血淋淋的伤痕,从它的前额,划过脸颊,缠绕着它的脖子。如果细细地打量它,这枚乌木棋子颇有点英雄的气概,它犹如一名战士,虽然身负重伤,仍然顽强奋战,准备流尽最后一滴血。它被鲜血污染的头颅,在受到可悲的一击以后,微微低垂在胸前;它好像那正在弈棋的黑人一样,默默地注视着不祥的棋盘。它似乎也在冷眼观察对手,以坚韧刚毅的姿态,等待对方发起的攻击,或者说,在神秘地筹思着。

对于托姆来说,黑象是这盘中一个肩负特殊使命的棋子。他那敏锐的、富有想象力的头脑使他看到,黑象的脚下展开两列队伍,它们隐没在棋盘的方格下面,悄悄地穿过对手设置的一切障碍,像两排炮弹那样直飞白方阵地的两角。他急不可耐地等待对手的一步棋:王车换位①,以便进一步筹划他的隐秘的计谋。假若对方不走这步棋,他的整个计划将以失败告终,但是,安德森又几乎不可能不走这步棋。

只有托姆看出了并且知道如何下这饱含杀机的一着,世界上或许没有一个棋手能够识破它。面对白人深思熟虑的构思,黑人的斗争武器是坚定不移地依靠黑象的信念;白子展开部署周密的、水银泻地式的进攻,黑子则以它们松散、混乱的联合进行抵抗。这是两种棋风的较量,是隐秘的、狂热的棋艺跟公开的、理智的策略的抗衡。安德森用科学、精确的计算进行战斗,托姆则凭借灵感和机缘。前者决心发动一次滑铁卢式的战役,后者则酝酿一场圣多米尼加的革命。黑象,就是这场革命中的奥黑②。

时针指向九点钟,对弈已经进行了两个多小时。几名围在旁边观战的女士疲乏了,她们离开了棋桌,有的回去干自己的事情,有的埋头刺绣,有的玩弄大厅里的那支手枪,瞄准一个小靶子取乐。

两名对手始终一动也不动地坐在他们的位置上。美国人暂时还看不到造成绝杀的可能,又捉摸不透黑人这种原始的战术,不免觉得无聊起来,后悔自己被过分的热情所驱使,竟去邀请黑人下这盘棋。他真想不惜一切代价,哪怕以失败的结局,来尽可能快地结束这场战斗;但另一方面,他的种族优越感又不许可他如此行事。一个白人,又是高贵的绅士,绝不能败在一个黑奴手下,何况他作为一名出类拔萃的棋手,他的意识,他对棋艺的长期钻研,也不允许他走出一步未经深思熟虑的棋来。

该走第十五步棋的时候,安德森这才发觉,他的王车尚未换位。他伸出双手,左手拿起王,右手拿起车,正要走这着棋,但他从黑人的眼神中突然瞥见倏地闪现的一

---

① 按照国际象棋规则,把王向左或向右移动两格,车同时移动到王原先位置的左边或右边的一格,这两步算一步棋;在每盘棋中,每名棋手可走一次王车换位。

② 文辛特·奥黑(Vincent Ogè, 1750—1791),海地资产阶级政治家、军事家。圣多米尼加曾是海地的一部分。

道欣喜的希望之光；他没有揣摩出其中的奥妙，便手执两枚棋子，停顿了片刻工夫，琢磨着棋盘上的局势，犹豫不决。

托姆的眼神混合着欣喜与猜疑，他焦虑不安地注视着安德森象牙一般白皙的双手紧紧攥住的两枚棋子。

安德森心烦意乱，准备把棋子放回到原先的位置上去，托姆立即激动地叫喊起来："落子无悔！"

"我知道。"安德森用矜持的、冷冰冰的声调回答说。

他自己也说不清楚出于什么原因，仍然想玩弄个花招，避免走这步棋，可是他已经动了这两个子儿，按照棋赛规则，他必须同时走这两个子儿；现在，除去王车换位，他没有别的选择。

安德森的王车换了位，用棋界的行话来说，这叫卡拉布里斯塔方式，即王进入马的最初位置，车进到象的原先位置。

随后，他的眼睛死死地盯住对手的脸部。黑人看到美国人终于走了他如此希望和期待的一着棋，便越发目不转睛地注视着那只黑象；内心的激动，热带人的秉性，使他昂奋紧张，完全无法抑制脸部表情的流露。他细细地谛视黑象，然后斜睨白子的王，又重新凝望着黑象，视线沿着这条路线移动不下二十次；他的锐利的目光，几乎要在棋盘上犁下了一道裂痕。

安德森注意到了他的炽热的目光，随着它移动的路线察看，终于瞧见了黑象，他顿时明白了一切；但是他的脸部丝毫没有流露出他发现了奥秘的神情。

托姆却始终不屑于瞥安德森一眼；他越发深深地沉浸在主宰他的全部思维的既定构思之中。在这客厅里，他只看见一副棋盘，在这棋盘上，他只看到一枚棋子。对于他来说，除了这个黑色的小方格和这枚乌木棋子，再也不存在任何人和任何物了。他的双手紧紧揪着象丛莽似曲卷的头发，两只胳膊肘支在棋桌上，双手捧着脑袋；两臂急促的脉搏跳动，压迫着紫胀的太阳穴，使他前额的皮肤像鼓了个疱儿；他的眼皮因此很奇怪地朝上翘着，把他那双眼睛的模糊而又洁白的眼球的大部分暴露了出来。足足有四十分钟的时间，他好像僵凝在这种姿势中，贪婪地、喜滋滋地思考着他的强有力的打击。随后，他发动了攻势，吃了对方一个兵，向美国人的马进逼。

安德森对这一着早有预料。激烈的战斗打响了。美国人以牙还牙，吃了一只黑兵，向车发动进攻。随后的五、六步棋是在急风暴雨式的猛烈厮杀中进行的。随着真正的战斗的全面展开，棋盘的右边和左边已经可以见到战斗中损折的好几枚棋子，它们是战斗的牺牲者，或者说战利品。酝酿许久的攻势以它的全部威力迸发了出来。黑方与白方的棋子都在减少，一个棋子的牺牲，导致另一个棋子的损失，白子为自己的同伴复仇，黑子为自己的战友雪耻；一枚白子吃了黑子，它随即被另一枚黑子吃掉；一枚黑子发动进攻，立即遭到一枚白子的反击。同类复仇法则从来没有得到现在这样完美的履行。

　　安德森也开始焦躁不安起来。当托姆用足足四十分钟的时间酝酿他的致命的一击的时候,安德森就察觉出了托姆的意图和计谋;他预见到了这种情况,并相应地作出了对策。托姆吃了他的第一个子以后,他便努力把对手一步一步地引向对黑人来说无疑是最富有吸引力的、最有利的位置,他的这一策略是以使对方损失黑象为目标的。安德森清楚地知道,一旦失去黑象,托姆将陷入一筹莫展的绝境。

　　昆虫不会再一次蜕变为幼蛾,不少思想家不善于重新构思他的观点,拳击家们很难立即开始一场新的战斗。安德森暗暗寻思,他的对手也逃不脱这一规律。托姆眼看就要落入了美国人特意设下的陷阱,不料,他却毫不犹豫地放弃了有利的形势,宁愿舍弃一匹马,硬是保住了黑象,迫使对手拼掉双方的后。战局顿时完全改观了。

　　短兵相接的混战结束了。双方阵地的两侧尸体狼藉,棋盘上现在几乎空荡荡的。两支庞大的军队的惊人的疯狂,被最后的幸存者的满腔忿怒取代了,会战转化成了决斗。白子剩下了两马、一车和象,黑人只拥有三只兵和那只黑象。

　　深夜十一点钟了。显而易见,黑子已经难以摆脱覆灭的厄运。旁观的几位旅客眼看大局已定,便向两位棋手道了晚安,向安德森预祝胜利,然后离开客厅,回到卧室就寝了。

　　大厅里只留下了我们的两位主角,面对面地坐着。

　　安德森问黑人:

　　"可以结束了吗?"

　　黑人几乎吼叫起来,断然回答:

　　"不!"

　　他走了一步棋。随后,他神情激动,忽然又想要改走另一着。

　　安德森伸出手,阻止了他,冷冷地讥刺说:

　　"落子无悔!"

　　托姆不再坚持自己的要求。他又沉浸在坟场一般深沉的寂静之中。稳操胜券的自信重新使安德森起了厌烦的感觉,脑袋变得沉重起来,他有点儿昏昏欲睡了。

　　托姆的脸色愈来愈阴沉,但他的精神却非常清醒,斗志越发旺盛。

　　黑象孤独地屹立在空空荡荡的棋盘的中央;它的同伴已经抛弃了它,仅仅留下一个兵保护它免遭白车的攻击。另外两个兵已经远远地深入到白方的腹地,其中的一个已挺进到末尾第二线。托姆沉思着。客厅里的烛光黯然神伤地摇曳。四周寂寥无声,只能听到大座钟有节奏的嘀嗒嘀嗒的声音,它仿佛在测量着这深沉的寂静。座钟喧喧地敲响了十二下。最后一盏吊灯熄灭了。只有棋桌上点燃的一支蜡烛,在大厅里投照出虚弱的光。安德森蓦然感到了深夜的令人瑟缩的寒气。托姆的脸上,汗水涔涔地往下流淌。

黑种人特有的气息，强烈地刺激着美国人的鼻腔。

约有片刻工夫，旅馆的花园里清晰地传来了不知哪个夜归人哼唱哥夏尔克《香蕉》的歌声。托姆回忆起了这首歌曲，一缕悠远的思念，萦回在他的脑际；他眼前浮现出一棵硕大的香蕉树，浸染了热带的曙色；树枝上悬挂着一张吊床，在微风中摇荡，两个黑孩子甜蜜地熟睡着，母亲跪在地上祈祷，唱着这支低回委婉的催眠曲。足足有十分钟的光景，托姆神思飞越，陶醉在遥远往事的追忆之中。随后，四周又笼罩了一片寂寥，托姆重新开始苦苦地思索黑象的命运。

有一种使人精神恍惚的幻觉，催眠学上称之为感召力，由于久久地、极度紧张地贯注于某一事物的结果，它便把人引向一种处于极端兴奋状态的昏迷。假若此种现象能够得到确认的话，心理学将获得非同寻常的成就，那将意味着存在某种传递思维的感应力，把普通的意愿传递给缺乏生命的物体的所谓灵性相通，或者说，缺乏生命的物体能够对人发生感应作用。看来，托姆眼下正处于这种兴奋的状态。黑象对他产生了感召力。他的形象着实令人望而生畏，他神经质地咬啮忿忿战栗的嘴唇，使劲睁大的眼球几乎要跳出眼眶，汗珠不断从他的前额滴落到棋盘上。安德森不再注视他，因为笼罩客厅的黑暗过于浓重，他仿佛也受到了感应的魅力，定睛看着黑象。

对于托姆来说，几乎可以断言，他已经输掉了这盘棋。如今，他已不再陷于苦苦构思的冲动，而是被幻觉所缠绕。他屏息凝神地注视着的黑象，已不再是一枚黑色的棋子，而是已化作一个人，一个黑人！那粘补棋子的红蜡，仿佛汩汩流淌的鲜血；它的受伤的脑袋，犹如一颗真正受伤的人头。他很熟悉这枚棋子，许许多多年以前，他已经熟识它的面孔，它是一个活生生的人……或者，是一个牺牲的亡者。不，这枚棋子是个气息奄奄的伤员，是在生与死之间徘徊的亲人。必须拯救他！必须不惜一切代价，以坚毅果敢，昂扬奋激的拚杀去拯救他！美国人在对弈以前笑嘻嘻地对他说的那句话："倘使用这种办法能够把人的脑袋重新粘在一起该多好！"仿佛一根令人厌恶的手杖，不停歇地敲打着，在他的耳边嗡嗡作响。这种可怕的压抑感，更加加重了他的幻觉。

乌木棋子愈来愈具备人的形态，愈来愈充溢着英勇刚强的精神，它几乎成了意念的化身；它不只已经变了形，从棋子变化为人，而且从人升华成了意念。这意念牢牢地占有了托姆的心灵，愈来愈显得崇高，愈来愈显得伟大。这意念由狂躁而迷信，终于进入着魔的境界。在那个深夜，在那个万籁俱寂的时刻，托姆成了他的整个种族的代表。

在这样的气氛中，像坟场一般寂静的另外四个钟点过去了。两个幽灵，或者两个神志昏迷的人，兴许会比这两个疯狂地厮杀的活人发出更多的声音。思维的角逐达到了白热化的程度。两种意念展开了你死我活的搏斗，两种构思奋力厮杀，务欲置对方于死地而后快。他们不再注视对方的脸部表情，两张嘴紧紧地闭着。

又走了若干步，黑象丧失了自己的阵地，白车咄咄逼人地向它直扑过来，随时都有吞噬它的危险。黑象以豹一般的跳跃竭力躲避着它的可怕的追捕者。安德森心烦意乱地追捕着疯狂奔逃的黑象，他的棋子不断向前推进，把托姆的棋子直逼到棋盘的角落。

黑象气喘吁吁，它的亡命的逃窜持续了整整半个钟点。双方的王也加入了短兵相接的殊死的战斗，他们仿佛古代东方传奇式的国王激战之后在荒野不幸地狭路相逢。

半个钟点以后，棋盘上的态势又风云突变。黑象的溃逃牵动了双方的王、兵和白车，迫使它们远离中场；白方的王长驱直入，到达黑方最左边的方格。黑王仅仅距离它两步远，在黑象原先的位置上。黑象不可思议的棋路使安德森迷惑不解，他继续跟踪追击，包抄，他只有一个念头：歼灭它。

安德森冷不防地施展致命的一击，终于逮住了黑象，把它扔进了棋盘外面的那堆战利品中。他俨然以胜利者的姿态，昂然得意地凝视着遭逢灭顶之灾的对手的脸。

时针指向了凌晨五点。天边刚刚出现熹微的曙光。托姆的脸上闪烁出惊喜的光彩。安德森迷恋于追逐捕获那该死的黑象，却忽略了那只已挺进到白方右侧末尾第二线的黑兵。这只卒子在那里已经四个小时了，他总是拖延对它采取行动。当安德森瞥见了黑人的脸上闪现出的欣喜若狂的表情，一阵颤抖蓦地掠过了他的心头，他迅即把目光投到棋盘上。托姆已经走了他应该走的一步。卒子成了后？不！卒子成了象①；那只鲜血淋漓、肩负特殊使命的黑象，又复活了。它对白王构成了致命的威胁。

托姆骄傲地注视着棋盘。约莫有一分钟的时间，安德森震栗失措，直愣愣地坐在那里发呆。它的王陷在黑色对角线的包围圈里，一边是黑子的王封锁住了它的去路，另一边的出路被自家的兵堵死了。这一着杀棋精彩绝伦！绝杀！

托姆喜出望外，品味着他的胜利之果。乔治·安德森一跃而起，奔到靶子跟前，拿起手枪，砰然一声扳动了枪机。

托姆应声倒在地上。子弹击中了他的脑袋，一缕鲜血在他黑色脸孔上汩汩流淌，又顺着脸颊，流到喉咙、脖颈，染成一片红色。安德森恍然觉得，这倒在地上呻吟的黑人，就是战胜他的那只黑象。

托姆临要断气以前，喃喃地说道：

"加尔·留克得到了拯救……愿上帝保佑黑人兄弟。"

然后，他阖上了双眼。

两个小时以后，侍役走进大厅打扫卫生，发现了躺在地板上的黑人尸体和棋盘上的绝杀。

---

① 在国际象棋中，卒子推进到对方底线，根据棋手的选择，即可变为后，或车，或象，或马。

乔治·安德森已经逃之夭夭。

过了二十天，安德森到达纽约。他受到良心的痛苦折磨，便向当局投案自首，供认了杀害托姆的罪过。

法庭赦免了他，因为下列事实足以构成宽恕的理由：首先，被害者不过是一名黑人，而且此案不足以构成预谋杀害罪；其次，大名鼎鼎的乔治·安德森系自动投案；最后，法庭经过周密调查证实，被杀害的黑人是某个名叫加尔·留克的兄弟，后者恰恰是在英国殖民地煽动最近一次奴隶起义的罪魁祸首，他一直被当局追捕，但迄今尚未缉拿归案。

安德森重新返回自己的庄园，法庭的宽大判决丝毫没有减轻他内心的悔恨。

在我们方才叙述的惨案发生以后，安德森仍然下象棋，但从此再也没有赢过。每当他在棋桌旁边坐下来的时候，那黑象就化成一个幽灵，托姆在棋盘上复活了！

安德森在棋赛中把他以前靠精湛高超的棋艺赢得的巨额家财，输个精光。

在此后的几年里，安德森一贫如洗，众叛亲离，遭到人们的嘲弄。他疯疯癫癫，沿着纽约的大街踉踉跄跄地走着，在石板路上忽而像马一样跳跃，忽而像车一样朝前奔跑，忽而像王一样向左向右跨步，前进倒退，做出象棋子儿的各种步子来。假若迎面走来一个黑人，他便惊慌失措，扭过身子，落荒而逃。

我不晓得，眼下他是否还活在人间。

意大利短篇小说

小野猪

［意大利］格拉齐娅·黛莱达（GRAZIA DELEDDA，1871—1936）是意大利唯一获得诺贝尔文学奖的女作家。

黛莱达出生在撒丁岛努奥洛一个相当富裕的家庭。由于旧的习惯势力的影响，当地女子很难获得受教育的机会，黛莱达只念过几年书，但她勤奋好学，因而很早就走上了文学创作的道路。她十三岁的时候开始为报刊撰写文章，十七岁发表第一部短篇小说集，一年以后，她的第一部长篇小说问世。

1900年，黛莱达离开撒丁岛，前往罗马。她广泛结识了文化界人士，对意大利和外国文学的认识加深了，视野开阔了。但她始终没有忘记她的故乡，她毕生写作的作品都是献给撒丁岛的。

撒丁岛和西西里岛一样，是意大利最贫穷、最落后的地区，而且，撒丁岛在某种意义上更具有保守性。黛莱达的早期小说《正直的灵魂》（1895）、《恶之路》（1895）等，以犯过与改悔为主题，用真实主义手法描绘撒丁岛严峻的古老文明。

黛莱达优秀的作品有：短篇小说集《撒丁岛故事》（1894）、长篇小说《埃里亚斯·波尔托卢》（1903）、《灰烬》（1904）、《风中芦苇》（1913）、《橄榄园的火灾》（1918）、《母亲》（1920）等。作家以哀幽的心情，对十九二十世纪之交撒丁岛旧的社会关系分崩离析，乡村文明在同城市文明的冲突中遭到摧残的情景，作了真切细腻的描画。

1920年，黛莱达随丈夫迁往罗马定居。她此后发表的作品，例如《孤独者的秘密》（1921）等，从反映社会生活，转向侧重于人物内心世界的刻画。

1926年，黛莱达获得诺贝尔文学奖，授奖的理由是她"以明晰的造型手法描绘海岛故乡的生活，并且以深刻而又同情的态度处理一般人类活动"。

《小野猪》（Ilcinghialetto）选译自米兰蒙达多里出版社1980年版《格拉齐娅·黛莱达作品选》，是一篇早有定评的佳作，很能体现黛莱达的艺术特色。拟人化的手法，情景交融、富有诗意的场景，纤细入微地把贫富的对立、牧童敦厚朴实的天性勾画了出来。作者以情味隽永的笔墨点染的撒丁岛自然风光，也给读者留下了亲切的印象。《撒丁岛的血》是黛莱达18岁时发表的早期作品，她别具一格的艺术特色在这则短篇中已初见端倪。

清晨的太阳投射出明丽的光辉，小野猪刚刚睁开惺忪的眼睛，大千世界的三种美妙的色彩便立即映照于它的眼帘——远处天空、大海、山峦的背景上，绿的颜色，红的颜色，白的颜色，熠熠闪烁。

在苍翠的橡树林的映衬下，近处的冈峦峰岱仿佛缭绕于溶溶阳光中的白云，晶莹淡雅；野猪窝的周围，到处是灿烂如火的苔藓，染红了嶙峋的乱石、斜坡和逶迤的峡谷，仿佛打这里经过的所有牧人、强盗，都把他们绯红色的斗篷留了下来，覆盖在这块土地上，还洒下了他们的些许鲜血。在这样的环境里生活，怎能不成为骁勇坚毅的强者呢？

七只猪仔贪婪地吮吸着母亲的好似橡子一般僵硬的奶头，年轻的母野猪刚刚用舌头把它们逐个地舔了一遍，它们当中最后一个呱呱坠地，也是最勇敢的猪仔，因吸足了奶汁而怡然自得，立即蹬蹬地离开了它的诞生地——一棵高大的橡树投下的浓密的阴影形成的小天地，朝广阔的世界奔去。母亲发出一声尖厉的嚎叫，向它召唤，但小野猪毫不理会，只是当它在洒满阳光的土地上，突然瞥见了另外一只野猪，神气活现地把小尾巴卷成圆圈，高高地朝上翘起——它自己的影子——这才吃了一惊，快快地返回了猪窝。

一天一夜以后，其他小野猪也迎着太阳奔去，它们因瞧见自己的阴影而惶恐不已，赶紧回到母亲身边。母猪用嘴把残留在苔藓上的最后几棵橡子咬碎，发出阵阵嘶鸣，呼唤它的儿女。六只小野猪，全都长着一身金黄、乌黑两色相间，像绸带一样柔软光滑的绒毛，你追我赶，互相扑打着，跑了回来；唯独第七只小野猪，那个最先到外界去冒险的勇敢者，却不见踪影。母亲睁大布满血丝的眼睛，用那充满柔情而又狰狞可怕的目光巡视周围，露出雪白的牙齿，像山上的啄木鸟一样发出凄厉的悲鸣；然而，小野猪没有回答，它再也没有回到母亲身边。

小野猪开始了旅行。它在牧童的温暖的背囊里躁动、嚎叫，徒劳无益地挣扎。别了，故乡的山峦，苔藓的芳香！别了，刚刚领略到的犹如母亲的乳汁一般甜蜜的自由！囚犯对厄运的反抗和对亲人的思恋的全部痛苦，在一声声愤怒的咆哮中震颤。

在很长的一段时间里，它被囚禁在一只倒扣的大箩筐里，这自然也不是它心甘情愿的。不知过了几多小时和几多日子，一只极其粗糙、龌龊，以至看上去仿佛戴了黑手套似的小手，把一碗奶汁送进了大箩筐，两只乌黑的大眼睛，透过牢笼的脆弱的芦苇，细细地注视着它。

一个亲昵、稚嫩的声音对小野猪说：

"你咬人吗？如果不咬，我就放你出来，要不——晚安，再见！"

囚犯用鼻子拱了拱地皮，把嘴凑近芦苇喘气，但它发出的哼哼唧唧的声音是友好的，甚至是哀求的。

乌黑的小手掀开了箩筐。

小野猪犹豫不决，怯生生地走出了牢笼，不断伸长鼻子，朝四周嗅闻。牧人一家的厨房异常破落、矮小，胆小谨慎的牧童又总是紧闭门户；这昏黑黝黯的小天地，跟外面阳光灿烂的山冈，形成多么鲜明的对照啊。炉子里的火已经熄灭了。小野猪钻了进去，开始新的冒险；炉子上正烤着少许大麦，是贫寒的牧人一家用来做面包的。

"好乖乖，你不愿意出来吗？可别把大麦弄脏了；这里没有外人，我的妈妈是洗衣工，全靠给战俘洗衣服挣几个钱，我的爸爸在监狱里……"牧童弯下身子，对着炉口说。

小野猪仿佛被这番话打动了，立刻从炉膛里跳了出来，它眨巴着粉红色的眼皮，两颗栗褐色的小眼睛，凝视着小孩的那双乌黑的大眼。

心有灵犀一点通。从此以后，牧童和小野猪像骨肉兄弟一般相亲相爱。一天又一天，他们总是朝夕相处，形影相随。小野猪不断伸出鼻子，在它的好朋友那双龌龊的小脚上蹭来蹭去，小孩不停地抚摸它的金黄与乌黑两色相间的皮毛，或者，用手指戏弄它的绕成圆环的小尾巴。

小伙伴们一起度过了许多美好的时光。乱石残垣的院子，使小野猪模糊地回忆起它诞生的山冈；它在院子里到处乱拱，搜寻什么；小孩则仰卧在地上晒太阳，开心地模仿小野猪的叫声。

一天，山间的小路上来了一位长相秀美的女人，修长的身材，苗条纤丽，白净的皮肤透露出红润的光泽。她像一面彩旗那样艳丽动人。她身后跟随着一个男孩子，金灿灿的头发披在红红的脸蛋上。

男孩突然瞥见了小野猪，顿时大声嚷道：

"啊，多漂亮的小野猪！我要它！"

对于金发男孩来说，这是理所当然的事。小野猪一溜烟地窜回了厨房，急忙钻进了炉膛。像个黑人似的牧童正躺在地上晒太阳，立即气冲冲地跳将起来。

"是你的吗？"女人问道。

"是的。"

"把它卖给我吧，我给你一个里拉。"金发男孩说。

"你即使气死了去见阎王爷,我也不会给你。"

"没有教养的东西,胆敢这样说话?"

"你再不滚开,我就用石头砸烂你的脑袋……"

"臭牧童!我要告诉爸爸……"

"我们走吧,走吧,"女人劝道,"回头我跟他的妈妈去谈这件事。"

果然,几天以后的一个晚上,给战俘洗衣服的妈妈正在破落的厨房里像对待一个成年人似地跟儿子谈话的时候,那女子又来了。

"听着,我的帕斯卡莱杜,"母亲搓着浸泡在水里的她的围裙,呼哧呼哧地喘气,诉苦说,"如果你的父亲不放出来,我真不晓得如何办才好……;我得了这样的哮喘病,筋疲力尽,再也没有法子坚持下去啦;你哥哥挣的那点儿钱,还不够他自个儿的花销。怎么办啊,我的帕斯卡莱杜?打哪儿弄钱来送给律师?为了换这点儿大麦,我把奖章和银纽扣都送进当铺去了;如果情况还是这么糟糕,叫我如何办是好?……"

身材苗条,脸色红润的女子走进了寒酸的厨房,在已经熄火的炉子旁边坐下。

"小野猪在哪儿,帕斯卡莱杜?"女子问道,她的目光向四周扫视了一遍。牧童走到炉子跟前坐下,用凶狠、蔑视的眼光瞧着她,只回答了一声。

"滚开!"

"玛丽娅·康贝达,"女子侧身转向正在捶打围裙,准备把它绞干的母亲,说道,"你知道,我眼下在一位律师家里做事。法院开庭审判的时候,常常请他出来当国家起诉人。我的女主人是位阔太太。他们只生了这么一个儿子,少爷在家里简直赛过小魔王,他不论想干什么,都得让他称心如意。父亲眼里只有他的这个宝贝儿子。现在少爷病倒了,——贪嘴吃撑的!他的父母亲伤心得快要发疯了。你听我说,那天少爷在你们的院子里瞧见了小野猪,马上就想把它弄到手。你把小野猪给我吧,也许,你明天和帕斯卡莱杜一起送去更好;如果要作价,他们会付钱的。"

"你的主人是位律师?"玛丽娅不停地喘息,问道:"那你可以帮我的丈夫说句公道话了;过几天法院就要开庭审理他的案子了。如果他得不到宽恕,我这条性命也就完结了……"

"不过,我也没有法子开口跟我的主人谈这样的事情……"

"好吧,明天帕斯卡莱杜把小野猪送去;可你至少得告诉你的主人,说这孩子是不幸的弗朗齐斯科·康贝达的儿子……你还告诉他,我得了哮喘病,我们快要饿死了……"

那女人没有许下任何诺言;谁都知道,弗朗齐斯科·康贝达确实是有罪的。

小野猪又开始了旅行。但是,这一次却是由它的朋友搂抱着,来到了小城。

两颗幼小稚嫩的心,紧紧地贴在一起,由于哀愁和好奇而强烈地悸动。不过,如果说牧童很清楚地知道,他不得不把他的亲密朋友拱手交给别人,那末,小野猪却不曾料到它的忠实朋友会抛弃它。小野猪不断拱着那被帕斯卡莱杜的胳膊肘压着的小鼻子，把它尽量往外伸去，又眯起一只小眼睛，打量着城市的房屋、街道、行人和一帮子瞧它热闹的小孩子。

孩子们一路尾随跟来，一直跟到律师的宅邸；其中的一个跑到前头，上前敲门，对着出现在门坎上的漂亮女佣人嚷道：

"帕斯卡莱杜在哭呢，因为他不想把小野猪送给你们；要是不赶快把小野猪从他手里拿过来，他会跑掉，再也不把小野猪交给你们的……"

"不对，我没有哭，你们统统见鬼去！"帕斯卡莱杜大声说，准备把小野猪递到女佣的怀里，可她却做了一个手势，让他进去。

正在这当儿，律师胳肢窝里夹了一札卷宗，打里面出来，准备上法院去。他是一个身材矮小，肥头大耳的男人，脸色苍白，留着又粗又黑的两撇八字髭，眼睛里透出忧伤的神情。

"什么事？"他问道。

"这孩子把他的小野猪给少爷送来了；他是关在监牢里的可怜的弗朗齐斯科·康贝达的儿子；他们一家都是穷苦人……快饿死了……他妈妈得了哮喘病……"女人一面回答，一面把主人外套袖口上的一段白线轻轻拈下来。

律师摆了摆手，仿佛说"够烦人的了"，然后打量了一下帕斯卡莱杜，说道：

"给他点什么吧。"

女佣人把帕斯卡莱杜带进一间乳白色的、宽敞明亮的房间。少爷坐在床上，身上裹了一条披肩，正在瞧一本画满了各种稀奇古怪的人物的书。妖形怪状的男子和女人，狐狸脑袋，黄鼠狼尾巴身上披着熊、豹、野猪和各种野兽的皮毛，看得出来，这满头金发的少爷喜欢各种凶猛残暴的野兽。他一瞧见小野猪，立即把书扔掉，伸出双臂，叫道：

"把它给我，快给我！"

他的母亲，一个仪表端庄的妇女，高高的个子，金色的秀发，身穿一件天蓝色的褶裙，吃惊地朝儿子俯下身来，说道：

"什么，你要把它放到床上，我的心肝？你知道，它会把整个床糟蹋得不成样子的；我们暂且把它放在厨房里，你只要病好了，马上就跟它去玩。"

"我要在床上跟它玩！把它给我！要不，我把披肩扔了，马上跳下床来。"

他们把小野猪给了他。小野猪在钻进炉膛去吃弗朗齐斯科·卡贝达偷来的羔羊的烤肉时蹭来一身烟灰，在律师儿子的床上留下了乌黑的斑斑点点。

帕斯卡莱杜捡起那本画满奇形怪状人物的书，呆瞪瞪地瞧着它。

"你喜欢吗？拿去吧。"夫人说道。

帕斯卡莱杜拿过书来，走出了律师的宅邸。

在街上等着他的孩子们立即围拢了上来，七嘴八舌地问帕斯卡莱杜，他用小野猪换得了什么东西。他们把他奚落了一番，又乘机抢走他的书。

但帕斯卡莱杜猛地伸手夺回了那本书，把它紧紧夹在胳肢窝里，飞快地跑掉了；他觉得，这本书对于他来说，至少是留下了对他那可怜的朋友的一点纪念。

他的可怜的朋友尝到了高贵的奴隶生活的一切痛苦。曾经有许多次，少爷差一点要把它扼死；从那仿佛波浪一般荡漾的天蓝色褶裙下，曾经无数次飞出一双美丽的脚，对它重重地踢来；又有多少次，女佣人嚷嚷：

"等到少爷生日那天，我们把它烤着吃了！"

唯独律师是个好心肠的人。当他从窗口对身体已经复原，回到花园里玩耍的儿子微笑的时候，他的眼睛是那么温柔、忧郁，小野猪不由得回想起了留在山上的母亲的慈爱目光。

偶尔也有安宁的时候，小野猪便开心起来，围着女佣人的脚嗅来嗅去，紧紧跟随她一溜小跑，甚至把鼻子伸进厨房的蒸锅里去。有时也放它到荒芜的大花园里去，那里栽着一棵橄榄树，一棵橡树。小野猪用爪子刨地搜寻什么，或者在矮树丛里仰面躺下，眺望着蓝澄澄的万里长空，朵朵橙红色的云霞，碧绿森森的树木掩映的洁白的房屋，它仿佛觉得幸福的时刻终于又来临了，它好像重新回到了故乡的山冈。

少爷藏在花园的那一头，他带着猎枪、手枪、佩刀和长剑，正在玩打猎的游戏。他瞄准小野猪，忽然又怒气冲冲地跑过来，用脚猛烈地踢它，破坏了它的怡然自得的幸福。

一天，厨房里的所有蒸锅都冒出了沸腾的热气。美丽的女佣人在缭绕的烟雾中显得格外神采飞扬，仿佛在傍晚的暮霭迷蒙中显露出的一轮玫瑰红的明月。这天是少爷的生日。午宴开始以前，几位客人，律师请来的朋友，悄悄地溜进了厨房，看看女佣人准备了什么美味佳肴；不过，他们其实是找个借口来跟最能诱惑他们的女佣人搭讪。议员先生也蹑手蹑脚地走进了厨房，他跟女佣人调笑了一番，便把一支带套的手枪藏在窗台上。

"我把它放在这里，那个小魔王来翻弄我的口袋，想要我的手枪。你千万别动，它上了子弹。"

客厅里传来一片欢乐的喧嚣。客人们个个快活地笑着，乱哄哄地交谈。律师和法官正在讨论法国一位法官不久以前行使的"赦免法"。

"我们今天免罪释放的那个可怜的家伙，嗯，那个卡贝达……"主人说道，"嗯，他是出于无奈才行窃的……他要养活家庭两个很讨人喜欢的孩子……赦免法正适用于他……"

"看来，现在法律仅仅对有钱人才是铁面无私的。"议员先生从鼻孔里哼了一声。客人们都哄堂大笑。

小野猪在厨房里跟一只小黑猫一起舔着盘里的残羹。虽然美味的食物对于它俩是绰绰有余，小黑猫还是抢先一步，用脚爪占据了有利的位置，它不时扬起象米粒似的雪白牙齿上的八字髭。

　　突然，乘女佣人到餐厅去的时候，少爷急速地奔进了厨房。

　　他今天穿了一身淡蓝色的衣服，一头金发梳得油光闪亮，好像戴了一顶镀金的头盔。他活像一个小天使，从一张椅子飞到另一张椅子，从炉台纵身跳到桌子上，又从桌子上一跃跳上窗台。他瞥见了手枪，小心翼翼地把它从藏着的地方拿出来，放进套子里去。他没有因为高兴而叫喊，但他的一双眼睛顿时闪射出像猫一般狰狞锐利的凶光。

　　他朝小野猪冲去，聪明狡猾的小猫一溜烟地逃窜了。他把小野猪拽起来，从厨房的窗口扔到了菜园子里。

　　"这一次可当真啦！"他欢欣雀跃，大声喊道，"站在那儿，不许乱动！"

　　小野猪嗅到了灌木丛的气息，心里感到一阵欣喜的兴奋和饱餐后的怡然自得。他瞧见少爷站在厨房的窗子跟前，从皮套里掏出一支手枪，但它却不明白，为什么爬上橡树顶上的小黑猫痴呆地张开嘴，瞪大绿色的眼睛，惊慌失措地注视着它。

　　一团紫色的浓烟包裹了小野猪。它踉跄地扑倒在地上，闭上了眼睛；但过了片刻工夫，它又睁开粉红色的眼皮，最后一次看了看世界上最美妙的色彩——青翠的橡树，乳白色的房屋，它自己的殷红的鲜血。

撒丁岛的血

I

　　夜降临了，一个沉重、闷热的七月之夜。迷蒙暗绿的海面上，一眼望不到尽头的银白的浪花，簇拥而来，舞蹈不息；大海战栗着，喘息着，它的上空升腾起一片片苍白、润湿的浓雾，犹如一幅帷幕，遮掩住了闪烁着铅铜般暗光的天空。嶙峋的群山，凝聚着青灰蒙蒙的氤氲，山峦的边缘抹上了一层红晕；撒丁岛犬牙交错的海岸，从远处望去，仿佛一道透迤而去的山脊，气象阴森，点缀着一处处的沙滩，在苍茫的雾霭和暗绿的海水之间，显得那样的冷漠无情。

　　在沙滩的尽头，从幽暗的居所，透过黄连木树丛，隐隐流来几声絮絮的低语，管风琴凄楚委婉的乐音，一阵阵如诉如泣的歌声。可是，在这茫茫的大海上，却见不到一叶小舟，见不到一个生灵。但是，如果有谁仔细打量一番，就能发现，在静止的、浓浓的雾霭中，在昏暗的岩石上，显现出一条黑影，一个细瘦的、黑色的幽灵，从脸庞和双手的肤色好似大海雪白的泡沫来看，从一双棕褐色的眼睛忧郁地熠熠闪烁来看，这可能是一名少女。

她已经伫立在那儿许久了；双臂交叉，搁置在胸前，目光凝视着无垠的远处，棕褐色的头发和裙子，任由轻微的海风吹拂，飘扬。太阳已经在火一样彤红的地平线上消失了，群山在冥冥夜色中沉沦，暮霭的幢幢阴影向四处蔓延，但少女依然一动也不动地伫立着。她似乎在酝酿着什么不可思议的、恐怖的东西，因为从她的脸上掠过一缕奇特的阴影。

少女依然站在那儿，挺着笔直的身子，纹丝不动，犹如一个哑默的幽灵；她沉浸于自己纷繁的思绪，面对四周令人生畏的景象，她的身子没有一点颤抖，她的脸上没有一丝微笑。

蓦地，从远处传来呼喊的声音：

"爱拉……爱拉……"

于是，那岩石上的阴影，仿佛从一场噩梦中被唤醒了似的，打了一个哆嗦，身子动弹了一下。

她的嘴角泛出一丝冰凉的、可怕的微笑，她向空明的天际，向夕阳的光晕返照的大海，伸出她的手臂，她的修长的、白皙的手臂，慢条斯理地轻声说道：

"是的，面对你，如同我的心脏一样激荡不安的大海，面对你，如同我的生命一样雾迷云封的天空；面对你，如同我的心灵一样苍茫朦胧的撒丁岛大山；我发誓……"

她的其他话语，被暴戾地拍击海滩的潮水的呼啸声吞噬了。爱拉犹如一条幻影，一跃跳上幽暗的巉岩陡坡，在高处，在浓雾和黄连木树丛摇曳的阴影中，消失了。

II

爱拉是何许人？爱拉，或者说米凯拉，是一位撒丁岛少女，芳龄十五岁。她不能说长得漂亮，但细腻柔情，讨人喜欢。她天生一种奇特的、充满幻想的，有时甚至是具有毁灭性的性格。她过于富有教养，或多或少受到小说的腐蚀，但骨子里很是善良。爱拉十五岁少女的单薄的身子，隐藏着一颗高傲的、高尚的心灵，这颗心灵善于爱，敢于恨，丝毫不逊色于一个坚强而聪明的男子汉。

十二岁的时候，她自然而然地爱上了她哥哥的一个朋友。他的名字叫劳伦佐。这后生有着棕色的皮肤，一双乌黑的眼睛，模样几乎是不怎么好看的；他的脾气变幻莫测，愤世嫉俗，比爱拉更强烈地受到小说的腐蚀。过了一段时间，爱拉心荡意迷地反问自己:她为什么竟然爱上劳伦佐?约莫有两年的光景,这后生在她的心目中,简直赛似天使;她以火一般炽热的、洋溢着野性的爱情,爱恋着他。这种爱情,兴许只有在撒丁岛才会生发和喷涌。唉,这是她少年时代最最阴暗的岁月!

她像崇拜上帝一样崇拜劳伦佐,她把十三岁少女的一颗芳心的全部悸动,她的全部思念,全部奉献给了他。她曾暗暗向自己坦白,为了他,她甚至会不惜奉献出自己的生命。然而,后生没有对她哪怕微笑一次,对她哪怕道一声谢意。对于爱情,这是癫狂亢奋的两年,梦幻恍惚的两年,望穿秋水的两年,切盼祈求的两年,泪水涟涟的两年!除此之外,什么也没有……什么可怕的东西也没有!

九月的一个夜晚,爱拉紧紧闭上双眼,虔诚地祈求上帝,永远不要再唤醒她,因为如果不是这样,她宁愿去死。她终因身心疲惫,一病不起。但上帝怜悯她。当爱拉苏醒过来的时候,她霍然痊愈了。她不再爱劳伦佐。她以一颗平静的心回首往事,暗暗询问自己,她莫非是做了南柯一梦?

III

然而,爱拉的生活中发生了一件可怕的事情!

劳伦佐爱上了玛丽娅,爱拉的大姐。这是一个丰满的、有着一双蓝眼睛的姑娘,她心地善良,整日忙碌于家务事。她读司各特的一部长篇小说,整整花了一年的时间,爱拉常常给她讲解这部作品。爱拉还当她的秘书,替她代写书信,只要她签个字就行了。

玛丽娅接受了劳伦佐的爱情,并且表示,劳伦佐生活富裕起来之日,便是她嫁给劳伦佐为妻之时。

那一天,爱拉的内心起了一种说不清楚多么奇特的感情。这是不共戴天的仇恨!这种情感不是针对玛丽娅,而是直指劳伦佐。她仇恨劳伦佐,因为她爱过他,疯狂似地爱过他!她想尽一切法子,要把他从玛丽娅的心头夺回来,她说谎,她发出威胁。她恳求,她发出可笑的恶毒攻击。然而,一切都无济于事。玛丽娅痛哭流涕,又破涕为笑,但她丝毫不肯退让。劳伦佐将成为最幸福的人!爱拉不由得浑身打了个哆嗦,她把自己禁锢在家里,闭门不出;她沉默了,一声不吭。

七月的一个夜晚,在浓浓的夜雾笼罩下,我们瞧见爱拉站在撒丁岛东海岸昏暗的岩石上,在地中海浪涛的呼啸声中,发出了誓言,劳伦佐和玛丽娅将永远不会匹配良缘。随后,爱拉在浓雾和黄连木树丛摇曳的阴影中,消失了。

IV

五年过去了。对于爱情来说，这是令人心跳不已的五年，是绝顶地痛苦、残酷的五年。在这五年的时光里，她爱过别人，受过别人的折磨，也折磨过别人；然而，在生活给她的心灵带来的所有风暴中，唯一尚留存下来，依然那么灼热炙人，那么活生生，那么难以驯服的，是对劳伦佐的仇恨。爱拉经历了内心的斗争，她始终不认为自己是有理的，但她又始终不能战胜那仇恨的情感。

五年过去了。劳伦佐成了一名律师。有一天，他当着上帝和亲朋好友的面，成了玛丽娅的未婚夫。但是，他没有察觉，爱拉苍白的嘴唇间流溢出一缕凄苦的笑。

劳伦佐和玛丽娅决定七月底举行婚礼，他们都陶醉在甜蜜的幸福之中。七月初的时候，玛丽娅和爱拉全家去海边洗海水澡，那正是五年以前爱拉发誓要让劳伦佐失去幸福的地方。

又是一个夜晚，像五年前那个夜晚一样，浓雾氤氲，苍茫昏暗。海水汹涌翻滚，灼热的海风穿过嶙峋巉岩，发出阵阵呼啸。劳伦佐那天晚上要到海边去，玛丽娅已经十天没有见到他了。太阳落山了，但劳伦佐还没有来，玛丽娅心想，他大概第二天才会来看她。爱拉露出了笑容，她的身影渐渐地融入从山上通往海滩的小路上。

爱拉端坐在一块大岩石上，等待着。蓦然间，她听到一阵式式的马蹄声。于是，她站起身来，站在小路中间。来人正是劳伦佐。他把目光投向迷漫的浓雾，他的全部心思都沉浸于情欲之中。忽然，他猛地打了个寒战，一只有力的手强制他的坐骑停顿下来，无法前进。

"是你，爱拉？"他认出了姑娘，吃惊地说道，"你有什么事吗？"

"住嘴！"爱拉用神秘莫测的声音轻轻喝道，"下来，跟我走！"

"那是干什么？发生了什么事情？"

爱搭不理他的问话。后生弄不明白这是怎么一回事，但驯服地跳下了马，把它系在一棵树干上，跟随姑娘往前走。

走了不多一会儿，他们来到浪涛声和浓雾笼罩的几块孤零零的、昏黑的岩石跟前。爱拉止住脚步，挺直身子，双手交叉，搁在胸前。

"你想干什么？"劳伦佐不由得慌张起来，问道。

"告诉我，你宝贝你的性命吗？"

"宝贝我的性命？瞧你说的！吃了那么多苦头，我现在就要成为最幸福的人了！"

爱拉禁不住打了个寒战，厉声说道：

"好吧，如果你宝贝你的性命，如果你不想失去它，那你就骑上马，远走高飞，离开撒丁岛一年。"

劳伦佐抬起头来，说道：

"爱拉，你发疯啦？"

"没有！你回答我……"

"啊，好吧，我一定离开撒丁岛，留在这儿会有危险，等我同玛丽娅结了婚，我跟她一起……"

"不！"爱拉高声嚷道，"如果你不想去死，那你必须今天夜里离开撒丁岛，等玛丽娅跟别人结了婚，你才能回来！"

劳伦佐的脸色霎地变得灰白，重复地说道：

"爱拉！你疯了？"

"没有！你回答我……"

"可是，莫非有人要害我？"

"我"爱拉冷冰冰地回答。

劳伦佐眼前突然闪烁了一道血色的光亮，他以为是梦中的幻景，但定睛一看，却见到爱拉白皙、修长的手里，握着一柄明晃晃的匕首。

劳伦佐浑身瑟瑟地发抖，踉跄着往后倒退。爱拉冷笑一声，说道：

"过来！过来！你决定自己的命运吧！"

月亮从两片黑云中间露出了脸儿。爱拉纹丝不动地站在那儿，一双眼睛闪闪发光，她的衣裙和头发任由微风吹拂，飘扬。此时此刻，她几乎显示出了一种楚楚动人的美，一种令人恐怖的、残忍的美……

劳伦佐扑地一声跪倒在地上，喃喃地说道：

"爱拉！你开恩吧！我怎么得罪你啦？"

"我恨你。你决定吧……"

劳伦佐的眼睛里闪过一丝愤怒的、充血的阴影，他站起身来，嘴里发出嘟嘟囔囔的咒骂。爱拉依然纹丝不动地站在那儿。

"卑鄙！"劳伦佐嚷道，"你不会杀死我，我一定要留下来，我要娶玛丽娅！"

"你敢发誓？"

"我发誓！"他大声说道，但这声音在他的嘴唇里突然哑默了。他发出一声凄厉的呼喊，随即沉重地栽倒在岩石上。爱拉的匕首刺进了他的胸膛。

约莫片刻的工夫，姑娘仍然呆呆地站在那儿，表情恐怖。她竖起耳朵听着。劳伦佐死了！爱拉既不得意地狂笑，也不恐惧地颤抖，她的脸色也不显得苍白。她紧抿双唇，眼睛闪着火光，用脚把后生的尸体踹进了吼嚣的海浪。海面上泛起一片血红的泡沫，然后，什么也没有了……什么也没有！

爱拉匍匐在岩石上，在浓浓的雾霭和黄连木树丛摇曳的阴谋中消失了。从山上传来一阵远去的马蹄声。海面上闪过一点光亮，在灰蒙蒙的山上，掠过一匹黑马，上面坐着一位黑衣女骑士,在山那边消失得无影无踪。

爱拉去向何方?她的命运遭际又是怎样?

这是一个神秘的谜。

在家中

与著名女作家张洁（右一）、凌力（左一）

在广州外语大学讲学

吕同六夫妇与意大利特兰托大学教授德马尔基（右二）一行

编著《世界中篇小说经典文库·意大利卷》

可爱的小外孙女

茜茜公主墓

意大利名作家斯维沃（SVEVO）

意大利名作家布扎蒂

1978年，黄华外长访问意大利，同使馆全体同志合影，笔者（前排右三）为随行人员之一。

吕晶出席意大利作家书展

1981年初春，吕同六访谈意大利著名作家卡尔维诺。

 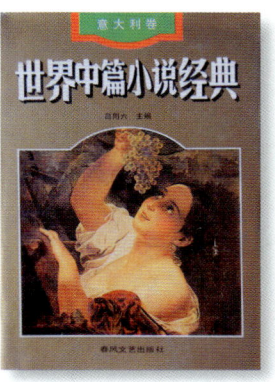  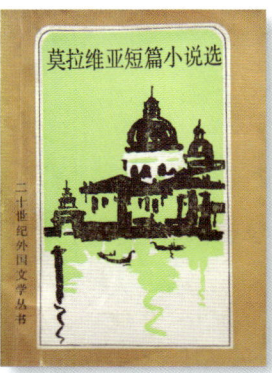

译作《意大利爱情鸟译丛》　　编著《世界中篇小说经典》　　译著《各得其所》　　译著《莫拉维亚短篇小说选》

编著《意大利近代、当代短篇小说选》

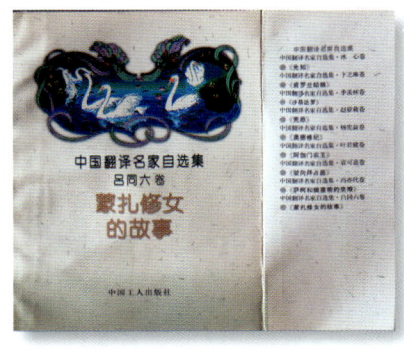 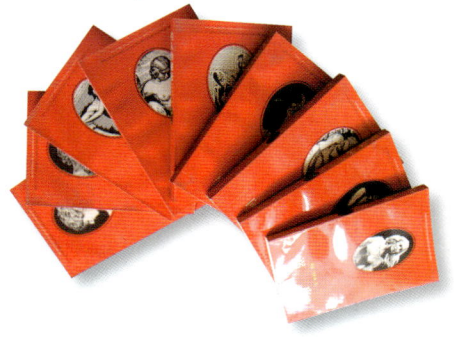 

译著《中国翻译名家自选集·吕同六卷》　　编著《意大利知识丛书》十卷本　　译著《卡尔美拉》

意大利文艺复兴名作家阿尔贝蒂

吕同六夫妇在意大利维洛那城朱丽叶故居

罗马奥林匹克体育场

贝尔尼尼名作《大卫》

西西里墨西拿城

卡诺瓦名作《PAOLINA BONAPARTE》

意大利名作家萨格里
（SALGARI）

2002年2月，主持中国国际文化书院与北京晚报联合举办的"人文奥运"理论研讨会。

北京长城脚下

圣塞维利那城镇古堡前

吕同六夫妇访谈意大利北部朋友

罗马朋友家中

与台湾学长们

与欧美同学会的学长们

1999年,荣获意大利第五届利尼亚诺奖。

与小外孙女

中国驻外大使馆门前

意大利著名作家卡尔维诺

波提切利的名作《春之神》

拉斐尔名作《年轻妇女肖像》

中国驻罗马大使馆部分同志去机场欢送吕同六

吕同六、蔡蓉夫妇

在米兰

威尼斯著名的"里亚尔多桥"